中国文学思想读本

原典·英译·解说

［美］宇文所安 著

王柏华 陶庆梅 译

生活·讀書·新知 三联书店

Readings in Chinese Literary Thought, by Stephen Owen, was first published by the Harvard University Council on East Asian Studies, Cambridge, Massachusetts, USA, in 1992. Copyright © 1992 by the President and Fellows of Harvard College. Translated and distributed by permission of the Harvard University Asia Center.
Simplified Chinese Copyright © 2019 by SDX Joint Publishing Company.
All Rights Reserved.

本作品简体中文版权由哈佛大学亚洲研究中心授权生活·读书·新知三联书店。
未经许可，不得翻印。

图书在版编目（CIP）数据

中国文学思想读本：原典·英译·解说／（美）宇文所安著；
王柏华，陶庆梅译．—北京：生活·读书·新知三联书店，2019.7
ISBN 978 – 7 – 108 – 06328 – 1

Ⅰ.①中… Ⅱ.①宇… ②王… ③陶… Ⅲ.①中国文学–文学思想史–研究–古代 Ⅳ.①I209.2

中国版本图书馆 CIP 数据核字（2018）第 101173 号

责任编辑	吴 莘	
装帧设计	蔡立国	
责任印制	宋 家	
出版发行	生活·讀書·新知 三联书店	
	（北京市东城区美术馆东街 22 号 100010）	
网　　址	www.sdxjpc.com	
图　　字	01-2015-6086	
经　　销	新华书店	
排　　版	北京金舵手世纪图文设计有限公司	
印　　刷	北京市松源印刷有限公司	
版　　次	2019 年 7 月北京第 1 版	
	2019 年 7 月北京第 1 次印刷	
开　　本	635 毫米×965 毫米 1/16 印张 55	
字　　数	762 千字	
印　　数	0,001 – 8,000 册	
定　　价	128.00 元	

（印装查询：01064002715；邮购查询：01084010542）

目 录

三联版序言（宇文所安）1
中译本序言（宇文所安）3
中译本前言（乐黛云）7

序言 13
导言 15

第一章 早期文本 1
　　注释 25

第二章 《诗大序》 27
　　补充：《荀子·乐论》选 41
　　补充：《礼记·乐记》选 43
　　注释 53

第三章 曹丕《典论·论文》 55
　　注释 74

第四章　陆机《文赋》　77
　　　　注释　204

第五章　《文心雕龙》　209
　　　　原道第一　213
　　　　宗经第三　223
　　　　神思第二十六　234
　　　　体性第二十七　245
　　　　风骨第二十八　256
　　　　通变第二十九　263
　　　　定势第三十　273
　　　　情采第三十一　285
　　　　熔裁第三十二　293
　　　　章句第三十四　301
　　　　丽辞第三十五　307
　　　　比兴第三十六　308
　　　　隐秀第四十　316
　　　　附会第四十三　322
　　　　总术第四十四　330
　　　　物色第四十六　337
　　　　知音第四十八　349
　　　　序志第五十　358
　　　　注释　367

第六章　《二十四诗品》　385
　　　　司空图其他作品选　449
　　　　注释　458

目录

第七章　诗话　461
　　欧阳修《六一诗话》选　466
　　注释　502

第八章　严羽《沧浪诗话》　505
　　注释　543

第九章　通俗诗学：南宋和元　547
　　周弼《三体诗》　548
　　杨载《诗法家数》　567
　　注释　591

第十章　王夫之《夕堂永日绪论》与《诗绎》　593
　　《夕堂永日绪论》　595
　　《诗绎》　638
　　注释　646

第十一章　叶燮《原诗》　649
　　《内篇》选　653
　　《内篇》补选　716
　　《外篇》选　775
　　注释　788

　　附录
　　术语集解　792
　　参考书目类编　808
　　引用书目　829

　　译后记　835

三联版序言

宇文所安

《中国文学思想读本》英文本出版于1992年。那一年它其实已经十多岁了。关于本书的起源和成长，我已在初版序言中有所描述。此书在西方一直不无读者欣赏，但它在中国找到的读者显然更多。它已移居中国，入籍为中文图书的一员，或许还带着一点口音（虽然王柏华和陶庆梅已经相当出色地教会它说中文了）。

此书是我当时在耶鲁大学教古典文学理论课的一个产品，这门课的内容其实仅限于欧洲传统。在此之前，我一直在中国文学思想传统的"内部"工作，靠的是中文著述，它们基本上用中文术语解释那些思想文本。《读本》是一个尝试，它试着采用沉浸于欧洲文学思想传统的读者所能理解的术语来解释中国文本。熟悉欧洲文学思想传统并希望了解另一种传统的学者现已几乎不存在了，不过，总有一些感兴趣的人会有所发现。

我时不时会收到一种电子邮件，来自某个素未谋面的人，既非教师，亦非学生，只是一些有问题要问的成年人。几周以前，我收到了这样一封邮件，以下是大致内容："几年前我见过一本您的书，是在书店里；我不记得书名了；里面有一篇11世纪的（应该是10世纪的）关于诗歌的作品，标题和作者，我都不记得了。能不能麻烦您告诉我那本书的书名，还有那篇作品的作者以及标题？"显然，他想问的是《二十四诗品》。这一类邮件我有时无法回复，但只要有可能，我都尽量回复一下。最令人吃惊的是邮件的开头："几年前我……"这个记忆已经悬在那里好几年了，直到一天晚上，他终于决定给作者发一封邮件，非得把那个卡在记忆中的东西弄清楚不可。

我记得在杭州西湖的苏堤上那些钓鱼的人。每个人都守着十来个钓鱼竿；时不时会有一条鱼咬住十个钓钩中的某一个。我当时很是惊奇，因为我年轻时钓鱼总是用一根吊杆。或许我们全神贯注地守着钓鱼绳，其实并不那么在意能不能钓到鱼。不过，若是真想钓鱼的话，使用十个鱼竿显然是个相当不错的主意。

如今我在外面有十多本书，时不时会有一本书"钓"到一个读者。这是一种跨文化的垂钓。如果中国读者发现自己的注意力被我的阅读方式吸引，那自然也是一种跨文化的垂钓。若是没有一条鱼被吃，那自然也没什么坏处——它不过是一个网络中的一条线而已，那个网络形成了我们的日日新而复杂的思维方式。那个为了司空图给我发邮件的人在写信的时候并没有想着中国，而是想着诗歌。不知不觉中，司空图已成为他如何思考诗歌的一部分了（我猜想他可能是个诗人）。如果我的中国读者在我的中国文学和中国文学思想的阅读方式中有所发现，我不相信他们的兴趣来自"外国人是怎么想的"，我宁愿相信那是他们自己也能看到的东西。

我日复一日阅读中国文学，如此已过去许多年，我不认为我还能代表纯粹的"外国人"。我也不假装自己是中国人。我活在那个多重关系的网络之中。我发现那是一个很不错的栖息地。我们都住在那里。

2018 年 11 月

中译本序言

宇文所安

自从《中国文学思想读本》(以下简称《读本》)英文本问世以来,时光已流逝十载,而当初我在耶鲁大学比较文学系为教这门课程而着手这项工作,那已是二十五年前的事了。半个世纪以来,中国文学批评领域发生了巨大变化,无论是在中国还是在美国。当我开始这项工作之际,耶鲁比较文学系还没有中国文学专业的学生;如今,耶鲁比较文学系已有不少学生专攻中国文学。当时,该领域的西语著作尚不多见;可如今已数不胜数了,其中包括《文心雕龙》西班牙语译本以及《文心雕龙》英文论文选。二十五年前,中国学者的《文心雕龙》著作书目提要只需要一页的篇幅,如今,一份最基本的书目提要几乎可以装满一本不太厚的书。《读本》一书首先是为了把中国文学批评介绍给学习西方文学和理论的学生;但此书还有另一个目的——试图在当时流行的研究方法之外,提供另一种选择。当时的中国文学批评领域以所谓"观念史"(history of ideas)为主流,学者的任务是从文本中抽取观念,考察一种观念是被哪位批评家所支持的,说明哪些观念是新的,以及从历史的角度研究这些观念是怎样发生变化的。这一类研究喜欢使用摘要和节选;如今仍有大量参考资料性著作从各种类目繁多的原始资料中寻章摘句。

当然,"观念史"的研究方法不无优势,但它容易忽视观念在具体文本之中是如何运作的。《读本》不希望把批评著作处理为观念的容器,它试图展现思想文本的本来面目：各种观念不过是文本运动的若干点，不断处在修改、变化之中，它们绝不会一劳永逸地被纯化为稳定的、可以被摘录的"观念"。这种视文本为思想过程的观点可能有点让人伤脑筋，因为我们再也无法像抓一个对象那样把它"抓"住了；可是，这样一来，一度被僵化的文本却突然间活动起来。而且，文本中那些看似多余的部分，也就是那些无法被批评文选摘录的部分，也变得有意义了、重要了。

刘勰在《文心雕龙·论说》中说，论说文的完美可以达到"弥缝莫见其隙"，这是一个启人深思的说法。批评话语有时表面看起来完美无缺，似乎达到了观念和文本的高度统一；但文本自身是一个修补空隙、缝合断片的过程，它不一定总是天衣无缝。如果能看到这一点，我们就看到了活的思想。目前看来，如何理解活的思想仍是一个重要课题；而"观念史"只能告诉我们古人的思想是什么。

一个作品完成了，摆在我们面前，如果观察仔细，我们总可以看出其中的空隙或漏洞，空隙处漏掉了一些重要东西。《读本》一书也是如此。"漏洞"之一是许多重要作品没有被论及；有不少学者强烈要求我把这个或那个批评家或作品补充进来。我当然可以补充，但在本书没有讨论到的另外一部分中国文学批评中，我也发现了一些其他方面的漏洞。让我借用为本书中文本作序的大好时机，为未来中国文学思想的研究提出一些方向性建议。

中国文学理论的学术研究在"五四"时期开始成形，当时，作为研究方法的"观念史"成为该领域的明确特征。该领域越来越成熟，诞生了一大批学术成果。许多原始资料经过整理有了权威的定本、汇编本，许多重要批评家都有了专门研究。在此阶段，我们发现了一些令人兴奋的新事物，仅仅因为我们改变了观看事物的角度，也就是改变了我们要寻找的对象。

对于今天的学者，一个有前景的方向似乎是站在该领域外面，把它跟某个具体地点和时刻的文学和文化史整合起来。既然中国已经积累了大量优秀的历史性研究著作,沿着这个方向走下去简直可谓轻车熟路。我们应当从批评文本的功能上考察它们,看它们在具体条件下是如何被使用和重新被使用的,面对一本书,我们要问它为什么要出版,谁读它。我们为什么一定要把一个批评家与某种观念联系起来,为什么不把这个传统视为一个不断成长的各种观念和立场的总汇,以考察哪些观念和立场在某些具体条件下被抽取出来,并因为哪些条件的挤压而改变?"观念史"模式暗含一种发展主题,虽然不无道理,但它歪曲了文学话语在某些具体条件下发挥其功用的方式。

我们可以把批评立场放到文化史的大语境中加以考察。按照一种"观念史"的视角,16世纪末17世纪初袁宏道等作家对大众文化的赞美似乎是新观念,虽然它植根于前人的价值观。按照"五四"时代文学史的说法,这是一种"进步"。如果把它放回到中国文学批评"领域"内部,我们会发现它是对16世纪明代复古思潮的反动。如果我们不是寻章摘句,而是通篇阅读,我们会时不时看到对乡村私塾和流俗之见的蔑视之辞,而这种情况在早期文本中并不多见。如果把这种现象放到更广阔的文化史的范围内加以考察,我们可以看出古典文学教育在当时迅速普及的迹象——那些一度被精英独占的经典知识已变成了公共知识。在这种情况下,转向大众文化就成了江南上层精英使自己区别于人数剧增的中层知识分子的一种策略。文学理论在这里与社会史和物质文化遇合,这种较开阔的视角有助于我们理解"大众文学"为何经常出现在只有富人才买得起的工艺精良的本子里。

提到"江南",引出了地域问题,对于宋代以来的文学,地域问题十分重要。江南知识分子有一种特别的影响力,以至于我们常常把江南地域文化错当成"中国"文化。我们可以看到一些充满地域意识的地方传统,尤其在四川和广东这样的地方,它们努力确认自己的地方身份,以对抗江南精英。历史学家关注的这类问题往往也是文学和文学批评学者的好问题。对于由文本编织的过去,我们难免有一些固定印象,我们应该问一问,这些印象是怎么跑到我们脑子里去的。时代越古,这个问题就越严重。我们总是想当然地认为江南和魏的著名文论直接代表着那个时代。我们不应当忘记,曹丕和曹植的那些标准的批评文本是保存在《文选》里的,而且,曹丕的《论文》很可能节选自一部篇幅更长的作品,该作品是否全篇以江南为核心内容还不一定。我们应当时刻提醒自己,那些批评著述是曹氏家族和江南大师们编选的,被编选进来的还有大量其他作品。我们应当注意到,曹丕和曹植的被选作品相当不少,曹操的作品也有几篇。从梁朝对之前的三个世纪的再现之中,我们不难看出梁朝的情况。总之,我们对建安和魏的理解在很大程度上是萧统及其臣子的动机的产物。我们的理解不但被他们的判断所左右,而且被他们的力量所左右,只有他们有能力保存文本并使部分文本成为经典。在某种意义上,我们脑中的建安和魏来自被梁朝的镜子照进去或被梁朝的摄影镜头拍摄进去的作品。

我们对中国文学批评史的标准叙述会因为这些研究视角的加入而变得复杂和丰富。

最后我要感谢王柏华和陶庆梅两位译者付出的极大努力。译书和写书所花费的时间和付出的辛苦经常不相上下。在中西对话的进程中,译者往往是无名英雄。如果本书值得一读,我们要感激的当是她们二位。

2002 年

中译本前言

乐黛云

20世纪90年代初,我经常思考的一个问题是如何真正实现中西文论之间的"互动"。我了解的"互动"是从不同文化的视点来理解和阐释另一种文化,从而在不同文化的激荡和照亮中产生新的因素和建构。中国古代诗人苏轼早就说过:"横看成岭侧成峰,远近高低各不同。不识庐山真面目,只缘身在此山中。"他的意思是说,山的形态总是和观山者所处的地位与角度有关,人们要真正认识山的全貌只能站在山之外。但是,怎样才能真正找到这样一个"山外之点"来重新观察这层峦叠嶂,深邃莫测的中国文论之"山"呢?

当时也读了一些哈贝马斯(Jürgen Habermas)的书,认为他所说的批判—沟通—重建的发展之路也很有道理。他认为任何体系的构成,首先要"定位",定位就是"自我设限",也就是有所规范,无边无际就无法构成体系。但体系一经完备就会封闭,封闭就是老化的开始。解决这一矛盾的惟一途径就是沟通,即找到一个参照系,在与参照系的比照中,用一种"非我的""陌生的"眼光来重新审视自己,这样,才有可能跳出原有体系的"自我设限",扩大自我,以承受和容纳新的体系。这种开放、融合就是对原有体系的批判,也就是对原有体系的重建和新体系的诞生。问题是如何才能产生这种他称为"互为主观"的神奇的效果呢?

中国文论和西方文论无疑都已是十分成熟的体系。我想,如果都是在原来的体系内兜圈子,就很难有突破和创新。即使企图用一种体系"融入"另一种体系也不会有什么好结果。我曾认真研读过刘若愚教授的《中国文学理论》。这部著作从西方文论的体系出发,以西方的形上理论、决定理论、表现理论、技巧理论、审美理论和实用理论为框架,对中国文论作了全面的对比分析,的确提供了许多过去未曾触及而颇值得玩味的论点。然而,正如我在1990年发表的一篇题为《以特色和独创主动进入世界文化对话》的文章中所担忧的:"如果只用外来话语构成的模式来诠释和截取本土文化,那么,大量最具本土特色和独创性的文化现象,就有可能因不符合这套模式而被摈弃在外,结果是所谓世界文化对话也仍然只是一个调子的独白,而不能达到沟通和交往的目的。"国内许多试图以西方观念阐释中国文论的著作也都很难超越这样的局限,结果只能是一种体系对另一种体系的切割和强加,互动就更谈不上了。怎样才能改变这种局面,真正通过中西文论互动,使中西文论都能进入一个崭新的阶段呢?

看来最根本的出发点必须改变,不应再从已成的体系出发,而应回归源头,从体系之所形成的那些原发的文学现象再出发。但具体如何做?如何才能在中西文论的互动中将这千头万绪的原始材料提纲挈领地加以再叙述和再评析?怎样才能找到一个顺理成章的突破口?我思之再三,却终于未能找到一个满意的好办法。就是在这样的困惑中,我突然发现了宇文教授刚刚出版的《中国文学思想读本》,这是他为美国大学文科研究生全面讲授中国文论所用的"读本"。

看来宇文先生对于如何找到一个好的办法来向美国学生讲解中国文论也是颇费斟酌的。他不大赞成刘若愚的办法,即把中国文学理论按西方的框架分为几大块,再选择若干原始文本分别举例加以说明;他既不满足于像魏世德(John Timothy Wixted)所著的《论诗诗:元好问的文学批评》那样,从一个人的著作一直追溯到诗歌和文学讨论的源头,也不满足于像余宝琳(Pauline Yu)的《中国传统意象读法》那样,选择一个核心问题,广泛联系各种文论来进行深入讨论;他创造了第四种方法,在"要么追求描述的连贯性,不惜伤害某些文本"和"要么为照顾每一特殊文本的需要而牺牲连贯性"的两难中毅然选择了后者,即通过文本来讲述文学思想,仅以时间为线索将貌似互不相关的文本连贯起来。他的讲述采用统一的形式:一段原文(中文),一段译文(英文),然后是对该段文字逐字逐句地解说(不是概说)和对所涉及问题的评述。这就轻而易举地真正做到了从文本出发。这样从文本出发,根本改变了过去从文本"抽取"观念,以致排除大量与"观念"不完全吻合的极其生动丰富的文本现实的错漏,并使产生文本的语境,长期被遮蔽的某些文本的特殊内容,甚至作者试图弥缝的某些裂隙都生动地呈现在读者眼前。

最使我兴奋不已的是经过了多年寻觅,我感到我终于找到了一条可以突破中西文论体系,在互动中通过"双向阐发"而产生新思想、新建构的门径。我立即将宇文的《读本》规定为我们研究生班"比较诗学"课程的基本教材,要求学生在课堂上逐字逐句地研读。教学分为三个步骤:第一步,熟读宇文教授所选的文论选段的英文译文,从词汇—术语—表达方式—意义生成四个方面找出译文与我们自己过去的理解和以往中国学者的理解有哪些不同;第二步,要求学生将宇文教授关于每一段文论所作的讨论译成汉语,仔细研读,在研讨会上提出自己过去和现在的看法,加以比照;第三步,在讨论班上(包括比较文学研究所的硕士生和博士生,以及中文系某些专业的研究生)展开广泛的讨论。我主持的两届比较诗学教学(每届一年)都用了同样的方法,参加者一致认为获益甚大,我自己也感到有很大提高。我想这是由于以下三个原因:

第一,我们从西方文论这一外在的语境找到了一个新的视点和角度,可以像从庐山之外观察庐山那样来重新审视和阐释久已熟知的中国传统文论。宇文教授是哈佛大学的校聘教授(University Professor),是以汉学研究而获此殊荣的极少数美国学者之一。他有极其深厚的西方文化根基,对文学有十分敏感的鉴赏力,对中国传统文化和汉语文学又有很高的造诣。他对中国文论的观察和阐释显然是以西方文论为背景而形成了天然的互动。例如《读本》开宗明义第一章首段讨论的是《论语·为政》:

"子曰：视其所以，观其所由，察其所安。人焉廋哉！人焉廋哉！"就我所知，众多文论选本、文论史、文学批评史都很少引证或分析过孔子的这段话。为什么宇文一开始就对这段话如此重视，并进行了长篇大论的分析呢？我想这正是因为如他所说，在西方理论中，无论模仿（mimesis）或再现（representation）都是由原物和被模仿物，或原物与被再现物的二元结构所组成，而孔子提出的却是一个认识事物的三级系列，西方的二元结构正是提供了一个新的视点和角度来考察中国的特殊认识方式；没有前者的比照就不会对后者产生特殊的敏感和关注。

第二，在西方文论与中国文论多次往返的双向阐释中，会产生一种互动，让我们发现或者说"生发"出过去未曾认识到的中、西文论的许多新的特色。例如从上段引文中，宇文教授进一步讨论了中、西文论出发点的不同：他指出柏拉图关注的是短暂、变化和偶然的具体现象如何将永恒、不变、自在的理念（Form）体现出来，也就是说，世界的外表是欺骗性的，已经存在的绝对真理隐藏在欺骗性的外表之下。希腊文"诗"一词（pioêma）源于"制作"（piein），意谓诗就是要把"已在的"、隐藏在内的"理念"按照已有的模式"制作"出来，使之得到认识。孔子所强调的却不是任何"内在""已在"的不变之物，而是从"人"出发，先去观察一个人是怎么回事（"视其所以"），再看他何以会如此（"观其所由"），最后还要考察他安顿于何处，从而找出他的目的、动机和所求（"察其所安"）。如果说西方文论是要引导人去认识一个"已在"的概念（理念），那么，孔子的学说却是要引导人去认识一个活动变化着的人。在这个过程中，认识主体与认识客体都在不断变化，认识的结果也不是一成不变的、"既成"的东西（Things become），而是随机形成、变动不居的"将成"之物（Things becoming）。宇文教授认为"中国文学思想正是围绕着这个'知'的问题发展起来的"。"它引发了一种特殊的解释学——意在揭示人的言行的种种复杂前提的解释学，正如西方文学思想建基于'诗学'（就诗的制作来讨论诗的概念）。"宇文教授指出："中国传统诗学产生于中国人对这种解释学的关注，而西方文学解释学则产生于它的诗学。"这两句话照我的理解,就是说,中国诗学是从外在的样态(所以)和历史的因由(所由)去洞察某种内心之所求(所安);而传统西方理论则是从任何现象中都必然存在的本质(理性内核)出发,去逐步探察现象是如何形成(制作)并何以会如此形成的。大而言之,西方哲学体系强调的是存在于一切现象之上的绝对精神,确定不变的理性;而中国哲学传统强调的是:"有物混成",认为世界万物都在千变万化的互动关系中,在不确定的无穷可能性中,因种种机缘,而凝聚成一种现实,这就是所谓"不存在而有"。宇文教授认为在中西不同的文论传统中,"都是最初的关注点决定了后来的变化"。两种传统都是要发现隐藏在表面之后的东西,但由于上述出发点的不同,两种文学思想也就分道扬镳了。从以上的例子可以看出在不同语境中的双向阐释使过去长期习以为常的特点得到重新认识,所谓"和实生物,同则不继",这种在区别中的互见、互识,互相照亮,以及可能的互相渗透和互相补充显然会为未来的发展开辟无限广阔的道路。

第三,宇文教授的教材最使我心悦的还有一点,就是他往往在本人对材料的精细解读中融进了传统学者与现代学者的观点,将他自己对中国诗歌的精读经验自然带入对理论文本的解读之中。他还特别留意那些传统文论和传统文学史研究所无法包纳、无法处理,但对文学发展实际上具有巨大潜在推动力的东西的表达。他引证刘勰的话说,论说文的完美可以"弥缝莫见其隙",而我们恰恰应看到文本自身从来是一个"缝合片段,修补空隙"的过程。只有看到这些缝合和修补的痕迹,才能了解作者创作时的真正活泼的思想而达到孟子所谓的"知言"。这样的例子在《读本》中几乎俯拾即是,特别在《文赋》《二十四诗品》《沧浪诗话》和有关王夫之的讨论中更为突出。

总之,《读本》本身就是一个中西文论双向阐发、互见、互识,互相照亮的极好范例。我们接连两年在两届研究生班中,对宇文教授的教材逐字逐句进行了研读,学生和我都得益甚多。当年就有一位研究生以读宇文教授的《读本》所得并和宇文教授讨论为题,写成了自己的硕士论文，并和宇文教授取得了直接联系，她现在美国俄亥俄大学继续以此为题攻读博士学位。当年班上的高才生王宇根先生考入哈佛大学，成了宇文教授的及门弟子；另一位高才生王柏华女士就是本书的主译者。她曾申请到一笔基金，在哈佛大学访学一年半，直接受到宇文教授的指导，完成了这项难得的译作。王柏华对此译作费尽心血，一丝不苟，多次反复修改；应该说本书的译者在当今翻译界实属拔尖的高手。

记得钱锺书先生在意大利的一次学术讨论会上曾发表演讲，特别强调创新，反对"盲目的材料崇拜"。反对"使'文学研究'和'考据'几乎成为同义名词"，他认为必须从无尽无休的材料重复中解脱出来，致力于理论的研究和创新。他正是一针见血地指出了国内学术研究界的症结。宇文教授的这本书虽然以解读为题，却同时又是一部前所未有的、极富创意的理论之作。我坚信它将从新的起点出发，推动整个文论研究向创新的方向发展。现在，终于有可能将这本20世纪90年代难得的精心杰作呈献于广大中国读者之前。我确信文学理论研究者、世界文学研究者、中国文学研究者、中国文论研究者，年轻的、年长的、传统的、现代的都一定能从这本书中受到启发。

2002年2月于北京大学朗润园

序　言

本书目前的规模是始料不及的。让你的课题再等上几年，待它确实成熟了，醇美如陈年佳酿，然后再亮相，这的确是个明智之举。然而，还有一种课题，它们俨然老科幻电影中的怪物，碰到什么就吞吃什么，疯长不停。我得承认，本书原想追求"琢磨之功"（*labor limae*），也即贺拉斯所谓"锉工活儿"，它润色文字，像雕刻家打磨石头那样；然而，事与愿违，很多时候，读者看到的不过是斧头留下的粗活儿，奇形怪状的石块儿时不时被砍下来，即使砍下来，还是不停地长。它们四处堆积，好像带着什么悬念，跳动着，积聚着；不管怎样，希望一经付梓，所有从母体上掉落的材料终于可以网罗殆尽。

本书缘起于十二年前我在耶鲁大学讲授的一门课程，当时，我天真地希望把中国的文学理论展示给学习西方文学的学生们。在授课前的那个夏季，我发现我所做的翻译工作远远超出了原来的打算。在此后的十年间，翻译和解说的手稿继续增长，直至现在的规模，俨然一个有组织的噩梦。然而令人不安的是，它仍算不上完备：它不但遗漏了若干文本，而且已入选的文本也没有得到充分解说。我以"阅读……"为书名，以避免给读者一张空头支票：它不是中国文学思想的全部重要文本的一个纵览；它甚至没有囊括足够多的文本以提供一个连续体，尤其是后面部分。我仅能保证，这些被选入的文本，在这样或那样的意义上，是重要的或是有代表性的。而且，汇总之后，它们尚能对中国文学理论和批评中的某些重要问题的发生和发展，提供一个概括性的描述。我的同事不断对我说，"你不能漏掉X"；可是，抱歉得很，我确实漏掉了X，而且，被漏掉的还远不止X。正因为意识到这些疏漏的存在，我让本书保持一个开放结构，把若干里程碑妥当安放在一个长达两千多年的传统中。有了这个开放结构，在未来的日子里，我本人或其他同道便可以随时填补空缺了。

　　本书的完成得益于若干年来参加我的各种中国文学理论课程的学生们，感谢他们。此外，我还要感谢台湾大学的柯庆明，他耐心地与我一道审阅了开始几章的草稿，指出了我的若干错误和一些颇为无礼的判断。第二轮指正和建议来自哥伦比亚大学的余宝琳和亚利桑那州立大学的魏世德。魏世德教授提出的大量看法，远远超出了读者的一般义务，使我受益匪浅。我要特别感谢的还有古根海姆基金（Guggenheim Foundation）的支持，以及美国学术委员会（American Council of Learned Societies）提供的一点额外资助，没有它们，这个庞然大物就无法完成。在手稿准备交付排印之际，我的研究生助理 Eileen Chou 为本书提供了汉字，其价值是无法估量的，谢谢她。像往常一样，我要感谢的还有我的妻子 Phyllis，感谢她一直忍耐着这份过长的劳作，还有我的牢骚。

1992 年

导　言

每一种文明都试图在其文学思想传统内部，阐明文学关注与其他关注之间的关系，也就是说，试图对文学在该文明中所扮演的角色作一说明，并以若干同时活跃在学术和社会生活其他领域中的术语，对文学和文学作品作一描述。[1]毋庸置疑，在一种文明所进行的众多事业中，文学也并非什么自然而然、天经地义的事业。只要存在所谓文学思想传统，就说明存在这样一个假定：文学的性质、地位和价值并非不言自明；在人类所从事的各项事业中，文学事业被视为一个问题，其合理性需要加以解释和证明。潜藏在一种文学思想传统之下的这些动机，确切无疑地说明，该传统和文学文本自身之间并非透明的关系。该传统所提供的种种解释，虽然绝非理解伟大文学作品的直接途径，但它们确实提供了一种转弯抹角的、基本的洞见，以深入那些潜藏在文学写作与阅读背后的关怀、欲望以及被压抑的种种可能性等广阔领域。

如果我们把文学作品与读者之间的关系喻作一种不明说的约定关系，那么，我们在文学思想传统中所发现的其实不是那个约定本身，而是一种使该约定明朗化，以便限制或控制它的企图。为了把握文学思想文本的强大力量，一定不能仅考虑其表面说法。例如，《诗大序》告诉我们，诗为读者进入诗人的内心思虑提供了一个直接入口，这些思虑与社会某一具体的历史时刻相关；读到这里，你必须意识到，只要存在这样一种观点，就说明有一种焦虑躲在它背后：诗也许具有某种欺骗性，或是无关痛痒的。确切地说，《诗大序》试图告诉我们"诗应该是什么"（而不是"诗是什么"）。在这类文本中，我们可以发现该传统的若干被视为当然的假定、这些假定的各种变体，以及该传统的若干最强烈的欲望和恐惧。

为如何理解文本提供指导方针，这是文学传统发挥其影响力的一个方面，文学传统的影响力还表现在其他方面。尽管文学思想传统有它自己的历史，不依附于它所反思的文学作品；但在许多时期，它注定陷于一种与文学作品的紧张的（即使经常是隐晦的）生成性（productive）关系之中；也就是说，诗人实际做了什么与他们认为自己"应该"做什么不可能全无干系。这二者之间绝非一种简单关系：没有哪位大诗人只是简单地遵循理论文本的指示，或只是简单地把那些指示体现在他的作品之中；可是，有些时候，大诗人们确实以为自己正在遵循着或正在努力遵循着那些理论指令，或者相反，以为自己正在竭力反抗它们。每一伟大作品皆暗含某种诗学，它总是以这种或那种方式与某一明确说出的诗学相关（如果该文明已形成了某种诗学的话），这种关系也会成为该诗的一部分。

要想捕捉到这些活跃在文学作品中的力量，你必须理解该传统所明确表达的那部分诗学以及这部分诗学究竟提出了什么样的挑战。文学思想传统引导我们去留意文学作品的某些方面，如果没有它的引导，这些方面往往会被我们忽视掉；但与此同时，我们也经常会清楚地看到一种解释传统所试图隐藏的东西，并不是因为它们没有被注意到，而是因为它们包含危险因子，所以该解释传统试图否定或避开它们，可是，受到压制之后，它们反而变得更强大了。总之，文学作品和文学思想之间绝非一种简单的关系，而是一种始终充满张力的关系；我们发现，某一特征或问题被关注得越多，就越发说明它是成问题的。

中西文学思想传统的共性主要集中在这一点上，二者的差异则是多方面的，它们表现在双方所坚持的各种观点、文类（genres）、文学思想的基本结构等方面。那些问题有待我们进入具体文本时再详加讨论，这

导　言

里,需要对几个一般性的问题先作一概述。

从许多方面看,一种文学思想传统是由一套词语即"术语"(terms)构成的,这些词语有它们自己的悠久历史、复杂的回响(resonances)和影响力。这些语词不足以构成一个自足的意义载体的集合,它们不过是相互界定的系统的一部分,该系统随时演化并与人类其他活动领域的概念语汇相关。这些术语通过彼此间的关系而获得意义,每一术语在具体的理论文本中都有一个使用史,每一术语的功效都因其与文学文本中的具体现象的关系而不断被强化;不仅如此,每一术语都有一定的自由度,以容纳各种变形和千奇百怪的再定义。

尽管受过教育的读者,按照语言学家的说法,有"能力"(competent)使用这些术语,但无论在说英语的传统还是在说汉语的传统中,没有谁知道那些术语"是什么意思"。谁也不知道"plot"(情节)❶"是"什么,但是,遇到一个"plot",几乎所有的人都能认出它来。当然,这种情况并不限于文学思想;西方文学思想传统也汇入整个西方文化对"定义"的热望之中,它们希望把词语的意义固定下来,以便控制词语。

既然寻求定义始终是西方文学思想的一个最深层、最持久的工程,那么,这种追寻在中国文学思想中的缺席(以及在中国思想史其他领域中的缺席)就显得颇为惊人。在中国文学思想传统中,对于核心术语,人们也会顺便提供简短的、经常是经典性的定义,但尝试对术语作一系统解释则难得发生,就算发生,也发生在该传统的后期(14世纪),而且发生在文学研究的最低层面;换句话说,该传统不觉得"定义"自身就足以构成一个重要目标,定义是为学诗的后生准备的,因为他们确实不具备使用那些词汇的"能力"。

在中国思想史的各个领域,关键词的含义都是通过它们在人所共知的文本中的使用而被确定的,文学领域也是如此。现代学者,无论中西

---

❶ 被讨论的西方术语、概念一般以原文形式保留在正文中,加引号,与之大体相应的中文翻译附于括号内。——译者注(本书脚注皆为译者注)

方，经常为中文概念语汇的"模糊性"（vagueness）表示悲叹。其实，它们丝毫不比欧洲语言中的大部分概念词汇更模糊；只不过在中国传统中，概念的准确性不被重视，所以也就没有人需要维持那个愉快的幻觉：确实存在一套精确的技术词汇。就像西方读者能识别"plot"（情节）、"tragedy"（悲剧）、"*mimêsis*"（模仿）和"representation"（再现），中国读者或许始终不能准确说出什么是"虚""文""志"等，但只要看见它们，他们就知道是它们。二者的差别在于：在西方传统中始终存在这样一种张力：一边追求精确的定义，一边追求它们在文学术语中的回响❶（也就是它们在各种参照标准❷中的应用，而那些应用免不了与那个精确定义发生冲突）；而中国传统只看重"回响"。

在西方的耳朵听来，中国的术语之所以经常模糊不清，第二个原因不过在于它们不符合西方读者已经熟识的那些现象。例如"体"这个词，它既指风格（style），也指文类（genres）及各种各样的形式（forms），或许因为它的指涉范围如此之广，西方读者听起来很不习惯；但是，这个中文术语体现了某种区分，因而也就体现了某种关注，这是与之大体相当的那个英语术语所没有的。在中国文学思想传统中，"体"指标准或规范风格（normative style），也指类型标准（generic norm）以及规范形式（normative form）的其他方面，它不同于一种标准或规范（norm）在某一文本中的具体落实层面（也就是说，风格意义上的"体"始终指一种标准风格类型，而非某一文本的具体风格）。"虚"是"空的"或"可塑的"，指那些随"实"物（即固定形状）而婉转的空气或水等物质；语义延伸之后，又指情感的变幻不定、流动不居以及空气、水等被"投入"实物之中的样子。❸ 传统中国心理学、诗学和语言学的这一常见特点，虽

---

❶ "回响"译自"resonances"，或译"反响""回声""呼应""共鸣"。这里以声音和回声的关系来隐喻抽象概念术语与其具体应用和表述的关系。中文"影响"一词取自形和影、声和响的关系，本来可以对译"resonances"，但"影响"一词的隐喻意已逐渐被遗忘，所以这里不取"影响"，而取"回响"。

❷ "参照标准"译自"frames of reference"，或译"参照系"。

❸ 关于"体"和"虚"等术语的详细解释，参考本书最后的"术语集解"。

导 言

然也可能为西方读者所理解,但显而易见,它绝非西方传统概念库中的一员。每一传统都有它自己的概念强项。取轻视态度的读者自然发现,中国传统解释不了文学的若干层面,而它们可能恰好是西方传统中绝对不可缺少的层面。动辄被中国传统所打动的西方读者,自然仅仅留意它的优势和强项,例如那些在英语中找不到对应词的有关情绪和心理活动的丰富语汇。双方各有各的道理。在下文的解说中,虽然免不了作比较,但比较的目的是理解而非评判价值的高低,因为每一传统都在追索它自己的一套问题,用以解释一个与他者迥异的文学文本传统。

在解说具体文本的过程中,以及在最后的术语集解中,我始终在讨论重要术语的用法。我不得不承认,对这些语词在近三千年中的语义变化作一概括绝不是件容易的事。有了术语集解中的简明概述,加之在解说中对术语的具体用法所作的更详细和更具体的讨论,我希望英语读者会渐渐理解,这些术语何以成为看起来合情合理的文学范畴。

除了术语问题以外,古典中国话语的论说(argument)方式也常常令西方读者摸不着头脑。一个在古汉语里原本清晰易懂、细致入微的论述,一经译为英文却常常显得支离破碎、不可理喻。我们可以大体区分出三种不无交叉的论说方式。最原始的方式见《诗大序》,它是若干因素围绕某一中心的汇集(不过,在《诗大序》这个例子里,它似乎更像是对各类材料的一种组织方式而非一种论说模式)。像注疏传统的情况一样,这种论说方式首先摆出最古老和最权威的陈述,然后再附之以补充和引申性陈述,它们依重要性和一般性程度以及历史顺序等大致等级,依次出场。如果采用这种论说类型,文本就必须在展开的过程中把首要文本的重大意义及其影响一层层累积起来。既然它们常常不是把互为条件的若干陈述组织成一个有结构的序列,而仅仅是在主题上彼此相关的若干段落的一种集合,因而,这些文本读起来就真的有些支离破碎。

在早期文论中,最重要的论说结构,也就是我们这里所说的第二种论说结构,是修辞分析(rhetorical diaresis),它既见于《文赋》,也见于《文心雕龙》的若干篇章。"diaresis"一词的词根意义是"分析",在这种

"分析"中,一个主题被剖分为亚主题,然后再继续划分,直到被讨论的事物得到最详尽的阐述❶。亚里士多德的学生对这个程序不会感到完全陌生,但需要补充的是,在中国的修辞"分析"中,主题的各组成部分的陈述不像在亚里士多德传统中那么直白,所以,读者必须明察秋毫,准确无误地看出,A论题的各个亚主题在何时已经完成,并开始向B论题转移。这种论说结构有时十分严谨,你甚至会觉得它的结构太僵硬,而一经译为英文,就显得特别支离破碎。我希望通过对《文赋》和《文心雕龙》的讨论,把这一论说形式解释清楚。

从论说的角度来考察,有些文本不会给我们出任何难题,而有些文本却超出了我们的论题:对于充满辩驳的虚张声势的《沧浪诗话》,你可以轻而易举地把握它的文脉,但对于《二十四诗品》那种松散的小段小段的组合,确实不适合从论说的角度来考察。除此之外,还有第三种论说类型,叶燮的《原诗》是该类型在中国古代晚期走向精熟的一个代表作。叶燮追求流畅的线性论说结构,可是,与英语世界相比,在古汉语中,直白的逻辑术语在数量上少得多,也松散得多。这并不是说论说本身是松散的,这不过是说,严格的论说留待训练有素的读者来识别。确定的因果次序在汉语中本来是暗含的,而我却把它直白地展示在英译中。准确流畅的英语少不了若干直白的从句,而直白的从句只能造就大倒胃口的古汉语(因为使用大量从句,叶燮的文风已经算不上好文风了)。

从总体上看,中国文学思想史似乎走了一条与西方文学思想史颇为相似的道路:起初是一套被普遍认同的老生常谈(commonplace)及对它们的重复、进一步阐发和各种变体;然后走向百家争鸣阶段,每一家分别代表一个从传统的老生常谈中发展起来的立场;最后是各种独自发展起来的理论立场。阅读文艺复兴和18世纪文学理论的现代读者很快就学会从老

---

❶ "diaresis",或译"对分法""分辨法"。关于"diaresis"的讨论,见柏拉图《斐德若篇》,在那里,柏拉图借苏格拉底之口,以两篇论爱情的演说词为例,提出了两种修辞术:综合和分析。它们是后来西方哲学和科学中所使用的最为普遍的综合和分析法的开始。

生常谈的强制性重复（例如诗歌应该"寓教于乐"❶）中，看出文本中发生的扭曲和变形（如果有的话）；读者还学会识别这些变形是有意识的还是无意识的。中国传统也有它自己的一套常规信条，它们一次又一次返回到理论文本之中。可是，西方读者不熟悉它们，所以对它们还得仔细考察；正是在它们身上，我们找到了该传统那些最基本的关注和公认的假定。

至于权威时段的转折点，大致说来，它们是理论家不再停留于陈述一个被普遍认可的"真理"而是提出"一个立场"之时，它通常恰好发生在理论家自称他所说的是"真理"的时刻。当然，这个转折点并非时间上的一个点，而是若干世纪以来一直延续的一个过程。虽然就中国的情况看，我们可以把这个过程追溯到6世纪早期的文学派系之争，到13世纪，严羽以其刺耳的好辩声音，提出了（或许是第一次）一套与那些被奉为至尊的老生常谈对立的"立场"。在最先让我们相信他所说的才是"真理"的理论家中，严羽是当之无愧的一位。第二阶段在16世纪和17世纪早期的文学派别斗争中反映得最为明显。接触到王夫之和叶燮，来到17世纪中晚期，我们就有了现代意义上的"文学思想"，以及一种真正"全面思考"一整套问题的批评。

文学思想资料

文学思想经常被视为若干飘忽的想法，它们被表达在文本之中，不过是一种幸运的历史偶然。其实，并不存在这样一些飘忽的想法。我们所谓的文学思想是若干相异的文本，它们分属各种不同的文类。文学思

---

❶ "dulce et utile"是贺拉斯《诗艺》中的一句老生常谈，意思是"既愉快又有用"，指诗歌的两个目标。中文通常译为"寓教于乐"。贺拉斯（Quintus Horatius Flaccus，公元前65年—公元前8年），古罗马诗人和批评家。其文艺理论主要见于韵文书信《致皮索书》和《上奥古斯都书》，前者是写给罗马贵族皮索父子的，谈诗的创作和诗人的修养等，通常被称作《诗艺》。二书中译本可参考章安祺编订《缪灵珠美学译文集》第一卷，中国人民大学出版社，1987年。

想传统的文类对其话语的特性产生了深刻影响：文类就是不同类型的时机或场合，它们要求某类事物必须以某种方式去说。我们知道亚里士多德和贺拉斯的文论是不同的，其实二者的不同在相当程度上就是所用文类的不同，一个是类似演讲格式的正规的"*technê*" ❶，一个是韵文体书信。两位古典作家分别倾心于两种明显不同的文类，这显示出他们不同的癖好，它比任何"立场"上的不同都要深刻得多。现代学术批评家也是如此，虽然保持一贯立场是他们不容亵渎的准则，可是，在不同文类如文选的序言、书评和学术批评著作中，他们往往写出不同的看法。

在中国传统的后半段，前后一贯的立场（通过与之相对的立场得到界定）在文论中的角色十分重要，其重要程度丝毫不亚于它在现代西方的情况。然而，这些理论所分属的各种文类的历史惰性容易使原有的"立场"发生变形，并把它们定位在每一批评文类的历史和传统之中。以下是对几种重要文论资料的粗略介绍。

经、早期散文和"子"

儒家经典中有许多关于文学和美学问题的简短论述。不出读者的预料，这些观点后来成了无上权威的经典，它们经常作为既定真理的核心陈述为后世批评提供基础。但是，除了直接提到文学问题的段落，儒家经典所提出的若干关于心理学、道德哲学或解释学的陈述也经常出现在后世的文论之中，而且其重要性并不低于前者。一般而言，儒家经典强调语言可以充分显现作家内心生活和作家周围的社会生活，而早期道家学派的文本则包含大量反论，如"言不尽意"等。从战国后期到清代一直活跃着一种被称作"子"的文类，它是若干文章的合集，该文类旨在相当系统地囊括全部知识或者相当系统地囊括某一知识分支，如治国之道、史学，或在《文心雕龙》的例子里，文学本身。[2]这类著述通常包

---

❶ 古希腊语，英文通常译作"an art"，指一种方法或技巧，相当于中文所谓"术"或"法"。

导　言

含一两个论语言、文学或修辞术的章节。"子"最接近西方的"treatise"（专题论文），其个别章节与独立成篇的"论"差不多。"论"是中国文学散文中的一个文类，而文学散文属于美文或纯文学（belles lettres）。

文学散文和诗歌的文类

1. 论诗诗　这里存在许多亚传统（subtradition）。在中国，提到论诗之诗，人们最先想到的是"咏诗诗"；这种咏诗诗通常是四行诗或称"绝句"，它们简明扼要、引经据典地评论某些诗人以及他们与文学史的关系，而非论述理论问题。一般认为，唐代诗人杜甫（712—770）的一组绝句是"咏诗诗"的前驱（尽管唐代其他诗人的社交诗的特点对该文体的形成影响更大）。"咏诗诗"后来的标准经典样式在南宋成形，金代诗人元好问（1190—1257）的一系列绝句是最著名的范例。不惟这类绝句组诗，其实，在古代诗歌中，对个别诗人的风格所作的此类评论比比皆是。论诗诗的第二种类型热衷于创作情况，尤其是即兴创作以及内心状态与诗歌的有机关系问题。司空图（837—908）的《二十四诗品》❶及其后来的仿作，则形成了另一非常特异的亚传统：以诗语来唤起一系列情绪或品质。

2. 序　中国文学思想有几个比较大的资料来源，"序"就是其中的一个。序为以下几种情况而作：若干诗人在某个时机和场合所作的一组诗歌、文选，及某一位作者的个人集。对于某一位作者的个人集，被委托作序的人经常是文学界最权威的人士，只要作者本人（或其子嗣）有本事说动他，作者本人的序言往往也附在后面，这种情况到唐以后越来越普遍。虽然序言的形式五花八门，但它们的目的通常大同小异：让作者的风格与文学理论和诗学或文坛的老生常谈协调起来。我们从中可以发现若干对标准价值观念所做的最为有趣的精心阐释和修改。选集之序

---

❶ 关于《二十四诗品》作者之真伪问题，本书第六章注释〔5〕有详细讨论。

经常是文学史和文类理论的重要资料来源。

3. 书信 这里虽然经常包含对理论问题的详尽讨论,但它们通常表达写信人对收信人所持的"立场",有时可能是针锋相对的。

4. 短文 它们通常较为简洁(一般是中文的一页至五页,大体相当于英文的二页到十二页),系统阐述一个问题或作者所持的一个立场。个人短文可以在文学散文中找到,但这种短文的前身也是被划定为"子"的那种大部头作品中的某些章节。

5. 跋 11世纪以后,跋成了特别重要的形式。除了包含若干重要的文献资料以外,跋还经常包含若干有关文学接受史和作家风格的评论。

非正式散文(随笔)

在文学散文和非正式散文之间没有绝对界限,只不过属于"文学"类型的散文可以进入作家的文集,而非正式散文则不能。上文所提到的跋即介于两者之间,有时被收入文集,有时不被收入文集。正如其名称"随"(也就是"非正式")所暗示的,这类文论的轻松、非正式、即兴等特性正是它被赏识之处(虽然也有人用这种形式来论述复杂的理论观点,王夫之就是一个例子)。这种非正式散文的集子通常包括若干短小的文章(一般不超过一页中文),其范围涉及文学理论、诗法、语文学、文学史等。诞生于11世纪的"诗话"成为非正式散文文论中最大的一类。从12世纪以前遗留下来的诗话不下千种之多(此外还有若干被保存在选集中的散失了的诗话的断片),而且至今仍有新诗话诞生。诗话的种类非常繁多,有些表现出书写诗歌史的雄心,还有一些(以我之见,这些恰是最好的)本身就是一种十分独特的艺术形式,体现了诗话作者的思想风格。"诗话"自身属于"笔记"的一个特殊类型,笔记的数量也有数千之多。笔记与诗话的区别仅仅在于前者评论的对象多样丰富,除了谈论文学以外,笔记还发表对政治的看法,提供有关花道和茶道的建议,对历史难点的评说等,总之,一切可想象出来的对象和各种可能的组合,应有尽

导　言

有。笔记所汇集的看法涉及范围颇广，但它们在随意性这一点上与诗话的审美趣味相同。笔记还包括其他一些特殊类型，如词话、曲话、赋话、文话等，它们在批评作品中的数量也是相当可观的。

技法手册

技法作品被视为一种低级的批评形式，起初，它传授写作方法，后来，它们也经常尝试对文类诗学（这里指"poetics"[诗学]一词的本来意义，也就是从"制作"的意义上来描述文学作品的特征）❶给予一般性的理解。我们往往可以从这里寻找到传统诗学的成套说法，但同时也发现，当时的理论家往往对这种分门别类的系统论述表示怀疑，认为它们必然是简单幼稚的。有不同的文体，所以就有各式各样的非正式散文来讨论它们，同样，针对诗、词、曲以及有韵或无韵的散文，也存在不同种类的技法手册。技法手册在教学中颇为重要，这使它们广为流传；但这类书往往印刷较差，且得不到精心保存，结果许多书籍已经失传或仅存一二孤本。这些技法书往往相互剽窃，而不必有惭愧之感；引文经常不标明出处，或错误引用；由于大量印刷错误或引文错误，这些本子经常不足为信。技法书内容多样，包括：

1. "禁忌""须知""作家应当特别注意之处""类目""套语"。

2. "句图"，或对句汇编，它们往往依据某种复杂的诗人次序（如《诗人主客图》）或情绪范畴（如《诗人玉屑》中的"唐人句法"）来排列。这些句图把描绘性词语与例诗联系起来，它们为理解中国文论中的情绪语汇提供了一个途径。

3. "诗例分析"。它们传授"法"，即诗人的"技法"。

4. "诗法类编"。或者从主题的发展方面，或者从情绪或时间的阶段性进展方面。这类讨论有时不过是引文的汇编，这些引文或者取自更

---

❶ 关于西方传统中的"poetics"（诗学）一词的本来意义，详见第一章。

高深的批评家，或者是一些被一再转述的流行观点。

5. "字词讨论"。对重要术语的讨论，这类例子不多，其样板是《北溪字义》，它讨论了新儒家的基础概念；显然，同新儒家思想文本的样板相比，对文学术语的解释远不像前者那么复杂高深。

批评文选及其注疏

在这些作品中，比较重要的有序、读法、散见于诗歌之中的解说（有时以短文形式附于诗后）以及眉批。在明清时代，这些作品经常包含对阅读和批评的长篇指导。应当指出的是，许多大学者和批评家更喜欢作眉批，而系统性的解释似乎是留给教书匠作剽窃之用的。"读法"极大地吸引了那些喜好文学解释学的人。

《诗经》学

《诗经》的解释传统，尽管在许多方面与诗学和文学理论互为交叉，然而，在两千年的发展过程中，它自有一套独特的术语和问题，所以也就自成一个传统。在《诗经》解释学里可以找到最为复杂的传统批评，比如在王夫之的《诗广传》那样的作品中；然而，对于理解有关问题的历史和具体诗歌的解释史，这类批评之作的力量不具普泛性；因此，西方读者很难接近它们。

其他

除了上述文学思想资料，还有大量正史和正史之外的传记材料，讲述诗歌创作机缘的小说逸闻，以及文献知识。这些资料大多包括批评材料，还有许多包含理论材料。

导 言

本书的计划

本书主要针对两类读者：一类是希望理解一点非西方文学思想传统的西方文学的学者；一类是初学传统中国文学的学生。入选到本书之中的作品都是某种意义上的传统文学理论的经典；不过，有一些作品的经典地位是清代和现代学者确定的，它们是对批评传统所作的新一轮反思的结果。

若想把这些文论放回其语境之中，有必要认识古代中国文学理论、批评及其有关文论之作的庞大规模和复杂性。近年出版的一套中国文论选，其内容选自上文论及的各种"文学散文和诗歌"体裁，共十一卷，每一卷平均三百页到五百页（别忘了一页古汉语相当于两页到五页的英文）。况且，这些选集还未触及不下千部的诗话或技法手册。近期出版的另一本书，虽然才三百页，但它仅仅给出了那些短文、序和诗歌的标题。❶ 中国文学思想的真正历史和一本真正有代表性的选集，都是不切实际的，这不仅因为翻译本身规模巨大，也因为注释、论题和术语的解释，以及对一个庞大的不断变化的文学作品传统所做的必要背景讨论，都会占据太大的篇幅。

若把这些材料表达为英文，显然需要采取极端的选择原则。一种办法是已故刘若愚（James J. Y. Liu）先生在《中国文学理论》一书中所采用的办法，即把文学理论分成几大类，然后选摘若干原始文本分别举例加以说明。魏世德的《论诗诗：元好问的文学批评》一书则采用了一种更为保守的做法，在这本近五百页的书中，作者详细讨论了这三十首绝句的背景，一直追溯到它们在诗歌和文学讨论上的源头。魏世德以其渊博的学识使该书远远超出了一般的集释。可是目前看来，余宝琳的近著《中国传统意象读法》所提供的第三种方法是最好的也是最有洞见的。该书选择了一个核心问题即中国传统如何理解诗的"意义"的运作，作者把该问题从源头一

---

❶ 参见附录"参考书目类编"（I.A.2.d）。

直追溯到唐代,并延伸到唐代以后。❶

这本翻译加解说的选集采取了第四种方法,希望给上述著作以补充。这个做法从一开始就注定要走向笨重、繁冗。它通过文本来讲述文学思想。由于难免遗漏(为了讨论若干完整的文本而不是仅仅摘选一二段落,自然遗漏了另外一些文本),这个描述不论看起来多么复杂,仍然是非常简化了的。然而我相信,这个描述是真实的,而且也是最基本的。不过,即便读者承认它的核心性,但仍不要忘记,它不过是那个庞大、复杂、被若干次要情节所环绕的主要情节的一个纲要。

完全通过文本来讲述文学批评史就意味着尊重那些种类不一的文本。考虑到这些文本的多样性,你要么追求描述的连贯性,不惜伤害某些文本,要么为照顾每一文本的特殊需要而牺牲连贯性。不管结果是好是坏,我已选择了后者。

描述的起点应当尽可能清晰。形成中国文学思想之背景的早期文论无比丰富、复杂,在第一章里我只选择了不多的几段,并以短文形式对它们做了详细讨论,以求清楚地阐述将在后世文学里再度出现的问题。随着对具体问题的讨论,该时期的大量文本(大部分很短)将再次出现在后面的章节里。这一章展现的只是对早期文学思想的众多解释中的一种。

我的解说采用了统一的形式:一段原文,一段译文,然后是对若干问题的讨论。❷ 不过,解说形式将根据不同文本的需要而有所变化。面对《文赋》,如果不首先解决其字词句上的问题即语文问题,如果只限于一般性陈述,则不免轻浮;同理,对于欧阳修的《诗话》,如果仅仅停留于详细的字词句的解说,则是对其真正旨趣的学术逃避。不论文本蕴涵着什么样的"观念"(ideas),这些观念皆与每一文本的不同特性密不可分。正是出于这种考虑,我才选择了疏解,而不是综述的方式。

本书所讨论的大多数作品,或多或少,皆可划归"文学理论"的名

---

❶ 参见附录"引用书目"(英文部分)。
❷ 中译本保留了原来的形式,只将解说部分译为中文。

下,但至少有两部——曹丕的《论文》和欧阳修的《诗话》——本身就是文学作品,我也正是这样处理它们的。类似的例子还有两部韵文作品,陆机的《文赋》和司空图的《二十四诗品》,在这两个例子里,"文学思想"难以跟十分复杂的语文难点区分开来。所以,对于它们,任何宽泛的解释都离不开对其诗行和字词的精确讨论,而且也不能忽视那些试图解决这些问题的中国学者的努力和博学。假如读者因为迷失在这类语文细节里而感到不快,他应当去责问陆机和司空图为什么要这么写。这两部作品皆有流畅的英译,如果读者怕麻烦,无意详细了解我们对这些作品的理解其实多么成问题,他自可以到那里寻找满足。

后面几章所选文本更容易按惯例处理;遇到语文问题就解决语文问题,但重心仍放在文学批评史上。虽然入选的作品只是中国传统近两千五百年中的若干个点,但我的解说是一个开放结构,它允许其他著述不断补充和加入。

在做这项工作的时候,有那么一瞬间,我想象自己用古汉语为古代中国读者解释并翻译亚里士多德的《诗学》。围绕《诗大序》《文赋》《文心雕龙》《二十四诗品》,甚至在某种程度上还有《沧浪诗话》的注疏传统,其历史的纵深和文海的浩瀚,在西方文学思想传统里,只有《诗学》可以相提并论。像《诗学》一样,这些作品无法从它们的解释历史中孤立出来。

把《诗学》译成简明、优美的汉语,将其术语和观点用熟悉的汉语术语重说一遍,这是相当容易的事。可是,最后得到的无非是这样一个本子:愉快的、有时不知所云有时天真幼稚的、一个关于文学结构的中式论述的版本。可是,我们不应该停留于此,我们应该尝试对它原始的希腊词语做一解释,并说明它们与中文概念有哪些不同;这样一来,必将遇到难题,很多情况下,要弄清希腊词语的力量必然要涉及繁复的学术争论,它根本无法脱离它们在拉丁语和方言俗语(vernaculars)中的解释史(而且也脱离不开这些语词在其方言文学传统内部被自然化的过程中所发生的变形)。我能想象出这样的瞬间:希腊句子 *"dio kai philosophoteron kai spondaioteron poiesis historias estin*" 被译为这样的英语"For Poetry is both more philosophical and more serious than history"。❶ 我大概会把它译为这样的中文"诗之于史，理胜而谨也"。❷ 对生活在前现代（premodern）的古典中文读者来说，这个说法不啻为无稽之谈：不管怎么说，历史完美地体现着"理"；而"自然律"在诗中的角色必定是成问题的。需要大量的篇幅才能解释清楚，亚里士多德所谓"poetry"（诗）、"philosophy"（哲学）和"history"（历史）是什么意思；对每一个词，古代中国读者都有十分不同的理解。

如果把《诗学》的上述困难表现得似乎无非是翻译问题，似乎该文本在西方传统中的解释不存在严重的分歧，作为学者，无论如何，我会感到不安。于是，我接下来自然要把对《诗学》如此关键的解释问题向读者做一概述，从早期的注释者（让我出于论述的方便，假设《诗学》也有一个注疏传统）罗伯戴拉（Robortello）、莱辛（Lessing）到艾尔斯（Else），再到若干现代学者。读者应当记住，我正在把一套在两千多年中发展起来的概念语汇，翻译给另一个拥有一套完全不同的概念术语的传统。从我的古代中国读者的视角看，这些词汇在这两千多年中出现的新问题和新意义几乎差不多。或许用不了多久，我的读者就开始摇头叹息，绝望地把它丢到一边了。

这个小小的倒转过来的假设恰好说明了把这些中国文本译成英文的难处。一方面，一个有心了解一种确乎不同的文学思想传统的西方文学学者肯定不希望看到这样的翻译，也就是让本来大不相同的东西看起来相当熟悉，一点不别扭。另一方面，注释必须节制，过多的注释会使文本滑入一片繁复的乱章。某些注释和解说孤立地看可能十分有趣，可是加在一起，它们就会把文本及其对文本的讨论彻底淹没。在解说中，

---

❶ 这句话的意思是"跟历史相比，诗歌更有哲学意味，也更严肃"。参考亚里士多德《诗学》，罗念生译，人民文学出版社，1982年，28—29页。

❷ 原书在括号里对这个中文句子有如下翻译，"as for poetry's relation to history, it excels in natural principle and is [the] serious [one]"。

导　言

　　我决定仅在两例中充分照顾中国的注疏传统：一例是《文赋》，一例是《二十四诗品》。我的决定既出于它们的特殊困难，也是为了给读者提供一二实例，以了解古汉语中遇到的解释问题；即便有这些实例的帮助，我也不过向读者展示了中国注疏传统的一些皮毛。我自己在阅读和理解中随时要面对那个注疏传统，但我不可能把它们全都拿到桌面上来。对于我的每一个决定，我不能一一辩护，况且，鱼和熊掌往往不能兼得。

　　多数情况下，我宁取表面笨拙的译文，以便能让英文读者看出一点中文原文的模样。这种相对直译的译文自然僵硬有余，文雅不足；但是，对于思想文本，尤其是来自中国的思想文本，翻译的优雅往往表明它对译文读者的概念习惯做了大幅度让步。本书所选译的作品大多数都可以找到优雅的英译；可是，中国理论究竟说了些什么，从那些优雅的译文中，你有时只能得到一个相当粗浅的印象。在中文里原本深刻和精确的观点，一经译成英文，就成了支离破碎的泛泛之谈。惟一的补救之策就是注释，如果不附加解说文字，那些译文简直不具备存在的理由。

　　至于如何处理传统中国诗学的技术性术语，也没有什么既优雅又有效的良策。正如西方文学思想的情况一样，离开其复杂的术语系统，中国文学思想的叙述性和说明性力量就难以维系，因为那些术语处在一个随历史而不断沿革的结构之中，在不同阶段发生不同程度的变形。在西方读者听来，这些术语虽然十分奇怪和陌生，但你始终不要忘记，就像西方传统的情况一样，该传统也想当然地认为这些词语是看待文学现象的标准方式，并把它们当作不言自明的东西来使用。既然它们的意义来自它们在各种具体语境中的用法以及它们与其他术语的一整套关系，因而，在西方诗学的术语中，不可能找到与之完全对等的术语。[3] 它们对于英文读者永远不可能像对中文读者那样，那么自然、那么显而易见，它们的相互联系也不是轻易就能了解的。而且，遇到这些术语，英文读者根本弄不清楚它们的具体所指，具体所指是靠与特定文本的特定层面的重复性联系建立起来的。当然，如果能提供一个范围广阔的、各式各样的文本，在那些文本中一次又一次地与它们碰面，对它们的某些功用及意义，英文读者也自然会有所领悟。重要术语的翻译皆附加拼音，这个方法虽然笨拙，但它可以不断提醒英文读者，被翻译过来的汉语词与它的英文对译其实并不是一个意思。

在译文和解说文中，有些最重要的术语与一个固定的英文翻译一起出现，此外，还在括号里给出它的汉语拼音。如果拼音上标有星号，就说明它被收入文后的"术语集解"。有些术语只有拼音。❶ 我并不认为汉语术语的每一次出现都有必要标明拼音；但我可以肯定，许多读者会觉得我已经用得过于频繁了。不过，那些我没有附以拼音的地方，通常是那些在语境中已经确立其具体译文的术语，而且该段的后面部分继续使用的仍是这同一个术语。

一个最难做出的抉择是，对于某个汉语词，是保持一个固定的英文翻译不变，还是根据语境的变化而采用不同的翻译。根据被译文本的需要，我做了一个不安的妥协。像"气"这个词几乎总是以拼音的形式出现。"变"在单独使用的时候几乎总是被译作"mutation"，以便让读者注意其确切含义，并区别于其他表示"变"的词，虽然这经常使译文显得非常笨拙。即使有时不免笨拙，"意"通常被译为"concept"；但另外一些时候则必须译成不同的英文。有些词我根据语境给出了多种翻译。总之，我尝试一个词一个词、一段文本一段文本地做出决定，我的首要目标是给英文读者一双探索中国思想的慧眼，而非优雅的英文。关于一部分术语的最佳英译，已不乏讨论；其实没有什么最佳的翻译，只有好的解说。任何翻译都对原文有所改变，而且，任何一种传统的核心概念和术语的翻译都存在这个问题；这些术语对其文明来说非常重要，它们负载着一个复杂的历史，而且植根于该文明所共享的文本之中。本书出现的这些术语大多数不是中国文学思想所独有的，而是中国思想的各个分支所共享的，只不过根据使用时参考框架的不同，它们具有略微不同的联想意义。

---

❶ 为方便中文读者的阅读，中译本把括号内附加的拼音全部改换为汉字。

注 释

〔1〕 这里的"文学思想"一词取其最宽泛的意义，包括文学理论、诗学和批评，但文学分类学被放到边缘位置。

〔2〕 这里把"子"译为"literature of knowledge"（思想文献），它是传统中国文献四大类型"经史子集"之一。

〔3〕 诗学术语大体被操各种语言的欧洲传统所共享。这并不是说不存在历史和民族差异，不过，从各国文学经典的来源以及后来经典的相互联系来看，其差异容易打通；或者说，考虑到那些来自共同背景的共享性，那些词语易于相互理解。虽然欧洲各种"民族文学"皆以本土为骄傲，这使每一方的支持者动辄声称，没有任何文学拥有一个与我们的 X 相近的词，但在考虑一套共享问题或论题时，X 一词的力量很容易被理解。

CHAPTER ONE
Texts from the Early Period

第一章

早期文本

* * *

子曰:"视其所以,观其所由,察其所安,人焉廋哉?人焉廋哉?"

《论语·为政》

He said: "Look to how it is. Consider from what it comes. Examine in what a person would be at rest. How can a person remain hidden?—how can someone remain hidden?"

Analects II.10

孔子在《论语》的许多段落中表达了他对《诗经》中的诗篇、对"文"以及对其他一些问题的看法,它们直接引发了中国传统文学思想的关注中心。这些观点经由权威性的重复和注释,对传统产生了极大影响;然而,若想从中发现柏拉图那种对诗歌的深奥批评或亚里士多德式的讲解,读者一定会大失所望。而且,中国文学思想发展的最深层动力往往不在于孔子对文学自身所表达的见解,而在于《论语》中所蕴涵的儒家思想对更广泛问题的关注。上面这段话提出了一个今天仍然活跃在中国文学思想中的问题,尽管它并没有直接讨论到文学或写作。

在这里,我们发现了一个在后世中国文学思想中还会经常遇到的三级序列,而不是我们在西方语言理论和"mimesis"(模仿)或"representation"(再现)概念❶中所发现的意义的二元结构。孔子首先让我们观察一个行为的样态或特性("其所以"),然后考虑行为的动机或具体起因("其所由"),最后再推断行为的发出者会"安"于什么样的状态("其所安")。当然,孔子这里考虑的是如何认识一个人的道德品质和性格特征。他向我们保证,通过某种持续的观察,我们完全可以看出一个

---

❶ 解说文字中的重要英文概念术语,尤其在首次出现时,一般以原文形式保留在正文里,加引号,一个与之大致相应的中文词附于括号内。

第一章　早期文本

人的真实本性，否则，人的真实本性就始终隐藏在那里，不被发现。

这段话牵涉到一个特殊的认识问题。这不是真正的"认识论"问题，因为它不关涉认识自身所具有的本质，比如柏拉图的若干对话所引出的那种认识问题。不过，这里的认识问题在许多方面与早期希腊思想所引发的认识论问题是两相对应的。孔子所提出的这个问题关系到如何在具体的个案中识别善，而不是认识"善"这个概念。中国文学思想正是围绕着这个"知"（knowledge）的问题发展起来的，它是一种关于"知人"或"知世"的知（knowing）。❶ 这个"知"的问题取决于多种层面的隐藏，它引发了一种特殊的解释学——意在揭示人的言行的种种复杂前提的解释学。中国的文学思想就建基于这种解释学，正如西方文学思想建基于"poetics"（"诗学"，就诗的制作来讨论"诗"的概念❷）。中国传统诗学产生于中国人对这种解释学的关注，而西方文学解释学则产生于它的"诗学"。在这两种不同的传统中，都是最初的关注点决定了后来的变化。

《论语》这段话提出了若干值得考察的基本假定。首先，有两种真实，一在内，一在外：虽然对外在真实的观察有可能导致对内在真实的误解（存在隐藏的可能），然而，它同时也假定，通过对外在真实的某种特殊的关注，完全可以充分地深入到内在真实之中。这就是说，它认为在具体的内在状态和其外在表现之间存在着必然联系。内外之间的关系就是一个证明，在内的东西向外流露（暗含在"所由"中的一种向外呈现的过程观念）。外在的东西并非自觉地"再现"（represent）内在的东西：例如，一个尴尬的面部表情并非自觉地再现某种尴尬之情及其具体起因——"所由"；毋宁说该表情非自觉地暴露了这种感情，感情的暴露又暗示了其起因。最后，这段话还有一个最微妙的假定：被表现的东西不是一个观念或一件事，而是一种情况，人的一种性情，及其两者间的能动关系。被表现的东西处在进行之中，它完全属于"Becoming"（生成）领域。❸

---

❶《论语·学而》："子曰：不患人之不己知，患不知人也。"
❷ 希腊词 *pioêma*（诗）来自 *piein*（制作），见后文。
❸ "Becoming" 或译"将成""成为存在"，为了行文的简洁，这里译为"生成"。

"Alêtheia"（解蔽，英译"disclosedness"），这个希腊词在英语中经常被译为"真理"，它暗含在这样一种观念之中，即认为世界的外表是欺骗性的，绝对的真理隐藏在欺骗性的外表之下——"Becoming"（生成）与"存在"（Being）的对立。这个观念是柏拉图的一个关注中心，而且始终是西方形而上学的核心，虽然其表现形式多种多样，有时明显有时隐蔽。对孔子来说，"Being"（存在）是一个难以想象的东西，但他却非常清楚此一关系式即"Alêtheia"——作为解蔽的真理。虽然两种传统都处理欺骗性的外表和潜藏在表面之下的某种合理的东西之间的对立，但二者对这一对立给出了不同解释，这个分歧是使两种传统在文学及各种其他思想上分道扬镳的主要原因。

粗略地说，柏拉图关注的是具体现象的短暂性、变化性和偶然性，与前者构成对照的是"Form"（理念）的永恒性、不变性和自在性。而孔子的视点则指向一个与此不同但又与此有关的问题，他不关注外表与那个不变者是否相符，他关注的是内在的东西确实影响了外在的东西（外表），也就是说，在二者之间确实存在必然联系。在柏拉图看来，一个美人"表示"给他的是"美"（Beauty）的理念的具体表象；而孔子则注意到，美确实体现（immanent）在一个人身上，它显露在外，要想感知它需要某种特殊的观察。虽然两种传统处理着完全不同（后来变得难以相比）的问题，但有一点是二者共同关心的，即"隐藏"，在欺骗和谎言的强大威胁下，有可能产生错误的判断；而对欺骗和谎言的暗自担心与对语言的关注是分不开的。

柏拉图意义上的从"理念"（Form）到现象的过程（大体相当于中国的从内到外的过程）讲的是先有固定的模子再根据模子制作。由于这个原因，在柏拉图式的世界蓝图中，"poiêma"即文学制作，就变成了一个令人烦恼的第三等级。在上引《论语》那段话中以及在中国文学思想中，与"制作"相当的词是"显现"（manifestation）：一切内在的东西——人的本性或贯穿在世界中的原则——都天然具有某种外发和显现的趋势。亚里士多德或许喜欢这类东西，他讨论"phusis"（作为形成过程的某物之本性），但是他所说的显现指事物的"*entelechy*"（圆满实现），换句话说，任何实体皆朝它的形式发展，那个圆满实现了的形式就是"entelechy"。在孔子那里，各种错综复杂的环境交织在一起，任何一种内在真实都有可能被遮蔽，但只要人知道如何去观察，他就会发现，内在的真实就体现（immanent）在外在现象之中。

在这种关于内外的构想之中，我们可以发现一个丰富的非虚构文学传统的起源。存在一个纯外表的层面；只要仔细观察，我们就能看出它为何是这个样子，它是在什么条件下诞生的。不过，第三层是最有意思的，在第三层我们还可以看到人将"安"于何种状态。这就意味着，透过外表，我们还可以推断出不受纷纭现世干扰的、稳定而一贯的人性诸维度。在孔子看来，观人确实可以观到这一层；阅读一篇文本也可以读到这一层，这里要提醒西方读者注意一个简单而又至关重要的事实——文永远是人写出来的。

* * *

"敢问夫子恶乎长？"曰："我知言。我善养吾浩然之气。"

"何谓知言？"曰："诐辞知其所蔽。淫辞知其所陷。邪辞知其所离。遁辞知其所穷。"

《孟子·公孙丑上》

Gong Sun-chou: "What, sir, is your excellence?"
Mencius: "I understand language and have mastered the fostering of boundless and surging *qi**."❶

"What do you mean by 'understanding language'?"

---

❶ 这里的 qi* 即汉字"气"的拼音，星号表示该词被收入全书最后的"术语集解"（下同）。为区别英文单词，译文中的拼音均以斜体形式出现。中文版保留其原来的形式不变。原书使用韦氏拼音，中译本一律改为现代汉语拼音（书目资料除外），以方便当代中文读者阅读。

"When someone's words are one-sided, I understand how his mind is clouded. When someone's words are loose and extravagant, I understand the pitfalls into which that person has fallen. When someone's words are warped, I understand wherein the person has strayed. When someone's words are evasive, I understand how the person has been pushed to his limit."

Mencius II. A. 2. Xi. xvii

孔子关于观察人的行为、动机和基本性情的诫命,以一种特殊的方式被运用到孟子关于"知言"的主张之中。语言是外在显现的最终形式,它最完美地(尽管也存在问题)体现了内与外之间的相应关系。

在孔子看来,要了解一个人,仅靠行为自身的道德性是不够的:观其起源,一个善的行为可能源于某种自私的动机,而一个恶行如果考虑其起因,说不定是可以原谅的;只有把这些都考虑进去,一个人才可能被了解。按照孟子的说法(见《孟子·离娄章上》),眼见自己的嫂子快要淹死了,却不用手拉她一把,他简直是豺狼("嫂溺不援,是豺狼也")。当然,一般说来,他本不该触碰嫂子的手。即使在动机良好的善行或动机卑劣的恶行之中,我们也可以发现一个人的不安之处,而且通过这种方式,我们也可以见出此人的某些真实本性即"察其所安"。

同样,孟子的"知言"不仅指理解语词的意义,当然也不仅指理解那只是反映了或再现了说者所认为的语词的意义。孟子所说的知言是指知道语词隐藏了说者的什么,泄露了说者的什么。"诐辞知其所蔽":没有任何字典、语法或对概念的哲学反思向我们讲授这样的"知言"。语词仅仅成了一种外表,其外形揭示了隐藏在内的东西。孟子所开列的各色语言表明,一个训练有素的听者能明察秋毫。最为重要的是,说者在话语里流露出来的东西是非自觉的,也许它根本不是他希望流露的东西。在这里,错误和欺骗不是独立范畴,它们从属于知人:它们不过是无知或是一种想欺骗的欲望的体现,因此对我们来说,它们成了我们听他人说话时的某些重要证据。识别真相还是认可错误、被欺骗还是不被欺骗,取决于听者的能力。

在这里,也即在中国文学思想的开端之处,我们应该格外注意中国文学思想的引导方向。这里的观者/听者/读者概念与西方的"member of an audience"(读者大众之一员)概念颇为不同。我们的英文词"member"(一员)暗示出,"团体"才是完整的有机体:文本中的那种接受愿望不能由单一读者来实现。作品的"读者大众"这个观念在西方有它自己的历史,不涉其历史就不可能完全领悟它的意思。在古希腊,观看悲剧的人被卷入一种狂乱状态,成了观众的一员,这使柏拉图深感不安和震惊。柏拉图的担心并非没有一点根据:正是这样的雅典观众站在辩论会场,因听了煽动人心的演说,就凭一股不假思索的热情,使整整一代青年人葬身叙拉古(Syracuse)墙底。❶

苏格拉底注意到,一个演说家以及一个在大庭广众面前背诵荷马史诗的人具有强大力量,能把观众抛入迷狂状态(*ekplexis*),以至"丧失理智"。到了罗马时代,《论崇高》(*On the Sublime*)的作者❷对当时的文学感到不满,他觉得当时的文学无法与过去的伟大作品媲美,因为它无力激发观众进入那种迷狂的忘我状态。西方的"audience"(听众/观众/读者大众)概念使读者/听者作为集体的一个匿名成员而存在;即使在单独出场的时候,也享有某种使自己迷失在民众的那种热情之中的自由。人们一直希望能从文学之中找到这样的自由,渴望被卷走(*ekstasis*)。到了 18 世纪,这种美学体验观念已表现为比较温和、冷静的感官体验,但它依然相信,艺术所提供的体验类型独立于或摆脱了日常世界的嗜欲和

---

❶ 这里指发生在古希腊叙拉古的一个历史事件:两位在政体中有地位的青年人之间的情仇竟然引发了一场内乱。故事是这样的,其中的一位青年人离家在外,另一位趁机夺走了他的情人,那位蒙受耻辱的青年为了报复,又在另一位外出时引诱了他的妻子。于是,双方各自纠结政要人物,最后导致整个城邦的分裂。一件私人纠纷之所以扩展到整个城邦的纠纷,显然,演说在其中扮演了重要角色。亚里士多德在他的《政治学》第五卷第四章论及该事件。

❷ 据传,朗吉努斯是《论崇高》的作者。虽然《论崇高》一书的作者是谁,朗吉努斯又是何许人,学者们至今意见不一,但一般认为,此文是公元 1 世纪的作品。参见章安祺编订《缪灵珠美学译文集》第一卷,中国人民大学出版社,1987 年。

道德律令。[1]

孟子的"知言"描画了一种迥然有别的读者原型，这种读者并不寻求独一无二的体验模式，相反，他试图去理解另一个人。在这种"知言"的萌芽阶段，最关心的是道德判断和道德教育，后来，读者的兴趣渐渐发展成为更广泛、更复杂的对"他人"进行理解的尝试。对阅读艺术的这一创始性的构想布满了难题，其程度与建基于模仿/再现的文学传统不相上下，到了一定的时候，那些难题将浮出地表，若干解决方案也便应运而生。

在沿着这些起点发展起来的对文学艺术的构想中，假如一个文本强烈地扰动了读者的情感，其缘由在于作者及其时代；该体验并不涉及读者和文本之间的封闭关系。而即便一个文本从千百万读者的手中传过，它所寻找的永远是这个或那个"知言"的人。

* * *

咸丘蒙曰："舜之不臣尧，则吾既得闻命矣。《诗》云：'普天之下，莫非王土；率土之滨，莫非王臣。'而舜既为天子矣。敢问瞽瞍之非臣，如何？"

曰："是诗也，非是之谓也；劳于王事而不得养父母也。曰：'此莫非王事，我独贤劳也。'故说诗者，不以文害辞，不以辞害志。以意逆志，是为得之。"

《孟子·万章上》

Xian-qiu Meng said: "I have accepted your declaration that the Sage-King Shun did not consider Yao [who abdicated the throne in favor of Shun] to be his subject. Yet there is a poem in the *Book of Songs*:

Of all that is under Heaven,
No place is not the king's land;
And to the farthest shores of all the land,
No man is not the king's subject.

I would like to ask how it could be that, when Shun became

emperor, the Blind Old Man [Shun's father] would not be considered his subject?"

Mencius replied, "This poem is not talking about that. Rather the poem concerns the inability to care for one's parents when laboring in the king's business. It says, 'Everything is the king's business [and should be a responsibility shared by all], yet I [alone] labor here virtuously.' In explaining the poems of the *Book of Songs*, one must not permit the literary patterning (文*)to affect adversely [the understanding of] the statement (辞*); and one must not permit [our understanding of] the statement to affect adversely [our understanding of] what was on the writer's mind (志*). We use our understanding (意*) to trace it back to what was [originally] in the writer's mind (志*)—this is how to grasp it". ❶

Mencius V. A. 4. ii

在这里，我们碰到了一个棘手的伦理难题：当君王尧把王位让给舜，尧是否成了舜的臣子？舜的父亲是否也成了舜的臣子（一个难以想象的处境，两种等级秩序在此发生了冲突）？孟子提出，国王的宗主权在这种情况下是个例外，但咸丘蒙引《诗》作权威，以证明无一例外。孟子这样驳斥咸丘蒙的解释（但并不质疑《诗》裁断此类事宜的权威）：被引用的《诗》是由一个具体情况引发的，一个官员陷入一种对君王的义务和对父母的义务不能两全的矛盾境地。"王事"是所有人的义务，但他感到似乎所有的王事都落到他一人身上。不论这个具体解释多么成问题，但孟子的解释方式却意义深远。

咸丘蒙是个失败的读者，他失败的原因正在于未能遵循孔子在《论

---

❶ 译文括号内的汉字如"文"等在英文本中以拼音形式出现，为方便中文读者，中译本里均改为汉字。星号表示该词被收入全书最后的"术语集解"。

语》里那个关于如何理解的教导。在咸丘蒙看来,《诗》里的那段话的意思就是它所说的意思:他寻求的是"其所以"。而在孟子看来,那段话的意思是由原因赋予的;意义是从某个具体的(就算最终难以确知的)条件中产生的。孟子考虑的是"其所由"。当然,孟子也可以给这段话概括出一个一般意义,但他强调,任何一般意义都离不开具体意图的参与,所以必须把这段话理解为与产生这段话的那个具体条件的一种关系。孟子不仅批评了因不考虑整体而误解部分的错误倾向,更重要的是,它宣告了中国语言和文学传统理论中的一个核心假定:动机和具体的起因是意义的一个不可分割的组成部分。

孔子关于"知人"的教导在这里被转移到对诗歌的阅读上,一些新的重要术语便随之产生。而且,那个从内到外的过程即显现过程在这里被描述为若干层面。最外层是"文",即"文采"(Literary patterning),在后来的语境里,则是"文章"(writing)。

"文"应该是某种情况或内在状态的有机延伸,但孟子意识到某种危险,在此前《论语》的那段话里,这种危险没有被明说。概言之,这个危险就是,这种显现过程可能会导致扭曲和误解。要理解《诗》就必须拥有一种特殊的本领:不能仅仅知道诗好像说了什么,还得知道说者真正要说什么。

孟子这里假定文学语言("文")和普通语言("辞"即"言")是不同的。[2] 在提出这个假定之时,孟子或许想到了为早期文本做注疏的实践,这种实践在当时已经存在,后来成为中国学术传统的一个显著特征。更有意味的是,"辞"被视为"文"与"志"之间的中介。既然按照孟子的描述,解释的诸阶段是"志"在语言中的显现过程的镜像,我们就可以明白,充分实现了的形式是"文"而非"志"。这是后来活跃在该传统中的一个重要假定的雏形,即所谓"文"——有文采的语言和书面语言——不是普通语言的一种外形或变形,而是语言的完满的、最终的形式。虽然极易被误解,但"文"同时又是语言的圆满实现(entelechy)。

第一章　早期文本

在"辞"之前是"志"。如果阅读得好，我们发现的不是"意义"而是"志"，即"怀抱"。❶ 志是一种心意状态，语言通常所具有的各种可能的意义，无论字面的还是比喻的，都归属于它，同时"志"又不局限于这些意义。《诗》的语言不指向（index）❷ "被说的东西"（字面意义），甚至也不指向"想说的东西"（从潜在意义上说，既包括比喻意义也包括字面意义），毋宁说，语言是说了的东西和想说的东西与说话人为什么说这个、为什么想说这个二者间关系的一个索引。其实，这种语言理论在孔子所发出的那个指令中已露端倪。这一理解过程完全可以沿着这个三级阶段回溯至其源头，既然复杂的环节更容易导致错误，它们就需要某种特殊的读者。

关于早期中国语言理论和西方语言理论之间的同与异，我们这里无须做烦琐对比，值得注意的是，符号／意义的那种朴素符号学模式的各种说法，在早期的中国（如公孙龙子的）和西方都出现过。这是用以描述语言真实运作的一个原始的、相当不完备的模式，西方的知性传统没有彻底逃避这一模式，而是不断加工、发展它。事实上，语言理论在中国表面上的消失不过是这一朴素模式的失败或对它的放弃：在处理语言运作这一问题时，符号理论被一个更加高级的模式所取代了，这个模式就是"志"。"志"把动机和情境与符号的纯规范运作结合起来，而西方的符号理论仅限于后者。从表面上看，这似乎是以心理学代替语言学，其实不然，毋宁说它体现了这样一种认识：如果不通过某种心智和在某种具体条件下，任何语言都是不可能产生的。既然注意到这个明显的事实，就很难对语言的运作作非人格的理解。因此，在中国传统中，我们看不到西方传统中那种对伟大的语言和哲学工程的重视，如语法、哲学定义（对所有的语言使用者，它始终是稳固的）以及十分"精确"的准数学的语言等。

---

❶ 这里的"怀抱"译自"what is intently on the mind"（内心专注之物）。参考全书最后的"术语集解"。
❷ 这里把 index 译为"指向"，意思是"是……的索引"或"是……的指示"。

> * * *
>
> 诗言志，歌咏言。
>
> 《尚书·舜典》
>
> The Poem（诗*）articulates what is on the mind intently（志*）; song makes language（言）last long.
>
> *Book of Ducuments* (Shu Jing), "Canon of Shun"

这是关于诗"是"什么的一个经典陈述。尽管现代学界已不再相信这一陈述属于传说中的舜那么远古的时代，但它大概仍然是诗的一个最早定义。比其历史出处更为重要的一个事实是，在中国传统中，它始终被视为诗的第一位的和最权威的陈述。应该强调的是，它并非诗的"一种理论"；毋宁说它是关于诗的一个权威说法，它俨然上帝在创世之初给诗宣布的一个简明定义。它的权威性主要来自两个方面：首先，它被视为经；另外，它是一个词源学上的定义（或更准确地说是伪词源学上的），把"诗"这个字拆开，就可以得到这个定义。于是，如果一边端详这个字一边琢磨其意思，你一定会发现它是由"言"和"志"（其实是"寺"，一种伪词源学把它解作"志"）两部分构成的。合在一起，"言志"恰好构成了上文的陈述——"诗言志"。这个词源学上的定义给该陈述的真实性增添了特殊权威。"诗言志"这个定义和"A poem is something made"（诗是某种制作）的说法同样无法抗拒，因为二者从词源上说都是重言式（希腊词"*pioêma*"［诗］来自"*piein*"［制作］）。"诗言志"始终是一个先于一切的前提，后世的诗歌理论要么以之为基础，要么与之达成妥协。尽管这个定义为发展、变形和争议留下极大空间，但该定义自身被视为当然，谁也不能说"诗不言志"。

我们把"诗"译为"poem"不过是出于方便。"诗"不是"poem"，"诗"不是人们制作一张床或作一张画或做一只鞋子那种意义上的"制作"。一首"诗"可以作，可以打磨，可以精心加工，但这与"诗"本质上"是"什么没有关系。"poem"与"诗"在定义上的这一差异产生了严重后果：它影响到中西传统怎样理解和讲授人与文之间的关系；而且它也影响到诗人在这两个传统中的表现。或许最重大的后果关系到控制（control）问题：如果我们把一个文本视为"poem"，即"制作"之文，那么它就是其制作者的意志对象；也就是说，它不是这个人自身，而是他"制作"的东西。自浪漫主义时代以来，许多抒情诗作家试图向类似"诗"的"poetry"（诗歌）靠拢，❶ 可他们在论诗时所挂虑的东西却一再表明了他们与那个古老诗歌观念作搏斗的种种印记：他们常常使用的名词是面具、角色、距离、艺术控制等。

从另一方面来说，我们把一个文本视为"诗"，那么对于"诗"是什么而言，作者的技艺并不是决定性的因素（就像西方教诗歌的老师教导他天真的学生说，诗人的内心状态虽然可能是很有趣的，但它并不决定诗是什么）。中国文论中的"诗"的作者不能宣称他对自己的文本具有西方文论中的诗人对他的"poem"那样的控制权。这样一来，"诗"不是其作者的"客体"，它就是作者，是内在之外在显现。当孟子听到"诐辞"，他听出了某种控制语言的企图：在一个好读者听来，这个企图正是作为"企图"而显现的，这继而引发了动机问题。总之，"诗"的这一经典陈述——两千五百年来，它始终和"诗"这一艺术形式如影随形——让我们放心地相信，从某方面看，"诗"是人内心的东西。尽管也有些诗人和一些诗歌流派希望西方的诗歌也能这样，但西方的"poetry"，其观念本身并不暗含这一前提。

那么，我们在"诗"里所发现的这个"内"是什么呢？是"志"。按传统的定义，"志"乃"心之所之"。我们应该首先注意"志"的第一个层面：它是表达之前的，是真实的"内心状态"，它因一定的强度和意向性而成为志。一旦找到适当的语言，它便成了"诗"。一个最容易把人引入歧途的做法是把"志"习惯性地译为"intention"（意

---

❶ 这里指中国古代传统意义上的"诗"而不是西方传统意义上的"poem"。

图）。就"intent"的一个英文意义即"专注于某物"而言,"志"也许是"intent";但无论从该词的通常意义还是哲学意义来看,它都不是"intention"。"Intention"是自觉(voluntary)的,只要稍微反思一下就会发现,"intention"的观念是多么深刻地暗含在西方对自由意志的关注之中。"志"可能也有自觉的层面,但这个概念更重视一切意志的种种非自觉的(involuntary)起源:"志"的发生是因为人受到了外在世界中某物的扰动。某人或许有表达其志的"意图",他可能"有意"把他的志以某种方式显示给他人;但对于一个像孟子那样"知言"的人,在读诗中所察觉到的"志"就是真的"志",无论它是否是作者"有意"显露的。

把"志"译为"intention"的第二个问题在于:就文学方面说,"intention"总是指以某种方式来作诗的意图:其目标是文学创作。而"志"则是在诗歌之外的现实世界里人与某客体、事件或可能性的一种关系。在某种程度上,"志"是人和世界的一种主观联系,这种联系是一种具有特定强度和特定性质的关系。"志"是人的思想感情固定于某事物时的那种状况。"志"是有张力的,它寻求解决,同时也寻求外在表现。"志"常常表现为公共的和政治意义上的"雄心",即试图在政治领域有所作为的那种欲望。在其他情况中,作为"目标"或"有待实现的价值",它具有某种更宽泛的道德指涉框架。最后,"志"的伦理和政治维度变得越来越重,于是,在论及诗歌的心理源泉时,多数文论家宁愿采用其他词,尤其是"情"这个词。

"志"的这个经典定义使它成为一般意义上的人类活动。在这里,诗歌并不限于由专业或职业构成的某一特殊阶层,即所谓"诗人"。在西方传统中,后来的作家喜欢把弱一些的诗歌称作韵文(verse),并始终严格区分伟大作品和一般作品。经过与这一经典定义所包含的价值问题的较量,中国传统则始终承认,在伟大的诗歌和社会性的"应景诗歌"之间存在着一定的连续性。

这个经典定义的第二个分句也很有意思。该陈述也是一个重言式,它的依据是把"咏(詠)"字划分为"永"和"言"两部分[3]。这个陈述大概最初指"吟咏",以歌唱来拖长字词的音韵。但注疏家发展出"保持长久"的意思,把它转化为歌曲的另一层面,即可以保存,可以传之久远,可以传递。借助歌曲的形式,一个文本就被固定了,可以不断重复。说出的话一出口就消失了,歌曲则不同,它是固定的文本的一个最早样本;而它的可重复性是桩奇迹。语言的这种能在时空中持存的能力体现在"文"即"文采"和"文言"身上。这种延长即"行远"❶的能力成了"文"的一个决定性特征。

*　*　*

仲尼曰:"《志》有之:'言以足志,文以足言。'不言,谁知其志?言之无文,行而不远。"

《左传·襄公二十五年》

Confucius said: "there is a record [4] of someone's thoughts which says: the language (言) is to be adequate to what is on the person's mind (志 *), and the patterning (文 *) is to be adequate to the language. If a person does not use language, who will know what is on his mind? If the language lacks patterning, it will not go far."

Zuo Zhuan, 25th year of Duke Xiang

这个被归之于孔子的说法引用了一个现已不明的资料,它属于儒家的大量伪经;但是,对于"诗言志"这个经典定义,它是一条重要的附属文本。在这段话中,"志"被确定为一切需要为人所知的语言的本原,而不仅仅是诗歌的本原。而且,在这段话里,"文"被带入那个等式中。

与孔子所说的理解的三阶段(所以—所由—所安)相似,而且与孟子的那个解释的三级跳(文—辞—志)更为接近,这段话也提出了一个显现的三级过程:志—言—文。虽然这段话仍然与儒家的语言理论保持

---

❶ "行远"是对"言之无文,行而不远"的概括,见下段。

一致，但它大大发展了该语言理论，它把这个过程调转过来，把那个解释结构转化成了一种"诗学"生产结构。

《论语》和《孟子》那两个段落假定，那些善于察人、善于听言的人或那些《诗》的好读者，能够因外知内：它们假定，在内在本性和外在显现之间存在非自觉的、必然的相应关系。然而，设若某人有意把他的内在本性显露给他人，那会怎么样？设若某人在这么做的时候，有意谋求政治上的发展，或沽名钓誉，或哪怕只是希望被他人知道，那会怎么样？在这种情况下，就遇到话语和"文"的动机问题："文"产生于为人所知的愿望。在这段话中，显现的"志"主要被理解为说话人的道德倾向。随着中国文学的发展，自我在文学中被显露的内容和维度也在增加；尽管如此，它并未改变这样一个事实：文学仍然基本上被理解为知人的一种方式。

假如某人说话是为了被他人知道，那么自我的显露就是自觉的，尽管被显露的事物的确切性质基本上仍然是非自觉的。后一点很重要：假如作者想制造面具或把自我表现为一个理想形象——这是西方抒情诗的一个基本假定，它的根基主要来自戏剧——那么从理论上讲，该作者恰好会把自己显露为那样一个人，一个制造面具或表现理想自我形象的人，其背后的复杂动机也会暴露出来。在这种情况下，那个假定依然可以成立：内在的真可以从外在显现中看出来。

人说话以便让他的"志"被他人知道，其语言被赋予文采，所以它们可以"行远"。"文"是把说出的话充分固定下来的一种必需模式——以书面语言或以可记忆的形式——这样，它就可以被带到远处，而不仅是拂面而过的风。如果你希望自己在此时此地之外的时空被理解，"文"就成为必需。"文"不寻求西方意义上的诗即"poem"的那种广泛的、无名的观众，但它的确提出了关于那个独特听众的距离问题。这种能"行远"的能力适用于距离的若干参考框架——时间、空间、社会地位。

我们或许又一次注意到，在这里，普通的"言"是显现过程中的一个居中的和不完美的阶段。在这里，我们不能把文学性的说法确立为语言的一种离轨："文"是"志"的最终的和充足的显现；"言"只是一个中间阶段，它只能满足局部目标。

"太初有言"（In the beginning was the Word）是希腊的，不是中国的；同理，它的逻各斯中心主义的（logocentric）后裔也不是中国的。这里假定存在一个表达之前的"志"，它是原初的，或许能外发，或许不能外发。"志"有语义内容，但又不限于其语义内容：它还是与其语义内容的一种关系，一种关切性（正如某人在危难中大喊"help！"暗含说话方的紧迫关切、对听话方的请求，其意义不限于求助❶）。如果"志"显现于语言，这种关切性，及其复杂的语境，也自然内在于（immanent）其表达之中。

从那些前语言状态中诞生的语言即"言"或"文"并不再现那些状态；"言"或"文"是为了别人，为了能让那些前语言状态为他人所知，才把它们带出来。内外相符与否不是问题，而是一个假定。但是，确实引发了足与不足的问题。虽说外不能错误显现内，但我们或许会担心，这个显现不如其内在状态那么丰满、有力。

* * *

　　子曰："书不尽言，言不尽意。"然则圣人之意其不可见乎？
　　子曰："圣人立象以尽意，设卦以尽情伪，系辞焉以尽其言。"

《易经・系辞传》

He said: "what is written does not give the fullness of what is/was said （言）; what is/was does not give the fullness of the concepts in the mind （意 *）."

"If this is so, then does it mean that the concepts in the minds of the Sages cannot be perceived?"

He said: "The Sages established the Images （象 *） [of the *Book of Changes*] to give the fullness of the concepts in their minds, and

---

❶ "Help！"相当于"救命！"，其字面意义是"帮助"。中文"救命"一词无法传达出"help"一词的双关义。

they set up the hexagrams to give the fullness of what is true and false in a situation (情 *); to these they appended statements (辞 *) to give the fullness of what was said . . ."

Book of Changes, Xi-ci Zhuan

这个段落是专门针对《易经》而言的；但其构成要素，尤其是第一个陈述（归之于孔子名下），在后来的文学思想中被频繁引用，几乎成了所有作者和读者的一个经典的保留节目。我们已经见识了那种情境与动机跟字面意义或比喻意义融为一体的语言运作模式，该模式使那种关心如何知人的特殊的"知"成为可能。《系辞传》这个段落发展了那个模式，它宣告了显现过程所固有的一个问题，并提出知识而非人的知识在语言中发生的一种方式。

在第一个陈述中，被假定为孔子的那个说话人，在那个显现的三级结构中，设定了一个语言必然不能尽意的模式；随后，在给提问者的答复中，他表明了《易经》的结构是怎样解决这个问题的。由于在中国传统中，"言不尽意"的最初陈述有它自己的生命，实际上独立于对提问者的答复，那么我们自然也可以单独讨论它。

作为一种语言模式中的"内"项，"意"（这里译为"concept in the mind"）完全不同于"志"。"意"不包含环境、动机以及与某些内容的强烈的情感关系："意"是自觉的（因此有时被恰当地译为"will"[意志]或"intention"[意图]）。从人类语言行为的框架来思考，它则类似于"打算"或"某人心里的想法"。尽管"意"通常被用于普通人，但此处用在圣人身上犹为恰当；因为圣人不同于凡夫俗子，他们没有任何隐秘的动机，他们看上去什么样就绝对是什么样。"意"超越了表达意义的具体语词，它是具体语词的意义经过统一、化约、提纯之后的意义，所以，"意"最接近于西方意义上的"meaning"（意义）或"concept"（概念）（在这个层面上，它也接近于"义"，即"真理"，而且在某些时期，"意""义"二词可以互换）。虽然"意"具有与人的思想的具体行为脱节的层面，但它从未达到我们在"meaning""concept"或"idea"(理念)等西方术语中所发现的那种完全抽象或集合化的程度。"意"是被人的思想抓住的"概念",它更接近"想说的意思",而非大写的(抽象的)"意义"。

在"书不尽言,言不尽意"这个表达式里,我们可以找到新东西,但也不是完全出乎意料的东西。内在之"意"、书写、说话这三者的关系,是一个逐渐减缩的过程:想说的比说的多;说话(伴随身势、音调、生动的语境)所传达的比书写下来的多。于是,按照韩愈(768—824)后来的说法,书写下来的话成了不可再减缩的"质"。内外关系,是从"足"的角度来看待的(如上文所讨论的《左传》中的那个段落),或像这里,是从"尽"或"不尽"的角度来看待的。

如我们所见,该传统在这里发生了分野,一些人相信内在的东西确实可以通过缩减的外在显现获知;而另一些人则认为存在一个绝对的缺口,"质"停留在完全内在的某处,它无法通过语言被重新获得。

那些愿意相信内在的东西确实可从外在显现中获知的人,必将遵循孟子的指导,把语句追溯至其源头,在那里,他们将寻找比呈现在书写文本表面的东西更多的内容。阅读和理解成为一个回溯语句之本原的过程,并在该过程中恢复那必然藏在缩减的文本下面的充足意义。西方理论家经常说,语言本质上是隐喻的(metaphorical),这是因为西方符号理论本质上是隐喻的:语句"代表或代替"(stands in for)事物。儒家语言理论的核心假定(且不论那些早期的未能成功发展出符号理论的尝试)则认为,语言本质上是提喻的(synecdochal):内在整体显现出必然缩减的表面,而通过这个特别的"部分",整体即可被获知。❶

《易经》中的那个被圣人捕捉到的微妙之"意"有干脆躲避语言之势,

---

❶ 按照20世纪西方符号理论的通常看法,隐喻(metaphor)是一切语言的无所不在的原则,或者说,隐喻就是语言发生作用的方式。许多词汇(如"桌子腿")的隐喻性我们之所以意识不到,是因为使用太久,他们最初的隐喻方式就渐渐被遗忘了,所以这类词又被称作"死的隐喻"或"死喻"(dead metaphor),与之相对的则是"活的隐喻"或"活喻"(本书后文涉及"活的隐喻"和"死的隐喻"等概念)。隐喻是最基本的比喻,其他的比喻类型如明喻(simile)、提喻(synecdoche)、换喻(metonymy),都是隐喻的变体。"提喻"又译为"借代"。

它距离那个内与外之间的缺口很近，这个缺口使理解无法达成。"孔子"在意和言之间提出"象"（Image）的观念，解决了这个问题，并解释了《易经》的基本形式。[5] 此处，我们或许应当跳到哲学家王弼（226—249）的《明象》篇，王弼对意—象—言这个三级结构给出了一套不同的阐释。[6]

* * *

> 夫象者，出意者也；言者，明象者也。尽意莫若象，尽象莫若言。言生于象，故可寻言以观象；象生于意，故可寻象以观意。意以象尽，象以言著。
>
> 王弼《周易略例·明象》

> The Image is what brings out concept; language is what clarifies（明）the Image. Nothing can equal Image in giving the fullness of concept; nothing can equal language in giving the fullness of Image. Language was born of the Image, thus we seek in language in order to observe the Image. Image was born of concept, thus we seek in Image in order to observe the concept. Concept is fully given in Image; Image is overt in Language.
>
> Wang Bi, "Elucidation of the Image"

中国注疏学的修辞传统鼓励从若干角度来分析一系列关系，以阐明这些关系项。遵循这一做法，王弼此处的发现，对于理解《易经》，对于语言的一般理论，特别是对于诗歌语言理论，皆有重要意义。

从《易经》方面看，"意"或卦的概念价值内在（immanent）于"象"之中，而且只能通过"象"才可接近。这样，"乾"卦是"龙"，它体现（embodying）活跃的力量和经受各种变化的能力。"艮"卦是"山"，它是支撑在活动背后的那个强大的静止。卦之"意"可以用语句来解释，像我上面所做的那样，但语句不断积累，仍不能说"尽"卦的意义。可是，卦之"意"就在"象"里，"象"可以被语句说出。[7]

20

从语言理论的层面看,王弼这段话的意思是说,语词不命名"事物",语词是思维过程的一个阶段,它"生于"事物之象。尽管王弼关心的是卦和与卦相关之象的问题重重的关系,但我们可以把他的理论扩展到语言运作的更一般的描述之中。与其说"碗"这个词命名了这只碗或那只碗,毋宁说,碗作为一个概念("意")而存在,从中诞生了"碗"的一个一般化了的象,"碗"这个词是对这个象的命名。王弼的说法已经脱离了那种纯粹的心理语言学理论,这在中国传统中还是第一次。有了王弼的普遍范畴理论,我们不仅可以谈论这只碗或那只碗,或人们对一般的碗所产生的随意感觉,还可以谈论"碗"的概念了。

在上古中国也存在关于语言即"为事物命名"(naming things)的理论,但这种语言观在中国始终停留于最初级阶段,一个主要原因恐怕在于,后来的中国传统不断对语言做出心理学的解释。王弼或许不会同意我们对他这段话所进行的上述引申,但我们的解释从一个方面看是有道理的,因为读者一般不把言词理解为对世界的中性描述,他们更倾向于把它理解为指涉世界的心理行为。"意"从未达到"idea"(理念)那种程度或水平,"idea"的存在完全独立于任何人对它的知觉。即使在这里,"意"的概念几乎被推进到那个先于存在的"idea"的程度,《易传》的对话者仍提醒我们,即使是这些"意"也是栖居在经验之中的,也就是栖居在"圣人之意"中。

在概念和语言之间必须有"象"做中介,这个观点对诗歌和文学产生了深远影响。有了它,当诗人观察他周遭世界的形式,物理世界的无限特殊性就可以被缩减到某种本质的最小值,被缩减到"象"这个范畴,继而再缩减到语言这个范畴。诗人和读者可以假设那些象是"意"(关于世界为何如此这般)的自然表现(embodiment)。于是,诗之"象"(它显然不同于西方文学研究中所使用的意象[imagery])就可能是"意"的体现(immanence),而且这种假设还携带着《易》那种至高无上的权威性。

要想理解"描写"在中国文学中所扮演的角色,就必须明白这个"象"的观念。这里的"描写"不是西方文学思想通常所理解的那种有意为之的行为；它不是某种以艺术为旨趣的建构。从一方面看，描写可能是作家关注外物的形式，即他的感知方式，它展现了作家的内心状态（情）或志。从另一方面看，描写是"象"的一种结构，是表现在世界中的"意"的可见形式；只有通过这些象，意才能被充分地显现在语词之中。

* * *

> 孟子谓万章曰："一乡之善士，斯友一乡之善士；一国之善士，斯友一国之善士；天下之善士，斯友天下之善士。以友天下之善士为未足，又尚论古之人。颂其诗，读其书，不知其人，可乎？是以论其世也。是尚友也。"
>
> 《孟子·万章下》
>
> Mencius said to Wan-zhang, "A good *shi* in one small community will befriend the other good *shi* of that community. The good *shi* of a single state will befriend the other good *shi* of that state. The good *shi* of the whole world will befriend the other good *shi* of the whole world. But if befriending the good *shi* of the whole world is not enough, then one may go on further to consider the ancients. Yet is it acceptable to recite their poems and read their books without knowing what kind of persons they were? Therefore one considers the age in which they lived. This is 'going on further to make friends.'"
>
> Mencius V. B. 8. ii

"士"一度指有武功的家臣，该阶层介于贵族和农民之间。至孟子时代，"士"已开始指受教育阶层、文化的掌管者，以及国家的管理者。"士"在当时仍介于贵族和农民之间，但已可以指任何一个获得了"士"之技能和分享其价值观念的人。其实，古代"士"所描述的始终是文化精英，古代中国文学主要属该集团所有。

这个段落在许多方面体现了上面几段引文所表达的语言和文学理论

的影响。在理解文本和理解他人这两种能力之间，形成了一个解释的循环：我们借助某些文本来理解他人，但该文本只有借助对他人的理解才是可解的。读者和作者之间的关系最终是一种社会关系。阅读被放置在一个社会关系的等级序列之中；阅读行为与在一个小社群中与他人交友只有程度上的而没有本质上的差别。语言能否尽意的问题以另一不同形态出现在这里：人们发觉意气相投的圈子太窄了，于是不断扩展其范围。写作与阅读超越了死亡的局限，使文明成为穿越时间的活生生的最宽泛意义上的社群。

我们阅读古人不是为了从他们那里获取什么知识或智慧，而是为了"知其人"。而这种"知"，如果不借助对他们的生活语境的理解，就无由产生，而他们的生活语境还得靠其他文本建立起来。阅读这些文本也可以获得知识，但这样的知识与人密不可分。在这里，文学的基础乃是一种伦理的好奇，它既是社会性的（social）又是交际性的（sociable）。

反题

桓公读书于堂上，轮扁斫轮于堂下，释椎凿而上。问桓公曰："敢问，公之所读者何言邪？"

公曰："圣人之言也。"

曰："圣人在乎？"

公曰："已死矣。"

曰："然则君子所读者，古人之糟魄已夫！"

桓公曰："寡人读书，轮人安得议乎！有说则可，无说则死。"

轮扁曰："臣也以臣之事观之。斫轮，徐则甘而不固，疾则苦而不入。不徐不疾，得之于手而应之于心，口不能言，有数存焉于其间。臣不能以喻臣之子，臣之子亦不能受之于臣，是以行年七十而老斫轮。古之人与其不可传也死矣，然则君之所读者，古人之糟魄已夫！"

《庄子·天道》

Duke Huan was reading in his hall. Wheelwright Bian, who was cutting a wheel just outside the hall, put aside his hammer and chisel and went in. There he asked Duke Huan: "What do those books you are reading say?" The duke answered, "These are the words of the Sages." The wheelwright said: "Are the Sages still around?" And the duke answered: "They're dead." Then the wheelwright said: "Well, what you're reading then is no more than the dregs of the ancients." The duke: "When I, a prince, read, how is it that a wheelwright dares come and dispute with me! If you have an explanation, fine. If you don't have an explanation, you die!" Then Wheelwright Bian said: "I tend to look at it in terms of my own work: when you cut a wheel, if you go too slowly, it slides and doesn't stick fast; if you go too quickly, it jumps and doesn't go in. Neither too slowly nor too quickly—you achieve it in your hands, and those respond to the mind. I can't put it into words, but there is some fixed principle there. I can't teach it to my son, and my son can't get instruction in it from me. I've gone on this way for seventy years and have grown old in cutting wheels. The ancients have died and, along with them, that which cannot be transmitted. Therefore what you are reading is nothing more than the dregs of the ancients."

"The Way of Heaven", *Chuang-tzu*

语言说不定是不好使的，或许它无法传达人内心中最重要的东西。轮扁的挑战成了中国文学传统的一个挥之不去的结，它使作家们在刻画本质自我的时候必须精而又精。庄子的嘲弄驱动了中国的文学思想传统，正如柏拉图对文学的攻击驱动了西方的文学理论传统。在这两个传统中，一切文学理论的书写都包含着一种强烈的辩护性。

注　释

〔1〕 在严羽的《沧浪诗话》里，中国传统终于产生出自己的"美学"，即本质上独立于日常体验的诗歌体验。不过，在王夫之的批评中，我们将看到，这样的诗歌观点引起了强烈的反对。

〔2〕 注家对这一段有不同看法，有一种认为，"文"主要指语句段落而言，而"辞"则指整篇文章。它提出了一个直白的警告：不要因为弄不清整个语境而误解了部分。这种解释显然不无道理，但它忽视了存在于儒家学派大量文本中的一个倾向，即把语言描述为显现的三级结构。

〔3〕 见陈世骧《探寻中国文学批评之源》("In Search of the Beginnings of Chinese Literarature Criticism" in *Semitic and Oriental Studes: A Volume Presented to William Popper on the Occasion of His Seventy-fifth Birthday*）。

〔4〕 "志"一词通常用以指被写下来的文本，这里译为"record"（记录）。

〔5〕 我把"image"一词的首字母大写，以指涉《易》之"象"的那个技术层面的范畴。尽管如此，"象"的这个技术层面上的用法跟它在其他语言和世界中的那些更宽泛的意义很容易混淆在一起，难以区分。

〔6〕 或许可以把中国注释的某种模式与巴洛克音乐创立一个主题的那种"严谨的风格"（strict style）做一个很好的类比：一个主题被来回复地精心制作，待各部分都已完成，再看它的究竟。

〔7〕 对于现代读者，这些"象"似乎仅仅是文化符码；也就是说，我们认为它们的意义是被武断地赋予的，而非本来就体现在它们身上（当然，除非你是荣格的信徒）。但就熟悉和信任《易》的王弼等人看来，"象"似乎本来就体现着那些卦的意义；他们有分寸地假定，这种意义将通过这些"象"得到普遍显现。该假定使"立象尽意"的陈述从功能上讲是对的，而现代的那个"文化符码"（cultural coding）观点从功能上讲反而是错的。

CHAPTER TWO
The "Great Preface"

第二章

《诗大序》

在传统中国关于诗歌性质和功能的表述中，为《诗经》所作的"大序"是最权威的。其原因不仅在于，迄东汉至宋，学《诗》者皆以《诗大序》始；而且在于，其关注点和术语成了诗歌论和诗歌学必不可少的部分。这篇讨论诗歌之本性的《诗大序》，从汉末以来无人不知；即便《诗大序》在历史上受到过严厉攻击，但其若干立场几乎始终得到后世的普遍认同。

本来《诗经》每首诗的前面皆有一短序即"小序"，介绍其起源和最初用意；而我们现在看到的"大序"，接在第一首诗之后，取代了"小序"。[1] 关于《诗大序》于何时成为目前的样子，还不能确知，但我们有理由确信，其年代不晚于公元1世纪。自古以来，有不少人认为"大序"为孔子的嫡传弟子子夏所作，继而视其为传授《诗经》之学的一个未断的传统，其传统甚至可上溯至孔子本人。另一更学术化的、更具怀疑精神的传统则认为，"大序"乃公元1世纪的学者卫宏所作。把"赋"的概念（除非指它的最本原的意义"铺陈"）用在"大序"上，大概会犯时代性错误；不如说，《诗大序》是关于《诗经》的若干共享"真理"的一个松散组合，这些真理是战国和西汉时期的传统派（我们今天称之为"儒家"）的共识。这些真理在口耳相传的过程中不断被重新表述；后来落定为文字，成为现在的"大序"，也许可以说，那个落定为文字的时刻正处在其传递阶段从重述转化为注疏之际。

《诗大序》的实际起源问题不及其影响那么重要。《诗大序》的阐释史以及在宋代对其权威性发起挑战的那些学者的阐释史，是一个相当复杂的论题，它超出了本研究的范围。[2] 在下面的解说中，我们只是尝试把《诗大序》放入上文已论及的早期文本的语境之中。我们将在它最初的语境中展开对《诗大序》的讨论，也就是把它作为《诗经》开篇之作的"小序"的一部分。按照传统的理解，《诗经》首篇《关雎》是赞美周文王的王妃之美德的。

理论论文（即希腊的 *technologia*）引用具体文本只是为了举例说明它正在论证的观点，而在中国传统中，这个关于诗歌之本性的最有影响力

第二章 《诗大序》

的陈述则采用了一种完全不同的形式——为具体的文本作注疏,它回答的是阅读《关雎》和《诗经》中的其他诗歌所引发的一般性问题。要想获得西方文学话语传统中最有价值的东西,你需要到论文文体中去寻找,它们声称要告诉你什么是诗歌之"本质"、诗歌的组成部分,以及每一部分所固有的"力度"(如亚里士多德的《诗学》便是一个范例);而中国文学话语传统的权威模式则是诱导式的,它从具体的诗作入手,然后才转入阅读那些诗作所引发的更大问题。中国文学话语传统中固然也有论文,但其权威性和魅力直到近年仍然比不上那种以具体文本的感发为基础的评点式批评。

* * *

> 关雎,后妃之德也,风之始也,所以风天下而正夫妇也。故用之乡人焉,用之邦国焉。风,风也,教也;风以动之,教以化之。
>
> *Guan Ju* is the virtue (德*) of the Queen Consort and the beginning of the *Feng**. It is the means by which the world is influenced (风*) and by which the relations between husband and wife are made correct (正*). Thus it is used in smaller communities, and it is used in larger states. "Airs" are "Influence";[3] it is "to teach." By influence it stirs them; by teaching it transforms them.

"风"的基本意义是自然之风。该词(刚好可以在英语中找到一个恰当的对应词"air")也用以指《诗经》之四部分的第一部分《国风》。借助草木在风的吹拂下干枯、复生、再干枯这样一个隐喻,"风"也指"影响"。[4]"风"还适用于当地习惯或社会习俗(也许是作为"影响"或"气流"的一个延伸,"风"也指某一社群发挥社会影响力的方式,或社会影响被权威阶层施之于社群的方式)。最后,"风"还与"讽"有关,二词有时可相互替代,"讽"即"批评",一种更为有限的"影响"的尝

29

试。对于《关雎》在这一段的开场来说,"风"的这些丰富的语义内容是必不可少的。"关雎……风之始也"这一陈述具有若干层面。首先,它点明《关雎》是《诗经》十五国风的第一首诗。[5]第二,该陈述告诉我们,《关雎》是"风"的影响过程之始,在这个意义上,"风"是暗含在《诗经》结构中的一个道德教育计划,《诗经》的结构是其(传说中的)删定者孔子所赋予的。最后一个层面是它的历史指涉层面:该诗体现了文王之"风"以及周王朝的历史所显现的道德教化过程之始。

显现理论以及内外完全相符的理论可引发两个方向相反的活动,这两者在该序中皆有发展。内在的东西形成外在的显现,外在的显现也可以用来构筑内在的东西。前一活动是文本的生产,它是内在心理状态在外在文本的显现,也是以外知内的能力。这个活动是我们在上一章所讨论过的,在《诗大序》的下一部分,它又得到了更详细的阐释。

这一段所发展的是第二个方向的活动即调教和规范。当人们阅读和吟诵《关雎》之时,他们所体会到的不仅是文王后妃之价值("质"),以及文王在形成理想婚姻中所发挥的作用,而且他们自己的反应也被该诗所表现的价值所塑造。《诗经》中的诗歌有意为人的情感提供合乎规范的表达;那些学"诗"和诵"诗"之人自然而然地吸收了那些正确的价值规范。于是,借助该诗的传播,夫妇之关系得以"正"。正如内在心理状态显现为外在文本,所以,外在的诗也可以塑造人的内心。

通过强调"风"所包含的"影响"以及由此而来的"教导"的语义内容,"诗"在道德教化过程中的作用就得到了维护。孔子把教化作用加之于诗,从而转换了"诗"在早期演讲、辩论中的一个最古老的用法,这种转换不能说是前所未有的,应该说它是一种伦理性的转换。在早期演说、辩论活动和诞生于该传统的散文中,"诗"大体上以这样三种方式被使用:第一,把某诗歌作为权威来引用,以证明某一观点;第二,表达说话人之"志";第三,通过兴发("兴")听者的感情,以说服他赞同说话人的观点。

在第三种情况即"兴"中,存在这样一个假定:外在的诗歌可以作

第二章 《诗大序》

用于听者的内在意向。可是,《诗大序》这位演说者还进一步假定,"诗"的劝说力量不具固有的道德指向,演说者想达到什么目的,它就可以指向什么目的。这就是《诗经》的情感效应以及道德中立的假定,以此为背景,儒家提出了一个反论,该反论表达在《诗大序》里:《诗经》的每一首诗歌都具有特定的道德力量。某一具体诗歌中的道德力量可以以这样两种方式被确认和证实:或者表明它是该诗的"本来用意",继而追溯其历史源头;或者表明它是其"删定者的用意",也就是确定孔子出于什么原因把该诗放入《诗经》之中。儒家坚持认为《诗经》中的每首诗歌的伦理力量皆必须固定下来,这种观点最终导致了这样一种解释:诗歌不是什么自发的显现,而是为达到道德说教目的而自觉创作(或删定)的。我们可以把它称作"说教意图",只要我们能认识到,其目的并不是让人们明白善,而是为了人们自然而然地把善内化于心,使善成为人们的一种"自然"状态。这个意思就暗含在这段文字之中,它把诗歌称为"风天下"的手段。正如在西方,关于诗歌之产生是自觉的还是非自觉的种种假定,存在着理不清的矛盾和冲突。

* * *

> 诗者,志之所之也,在心为志,发言为诗。
> The poem is that to which what is intently on the mind (志 *) goes. In the mind (心 *) it is "being intent" (志 *); coming out in language (言), it is a poem.

"诗"在此处的直接所指当然是《诗经》中的诗,但这段话后来成为一切后世诗歌的经典定义。它假定,什么"是"诗以及未来的诗"应该是"什么都内在于《诗经》之中。

我们首先应该考虑一下,这个陈述与《尚书》中的"诗言志"那个定义有何不同。《诗大序》重述了那个定义,但任何一种重述都不可能是中立的:尽管重述和释义行为固然要求在概念上与它们之前的文本保持一致，可实际上它们总是隐藏了某种实质性的偏离。"诗言志"是根据过程或活动下的定义：诗就是其活动或过程。而"诗者，志之所之也"则是一个等式定义：该定义所说的不是一种活动，它再次陈述了诗的本质，这个本质得之于诗的本原。在《诗大序》中，诗被解释为一种"运动"，即诗之进程的空间化，它与那个得到充分确立的内外范式相符。这成了诗的心理学理论的根基，并把诗的生产活动与诗的广泛交流层面（"行远"）联系起来。

体现在"之"中的这个诗之生产的空间化，创造了一个跨越内外的运动模式。于是，我们在下一句中看到一个值得注意的补充："在心为志，发言为诗。"现在，我们有了一个"事物"，一个 X，它也许是"志"也许是"诗"，是"志"是"诗"取决于它在什么地方。这确实迥异于《尚书》中的那个陈述：诗不仅仅是"志"之"言"；它就是"志"。这一在空间运动中的变形模式还有另一个意味：当这个 X 从其"志"的状态进入其"诗"的状态之时，必然暗示着"志"被转移了，"志"所包含的张力被消耗了。在谈及诗歌必然具有治疗作用之时，这一暗示将被后世作家大加发挥。

这基本上是从心理学角度来描述诗歌，它虽不是"艺术心理学"，但艺术被置入更广泛意义上的心理学之中。这一心理学定义很容易为《诗经》的伦理和政治解释提供便利；但是，即使没有伦理或政治情境，人心也能受到扰动，由于这一点，这个心理学定义不难被扩展。同理，它也就容易得到《文心雕龙》和其他后世理论著述的那个宇宙诗学的应和，按照那种宇宙诗学，所有的事物皆有从潜至显的普遍趋势，那种试图"之"入诗中的"志"的张力失衡不过是这一普遍趋势的一个个案。

* * *

> 情动于中而形于言，言之不足，故嗟叹之；嗟叹之不足，故永歌之；永歌之不足，不知手之舞之，足之蹈之也。
>
> The affection (情 *) are stirred within and take on form (形 *) in

第二章 《诗大序》

words（言）. If words alone are inadequate, we speak them out in sighs. If sighing is inadequate, we sing them. If singing them is inadequate, unconsciously our hands dance them and our feet tap them.

这段文字的心理学基础在《乐记》和战国时期的各种哲学家的著述中皆有发展。人生而平衡、安静。"情"是外物扰动的结果，但这些扰动是无形的、尚未表达的，是语言给这些注定要外化的无形之"情"以形貌。

这段文字把诗歌置放到情感和语言的关系之中，它假定了内心张力的一个等级以及一个与之相称的外在显现的等级。我们应当格外注意其中的内涵：普通的语言和诗歌不存在什么质的差异；它们的差异仅仅在于内在情感的复杂性程度和张力的强度。借助"气"（"呼吸"或"能量"）的生理学理论，可以最清楚地明了这个等级。随着情感强度的加深，呼吸就加重，使说话带上嗟叹的调子。在不断加重的呼吸中，歌唱（以及随后的诗歌的吟诵）被放在第二级。最后，当嘴再也满足不了气流的需要时，气就流向血脉，使身体运动，以至手舞足蹈起来。

这一段告诉我们诗歌"是"什么，同时也告诉我们诗歌"应该是"什么。我们明白它以生理过程为基础，所以，就物质层面看，它是"自然的"：诗歌为一般意义上的人所有；诗人与非诗人没有什么质的差异（虽然在被激发的能力上二者存在程度之别）。按照传统的解释，这一段讲的是诗的产生，其实我们不能确知它所描述的到底是创作自己的诗还是吟诵他人的诗；也就是说，诗歌的本质在于吟诵，以及在吟诵过程中吟诵者的情感的内在性；不涉及被吟诵的诗归谁"所有"的问题。最后那个分句中的"不知"使此前没有明说的东西明朗化了：诗的表达是非自觉的。非自觉性是其可信性的保障，并使它完全可接纳孟子的"知言"意义上的解释学和孔子对"观其所由"的指教。

不幸的是，有这样三个问题一下子突出起来。第一，并非每个人都是诗人。第二，那些能写诗的人只要打算写诗就可以写出诗来，而不必有什么内心的冲动或必需的心理条件。第三，诗歌的创作把自己的某个不真实的形象呈现给他人,所以它是一种为自己服务的活动。针对诗歌的这些实际情况和《诗大序》所表达的这些判断上的矛盾,若干微妙的斗争在整个中国文学思想史中一直没有断绝。

感到需要为诗歌辩护时,文学理论就产生了。一种文学思想传统越是浩瀚、复杂,该传统之文学在价值方面所受到的挑战(经常是未声明的)就越多。先知和伊斯兰赞美诗人的诗歌以及早期的希腊诗歌,因为作者声称他们的灵感是神授的,诗歌的存在就因此具有了权威性。然而在西方,从亚里士多德开始,随着对神圣权威的信仰渐渐消退,诗歌受到理性主义和功利主义的冲击,人们开始尝试赋予诗歌一种哲学权威。同样,一种强烈的功利主义思潮在汉以前和汉代思想中盛行,注疏经籍成了传统人士证明文本之价值的手段,那些文本的价值曾一度被视为当然。在中国传统中,神圣权威从来就不是诗歌的当然权威(这也是它与西方诗歌的走向如此不同的一个原因)。如果能说明某一权威在心理和肉体上是"自然的",它才可以成为诗歌的当然权威。《诗大序》提出这套心理学就是为了证明诗歌的自然性("嗟叹"的心理倾向显然是非自觉的,它是作为说话和咏歌之间的过渡阶段而被提出来的,以"证明"诗歌的自然性)。这样一来,诗歌其实就居于人性之中,而且按照后面段落的说法,它也在人类社会的那个更大的语境之中。

* * *

情发于声,声成文谓之音。治世之音安以乐,其政和;乱世之音怨以怒,其政乖;亡国之音哀以思,其民困。

The affections (情*) emerge in sounds; when those sounds have patterning (文*), they are called "tones". The tones of a well-managed age are at rest and happy; its government is balanced. The tones of an age of turmoil are bitter and full of anger; its government is perverse. The tones of a ruined state are filled with lament and brooding; its people are in difficulty.

第二章 《诗大序》

我们现在转到了这一显现过程的中介。情感活动产生"声",即情感外化的语言模式。情感扰动达到一定的强度就产生了诗与歌,它的外在模式是"音"。"音"与"声"的区别在于"文"。我们或许没有忘记,按照孔子在《左传》中的说法,"文"是一种特质,它使有文者可以"行远"。

我们应当注意《诗大序》怎样展开其观点。它首先摆出《尚书》中的那个经典的诗歌定义,然后通过进一步深入诗歌的前因(在本段)和后果(在随后的一段),从两个方向扩展了诗歌的过程。

情受到扰动;当扰动达到一定的强度,持续不停,并指向某一定点或目标的时候,就出现了那种"志"的紧张状态,"志"外显即成为诗。由于越到后来,"志"与政治雄心的联系越为紧密,所以后世感到在"志"和"情"之间存在严重对立;不过,在"大序"的形成阶段,也即战国后期和西汉时期,这两个词被紧密地联结在一个共同的心理之中:"情"是内心自身的扰动;"志"是内心与扰动所引发的某个目标的关系。若想建立这一诗歌的生产范式,下一步需提出这样一个问题:是什么扰动了情感。在这个阶段,经典的注疏家所关心的基本上是代表社会秩序之典范的周朝历史。于是,时代政治和社会状况作为扰动情感的第一外在条件被提出来,然而,除此之外的其他各种外在环境,显然也能够扰动情感。在后世的诗歌理论中,各式各样的因素皆被提出,作为诗歌活动的主要或部分起源,诸如人际交往(如离别)中的某些时刻、季节的轮回、古代的遗迹、从自然山水中看出的一些原则。

此刻,我们应当还记得,关于诗歌活动的这一前因后果的描述是出于解释学的目的而被摆在这里的;也就是说,这些段落在告诉我们怎样理解《关雎》和《诗经》里的其他诗歌。在前面的段落里,我们已经明白,通过读诗可以知其时代("尚友")。在诗歌里,我们通过那种被提高的反应,可以知道那些情况,因为它携带着足够的能量,使语言成为"文",如孔子所说,有了文,诗歌才能"行远"并传给我们。

尽管我们可以透过《诗经》的诗篇了解古代世界,但《诗经》并不是描述性的历史。即便在这个关于诗歌性质的最富历史性的解释之中,我们透过该诗所遇到的那个以往世界也是非常间接的，因为它是经由某人的内心转达出来的。我们不是直接把握那个世界，而是经由它对诗人的影响来把握它。正如《诗大序》在后文谈到"风"时所说："系一人之本。"

这个内在中介，也就是某个人的内心状态，对诗歌的发展产生了深远影响。产生那首诗的那个环境，我们是如何知道的呢——不是通过那些环境的具体再现（无论是字面的还是比喻的），而是通过一种情绪："安""怨""哀"。与音乐的效果紧密相关的情绪，成了中国文学和美学思想的一个重要部分。情绪固然不可轻易分析明白，但它们也不那么模糊。后世中国文学思想发展出一套繁复的情绪词汇，它们彼此虽有交叉，但可以迅速被识别。透过这里所展现的诗歌理论，情绪何以成为一个核心美学范畴就应当一目了然了：情绪是心理运作的整体，它不仅仅是某人之所说，还是蕴涵在某人与其陈述之关系中的整体。这是一种结合了"所以""所由"和"所安"的方式。

* * *

> 故正得失，动天地，感鬼神，莫近于诗。先王以是经夫妇，成孝敬，厚人伦，美教化，移风俗。
>
> Thus to correct（正*）[the presentation of] achievements（得*）and failures, to move Heaven and Earth, to stir the gods and spirits, there is nothing more apposite than poetry. By it the former kings managed the relations between husbands and wives, perfected the respect due to parents and superiors, gave depth to human relations, beautifully taught and transformed the people, and changed local customs.

这一段从知的问题又回到诗歌的调教功能上来。诗歌来自于被"动"起来的情感，而且，诗歌也能"动"其他事物，比如在这里，它能动天地。诗歌不只发自某种感动，诗歌也能"感"动他物。这里用上了牛顿物理学——等力传送。考虑到这一力量，《诗大序》从作为内心状态

第二章 《诗大序》

的自发显现的诗歌转到了作为教化工具的诗歌,无论是对于其任务还是对于其使用之便利,后者都是恰当的也即"近"的。

在人际关系的广泛领域:夫妇、长幼、上下尊卑等,我们皆看到诗歌的调教力量。最后我们看到其最一般的功能,也即它作为教化工具的功能,以及对整个风俗的影响。

在儒家文化纲要中,诗歌固然占有一非常重要的位置,但它的教导并不必然是强制性的。相反,按照孔颖达的看法,《诗经》的诗篇,加之音乐的配合,应当于不知不觉中引人向善:听者如果领会继而分享内心的善之状态,他们自己的情感活动就会被该体验所塑造。然而,这种天上乐园一般的力量只是在诗乐尚未分家的时代才是可能的;后来,音乐失传,只留下孤零零的文本,所以才需要注疏,以明其德,那些德原本内在于所有诗篇之中。

* * *

> 故诗有六义焉:一曰风,二曰赋,三曰比,四曰兴,五曰雅,六曰颂。
>
> Thus there are six principles (义*) in the poems: 1) Airs (风*); 2) exposition (赋); 3) comparison (比*); 4) affective image (兴*); 5) Odes (雅*); 6) Hymns (颂).

关于"六义"在这里为什么以现在这个顺序出场,已费了不少笔墨。[6] 问题出在两个截然不同的次序被混到一起了。"风""雅""颂"是《诗经》的三大部分;"赋""比""兴"是三种表现形式,根据它们,入选的所有诗篇皆可被划分为三类(虽然毛诗仅标明了那些"兴"诗)。"赋"是一切不带修辞的铺陈。如果在"赋"中,说话人描述了一条急流,那么读者就认为确实存在一条急流,也许它是诗里的说话人必须穿过的一条急流。对说话人的内心状态所做的描述、叙述和解释也属于"赋"。[7] "比"则意味着诗的核心形象是明喻或隐喻;读者一见到"比"

就知道其中包含比喻表达法。

在"六义"里,传统理论家和现代学者最关注的是"兴"。"兴"是形象,其主要功能不是指意,而是某种情感或情绪的扰动:"兴"不是指代而是发动情绪。所以,"兴"这个词的真正意义不是一种修辞性比喻。而且,"兴"的尊贵地位可以部分解释,传统中国为何没有发展出我们在西方所发现的修辞的复杂分类系统;相反,它发展出一套情绪分类系统以及与每一种情绪相关的情境和环境范畴。有作为整体心理状态之显现的语言概念,所以就有情绪语汇,正如有作为符号(sign)和指涉(referent)的语言概念,所以就有西方的图式(schemes)和比喻(tropes)修辞法。[8]

* * *

上以风化下,下以风刺上,主文而谲谏,言之者无罪,闻之者足以戒,故曰风。

By *feng** those above transform those below; also by *feng** those below criticize those above. When an admonition is given that is governed by patterning (文 *), the one who speaks it has no culpability, yet it remains adequate to warn those who hear it. In this we have *feng**.

"风"在这里的意思既是影响之"风"(社会上层对社会下层),也是批评之"风"(社会下层对社会上层)。无论对前者还是对后者,"风"可以"行远"的能力都是作为跨越不同社会阶层的运动而被界定的。

我们知道,批评权威通常要承担罪责。正如在西方传统中虚构(fictionality)和制作(poiesis)被赋予违逆社会禁忌的特权,"文"也可以保护其使用者不致引火烧身。"文"不隐藏信息(听者或读者能明白其意思,以警告自己小心行事),但它可以保护危险话语。个中原因,我们不很清楚,惟一的解释是,这类诗歌的生产是非自觉的,因而说话人自然没有考虑到,如何尊重对方,应当注意礼貌。对于后来的社会批评家,"言之者无罪"的并列句变得非常重要(尽管各种权威并不总是照顾到文

第二章 《诗大序》

学避难所的权力)。

* * *

> 至于王道衰,礼仪废,政教失,国异政,家殊俗,而变风变雅作矣。国史明乎得失之迹,伤人伦之废,哀刑政之苛,吟咏性情,以风其上,达于事变而怀其旧俗者也。故变风发乎情,止乎礼义。发乎情,民之性也;止乎礼义,先王之泽也。

> When the royal Way declined rites and moral principles (义*) were abandoned; the power of government to teach failed; the government of the states changed; the customs of the family were altered. And at this point the mutated (变*) feng* and the mutated ya* were written. The historians of the states understood clearly the marks of success and failure; they were pained by the abandonment of proper human relations and lamented the severity of punishments and governance. They sang their feelings (性*—情*) to criticize (风*) those above, understanding the changes (变*) that had taken place and thinking about former customs. Thus the mutated feng* (变*—风*) emerge from the affections (情*), but they go no further than rites and moral principles. That they should emerge from the affections is human nature (性*); that they go no further than rites and moral principles is the beneficent influence of the former kings.

人们经常使用与"正""变"之间的摆动有关的词来形容中国文学的历史进程。这些词充满价值判断,在这个语境里,它们与道德历史内容联系紧密。"正"形容一个运转正常的政府和社会的稳定状态,这种稳定状态体现在那个时代的诗歌之"音"中。该语境中的"变"表现为一种脱落状态或"偏离",其中,社会渐趋失调的状况在诗歌中体现出来。这些词始终没有彻底摆脱那些植根于道德历史的价值判断;不过,后来

39

也出现过试图从一种纯字面的意义上来使用它们的倾向。在这里,"正"可能代表某种文体规范,"变"大概是对其规范的背离;获得规范和后来失去规范的运作过程可能独立于朝廷的道德历史。

《诗大序》对诗歌所做的描述自然产生了一个棘手的问题,这也是上一段文字试图面对和解决的问题。如果"变风"来自一个道德败落的阶段,那么道德败落就自然显现其中;这样一来,这些诗歌的伦理规范价值就变得可疑了。《诗大序》断定"国史"是"变风"的作者,以解决这个问题。这样,我们就可以把"变风"视为有德之人对道德败落问题做出的反应,而不仅仅是道德败落的显现。设若我们读到《诗经》中的一首情诗,而诗中的情爱双方显然没有遵循恰当的婚恋礼俗,那么,我们可以站在有德之人的视点上,依"旧俗"看待其表现,继而看出该诗有反对和批评之"音"。有了这种注疏的机巧,《诗经》的解释就符合孔子的那句格言了,孔子说,全部"诗三百"皆"思无邪"(《论语·为政》)。应当补充的是,伟大的解经学家朱熹(1130—1200)对《诗经》所做的权威的再阐释,废弃了国史的中介说,他认为,"变雅"的作者不是国史,相反那些诗歌直接表现了它所处的时代(这样,揭露礼崩乐坏的诗歌应当直接来自那些被时代之衰落所腐蚀的人)。这个合理的修正使朱熹不得不对孔子的那个"无邪"的说法做出新的解释,结果,他提出,诗歌的恰当解释主要取决于读者的道德能力(这样一来,该解释更靠近孟子的"知言"了)。

国史中介说也为《诗大序》的作者提出了另一难题。必须再次肯定诗歌是人性的自然产物;可又不能否认,情感一旦被扰动,往往走向失衡和过度。生活在腐败时代的国史的自然反应,大概与其同代人的反应不同。他们的反应既是道德的也是自然的,因为他们已经把来自"先王之泽"的"礼仪"内化于心了。这些内化于心的价值规范给情感活动以适当的限制。这里存在一个基本的事实,儒家传统并没有把情感判断和道德判断对立起来;自然反应受到高度重视,道德判断必须是非自觉的才有效力。以"礼仪"形式出现的道德性是加给情感概念的一个适度限制，因为情感是一种从静止到过度的运动；道德界限约束着情感并给情感以合乎规范的表达。于是，我们可以这样认为，《诗经》里所有的诗甚至包括"变风"都是非自觉的和完全自然的，同时仍符合道德规范。

《诗大序》的最后一段区分了《诗经》的三大组成部分——"风""雅""颂"，"雅"又分"大雅""小雅"。这四部分又产生"四始"。周代的道德历史在这四个层面上展开，每一层面或部分都有一个从"正"到"变"的过程。

* * *

> 是以一国之事，系一人之本，谓之风；言天下之事，形四方之风，谓之雅。雅者，正也，言王政之所由废兴也。政有大小，故有小雅焉，有大雅焉。颂者，美盛德之形容，以其成功告于神明者也。是谓四始，诗之至也。
>
> Thus the affairs of a single state, rooted in [the experience of] a single person are called *Feng**. To speak of the affairs of the whole world and to describe customes (风 *) common to all places is called *Ya**. *Ya** means "proper" (正 *). These show the source of either flourishing or ruin in the royal government. Government has its greater and lesser aspects; thus we have a "Greater *Ya**" and a "Lesser *Ya**". The "Hynms" (颂) give the outward shapes of praising full virtue, and they inform the spirits about the accomplishment of great deeds. These are called the "Four Beginnings" and are the ultimate perfection of the poems.

补充：《荀子·乐论》选

> 夫乐者，乐也，人情之所必不免也，故人不能无乐。乐

则必发于声音，形于动静，而人之道，声音动静，性术之变尽是矣。故人不能不乐，乐则不能无形，形而不为道，则不能无乱。先王恶其乱也，故制《雅》《颂》之声以道之，使其声足以乐而不流，使其文足以辨而不諰，使其曲直、繁省、廉肉、节奏足以感动人之善心，使夫邪污之气无由得接焉。是先王立乐之方也。

故听其颂雅之声，而志意得广焉。执其干戚，习其俯仰屈伸，而容貌得庄焉。行其缀兆，要其节奏，而行列得正焉。进退得齐焉。……故乐者天下之大齐也，中和之纪也，人情之所必不免也。

夫声乐之入人也深，其化人也速。故先王谨为之文。乐中平则民和而不流。乐肃庄则民齐而不乱。

Music is delight,[9] which is inevitable in the human affections (情*). A person cannot help but have delight; and such delight always emerges in sounds and takes on form in movement.[10] In the Way of man, sounds and movements and the mutations (变*) in his nature are all to be found here [in music]. As a person cannot but feel delight, that delight cannot but take on form. Nevertheless, if that form is not guided,[11] then it will necessarily be disorderly. The kings of old hated such disorder and thus organized the sounds [or notes] of the Odes (雅*) and Hymns [of the *Book of Songs*] to provide guidance. They made the sounds [i.e., the music of the Odes and Hymns] adequate for showing delight without letting it run into dissolution;[12] they made the texts (文*)[13] [of the Odes and Hymns] adequate to make people distinctions without leading people into corruption. They made the various aspects of performance—tremolo and sustained notes, symphony and solo, lushness and austerity, and the rhythms—adequate to stir the good in people's hearts. They made this so that there was no way that a corrupt *qi** would be able to reach people. This was the way in which the kings of old established music.

When a person listens to the sounds of the Odes and Hymns, his intentions (志*—意*) are broadened. When a person takes up shield and ax [for the war dance] and practices its moves, his appearance and bearing will achieve gravity from it. When he moves in the proper order and to the proper places in the dance, and when his movements keep to the rhythm, a sense of correct rank and order will come from it, and a knowledge of when to advance and when to withdraw will be in balance. . . Thus music is the supreme balancer of the world,[14] the guideline of a medial harmony, and something that cannot be dispensed with for the human affections.[15]

Musical sounds penetrate deeply into a person, and they transform a person swiftly. Thus the kings of old used great caution in giving them pattern [or texts, 文*]. If the music is even, then the people will be in harmony and not slip into dissolution. If the music is grave and stern, then the people will be balanced and avoid disorder . . .

补充:《礼记·乐记》选

《礼记》成于西汉,是战国至汉代儒家文本的一个杂录。其中《乐记》论音乐之起源、功能及其与礼仪的关系。该文中的大量资料又见于司马迁(前145—前86?)《史记》的《乐书》,稍有改动。在这两书中，我们皆发现若干后来被组织到《诗大序》中的材料，它对心理学内容论述更为详细、更为精致，是《诗大序》的基础。

《乐记》和《诗大序》皆关注情感的非自觉表现和情感的道德规范之间的调解问题。由"国史"创作的"变风"是非自觉的产物，但又没有超出得体的规范；同理，"礼"是找到了规范性和限制形式的人之情感的自然表达。于是，"乐"和"礼"在仪式中的作用就被美妙地区分开了："礼"为人际关系划分角色，而"乐"可以克服这些区分，使参加者结为一体。

* * *

> 凡音之起，由人心生也。人心之动，物使之然也。感于物而后动，故形于声；声相应，故生变；变成文，谓之音；比音而乐之，及干戚羽旄，谓之乐。乐者，音之所由生也，其本在人心之感于物也。是故其哀心感者，其声噍以杀；其乐心感者，其声啴以缓；其喜心感者，其声发以散；其怒心感者，其声粗以厉；其敬心感者，其声直以廉；其爱心感者，其声和以柔。六者非性也，感于物而后动，是故先王慎所以感之者。故礼以道其志，乐以和其声，政以一其行，刑以防其奸。礼乐刑政，其极一也。所以同民心而出治道也。
>
> All tones (音) that arise are generated from the human mind (心 *). When the human mind is moved (动 *), some external thing (物 *) has caused it. Stirred (感 *) by external things into movement, it takes on form (形 *) in sound. When these sounds respond (应 *) to one another, mutations (变 *, i. e., changes from one sound to another) arise; and when these mutations constitute a pattern (文 *),[16] they are called "tones". When such tones are set side by side and played on musical instruments, with shield and battle-ax for military dances or with feathered pennons for civil dances, it is called "music".

第二章 《诗大序》

Music originates from tones. Its root (本) lies in the human mind's being stirred (感*) by external things. Thus, when a mind that is miserable is stirred, its sound is vexed and anxious. When a mind that is happy is stirred, its sound is relaxed and leisurely. When a mind that is delighted is stirred, its sound pours out and scatters. When a wrathful mind is stirred, its sound is crude and harsh. When a respectful mind is stirred, its sound is agreeable and yielding. When a doting mind is stirred, its sound is agreeable and yielding. These six conditions are not in innate nature (性*): they are set in motion only after being stirred by external things. Thus the former kings exercised caution in what might cause stirring. For this reasons we have rites to guide what is intently on the mind (志*); we have music to bring those sounds into harmony (和); we have government to unify action; and we have punishment to prevent transgression. Rites, music, government, and punishment are ultimately one and the same—a means to unify the people's mind and correctly execute the Way.

从这六种心理状态的措辞中引发了一个问题：我们可能以为，内心反应将追随动心之物的性质，如"其心感于乐者……"等。这是对该段文字的另一可能解释，但这里的用词说明，其心理事先就已倾向于那些状态，经扰动被引发出来。当然，无论哪种情况，这六种状态都不是先天的。

* * *

凡音者，生人心者也。情动于中，故形于声。声成文，谓之音。是故治世之音安以乐，其政和。乱世之音怨以怒，其政乖。亡国之音哀以思，其民困。声音之道与政通矣。

All tones are generated from the human mind. The affections (情*) are moved within and take on form in sound. When these sounds have patterning (文*), they are called "tones". The tones of a well-managed age are at rest and happy: its government is balanced (合). The tones of an age of turmoil are bitter and full of anger: its government is perverse. The tones of a ruined state are filled with lament and brooding: its people are in difficulty. The way of sounds and tones (声—音) communicates (通 *) with [the quality of] governance.

[这里省略了若干段落,它们为五个音符和政府职能以及潜藏在每一音符的某种音乐失调中的社会问题建立了精致联系。]

请注意这段文字与《诗大序》的陈述非常相近之处:情感于内,形于言;情发为声;声成文即称"音"。此外,二者还有一些相同的段落,论述音乐的性质和产生音乐的那个时代的社会状况的关系。看来,它们是被普遍接受的常识,为解释新的术语和情况,它们经常以常新的变形被重述和扩展,并愈益深入其前因后果。这种围绕一个中心不断重复的运动是"赋"的常见形式。

* * *

凡音者,生于人心者也;乐者,通伦理者也。是故知声而不知音者,禽兽是也。知音而不知乐者,众庶是也。唯君子为能知乐。是故审声以知音,审音以知乐,审乐以知政,而治道备矣。是故不知声者,不可与言音;不知音者,不可与言乐。知乐,则几于礼矣。礼乐皆得,谓之有德。德者得也。

All tones are generated from the human mind. Music is that which communicates (通 *, "carries through") human relations and natural principles (理 *). The birds and beasts understand sounds but do not understand tones. The common people understand tones but do not understand music. Only the superior person (君—子) is capable of understanding music. Thus one examines sounds to understand tone; one examines tone to understand music; one examines music to understand government, and then the proper execution of the Way is complete. Thus one who does not understand sounds can share no discourse on tones; one who does not understand tones can share no discourse on music. When someone understands music, that person is almost at the point of understanding rites. And when rites and music are both attained (德 *), it is called *De** ["virtue" or "attainment"], for *De** is an "attaining" (德 *).

大概"审乐以知政"是从前面的一个段落中来的，那一段说，通过听乐，人可以得知其社会状况。读到这里，读者或许已经可以看出，在这类传统论说中，发展过程的各阶段与等级秩序密切相关。

* * *

是故乐之隆，非极音也。食飨之礼，非致味也。清庙之瑟，朱弦而疏越。一倡而三叹，有遗音者矣。大飨之礼，尚玄酒而俎腥鱼，大羹不和，有遗味者矣。是故先王之制礼乐也，非以极口腹耳目之欲也，将以教民平好恶。而反人道之正也。

The true glory of music is not the extreme of tone; the rites of the Great Banquet are not the ultimate in flavor (味 *). The zither used in performing "Pure Temple" [one of the Hymns in the Book of Songs] has red strings and few sounding holes. One sings, and three join in harmony; there are tones which are omitted. In the rite of the Great Banquet, one values water [literally "the mysterious liquor"] and patters of raw meat and fish; the great broth is not seasoned [和 , "harmonized"]; there are flavors which are omitted. We can see from this that when the former kings set the prescriptions for music and rites, they did not take the desires of mouth, belly, ears, and eyes to their extremes, in order thereby to teach people to weigh likes and dislikes in the balance and lead the people back to what is proper (正 *).

这是后世中国文学思想中十分重要的省略美学的一个最早阐释，它是在一个伦理语境中做出的阐释。最完美的音乐抑制自己走向难以遏制的力量；意识到尚有省略，这诱发了他人的反应，即把反应引诱出来。"一唱三叹"的说法后来相当普遍，用以表示这种引发他人参与的抑制美学。不过，在其最初的语境即《乐记》这里，抑制是一种伦理力量而非美学力量。省略体现了那个对于感官满足加以适当限制的原则。

*　　*　　*

人生而静，天之性也；感于物而动，性之欲也。物至知知，然后好恶形焉。好恶无节于内，知诱于外，不能反躬，天理灭矣。夫物之感人无穷，而人之好恶无节，则是物至而人化物也。人化物也者，灭天理而穷人欲者也。于是有悖逆诈伪之心，有淫佚作乱之事。是故强者胁弱，众者暴寡，知者诈愚，勇者苦怯，疾病不养，老幼孤独不得其所，此大乱之道也。

A human being is born calm: this is his innate nature (性*) endowed by Heaven. To be stirred by external things and set in motion is desire occurring within that innate nature. Only after things encounter conscious knowledge do likes and dislikes take shape (形). When likes and dislikes have no proper measure within, and when knowing is enticed from without, the person becomes incapable of self-reflection, and the Heaven-granted principle (天一理*) of one's being perishes. When external things stir a person endlessly and when that person's likes and dislikes are without proper measure, then when external things come before a person, the person is transformed (化*) by those things. When a person is transformed by things, it destroys the Heaven-granted principle of that person's being and lets him follow all human desires to their limit. Out of this comes the refractory and deceitful mind; out of this come occurrences (事*) of wallowing excess and turmoil.

第二章 《诗大序》

Then the powerful coerce the weak; the many oppress the few; the smart deceive the stupid; the brave make the timid suffer; the sick are not cared for; old and young and orphans have no place—this is the Way of supreme turbulence.

这显然是霍布斯式的人类社会观，❶ 它的中国源头是荀子一派的儒学思想。按照这里的说法，传统道德的存在是为了对人类的分裂力量施加限制。这里把"知知"译为"conscious knowledge"（有意识的知识）。

* * *

是故先王之制礼乐，人为之节；衰麻哭泣，所以节丧纪也；钟鼓干戚，所以和安乐也；昏姻冠笄，所以别男女也；射乡食飨，所以正交接也。礼节民心，乐和民声，政以行之，刑以防之，礼乐刑政，四达而不悖，则王道备矣。

乐者为同，礼者为异。同则相亲，异则相敬。乐胜则流，礼胜则离。合情饰貌者，礼乐之事也。礼义立，则贵贱等矣；乐文同，则上下和矣；好恶著，则贤不肖别矣；刑禁暴，爵举贤，则政均矣。仁以爱之，义以正之，如此，则民治行矣。

For this reason the former kings set the prescriptions of rites and music and established proper measures for the people. By weeping in mourning clothes of hemp, they gave proper measures to funerals. By bell and drum, shield and battle-ax [for military dances] they gave harmony（和）to expressions of happiness. By the cap and hairpin of the marriage ceremony, they distinguished male and female. By festive games and banquets they formed the correct associations between men. Rites gave the proper measure to the people's mind;

---

❶ 霍布斯（Thomas Hobbes, 1588—1679），英国政治哲学家，机械唯物论者，主要著作有《利维坦》等。

music made harmony in human sounds; government carried things out; punishments prevented [transgression]. When these four were fully achieved and not refractory, the royal way was complete.

Music unifies; rites set things apart. In unifying there is a mutual drawing close; in setting things apart there is mutual respect. If music overwhelms, there is a dissolving; [17] if rites overwhelm, there is division. To bring the affections into accord and to adorn their outward appearance is the function (事 *) of music and rites. When rites and ceremonies are established, then noble and commoner find their own levels; when music unifies them, then those above and those below are joined in harmony. When likes and dislikes have this manifest form, then the good person and the unworthy person can be distinguished. By punishments one prevents oppression; by rewards one raises up the good; if these prevail, then government is balanced. By fellow-feeling one shows love; by moral principles (义 *) one corrects them, and in this way the management of the people proceeds.

如果说荀子一派的儒家思想试图控制危险的力量，那么，汉代儒家则试图让两种对立的力量保持平衡。"礼"限定了社会关系的功能，因而它也是区分系统。不过，作为区分系统，"礼"容易使人们四分五裂、彼此对立。"乐"被礼仪中的所有参与者所共享，所以有了"乐"，"礼"的这种危险力量就被调节了，"乐"使人们感到像是一个统一体。可是，统一的冲动又威胁到区分，所以，又需"礼"来制衡。

* * *

乐由中出，礼自外作。乐由中出故情，礼自外作故文。
Music comes from within; rites are formed without. Since music comes from within, it belongs to genuine affections (情 *); since rites are formed without, they have patterning (文 *). [18]

第二章 《诗大序》

这里我们可以清楚地看到，礼乐之间的平衡与诗歌理论的对应，诗歌也是发于内心之情，而后在"文"中找到限制性的外在表达。

* * *

> 大乐必易，大礼必简。乐至则无怨，礼至则不争。揖让而治天下者，礼乐之谓也。暴民不作，诸侯宾服，兵革不试，五刑不用，百姓无患，天子不怒，如此，则乐达矣。四海之内，合父子之亲，明长幼之序，以敬天子，如此，则礼行矣。
>
> 大乐与天地同和，大礼与天地同节。和故百物不失，节故祀天祭地。明则有礼乐，幽则有鬼神。如此，则四海之内，合敬同爱矣。礼者殊事合敬者也，乐者异文合爱者也。礼乐之情同。故明王以相沿也；故事与时并，名与功偕。

The supreme music must be easy; the supreme rites must be simple. When music is perfect, there is no rancor; when rites are perfect, there is no contention. To bow and yield, yet govern the world is the true meaning of rites and music. There is no oppression of the people; the feudal lords submit; armor is not worn; the five punishments are not used; no calamity befalls the massed; the Son on Heaven feels no wrath—when things are thus, music has been perfected. Within the four seas fathers and sons are joined in affection, the precedence between elder and younger is kept clear, and respect is shown to the Son of Heaven—when things are like this, rites are in practice.

The supreme music shares the harmony of Heaven and Earth. The supreme rites share the proper measure of Heaven and Earth. In the harmony of the former, none of the hundred things fail; in the proper measure of the latter, the sacrifices are offered to Heaven and Earth. In their manifest aspect, they are rites and music; in their unseen aspect, they are spiritual being. When things are like this, then all within four seas are brought together in respect and love. Though acts differ in the performance of a rite, these acts share the quality of respect. Though music has different patterns, these are brought together in the quality of love. Since the affections involved in music and rites remain the same, wise kings have followed them. Thus when act and occasion are matched, fame and accomplishment are joined.

这个欢天喜地的儒家的社会观——借助礼乐,整个社会与人的天性和宇宙的天性保持和谐——与文学没有直接关系;不过,它为真情实感和形式的一致这个文学兴趣提供了必要的基础,这个兴趣点始终贯穿在中国文学思想史中。

第二章 《诗大序》

注 释

〔1〕 关于"诗大序"和"小序"的复杂关系的论述,见 Steven Van Zoeren《诗歌与品格:〈诗经〉解释学研究》("Poetry and Personality: A Study of the Hermeneutics of the Classic of Odes [Shijing]", Ph. D., Harvard, 1986)。

〔2〕 关于该传统的讨论,参见 Van Zoeren 和 Pauline Yu《中国传统意象读法》(*The Reading of Imagery in the Chinese Tradition*, pp. 44-83)。

〔3〕 在汉语中, wind 和 influence 是一个词,即"风"。

〔4〕 "君子之德风,小人之德草;草上之风必偃。"(《论语·颜渊》)

〔5〕 应该注意的是,在"四始"理论中,这种"风"之首的说法变得尤为重要。所谓"四始"即《诗经》的一个理想次序,它涉及《诗经》四大部分所体现的四个不同层面的递进过程。

〔6〕 关于"六义"的一个完整的英文文献目录见 John Timothy Wixted《古今集序:另一个视角》("The Kokinshū Prefaces: Another Perspective", *Harvard Journal of Asiatic Studies* 43.1: 228-229 [1983], footnote 30)。

〔7〕 关于"赋"的讨论见 Dore J. Levy《搭建顺序:从另一个角度看"赋"的原则》("Constructing Sequences: Another Look at the Principle of Fu 'Enumeration'" in *Harvard Journal of Asiatic Studies* 46.2: 471-494 [1986])。

〔8〕 就像战国时代的辞令家引用《诗经》一样,西方古典修辞家也颇为留意情感修辞,即唤起某种情绪以达到说服对方的目的。当然,印度诗论家的情绪修辞又与前两者迥然有别。在《诗经》之解释的道德教育工程中,也存在同样的情况,即有意识地"利用"语言以触发某种反应。不过,在后来的中国诗歌理论中,这种为制造效果而有意识地使用语言的情况基本上消失了(除了乐府理论),发展到后来,中国诗歌理论主要关心的是,诗人如何不自觉地显现在诗歌之中。

〔9〕 "乐"有两个读音:lè 是高兴的意思,yuè 是音乐。荀子利用了该字的一形多音、多义。

〔10〕 在汉语中,被译为"movement"的"动"即"动静":运动和静止。

〔11〕 这里的"道"(引导)与"道"(道路、方式)写作同一字,在这个语境中,其语义价值与更宽泛的意义"遵循某种道路或方式"紧密相连。

〔12〕 这里的"dissolution"是"流",字面意义即"flow"(流)。儒家渴望维护正当的名分,所以,流到一块的东西(及其联想意义:"听任"男女混杂)这个观念令儒家颇感困扰,"流"是儒家表达危险的一个隐喻。

〔13〕 不清楚这里的"文"指"雅"和"颂"的口头文本,还是指为使声音成为音乐而赋予声音的"文"。

〔14〕 这里被译作"balancer"的"纪"的字面意思是平衡器,它使事物的关系保持平衡。它促成一种本能的意识,例如何时进、何时退,使人际关系和社会关系保持平稳。

〔15〕 这里,荀子以一种新的方式回到了本章开头的陈述。起初"乐"是乐(lè,高兴),它是人的一种"不免"的感情。这里,它是乐(yuè,音乐),也是"必不免"者(在汉语中, inevitable 和 cannot be dispensed with 没有区别)。

〔16〕 这里的"文"作了校改。
〔17〕 这个液化的隐喻暗示混杂,以及"流"的曲折所指。
〔18〕 这里的"情"作了校改。原文是"静"。

CHAPTER THREE
"A Discourse on Literature"

第三章
曹丕《典论·论文》

曹丕（187—226）的《典论·论文》起初并非一单篇文论，而是其《典论》中的一章。《典论》作于曹丕被立为太子之时（217—218），起初有二十章，如今仅存若干片段。[1]《论文》目前的本子能存留至今，得力于它被收入梁朝一著名的选集即《文选》。《论文》尚有若干其他片段未包括在目前这个本子中，它们在别处被保存下来，这说明《文选》的本子是不全的。[2]《典论》属于那种泛论一般性知识的论说文集的悠久传统，这种集子通常至少有一篇用来讨论语言或写作的某些方面。[3]尽管如此，《论文》在结构上是独一无二的。曹丕采用了王充在他的论说集《论衡》中所提倡的"朴实"风格；但是，在《论文》中运转着一股力量，在一些关键之处，这股力量扭转了文章的思路，王充的行文流畅、威严，相比之下，曹丕的论述更奇特，也更具私人性。

汉代文学思想直接承袭战国文学思想，主要关注写作对维系社会伦理的作用，尤其是那些指导和约束王室成员之行为的宫廷文学。如果主导兴趣在社会伦理，就容易把写作领域视为一个整体，其中，"文学"与"非文学"没有清晰的界限，只有修饰程度之别。文学本质和概念在汉代的最后几十年即所谓建安时期发生了巨大变化，但是，对文学的大多数反思性论述依然没有超出汉代早期所讨论的范围。这些变化在曹丕的《论文》中已露端倪。

《论文》在最后提到徐幹的《中论》，这说明曹丕仍然把论说文集（包括他本人的《典论》）放在"文"即"文学"或"美文"领域来考虑（后来，这类论说文被划归"子"类）。不过，通过他在《论文》中对文体的阐述，我们看到，"文"的观念（包括诗、赋以及短文）已经大体进入后来的传统中国文明史一直保持的那个范围。而且，即使曹丕在《论文》的通篇一直在回应着陈旧的汉代主题，但其围绕"文"所提出的中心问题已不再是那个令人肃然起敬的汉代的关注，即道德力量与写作可能传达的具有非道德潜能的诱惑力量之间的斗争。诚然，《论文》完全没有把文学作为一种自治的艺术看待，但曹丕的主要关注不是伦理学，他的兴趣所在是人的性格如何被刻写在作品之中，是什么使作品那么难以

第三章 曹丕《典论·论文》

抗拒而不是成为道德意义上的"好"作品,以及作家希望借写作获得不朽的问题。

《论文》不是深刻的文学理论之作。它在历史上受到重视,主要在于它表达新思路的方式,那些新思路在该时期的文学和其他知识活动领域都有明显表现。显然,曹丕对他本人自我价值的意识被深深卷入到他对文学的论述之中。而且,他在文章里所作的联想使我们意识到,这里跳动着一颗非凡的心灵;《论文》的首要价值或许在于它本身就是一篇文学作品。

* * *

> 文人相轻,自古而然。傅毅之于班固,伯仲之间耳,而固小之,与弟超书曰:"武仲以能属文为兰台令史。下笔不能自休。"
>
> Literary men disparage one another—it's always been that way. The relation between Fu Yi ❶ and Ban Gu was nothing less than the relation of a younger brother to an elder brother.[4] Yet Ban Gu belittled him, writing in a letter to his younger brother Ban Chao: "Wu-zhong [Fu Yi] became Imperial Librarian through his facility in composition: whenever he used his writing brush, he couldn't stop himself."[5]

开篇突如其来,曹丕好像在评论文本之外的什么事件,他提出了一个普遍命题,并提供了历史证据来证实这个观点。《论文》以一种轻视文人的调子开始,瞧不起他们为争得帝王的宠爱而相互贬低;可文章却以敬畏文人所取得的成就作结,政治的力量最终给写作的力量让位。曹丕所引用的掌故轶事把写作与仕途的晋升联系起来(虽然《论文》归之于写作的最终价值其实完全有别于此),而文人相轻似乎是由嫉妒引起的:

---

❶ 原英文版在第一次出现的人名后面附有生卒年,中译本一律从略。

写作能为个人谋取利益,一种人人都想谋求的自我的扩张。[6]在这条轶事中,为了获得欲求对象(官职),在有动机的行为(以写作获取官职)和缺乏控制("不能自休")之间存在一种特殊的比率。

* * *

> 夫人善于自见,而文非一体,鲜能备善,是以各以所长,相轻所短。里语曰:"家有敝帚,享之千金。"斯不自见之患也。
>
> People are good at [or fond of] making themselves known; but since literature (文 *) is not of one form (体 *) alone, few can be good at everything.[7] Thus each person disparages that in which he is weak by the criterion of those things in which he is strong. There is a village saying: "The worn-out broom that belongs to my own household is worth a thousand in gold." Such is the ill consequence of a lack of self-awareness.

借文学"自见"的观点是对"诗言志"那个经典陈述的有意修改。但是,它使欲望又扩展了一步:仅仅被理解还不够,还要让后世理解"你是谁"。这个写作动机可以在司马迁的评论里找到前身:虞卿"不能著书以自见于后世"。[8]曹丕对写作的动机做了修改,从他的话中我们尚不能确定,人究竟在什么意义上希望自己为人所知(例如仅仅为了成名,或希望他的才能被人认可,或希望他人在某个更深层的意义上理解他这个人),但可以确定的是,为人所知的可能性就是一种强大的动机。在曹丕看来,这个动机是危险的,它容易使人走向腐化。曹丕是王子,作家们希望得到他的认可;可他看到的偏偏不是任何天才或特质,他首先注意到的是为人所知的欲望,以及这强烈的欲望如何使作家丧失了公正的判断。

判断不公是由偏向自己和自己的独特技能导致的。这一偏好问题与正在形成中的性格类型概念紧密地联系起来。曹丕在展开论述之初便提出,写作不过是作家"自见"并因而受到重视的手段。正如我们所说,至于作家究竟希望他人承认和重视他的什么尚不清楚，是其天才的大小还是某种区别于他人的特性（如性格类型，即他是哪一"种"人）。不知不觉中，擅长以及偏好某类写作（"体"）的问题就转化成某种性格和某一体裁的结合问题。文体并非关系到某一作家的技能，它似乎与某种性格类型具备有机的联系。但随之而来的结论是，这种性格类型的表现也是作家之偏好和局限的显示。

"文非一体，鲜能备善"。文体毕竟有限，从理论上讲，虽然罕见，"备"并非不可能。曹丕树立了双重标准：一是专才，其局限与个性特征或类型特征密不可分；一是集各种专才于一身的通才，它与圣人或君王联系在一起。专才使人看不见他人之所长、自己之所短。通才的圣人或君王需要根据个人的才能委以官职，这种通才对任何一种专才都必须包容和赏识，拒绝接受某一专才凌驾于另一专才之上的观点；与此同时，以其本人的凌驾地位，他却可以对任一专才固有的局限表示蔑视。

* * *

> 今之文人，鲁国孔融文举，广陵陈琳孔璋，山阳王粲仲宣，北海徐干伟长，陈留阮瑀元瑜，汝南应场德琏，东平刘桢公干。斯七子者，于学无所遗，于辞无所假，咸自以骋骥騄于千里，仰齐足而并驰，以此相服，亦良难矣。
>
> The literary men of this day are Kong Rong, called Wen-ju, of the state of Lu; Chen Lin, called Kong-zhang, of Guang-ling; Wang Can, called zhong-xuan, of Shang-yang; Xu Gan, called Wei-chang, of Bei-hai; Ruan Yu, called Yuan-yu, of Chen-liu; Ying Yang, called De-lian, of Ru-nan; and Liu Zhen, called Gong-gan, of Dong-ping. These seven masters have omitted nothing in their learning, have no borrowed colors in their diction (辞 *). Yet they have found it most difficult to all gallop together a thousand leagues, side by side with equal pace of their mighty steeds, and thus to pay one another due respect. [9]

遵照曹丕的上述观点，这个作家名单有力地证明，每人皆有自己的强项，皆看不见自己的弱点。他们不能"仰齐足而并驰"，呼应了那个潜在的赛马隐喻：谁都渴望"赢"，渴望被君王或后世承认，但又彼此并驾齐驱，势均力敌。每人都只具备某种专才，谁都不"备"，如果"备"就不会彼此相忌。不过，每人都具备学识和写作的独创性。所以，他们的局限之处一定不在这里，而在于对某种写作的先天的喜好和擅长，这种先天的喜好和擅长超越了精通、技艺和独创。曹丕的这个观点必然使他贴近中国文学思想史上的一个重要事件——把某种写作（"体"）和某种人、某种性格类型（"体"）统一起来。

* * *

> 盖君子审己以度人，故能免于斯累而作论文。
> A superior person（君—子）examines himself to measure others; and thus he is able to avoid such entanglements [e.g., envy and blindness to the worth of others]. Thus I have written a discourse on literature.

这位不偏不倚的观察家只会在七子身上发现值得钦佩的东西，但七子自己置身赛场，彼此以赛手相视，就只有忌妒和竞争了。在某一类型的写作中，他们可以臻于完美，但没有任何一种写作天然优越于另一种。其言外之意就是说，惟一真正的完美是对各种写作都能兼备的通才。只有超越了每一专才所固有的局限，才有望达于通才，这样，类型特征的观点（把某人确定为某种性格类型）必然随之产生。每个人都必须努力扩展自己，努力包纳继而能够认可对各种文体的全面兼备。实现这一境界的手段是自审，它使人"自见"，即认识自己的局限。一旦认识到局限，他也就超越了它。只有君子能做到这一点，既然七子不能，他们就不是君子。文中那种得体的沉默说明曹丕——霸王曹操之子和王位继承人——是君子（"君子"的字面意义即"君王之子"），他能"免于斯累"，正确估价他人。[10]

第三章 曹丕《典论·论文》

如果曹丕果真是"君子",他的《论文》也许就会是一篇具有更多道德色彩的文章;但那样一来,它就不会具备这种个人关注的潜流,而我们之所以看重这篇小文恰恰是因为它所暗含的个人关注。这位王子批评了七子间的相互批评,而我们注意到,这篇《论文》自身也明显缺乏"自审",对个体作家的蔑视始终藏在一层薄薄的面纱后面,但《论文》却以一种强烈的渴望作结,渴望借文学使个体得以显现。

* * *

> 王粲长于辞赋,徐幹时有齐气,然粲之匹也。如粲之《初征》《登楼》《槐赋》《征思》,幹之《玄猿》《漏卮》《圆扇》《橘赋》,虽张、蔡不过也。然于他文,未能称是。琳、瑀之章表书记,今之隽也。

> Wang Can excels in poetic expositions (赋); even though Xu Gan at times shows languid qi*, still he is Wang Can's match.[11] Even Zhang Heng and Cai Yong do not surpass works like Wang Can's "Beginning of the Journey" "Climbing a Tower" "The Locust Tree" or "Thoughts on Travel"; or works like Xu Gan's "The Black Gibbon" "The Syphon" "The Circular Fan" or "The Orange Tree". Yet their other writings are no match for these. In regard to memorials, letters, and records, those of Chen Lin and Ruan Yu are preeminent in the present.

这一段表现出强烈的品评欲,它是一个王子的义务和特权:衡量他那个时代的人,拿一个跟另一个比较,还拿他们跟以往的巨人比较。从开篇断言文人相轻到最后声称"气"是衡量创作成就的第一标准,《论文》通篇充满评估之词。这个评判世界以儒家那条"知人"的诫命为中心,它首次出现在《论语》中的孔子对特征和性格的精细判断,到了曹丕的时代,它渐渐发展成一种对性格评判的迷恋。

品评和对比之风泛滥一时,起初,它仅限于纯文学的优秀品质,但

61

很快就悄悄转化为对人和写作同样适用的更为一般的特质。

* * *

> 应玚和而不壮，刘桢壮而不密。孔融体气高妙，有过人者，然不能持论。理不胜辞，以至于杂以嘲戏。及其所善，扬、班俦也。
>
> Ying Chang is agreeable but lacks vigor. Liu Zhen is vigorous but holds nothing concealed [密; i.e., in reserve]. Kong Rong's form (体 *) and *qi** are lofty and subtle, with something in them that surpasses all the others; but he cannot sustain an argument, and the principle (理 *) in his work is not up to the diction (辞), to the point that he mixes his writing with playfulness and spoofing. At his best he rivals Yang Xiong and Ban Gu.

首先有必要给这些风格确立一个相对准确的含义。"和"描述的是人的言行、音乐、天气、菜肴等的特点：两种或两种以上的东西放到一起，其中任何一方皆不与另一方冲突，以突出自己的特性。所以在应玚身上，我们明显感到他依从我们，他和我们处在一种相"和"状态；在他的语言或语言背后的性格里面没有任何胁迫性力量。

"壮"是"和"的补充性词汇，它是应玚所缺乏的。"壮"用以描述一个处在盛年的男子，经常与力量和决断连在一起。在这里，读者强烈感觉到作者与他本人的性格截然不同。读者可能羡慕和敬畏这种力量，但不会对它轻易产生亲近感。"壮"是与"和"相对的品质，但与"壮"互为补充的不是"和"而是"密"。

"密"的意思是隐秘或躲藏。在这里，它是一个正面特质，显示思想或性格的某种保留和藏在里面的丰富性，它刚好是"壮"的那种纯粹的外向性所完全缺乏的品质。

值得注意的是，在这段文字中，曹丕转向了既可描述文学作品也可描述性格的词汇。在整个中国文学传统中，读者总喜欢把文本的风格或特征与其作者的性格等同起来，这种情况在西方文学的某些阶段也发生过。尽管时下的文学观念认为把它们等同起来是错误的，然而，这一认同的正确与否并不重要，重要的是读者和作者都认为这种认同是对的。在创作风格中强烈地直觉到作者的性格是一个历史事实，而且一直受到人们的重视。

请留意这里的对比和区分："和而不壮……壮而不密。"我们看到的不是二项对立，而是一个多项系列，其中，一种特质走向极致，然后缺欠产生，接着缺欠被该系列的下一特质所补充。Y是X所固有的缺欠的补充，但Z又补充了Y所固有的缺欠。这种系列式的补充来自《易》的卦象符号理论，[12]虽然这里表现得不那么明显。《易》为性格类型学提供了一种有力的结构模式：每一种类型即使在最完美的状态也是不完满的，完满只存在于所有阶段都得到"完全补充"之时。七子很像是卦象系统，在某一内在特质达到盈满状态之时，每人皆发生了缺损。

我们在本段中看到形式/内容二分法的一个早期形态。孔融的形式（"体"）和"气"是上等的，但他不能持论。[13]这段话似乎认为，即使论述缺乏条理，作品的形式风格与其能量之间的统一也是可以存在的（我不想冒失地把这种论述条理称为"逻辑"，但这段话似乎假定，论说需要条理性，这种条理性大体相当于西方传统所谓的"逻辑的"连贯性）。下面这个平行的陈述澄清了这一点："理不胜辞。"它把持论的能力和"理"联系起来，"理"即运行在世界上的种种次序规则，但它在文本中可能运行得不那么成功。对立项的另一方是"辞"，"体"（形式）和"气"就体现在"辞"的层面上。

* * *

常人贵远贱近，向声背实，又患暗于自见，谓己为贤。

Ordinary people value what is far away and feel contempt for what is close at hand. They favor repute (声) and turn their backs on substance (实*). Moreover, they stuffer the ill consequences of ignorance in self-awareness, claiming to be men of great worth.

曹丕的论述渐渐从过于看重自己转向了对声誉的无法抗拒的关注，过于看重声誉使人忽视和看不到自己的真实本性。"远"的就是与"声"（声誉）有关的，它靠的是文学那种"行远"的能力（在《论文》的结尾，曹丕对文学的这种能力表现出一种积极态度，在那里他恰恰没有抵挡住他这里所批评的价值对他的诱惑）。在这里，他使得文学的价值介于一个不稳定的天平的两端：一端是内在自我的显现（隐藏在文本之中的特质如何真实而充分地显示一个人的本性，包括其局限）；另一端是内在自我的隐藏（希望他的优秀之处被他人看到，同时又不暴露其相应的缺欠）。

*　　*　　*

夫文本同而末异，盖奏议宜雅，书论宜理，铭诔尚实，诗赋欲丽。此四科不同，故能之者偏也；惟通才能备其体。

Literature (文*) is the same at the root (本*), but differs in its branches (末, a "branch tip", the later stages of a process). Generally speaking, memorials and disquisitions should have dignity (雅*); letters and memorials should be based on natural principle (理); inscriptions and eulogy value the facts (实*); poetry and poetic exposition (赋) aspire to beauty (丽*). Each of these four categories is different, so that a writer's ability will favor some over others. Only a comprehensive talent (通*—才*) can achieve the full complement (备) of these forms (体*).

这是关于中国文类理论的一个最早说法。更有意思的不是这些具体的分类，而是这段文字的结构和假设。文类与人的性格类型刚好对应：在"本"上先有某一统一体，但它又分化出各种不同的分体。兼备各体者就是"通才",他能把不同的体重新结合起来,不是结合成一个简单的统一体,而是一种超越各种分体的能力。这种能力显然类似于曹丕本人的热望:他要做一个那样的"君子",能"通晓"并"兼备"那些想博得其好感的作家所具有的特殊而又有局限的才能。

中国文学批评传统一直热衷于条理清楚地列举各种形式和技巧,它体现了这样一种愿望:通过设定固定数量的各具特征的规范类型,来限制和控制分支或枝杈。[14]处理这些统一体和分支的模式是传统的宇宙进化论模式,它是一个二元的历史。这里,我们注意到形式的数量是两两出现的,每一特征又分别有两种不同的形式。文学理论也是有"本"有"末",是一个谱系,一个有序的系统,依附于历史。

文体类型学和性格类型学在传统中国是同时产生的,二者被一套基本通用的有关方式和品质的语汇统一起来(上文所列举的特征也同样适用于人的风格、行为和性格,"雅"就是一个明显的例子)。[15]每一对文体形式都被描绘为一对与之相应的性格特质。这样,某一性格类型就必然显示出某一相应的方式,作家们在那些与之性格相适应的文体里,自然有最佳表现。

* * *

文以气为主,气之清浊有体,不可力强而致。譬诸音乐,曲度虽均,节奏同检,至于引气不齐,巧拙有素,虽在父兄,不能以移子弟。

In literature *qi** is the dominant factor. *Qi** has its normative forms (体 *)—clear and murky. It is not be brought by force. Compare it to music: though melodies be equal and though the rhythms follow the rules, when it comes to an inequality in drawing on a reserve of *qi**, we have grounds to distinguish skill and clumsiness. Although it may reside in a father, he cannot transfer it to his son; nor can an elder brother transfer it to the younger.

在详细讨论这段著名的文字以前,我们需要注意这样几件事:首先,在曹丕的时代,文学作品总是吟诵或大声地发表出来;而且,有若干明显的证据表明,在那个时代,某些种类的文学作品是口头的、即兴创作的,然后再根据记忆写下来。这一事实极大地强化了这段文字所做的那个关于文学创作和音乐表演的类比。其次,虽然这里所说的音乐也有旋律、结构和节奏规则,但同西方近两个世纪以来的纯粹的乐谱音乐相比,它的演奏要即兴得多。最后,被类比的音乐显然指的是笛子或管风乐器的演奏,所以"气"的重要性不仅是比喻意义上的而且也是实际意义上的。

传统的中国思想往往重视那些把抽象和物质统一起来或把心理过程和生理过程统一起来的词汇。印欧概念语汇是从隐喻的"死亡"发展来的(而且,抽象观念的非时间性[atemporality]与死亡的非时间性密切相关)。在传统中国,来自感官物质世界的术语也延伸到非感官世界,但没有"走向死亡",没有放弃它们在其根部对感官世界的指涉。[16]"气"虽然来自生理的"呼吸"和物质之"气",但它所负载的意思远远超过了表面的物质层面。"气"来自作家之"内",通过吟诵所使用的"气"被引出来(在那里,它可能成了影响其听众的"风")。人之"气"既有质也有量。它不是"才"那样的天赋,但获得一定数量的气的能力可能是天生的。"气"不能学到或强迫;但它可以"养",可以在使用中积累、消耗。最后,"气"本身就是"物",而非仅仅是推动或灌输给他物的能量。[17]

如果说"气"是某种物,那么它是一种正在进行中的物或处在过程之中的物。由于这个原因,拿即兴音乐做类比就特别重要。这里所暗示的艺术控制与其作品之间的关系迥然有别于西方诗学的通常假定,甚至迥然有别于中国古典时代后期对诗歌的假定。西方诗学那些术语上和程序上的假定(尤其是那些有关诗歌的通俗说法和通常见于陈词滥调中的说法),把艺术意图置于文本之先:文本是非时间性地给定的"客体",在客体被创作出来之前,就已(通过创作意图)被确定了。当然,关于

第三章 曹丕《典论·论文》

诗歌的这一假定在西方传统中一直受到严肃质疑，但这种质疑既以这些标准假定为背景，自然也就在质疑它们的同时进一步维护了它们的合理性。或许可以补充的是，西方音乐记谱法的完善化恰好来自于那种把音乐文本化的欲望：使一段音乐成为一"物"，这样就完全可以被重复（正是在这个意义上，演奏开始被视为一种"解释"或"翻译"）。

与文本的客观化相对照，即兴演奏的观念使作曲家—演奏家的持续不断的建构力量参与进来，作曲家—演奏家在行动之中施加控制，而不像制作者对待他的作品那样施加非时间性的控制——后一模式是超验的神性（基督教上帝创造世界万物）所显示的模式。这种对行动而非对客体的持续性控制就是"气"在音乐和文学中被运用的方式。诗可以写下来、可以传播，这简直是一个奇迹，这就好比一次即兴演奏居然可以录制下来。如果我们后来听到那次演奏的录音或读到那首诗，我们就可以识别出那个诗人—演奏家的"气"——它的大致品质、当时的情绪，以及他如何驾驭演奏的各种要求。

把文本视为客体的假定也存在于传统中国；这种假定先是与视文本为演奏的观念进行较量，后来渐渐胜过了后者。不过，那种对表演着的、进行中的文本的怀念依然很强烈。诗学中后起的一些概念如"活法"正代表那种在不以表演为当然的世界试图恢复表演性文本（或更确切地说，恢复对这种文本的印象）的企图。与西方的情况相比，中国传统更愿意把诗歌视为或希望视为时间中的事件。而且"气"赋予文本一种活生生的统一性（把写作喻为织锦则刚好相反，它的意思与西方所谓诗的统一性更加接近）。在后来的理论写作中，这种"气"的统一性经常被描述为"一气"：它是运动的原动力和连贯性。唐代作家李德裕在《文章论》中对这段话做了如下解释：

> 魏文《典论》称"文以气为主，气之清浊有体"。斯言尽之矣。然气不可以不贯；不贯则虽有英辞丽藻，如编珠缀玉，不得为全璞之宝矣。鼓气以势壮为美，势不可以不息；不息则流宕而

忘返。亦犹丝竹繁奏，必有希声窈眇，听之者悦闻；如川流迅激，必有洄洑逶迤，观之者不厌。[18]

有了"气"，对一首诗的形成发挥作用的其他要素——才、学、性、情就活动起来。所以说，"文以气为主"，没有它，一切都是板滞无生气的。

如果我们想在任何论述中，哪怕在一篇《论文》之中，听出活生生的人的声音，我们就必须格外注意文章的关节点，也就是那些语气吞吐或行文跳跃之处。彼此冲突的念头尤其明显地发生在这一段和全篇最后一段的转折之处；即使没有什么理论上的深度，这些冲突就足以使曹丕的《论文》成为伟大之作。"气"不能父子相承、兄弟相移的说法无疑是《庄子》中的轮扁斫轮故事的回响，轮扁对桓公说，圣人留给后世的语言不过是他们的糟粕，正如他斫轮的技艺靠的是本能，无法传给他人，圣人的精华也正是那些无法寄身于文字的部分。[19]"气"是写作的最本质的东西，它是无法传递的，曹丕这里想说的不过是这个意思；但轮扁斫轮故事说的是写作自身无法传递人的最本质的东西：对这个故事发出回响势必威胁到曹丕的整个《论文》。曹丕极欲做"通才"，他的《论文》以及他的不乏实验精神的丰富多样的诗作，都直白或含蓄地肯定了通才的价值。曹丕想做圣人，也就是那种能全面评判众人、超越各种专才的人。他渴望这一切都能永远显示在他自己的写作中。然而，如果事情确如轮扁所说，即便是圣人，其言论也不过是糟粕而已，那么，一切皆为泡影：他的真正成就将不可能充分传递。面对这一威胁，曹丕旋即发表了一个宏伟的声明。

*　　*　　*

> 盖文章经国之大业，不朽之盛事。年寿有时而尽，荣乐止乎其身，二者必至之常期，未若文章之无穷。
>
> I would say that literary works (文 *一章 *) are the supreme achievement in the business of state, a splendor that does not decay.

第三章 曹丕《典论·论文》

> A time will come when a person's life ends; glory and pleasure go no further than this body. To carry both to eternity, there is nothing to compare with the unending permanence of the literary work.

通过文字和文学作品获知人的内在本质，这一承诺在中国传统上可谓由来已久，让我们首先对它们作一回顾：孟子的"知言"，孔子的"不言，谁知其志"；"诗言志"的经典说法；或者《易·系辞传》所谓"圣人之情伪见于言辞"。再加上《孟子》《诗大序》和《乐记》里的一些主张，比如，一个时代和政治的情况可见之于诗歌。现在，让我们假设一个人开始思考这些被普遍接受的真理，而他是一个未来的统治者，一个"挟天子"者的继承人，他最终结束了徒有虚名的汉代皇帝，自立为帝，开启了一个新的朝代，他就是该文的作者曹丕，那么他一定想知道，后世如何知晓他是怎么治理国家的，他的统治是否具有道德合理性。后世通过什么方式知道他是谁呢？只有他的时代的文学作品是他的全部成就的真正完美的、可传之久远的实际体现。这些作品将是他真正的"业"，我把"业"译为"achievements"（成就）。"业"是祖传的财物，可以积累，可以传承；该词可用于资产、财产、学识、成绩（一个官员累积起来的"业"可以传给子孙，被他们增加或消耗）。[20]后来，"业"成了佛家用语，善行或恶行积累起来就是业，它决定人的来生。在这个时刻，曹丕意识到文学作品是根本的统治之业，是惟一值得信任的不会因改朝换代而腐烂的遗产。败家子可能毁掉你的家产，异族可能蹂躏你的土地；只有通过文学，你的成就即所谓"盛事"（直译即"花开得最绚烂的景况"），有望得到万无一失的传递，不会腐烂衰朽——难道，这些文本只是"糟粕"吗？

这里有一点格外值得注意：按照这段话的说法，被传递的是荣乐。我们的目光先是被这个"乐"字吸引住了；今生所享有的"乐"应当是那种不可传递的东西。然后我们又发现"荣"也是如此。于是我们意识到，曹丕并没有把二者视为纯粹的私人感受：在曹丕看来，荣和乐存在于他人的认可和赏识之中。宴会之乐不是我一人所独享的，一个人自餐自饮不会有太多的乐趣，甚至根本没有乐趣。宴会之乐在于大家共享，使一个人的快乐能被他人看见。一旦快乐被永远地承认了，那么，即使我本人不在，快乐本身也可以以一种奇特的方式获得永恒。"荣"的体验是更为清楚的例子：它不是纯粹的私人感受，而是一种取决于他人之认可的满足。这样，在曹丕看来，体现了在场的"荣乐"的文学作品，它所保存的似乎不仅是对那种状态的承认，而就是那种状态本身。

不过，这里仍然存在一个问题："文人相轻"。既然按照曹丕的描述，他周围的文人彼此忌妒、虚荣，都是偏才，那么，他怎么能把完美传递其业绩的重任委托给这样一些人呢？完美的传递需要一位兼具众长之人。这样一来，完满的传递只能靠他这位王子本人了。

* * *

> 是以古之作者，寄身于翰墨，见意于篇籍，不假良史之辞，不托飞驰之势，而声名自传于后。
>
> So writers of ancient times entrusted their persons to ink and the brush, and let their thoughts be seen in their compositions; depending neither on a good historian nor on momentum from a powerful patron, their reputations were handed down to posterity on their own force.

> 帝初在东宫，疫疠大起，时人凋伤，帝深感叹，与素所敬者大理王郎书曰："生有七尺之形，死惟一棺之土，唯立德扬名，可以不朽，其次莫如著篇籍。疫疠数起，时人凋落，余独何人，能全其寿？"[21]

对死亡的恐惧弥漫在《论文》的最后部分。曹丕使用了"寄身"，一个战争用语（勇士"寄身"于利剑）。不愧为一代霸主曹操的继承人，曹丕使用了一个置自身于险境的词来谈论文学。

在前面那个段落里，曹丕表达了他对"不朽之盛事"的希望，这个

第三章 曹丕《典论·论文》

词不免使我们想到《左传·襄公二十四年》所提到的"三不朽"的古老说法：立德、立功、立言。曹丕这里也提出三事：史家的著作、保护人的力量和出自本人之手笔的写作，其中，只有一个能承担三不朽之责。哪怕一个能记录人的美德、事迹和语言的良史也难免疏漏。"飞驰之势"（字面意思是"向前方奔驰"，比喻政治上的保护）或可为实现功业提供机遇，但以这种方式"立"己，有可能受到来自偏才方面的阻力，因为偏才之人只看重他本人之所长。只有靠自己的写作即所谓"立言"，一个人才能全面"经营"自己的不朽。

* * *

> 故西伯幽而演《易》，周旦显而制《礼》，不以隐约而弗务，不以康乐而加思。夫然则古人贱尺璧而重寸阴，惧乎时之过已。而人多不强力，贫贱则慑于饥寒，富贵则流于逸乐。遂营目前之务，而遗千载之功。日月逝于上，体貌衰于下，忽然与万物迁化，斯志士之大痛也。融等已逝，惟幹著论，成一家言。

> The Earl of the West [later made King Wen of the Zhou], when imprisoned, amplified the *Book of Changes*; the Duke of Zhou, though in his glory, prescribed the *Rites*. The former did not ignore this [the importance of literary work] in spite of hardship; the latter was not distracted by health and pleasure. From this we can see how the ancients thought nothing of large jade disks [marks of wealth], but valued each moment, fearful lest their time pass them by.

> Yet people usually do not exert themselves: in poverty and low station they fear the hunger and cold; amid wealth and honor they drift with the distractions of pleasure. They busy themselves with the demands of what lies right before their eyes, and neglect an accomplishment lasting a thousand years. Overhead, the days and months pass away from us; here below, face and body waste away.

> Suddenly we will move off into transformation with all the other things of the world—this is the greatest pain for a person with high aspirations（志*）. Kong Rong and the others have already passed away, and only the discoursed composed by Xu Gan are the fully realized work of an individual writer.

《论文》以忧伤的语调提出了它的结论：生命在各种小小的纷扰和忙乱之中消耗殆尽，最后无声无息，没有谁会记起它们曾经的存在，没有什么关心和在意足以保证它们的不朽。这段话有几分基督教道德家的腔调，它表达了牧师常有的那种关切和担忧：会众（羔羊们）不够关心他们灵魂之不朽。在曹丕所知道的作家中，惟有徐幹的写作足以"立"己，不被遗忘。

在曹丕的《论文》中有一种强烈的情感，是它驱动着他的写作，使他的写作"一气"贯之，是它串起了情绪的突然转换和相互冲突的立场，这种强烈的情感部分来自对那些已过世的朋友的哀挽，部分来自对他本人能否不朽的担心。他以评判开篇，又以评判作结。在文章的开头，"七子"并驾齐驱，不分上下，现在，大多数人落在后面，只有徐幹到达终点。[22]起初，曹丕对他们彼此争斗、一心追求赏识和声名表示轻蔑；最后，他表达了对他们的哀悼之情，并发现了至高价值，这价值恰恰就在追求文学不朽之中。[23]他一直批评七子"贵远贱近，向声背实"，最后，他本人所向往的也是"远"和未来的声名。现在，他们又受到了相反的批评："遂营目前之务，而遗千载之功。"他上文告诉我们，"文以气为主"，而且"不可力强而致"，可到结尾的时候，他又惋惜人们"不强力"，不够认真地投身于文学（同样的字眼，只是顺序颠倒了）。我们不免感到奇怪，在《论文》的写作中发生了什么，竟如此彻底地改变了他的语气和立场。

这些文人都是曹丕从前的同伴，许多已经作古，当曹丕提笔论及他们，不知怎么，他逐渐认同了他们的价值；在文章的最后，我们发现他恰好采取了他在开篇所嘲讽的立场。《论文》的伟大恰恰在于，那种君王

第三章 曹丕《典论·论文》

的威严的声音受到反思的推动,最终被驱入对文学的力量的极度渴求之中。回溯《论文》的语调究竟在何处发生了转向,我们找到的正是轮扁斫轮故事的那个恼人的回响。父子兄弟之间的传递问题正是曹丕所关心的:他是曹操的儿子,而曹操曾一度既是诗人又是国中最有权势的人。他不但是曹操的儿子,还是曹植的兄长,而曹植是当时被广泛公认的最优秀的作家。曹丕突然发现他自己也处在七子的位置,被竞争包围;就在此时,他开始放下威严的调子,进入竞争,赞美起文学的力量,并加入为获得不朽声名所必需的强烈追求之中。《论文》或许是曹丕的最佳之作,而它的力量来自深入曹丕骨髓的焦虑。

注 释

所据文本见《文选》第52卷。

〔1〕 曹丕本人对其《典论》颇为得意。做魏王以后，220年年初，他把《典论》的若干副本赠予吴王孙权及南方文人张昭（陆机的外祖父）。见林田慎之助《中国中世文学评论史》，第75页。继曹丕做魏王的曹叡甚至把《典论》刻在石头上。

〔2〕《论文》既非相对紧凑的正规论文，亦非被划归"子"书类的大多数篇章，即那种结构松散的文本。其内在结构和散在别处的片段说明，尽管它只是原来文本的一部分，但其内容是连贯的。

〔3〕《荀子》是这类集子的早期例子；桓谭的《新论》和王充的《论衡》是东汉时期的杰出代表。曹丕在其《论文》的结尾提到的徐幹的《中论》是《典论》最近的前驱，它很可能是曹丕此文的主要模仿对象。

〔4〕 傅毅，散文家和"赋"家；班固，历史学家和作家。这两人堪称公元1世纪后半叶最有名的文人。

〔5〕 张怀瑾《文赋译注》第58页，释"休"为"优秀"：遂成"下笔不能自休"。这样解释似乎更清楚，但它不符合"自休"的通常用法。而且，傅毅在写作时"不能自休"似乎引出了下一段，它反思这种身不由己的写作背后的动机：人善于表现自己（"夫人善于自见"）。

〔6〕 有学者读出，这几行文字直接针对曹丕的天才弟弟曹植而发，曹丕与他在政治和文学上皆有不小的争斗。据说，曹植，这个轻视他人的文人，曾以一谚语嘲笑曹丕的朋友陈琳："画虎不成反为狗。"见王梦鸥《曹丕〈典论·论文〉索隐》，见他的《古典文学论探索》，第62页。

〔7〕 在对杜甫的起初看法之中，也能找到这种通才和偏才的对比。从全到偏的运动呈线性发展，例如人们常说韩愈兼具"正"和"奇"；通常认为，韩愈的两个散文弟子，其中李翱得其正而未得其奇，皇甫湜得其奇而未得其正。这种分类模式的另一变体见于晚唐或五代时期张为的断片之作《诗人主客图》。该文的第一个范畴是"全"的模式："广大教化"，其中存在程度之别；然后是一系列有限的范畴，每一范畴皆有自己的等级。

〔8〕 问题在于"自见"有两种用法。第一种用法，像《史记·平原君虞卿列传》（见"太史公曰"）中的情况一样，自见显然读"zi-xiàn"，意为"让别人知道自己"；第二种用法读作"zi-jiàn"，意为"有自我意识"，字面意义即"看见自己"。

〔9〕 骥和骆是古代两匹名马的名字，这里取意译。

〔10〕"君子"即儒家所谓"高尚"的人，其本意是王子或贵公子。曹丕，这位原始意义和字面意义上的"君子"，有志于做一个儒家意义上的"君子"。

〔11〕"齐气"一直是一个争议很大的问题。李善在《文选注》中这样解释："齐俗文体舒缓；而徐幹亦有斯累。"五臣注从李善。按照这一解释，我们把这个句子译为"徐幹有齐地的风格；但他与粲相当"。当代学者对这一解释相当不满，并提出若干不同意见，例如高"气"和恰当的"气"。在《试论曹丕怎样发见文气》（见《古典文学论探索》）一文的第75页，王梦鸥提出了一个类似的解释，他认为"齐"就是"斋"。

这两种解释的问题都在于引出另一子句的"然":"然"可以指"可是",那么"齐气"就是一种负面特征。显然李善的硬性解释就基于这样一种假设。我的译文大体上遵从李善的解释,但我的观点是,"齐气"不过指"在气上相当",也就是说,与王粲相当。这个解释有简洁之美,而且它也照应了《论文》前文中的"齐足"和后文的"引气不齐"。这个解释把重点放在"时"上,可以翻译为:"虽然在气的方面,徐幹只是有时与王粲相当,但他仍不失为王粲之匹。"

〔12〕 关于这一原则的讨论,请参考第四章《文赋》开头的解说,以及第六章《二十四诗品》第二品最后的解说文字。

〔13〕 "体气"可以理解为一个并列词组"体"和"气",或者也可以理解为"体"修饰了"气":在其作品形式中的"气的运行"。我采用的是前者。

〔14〕 应该注意的是,"体"的清单越开越长,例如陆机、刘勰和严羽所列的清单。这种现象不无反讽地无声地承认了这样一个事实:一个固定的清单并不能有效阻挡枝权蔓延。

〔15〕 关于这些问题的讨论,见魏世德《钟嵘〈诗品〉的评价本质》("The Nature of Evaluation in the Shih-Pin [Gradings of Poets] by Chung Rung [A.D.469-518]"),见 Bush 和 Murck 编《中国艺术理论》(*Thoeries of the Arts in China*, pp. 225-264)。

〔16〕 许多当代的中国学者试图确定这里所说的"气"是哪一种或哪一方面的"气"。与其说他们的错误在于他们所给出的答案,不如说他们提出了一个错误的问题。在这个阶段,"气"尚未获得它后来发展出来的那些确切的具有限定性的含义。感官物质层面的气、内在的结构性能量、影响力以及才气等,都包含在曹丕所说的"气"之中。

〔17〕 关于"气"的讨论,见 David Pollard《中国文学理论中的"气"》("*Ch'i* in Chinese Literary Theory"),见 Adelé Richett 编《中国文学方法:从孔子到梁启超》(*Chinese Approaches to Literature from Confucius to Liang Qi-chao*, pp. 43-66)。

〔18〕 《李文饶文集》,外 3.4b,见"四部丛刊"版。

〔19〕 见本书 23—24 页。在庄子和曹丕之间,还有一个说法,见东汉作家桓谭的《新论》:"惟人心之所独晓,父不能以禅子,兄不能以教弟也。"见《全后汉文》,15.3a。

〔20〕 谈到不朽的声誉,还有一段话也使用了"业",见王充《论衡》的"书解"篇:"古俊义著作辞说,自用其业,自明于世。世儒当时虽尊,不遭文儒之书,其迹不传。"见刘盼遂《论衡集解》,第 28 章,第 562 页。

〔21〕 见王沉《魏书》,引自《三国志》裴松之注文,见《三国志》,第 88 页。

〔22〕 徐幹说他的著论"成一家言",这是一个隐喻说法,意思是形成了一个新的家族体系(在这里指形成在语言里),有追随者和继承者。

〔23〕 我们注意到,在追求写作及其不朽的两个成功的例子中,一个是即将即位的君主,一个是"皇帝的保护人",在两者之中,曹丕大概都发现了他本人和他父王的光荣的先行者。

CHAPTER FOUR
"The Poetic Exposition on Literature"

第四章
陆机《文赋》

无论是在文学作品还是文学思想中，突如其来的独创之作时而可见。陆机（261—303）《文赋》就是一个例子。像《文赋》这样讨论文学的作品，以前没人写过；陆机本人此前也没有写过。到陆机的时代，一套既有的文学问题已经摆在那里，而且也不乏用以讨论它们的一套确定术语。陆机提出了若干新问题，而且，他用以讨论这些问题的术语取自各种不同领域，把这些术语运用于文学，在许多情况下，至今依然问题重重。曹丕《论文》对文学的处理是个人化的，甚至是怪僻的；固然独一无二，但作为一些古老的创作问题的翻版，它也不难理解。对那些古老的文学思想传统，陆机也时有触及，但《文赋》主要讨论创作过程问题，这类问题前人从未认真思考过。后世尤其是南朝的文学思想所讨论的问题，有相当一部分是陆机最先提出的。

一般来说，"文"通常是被论说的对象，就像在《论文》中那样。《文赋》既是文学理论也是文学作品；它的独创性至少部分来自"文"这个主题与"赋"这种形式的结合。《文赋》的形式从两个方面受到晋赋的强烈影响，它的独创性也得益于此，第一个方面即动辄把赋的主题置放到某种宇宙论框架之中，并把它理解为若干平衡势力的产物或一个有序过程；第二个方面是传统的排比铺陈的修辞技巧，与刘勰的《文心雕龙》（大约成书于500年）那种整齐的结构相比，《文赋》的节奏还算不上十分紧迫，但它的排比铺陈自有其分析势能，在这些势能的推动下，它的主题不由自主地朝某些既定方向发展。

有不少学者注意到陆机独辟蹊径的事实。陆机摆脱了以往的文学问题，例如文学的道德旨趣、社会背景、个性表现等方面；《文赋》表现出新的兴趣点：新道家关于心灵的理论，以及用以理解心灵活动的宇宙论基础。作为创作过程得以有序展开的一个模式，这种理论还没有被以往的作家考虑过。在《乐记》里，心灵受到外物的扰动而不能自已，在不能自已中被捕捉；在《文赋》中，心灵一边在微观世界内部漫游，一边寻找境遇，这些境遇可能成为文学作品的源头。

这些新兴趣至少部分来自该时代的一种文体——赋，这种赋做了陆机所谓赋应该做的事情——"体物",并把它的题目放在一个尽可能大而普泛的语境之中。[1] 仅举一例,前代大师成公绥(231—273)不但作了一篇《啸赋》,还作了一篇《天地赋》,他把"啸"处理为发自人的肉身之"气"的原始音乐。在很大程度上,《文赋》就属于这种从物质—哲学角度来处理一个题目的传统,序言采用了比较具体、亲切的语气,对于这样一个题目,这样的开场白是很恰当的。

关于赋的篇章结构,详见后面的解说文字。不过,这里先提醒读者注意赋的四个基本结构原则。第一,赋的宏观结构经常围绕事物或过程的传统分类法即事物的组成部分或阶段加以组织。诗和赋在处理事物的方式上刚好相反,诗表现事物处在某一特定条件下的样子,而赋描写事物一般"是"什么样子或"应该是"什么样子。因此,在《文赋》的例子里,我们首先看到创作的前提条件,然后是创作前的沉思,最后是一些与创作行为自身有关的思考。

第二,论点的展开经常靠划分(每个问题都被划分为成对的部分)和偶对❶的汇集。例如在序言里,创作问题被划分为两个方面,一是"意不称物",一是"文不逮意";而这个划分又与另外一个偶对聚集在一起,一是作者个人的思想,一是作者从阅读中获得的思想(大概只有通过阅读才具备足够的技艺,把观点充分表达在写作之中);接下来又是一个偶对:现在(自己的想法)和过去(阅读之所得)。当然,偶对的排列并非总是这么清晰,但这种对偶式划分的倾向在大部分赋作中都很明显,而且,偶对中的两个部分往往与它前面的偶对中的某一部分接合在一起。

第三个修辞结构是铺陈:摆出一个偶对以后,对偶对中的两项再分别展开说明,有时在不同的语境中反复申说。这个结构可以概括为下面的图式:AB/AAA/BBB/AAA/BBB。

最后一个原则与对偶式的划分关系密切,与其把它称为一种修辞结

---

❶ "偶对"(antithesis)即词语、句子、概念、观点等成对出现,或译"对偶""骈偶"。这里用"偶对"表示骈偶结构的一般概念,后文根据具体语境,译为"对语""对句""对偶项"等。

构，不如把它称为一种思维定势：补充性的回返。每当陆机充分表达了某个立场，他会表现出一种近乎本能的焦虑，担心他的立场太片面，于是，他接下来往往进入一种反方向运动，以补充前者。如果说《文赋》让我们感到有点自相矛盾的话，这些矛盾经常是这种补充性的回返造成的。

不谈赋这种文体就无法理解《文赋》。在早期阶段，赋是一种竭尽罗列排比之能事（也就是显示修辞辞令）的时髦文体。其目的始终是"说尽为止"，把一个题目的方方面面尽可能说尽。即使在《文赋》这种晚出的精细赋作中，这个与生俱来的特点依然清晰可见。赋不适合线性描述；为了把能说的都说尽，它欣然允许彼此对立的势头比肩而立。通常，陆机表现的立场是相对一贯的；但是，如果遇到矛盾之处，细心的读者会发现，它们经常作为彼此补充的因素摆在那里。

陆机生于三国之际东吴名将之家，他二十岁左右，晋灭吴，旋即统一中国。十年之后，陆机和兄弟陆云奔赴京城洛阳，在那里，他们很快得到当时的文坛领袖张华（232—300）的赏识。借助张华在文学和政治上的庇护，多才多艺的陆机一举成名。虽然后世批评家认为陆机的作品多少有些呆板，但从南朝至唐代，他的文学地位很高，被时人视为大诗人和散文家。他的文集大多散佚，但对于从西晋流传下来的个人文集来说，陆机文集算得上篇幅最多的。以其如此高的声誉，陆机的《文赋》在后世广为流传，并对文学思想在南朝的发展产生了深远影响。《文心雕龙》屡次批评陆机，然而，刘勰本人作品的许多方面是从这篇短小的《文赋》发展出来的。这一点我们在解说中将多次提及。

关于《文赋》的写作年代，学术界争论颇大。杜甫在一首诗中提到，陆机二十岁（或二十多岁）作《文赋》，也就是公元280年到290年之间的头几年。在杜甫的时代，魏晋时期的文学作品一定存留不少，至少比我们今天见到的多，因此，对于杜甫的说法，我们不可一点不信（当然，唐代确实流传着大量不可靠的生平逸闻，如果杜甫果真听说陆机二十岁作《文赋》，那么，他会毫不犹豫地转述这个说法）。另一方

第四章　陆机《文赋》

意见认为，《文赋》的写作时间大约在公元 300 年，其根据是陆机的兄弟陆云的一封书信，虽然该信提到的"文赋"是否即《文赋》此文，实难以确定。[2]

有关注释和资料的一个说明

不注意《文赋》的独特用词，就无法理解《文赋》，而要理解前者，就需要追溯其绵长的注疏传统。我首先逐段翻译原文，每翻译一段，我将详细讨论该段出现的字词（或者说一对一对的词）。对《文赋》的注疏始于唐代，见《文选》李善注和五臣注，二者均被收入张少康的《文赋集释》（见书后参考目录）。按照今天学者逐行注释的惯例，我没有标出原注的页码，除非注文不是出现在被讨论的那一行。为方便起见，《魏晋南北朝文学史参考资料》简称《资料》。其他现代注释将标明其作者名，详细内容见"参考书目类编"中的 I.D.1 部分。

序言（一）

> 余每观才士之所作，窃有以得其用心。夫其放言遣辞，良多变矣，妍蚩好恶，可得而言。
>
> Whenever I consider what is made by persons of talent（才*），there is something within me that lets me grasp their strenuous efforts (or "use of mind", 用一心*). Though there are indeed many mutations（变*）in the way they let loose their words（言）and expel phrased（辞*），still we can grasp and speak of value and beauty in them.

所作　动词"作"被普遍运用于文学创作始自汉代或更早。[3]"作"被用于文学作品与那个更原始的"作"关系密切，后者与古圣

人及其经典的形成有关（见下文）。然而，不应当把这里的"作"与
"*poiêsis*"（诗或制作）及其在西方文学思想中的相关词汇如"fiction"
（虚构）、"creation"（创造）混为一谈。在《诗学》（1451B）里，亚里
士多德始终坚持这样一个观点，即诗人／制作者是情节制作者（*poiêtês
muthon*）而非韵文制作者（*poiêtês metrôn*）。在亚里士多德看来，"*poiêsis*"
是必然律的一个内在完整结构在一个故事中的展开，不论这个故事是被
接受的还是被创造的神话，都符合"*poiêsis*"的定义（亚里士多德使用
"*metrôn*"一词既指"神话"或"故事"，也指"情节"）。❶ 也就是说，
文学之"创作"（making）或"*poiêsis*"与被言说的真理的问题不是一
回事。因此，恩培多克勒用韵文写的哲学著作被排除在《诗学》之外，
因为它是用韵文形式改写了一个情节，而不是"创作"（making）了一
个情节。❷ 你可以说，恩培多克勒的著作符合汉语"作"的本来意义，
也就是圣人意义上的"作"，然而，这也不是因为他写了韵文，而是因
为他为"是什么"提供了规范的语言形式。"作"的本来意义是指以权
威的规范语言来表述什么是对的什么是错的，圣人就是这么做的。在
《论语·述而》里，孔子谦逊地说自己"述而不作"，并以此声明了他
的圣人地位，这里所使用的就是"系统表述"（formulating）意义上的
"作"。古代圣人"作"，也就是把世界的运作方式放入语言之中。《乐
记》阐发了"作"和"述"的区别，使"作"的意思更加明确："知礼
乐之情者能作，识礼乐之文者能述；作者之谓圣，述者之谓明。"亚里
士多德所说的"情节的制作者"以超验的必然律和或然律为根据，使

---

❶ 亚里士多德《诗学》第九章："历史学家和诗人的区别不在于是否用韵文写作，而在于前者记述已经发生的事，后者描述可能发生的事。所以，诗是一种比历史更富有哲学性、更严肃的艺术，因为诗倾向于表现带普遍性的事，而历史则倾向于记载具体事件。""……模仿造就了诗人，而诗人的模仿对象是行动，用这个观点来衡量，与其说诗人应是韵文的制作者，倒不如说应该是情节的制作者。"译文见陈中梅译注《诗学》，商务印书馆，1996年，第81页和第82页，略有改动。

❷ 恩培多克勒（Empedocles，约公元前493—前433），古希腊诗人、哲学家、演说家。关于恩培多克勒的作品，亚里士多德《诗学》第一章有如下说法："除了格律之外，荷马和恩培多克勒的作品并无其他相似之处。因此，称前者为诗人是合适的，至于后者，与其称他为诗人，倒不如称他为自然哲学家。"见陈中梅译注《诗学》，同上，第28页。

第四章 陆机《文赋》

老故事重新得到系统表述，而圣人只是为礼乐之性的先在知识提供系统表述，两相对照，圣人的做法更接近经验层面。亚里士多德式的制作者（*poiêtês*）根据故事"应该的样子"来重写故事；而圣人式的作者所系统表达的既有事物应该的样子也有事物历史上的实际样子。到了汉代，圣人之"作"的伟大意义已弱化和泛化为一般意义上的"写作"或"创作"（composition）（其实"*poiêsis*"在西方的情况也是如此）。虽然"作"可以同亚里士多德所谓"*poiêsis*"相比，但前者从未获得彻底的虚构之意。从中世纪后期和文艺复兴时期以来，西方人开始拿上帝创造世界的模式来比拟诗歌创作，认为诗歌创造了"*exnihilo*"（另一个世界）或异质宇宙；在这个意义上，中国文学传统所说的"作"与"*poiêsis*"就更无法等量齐观了。

窃有以得　程会昌在《文论要诠》中引用《论语·述而》，来说明带有礼貌和自贬意味的"窃"字，我没有翻译这个字，但我的译文带有某种"我居然敢……"的意思。在陆机的时代，"窃"不是一个常用字；但由于《论语》是最早区分"作"和"述"的经典，这里，陆机似乎有点盗用孔子的声音，僭越了他的"述而不作"的角色。陆机此赋讨论文学艺术，这一类写作大体上不出"述"的范围，也就是"注疏"意义上的"述"。这里使用的是"得"，而非其他表达理解之意的动词，这说明陆机不仅认识到才士的"用心"，而且得之于心。理解他人的能力——在这里，说得具体点儿，就是有能力捕捉到他人写作背后的用心或努力——这种能力一向为儒家所看重，这可以从孟子的"知言"❶回溯到《论语·学而》："子曰：不患人之不己知，患不知人也。"

用心　接下来，我们再一次隐约听到孔子的声音，这一次出自《论语·阳货》："子曰：'饱食终日无所用心难矣哉。'"人们使用"用心"一直取其"尽心"之意（比如《孟子·梁惠王上》❷）；但是，考虑到"心"

---

❶《孟子·公孙丑上》："我知言，我善养吾浩然之气。"详见第一章。
❷《孟子·梁惠王上》："梁惠王曰：'寡人之于国也，尽心焉耳矣……察邻国之政，无如寡人之用心者。'"

在文学定义和文学讨论中的特殊地位,陆机这里所使用的很可能是"心"的字面意义。[4] 对"心"字的类似使用(很可能应和了陆机的用法)可见之于《文心雕龙》的后序,在那里,"文心"的意思是"为文之用心"。"尽心"意义上的"用心"这个观念暗含着这样一个理论前提:创作是一种有意图的自觉活动。这个理论前提反复出现在《文赋》中,它的意义非同寻常:前人在讨论"心"在创作中的地位时,通常忽视或避而不谈创作的自觉性。

变　在若干关于变化的词汇中,"变"通常带有远离规范的意思,有时甚至含有"离经叛道"之义。由于《诗经》注疏传统的支持,在描述文学的历史变化时,"变"一向是最常用的词。陆机这里所使用的"变"尽可能取其中性意义,到了后来的 5 世纪和 6 世纪,"变"已基本成为一个表达文学变化的中性词。

放言遣辞　这里使用了一种常用的修辞形式:把两个复合词拆开,再重新组合(AB 和 XY 变成了 AX 和 BY:放遣和言辞变成了放言和遣辞)。后面的动宾词组"遣辞"从前面的词组"放言"的固定意义中获取力量。该词出自《论语·微子》(又是《论语》),"放言"在那里的意思是"随意说";暗示无拘无束、直率,虽然孔子所谈论的言语上的直率与行为上的纯洁相配。❶ 陆机采用这个词,暗示语言中的一种大胆直率,大胆直率可以产生丰富的变化。

妍蚩好恶　这个词语的字面意思是"美、丑、好、坏"。有许多描述"美"的词语被译为"beauty",这里需要注意,"妍"指迷人的女性之美,"蚩"既是丑也是傻。如果我们想从康德的意义上理解"美"的概念,那么,最好把"妍"译为"attractiveness"(迷人)。"好恶"即价值判断,通常指一般意义上的价值判断。

在陆机的时代,"赋"体前面的序经常用以交代创作背景:是什么

---

❶《论语·微子》:"虞仲、夷逸,隐居放言,身中清,废中权。我则异于是,无可无不可。"

第四章 陆机《文赋》

特别的原因促使作者创作这篇作品；他具备什么条件；在这个题目上，前人的作品有哪些不足和缺欠。陆机在《文赋》的结尾流露出自我怀疑的语气，但该作品的主体部分基本描述了最一般意义上的创作问题。不过，陆机在序言里谈到了他自己的能力和动机，这是他创作《文赋》的根基。在谈到纯粹的条件时机问题时（与之相对的问题是，"作者"做了什么），陆机恰当地暗示出孔子之"述"和"知人"。

在序言的首句，陆机做了两个相当不同的声明：第一，陆机说他能"得其用心"，能看出才士的创作融入了多少努力，更重要的是，他还能看出这些努力究竟是怎么发挥作用的：该句中的"用心"是技艺意义上的"用心"；第二个主张比前一个更古老一些，其不容置疑的权威性维护了上面那个全新、大胆的视文学为技艺的观点，陆机说他能透过作品获知作者的心是怎么想的。把作为作者的作者和作为人的作者区分开来，这对于魏晋南北朝时期的新文学理论的发展是非常关键的一点。当我们阅读一篇作品，例如王粲（177—217）那篇著名的《登楼赋》，我们能读出王粲登楼和回望家园的感情吗？还是说，我们能读出王粲试图努力写出他登楼和回望家园的感情呢？第二种情况突出的是创作行为及其具体问题。序文首句的模糊性，使陆机可以不必在两个非常不同的兴趣中做出选择；但是，写着写着，陆机逐渐表明他的真正兴趣是第二种情况——创作的问题。

陆机对万事万物和文学表达中的丰富多样性颇为着迷，这种兴趣贯穿在《文赋》的始终。他似乎意识到这种多样性所暗含的最大危险——缺乏评判高低的规范性标准。除了泛泛之谈，陆机其实并未提供任何判断标准；但从他的行文中，我们不难看出，他始终承认需要评判标准。因此，每当他以欣赏的语气谈到大千世界的或所用语言的无限丰富性——与这种新的创作自觉论相伴而生的大胆和自由的诱惑——他总是补充说，这也可能会导致失败，可能很危险，有约束和限制的必要。

陆机自居为批评家和理论家，他所根据的标准有两个：第一，他是一个有眼光的读者；第二，他是一个有自我意识的作家。

序言（二）

> 每自属文，尤见其情。恒患意不称物，文不逮意，盖非知之难，能之难也。
>
> And whenever I myself compose a literary piece, I perceive full well their state of mind (or "the situation", 情 *). I constantly fear failure in my conception's (意 *) not being equal to the things of the world (物 *), and in my writing's (文 *) not being equal to my conceptions. I suppose it is not the understanding that is difficult, but rather the difficulty lies in being able to do it well.

每自属文 这里的"每"与上文的"每"相互呼应："一方面，每当我读……；另一方面，每当我作……"（见钱锺书，第1176—1177页）。"属"字比"作"字轻，它暗含把词语"放在一起"之义，刚好相当于英文"compose"（创作）一词的拉丁词根。

尤见其情 "尤"的言外之意是，与阅读的情况相比，这个问题在创作中就变得更加清楚了。这句话为后面的警句"非知之难，能之难"做好了准备。"其情"可能是其他作家在遇到创作难题时所体会到的"情"（因此，作家们自己也需要"用心"）。不过，它也可能应和了"用心"的那个更宽泛的意义，即"用心思"，因此，它也可能指"我"洞察到他们的更一般意义上的"用心"。[5]根据这一段的语境，第一种解释似乎更妥，也就是说，陆机意识到作家对创作之难的体会；不过，他的用词让我们想到更早的一些资料（例如《系辞传》中的"圣人之情见乎辞"），它们可以支持对"情"做更一般性的解释。实质上，陆机正在借助那个古老的观念，也就是文学文本是完全透明的观念（窥知王粲登楼之情），为思考文学和创作问题发展一种新的视角（窥知王粲试图书

第四章 陆机《文赋》

写他的登楼之情）。

恒患 字面意思是"我始终烦恼于……"对创作结果表示担忧，这或许是最早的一例，如果你在王子面前与众人"赛马"，比试高下（见曹丕《论文》的描述），这种担忧自然是难免的。这种担忧与上文描述的兴趣转移密切相关，陆机的兴趣从创作中所显现的文学之外的环境转移到创作行为自身。既然我们在前面提到"知人"，有必要提醒读者注意，这里的"患"与孔子的担忧在性质上是相同的，孔子对知人的担忧见《论语·学而》："子曰：不患人之不己知，患不知人也。"

意不称物，文不逮意 唐大圆（见《文赋集释》第4页）提供了一个重要观点，他把意和物的关系同"心"联系起来，把文和意的关系同"学"或阅读经验联系起来。一方面是个人思想，另一方面是阅读，这成了《文赋》借以组织篇章的若干偶对中的一个核心偶对。郭绍虞努力区分了"意"的若干意义。[6]上一章提到，对于学术界关于《论文》中"气"的论争，我们可以有保留意见，对于《文赋》中的"意"也是一样，如果我们认同郭邵虞的结论，那么，这里的"意"指内心的一种个体化行为，某人对世界"形成了一种看法"。这样，我们在一篇具体作品中所看到的，就不是什么普遍"概念"或"意"，而是一种特殊的理解方式，它暗示了该作家的个性。钱锺书引述了一系列以三项结构来描述意指活动的例子，它们既有《文赋》之前的也有《文赋》之后的。钱锺书提到墨家的"名—实—举"，"举"的字面意思是从实在领域中"举出"一个事物。其实，正如张少康在《文赋集释》（第5页）中所指出的，这些例子的相似性只是形式上的。墨家所说的"举"是联系名与实的符号操作；而陆机所说的"意"是主体结构的个人行为，是"物"和"文"的中介。在墨子的语言理论中，每个人都"举"使用同一个名字的同一类事物，语言才能得以交流；而"意"的结构功能（而非命名功能）是个人的，不可重复的。在墨子的语言学里，名与实的关系是完全约定俗成的，因此，它既非尽的也非不尽的（换句话说，语言不要求与被命名的事物具有任何有机关系）；相反，个人之"意"是以事物的内在结构为依据来衡量的，因此，可以判断它的尽或不尽。钱锺书所引述的《文心雕龙》的段落也是这样，这大概刚好表明《文赋》这段话的影响。

陆机的这个三项结构很可能出自王弼的《明象》篇（见第一章），钱锺书恰恰没有提到这个例子。不过，王弼描述的是尽意的过程，也就是从意到象再到言的过程。这条资料与《易经·系辞传》的极端说法（见第一章）互有重合，后者认为书、言、意的关系在本质上是"不尽"的。早在徐陵（507—583）的时代，就有人把陆机的这段话与《系辞传》的那个著名段落联系起来（见《文赋集释》第5页）。尽管王弼所描述的三项不同于陆机此序所提到的三项，但二者讨论的基本问题是一致的，也就是显现序列的"尽……"的问题。根据王弼的说法，意指结构（更确切地说是"显现"结构）是一个三项结构，有三个必要阶段，每一阶段都试图"尽"前一个阶段。陆机把早期文学思想中的一个说法与这个"尽……"的过程联系起来，以便把该过程理解为一个从外（"物"）到内（"意"），而后再到外（"文"）的转换过程。关于内外之间转换的说法，在《诗大序》和《乐记》里最为突出。当然，陆机的观点在若干颇有意思的方面偏离了这些早期经典，这几个方面表现在：

1. 在早期经典中，这个内外转换序列通常被描述为非自觉过程，借助某种自然力，从被体验的事物到心，再到语言、文或诗。按照陆机的说法，在创作焦虑的驱动下，这个过程倒转过来了，它更像是一种意指结构，而非显现结构。"意"试图圆满地趋近"物"，但有时不称；"文"试图圆满地趋近"意"，但有时不逮。

2. 这个三项关系经重新表述之后，加剧了那个尽不尽的老问题。"书不尽言，言不尽意"是早期经典中关于这个问题的最精练表述，它出自《系辞传》。圆满、表达的递减，以及"尽……"的程度，是传统中国文学显现和意指理论的核心。这个在中国传统思想中一再被讨论、被精心加工的问题，无论在广度上还是历史之悠久上，大体相当于"模仿"

第四章 陆机《文赋》

概念在柏拉图以来的西方传统中的情况，按照柏拉图的说法，模仿是第二性的甚至第三性的。在《系辞传》中，"尽……"被视为一个不可能的原则，而在陆机的序里，它已经变得可能了，因此也就成了焦虑的源泉。陆机使用的是"称"（两边均等）和"逮"（及得上）。

3. 陆机的用词（物—意—言）不同于《诗大序》和《乐记》的用词，中间项也就是那个"内"项的不同是最有意思的。在《乐记》里，中间项是"情"，在《诗大序》里，中间项是"志"；在《文赋》里，中间项是"意"，陆机选择"意"，明显表现出那种新的自觉论，同时也说明他意识到创作中的反映距离问题。创作变成了一种意志活动，一种在激活之前蓄在心里的、因而等待着反映的东西。不同于"情"或"志"（二者需要外物的挑动），"意"并不必然是被动的、需要引发的。"意"既是与"物"相关的心理活动，也是内在于那些关系中的某种意味。用《淮南子》的一句名言来说，"一叶落而知秋"。按照《诗大序》和《乐记》的意思，一片落叶，一物，应当是一个天然的引发力，它引发了人的内心，然后再以一首诗或音乐的形式再次出现。陆机的看法则不同，作家观察"物"，形成了一个有关该物与他物之关系及其内涵的"意"。我们应当特别注意，在陆机那里，非自觉的情感因素并没有完全消失；毋宁说它被转化为创作的焦虑：对"意"能否充分捕捉到"物"的丰富性表示担忧。

盖非知之难，能之难也 钱锺书指出，这个显而易见的常识来自《左传》，他同时指出，陆机不可能见到李善《文选注》所提到的伪《尚书》中的那段话。我们可以看出，陆机对《左传》之文及其后来的变体进行了加工，他用"能"替换了"行"。陆机关心的不仅是做，而且是出色地做。在我看来，"知"和"能"的对比其实是知道如何作好文和实际作好文的对比。[7]《文心雕龙·神思》曰："方其搦翰，气倍词前，暨乎篇成，半折心始。"钱锺书认为这段话出自《文赋》，这似乎说明，钱锺书把《文赋》所谓"知"与"能"的对比理解为，对事物之"知"与有能力把这种"知"行于笔端的对比。这种理解接近于浪漫主义的通常立场,例如雪莱在《为诗一辩》中说:"创作中的心灵就像渐渐熄灭的炭火,无形的影响,就像阵阵微风,把炭火吹得忽亮忽灭……倘若这影响能够保持原初的纯度和力量,其神效将难以预料;可是,就在创作开始之即,灵感已经衰退,而今流传在世间的最光辉的诗歌,也不过是诗人原初想法的微弱的影子。"[8]这样理解《文赋》这句话,将给后面的句子带来难以回避的难题,各路学者为此想尽了各色办法。假如陆机声称,知道写什么是一回事,而实际写了什么完全是另一回事,那么,他这里怎么能声称"曲尽其妙"呢?如果难题介于"知道如何写"(这个问题可以在《文赋》里得到充分展示)和实际怎么写之间,那么,他完全可以说,对于这个题目能说的一切,他这里已经都说到了,同时,他也可以补充说,这并不能保证,读者一旦彻底领悟了《文赋》,就可以妙笔生花了。

序言(三)

故作《文赋》,以述先士之盛藻,因论作文之利害所由,他日殆可谓曲尽其妙。

Thus I write(作) "A Poetic Exposition on Literature": first to transmit(述) the splendid intricacy of craft(藻) of previous writers, and second, thereby to discuss the origins of success and failure in the act of writing(作—文 *). I hope that at some time it will be known for minutely exhausting the subtleties of the subject.

述 这个例子刚好可以说明"作"的力量如何被弱化了(见序言一)。在这里,"述"与"作"已不再是一对(像在《论语·述而》中那样),相反,陆机恰恰为了"述"而"作"。

他日殆可谓曲尽其妙 这是一个令各路学者感到为难的句子,个

第四章　陆机《文赋》

中原因或许在于，该句明显流露出一种不得体的自负。为了给陆机恢复一些应有的谦逊，俞正燮等学者（引文见钱锺书，又见《文赋集释》，第8页）宁愿把"谓"视为衍文，于是这句话的意思就成为：陆机寄希望于将来的作家"曲尽其妙"。程会昌也认同这种解释。钱锺书认为，陆机这里指"足当尽妙极妍之称"的前辈作家。这样一来，这句话自然没有自负之嫌了，但这种解释未免牵强。我的译文选择了最古老、最自然的解释，这也是大多数人的看法，它最早见于《文选》五臣注。尽管有自负之嫌，但它与序文最后的句子相互照应："所能言者具于此。"自夸铺陈详尽、见解独创，在西晋赋里并不少见，成公绥《天地赋》和左思《三都赋》都是这样的例子。我们应当特别留意陆机的运思方式：其核心词是"尽"（讨论"尽……"问题的一个主要用语）和"妙"，即微妙之处。陆机此赋的目的不是确定一个题目的本质，为之提供定义或结构，而是穷尽一个领域；完美的理解自然涉及对其细节的理解。亚里士多德式的分析方法则刚好相反：首先限定一个题目，把它与另一个与之相关的题目区别开来，然后再对该题目的内部做基本划分和再划分；划分的目的是为了把那些来源于本质的部分确定下来，它与"曲尽其妙"的目的完全不同。❶ 陆机不提供"文学"的任何定义（不划定界限，以区别文学与"非文学"）；我们看到的不是题目内部完整的各部分，而是若干对比，它们重复出现在不同的参考框架里，并附之以无穷无尽的细节说明。

在序文里我们已经可以看到这些步骤的最初运作。陆机以阅读他人之作和本人创作的对比开始；这一对比法在"知"与"能"的对偶中重复出现。它再次出现在这里，是为了"述先士之盛藻"和"论作文之利害所由"。在后一种情况中，"因"把知与行连接起来，这两者间的试探性关系具体体现在一个成问题的斧柄隐喻中，该隐喻见下段，也就是序文的最后一段。

---

❶ 关于"分析"法，又见本书"导言"部分。

序言（四）

　　至于操斧伐柯，虽取则不远，若夫随手之变，良难以辞逐。盖所能言者，具于此云尔。

When it comes to taking an ax in hand to chop an ax-handle, the model is not far from you; however, it is hard indeed for language (辞 *) to follow the movements (变 *, "mutations") of the hand. What can be put into words is all there.

操斧伐柯，虽取则不远　《诗经·豳风·伐柯》的开头有这样两句：

伐柯伐柯，
其则不远。

To chop an ax-handle, to chop an ax-handle,
The model is not far.

陆机对它作了自由改写。这两句诗在陆机的时代已经成了格言警句，在散文里经常被引用，而不必指明它的出处。这里，把"虽"字译为"however"（但是），而且移到了下一句的开头。"虽"字表明作者承认这句格言的正确性，但它为下文的修正和另一种可能做好了准备。

随手之变，良难以辞逐　几乎所有注家都提到轮扁斫轮的故事，该故事见《庄子·天道》（见第三章）。轮扁以他自己做手艺活儿不假思索、全凭直觉为根据，认为圣人之道根本无法言传："得之于手而应之于心。口不能言，有数存焉于其间。臣不能以喻臣之子，臣之子亦不能受之于臣。"虽然这个比喻在某些层面贴近陆机这里所说的问题，但在这个对句里找不到直接提及该故事的语词。

中国古人引经据典经常有这样的情况，句子的意思从一个语言层面看是清楚的，但从更精细的层面看则远不够清楚，它要求读者在几种可能中选择一种。面对这个句子，我们首先要问，第二句（"若夫……"）是否在引申第一句（"至于……"）所提到的例子？陆机这里究竟指什么，是指伐柯之手的动作吗？如果是这样，那么，这个对句所强调的自然是这样两个方面：一方是静止的模子（伐另一个斧柄时，手里正拿着的那个斧柄），另一方是涉及变化和运动的某种活动，例如根据模子来做东西的活动。如果是这样，这个对句自然应和了上文那个"知"与"能"的对比。如果第二句的具体所指是轮扁斫轮，而不是在引申那个斧柄隐喻，那么，我们看到的就不是模子和制作的对比，而是两种不同活动的对比，一是有模子可依的活动，一是全凭直觉的活动。尽管这两种解释也有调和的可能，但二者有本质之别，前者强调一切活动的困难，后者强调的只是某一种活动的困难。此外，我们还可以提出第三种解释，这种解释强调"随手之变"无法用语言传达，也就是说，你可以手持斧柄，轻而易举地伐出另一个斧柄，但你无法用语言把这个过程描述出来（"行"可能比"知"难，但要想描述"行"则根本不可能）。第三种解释所强调的重点不是模子和制作的不同，而是直觉的制作活动与描述该活动的不同。

　　这个例子充满歧义，把它运用于当前的语境也是歧义重重。陆机可能在谈论伐柯和创作这两类活动的区别，前者有固定的模子，后者是直觉的、述行的，因而是不可传达的。第二种解释可能性不大，但更有吸引力：陆机在隐约暗示他自己正在创作的这篇《文赋》，其文学性可比拟为"手中之柯"，这样，他为读者提供了一个用以描述创作过程的更直接、更现成但比较远离文学的模子。[9]第三种可能是，第一句特指"先士"，陆机在继续谈论上文那个读与写、知与能的对比，因此，这个对句的意思可以概括如下："创作模子就在我眼前，但我却感到无法描述它们。"[10]第四种解释强调粗糙、固定的模子（柯）和该活动之微妙处的对比，其结论自然是局部论：创作问题中的一部分可以用语言表述，但不是全部，其最微妙的运动是无法表述的。

＊　＊　＊

　　1　伫中区以玄览，
　　2　颐情志于典坟。
　　1　He stands in the very center, observes in the darkness,
　　2　Nourishes feeling (情*) and intent (志*) in the ancient canons.

　　第 1 行 《文赋》最早、最权威的注释者是唐代学者李善，李善的注文说，"伫"是"站立了很久"的意思。"伫"经常暗示等待。表示站立的常用字"立"强调地点，即占有一个地方。"伫"强调持续性，它的言外之意是，内心之旅处在焦急的期待之中。

　　中区　即中心地带，这里被译为"the very center"（正中），该词有时也指"中都"（五臣注），但这里指世界或宇宙的中心（程会昌，《资料》引）。[11]

　　玄览　李善引《老子》解释该词，并提供了河上公对该用法的注解（陆机很可能知道它）："心居玄冥之处，览知万物，故谓之玄览。"五臣注试图把它解作"远览文章"，钱锺书同意五臣的解释。钱锺书认为这两句指阅读过程，后面两句（即第 3—4 句）指感物，二者刚好相配。但他没有看清这里的修辞法：第 1—2 句包含了一个首次出现的偶对：对事物的想象性的体验（A）和阅读（B）。第 1 句的内容在后面的第 3—8 句得到引申；第 2 句的内容在第 9—12 句得到引申（见下文）。这里使用的是 AB/AA/BB 式修辞结构，而钱锺书则把它理解为原始的 AA/BB 式结构，这两种修辞结构一般说来前者比后者更为常用。而且，既然《老子》一再要求人们守住那个空虚的中心，我们有理由对这里的"中区"做非世俗的解释。

　　"玄览"起初是关于心灵体验的技术性词语；到了汉代，"玄览"与其他大体相类的词语一道，渐渐获得了一个不那么严格的、世俗的参考框架，其意思变得类似"想象"。这一套关于心灵之观和精神之旅的术语成

第四章 陆机《文赋》

为文学想象活动的模式,例如《文心雕龙·神思》曰:"寂然凝虑,思接千载;悄焉动容,视通万里。"(见第五章)在《文赋》中,陆机每次谈到与"物"交接,他指的都是一种想象性的交接。在思考文学想象的早期阶段,这种神秘的体验模式仍然很强盛,作家需要占据"中区"的观点就是一个明证。[12] 早期文学思想(如《乐记》)中所暗示的纯属经验的"物",变成了心灵内部的精神之旅所发现的那些"物",这一转变与早期文学思想中的非自觉论向陆机所说的自觉论的转化几乎并列。

自亚里士多德以来,关于想象的理论在西方经历了一个漫长而复杂的历史,那个形成心灵中的图画的隐喻就是该理论的基础。这个模式何以能轻而易举地容纳独创观念是不难理解的(至晚到狄尔泰,西方关于诗的想象的观念,始终有一个共同的基础:经验之象按照并非发现于现实中的原则再次结合起来)。与此相反,在中国的精神之旅模式中,意识真的"遇到了"客体;这些客体被视为不以意识为转移的存在,即使它们是在自我的小宇宙内部被发现的。所以,它自身可以容纳传统中国文学思想中的"作"的观念,因为所谓"作"就是系统表述那些预先存在于世界上的东西。伟大的文学传统伴随语言而产生,伴随着充斥真理与假象的概念而产生,因而也就伴随着说谎的可能性、伴随着真理和假象的概念而产生。希腊传统为西方人提供了那个"诗"的观念,也就是"虚构"观念,按照这个思路,不真实的东西在某种意义上也是真实的,只要不追求字面之真。西方人至今仍生活在这个希腊遗产之中。中国人发现了另一个思路,它不是虚构论而是一种奇特的"内在经验论",一种更丰富更有趣的字面之真的观念从这里发展出来。

第2行 颐情志:"情"一般指"心"的被动和接受层面;在这里,"情"是可以被滋养的,从这个意义上看,它或许接近于英语词"sensitivity"(敏感)。虽然"志"也受外物的激发,但"志"是心的使动成分,它"外化为"或"成为"物。接受与使动之间的对立在第7—8行有详细说明(虽然在这里,一般性范畴"心"代替了那个更纯粹的接受性范畴"情")。"情"和"志"这二者既非完全先天也非完全后天；它们是可以被滋养("颐")的能力，在这里，它们被"阅读"所滋养。

无疑，"情"和"志"二者都受到阅读的激发，但激发本身并不重要，增强它们被激发的能力才是重要的。当反思"外物"以及从事自己的创作之时，这种能力就派上了用场。

典坟　所谓"三坟五典"指远古先王贤圣的神秘文本。这里，它们泛指古老的权威文本。

这个对句回应了那个所谓"意不称物，文不逮意"的双重焦虑，从《文赋》的修辞结构看，它开启了整个作品的主体部分。[13]"览"外物（在精神之旅或想象中）是解决意不称物的办法。阅读，也就是把语言和感受对应起来，是解决文不逮意的手段。中国理论传统始终强调经验与阅读，二者缺一不可。《文心雕龙·神思》从创作的五个先决条件对这个问题做了详细阐发：1）虚静（相当于这里的"中区"），2）学习，3）知理，4）经验，5）熟悉前人之作。第3条和第4条相当于陆机的"玄览"；第2条和第5条应当就是得自于"典坟"的东西。

* * *

3　遵四时以叹逝，
4　瞻万物而思纷。
5　悲落叶于劲秋，
6　喜柔条于芳春。
7　心懔懔以怀霜，
8　志眇眇而临云。

3　He moves along with the four season and sighs at their passing on,
4　Peers on all the things of the world, broods on their profusion,
5　Grieves for the falling leaves in strong autumn,
6　Rejoices in the pliant branches in sweet spring;

第四章 陆机《文赋》

7 His mind shivers, taking the frost to heart;
8 His intent is remote, looking down on the clouds.

第3—4行 遵……瞻……：在这样的对句结构中，一个词语的语义范围不仅取决于它所在的语段，也取决于与之相对的词语。这些一对一对的词语经常可以重组为互为补充的复合词，其中的每个词语都共享同一个意思。然而，类似这里这样的对偶则强调两个词之间的根本差异，一个是被动参与自然的循环（"遵"暗示默许），一个是在一定的距离之外观察和反思。动词宾语之间的对立进一步支持了二者的差异："四时"包围着万物，也包围着诗人，但"万物"特指外在于自我的事物（例如"物我"，一是对象一是主体）。参与变化和对变化的反思性认识之间的这个对立，还得到动词间的对立的支持：一是直接的情感反应即"叹"，一是更具反思意味的（虽然也是情感的）"思"。

叹逝　陆机有一篇赋就以"叹逝"为标题，《叹逝赋》是一篇悲叹事物之短暂的挽歌。像英文的"to pass on"（离世）一样，"逝"是表示死亡的委婉语。

逝……纷　对立复合词的两个组成部分一般共享同一个意思，"盛衰"一词就是最典型的例子，该词与命运、朝代、季节及植物的枯荣、人的生命等的循环联系在一起；像"逝—纷"这类不共享同一意思的词是对立复合词大家族内部的修辞变体。"逝"与秋冬相关，第4行提到"纷"与春夏相关，第6行提到"春"。

思纷　大多数注家宁愿打破这里的骈偶结构，把"思纷"解为"我的思绪变得纷纭"。[14] 被译为"brood"的"思"是思想的动词形式，它经常带有关心之意，有时还带有思念和渴望之意。万物以其绚烂和纷纭停在他心上；但我们不清楚，他是担心它们短暂易逝，还是渴望类似的纷纭发生在他自己身上。

第5—6行 悲……喜……："喜"，李善作"嘉"。以对偶形式出现的"悲—喜"二字，构成了情感的基本对立，二字并用，囊括了情感的整个范围。要理解中国诗歌和散文中的骈偶结构,这一点很关键。古汉语经常通过已有的对偶词(例如"远近")来构成抽象范畴的对应物;因此,在骈偶结构中,这类词语的区分经常表明一个抽象范畴的两个极端之内的整个范围,而不仅指这两极。虽然这个具体判断是对的,也就是说他"悲"秋而不是"喜"秋,但这个对句暗示了季节更替的整个情感反应,不只限于悲喜这两种感情。

第7—8行 懔懔(又作"凛")描述遇见可怕的、让人畏惧的或寒冷事物的那种感受,所以我把它译为"shivers"(颤栗)。译为"take to heart"的"怀"结合了肉体意义上的"拥抱在怀中"和心理意义上的"关怀"。这一句强调情感反应的真实可感性:想到霜,他真有一种发抖的感觉。霜与纯净、道德严肃性、惩罚和毁灭联系在一切,它当然也与秋天联系在一起,秋天是引发此类事物的季节。

云不一定与春天有关,因此,它打破了前面两个句子的秋与春之间的平衡,也不符合这个对句开头提到的"霜"。这一行以"志"的普遍特性即高和远为基础。"心"("情"字更恰当)对外在刺激作出被动反应(上一行的"懔懔");活跃的一方是"志","志"同时也是被激发的结果(那个古老的词源学把"志"解为"心之所之")。在这一行里,"志"飞得那么高远,直抵云霄。"志"的外发是想象中的精神之外发的一种形式。请注意形容词"眇眇"所透露的说话主体与"志"之间的视觉距离,"眇眇"描摹了远处某个微小、模糊的东西的样子。

以上八行处理"意不称物"问题,并通过"玄览"进一步强化了这个观点。这是一个词源学问题,这里的解决途径与《文心雕龙》"物色"篇的情况基本相同:我们之所以充分了解外物(形成关于外物的概念)是因为我们不仅意识外物,而且我们自身就是自然的一个有机部分;我们一边意识各个季节的事物,一边"遵四时"。自然对我们的情感有强大影响力,它令我们悲、喜、颤抖,这就证明我们参与了自然。悲喜、秋春的对立一再出现,它强调了与季节的全面变化相应的人的全面反应。

第四章 陆机《文赋》

今天的读者当然认为这些联系并非是天然的,而是后天习得的;我们不再相信,每一个季节、每一个事物天然就具有某种人人都能感受到的情绪,尽管如此,我们体验这些联系时仍然觉得它们好像是天然的。

这一段的最后一个对句从被动刺激转向主动反应,它把我们引向创作条件问题,其中,"志"扮演了核心角色。这一句的用词继续让物理状态和心理状态保持联系(心怀霜,志眇眇),以便再次加强内外之间的相应;这样一来,"有志"状态——"志"一旦外发,就成为文学创作——也被打上了内外相应性的印记。为克服"意不称物"的焦虑,陆机确实强调了创作中的自觉和自我意识层面,但若想克服这个焦虑,他只能求助于那个古老的非自觉论的情感观——外物的力量不自觉地驱动了人的内心。

陆机在季节和情绪之间跳来跳去,这说明他在做概括性陈述,而不是在指涉眼前的具体事物。陆机这里所讨论的也正是这种概括能力:自然变化的全部过程既可得之于直接体验,也可得之于反思性认识;这正是"玄览"的功能。"意"试图"称物",这个"物"不是通过外在感官体验到的,而是通过自我的内心之旅认识到的。强调了对事物的反思性体验之后,陆机接下来应当处理骈偶结构中的另一项,也就是阅读的必要性。

* * *

  9 咏世德之骏烈,
10 诵先人之清芬。
11 游文章之林府,
12 嘉丽藻之彬彬。

  9 He sings of the blazing splendor of moral power(德)inherited by this age,
10 Chants of the pure fragrance (or "reputation") of predecessors,
11 Roams in the groves and treasure houses of literary works,
12 Admires the perfect balance of their intricate and lovely craft.

第 9—10 行　咏……诵……："诵"经常可以跟另一个"颂"互换，后者也可用于吟诵，但经常带有"赞美"之意。这里出现了一个问题：这些古今圣贤是他本人的写作对象，还是他在吟诵他们的作品？第 9 行约略倾向于前一种解释；而第 10 行则约略倾向于后一种。从修辞结构上看，这几行应当讨论他对先人之作的体验，而不是他所写的东西（讨论实际创作阶段还远在后面）。

骏烈……清芬　"烈"经常指明显表现出来的美德；"芬"是关于名誉的一个嗅觉隐喻。直接和间接感知的对比（"芬"的主体可能不在场，所以是间接的）刚好相当于我们对今天和过去美德的不同感受方式的对比。

世德……先人　二词皆出自《诗经》。[15] 这里的叙述在现在和过去之间跳跃，我的看法根据"世德"的一种解释：由数代先贤累积、被今人接受的美德。"咏世德"可能指书写过去——那些累积了这类道德力量的先贤。从《诗经》原文看，"世"既可指过去也可指现在。[16] 在陆机的时代，"世"作定语通常指现在，所以，把这里的"世"理解为"现在"更有道理。

第 11—12 行　"游"，见本书最后的"术语集解"。

林府　"林"和"府"是公认作品集的两个标准的隐喻说法。五臣注认为"林"指数量，"府"指价值，这样的区分未免过于精巧。

丽藻　（五臣注作"藻丽"）：请注意"藻"在序言第三部分出现过，重复出现有助于加固对偶的链条。像上文一样，这里仍然在强调阅读文学典籍，而非对万物的体验。

彬彬　理解"彬彬"一词的意思，最好参考它在《论语·雍也》中的用法："文质彬彬，然后君子。""文"和"质"在《论语》里指行为和品格，二词成为后世文学思想的核心术语。陆机尚可用"彬彬"配合"丽藻"，在后来的文学理论中，"丽藻"则暗示"文"（文采、修饰）过剩，以至文质失衡。

第四章 陆机《文赋》

这一部分把熟读文学典籍作为解决"文不逮意"的一个方案。熟读文学典籍可以使人获得表达己意的能力。与上一部分不同,这部分对创作不那么感兴趣。请注意,这里的读者之"游"与体验万物的精神之旅是一致的。

* * *

13　慨投篇而援笔,
14　聊宣之乎斯文。

13　With strong feeling he puts aside the book and takes his writing brush,
14　To make it manifest in literature.

第 13 行　"慨投篇":虽然"慨"(强烈的情感)既可能来自对万物的体验,也可能来自阅读,但该词在这里的位置说明,阅读是创作过程的直接动因。[17]

第 14 行　"宣之":显现(包括"宣""明"等一系列同义词)指从内到外的移动,它是一切文学活动的基本概念。"宣"及其汇集在"宣"之名下的相关词语,大体相当于西方文学思想中的"*mimêsis*"家族的情况,"*mimêsis*"即"imitation"(模仿),"representation"(再现)是其后来的变体。显现与浪漫主义的"表现"观念类似,但这个类比必须增加一个限定:在中国,诗人从来不会扮演迷狂(rhapsode)在伊安❶ 身上或风弦琴在浪漫主义诗人身上所扮演的角色,换句话说,诗人从来不只是神性或宇宙的伟大力量借以显现自己的一个器皿。即使是最近似的说法,例如在《文心雕龙·原道》中,宇宙模式的显现也必须借助有意识的心灵中介。恰当地说,显现应当是存在于内的东西,也就是"心"的有

---

❶ 伊安(Ion),古希腊职业吟诵诗人,尤其擅长吟诵《荷马史诗》,见柏拉图《伊安篇——论诗人的灵感》。

机产物（而"面部表现"或"面部表情"意思上的"表现"，虽然也是一种可以被暴露的状态，但它作为一种自觉的自我表现活动，并不"模仿"内在生活）。这里，作为一种意志行为，"宣"直接产生于紧张的情绪（"慨"）。

斯文　《论语》使用"斯文"一词指广义上的"文化"，也就是来自古代文献和传统的文化。这个词到汉代渐渐用以指"美文"，但不很严谨。陆机对"斯文"一词的使用大概取其后来的意思，即"文学"，同时也借助该词把古老的权威赋予文学活动。〔18〕

第13和14行是对《文赋》第一部分的总结。第一部分处理了创作的两个前提条件：对万物的想象性体验和文学体验。虽然关于创作的前提条件，后来的理论文本讨论得更为全面，陈述也更为详细，但陆机已不再遵循早期文学思想对这个问题所持的假定。在《乐记》和《诗大序》中得到最充分表达的早期传统假定：内心不自觉地受到对外物的直接体验的刺激，创作就是这种刺激的产物（即使是那种更带目的论色彩的理论也是如此，例如，有一种观点把《诗经》的创作起源追溯到"国史"的道德意图，它的理论基础仍然建立在对时代状况的初始反应而非作诗的欲望之上）。陆机的观点也残留了某些情感刺激观念，但他用对万物的自觉性和反思性体验取代了那个古老观念。陆机为创作条件增添了另一个方面，也就是对他人之作的体验；我们从中发现了一种对文学历史性的早期认识，有了这个认识，对诗歌的看法就难免发生转向：从对外物的一种反应转向一种"作诗的念头"。对前人之作的体验一旦成为创作的必要条件，它必将扮演的角色——"他者"语言介入自身语言的程度——渐渐引出一些问题，这些问题一直持续到20世纪。西方诗学始于希腊的"*technê*"（技术）观念，也就是生产系统意义上的"art"（艺术），有生产系统，东西才能制作（*poiêsis*）出来；其实，"poetics"（诗学，希腊语*poiêtikê*）一词起初是"*technê*"的一个限制性定语。其结果是把生产对象（制作物，*poiêma*，即诗）划分为各个组成部分。确切地说，描述那

第四章 陆机《文赋》

个生产系统的词语是"technologia"（技法）。从本质上看，这才是亚里士多德《诗学》的实际情况，从更宽泛的意义上说，这也是被归之于朗吉努斯名下的"*peri hupsous*"的实情（其隐含意义是技术学）。❶ 虽然在后世传统中，"poetics"（诗学）描述的是事物"是"什么，而不是它怎么"被做出来"，但是，我们思考它"是"什么的那种思维方式深深地植根于那个生产观念。

后世中国文论中也有一些文体（例如"诗法"）非常接近西方的"技法"。但陆机的《文赋》和大多数传统中国文学理论在理论前提上与西方诗学的"技法"有明显差别，前者描述创作的"实现"过程，而非"制作者"和"制作物"的关系；而且也没有后者那种对组成部分的分析。虽然陆机《文赋》中可能包含技法的成分，但更常见的情况是，只要具备依次出现的创作前提——背景、内心状态、各种关注区域——创作就可能发生。这些前提条件推动了事物的实现，而不是描述了被制作物自身的结构或大致模样。在中国传统中，只要确定了某一过程的各个阶段就等于回答了一个现象"是"什么的问题，正如西方诗学中的分析（字面意义就是"划分"成各个组成部分）回答了西方传统中的同一个问题。任何分析皆需以界限问题、定义问题开始，以便把叙述对象同其他现象区别出来；这个强制性的要求引发了"文学之外"的概念（例如亚里士多德的《诗学》首先从诗歌范畴中排除了恩培多克勒的韵文，然后把诗同历史和哲学作了对比），并强烈质疑"文学之外的东西"闯入诗歌。与此相反，对某一过程的各个阶段的确认必须弄清楚该过程是如何开始的，尤其要弄清楚它是怎样从另一事物中诞生出来的。所以，它不关心界限和定义，它关心各种关系的明晰、活动场所的确立。陆机的杰出之处在于，他没有以这样或那样的方式把文学追溯到活生生的文学之外的世界；他确实听从了那个强制性的要求——确立创作的前提条件——但他采用了独特的私人方式，他的反思性想象和他的著作都是独

---

❶ 据传，朗吉努斯是《论崇高》的作者，参考第一章《孟子·公孙丑上》选段中的相关脚注。

一无二的。

＊　＊　＊

15　其始也，皆收视反听，
16　耽思傍讯。
17　精骛八极，
18　心游万仞。

15　Thus it begins: retraction of vision, reversion of listening,
16　Absorbed in thought, seeking all around,
17　My essence galloping to the world's eight bounds,
18　My mind roaming ten thousands yards, up and down.

　　第15—16行　"其始也"是一个不合韵律的语句，这种语句在赋中起到标明段落的作用。后面几行描述了创作的前提条件；这个"开始"也就是下一阶段，似乎是个人创作活动之前的冥想和反思过程。

　　收视反听　这一段以及《文赋》中的类似段落与道家的虚静说有着复杂关系，道家虚静说既见于早期的道家经典《老子》和《庄子》，也见于陆机同代人论述颇详的新道家理论。李善和五臣之后的中国注家大多认为，这一段的意思是切断感官知觉，他们把"收"解作通常的用法"停止"，把"反"解作从注意听反转为不听。中国理论家经常提到创作必须排除日常纷繁事物的干扰。陆机同时代（确切年代不详）的《西京杂记》叙述了一件关于西汉伟大辞赋家司马相如的逸事，其中不但谈到作家排除日常世界的干扰，而且还以一种与陆机差不多的宏伟语调对创作过程作了如下描述：

　　　　司马相如为《上林》《子虚》赋，意思萧散，不复与外事相关。控引天地，错综古今，忽然如睡，焕然而兴，几百日而成。其友人盛览尝问以作赋。相如曰："……赋家之心，苞扩宇宙，总

第四章　陆机《文赋》

览人物，斯乃得之于心，不可得而传。"[19]

这种包揽宇宙的作家思想图景类似于我们在陆机《文赋》中所见到的图景，但《西京杂记》对集中注意力以便进入创作状态的描述使用了较为凡俗的词语，如"不复与外物相关"。不过，另外一些著述则把那种十分接近道家的空虚状态描述为创作的前提条件。例如在《文心雕龙》的"神思"篇，我们读到这样的句子："是以陶钧文思，贵在虚静。疏瀹五脏，澡雪精神。"《文赋集释》引用了《庄子·在宥》中的一段话，这是陆机文字背后的道家模式的绝好例证。寓言人物广成子向皇帝传授长寿之方：

> 至道之精，窈窈冥冥；至道之极，昏昏默默。无视无听，抱神以静，形将自正。必静必清，无劳女形，无摇女精，乃可以长生。目无所见，耳无所闻，心无所知，女神将守形，形乃长生。慎女内，闭女外，多知为败。我为女遂于大明之上矣……

陆机这几行显然使用了道家的精神活动模式：首先中断与外界的联系，然后进入幽明的静寂，最后进入内在之光。但是，文学创作心理活动的这种实用而诱人的模式不同于真正的道家思想模式，把二者区别开来是很重要的。我们已注意到陆机绝不拒绝认识，而拒绝认识是道家心灵活动的关键。陆机只是把道家的心灵模式运用到作家对语词和观念的追求上。道家否定感知，而陆机则选择了一个不大相同的词语，一个更符合其目的的词语：感知的反转和倒置。程会昌把该词追溯到《史记》："反听之谓聪，内视之谓明。"[20]这些文字的原始出处以及它在目前这篇赋中的语境都说明，它的意思不是"切断"感觉之后所获得的虚空，而是一种真正的感觉"倒置"——在自我的小宇宙之内看和听。

第17—18行　李善把"精"解作"神"，自我意识意义上的"神"。

这里,"精"与"心"构成一对。

傍迅 "傍"的字面意思是"在边上",这里用作"遍",即"到处"。"傍讯"是根据"傍求"等同类复合词新造的一个词(见钱锺书,第1183—1185页)。这里的"求"显然发生在内部,即内心小宇宙。

八极、万仞 "八极"是八个伸向极点的方向;该词用以指地平线之内的整个世界和万事万物。"万仞"(字面意思指大约两万五千码)强调上下之距离。这里的对比发生在水平极限和垂直极限之间。

创作之前的反思过程需要"反转"感官知觉,它发展成强烈的内在追寻。在精神之旅中,心灵活动摆脱了一切施加于外在的、肉体感官上的限制。这种驾驭自如的意识符合内在追求的自觉论,但无论他"想到"什么,它都被视为"遇到"的东西,而非被创造或制作的东西。

* * *

19　其致也,情瞳昽而弥鲜,
20　物昭晰而互进。
21　倾群言之沥液,
22　漱六艺之芳润。
23　浮天渊以安流,
24　濯下泉而潜浸。

19　And when it is attained: light gathers about moods (情*) and they grow in brightness,
20　Things (物*) become luminous and draw one another forward;
21　I quaff the word-hoard's spray of droplets,
22　And roll in my mouth the sweet moisture of the Classics;
23　I drift between Heaven and the abyss, at rest in the current,
24　I bathe in the falling stream, immersed in its waters;

第 19—20 行　瞳眬……昭晰……：这两个描述性复合词指明亮起来的不同阶段。"瞳眬"描述一丝亮光，例如日出前的亮光；"昭晰"描述完全亮了。起初是"玄览"（虽然"玄"不是"难以看见"意思上的"黑暗"，而是"天道"的神秘、幽暗）；当反思性意识遇到一个对象，它就逐渐亮起来了。像西方的情况一样，亮光是意识、认识和感知的隐喻说法，虽然有些已经成了死喻。这类词中最有力度的是"明"，意思是"明亮的"，作及物动词是"使明亮"，因此也就是"开悟"和"领悟"。在上文所引《庄子》的段落中，"明"被用来命名心灵活动的目标，即"大明"。意识似乎照亮了它的对象。《资料》强调日出的隐喻模式，这种理解大有道理，但理解为在黑暗中照亮事物的灯，也未尝不可。

情……物……　从传统中国心理学和词源学的一般情况看，陆机在这个对句里对"情"的处理可谓独出心裁（"情"在这里可有可无，它的出现大概是为了与"物"构成一对）。"情"通常属于"心"的一个层面，它是感知的状态而非感知的对象。据说，"物"激发"情"。但是，在这个对句里，"情"的最初扰动显然被视为意识的对象，它是在精神之旅中被发现的。如果我们从"情"的另一个层面，也就是"情况"的层面来理解，问题就差不多可以解决了；然而，即使在这个用法中，"情"大概仍然是认识和感知的状况而非对象。

第 21—22 行　五臣注把"群言"解作"群书"；程会昌解作"诸子百家"。李善的看法肯定是对的，他引扬雄《法言》为证，在《法言》中，"群言"的意思类似"各种言"。把"群言"译为"word-hoard"（词库）多少有点误导，因为"群言"的意思不是没有来源的"词汇"，而是"说出来或写出来的一切和已经存在在那里的所有的言"。

六艺　"六艺"的字面意思即"六种艺"。李善错误地引用了传统的"六艺"（礼、乐、射、御、书、数）。钱锺书以很长的篇幅证明"六艺"可能是"六经"（虽然《资料》所引何焯的观点表明，这种解释清代以来就已存在）。"六艺"可能是一个非常随意的词，泛指一个读书人所应知道的那类东西，与描述它们所必需的词"群言"相对。读者禁不住想起

苏格拉底对伊安的提问——什么是诗的技艺,如果一首诗描写的是"御车",那么,御车人难道不比诗人更精于"御车"之技艺吗?❶

第23—24行 被译为"天和渊之间"的"天渊"也可以理解为"天泉"(五臣),想象性的精神之旅在"玄览"宇宙过程中所发现的一个星座或神话之地。我同意李善的意见,天渊指"天渊和下泉之间",下面第25—26行所展开的就是这个意思,在那里"渊"再次出现(我把它译为"the deepest pool")。五臣注和近世学者许文雨认为,这两行和后面几行谈论的是精神活动,我的译文跟从他们的意见。不过,许多注家认为,这里谈论的是下面一个对句所说的"辞",它从远处来,在水流中游动,有待捕捉。

下泉 该词出自《诗经·曹风·下泉》,与这里的意思无甚关系。其另一个意思"阴间"也不合这里的语境。

这一段的大概意思是:已具备必要创作条件的作家开始"内在探索",以发现那些参与文学作品生产的"材料"(stuff)——"物"、情绪、语词和知识。大体说来,这些因素保持一种相互合作的关系。也就是说,既不是"物"激发情绪也不是语词命名事物,而是二者在一种内在搜寻中彼此相遇,融合在一起。这样一来,就塑造出一种"属"或"安排"各要素的作家类型。这部分描述了与这类"东西"的最初相遇:从暗到亮,从空无到充足,从主动搜索到被卷走、被淹没。一种情绪"升起";事物出现;然后,在显现的洪流中,我们拥有越来越多的事物。

以光来喻指意识活动,西方读者应当不觉得陌生(尽管陆机赋予它一个令人惊讶的外延)。比较陌生的是吃和喝的隐喻,以及与之相关的"食物"隐喻。后一类隐喻在中国传统中非常突出(在《文赋》的其他部分也是如此)。当视听为精神之旅而内转,所遇之物被"倾"(一饮而

---

❶ 见柏拉图《伊安篇——论诗人的灵感》。除了御车,苏格拉底还谈到其他技艺,他说,每种技艺都有它的特殊知识,我们不能凭某一技艺来知道另一技艺,并以此证明,伊安吟诵荷马,不是凭技艺的知识,而是凭灵感。

第四章 陆机《文赋》

尽)、被"漱"(在口里翻转),也就是被品尝和吞咽。认识不仅是光,还是进食。既然语言尤其是学习经常以进食之喻来谈论,那么,当陆机从情和物的问题转向与群言和六艺的遭遇时,他就自然而然地更换了隐喻类型。"润"经常暗示使事物富饶起来的能力,用它来描述"摄取"经典的效果(或更一般意义上的知识),自然很方便。借助隐喻表达法的愉快的非逻辑性,他在内在小宇宙中作冥思之旅,"沥液"和"芳润"俨然洪流,把他卷走,后来又在"下泉"中浇到他身上。起初,作为搜求者,他急于发现事物,现在,他可以顺从地漂移,愉快地被一种富足所淹没。

《文赋》不断在偶对之间移动,在内与外(两个方向兼有)、主动与被动、物与言、空无与充足之间移动。论点靠补充来展开。起初,对事物的体验与阅读体验相对,刚一提到事物(第20行),就要提到语言(第21行)。一旦出现主动运动——"耽思傍讯",它就反过来让诗人"安流";有了被动"安流",诗人在下一个对句就要转向钓鱼和捕猎(表示主动的隐喻)。赋这种文体,求囊括而非排除,求全面而非整一;重要的不是让冲突和解(虽然其运动有时也有这种倾向),而是让片面得到补充。为了描述过程,除了罗列排比,这些成对出现的运动也是很关键的,而且,这里被描述的是创作过程(而非对某"物"的剖析),这个过程被理解为各对立项之间的运动。

* * *

25　于是沉辞怫悦,若游鱼衔钩,而出重渊之深;
26　浮藻联翩,若翰鸟缨缴,而坠层云之峻。

25　Then, phrases from the depths emerge struggling as when the swimming fish, hooks in their mouths, emerge from the bottom of the deepest pool;

26　and drifting intricacies of craft flutter down, as when the winging bird, caught by stringed arrow, plummets from the tiered clouds.

沉辞　"沉辞"的字面意思是"沉下去的辞"。"沉"是上一行那个水的隐喻的继续,另外,它在这里还有两个强烈的联想意义:一是"在自我深处"(例如"沉思");一是"隐藏的",它需要这个捕钓词语的人把它拖到意识中来。

怫悦　这是一个描述性复合词,李善以"难出之貌"注之。五臣注没有道理地把"怫"解为"思未出也",把"悦"解为"思微来也"。陈伄(见《文赋集释》)认为"怫悦"即另一个同音复合词"弗郁",该词描述深藏在水下的鱼,或难以捕钓的鱼,后者似乎更符合这里的语境。

浮藻　关于"藻",见序言第三部分和第12行。"浮"作为定语表示不实在,甚至轻薄。尽管"浮"的言外之意经常是否定的,但在这里的意思是肯定的,"浮"在这里指"轻",与"藻"相配。而且,它隐微地继续了那个水的隐喻。

浮动在天和渊之间　这里,诗人返回那个主动寻找模式,一个渔夫或飞禽猎手在"捕捉"语句和优雅的措辞。起初,诗人从中心之处(第1行)旅行到宇宙的极限(第17—18行),到了这个对句,他又返回到水天之间的中心。这些巴洛克式的隐喻性修饰,西方读者觉得司空见惯,但在汉语里则极不寻常。这些隐喻表明了与语言的一种特殊关系:创作中所使用的词语独立于诗人而存在;它们不是被创造出来的也不是被使用的,而是靠技巧和运气"取出来"的(不要忘记,在这些捕猎隐喻的背后,还有那个吃东西的隐喻)。就像世界上的万物一样,语言也是被遇到的。这种独创性概念的理解模式所产生的影响明显表现在下面两个对句中。

*　　*　　*

27　收百世之阙文,
28　采千载之遗韵;
29　谢朝华于已披,
30　启夕秀于未振。

第四章 陆机《文赋》

27　He gathers in writing (文*) omitted by a hundred generation,
28　Picks rhymes neglected for a thousand years;
29　It falls away—that splendid flowering of dawn, already unfurled,
30　But there opens the unblown budding of evening.

第 27—28 行　收……采……：为补充上几行的捕鱼和猎飞禽之喻，这里使用了收获的语言："收"用于收获粮食，"采"用于收集蔬菜和水果。这类词汇支持了上面那一套食物隐喻。

阙文　所有注家都把该词追溯到《论语·卫灵公》，该篇有一段提到"缺疑"的做法："吾犹及史之阙文也……今亡矣夫。"如果你想知道一个古词如何在不指涉其原初语境的情况下被再次使用，这正是一个极好的例子。如果这一句确实是对《论语》的严肃回应，那它简直太不得体了。孔子赞美人的一种品质，这种品质使人对没把握的事情留下空白；陆机这里想填补那些空缺，把以前没写的写下来。就算史家和文学家差别很大，但我们仍然可以断定，孔子一定会把陆机的说法作为一个坏例子，以证明"今（这样的约束）亡矣"。

韵　自从 17 世纪的大学者顾炎武错误地把这一段视为中国人对韵律的第一次讨论，学者对这一段表现出极大热情。大多数学者已指出，关于韵律的讨论并非始于陆机，或者从严格的意义上说，陆机这里讨论的不是韵律本身。正如钱锺书所指出的，这里的意思不是字面上所谓避免前人使用过的韵律，而是指避免借用前人之作。我们或者接受钱锺书的意见，把"韵"解作具体的"诗文之篇什"，或者可以把"韵"解释为一般意义上的"风格"，即与他人"协调"的风格。

第 29—30 行　被译为"it falls away"的"谢"在这里与"启"（开）相配，应当指花落了。不过，"谢"的更常见的解释在这里也有点讲不通：诗人"拒绝"（谢）已开放的花，而让夜晚的花蕾"开启"（启）。

这一段的讨论对象类似"独创性"，它做了一个有趣的假定，这个假定与"捕捉"词语和优雅措辞的观念相互应和：各种语言表达都已经存在、一直存在；以前的作家只是"忽视"或"疏漏"了它们。[21]既然语言是被遇到的，作家何不努力遇到那些从未遇到过的语言。语言被视为一个有机的成长，只不过它是外在于诗人的，在诗人进行准农业劳动中，可以为他所用。

在"收""采"之时，诗人采拾那些一向被忽视的对象；但是，这个植物生长的隐喻还暗示了另一个需要关注的问题——时辰。下面那个关于花的对句进一步谈到这个问题。辞藻不仅被"采"，它们还有不同的花期；诗人应当选择新鲜的花蕾，避免盛开的花（也就是使用过的辞藻）。语言自身被理解为一个正在形成的过程：在花蕾阶段被采摘的辞藻将开放，但盛开的花朵将枯萎、败落。这里不仅可以看到对新鲜语言的渴望，还可以看到（在中国文学传统的其他文本里也可以看到）对不完全和未完成状态的注意，这种状态掌握着进一步发展和变化的潜能。一切"盛开的花"都有过熟和腐烂之势。尚处在花蕾状态就被采摘的辞藻，将在读者遭遇文本之时"开放"，即使这样的说法有过度解释之嫌，但这里面确实包含一种重要的美学意识——保留一些潜能。

陆机对他身后的"百世"和"千载"有一种沉重的自觉意识，那些时代的词语已经开放了，正在枯萎。他有一种强烈的迟来之感，他觉得自己的世界已是日暮之"夕"。如果没有对前人的丰硕创作产生强烈的焦虑，那么，这里所表现出来的对独创性的关心就无缘发生。

* * *

31　观古今于须臾，
32　抚四海于一瞬。

31　He observes all past and present in a single moment,
32　Touches all the world in the blink of an eye.

这个对句对精神之旅作了总结，并为这部分引出了一个关于创作之前遭遇和收集材料的结论。在精神之旅中，诗人不断周游整个时间（在中国

第四章　陆机《文赋》

人的意义上即指过去和现在）和空间。[22]这个过程包括反思性的不动感情的观察（观）和更带感情色彩的接触（"抚"，即"抚摸"或"爱抚"，有时与"关心"有明显的联想关系）。

* * *

33　然后选义按部，
34　考辞就班。
35　抱景者咸叩，
36　怀响者毕弹。

33　Only afterward he selects ideas, setting out categories,
34　Tests phrases, putting them in their ranks.
35　Striking open all that contains light,
36　Plucking everything that embraces sound within.

第33—34行　选义……考辞……：以骈偶结构出现在这里的"选"和"考"是衡量有志者是否具有入仕资格的用语。诗人彻底考察希望被使用的词语和观点的洪流，其彻底考察的态度俨然一个负责为政府选"用"人才的考官。如果陆机觉得需要谈论衡量和判断问题，他很容易想到选"用"人才的模式，它与当时所谓"品题人物"的做法有关（虽然对于品题人物的更为具体的层面，陆机在他的赋里只是稍有触及）。请注意诗人怎样改换他的态度：从焦虑地寻求多样，转换为反思性判断。这一行所使用的"义"（观点，原则，真理）与"意"（概念）非常相近；但前者更接近恒常的原则，它独立于具体的心理实践，而且，因为它是真理，所以就携带很浓的积极的道德价值色彩（儒家哲学经常把道德原则称为"义"）。[23]与"辞"相配，"义"作为判断对象出现在这里比"意"更恰当。徐复观从这几行的特殊顺序中读出了意味，他认为这个顺序意味着作家应当首先安排"义"（观点），然后再选择"辞"。

按部……就班……　这两个词也属于政治评断用语，指根据具体才能安排适当职位。"按部"起初用以描述军事组织的建立,在这里描述一个职能部门即"位"的创立(一个空"位"可以有不同的人负责)。徐复观指出,早期辞典编撰家许慎(大约公元100年)的字书《说文》使用"部"作分类之名,其各类代表不同的语义范畴,它与骈文中的对偶结构的形成有密切关系。[24]"就班"是"按部"的补充,指把具体的人委派到适当岗位。把政府部门的隐喻应用到这个句子里,大意如下:作家为预先存在的观点(或"真理"即"义")选择并搭建一个结构,然后把具体的词安排到该结构中的某个适当位置(这些词是在内在搜求中精选出来的)。西方新古典主义经常使用这类政治隐喻以暗示某种冷静的判断;但必须注意,陆机这里所说的不是雕刻家的"锉工活儿"❶,而是各要素之关系的一种结构模式,其中,每个要素都有自己的独立性格,就像政治结构中的人一样,考虑到这一点,就无法拿这里的情况跟西方新古典主义的情况作类比了。[25]

第35—36行　抱景者……怀响者……:以视听为基础的复合词和对偶词的所指经常包括感官特征的整个范围,而不仅是两极(见第5—6行的解说)。"抱"和"怀"不仅指拥有这些特征,而且指"保留"它们,二者要求诗人主动参与,以便把它们引发出来。普通复合词"怀抱"嵌在这个对偶词中,它指某人"珍藏的感情",经常埋在心里,不表达出来。虽然这个对句的中心意思是引发和利用万物中潜藏的可能性,但那个政治评判和委任人才的隐喻仍然很强:负责为政府选拔人才的官员,需要发现和引发那些应试者所潜藏的(或被抑制的)才能,而且还必须让那些才能得到恰当使用。关于这个对句的具体所指,各家意见不一。它可能指事物的感官特征(虽然张少康强烈反对这个看法),还可能指一个文本的修辞"光彩"(在汉语里,华丽的修辞经常被描述为文本发出的光亮和色彩)和听觉特征。或者,它也可能指"诗义"的展开,也就是把它们潜在的可能性引发出来。黄侃和张少康持后一看法。

---

❶ 此为贺拉斯语,原文"*limae labor*",英文译作"the labor of the file"。

第四章 陆机《文赋》

叩　本义是"敲",其引申义"引发"最初见于《论语·子罕》。❶

这一段很重要,它讨论遇到多样性之后如何安排一个有序过程问题。其主导模式是从散乱的具有各色潜能的人群中创立一个政府组织。你必须建立职能机构,然后再谨慎地把具体才能分配给各个职能部门,在整个过程中,你必须全面细致,不能遗漏或忽视任何一个。诗人就像开国之君(习惯上称作"圣人"),他不是无中生有,而是运用现成的东西,给混乱状态以自然秩序。

上文提到,序言在好几处对孔子(圣人)的声音作出回应;在陆机的时代,精神之旅很容易与帝王(圣人)的宇宙性权威联系起来,像西汉作家司马相如的《大人赋》一样,帝王的颂词经常与这种精神之旅连在一起。序言为诗人与圣人建立了一种联想性的转化关系,而后,在这一部分,我们又见到发现人才以形成政府的模式。应当强调的是,诗人与君王——圣人之间的类比始终藏在文字背后,非常隐微。

在西方文学思想一再使用神性模式来讨论一个诗人的作品,从《伊安篇》中的神对诗语的控制❷,一直到诞生于文艺复兴早期、而后一脉相传的"创造"论,都是如此,在"创造"论中,诗人作为"制作者"开始与"造物主"平起平坐。陆机在寻求一种与此大为不同但同样强大有力的模式,他寻找到圣人和他的乌托邦共和国:这个模式向我们承诺一种人类的理解力,它使人类可以在自己的世界里建立那种"大自然"所具有的和谐秩序,其中,一切都是活生生的关系。

《文赋》把贯穿在一个作品中的结构范畴("部")视为一个充满差异和关系的系统,而不是一个有逻辑的或有说服力的"论点"。这一部分似乎在处理那个"意不称物"的问题;作者应当组织一个类似于自然结构的文学结构。请注意一个重要问题:言和物有它们自己的固有特性:

---

❶《论语·子罕》:"子曰:'吾有知乎哉?无知也。有鄙夫问于我,空空如也。我叩其两端而竭焉。'"
❷ 在《伊安篇》,苏格拉底一步步让伊安相信,他吟诵荷马,不是凭技艺而是凭神的灵感。

它们在一个文学作品中的特点不是由诗人"赋予"的，相反，诗人按照它们的特性管理它们，并把它们的潜在特点"召唤"出来。下一部分以一些本质关系进一步引申了这部分内容，那些关系就像组织大自然一样组织文学作品。

* * *

37　或因枝以振叶，
38　或沿波以讨源。
39　或本隐以之显，
40　或求易而得难。
41　或虎变而兽扰，
42　或龙见而鸟澜。
43　或妥帖而易施，
44　或岨峿而不安。

37　He may rely on the branches to shake the leaves,
38　Or follow the waves upstream to find the source;
39　He may trace what is hidden as the root and reach the manifest,
40　Or seek the simple and obtain the difficult.
41　It may be that the tiger shows its stripes and beasts are thrown into agitation,
42　Or a dragon may appear and birds fly off in waves around it.
43　It may be steady and sure, simply enacted,
44　Or tortuously hard, no ease in it.

第37—38行　组成这个对句的若干对偶关系十分常见，读者一眼就能认出来，有了它们以及修辞结构所蕴涵的言外之意，下面几行中那些不那么常见的例子就容易理解了。从枝到叶是从本到末的运动，从波

第四章 陆机《文赋》

到源是从末到本的反向运动。起源和结果之间的关系（汉语经常称之为"本末"，即植物的根部和枝头）构成了"意"的一个本质范畴，并包含了时间的、因果的和价值等级的关系。一个需要回答的问题是，陆机是想把它们和后面的几对关系运用到文本的内在结构之中，还是想把它们运用到言外之意的运作之中？换句话说，从本到末的运动是在文本内部展开一个论点的方式，还是"意义"的显示方式（也就是说，当文本提到一个事物，如果这个事物被视为"本"，读者会因此想到它的"末"吗？是不是像在唐代诗歌中一样，当诗人提到风和开花的树，读者就想到落花）？唐五臣注似乎把它理解为意义的运作："赋咏于枝乃思发于叶。"不错，"因枝以振叶"确实在暗示意义的运作：借助一个活动，下一活动就暗含其中。不过，那个追溯原因的句子"沿波以讨源"则在暗示文本内部的结构脉络，也就是考察一个现象的起因。或许在这里，我们遇到了汉语的一个修辞格，即所谓"互文"：A 是 X，B 是 Y，可以被理解为 A 和 B 是 X 和 Y。如果真是这样，那么陆机可能在轻轻地暗示一个一般性原则中的两种运作：贯穿在"意"中的这些关系既可以运用于创作结构，也可以运用于读者如何理解该结构中的某一特定要素。

第 39—40 行 第 37—38 行所使用的范式是本末之间的运动，一个与之类似的变化范式被赋予这一对句的各个偶对。第 39—40 行所描述的关系似乎指一个返回其对立面的项：1) 在话语的运作之中；或 2) 通过理解过程中的一个动作（例如，一个难点一经考察就变得容易了，或一个揭示了隐蔽的复杂性的容易点）；[26] 在这个例子里或许是 3) 通过创作活动中的一个动作。我们在描述本末之间的运动所提到的那个本质的关系类型，也适用于"隐"和"显"的运动。这一行出自司马迁在《史记·司马相如列传》的结尾所作的评说："《易》本隐之以显。"[27] 注家们对这个句子作了如下解释：《易》之理是隐蔽的（也是模糊的），在人事中则变得明显了。如果陆机对《史记》这句话印象深刻，那么，他的意思大概是说，一个文学作品可能是模糊的或其意味很隐蔽，其意味只能显露在其应用中（即被阅读之后）。与陆机这里所说的"隐—显"类似的对比也出现在《文心雕龙·隐秀篇》,不过,"隐—秀"指一个文本中的两个不同特征,它们与情感和意味密切相关。刘勰在《知音篇》谈论阅读所使用的词语与陆机这里的用词几乎一样:"见文者披文以入情;沿波讨源,虽幽必显。"

考虑到隐和显、易和难的上述说法,把这个问题运用到这几行文字自身或许也没有什么不妥。陆机的这几行文字在汉语里并不难读,但只要稍微一细想(想其"本"),或把各种中文注释大致浏览一下,我们自然不难发现,它们可以被解释得五花八门,其中任何一种解释,无论听起来多么迷人,都无法把其他解释驳倒。让我们看看讨论难和易这两行的若干分歧意见:徐复观认为它说的是先理解基本的东西,然后再把它运用到难的东西上("或先探其隐,再本以之通向于显;或先求其易,再由易以解决其难")。张少康认为,第二行的意思是寻找一个容易的词,以便得到那种"难得之语"(也就是非常好的语言)。其他人把它解释为,本想寻求易,结果却变成了难(一个糟糕的结果)。后一种解释既可能指想写得容易是很困难的;也可能指试图与表面容易的东西打交道,却遇到了难点。无论选择上述哪一种解释,我们都得调整译文;但中文原文却可以在一个表面透明的句子里,把它们全部保留在一种愉快的悬念之中。一经琢磨,意义就消隐了,这种情况在《文赋》里俯拾即是,其原因一方面在于,它的语言极度俭省,另一方面在于,那些语词的用法通常缺乏准确的先例,即对于最终决定一个古汉语句子的意思至为关键的范例。

第41—42行 这个对句因歧义重重而广为人知。李善正确指出,第一行出自《易》"革"卦:"大人虎变,其文炳也。"这个借隐居滋养自己的隐喻基于这样一个民间说法:老虎把自己藏起来,让自己的毛养得越来越亮,以便它再露面的时候,能以鲜艳夺目的毛色表明自己是一头威武的野兽。这里的"文"字很重要,它是内在本性的充分的外在表现,无论在老虎的毛上还是在文学作品中,都是如此。关于这一行从古至今的各种分歧意义无法尽数展现在这里,我只想说,钱锺书的解释是最让人信

第四章 陆机《文赋》

服的；虽然他把"扰"解为"驯"有点牵强（即使与李善的解释相符）。"扰"的通常意义是"扰乱的"或"不安的"，面对老虎显其本色，这是一个相当恰当的反应。最反常的是"澜"作动词或形容词用，而且按照钱锺书的看法，"澜"大概指，龙一露面，成群的海鸟便惊飞而起。[28]

弄清若干形象之后，我们必然要问，这些形象在暗示什么样的关系。在这两个例子里，都有一个新的有力因素也就是具有转化能力的事物，进入场景，建立起一种等级秩序，它通过显现自己，而改变了该场景从前成员的样态。从一般意义上说，被描述的关系似乎通过并置而引发了价值判断的改变，这样一来，原来的因素因为某个新因素在创作中的出现（在这个例子里，是一个有力的形象、句子、思想等）而被重新估价了。这个关系似乎符合第127—128行：

> 立片言而居要，
> 乃一篇之警策。

或第153—154行：

> 彼榛楛之勿剪，
> 亦蒙荣于集翠。

这里强调"强有力的形象"或"强有力的一行文字"，其兴趣所在很可能是一种更一般的关系，也就是并置所形成的相对价值。[29]

第43—44行 与前面那几个偶对相比，妥帖易施和困难之间的对立是基本的，但不那么复杂。像前面几个对句一样，它既可以用在一篇作品的内在脉络上，也可以用在理解过程或创作上。用在创作上的例子在《文赋》后文又出现过几次。

请注意，陆机的"修辞"确实包括类似"lexis"（选词）和"taxis"（排列）的东西，但陆机的修辞与后者有显著而重要的差别。诗人在纷繁而愉快的杂乱状态中遇到万物和词语（可能还有"情"），他根据关系和转换的基本原则，从中选择并做出安排。所有这一切都是在创作之前的内心完成的；完成了这个阶段的任务，才能进入创作。

* * *

45　罄澄心以凝思，
46　眇众虑而为言。
47　笼天地于形内，
48　挫万物于笔端。
49　始踯躅于燥吻，
50　终流离于濡翰。

45　He empties the limpid mind, fixes his thoughts,
46　Fuses all his concerns together and makes words.
47　He cages Heaven and Earth in fixed shape,
48　Crushes all things beneath the brush's tip.
49　At first it hesitates on his dry lips,
50　But finally flows freely through the moist pen.

罄澄心　接下来是创作之前的沉思阶段，在这个阶段，诗人的内心绝不是澄明、空虚的。这里，最好把限定词"澄"理解为排空之后的状态："他把内心排空了，所以才澄明。"这三个阶段——获得创作的前提条件、创作前的沉思以及这里的创作阶段，每一个都在重复那个必要过程：从空虚状态开始，然后进入充盈状态。

凝思　这是表示"专心"的一个复合词：以前流动不居的思想，现在"固定"在一点上。

眇众虑　按照李善的注释，这个晦涩的词来自《易·说卦》："神也者，妙万物而为言者也。"对陆机这行文字的解释取决于陆机如何理解《说卦》中的这句话，尤其是"妙"字。他可能把"妙"理解为"精"或

第四章　陆机《文赋》

"微",其意思类似从远处或在微缩景观中看到的东西。《说卦》的各种早期注释都不够准确,不足以澄清这句话的意思,也不足以准确理解陆机是怎么读它的。徐复观和一些现代注家把"眇"理解为一种哲学意义上的完美统一,一种融合,所有的差别都消失在这种融合之中。在目前这个语境里,陆机很可能把"为言"("为于言")理解为"作言"。《说卦》这句话似乎描述了神如何在事物的转化中(甚至在最"妙"的转化中)运作,并完成和统一了它们。如果这样解释是对的,那么把它运用到创作上就是这个意思:诗人必须首先把所有的个别因素都打造成一个天衣无缝的统一体(见上一部分的描述),然后再开始写作。另一种解释要简单得多,它不考虑《说卦》的句子,直接把"眇"解释为它的通常意思"远",在这里,它作及物动词用,于是,这句话的意思就成为:"他让众虑远离他"(或者用张凤翼和方廷珪两人的非常接近的说法:"超于众人思虑之外")。不过,考虑到陆机对《易》的兴趣和熟悉程度,他似乎不大可能忽视一段如此诱人的原始材料。

　　笼天地于形内　李善此处引《淮南子》:"太一者,牢笼天地也。"下一行对高超技艺的陈述促使我把这里的"笼"作更有力的、更符合字面意义的理解。五臣注提出,"形"在这里指文学作品的"形式";但"形"一般不这么用,而且,陆机的陈述听起来更接近宇宙演化论意义。[30]

　　这是一个非同寻常的段落,它通过这个说法暗示诗人相当于宇宙的"太一",也就是那个"大一"的神理。《西京杂记》中那段归之于司马相如的话(见上文第15行的解说)、陆机这句话以及与陆机差不多同时的若干说法,共同构成了中国文学思想传统中的一脉,在这一脉传统中,诗人几乎被比作"造化"之力。陆机还有一些关于诗人的说法,例如诗人是焦虑的寻求者,诗人是使事物得以显现的容器,诗人是把语言和想法组织成一个有序世界的圣人—君王。把诗人视为"太一"的说法与上述说法明显不同,它更接近西方的文学"创造"观念。不过,二者的相似或许只是表面的。陆机强调的不是无中生有的有意创造,而是一个包罗万象的生气勃勃的整体,在这个整体中,诗人的思想运作重新调整了大自然的这个生气勃勃的整体。虽说作品是异质宇宙，"另一个世界"或"第二自然"，但它是终极现实主义，它只是重新调整了贯穿在这个世界中的原则。诗人之所以具有这种近于神圣的力量取决于他实施而不是创造这些复杂过程的能力。陆机的说法和西方的文学"创造"观念的区别在于，西方有自由意志观念，而且这个观念与造物主有密切关系：从中世纪晚期以来，诗人的作品就被直截了当地比拟为上帝自由创造宇宙。陆机确实对作家的力量欢呼雀跃，但这里的力量不是制造一个区别于第一自然的第二自然，而是就是自然（to *be* Nature）❶。

形内 "形"，这里译为"fixed shape"（固定的形状），是一切事物都具有的形体存在。地和万物都有"形"，天是否有形还是一个问题（如果有，则是圆形）。但陆机这里的所指不是天地本身，而是整个世界。"笼于形内"大概有两种可能：第一，陆机的所指或许不是抽象意义上的"文学形式"，而是物质文本和汉字的物质"形体"；这样，整个世界都被捕获在这些墨迹之中。第二，他也可能指一种构想，通过文本对准物质形式和关系所作的构想：当诗人写下"层云扫过天空"，它们不仅是一些词语，而且还是一个被确定了的构想的索引。借助诗人的力量，就像借助造化的力量，这些仅仅存在于可能性中的事物变成了物质存在，并且拥有了物质性的关系。

我们应当强调这一行和下一行所包含的限制和停滞趋向："笼"和"挫"。外在世界始终在转化和形成之中；一旦被赋予书写形式，万物就摆脱了转化，固定下来：一个被固定在文本中的"秋叶"绝不会落到地上，腐烂，六个月以后被春天的新叶所取代。诗人不但给事物一个固定的形状，他还把它们"笼"在一种独特的形式之中。即便是这种令诗人欢呼雀跃的变形能力也无力再造外在世界，而外在世界的最重要的特征是变化力。这就引出了一个问题，陆机在后文将面对这个问题。

第48行 对偶词万物和天地囊括了外在世界的整个范围。这个句

---

❶ "be"一词的斜体和黑体是原作者所加，Nature 的首字母为大写。

第四章 陆机《文赋》

子对施于某种"物"的狂力有一种非同寻常的意识,"物"从内心穿过,在写下来的文字中出现,在弯曲的毛笔的笔端"挫平"。发生在写作的物理行为中的这种削平和挫钝,增强了我们得自于上文的印象:外在世界的万物已经被转化为失去生气的静止状态。[31]

第49—50行 传统对偶词"通塞"是这个对句的主宰。没有被写下来的文在诗人内心膨胀,阻塞在出口处(即唇吻,因为文首先被吟诵出来),然后再从笔端流出来。"燥"和"濡"的对比把这个过程同贫瘠与丰硕的交替联系起来。随着液体从笔端流溢而出,上文那个液体和进食隐喻在这个排尿和射精的暗示(当然是无意识的)中得到完成。有"摄取"和"储藏"(经验和学习的通常隐喻),就得有东西"出来"。这个储藏和突然卸载的隐喻成了后人谈论创作心理学最喜欢使用的模式,例如五个世纪之后,韩愈在他著名的《答李翊书》中这样写道:"(多学之后)当其取于心而注于手也,汩汩然来矣……如是者亦有年,然后浩乎其沛然矣……气,水也;言,浮物也。水大而物之浮者大小毕浮;气之与言犹是也。"[32]"字"和"子"二词在词源、意义和声音上的接近(在陆机的时代可能更接近)支持了这一行所暗含的性隐喻,"字"是文字(同时还有"滋养""生产"的意思),"子"是孩子或种子。在后来的文学思想中有一个小小的传统:用产子的隐喻来谈论作家的作品;同时,一个更强大的传统是把文学作品说成人的身体(就像西方传统把诗歌视为"*sômaton*"即"小身体"一样)。但是,种子意义上的"子"可能与另一个更强大的传统隐喻有关,即以树喻指文学作品,这个隐喻在下面的对句中展开。

* * *

51 理抚质以立干,
52 文垂条而结繁。

51 Natural principle (理*) supports the substance (质*), a tree's trunk;

52 Pattern (文*) hangs down in the branches, a net of lushness.

借助树的隐喻,这个对句概括了中国文学思想中若干基本术语之间的有机关系,诸如"理""质"和"文"。出于方便的原因,西方读者可能会把形式与内容的关系视为一个出发点,但这个树的隐喻所包含的特殊意蕴使中国人对这个问题的想法与此完全不同。

首先,我们应当注意,一种历时关系内在于这里描述的共时关系之中:树和文学作品的基本结构是它们的形成过程;描述它们的组成部分也就是在追溯其形成过程。"理"在干/质之前;干/质先于树干上长出的枝条和叶子。这些术语之间的运动是一个"向外"过程;而考察这些术语则是一个"向内"过程。

"理"是一种普遍结构,它存在于一切活的即正在形成的过程之中:它不是"树性"(treeness),而是"成为树"(treeing),"成为榆树""在贫瘠的土地和缺水状态中成为橡树"❶(虽然"理"在这个具体例子中被视为某种一元的和普遍的运作)。"质"是树的质料,也就是其内在物质性,它被"理"渗透。枝叶的出现也是由理主宰的,但它们没有声称自己"是"物质之树的权力;假如你见到一棵掉光了叶子的冬天的橡树,或一棵被砍光了树枝的橡树,你仍然可以说"那是橡树"(而我们却不能说一堆橡树叶或橡树枝是橡树)。树干有"优先权",它不但在成长过程中优先,而且,它也最有权声称自己"是"树。

"文"是大小枝条和叶子的奢华外表,它是最可见的部分。就植物学的事实而言,多数树种我们可以直接看到树干的样子,但在这里,让我们暂时抛开植物学事实,考虑这个对句的要点:枝叶之文包围了树干,在藏起树干的同时,它也揭示了其形状和特性。"文",也即枝叶之样式,是树木成长的最后一个阶段(暂且不考虑植物学上的一些例外),它是"外化过程"也就是树的成长过程中的最外在阶段。对于未经训练的眼睛,"理"和"质"隐藏在"文"的繁茂外表之下,不容易看到;形

---

❶ 这里的"成为树"(treeing)使用了"长成树"(tree)这个动词的现在进行时态,"成为榆树"(elming)、"成为橡树"(oaking)是从"成为树"的用法中套用过来的。

第四章 陆机《文赋》

式给人一种自治、随意之假象，其实它是高度确定的。在老练的眼睛看来，"理"和"质"就体现在"文"之中；事实上，"理"和"质"（作为内在物质）只有在文中才能得到充分显现。这三个术语构成了一个有机整体：缺少任何一个，另外两个都不完整，都没有生命。这个对句把这些关系表述得如此完整，应当说，这在中国文论中是绝无仅有的（除了清代叶燮的《原诗》）；不过，只要遇见对这个隐喻的任何一种使用，我们都可从中大体推断出类似的关系。

"文"当然是文学文本的丰富复杂性，即"文学性"（literarity）。最重要的是，那个有机的树之喻挽救了"文"的地位，使它没有滑入"模仿"以及"再现"概念所包含的那个复杂的第二性问题中。"文"即文学文本是"内"之"外"，是一个过程的最后阶段。"内"可以通过"文"为我们所知，但"文"并非"再现"它，像一个人的面部表情"再现"他的内心状态那样。"文"在"理"和"质"之后，但它是后者必不可少的补充。被模仿或被再现的东西可以独立于模仿/再现而存在（按现代的说法，即使没有任何事物被再现，原始的再现也是存在的：从第二性向自我指涉性的一个奇怪飞跃）；但"理"和"质"没有"文"就不能完成："内"需要一个有机的"外"，否则它就是"空的"、不完整的。这里做这个对比，不是为了显示，中国传统对"文"的理解优越于西方的模仿或再现概念；只是为了证明，那个在西方文学思想的漫长传统中一直处于核心地位的问题将不会，而且事实上也无法在这里产生。不过，中国文学传统确实产生了另外一些实质性问题。

问题依然是，什么是这个外在之"文"。那个"诗"的理论对这个问题做了最优雅的回答，按照《诗大序》的说法，文学文本是某种内心状态的外在部分，这里指那种符合"志"的条件的内心状态。但"文"是一个更宽泛的概念，它包括一切非虚构散文；在这种用法中，"文"作为一个有机的"外在部分"的理论就不容易证明自己的合理性。假设某人要写历史上的一个事件："理"是贯穿在事件中的原则；"质"是事件本身，即"事实"。"文"，就文本意义上说，则把该事件显现给置身其外的人们，也就是生活在其他时空中的人们。你可以轻而易举地提出这样一个观点：无论写还是不写，事件永远是当时的事件；然而，如果想让这个事件为现在的人所知，让它继续存在，不被遗忘，就得依靠"文"把它外显出来。这里的难点在于"文"的语义范围过于广泛，从"书写的文本"到"修饰"都属于"文"。所以，存在不同情况：一个非常简略的编年史经常被称为"质"，即"实质性的"，并说它提供了"纯粹的事实"（即使它作为书面文本，也可以被称作"文"）；与之相对的是具有"文"之特征的文本，也就是更多"修饰性的"或"文学的"。"文"的模糊性刚好表明了宋代以前的中国文学思想的强大力量，它显示了这样一种希望，希望世界和文学创作之间保持一种有机的关系。宋代许多理论家坚决反对有机关系，他们声称，"文"只是载道的工具：文虽然是传道的必要工具，但它本身不是道的外在形式。这是彻底丧失创作信仰的征兆。

* * *

53　信情貌之不差，
54　故每变而在颜。
55　思涉乐其必笑，
56　方言哀而已叹。

53　Truly mood and manner are never uncoordinate:
54　Each mutation is right there on the face.
55　When thought fares through joy, there will surely be laughter;
56　When we speak of lament, sighs have already come.

情　这里译为"mood"（情绪），指内心每当受到外物扰动时的状态。即使内心处于完美的和谐状态，也就是"没有情"的状态，在人之貌中，"情"也是可见的。"貌"是外表尤其是人的面部"表情"的感觉变化之场所。把它译为"情绪和面部表情"也没有什么不妥。"貌"经常被用在说明性的描述复合词中："……之貌"（如崎岖的山岭之貌，太阳

第四章 陆机《文赋》

初生之貌，疑惑之貌）。因此，"貌"既非静态的形状（景），亦非颜色（色），而是揭示某种品质（在这个例子里，"情"）的外在特征。陈世骧把这个句子译为"should never fail to correspond"（应当不差），这个译文没有表达出这里的极端性：二者"绝对不差"。

变　这里指情绪或情感（情）的变化。

涉　这个动词与情绪或情感用在一起不太常见，这大概是从它的引申义发展来的，其引申义有点类似"经验""通过某物"，以至"一直在某物之中"。钱锺书认为这句话是在回味以前的快乐体验。动词"涉"本身无法支持这种解释；如果说这里确实指回忆或阅读，也不妨说它是对世界的原初体验。

必笑　钱锺书认为做出"笑"的反应是因为想起了以前的快乐，他还暗示，读者也可能笑。这是可能的。可是，除了肯定内心状态和外在面貌一模一样以外，这一行文字并没有暗示任何别的意思。这里的措辞使我们大可以认为，这也是读者的情感反应。与下面的句子联系起来考虑，"必笑"的意思还有一种可能，虽然可能性不大："［思涉乐之时，］人必然是已经在笑了。"换句话说，若想恢复"平静中回忆起来的"体验或为表现该体验创造一种情感，必须先有真实的体验。[33]

方言哀而已叹　钱锺书认为，这是在实际创作之前浮现在记忆中的体验之叹息；可是，在这个例子里，我们似乎应当把它们读作真实的情感反应发出的叹息，它必然发生在写悲哀之前。这里潜藏着《诗大序》的那个显现过程：第一步，先是体验（乐），随后是声音表现（笑）；第二步，先是语言表现，随后是纯粹的声音表现（叹）。

陆机以肯定的语气说出了这样一个原则：内与外完全相符。树的隐喻就是以内外相符原则为基础建立起来的，事实上所有早期中国文学思想都以这个原则为基础。陆机感到用树的隐喻不容易说明这个原则，所以他就转向了更贴近文学实际情况的例子，也就是"情"与"貌"或面部表情的关系。这里提出的原则与西方文学思想中的一个根深蒂固的假定刚好对立：只有把真理置放到虚构之中或他者的面具之中，它才能得到最好的表现。这个西方的假定在奥斯卡·王尔德❶的一个著名格言中找到了极端而奇特的个人化表达:"当人以自己的身份说话,他就最不是他自己。给他一个面具,他就会把真话告诉你。"〔34〕

不仅每个情绪明显表现在作品中,甚至情绪的转变(变)也显示在外在表达的变化之中。就像王尔德的面具理论一样,如果我们说陆机的"情貌之不差"的主张也是因为害怕欺骗性的外表而引起的,大概也不算什么荒谬之谈。换句话说,两个传统皆试图回应欺骗和谎言的危险,并把文学的基础放在对这个危险的回应上。陆机在这几行里提出的极端主张是一个充满希望的承诺:只要你懂得如何观或读,真实的内在状态就能得到揭示。如果你察看一个骗人的外表,你应当有能力看出"它隐藏了真实情感";老练的观者和读者不会被欺骗。你只能透过表面来阅读内在状态;如果里面有欺骗,欺骗及其动机都是你将看到的部分。我们对陆机的理解始终不离孟子那个"知言"的主张(见第一章)。

即使陆机这个情貌完全相符的原则可以包纳有意欺骗的、成问题的情况,他这里谈论的却是直接的、没有问题的例子。他使用了两个基本情感来囊括情感的整个范围(见第5—6行的解说)。陆机这里似乎同时表达了另一个根本原则:情绪在显现过程中的再生,具体地说,创生性的情绪内在于文本之中,然后在阅读文本时再次出现,也许,按照钱锺书的看法,情绪是在回想那个发生在创作之前的创生性体验时,再次出现。

内心的原初状态或"情"通过文本得以再生,这是另一个充满希望的承诺。如果我们把它理解为,可信的文学表现只能发生在真实情感中,恐怕难以站得住脚。但是,如果我们把它理解为,作家的内心状态可以完美而准确地在读者那里再生,那么,我们就遇到了一个困难重重的承

---

❶ 奥斯卡·王尔德(Oscar Wilde, 1854—1900),爱尔兰作家、诗人,唯美主义的主要代表,作品有长篇小说《道林·格雷的画像》等。

第四章 陆机《文赋》

诺,其难点比内外完全相符原则的难点还要多。

* * *

57　或操觚以率尔,
58　或含毫而邈然。

57　He may have grasped the tablet and dashed it off lightly,
58　Or may have held the brush in his lips, [his mind] far in the distance.

快捷的创作或迟缓的、反思性创作构成一对,类似的对照一直贯穿在《文赋》中(也贯穿在后来的佛学关于顿悟与渐悟的争论中)。汉语中的修辞性对偶经常有这样的情况:本来是两种可供选择的过程,但看上去二者却可能是共时的。我们上文已经看到了一个偶对,用以描述一个过程的若干阶段:首先是精神的漫游,它累积材料,材料在作家干燥的嘴唇停留片刻;然后再倾注到笔端。这个渐与顿的对偶在这里表现为两种可供选择的写作模式(也可参考第 221—224、229—230、235—248 行)。我们还应当注意,渐进的情况大体相当于那个树的隐喻,而迅疾的显现则相当于那个顿时表现在脸上的情绪变化。

* * *

59　伊兹事之可乐,
60　固圣贤之所钦。

59　In this event can be found joy,
60　Firmly held in honor by Sages and men of worth.

这个一般性的评论是个过渡句,它也可能回应了那个圣人"作"而贤人"述"的传统(见序言三)。把乐和伦理价值("钦")结合起来,在儒家传统中不绝于耳。请注意,陆机这里特别提到"事",它的具体所指

129

是创作活动而非作品。

从《论语》的第一个句子开始，❶ 中国传统就充满大量关于乐的说法。钱锺书引述了一系列例子，把写作视为减轻悲伤的手段；但这与该活动的纯粹乐趣大为不同。不过，在钱锺书所列举的例子中，曹植一封书信中的片断确实与这里的情况十分切合："……固乘兴为书，含欣而秉笔，大笑而吐辞，亦乐之极也。"❷ 同18世纪西方的情况相仿，在中国，文学经常与游戏联系在一起，更确切地说，与自由、惬意、摆脱世界的限制和要求联系在一起。在《论语·述而》中，孔子先提出若干义务和道德律令，最后以"游于艺"作结。❸ 虽然孔子所谓"艺"指各种高贵的消遣，可能不包括文学创作，但该词的意思到汉代发生了变化。汉代以后，当多数人再想到孔子这里所说的"艺"，他们首先想到的是文学。

* * *

61　课虚无以责有，
62　叩寂寞而求音。

61　A trial of void and nothing to demand of it being,
62　A knock upon silence, seeking sound.

第61行 "课"（"努力尝试""考察""根据标准评估"）在这里的使用很不一般，它的任何一个通常意义都不能圆通这个句子的意思。不像下一行那么活跃，在这一行，作者似乎"课虚无"，看它本身能不能像宇宙发生之初那样生出有。不过，也可能作者本人在做这个虚无的尝试。据有些说法，"虚无"是宇宙的原初状态，"有"或"存在"从虚无中发生。

---

❶ 《论语·学而》："子曰：'学而时习之，不亦说乎？有朋自远方来，不亦乐乎？'"
❷ 引文见曹植《与丁敬礼书》，见《全三国文》卷16，见《全上古三代秦汉三国六朝文》，中华书局，1958年，第二册，第1141页。
❸ 《论语·述而》："子曰：'志于道，据于德，依于仁，游于艺。'"

第四章 陆机《文赋》

这一段文字有可资比较之处，因为它直接提到第二宇宙发生论和无中生有论，二者在西方文学思想中皆有表现。可是，细一思考，这里的诗人似乎更像是接生婆，而不是创生者。他迫使（或试图迫使）"无"再次生产"有"，他"课虚无"，但他的意志所扮演的角色是有限的：如果某物被产生，我们说他的意志发挥了作用，那是基于"有某物产生了"这样一个事实，甚或基于那个被产生出来的物这个事实，但意志本身并没有产生某物。这里所描述的"创造性"诗人所扮演的角色不同于西方的二次创生观念，这种观念体现在文艺复兴时期的作品中，如薄伽丘的《十日谈》，斯卡利格的《诗学》❶以及西德尼的《为诗一辩》，❷ 二者的不同不仅在于前者缺乏一个神学模式，而且也在于前者所持的自我概念。很明显，被生产的文学之"有"确实是从陆机所说的自我中出现的，但是，意识和意志的场所——"心"——不是内在自我的整体；毋宁说，"心"在微观宇宙的虚无中移动，从中引发出"有"，也就是文学作品。

第 62 行　虽然诗人在这里处在一个更活跃更具生产性的关系之中，但诗人仍然在"寻找"而非"制造"：像上一行一样，在这里，声音经由心和自我内部其他事物之间的动态关系而产生。请注意"叩"与第 35 行的"咸叩"是同一个字。

在理解文学文本之创生的各种模式中，宇宙发生论在中西方皆为最有影响力的模式，正如自然一直是理解文本之动力的最有影响力的模式。传统中国知识阶层对宇宙发生论持有这样一种主导性观点：存在（更确切地说是"有"）从虚无（更确切地说是"无"）中自动产生。然而，与宇宙之发生不同，文学的"发生"需要意识，意识在该过程中的作用是个很麻烦的问题。为解决这个问题，陆机提供了一个机智的途径：心既非造物主，亦非毫不介入的旁观者，心是发动者，一种中介，它发动并

---

❶ 斯卡利格（Julius Caesar Scaliger, 1484—1558），文艺复兴后期的意大利学者，古典主义文论家。《诗学》中文选译，可参看章安祺编订《缪灵珠美学论文集》第一卷，中国人民大学出版社，1987 年。
❷ 西德尼（Sir Philip Sidney, 1554—1586），英国诗人和文论家。

驾驭一个自然过程，最终把"有"和"音"召唤出来。

* * *

> 63　函绵邈于尺素，
> 64　吐滂沛乎寸心。
>
> 63　He contains remote distances on a sheet of writing silk,
> 64　Emits a boundless torrent from the speck of mind.

函　李善根据《诗经·毛传》把"函"和"含"等同起来。不过，"函"具有稍微不同的语义内涵："容纳""足够大，以至可以包容"，这个意思更符合这里的语境。

尺素　"尺素"到后来变成了单纯的"书信"，但在这里，它仍保留其作为一个物件的意思，也就是"一尺丝"，各种作品皆可留迹其上。为维护句子的修辞（与"寸"相对），一"尺"在这里就够长了（在陆机的时代，一"尺"大约24厘米，虽然"尺素"指大略的而非精确的一尺）。

寸心　一寸大约2.4厘米；人们普遍认为，意识的场所"心"有"方寸"之广。

在上一个对句中，偶对被安排为过程中的某个阶段：有从无中出现，声音从寂静中诞生。在这个对句中，偶对被展现为矛盾的一对：广阔的空间包纳在一尺之内，急流从一寸中迸发。前面那个消化和排泄的隐喻在这里找到了同伴——凝缩和扩展运动，其中，诗人和文本是一体的。广阔的外在世界似乎进入内心的狭小空间；从那个狭小空间中涌出词语或思想的急流；急流以及它在广阔宇宙的源头被再次凝缩到"尺素"之中。陆机在赋的开头关心创作过程的一个阶段是否足以支持下一阶段。足不足的问题一方面关系到质，这在上文的符合理论中已经讨论过了；或许更重要的方面是量，陆机对外在世界的多样性和复杂性十分着迷，

第四章 陆机《文赋》

他必然感到纳闷,这种丰富复杂性靠什么原则才能凝缩到有限的文本之中。要解决量上的足不足问题,并把理解的作用预设为有限文本的有机扩展,这些凝缩和扩展运动是必不可少的,有了凝缩和扩展,大就可以被小容纳,小就可以再造大。

* * *

65　言恢之而弥广,
66　思按之而逾深。

65　Language gives it breadth, expanding and expanding;
66　Thought pursues it, growing deeper and deeper.

　　这个对句的语法和意思都极其难解。我跟从五臣注,把"言"和"思"当作动词的主语(五臣注的意思相当于"通过语言来扩展它",第二行与此类似);但许多注家把"言"和"思"视为动词的宾语,这样,句子的结构就变成:"言——恢之而……;思——按之而……"〔35〕

　　按　"按"在这里可能指"抑制"或"调查"。根据这两个意思,可以把这一行的各种可能解释大体区分为两类:通过强化性组织过程,语言的扩展运动受到制衡,所以思约束了语言的扩展;或者,我们应当一边扩展对语言的处理,一边更深入地追踪思想。如果我们把"思"视为"抑制"之"按"的对象,那么,这个被明显抑制了的"思"就具有了一种深度感,似乎还有若干未明说的东西。

　　这个对句的难题是整个《文赋》之难题的一个缩影:由于使用熟悉的偶对,这两句初读起来非常顺畅;但稍一思考,各种可能性就纷至沓来,你所找到的任何简单的"意思"都被这些可能性弄模糊了。这两句的用词显然与第61—70行所处理的"扩展"和"凝缩"母题有关:"言"关系到扩展,"思"所求之"深"则与紧张的凝缩运动有关。汉语修辞的排列有一个明显特征,那就是,依事物的发展顺序来表现事物:先出现的事物先出场(我们在后文将对这个观点作进一步分析)。因此,"男孩气喘吁吁，因为他跑得太快了"这个陈述就"倒"了；正常顺序应当说"他跑得太快了，结果气喘吁吁"。如果这个对句确实在讨论创作，那么，恰当的次序应当先说"思"（加上同系列的词如"意"），然后再说"言"。而目前的次序则允许读者做另一种解释（大体采纳钱锺书的意见），其中，"思"指阅读和理解文本的过程：读者首先遇到语言，在语言处理之丰富多样或联想之丰富上作进一步扩展；然后，读者才能更深入地追踪其内涵。

另外，我们也可以不给这里的次序（先言后思）赋予任何意味。"思"把一个问题"按"至其深层，它可能发生在丰富多样的语言处理过程之中："随着词语愈来愈广博，思想愈来愈深入。"如果我们把"按"视为"约束"，它可能指一种矫正性的平衡，《文赋》在其他地方提到过这种平衡作用：词语似乎很容易走向泛滥，所以需要一种来自思想的约束力（参考以第33行开头的部分，以及第75—76行）。除此之外，还有一些解释也有合理性。对于这样的对句，若想确知陆机的原意，简直是不可能的：读者携带着若干期待来迎接此类句子，那些期待来自他以前读到的东西，既包括本赋前面的内容，也包括其他文本。既然歧义重重，这个对句不大可能告诉读者任何他不想听到的东西。

下面的句子提到香与风，二者跟文学的影响力关系密切，基于这一点，我认为这几行所谈论的问题可能也与文学的影响力有关。我们随着陆机这篇赋的节奏，从外在（或内在）世界的丰富事物，走向"寸心"和"尺素"中的凝缩，下一步应当是扩展，它发生在阅读过程，有限语言的丰富联想以及"思"对高度凝缩在语言中的意味之追求都将参与其中。在下面的对句中，扩展运动更进一层。

* * *

67　播芳蕤之馥馥，
68　发青条之森森。

69 粲风飞而飙竖,

70 郁云起乎翰林。

67 It spreads the rich scent of drooping blossoms,

68 Produces the dark density of green twigs:

69 Sparkling, the breezes fly and whirling gusts commence;

70 Swelling, clouds rise from the forest of writing brushes.

谈到文学过程的最后阶段,陆机又回到那个树的隐喻,尤其是叶子和枝条的外在形貌,即"文"的领地(第52行)。后来,植物生长的语言在风格和情绪语汇的发展中变得非常重要(例如"枯""光秃的树枝",贫乏、粗糙的风格)。这里,开花的树木的芳香为美好的声誉提供了一个隐喻,香来自"风","风"是形容文学影响力或感染力的基本词汇。从凝缩到"寸心"再到写下的文字("字"可以跟"子"即"种子"联系起来),一片拥有如此复杂外貌的繁茂森林已经成长起来("翰林"即文学世界)。这几行文字为《文赋》的第一部分作了总结:从创作的前提条件,进入实际创作前的反思过程,再发展到如此繁茂的外观,其芬芳自然在微风中向外散发。

* * *

71 体有万殊,

72 物无一量。

73 纷纭挥霍,

74 形难为状。

71 There are ten thousand different normative forms,

72 The things of the world have no single measure:

73 Jumbled and jostling, fleeting past,

74 Their shapes are hard to describe.

体　所有注家皆把"体"视为"文体",所谓"文体"可以指文类,即各种场合和题目(亚文类),以及标准体裁(或许可以参考曹丕所说的"文非一体");也可以指为更有效地处理各种题目在各体之中产生的变体(如果是后一种情况,我们可以把这个句子译为"在各体之中有千差万别")。考虑到文学和外物(二者皆为诗人的选择提供材料)之间相互匹配的共同结构,在文学思想史的这个阶段还不能完全排除"体"的后一解释。程会昌这样解释第71行和第72行之间的关系:"文体之殊途,由于物象之有别。"也就是说,文学规范形式的多样性来自外物的多样性。这种解释存在两个问题:首先,文学的规范形式即"文体"通常指不太多的有限几个文学类型(虽然文论家也经常谈论某一具体文体的无限变体);第二,像文学一样,外物也有"体"(见第99—100行的解说)。假如这里的"体"指事物的种类,那么说"万殊"也不算夸张;而且,整个这一段的意思似乎限制在描述事物瞬息万变之形状的困难上。还要注意,复合词"体物"刚好是作为文类之"赋"的定义(第86行)。因此,这里最好(像陈世骧那样)把"体"理解为外物的"规范形式",而不是文学"形式"。[36]

无一量　它的意思是指:事物是多样的,没有什么衡量标准,或者没有什么标准可以同等适用于一切事物(如大小、颜色、数量等)。

纷纭挥霍　这是两个描述性复合词,前者描述无序和繁多,后者描述迅疾的运动。

形　"形"就是第47行的"形",诗人"笼天地于形内"。在古汉语里,关于"形体"有许多相互重叠的词,但它们的语义内涵存在明显不同。为说明它们在语义上的不同倾向,可以举几个粗略的例子:"体"可以是"身体"一词中的"体",而"身"可以是"我的身体"中的"身";如果你观看某人的具体姿态、具体时刻的身体,你可以把它视为"体",也就是我们所说的人体。如果说某物"有体"或"有形"(或反过来,如果它"无形"),那么,"形"可能是一个恰当的词。如果一段木头被雕刻成人的样子,"人形"可能是一个更合适的复合词,而"人

第四章 陆机《文赋》

体"则不太合适。因此,"形"通常指一般意义上的体,尤其是外形;而"体"通常指具体的规范形式或规范形式的概念,而且通常包括一个事物之"形式"的整体,而非仅指其外形。

状　状是另一个表示形式的词,它指"样子"或"姿态",这里用作动词,其意思类似"捕捉其样子",所以也就是"去描述"的意思。在这里,甚至在整篇《文赋》中,我们可以体会到,作者一方面对外在世界的无限多样性和瞬息万变性感到着迷,另一方面又意识到语言无法充分表现其多样性。用西方的术语来说,外在世界是"生成"(Becoming)世界,而语言世界是"存在"(Being)世界,这里面含有一种深刻的直觉,直觉到存在必然是某种语言事件。❶ 创作是从"生成"的世界到"存在"的世界的一种转化;这是一种掌握性活动(第47—48行),一种赋予某物以持久性的活动(第251—262行),然而,它也是一种充满危险的活动,因为语言在某些基本方面可能无法充分呈现外在世界的本质特征。

* * *

75　辞程才以效技,

76　意司契而为匠。

75　Diction displays its talents in a contest of artfulness;

76　Concept holds the creditor's contract and is the craftsman.

辞　"辞"的语义范围比英语"diction"一词宽得多。它既可指一般意义上的语言,也可指具体的言说、动词"措辞"、"华辞"。"辞"用在这里与"意"相对,"辞"没有被视为"意"的产物,相反,它被视为一种被自身的冲力驱使的修辞性铺排,这种活动必须接受"意"的控制。

效技　李善和许多后世注家用"表现"解释"效",于是把这一行

---

❶ 关于 Becoming 与 Being 的翻译,见第一章的译者注。

的意思解作:"辞显才现技。"其实,这只是"效"的一个合理的外延意义,所以,我宁愿取其词源意义"评估"和"竞赛":人们经常使用竞赛语来谈论技艺表演。因此,似乎每个辞都想比前一个更美。[37]这种竞赛有丧失秩序与和谐的危险,针对这种危险,下一行做了回答。

意司契 "司契"指在借贷合同中掌握债权人一方的合同。《老子》第七十九章"有德司契"已经具有比喻意义,也就是说,有德者司契,虽然他不向人民索取任何东西。[38]陆机用这个词指有限而非绝对意义上的"处于控制之中",类似英语的"占上风"。意与辞的关系是管理与被管理的关系:意既非创造者也非绝对主宰者,毋宁说,它有权力管理、组织、约束语言,使其不会过于炫耀。这个暗含的管理隐喻也出现在"匠"一词里,"匠"在这里取其基本意思即"匠人",但该词经常用以指政治家对权威的娴熟运用。

我的翻译把重点放在辞的自治性的危险上,如果把重点放在作家的不同冲动上,也可以这样翻译:

> Through diction he displays his talent and competes in artfulness;
> Through concept he holds the creditor's contract and acts as the craftsman.
> 通过辞,他展示才能,竞赛技艺;
> 通过意,他控制局面,俨然一个匠人。

外物和语言的样子存在相似性(也许文学形式也是如此):二者皆繁茂、多样;二者皆因丰富而难以控制。限制和组织它们的主要手段是"意"。在上文,陆机已经流露过他对"意不称物"的忧虑,在这里,意的功能恰恰是管理这种多样性。作家的意识被稠密的事物和词语所充满,其丰富性令他着迷,但他始终面临走向混乱的危险,因此,作家的任务是管理它们,让这些多样、复杂的东西和谐运作。在陆机的《文赋》中,"意"的概念一直在发生有趣的变化,它起初指组织的一般原则,后来渐渐获得有意识控制和意图之意(例如在这里),最后变得非常类似"有目的的、统一的意义"之意（见第 123—132 行的解说）。

*　　*　　*

77　在有无而黾俛，
78　当浅深而不让。
79　虽离方而遁圆，
80　斯穷形而尽相。

77　There he strives between being and nothing,
78　In deep or shallow, not giving up.
79　Though it may depart from the geometry of circle and square,
80　He hopes to exhaust the limits of shape and countenance.

第 77 行　这一行和下一行非常隐晦。钱锺书正确指出，"有"和"无"是回过头来指文学作品诞生的瞬间（第 61 行）。不过，考虑到下一句的意思，这里说的不是绝对意义上的发生论，而是那种诗人希望充分表现万物的发生论。

第 78 行　程会昌引《诗经·邶风·谷风》的诗句，对这一行做了比较可信的解释。诗曰：

就其深矣，
方之舟之。
就其浅矣，
泳之游之。
Where the water was deep,
I crossed it with a raft or boat;
Where the water was shallow,
I swam it and waded through it.

把这几行诗运用到这里,该句的意思就变成:无论在什么情况下,诗人都不会放弃。这种解释的最大好处是使这个十分隐晦的句子获得了一个明确意思。可是,这种解释缺乏有力的根据。[39]

第79行 李善注曰:"方圆为规矩也。"规矩即圆规和木匠的直角尺。方圆暗指固定和一贯的论述规范,正如它们也可暗指伦理和行为规范。[40] 该句的主要意思是说,为了捕捉万物的具体情况,允许违反预先给定的固定而一贯的规范(这种情况类似人体解剖图中的身体各部分的比例,在画一个具体身体时,作画者发现,有时必须打破规范的比例)。一方面,陆机这里可能指纯粹的文学规范;例如,赋这种文体应当以特定的方式处理其题目;但对于有些题目(我们正讨论的题目"文学"就是极好的例子),作家倒愿意背离种种规范。另一方面,"方圆"可能携带普遍的伦理意味;如果是后一种情况,它的意思是指在描述人、事之时不必拘泥于固定的标准。不论把该原则运用到哪一种实践之中,陆机都在强调,对象自身的具体情况应当是决定性因素。

按照这一段(第71—80行)的说法,文学艺术必然是描述性的,或更恰当地说,文学"使万物得以显现"。万物以其微妙、多样和变动不居躲避我们,为了恰当表现它们,作家必须控制自己炫耀辞藻的冲动,要尽力符合对象,尽管为了做到这一点,有时必须背离某些规范。

* * *

81　故夫夸目者尚奢,
82　惬心者贵当。
83　言穷者无隘,
84　论达者唯旷。

81　Thus to make a brave display for the eyes, prize extravagance;

82　To content the mind, value the apposite.

83　That the words run out is no impediment:

84　Discourse attains its ends only in broadening.

第四章 陆机《文赋》

这一段的极大困难突出表现了汉语修辞的特点。正像我们上文讨论过的若干例子，读者对句子的理解在极大程度上取决于他对该段内容的期待；这些期待来自读者在开始阅读前就已确定的若干假定，进入阅读之后，这些期待则来自他对前面段落的解释。主要难点首先在于第81行和第82行是互为补充还是互为反对；第二个难点是，应当把"言穷者"理解为"语言穷尽了"，还是"费力言说存在的人"，应当把对句中的"论达者"理解为"达到极点的言说"还是"谈论其成功的人"。

让我们先看钱锺书怎样评价李善的注释：

> 按李善注："其事既殊，为文亦异：故欲夸目者，为文尚奢；欲快心者，为文贵当；其言穷贱者，立说无非湫隘；[41]其论通达者，发言唯存放旷"；何焯评："'故夫'二句语意相承，注谬。"善注四句皆谬，何所指摘未尽，其谓"夸目""惬心"二句合言一事，则是也。"故夫"紧接"期穷形而尽相"来，语脉贯承，皎然可识。"言穷"之"穷"是"穷形"之"穷"，非"穷民无告"之"穷"，"论达"之"达"是"达诂"之"达"，非"达人知命"之"达"；均指文词之充沛，无关情志之郁悒或高朗。"穷形尽相"，词易铺张繁缛，即"奢"也；然"奢"其词乃所以求"当"于事，否则徒炫目而不能餍心。"惬心"者，适如所"期"；"唯旷"与"无隘"同义，均申说"奢"。不迫促而"穷"尽其词，能酣放以畅"达"其旨，体"奢"用"当"，心"期"庶"惬"矣。[42]

在李善的时代，"奢"很可能带有强烈的轻蔑味道，它大概与"当"刚好互相对立；因此，唐代批评家认为第81行和第82行互为对立。以其本人的个性和20世纪的时代精神，钱锺书认为"当"紧承"奢"而来，所以他把第82行视为第81行的实现。考察陆机时代的美学价值，我们发现"奢"字有时确实包含轻蔑之意，但有些时候，令人目眩的华丽辞藻也具有积极价值。看来，我们找不到任何清晰的证据，以确定这个对句是互为补充还是互为对立。[43]

钱锺书和李善的意见皆不失为有道理的解释，在不拒绝二者的情况下，我倒愿意提出第三种解释，我以为它可以更好地捕捉到陆机该赋的风格。我取李善的意见，选择"奢"和"当"互为矛盾的观点，但我认为，二者并非代表两种不同类型的作家，而是体现了创作中的两种相反的冲动；而且，我怀疑二者皆是被肯定的。陆机该赋始终在平衡和互补中展开：代表某一方向的主张经常需要受到来自反方向的主张的限定和控制。因此，陆机坦然承认"离方而遁圆"是必要的，而它自然会导致"奢"；他确实在鼓励我们"奢"，但"奢"受到了与之相反的需要即"当"的限制，以免过分。

对于第 83 和 84 行，我也不同意李善和钱锺书的看法。《资料》引孙广，孙广这样解释这两行的意思："言穷无隘者，言虽尽而意有余也"，"论之达由于识之广也"。孙广对第 83 行的解释诉诸 9 世纪后中国文学思想所最珍爱的一个原则——言有尽，意无穷。钱锺书把"穷"字的这个用法即"穷尽"与它在第 80 行的用法联系起来，他这样做是有道理的，但孙广对"穷"的解释（言被穷尽）比钱锺书的解释（言穷尽它，也就是对形貌作穷尽性的描述）更自然。不仅如此，孙广的解读更贴近陆机在上文表现出来的那种对广阔与局限之间的相互影响的迷恋：万物和天地都容纳到写作之中（第 47—48 行）；无限的空间被包含到一小块丝布之上（第 63 行）；无边的急流从方寸之心奔涌而出（第 64 行）。这一行文字肇端于陆机对扩展和凝缩之节奏的迷恋，它第一次从理论上陈述了中国文学传统关于意义可能超出文本之外的思想。可以把这几行的大意描述如下："为穷尽事物的形貌，语言被耗尽了，这并不妨碍你实现自己的目标，因为你的目标只能在语言之外实现。"

孙广对第 84 行的解释，至少前半部分，肯定是对的：这里的"达"似乎是对《论语·卫灵公》"辞达而已矣"的正确引用。认为陆机不是儒家，所以不会引用《论语》，这实为一种意识形态的偏见，《文赋》全篇不断征引《论语》。所有注家皆以"旷"为"广"，孙广把"广"解释为

"识之广",这可能是后世古典诗学的另一成见,可是,把"广"与"识"联系起来完全不符合这里的语境。"广"又见第65行:"言恢之而弥广",二者语境类似。钱锺书对"广"的解释紧承此意("言不穷则不精");然而,在我看来,如果不能对前一句提出站得住脚的解释,这个看法仍不合语境。所以,我的意见是,"广"承接无隘,含义之"广"发生在理解过程,有了它,话语才能"达"。

根据我的看法,这几句的意思及其语境可以总结如下:即使需要背离规范,作家仍需不遗余力地去捕捉事物的全貌和特性;奢华的描述会使读者着意于事物外在的繁复性,但你仍须努力以恰当的描述来满足人的这个心愿。诚然,你无法把你的对象完全诉诸语言(序言部分已经坦白承认,这是有关文学这个题目的一个实情);可是,即便语言穷尽了,你仍会发现,这并不妨碍你充分表现你的对象:只有把意义扩展到语言之外,辞才可以"达"(孔子说,"达"是一切写作的目标)。

尤其要注意"言"和"论"的对比。这里的"言"基本上指"言说",它局限于实际使用的语言。"论"是完整的话语(或"论证"),它是全体,它超越了一切具体主张(个别言说意义上的主张),个别主张包含在它之中,是它的组成成分。解释的多样性恰好为辞如何超越言语的限制以实现"达"(尽管不无分歧),提供了一个明证。正是古代汉语的省略特质和古典中国思想的这种主张,特别推动了传统中国文学思想"言外之意"理论的形成。与此同时,在这几行所引发的多种解释之中,我们已看到它们为注家留下了大量反对的余地,注家们均试图把通过"言外"获致的话语带回到有限之言的领域之中。

* * *

85 诗缘情而绮靡,
86 赋体物而浏亮。
87 碑披文以相质,
88 诔缠绵而凄怆。

89　铭博约而温润，
90　箴顿挫而清壮。
91　颂优游以彬蔚，
92　论精微而朗畅。
93　奏平彻以闲雅，
94　说炜烨而谲诳。

85　The poem (诗*) follows from the affections (情*) and is sensuously intricate;

86　Poetic exposition (赋) gives the normative forms of things (体—物*) and is clear and bright;

87　Stele inscription (碑) unfurls pattern (文*) to match substance (质*);

88　Threnody (诔) swells with pent-up sorrow;

89　Inscription (铭) is broad and concise, warm and gentle;

90　Admonition (箴) represses, being clear and forceful;

91　Ode (颂) moves with a grand ease, being lush;

92　Essay (论) treats essentials and fine points, lucidly and expansively;

93　Memorial to the throne (奏) is even and incisive, calm and dignified;

94　Persuasion (说) is flashy, delusory and entrancing.

第 85 行　李善把它与《尚书》中"诗"的词源学定义和《诗大序》对此的阐发联系起来："诗以言志，故曰'缘情'。"陆机此句固然植根于那个传统的词源学定义，但他以"情"代替"志"，其意味非同寻常，"诗言情"被视为理解诗歌的一个分水岭，成为后世一个不小的谈资。从"诗"在《尚书》和《诗大序》那个关于诗的经典定义中被使用的情况看，"诗"很可能具有广义的心理学意义，其中，社会和伦理关怀

第四章 陆机《文赋》

无法逃脱一般的内心关怀;这里采取的广义译法"What is intently on the mind"(怀抱)来自"志"的广义意义(它从来没有彻底消失过)。东汉《诗经》解释学传统大大缩小了"志"的范围,使它仅限于政治和伦理内容:"志"特指人的政治雄心、社会价值和个人目标。按照陆机对它们的理解,"志"的限定意义或许对于《诗经》已足够了;但这种被严格限定的"志"的概念对于陆机时代的诗歌实践显然过于狭窄。通过以"情"代"志",陆机"扩展"了"诗"的原初定义,以便更精确地说明诗歌的真正范围。用以描述"诗"之特性的"绮靡"一词很难界定,尤其在这个时代,其使用历史尚不长。"绮"是该复合词中起决定作用的语义成分,"靡"很可能主要是为了声音好听才加上的,虽然它也携带强烈的"纤细"之意。"绮"字的本来意义指一种有花纹的丝织品,其花纹不是织入丝布中的那种。大略在陆机的时代也就是魏晋时代,"绮"字开始作为形容词使用,用以描述各种迷人、复杂的样式。以"绮"字构成的复合词在该阶段尚未携带任何贬义的暗示(该词后来的贬义色彩使这一行文字受到明清批评家的猛烈攻击)。"绮丽"就是这些复合词中的一个例子,它比"绮靡"稍早,后来用以暗示"诱人的"、但本质上"轻浮的"美。〔44〕"绮靡"描述色彩鲜亮的、复杂的、诱人的事物。〔45〕请注意诗歌的本质特征在这里不是"理"或个人对社会现实的参与(虽然它也绝不排除这个意思),而是捕捉内在生活之"质"。

第86行 何谓"体物"是这一行的核心问题,我把"体物"译为"给事物以规范形式"。到了陆机的时代,赋喜欢处理一"物";被表现的"物"通常是一个常规类型,而不是一个具体事物。如果题目是鹧鹕,那么作者就写"鹧鹕"这一类,而不是哪一只鹧鹕。这种植根于具体场合的赋(这个时期的赋,大多如此)喜欢以常规语汇而非具体语汇来处理经验。因此,陆机的同代人左思作了一篇《三都赋》,为反对前人同题赋中所表现的幻觉和夸张,他采用了与前人文学资源细心磋商的办法:一篇京都赋的兴趣不在对京都的个人体验,而在共同拥有的有关京都的知识。这种"规范形式"或"规范性体现"的观念暗含在"体"这个词里。

因此，赋的作者"给事物以规范性体现"，也就是描述它的各个部分，各个本质方面以及它的各个形成阶段。许多注家把"体物"简单地解释为"描述事物"。不过，徐复观的考虑更细了一层，他把该词解释为"表现物，而与物合为一体"，他的意思是说，题目之体或被探讨之"物"决定了赋的形式。与这种活动相称的特质是"浏亮"：使那些规范特质似乎就在眼前、被清楚地看到。保留暗示和个人性联想不是赋的品质。[46]

第87行　要理解各文体的所谓"特有"特征，最好考察其对立面。诗最忌"平"，平则不能捕捉内在生命的复杂性，所以，诗就不能像赋那样仅仅陈述情感范畴（"我难过"）。赋则相反，如果让事物隐约不明，不能把它鲜亮地展现在我们面前，就不是成功的赋。碑的失败则表现为另一种不相称：某个事迹或某人一生的事迹需要纪念；如果不表现在"文"里，那些事迹就无法为我们所知。诔的作者必须保持在对基本事迹的揄扬和省略之间；他的写作方式必须与被纪念的事迹相匹配。至于"文"和"质"的关系，见第51—52行的解说。"相"值得一说，这里译为"相配"，其基本意思是"帮助"事物"配对"。[47]这里使用"相"说明作者承认"质"（"实质""事实"，一个人的所作所为和一个人的真实情况）的优先性，同时暗示"文"是"质"的必要补充。钱锺书提出，把经常不入韵的碑文也列在这里，说明陆机所使用的"文"指广义上的"美文"的早期意思，而非其狭义上的"韵文"（六朝文人后来试图限制"文"的意义，但不成功）。

第88行　"缠绵"即内心涨满或纠缠在一起，它是描述情感尤其是哀伤之情的若干复合词中的一个。"缠绵"的字面意思更强，"全部缠绕、纠结在一起"。"缠绵"还是一个庞大的隐喻家族（包括活的和死的隐喻）中的一员，在那里，情感被描述为"丝线"（其最终根据是"丝"和"思"的双关）。这个隐喻家族支持了另一个关于文学作品的通常隐喻，即把文学作品视为某种织品，尤其是一块复杂精细的织锦。应当注意，透过与诔相符的这些特质，我们也就知道了该文体面临的最大危险——"冷淡"或缺乏真实情感。

第89行 "博约"当然是矛盾的。李善给出了一个合理解释:"事博文约。"铭经常被刻在一个不大的物件如礼器、镜、剑之上,它让我们看到了一个有趣的方面:文体的物质层面对风格特质的影响。"温润"用以描述君子的性格特征;它与温柔顺从有关,经常与儒家价值"仁"联系在一起。"铭"本身不要求"温润"与之相配,"温润"一词出现在这里似乎是为了平衡下一行"箴"的严肃特征。

第90行 被译为"represses"的"顿挫"是一个有趣而重要的词,该词在后来的使用中渐渐获得了更广泛的意义(各种表演活动和文学文本"运动"中的运动特征)。"顿挫"描述对立状态之间的迅速变换,"顿"向另一方,一种突然的压制——从快速、狂热的运动转向静止,从快乐到沉思等。这样的转换十分符合箴的效果。有些注家不强调"顿挫"对该文体社会功能的影响,把这个复合词仅仅视为文学作品自身的约束或隐约方式。

第91行 我把"优游"自由地译为"moves in grand ease"(悠闲地游动),它描述平和的、不慌不忙的样子,它与"颂"的尊严相称,"颂"经常是有韵的赞美或祝贺之作。译为"lush"的"彬蔚"很可能第一次被使用,它把两个不同的语义成分组合在一起。"彬"取自重叠复合词"彬彬",指"文"和"质"的完美结合(见第12行的解说;"彬彬"可以分开用,"彬"可用以组成新的复合词,像这里的"彬蔚",但"彬"不能单独成词)。"蔚"指植物的繁茂。

第92行 "论"是这组文体中惟一的论说文体,它是相对独立于具体场合的文体。像"彬蔚"一样,"精微"(这里译作"treats the essentials and fine points"),该复合词中的两个成分皆保持某种程度上的语义自治(相反,许多复合词如第91行的"优游",其中每一个字的语义价值或者完全消失,或者仅仅保留其暗示意义)。"精"是事物的"本质","微"描述细微或微小之处。在这里,"微"或者是"精"的补充特性(如果"精"是细微的),或者是其反面。在"朗畅"的两个成分中,"朗"是一种明显的品性("明朗"也即明了);"畅"即充沛,它是简洁的反面(第

89行），它允许那种英语所谓的"自由"创作方式（虽然只是相对的：汉语写作的风格通常颇为省略，哪怕是"畅"文，在英语写作中仍算得上相当简洁）。

第93行　五臣注把"平彻"解释为"和平其词，通彻其意"。"平"可能指表现方式（如五臣的观点），也可能指在奏中"公平"表达观点。"彻"的字面意思是"穿透"，介于简单的"交流"和观点"尖锐"之间。这些特性似乎直接回应奏所暗含的危险——激烈为某事辩护或"旁敲侧击"。

第94行　对"说"的描述刚好说明了优秀奏文的负面特征。明亮发光一般是风格的肯定性特征，但"炜烨"暗示令人眼花缭乱，它不是让人明晓而是让人看不清（参考"炜炜"）。五臣注认为"炜烨"仅仅是"明晓"，后来一些注家也追随五臣的意见；可这种看法似乎讲不通。"谲诳"（这里译为"delusury and entrancing"），是一个明显包含贬义的形容词，它意味着某种既奇怪又骗人的东西。与其他文体不同，对于"说"，陆机单单提到它具有的糟糕特征，而没提到它应当具备的正面特征。

在中国文体理论的发展中，陆机对文体的讨论具有举足轻重的地位。它介于曹丕《论文》和刘勰《文心雕龙》之间，前者开列的文体清单比较简单，后者在其前半部分对文体作了详尽讨论。[48]关于这一段有许多有趣问题可以讨论，如"文"和"笔"之间的成问题的区分，钱锺书对此讨论颇详；又如陆机的文体清单与他之前和之后的文体清单以及与实践之间的关系；再如上文提到的与每一文体相称的特征。

陆机思考文体的方式也同样重要。刘勰从词源和早期作品两方面追溯各文体的根源，陆机则继承了曹丕《论文》的传统，把每一文体与某一特征联系在一起。各文体彼此区别的原因既非正式特性亦非其目的（尽管在实际创作中，这种区分非常大），而是其方式或样态。文体是"体"，即"规范形式"；特征类型也被视为"体"。的确，某些上文使用过的特征类型在后来的文体清单中又出现了（甚至那些类型的更细致的变体也是这样）。我们从这里可以看到，诞生了这样一种根本认识，有两种样态的"体"，一是"类属的"，一是风格的或形态的。对文体的最恰当描述是把文体之"体"与恰当的方式之"体"匹配在一起。这里存在一种对不同样态的"体"的清晰意识，基于这个事实，试图获得某一类型之"体"的冲动表明了这样一种愿望，即让某一理论术语拥有尽可能广的指涉范围——保持宽广的、统一的层面，以容纳各种精微区别。

在上文所描述的特征中，我们发现了一个值得注意的现象：作家的特征和文学效果的特征杂糅在一起。及物和不及物模式之间界限不清，加重了这一现象，例如，诔文的作者"缠绵而凄怆"，据此可以推测，它对读者或听者造成了同样的效果。只有"说"这一种文体明确区别了作者心理和读者心理，陆机对"说"显然颇有微词。对于这种欺骗性的文体，说者迷惑人，但他自己不被迷惑。陆机这里使用了正反范畴，肯定方面是那些有助于实现中国文学理论那个首要目标——把作家的内心状态充分传递给读者——的风格和特征。否定方面则是欺骗，也就是作家操纵读者的反应。

* * *

95 虽区分之在兹，
96 亦禁邪而制放。
97 要辞达而理举，
98 故无取乎冗长。

95 Though fine distinctions are being made in these,
96 They prohibit deviation and restrain impulsiveness.
97 Require that your words attain their ends, that the principle (理*) come forth;
98 Have nothing at all to do with long-winded excess.

禁邪　关于"邪"指文还是指德，注家意见不一。很难彻底压制

"邪"所包含的道德维度即"离轨";我怀疑,偏离上文所描述的类型特征就可能暗含过于随意、疏忽了伦理之意。当然,按照这里的语境,"禁邪"显然不是一个简单的不许背离伦理的戒命。该词似乎在回应《论语·为政》中孔子的一个说法:"子曰:《诗三百》,一言以蔽之,曰:'思无邪。'"并把它转化到文学性方向上来。

要辞达 该词取自《论语·卫灵公》中孔子的著名表述:"辞达而已矣"(上文已经提到)。这个以各种形式被表达在各种文学理论传统中的要求是极其成问题的,它不是作出回答而是引发了更多的问题,例如什么是创作目的的确切本质,以及在实际创作中什么是必不可少的。联系上一段来读,这个熟悉的原则在这里是这个意思:论说的目标可以通过保持各类型的恰当区别来实现。如果联系下一行来读,该原则或许可以用最简单、最通常的意义即简明来解释。"要"指一种强烈要求。

理举 资料把"举"(字面意思:举起、升起)解作"全"。我的解释遵循五臣注。关于"举"在早期语言指涉论中的用法,见序言第二部分。"理举"似乎界定了一个人的语言所应达到的"目标":理明了,语言就应当停止了。(论说要达到的其他目标还有:成功地说服对方或结构上的内在完整。)该词的意思并不是说,理"被命名了"(假定给理命名是可能的),而是说它被充分"表现"("举"的一个意思)或内在于文学文本之中。拿那个最受欢迎的树的隐喻作例子:在绘画或诗歌中,举足轻重的几笔可以"表现"某种气候条件下的某种形态的柳树;其目标既非对树的照相式表现也非抽象化表现,而是对外在形貌的最低限度的表现,理就表现在其中,可以被识别。

冗长 这个词作为这个词义被使用,这是有据可查的最早的例证,"冗长"后来成为古典中国表达"散漫"或"拖沓"的标准术语:它把漫无边际的空话和杂乱无章两个意思结合在一起。

钱锺书提出了一个精彩观点:第79行允许我们"离方而遁圆",这几行则对前者加以约束。不仅如此,上文提到,钱锺书认为第84行鼓励

第四章 陆机《文赋》

我们求"广",在这里,陆机又提出简洁,所以,按照钱锺书的理解,这个要求正好平衡了第84行的说法。他以"一纵一控,相反相救"描述这种平衡作用。《文赋》的大部分结构,以及古代中国许多其他作品的论述结构,基本符合这一描述。开始于第71行的这个长长的段落以这四行作结。第79行那个大胆的许可确实受到了这里列举的各文体特征的制约,后者承认作家需要"禁邪而制放",不可跨越界限。该段在结尾提出绝不说不必要的话,这个建议试图在放任和禁令之间作一调停。

* * *

99　其为物也多姿,
100　其为体也屡迁。
101　其会意也尚巧,
102　其遣言也贵妍。

99　As things (物 *), there are many postures;
100　As normative forms (体 *), there are frequent shiftings.
101　In forming conceptions (意 *), value clever craft;
102　In expelling words, honor the alluring.

第99—100行　第一个对句十分暧昧不明。五臣注想把"物"指认为"文体";从这篇赋的语境看(以及从"物"在中国文学理论中被使用的情况看),这种解释是最反常的解释。促使五臣对"物"作这种可疑解释的原因很可能是这两个"其"字结构(其为……其为,字面意思是"它作为X"),它可能暗示有一个实体以两个不同方面出现在该对句的两行文字之中。

这个对句开始了一个新段落,看起来它又回到上一段落开头(第71—72行)的术语。我们对这里的"体"和"物"的理解取决于我们怎样理解那里的"体"和"物"。如果我们把第71行的"体"理解为"物体"而非"文体",那么在这里也得这么理解。这样一来,两个"其"字结构就好理解了。按照这种解释,目前这个对句在重申外物的复杂多样性,为下文论述把外物充分表达在写作中的困难做好准备。在这里,"物"当指具体物,它表现为无穷多样的姿态("姿"即某一具体事物在某一具体时刻的样子);"体"当指不同种类的事物的特征。因此,一方面,如果我们观察一片柳树的叶子,根据是否有风吹过、是否有雾气、阳光如何、是秋天还是夏天等的不同,它自然呈现出丰富多样之"姿"。另一方面,作为"体",柳叶之所以是柳叶不取决于它某时某刻之"姿",而取决于它作为"柳叶"这一类,不同于柳枝、橡树叶等。按照这种解释,这个对句通过一个特定事物分别被内在的和环境的差异以及它与他类事物的关系所确定,加强了"世界之多样丰富"的观点。面对这种难以抗拒的复杂情况,作家自然担心自己"意不称物"(见序言二);这就是第 101 行处理的问题。

我以为上述解释是对的,但多数注家选择第三种解释,李善是其最早的提出者。李善认为"物"指事物的多样性,"体"指上文所开列的文学形式和体裁(第 85—94 行)。这种解释的大意是,事物和文学体裁二者皆多样不一,很难把它们配在一起。我怀疑李善选择这种解释以及后来注家表示赞同的原因在于,"体"越来越普遍地用以指文学形式。虽然"体"在陆机的时代已具备这种用法,但从技术层面上把它运用于文学在当时尚未巩固,它仍保持其更广泛的参考框架。语言的历史经常是逐渐缩小其指涉范围的历史,它来自重复使用。"体"一词的语义转化不足以支持多数注家的立场,除此之外,还有两个理由使我们拒绝把"体"解作"文体":第一,该解释忽视了那个被假定的实体,也就是以两个不同方面表现在两个"其"字句中的实体;第二,它破坏了从"物"到"意"再到"文"的平滑过渡(第 99—102 行),也就是首次表达在序言第二部分的三阶段说。

迁 请注意,"体"的区别不是静止的,它经常被描述为一个运动过程,从一种体运动到另一种体。

会意 "会意"经常用于指阅读中的"领会"或"得其要点";在这里指"领会"外物,也就是在考虑外物时形成概念的能力。[49]

第四章　陆机《文赋》

巧　"巧"通常含有的贬义色彩显然在这里消失了。这里暗含一个矛盾，呼应了上文提到的创作中的非自觉和自觉之间的矛盾。序言第二部分提出"意不称物"，这一行应和了那个担忧。外物的决定性特征应当反过来决定人们对它们形成什么概念，它是衡量概念正确与否的标准。举例言之，如果一片落叶暗示秋天和四季之循环已近尾声，那么，是自然秩序决定了人们对自然的领会是否合理。可是，"巧"指作家本人的机巧，它表明一种完全不同的判断标准。

遣言　见序言第一部分的"放言遣辞"。这里指措辞（lexis）。

妍　"妍"在序言第一部分出现过，被译为"美丽"。

这四行开始了一个新段落，它对造成创作难题的起因作了如下总结：外物如何丰富多样，形成关于它们的概念如何困难，充分表达这些概念的语言如何不容易找到。开头这几行不断照应序言，让读者感到它在回溯和继续那个基本主题。为解决形成概念和寻找语词的问题，这里提供了两个术语——"巧"和"妍"，前者针对概念，后者针对措辞。这两个文学特质与外物的两个最常提到的方面相符，一是其丰富多样性，一是其诱惑性。

*　*　*

103　暨音声之迭代，
104　若五色之相宣。
105　虽逝止之无常，
106　固崎锜之难便。
107　苟达变而识次，
108　犹开流而纳泉。
109　如失机而后会，
110　恒操末以续颠。
111　谬玄黄之秩叙，

112 故淟涊而不鲜。

103 When it comes to the alternation of sounds,
104 They are like the five color , setting each other off:
105 Though there is no constancy in their passing on or halting—
106 A rocky path, that cannot be made easy—
107 Still, if one grasps mutation and understands succession,
108 It is like opening a channel to receive a stream.
109 But if you miss the occasion and bring things together too late,
110 You will always have the beginning following the end.
111 Error in the relative positions of Purple [Heaven] and Brown [Earth],
112 Brings mere muddiness and no vividness.

音声 这是表达声音尤其是和谐之乐音的一般术语。有些注家认为，它表明陆机很早就注意到声调的和谐——它在几个世纪以后成为诗律的一个重要特征。这虽然可能，但把这种对声调和谐的模糊意识视为"声律"不免过于随意，不太合适。显然，这一行所谈论的声音之悦耳是广义上的声音之美，它可能包括也可能不包括关于声调和谐的基本意识。这里，对声音特质的欣赏很可能无法从语言的语义和风格特质中区别出来：如果没有色彩的搭配，一个彩绣图案就鲜活不起来，也无法呈现，所以，音声之迭代既创造意义也发出悦耳的声音。这一点明显表现在"相宣"一词上，该词的字面意思是"相互突显"。语义价值的决定因素——意义——诞生在声音关系之中。让我们再回到那个织锦隐喻：图案表现为色彩之间的关系而不是由色彩填充起来的图形。例如，在《文心雕龙·情采篇》我们读到这样的句子："形文，五色是也。"这说明图形不是"线条"而是色块的关系。因此在语言中，声音的更迭形成"声文"，凭借其声音的关系，它具有意义和美。

第四章　陆机《文赋》

请注意，中国古代所谓文学始终不是默读的而是有声的文学。许多注家把它视为声律论的先声，不免走得过远，与他们相比，徐复观为我们提供了一个更谨慎而可信的解释。他把重点放在"迭代"一词，既然平仄的交替成为声调和谐的基础，他提出，陆机的这个句子第一次关注到平仄作为声音之悦耳的核心标准问题。他进一步提出，正是因为当时尚不存在任何声调规则，因此才有下面几行对不稳定状态的描述。

迭代　中国学术传统格外关注事物的进行过程，受其影响，陆机强烈意识到文学作品的时间性，他把文学作品视为一个时间中的事件，而不是在锦绣等视觉艺术中所见到的静止关系。文学关系始终是连续和交替关系：与其说诗人在驾驭静止"物"的各个部分，不如说他必须与正在进行中的事物较量。

五色　传统中国的五原色包括：红、蓝/绿、黄/褐、白、黑。陆机这里考虑的大概是锦绣，但绘画也可以这样理解，二者在线条上是相通的。

第 105—106 行　李善的注解很有意思："虽逝止无常，唯情所适。以其体多变，固崎锜难便也。"也就是说，语言（声）随"情"而动，所以像"情"一样变化多端、难以预料；但与此同时，还必须考虑不断变化的文体，这使语言的运动难上加难。李善把第 106 行视为结束句，而我赞同《资料》和其他注家的意见，把结束句推延到第 107—108 行。

关于这两行和后面几行仅指涉声音的悦耳的问题还是同时指涉概念和语言的问题，注家意见不一，这个问题在前面的对句就已出现了。既然这两行说出了关系到创作之方方面面的基本原则，我认为宽泛的解释是正确的。首先，我们肯定想弄清楚"逝止"究竟是什么意思；它显然指语言，但我们无法确定它究竟指语言的哪个层面。它可能指行文的节奏，即第 109—110 行所暗示的主题；它也可能指语言自身的抑扬顿挫；或指朗诵作品的抑扬顿挫，也就是在哪个字词上停顿，以示强调或表达情绪（这是现代朗诵技巧的显著特征）。缺乏"常"的意思就是，关于在哪一点上应当怎么做，没有什么不变的规则。我认为第 106 行刚好与此对立：无常的事实使"逝止"运动成为隐喻意义上的"崎锜"（该词描述了崎岖不平和不安全事物的特征）。既然无固定规则可循，就很容易出错（第109—113行）。

第107行 《资料》以"次"为"舍止"，继而把"变"跟"逝"（第105行）联系起来，把"次"跟"止"（第105行）联系起来。这种解释的优点是符合此赋的修辞结构，但"次"的这个用法在这种语境里不太常见。把"次"解释为"序列"或"次序"似乎更可取。"达变"译为"grasp mutation"（抓住变化），其字面意思是"在变中达其完美"。"识次"是"认识正确的次序"。语言的活的运作过程很难驾驭，必须对变化和次序心中有数。为理解陆机对这个过程的感觉，我们可以想象在木质斜坡上做滑行运动的情景：一旦进入这个过程，就必须应对一切，包括超出预料的情况；没有任何定则，也没有任何事先确定的解决方案，告诉你在何时应当如何做；不过，有若干关于"变"和"次"的一般性原则，它们允许你做出及时的、直觉的决定，关于如何掌握轻重和平衡，如何转弯，以及如何在现场做出必要的选择。

第108行 在上文，精神浸在内在泉流之中（第21—24行）；泉水在创作中喷涌而出（第64行）；这里，流水必须被管理。诗人似乎被暗指为圣王，他像传说中的先圣和君王禹那样疏通河道，以防止洪水泛滥，如今，水利工程仍是帝王政府的重要职责。就像关于诗歌活动的其他隐喻所暗示的，诗人在创作活动中并不孤立，他与各种自成势力的力量斗争。这里有一种相当强烈的对正在进行中的运动的意识。诗人不仅要恰当行事，而且还得在恰当的时机恰当行事。

第109—110行 "机"，译为"occasion"，其本意指"弓弩的发动机关"，后引申为"发条"或一个过程的不易察觉的引发因素。你必须知道在某一时刻行动起来，以便发起一个引向某一结果的过程。虽然这里没有表示"弓弩的发动机关"之意，但为了理解"机"的功能，我们不妨用它作一类比：要击中一个运动目标，不仅需要瞄准，还需要知道何时触动机关；创作也是如此，你必须在一个恰当的时刻开始或转移一个过程。"会"

第四章　陆机《文赋》

与第 101 行的"会意"之"会"是同一个动词。《文心雕龙·附会篇》之所谓"会"指把作品"会合"在一起的活动原则。应当注意,"会"的意思不同于一个文学作品中的非时间性"统一体"概念,"会"是文本之内的事件和活动,文本的统一,尤其是最后的"回合"必须遵循恰当的顺序,"会"是对这个顺序的一种直觉。错过了"会"的恰当时机就等于颠倒了恰当次序,这种颠倒即这里所谓"续颠",其字面意思是"你将抓住末尾('末'即树枝的尖部,也就是结果),而让开头跟在后面"。

玄黄　"玄黄"是两种颜色,二者是天和地的转喻。中国古人把天地一上一下的相对位置视为固定、恒常的标准。

这几行文字所提供的关于诗歌活动的想象是非常丰富的:语言和概念奔涌而出,无所不及,无羁无束。诗人的任务是驾驭它们;尽管没有什么法则可以控制语言和概念的自动奔涌,但诗人可以参照通常的次第、变化和秩序来决定他驾驭这个洪流的方法、步骤。回到在木质斜坡上滑行的类比:从高处优雅地滑下来有无数种方式,失败的方式也是千差万别。你被势能所裹挟,每一个方向的势能都要面临不断变化的地形和环境。整个过程是无法事先决定的,你必须意识到这一点,但每一个动作确实具有若干通常的活动原则——转向、平衡、下滑或加速的一般原则。同样是表演,与舞蹈表演相比,滑板表演更符合这里的情况,因为前者的一整套动作经常从一开始就确定了,而不是从活动中获得的。相反,诗人必须应对语言和概念的奔涌之流,并给它们以秩序。

只有知道变化和次序的原则,诗人才能控制这个过程。他使用的声音如果不与其他声音相关就不具有意和美,这正如在锦绣中,颜色的并存显示了图案。失败发生在某些有机关系被颠倒之后,或者,用该段最后一行文字的主要隐喻来说,发生在关系模糊之后,也就是色彩混杂不清破坏了"鲜"之后。

下一段(第 113—186 行)讨论一系列失败的情况及其补救措施。陆机《文赋》的结构背后潜藏着一种古老的"长短"修辞设计:为说服读者，先说明一个论点的长处，然后再提出其相反论点的短处。关于应当怎么创作，陆机上文已经给我们提供了若干肯定性方向，这里，他开始转向我们可能会遇到的失败和危险。透过陆机对失败的描述和其中所展示的负面形象，我们时不时可以看出陆机文学观念中的若干重要方面。

* * *

113　或仰逼于先条，
114　或俯侵于后章。
115　或辞害而理比，
116　或言顺而义妨。
117　离之则双美，
118　合之则两伤。
119　考殿最于锱铢，
120　定去留于毫芒。
121　苟铨衡之所裁，
122　固应绳其必当。

113　At times you may transgress against a previous section.
114　Or trespass ahead to some later part,
115　At times your diction may be faulty, though the principle follows its proper course,
116　Or the language proceeds smoothly, though the idea (义 *) is blocked.
117　Avoid both [these situations] and the beauty is doubled;
118　If the two occur together, twice the damage.
119　Consider relative merits by the tiniest measures;
120　Decide on rejecting or retaining by a hair's breadth:
121　If what has been trimmed to the most accurate measure.
122　Truly follows the straight line, then it must be suitable.

第四章　陆机《文赋》

第113—114行 "条"（字面意思是"树枝"，这里被蹩脚地译为"section"）被李善解释为"科条"，"科条"的字面意思是法律条令；但在解释整个句子的意思时，李善选择了秩序的纯文学意义：创作中必须先做什么，后做什么。李善之后的注家皆忽视了该词的法律之喻。选择技术上的法律术语来解释该词，在这里颇有说服力，因为"条"对应下一句的"章"，二字合而为"条章"，即法律条令和条款。如果单取第113行来读，我们很可能对它作这样的理解："有时，你可能违反先辈留下的［文学］条令。"然而，第113行和第114行必须成对读，违反未来作家所设定的法律是讲不通的，而且，"后章"很可能指一个作品的后面部分。这样一来，我们必须从创作一个具体作品的角度来理解先和后这样的字眼。即使如此，仍不能完全忽略"条章"的法律意思："章"似乎是一个关键词，陆机把文章之"章"与法律之"章"相提并论，使"章"成了"条"的一个偶对，于是，"条章"成了文学作品之部分的一个隐喻，特别是那个制约了作品后文应当做什么的部分。这是以法律喻文学的一个最早例子（以此为基础，后来又出现一系列术语，如"律""犯"，但在"律"或"犯"的意义上，"条"或"章"不包括在其中）。"逼"和"侵"合成一个复合词"侵逼"，该词让人想到入侵，在这里更准确地说是犯罪。这个对句的主要意思是说：作文要遵循法律，而违反这些法律则说明，要么没有保持前后统一（主张B可能违犯了主张A），要么未能在恰当的时刻说恰当的话。

按照该传统此前对文学的论述，如果一个作品缺乏正确的伦理目的，它就可能受到批评（这从汉代批评家扬雄身上可以看到）；曹丕就某些作家的局限提供了若干总体性批评意见。在后世有关诗歌的论述中，对违反原则和犯错误的关注扮演了十分重要的角色，它首先出现于西晋，尤其是在陆机和他的兄弟陆云的作品中。担心违反原则和犯错误与一种对写作的新的不安相伴而生，失败的危险萦绕在通篇《文赋》之中。曹丕希望写出不朽之作，陆机希望避免丢人的错误。西方批评传统对错误的评判与一种公共论坛即戏剧有十分密切的联系；在中国，如何看待文学中所犯的错误与文学在社会关系中将扮演的角色联系起来。至少从曹丕的时代开始，文学日益成为一种集团活动；在西晋的京城洛阳，存在一个有据可查的作家群体。一个作家仅靠其文学才能就足以获得慷慨赞誉（张华有这样一句妙语：晋帝国征服吴国的最大收获是年轻的陆机）[50]；声誉来自行家的评语而非皇帝；当然也存在失败和被拒绝的危险。在此期间，我们开始读到一些以前不常见到的评语。陆云在给他哥哥的信中说："九悲多好语，可耽咏，但小不韵耳……"陆云请陆机过目他的作品："愿小有损益，一字两字，不敢望多。音楚，愿兄便定之。"[51]虽然不过是些非正式的只言片语，但它们显示了一个全新的文学时代的到来。

第 115—116 行　成对出现的"辞"和"言"构成复合词"言辞"，它指广义上的语言。同样，成对出现的"理"和"义"构成复合词"义理"，该词不仅指"伦理原则"，还指语言的意义或意味。根据语境和约定俗成的关系，并列出现的一对词有时强调差别（见第 3—4 行的解说），有时干脆合成一个复合词，形成一个基本统一的意义。这里遇到的就是后一种情况：这两行中的任何一行使用"语言"（"言"或"辞"或二者的复合词）和"意味"（"义"和"理"合在一起）都没有什么不妥。"害"，这里译为"faulty"（错误），其字面意思是伤害或破坏；用破坏之类的词谈论语言未能清楚传达思想是十分常见的方式。陆机这里所使用的"害"和"词害"来自《孟子·万章上》（按照陆机对它的理解）："故说诗者，不以文害辞，不以辞害志。"[52]

有两个藏在背后的复合词控制着"比"（即"跟随其道路"）的使用：一个是"比义"，即"沿着正确的道路"，一个是"顺比"，即"自然而然地跟随"（"顺"即下一行的"顺利进行"）。[53]请注意，"妨"和"害"同样可以组成复合词"妨害"。这一类对句是由拆开的复合词构成的；这些复合词的更严格的语义内涵经常限制其单个字的更广泛的语义内容。所以，像"比"这样的词，如果在一个独立的句子里，存在多种解释的可能，可一旦处于对句里，与它的复合词的另一半并列在一起，

第四章 陆机《文赋》

其可能性就受到了限制。这个对句明显有些繁冗，它所传达的意思也很明显；西方读者对这个对句的假定颇为熟悉，这个假定就是：写作有两条独立的"路子"，一是语言，一是意义，二者可能成功或失败，但互不相干。

第 117—118 行　这是把失败量化的信口之辞，按照前一个对句所设定的标准，它本身也是失败的：我们不知道危险在于第 115—116 行的"辞害"和"义妨"，还是第 113—114 行以及第 115—116 行所说的违反原则的情况。

第 119—120 行　按李善的说法，"殿最"指汉代朝廷评判功绩之大小的标准。陆机再次把帝王"品评臣下"的模式用于作家对词语的判断。"锱铢"是两个衡量轻重的最小单位。"毫芒"是一个死喻，指最微小的事物，"毫"是兔毛，"芒"是麦芒。

应绳　"应绳"的字面意思是"按绳子（画直线）"。请注意，陆机毫不犹豫地把若干隐喻糅合在一起。重量和长度的隐喻通常用于政府选拔官员时对人的行为和性格的判断：那个暗含的管理模式仍在继续。

除了语气问题，这几行不需要多少解说。西方读者总不免拿自己的传统作类比，他们可能会觉得这一段不太舒服。起初，陆机俨然一个浪漫主义理论家，他谈论文学的宇宙论、有机整体，甚至谈到诗人是复杂多样的世界得以显现的中介。进入实际创作问题之后，陆机好像突然变成了贺拉斯，提供了若干一般性建议。随后，评判的热情与这些建议结合在一起，而且，陆机对我们自觉完善一个文本的能力充满信心，这个特点使我们不免把它同新古典主义联系到一起。《文赋》的前面部分从肯定角度强调文本的诞生；后面则走向否定，基本上关注如何在创作中避免错误。陆机囊括了两个方面，从不同的角度看，这两方面都是正确的。我们不该忽视这样一个事实：把文本视为一个自动产生的（只需稍加引导的）有机体的观点确实与另一个观点相左，也就是认为文本来自反思性判断的观点。但陆机禁不住同时占有这两个立场而不是"排除"任何一个，这种冲动或许正是赋这种文体的冲动。不出你的预料，这两个成对的冲动是作为创作的不同阶段呈现给我们的，前面的阶段生产原材料，以待后面阶段来"修剪"和评判。上文提到，各阶段的展开是一个互相补充的过程：每当陆机"松开缰绳"，他就感到有"拉紧缰绳"的必要。

* * *

123　或文繁理富，
124　而意不指适。
125　极无两致，
126　尽不可益。
127　立片言而居要，
128　乃一篇之警策。
129　虽众辞之有条，
130　必待兹而效绩。
131　亮功多而累寡，
132　故取足而不易。

123　It may be that the pattern (文*) is lush and the principle (理*) rich,

124　But in terms of concept (意*), it does not really have a point.

125　Reaching its limit, there is no second significance;

126　Exhausted, it will be unable to increase.

127　Set a suggestive phrase in an essential spot,

128　And it will be a riding crop for the whole piece:

129　Even though the word-hoard follows the statutes,

130　One must have this to compete for great merit.

131　The accomplishment will be great and the complications few.

132　So choose just what is enough and do not change it.

第四章 陆机《文赋》

第 123—124 行 "不指适"译为"not really have a point"（没有要点），五臣注是这样解释的："文意不中于所指之事"；另一种解释是：其要点不清楚（徐复观）。钱锺书对此作了长篇讨论，他的理解跟我的译文一样：并非"不中于所指之事"，而是没有要点。我怀疑"指适"其实就是那个普通的复合词"指摘"（"选择并通过选择而清楚地区分"）。这样可以维护"选义"一词（见第 33 行）的意思，尤其可以延续那个选拔官员的弦外之音。如果是这种情况，这一行就应当译为"但是，意没有被小心选择"。

这一段特别有意思，它显示出那个简单的内容和表达的二元对立与陆机的三级结构的不同（这里不是意—物—文，而是意—理—文，"理"取代了"物"）。"文"繁（"繁"是形容植物的词）而"意"不足，这并不奇怪。可是，如果"理"繁而"意"不足，就有些奇怪了。"意"似乎起到统一的作用，它把若干陈述或命题集中到某一"点"上。所以，陆机在告诉我们，说出真实情况和要点（理富）是可能的，即使缺少把事情组织到某一目标上的那个概念统一体。

第 125—126 行 《文赋》有一些最无法琢磨的句子，这个对句就属于其中的一个。正像钱锺书指出的，李善的注解无甚帮助。这两句可以理解为要求作家追求准确、避免模糊（以如此模糊和不准确的方式鼓励人们追求准确！）："达到极点之后就应当没有歧义了；语言说出之后就应当不能再增加了。"陈世骧持此说，钱锺书也大体赞同这个解释。在我看来，这个对句的意思是说，语言已经"穷尽"，而"意"还未得到充分表现。五臣注大概也是这个意见："文之终篇又不可增益其词。"《资料》的注释也与此类似。"无两致"之"致"是"致意"之"致"。

如果按我的理解，也就是跟从五臣注和《资料》的看法，这个对句将很有意思。"意"的实现，也就是把文本聚在一起的汇合点，发生在"两致"和"益"的领域。它多多少少超出了文本的表面意义；它是"文本之所向"（也许"指摘"一词隐含了这个意思，第 128 行的那个驭马的隐喻也在支持这个意思）。这种解释符合我对第 84 行的解释，也引申了第63—66行的意思；而且还得到下一个对句的支持。[54] 如果文本的意味"尽"在言中，"意"的要点就无法触及。

第127—128行　李善指出"片言"出自《论语·颜渊》："片言可以折狱。""片言"这里译为"suggestive expression"（启发性表达），其字面意思是"片面表达"，它自身不完整，但可以引发对方去理解整体。在前四行的情况中，"片言"的意思是说，意可以通过片面的表达（启发性表达）得到显示，虽然它自身不全面，但它可以把敏锐的读者引向一篇的汇合点。在这种解释的支持下，前一个对句的"两致"和"益"就可以作正面理解，而不用理解为必须避免的"模糊不清"。钱锺书对"警策"一词作了详细讨论，这是一个常见的隐喻，以驭马比喻文学。陆机在这里使用这个隐喻似乎是说，"片言"鞭策整个篇章，把它发动起来，给它能量和方向，使它快速奔向那个汇合点。[55] 这里的"警"用"惊"之意。钱锺书正确指出"警策"和后来的"警句"一词的区别，❶ 不过，后一词的用法最终还是可以追溯到"警"在这一段的用法。

众辞　"众辞"的用法很像"群言"，见第21行的解说。

有条　"条"是一个比较麻烦的词，第113行的解说已经详细讨论过。"有条"既是"有规则或法令"，也是"有枝条"。后者呼应了那个树的隐喻：一篇文章遵循成长的正常顺序。前一个意思呼应第113行：文章必须遵守规则。但是，"有条"所暗含的"秩序性"是不够的，因为作品还必须富有启发性，给全篇以生命力。这听起来很像是西方新古典主义那种常见的让步姿态：天才自然不受规则的限制。

效绩　见第75行的解说。不仅言辞在佳美和吸引力方面互相竞争，而且整个作品都是藏在幕后的竞争的一部分。自从曹丕《论文》之后，竞争和受赏之语在文学谈论中扮演了重要角色。从西晋以来（如果把晋以前的辩士考虑在内，则很早就开始了），文学技艺一直是文人学士获得

---

❶ "'警策'之'警'亦犹'警枕'之'警'，醒目、醒心之意。"见钱锺书《管锥编》（第三册），中华书局，1979年，第1197页。

第四章 陆机《文赋》

社会和政治地位的手段。陆机所谓"绩"当然不是政治意义上的"绩",而是"文学的成功";但他确实以政治竞争的模式来看待文学的成功,也就是出类拔萃,受到赏识。不仅如此,他还把这个模式转用到作家与其言辞的关系上:既然作家可能成为被君王(政治成功)和社会(文学成功)所评判的对象,那么,在创作活动中,作家本人就成为判官,而言辞就成了他判断的对象。

  取足 凝缩主题(见上文对简练的提倡)的再次出现进一步支持了我们对上几行的解释:更广远之"意"超出最简约的表面文本之外。

  一个优点或对一种危险的补救自然引向一种新的危险,这是陆机论辩的一个典型特征。在上一部分,他已经提到"理"或"辞"有不完善的危险;但是,在这两个比较麻烦的方面取得成功,还不足以使一个作品成为好作品;好作品还必须有"意",也就是起统一作用的写作目的或意味。序言中所宣布的创作三因素在此赋的第一部分得到展开,基于同样的冲动,这里又加入"意"(前面已经有两项即理和辞);不过,"意"在这里的意思已经引申了,不限于上文的范围。"意"在此前的功能始终是外物和"文"之间的关系项。因此,它可能被视为抓住了"理"的某个特殊方面(第37—44行似乎就是这样描述的)。在上一段中,"意"变得类似"起统一作用的意味",文本应当指向这个意味,但它并没有直接表达在文本的任何部分(假如它可以被直接表达,那么有关"片言"这一段在这个语境中就无法说明了)。

  "理"既是内容也是属于自然的结构。作为内容,它理应是一个真理的主张或命题(例如树叶秋天落);作为结构,它是作文的"自然"组织,其权威性(并不必然是任何特殊结构)大体相当于西方的"逻辑发展"或"逻辑统一性"概念。陆机所谓"理富"指作家说正确的事,并以恰当、自然的方式把它们组合在一起。当然,他也意识到,仅有"理"显然还不足以产生好作品。"意"的加入,或更准确地说,"意"的延迟,承诺更完善地解决好作品或有趣之作的问题。虽然在有些情况下,"意"的意思基本上是抽象的,但它通常是内心的具体活动(甚至"天意"这样的词也有把天人格化的倾向）。在序言里，"意"一直是大体根据"理"来捕捉（逮）"物"的一种"意"的形式。在这里，它成为作家内心的一种构成活动，与属于自然的"理"形成对比。"意"是文本所指向的起统一作用的概念，它在词语的动力中被发现，它本身不是什么主张或命题。

在这里以及在《文赋》的其他地方，陆机在朝一个观念迈出最初的脚步，这个观念后来成为中国文学思想传统的一个最显著特征，这个观念可以概括为"言外之意"或"言有尽意无穷"：意义发生在言外和言已尽之后。如果没有超出文本表面的意味、滋味等，一个文学作品就是肤浅的。[56]"片言"（片面的和启发性的）一词的使用标志着表面文本的不完整性；正是这类被视为多少有些不完整的语言，也就是"警策"之语，给文本以能量和冲力。

* * *

133　或藻思绮合，
134　清丽芊眠。
135　炳若缛绣，
136　凄若繁弦。
137　必所拟之不殊，
138　乃暗合乎曩篇。
139　虽杼轴于予怀，
140　怵他人之我先。
141　苟伤廉而愆义，
142　亦虽爱而必捐。

133　It may be that your intricately crafted thoughts cohere, finely patterned,
134　A lucid loveliness, gloriously bright,
135　Shimmering like a many-colored brocade,

136　Or deeply moving like a flurry of strings.

137　Then suppose you find what you aim at lacks distinction—

138　Your work unwittingly corresponds to some long-age piece.

139　Even if the shuttle and loom were in my own feelings,

140　I must dread lest others have preceded me;

141　If it damages integrity and transgresses what is right,

142　Though I begrudge doing so, I must cast it from me.

第 133 行　"藻思"指参与创作的思维过程，该过程关注文学之"藻"（即复杂技艺）。在一个通常的修辞格中，思维对象被转换到修改者的立场上。"思"让人想起双关语"丝"，第 135 行和第 139 行的"绮"皆使用了织锦隐喻。关于"绮"的联想意义参考第 85 行的解说。"合"这里译为"cohere"（符合、一致），该字又见第 138 行，它在那里的意思是"巧合"。"合思"刚好是前一个段落所关注的问题；因此，这两段之间的过渡大意如下："即使你成功地给作品以一致的思想，仍不免另一种危险。"

第 134 行　"清"（明晰、清楚）成为中国美学的一个常见的肯定性特征。其对立面是"混浊"，即轮廓不清，色彩混杂（虽然它后来还产生了一个肯定性对立面；可爱的朦胧）。形容词"芊眠"一词（李善的注解是"光色盛貌"）起初用以描述茂盛的植物；有许多关于植物的词后来被用以形容风格，这只是其中之一。

第 136 行　"凄"（deeply moving）指极度悲伤。如果需要以一种情感来代表所有情感，被选择的往往是悲伤。英语"deeply moving"一词在这一点上与"凄"有类似之处，该词既表示伤心难过或认真的感情，同时也暗指一般意义上的情感。"繁弦"（flurry of strings）指在演奏会拨弄一种或不止一种乐器的琴弦，或者指音乐的快速更替；它与强烈的情感相伴。

第 137—138 行　这个对句的意思关键在于怎么理解"所拟"一

词。"拟"既可指一般意义上的对某个目标的渴望,并"以该目标为模本",也可指模仿的更具体的意义即"模拟"。五臣注以"所拟"为"篇目",这等于选择了"拟"的前一种解释,即"心之所往"。根据这个注释传统,我把"所拟"译为"what you aim at"(你的目标),也就是"你希望自己的作品是什么样子"。《资料》和钱锺书认为"拟"是"模拟";这种解释也有可取之处,但它的问题出在下几行,下几行的意思似乎是说,无意中与以往的作品相合这种情况应当尽量避免。考虑到这个难题,钱锺书试图以"必"(必然)为"如果""假使",这样一来,这句话的意思则变为"如果在模拟一个目标时你不努力有所不同,那么不知不觉中,你的作品就雷同于……"这种说法没有解释与前人之作的"暗合"是在这种情况下怎么发生的。被我译为"unwittingly"(不知不觉中)的"暗",其字面意思是"隐藏的"或"未发觉的",在这里指起初未被作者发觉。需要再次提醒读者,这里的"合"与第 133 行的"合"是同一个字,我把前者译为"correspond",后者译为"cohere"。

第 139 行 即使并未打算模仿以往之作,也可能发生与之雷同的情况。内心是一架纺织机,用"丝"或"思"来工作。第一人称代词通常被省略,这里使用"予"以强调"自己"。

第 141—142 行 只有写出来或想出来以后,才发现某一段与前人之作雷同了,即使是这样,也必须杜绝。作家的诚实不因有意剽窃而打折扣,可是,如果他允许自己重复前人之作,以至让他人怀疑到剽窃,那么他的诚实就会打折扣。后世中国文学思想对这种个人特征和创作之间的成问题的关系作了更充分的探讨,而陆机这里所采取的立场是倒过来的:作家"暗合乎曩篇"是一件快事,因为这意味着作家自动的和个人的因素符合创作常情,所以才一再发生。[57]

强烈要求独创性,这里甚至把创新的要求扩展到用词的层面上,这在中国文学传统(或任何其他文学传统)中实属少见,文本之间的相互借鉴才是中国文学传统的通常要求。你当然可以反过来说,就这篇赋而

第四章 陆机《文赋》

言,陆机本人倒符合他这里提出的要求:该作品在中国文学传统中的独一无二性及其难以解决的困难,基本上是由它所使用的独创性语词造成的。在中国文学传统中,不能说剽窃不是问题(参考钱锺书对这几行的解说),但它不是一个常见的或核心的问题。[58]一般说来,只是涉及整个诗篇的时候,偶尔还涉及对联,才会引发剽窃的指控;在这里,不知不觉中与前人之作雷同的问题仅仅涉及词语、句子或一行论述。

这个关于独创性的陈述引发了对一个相应危险的担忧:过于独创的东西是孤独的。

* * *

143　或苕发颖竖,
144　离众绝致。
145　形不可逐,
146　响难为系。
147　块孤立而特峙,
148　非常音之所纬。
149　心牢落而无偶,
150　意徘徊而不能揣。
151　石韫玉而山晖,
152　水怀珠而川媚。
153　彼榛楛之勿翦,
154　亦蒙荣于集翠。
155　缀《下里》于《白雪》,
156　吾亦济夫所伟。

143　It may be that a blossom comes forth, a spike of grain stands upright,
144　Separated from the crowd, isolated from the sense:
145　A shape no shadow can follow,

146　A sound to which no echo can be linked.
147　It stands there towering, solitary and immobile,
148　Not woven in with the constant tones.
149　Mind is in a desolate expanse, nothing corresponds;
150　Conception circles aimlessly, unable to leave it.
151　The mountain shimmers when jade is in the stone.
152　The stream is alluring when its waters bear pearls;
153　Thorn bushes and medlars need not be cut down—
154　They, too, can become glorious by the roosting kingfisher,
155　If we link an art song with a popular tune,
156　We may augment what makes it exceptional.

第143行　这一行大概以"秀"这个死喻为基础，"秀"的本义是麦穗，到陆机的时代，"秀"可以指一切突出或"独拔"的事物。"苕"本来是草花，后来泛指开花，虽然限于那种伸到植物高处的花（例如一棵开花的树上的花就不能称为"秀"）。"苕"和麦穗都是"秀"即"独拔"，一旦独拔，就有中断的危险。

第144行　"离众"的意思是说，某一行文字或某个词语脱离了一段文字的整体，同时，该词还携带强烈的"一枝独秀"之意。

"绝致""致"是一个很有意思的词，"向……而去"或"带来"是其本义，后被引申为思想、方式或情感所具有的某种特质或倾向即"conveying"（在后来的古汉语中，该词的力量又削弱了，仅指"情绪""情感""意向"）。"绝"既可指"断"也可指绝对无双。我按照李善的观点，把"致"理解为"致思"（也就是，该观点），把"绝致"理解为"离开某个正在展开的观点"。这样就可以保持陆机本人所使用的骈偶结构，使"致"多少符合晋的用法。《资料》提供了另一种解释，即把"绝致"解释为"绝妙的风致"。这种解释在意思上也讲得通，但必须小心，它不仅破坏了骈偶结构，而且太容易顺从"致"后

第四章 陆机《文赋》

来的用法。

第145—146行 万事万物皆有一自然的随应者,形有影随,声有响应,这两句就以这个意思为基础。如果一个段落美妙绝伦,就不会有这样的影或响相随。在后文我仍然把孤绝之美处理为无影之形和无响之声,以便保持行文的统一。当然,把孤绝之美理解为影子也不是不可以,那样一来,我们就得把第145行翻译为"影,难随于形",也就是说,它太独一无二了,以至在可感的现实世界找不到根基。这种解释在谈论声响的第146行碰到了问题,我们自然应当把第146行的意思理解为"没有任何回响能与该声相连"(而把它理解为"响,难系于声"实在很勉强);况且,骈偶结构要求我们把这两行的各个部分做类比处理。我的译文,也就是第一种解释,强调孤绝之美的独一无二性"断绝"了后面的言语(参考第149—150行),因为它无法被继续或匹配。而第二种解释所强调的只是孤绝之美的独一无二性。

第147行 "块",这里译为不动,它也有"孤独"之意。

第148行 "常音"既是"不断之音"也是"普通之音"。"常音"的平庸与孤绝之美恰相对照,前者因其"常"而与文本保持连贯,后者则与之断离。"纬","编织",其字面意思为:"纬线",织入"纬线"。

第149行 "牢落"(或据李善本作"辽落")描述罕有人迹的大片土地的样子,或与此契合的一种忧伤孤寂的内心状态。该意思在"无偶"(没有伴偶、匹配或并列者)一词中表露无遗。这一行对中国的美学追求和骈偶结构的影响揭示甚多。徐复观认为这一行和下一行指读者的反应——读者不知把至美与什么匹配("偶")在一起。

第150行 李善解"掎"为"袛"(或"去")。程会昌取该词的通常意思"摘"或"取",这样一来,该句的意思则成为"意无法把它接受或摘取到作品之中",所以才有下文如何驱散文意不称之苦。徐复观则认为该句仍指读者而言,他以"掎"为"得",也即读者从中不能得到任何意思。五臣注以"掎"为"褫",即"舍弃",其意思与李善以"掎"为"袛"基本一样。"徘徊"形容犹豫不定,走来走去,或用标准的经典注释,即"脚步移动却不知所往的样子"。

第151—152行 李善此处引《荀子·进学》"玉在山而木润,渊生珠而岸不枯"。陆机未必特指《荀子》此句,但他肯定暗用了该句的意思:犹如珍贵的玉珠将其光彩润泽施于周围的环境,孤绝之美虽不是文本的一般质料或图案的一部分,仍然可以增添他物之丰美。

第153—154行 关于此二句的意思,可谓众说纷纭。"榛楛"是两种灌木,《诗经·旱麓》把二者跟茂盛连用,以形容与之相当的品德。不过,"榛楛"有时也用以表示那种生长在植物下面的灌木,需要铲除。李善取后一用法,认为该词即上文提到的"常音"的另一说法,也就是需要加以改善的不如意的东西。

"集翠"一词也有很多问题。既可解释为上文提到的"翠鸟"(许文雨,《资料》引),又可解释为"榛楛"攒集,成"郁然之青"(五臣)。后一说法虽然语文上讲得通,但不符合本段文意,因为孤绝之美和"榛楛"难成一对。

在《文心雕龙·镕裁篇》,刘勰以陆机本人之词批评陆机作文繁冗。他特别提到这一段,称陆机"情苦芰繁"。刘勰此言对陆机委实不公,他完全误解了这两句的意思。陆机并不主张诗文废话连篇,他不过认为诗文不必一味求简,也可以更生动一些。

翠鸟攒集于榛楛与石韫玉、水怀珠,前后两个隐喻,意思大体相当:有若干独拔之美存在,虽与整体不合,却可增加整体的活力和美感。我们很容易陶醉于这种解读,但内中问题仍然不少:这两句所说的意思不是去掉翠鸟(孤绝之美),而是去掉它周围的所有榛楛。因此,我们或可视这一句为上一句的补充:不但要保留孤绝之美(珠玉),平庸无奇的背景也要保留,因为前者使后者变美了。

第155行 就字面而言,该句的意思是"如果我们把《下里》和《白雪》联起来",《下里》和《白雪》是乐曲名,语出《对楚王问》(归之宋玉名下)。"下里巴人"遂成为通俗和下层乐曲的代称,与之相对,"阳春白雪"则成为仅被少数人欣赏的高雅音乐的代称。陆机对风格混杂的欣赏及其对强烈对比的兴趣,让人想起从德莱顿❶一直到 19 世纪,西方对莎士比亚戏剧的混杂风格的论争。

本段引发了有关统一的问题。一段文字与整个篇章保持和谐统一的能力(统一概念在第 123—126 行有所论及)不仅仅要求与文本的线性结构保持整一,更需要各要素之间的相互配合(第 149 行)。因此,在保持整体统一意识的同时,个别段落也通过平衡、呼应和骈偶进入连贯体。一个段落之所以不连贯,正是由于缺乏相配合的要素。换句话说,一个作品的整体连贯不是靠文本必要的线性结构实现的,而是靠一套复杂的平衡和配合结构实现的。赋这种文体自身的结构就是该原则的最佳体现:它是一种以互为平衡和补充的步骤组织起来的复杂铺陈结构。即使一个不匹配的也就是支离的段落破坏了整体的统一,只要它是好的,也就是说它能够丰富该作品,通过它的多样、对比和它自身的内在美赋予该作品以力量,陆机就认可它(显然,无法为一个没有任何光彩的段落辩护)。此语一出,陆机不免意识到呼应、平衡、补充结构包含乏味、扁平的危险。或许不无反讽的是,一旦陆机提出呼应、平衡有时也是不必要的,他顿时感到有必要以平衡性和补充性观点把它圆润一下:整体高雅之作也应当添加点庸音。

《文赋》下一段(第 157—186 行)讲五大文病。在具体讨论这五病以前,应当先谈两个一般性问题,一是如何排列各项优点或所长(某一"病"也就是某一优点的缺乏,一短对一长),二是优点的来源。

罗列排比之习起源于汉代人(或更早)对《易》之各卦关系的解读。卦被视为某一状态从萌生到过度过程的意义符号。一个处在过度阶段的状态造成了与之相应的缺失或不足,于是,出现另一卦作为补充。该次序如果表现为 A,则在 B 中缺乏,表现为 B,则在 C 中缺乏,表现为 C,则在 D 中缺乏……在《论文》中,曹丕采用了这个次序中的一部分,描述了七子中若干人的各"体"间的关系(见本章第 62—63 行)。[59] 陆

---

❶ 德莱顿(John Dryden,1631—1700),英国桂冠诗人、剧作家、评论家。

机这里也采用了这个方式：每一个文病其实都潜藏在前一个优点走向极致、倾向过度之时；或者说，每一个优点都暗含相应缺点的种子。因此，作家若"清音"则"绝响"，完美的"回响"可能导致失掉"和谐"，完美的"和谐"可能导致缺乏"情感"，得到"情感"可能丧失"尊贵"；极端"尊贵"可能缺乏"魅力"。这些潜在缺陷或许无法通过黄金分割定律来矫正，却可以通过补充运动来矫正，比如陆机在《文赋》中所采用的做法：它不是那种静态"平衡"，而是一种复杂的动态平衡，每一倾向都需要一个反作用力，以阻止它把自身的优点发展过度。

对五病的论述使用了一个音乐隐喻。关于五病之用词在音乐术语中的起源，饶宗颐已有论述，尤其在讨论弹琴一节。[60] 虽然这部分的主导性隐喻来自音乐（第155—156行已提到音乐，或许音乐隐喻承接这两句而来），但不应忘记，这些词语在文学和其他领域也有丰富的语义联想，并非仅限于音乐领域。

* * *

157　或托言于短韵，
158　对穷迹而孤兴。
159　俯寂寞而无友，
160　仰寥廓而莫承。
161　譬偏弦之独张，
162　含清唱而靡应。

157　Suppose you put your words in too short a rhyme;
158　They face the end of their tracks, a solitary stirring.
159　They look down into a dismal stillness, lack companion;
160　They look up into vast space and continue nothing.
161　Compare it to a string of limited range, strung alone—
162　Within it lies clear song, but nothing responds.

第四章 陆机《文赋》

第 157 行 "短韵",李善以"短作"注之,这就是说,诗作需要给余音留下一定的空间即长度。[61]这个理解显然是正确的。虽然短诗在中国后世诗歌中的地位逐渐提高(陆机无由预见),但对余音的要求始终不绝于耳,只不过到了后来,长度意义上的余音变成了深度意义上的余音。张少康认为,不必把这里的意思死板地理解为短作,这一行的意思是说缺乏变化则不能为相互唱和留下空间。张少康的这个思路是对的,虽然他对具体用词的解释有欠妥当。

"对穷迹" 这里采用了把文本空间化的通常做法,文本好像是一个结束得太突然的运动。这一段的措辞让我们看到,长度不足会造成回应("应")的缺乏;但真正需要的显然是文本内部的反应,而且,我们不难发现,文本内部各要素之间缺乏反应就是上文所谓的长度不足。文本的突然结束是个负面特征,它与《文赋》前面的暗示——言尽之后文本仍在延伸、扩展(例如第 84 行)——构成强烈对比。在这里,我们看到文本的扩展必须靠文本内部的回响、骈偶、运动和反向运动,以及一切有助于形成文本内部有趣关系的因素。铁板一块的文本说结束就彻底结束了,它的"孤"(甚至它的统一体)显示了它的贫乏。

"孤兴" 正如《资料》指出的,可以把这里的"兴"理解为文本的外发,那么"孤兴"则指外发的长度不足;"兴"也可以理解为文本中能"兴发"感情的东西,而"孤兴"则指"兴"不足,无法激发读者的反应。

第 159—160 行 "俯"即向下看,"仰"即向上看,用该词来指代文本线性结构中的"上文"和"下文"是很恰当的(这里的向前看和向后看显然指观望这个不足的文本周围的空白空间)。此外,这个意象也让人联想到人:旷野中一个形单影只的人的孤独处境。

"寂寞" 这个典型的复合词后来仅指忧郁的孤独,但在这里,置身于这一段的听觉意象中,它仍强烈保留其最初的语义因素即"沉默"。

"莫承" 该词也可以译为"nothing continues [them]"(没有承接[它们]的东西),也就是说没有什么东西承接那些"仰寥廓"的词语;但是,那些词语向"寥廓"仰看(也就是文中所说的回看)的事实强烈

175

表明,没有什么东西预留下来,以便承接它们。"承"后来成为文章结构的一个重要术语,表示以前面的段落为基础或发展前面的段落。❶最后,"承"被固定化为技术术语,指律诗中的第二联或绝句中的第二行,即展开部分。[62]

第161—162行 "五病"中的每一病都以音乐类比作结,这里以弹琴作结。应当强调的是,使用明喻(比如这里出现了动词"譬")暗含一种把文学和音乐区别对待的意识,《诗大序》不区分文学和音乐,它把二者当作同一事物处理。"偏"的字面意思是"一面",与"全面"刚好相反:一根弦无法等同于一套弦。钱锺书以"得句而不克成章"来解释,未免不妥,因为这一段担心形式短小自然不免局限(这个局限被后世诗歌克服了),而不是担心才能有限,不胜任该形式。

"含" 这不是后世诗学所说的肯定性"保留",而是一种没有被意识到但应当被意识到的潜在因素。应当指出的是,短小形式恰恰通过"含"这一特质的转化而克服了这里所说的局限,从"没有被意识到的"因而也就等于丢失了的东西转化为"没有被意识到的保留",后者有可能在文本中被直觉到。

"靡应""应"在这里是音乐领域的技术术语,不过,该词的使用范围远远超出了音乐领域。"应"一词指"同情之唱和",或按张少康的意见,指同一个调子的音符(如歌手唱歌有乐器伴奏)。这一段回响着《乐记》中的那个著名陈述:完美的音乐"一唱三叹"(见第二章)。不过,《乐记》的意思是说,演奏的力度要有所保留,把一些东西保留下来,待听众的反应来完成;陆机这里则要求反应发生在文本内部。此段最有意思的方面是加强了视文本为时间中的一个过程的观念,文本更像是音乐表演,而不是一"物",作品不能被视为一个自动的整体。一部分必须完成,以便下一部分来"应"。我们可以把这个时间关系图解为:A不受B的限制;B受A的限制;C受A和B的限制……如果没有这种反应的时间性,

---

❶ 这里指文章的"起承转合"中的"承"。

第四章 陆机《文赋》

则有文本的局限性甚至孤独性。这种声音在时间上的相互配合是对外在人类世界的社会性和自然世界的有机关系的一种形式上的再造。[63]

* * *

163 或寄辞于瘁音，
164 言徒靡而弗华。
165 混妍蚩而成体，
166 累良质而为瑕。
167 象下管之偏疾，
168 故虽应而不和。

163 Suppose you entrust your lines to dreary tones:
164 The words will have pointless languor and want splendor;
165 A form constituted of lovely and ugly mixed,
166 Good substance encumbered by blemishes.
167 Likened to pipes in the lower part of the hall played too fast—
168 Though there is response, there is no harmony.

第163行 "瘁"也作"悴"，后字用于常见复合词"憔悴"中，明显指一种不受欢迎的特征，不过，无法确定这种"病态""疲惫"或"沉闷"的特征在下面那个音乐类比中究竟指什么。它也许指一种精力过于旺盛的表演，以至很快就变得消耗一空、杂乱无章了。程会昌认为它指紊乱、无章法，也就是乏"骨"：这样的特征大概可以跟放荡连在一起。五臣注认为它指"托咏于鄙物"，显然不确。

第164行 李善以"美"释"徒靡"中的"靡"，五臣注和《资料》释为"奢侈"。"靡"是个有趣的词，它指纤弱、依从，又有放纵、与女人发生性关系等联想意义。"靡"所代表的美是一种纤弱的无精打采的美。这里表示出来的亲密之感与上一段所描述的孤独恰成对照，不过，"靡"本身也是不足的。"华"代表另一面的美——闪烁的、亮丽的、色

177

彩鲜艳的美。

第165行　这种"体"由迷人和不迷人的特质构成,后者破坏了前者的效果。但是,陆机在这里把重点转移到他的结论:好与坏(妍媸)在这种模式中的冲突变成了更一般意义上的缺乏和谐,若干美好的特质一旦混合不当也会缺乏和谐。

第167—168行　要了解一个记忆中的典故如何在论说中发挥作用,这是一个绝佳的例子。为了让五病中的每一个都保持骈偶结构,陆机需要寻找新的同义词,这里他想到了"象",即"与……相像"。紧接着,他自然会想到该词的另一个用法,也就是古代的一种军事舞蹈,即"象舞"。"象"的这个用法让人想到《礼记》中的句子:"升歌清庙,下管象武。"陆机选择"象"是为了取其"相像"之意,结果他因此而联想到"下管"。在这个例子里,我们看到了一种非常有意思的创作心理,但不论这种创作心理多么有趣,我们都不能像《资料》那样据此推断这里确实表演了"象"舞。尽管军事舞蹈的表演可能是一种能量过度的表演,但这种音乐与此段开头四行所提到的那种模式完全不同。《礼记》中的句子描述了这样的情景:歌者唱《诗经》"清庙",同时舞者舞"象",徐复观根据这个情景进一步推断说,《礼记》所描述的乐舞表演刚好可以比喻陆机这里讨论的问题:歌者和舞者相互应和,但无法保持和谐。

上一段讨论孤独乏"应"的危险,与之相对的是回应的长度;可是,这个长度本身也存在各部分缺乏有序关系也就是缺乏"和"的危险。"和"即"和谐",是一个值得注意的概念。像"应"一样,"和"指与过程有关的因素,而不是现代英语词"harmony"所暗含的共时活动。但是,它跟"应"不同的地方在于,"和"暗示调子不同的音符,所以我们才能看到由不同因素构成的统一体。因此,在《文心雕龙·声律篇》中,我们读到这样的句子:"异音相从谓之和。"在"和"中,每一个因素都有自己的特性,它们共同构成一个更大的整体。它表示一种自然次序,一种同时具有"加入"之意的反应。

第四章 陆机《文赋》

* * *

169　或遗理以存异，
170　徒寻虚以逐微。
171　言寡情而鲜爱，
172　辞浮漂而不归。
173　犹弦么而徽急，
174　故虽和而不悲。

169　Suppose you disregard natural principle and keep what is strange,
170　Pointless quest for the empty, pursuit of the over-subtle:
171　The words will lack feeling, be short on love,
172　Yours lines will drift aimlessly to no end.
173　As when the strings are too thin and the bridges set too tight,
174　There may be harmony, but no strong emotion.

第169行 "理"前少一个"常"字，加上这个"常"字，"理"和"异"之间的对立就清楚了。"常"有不断和通常两意，作"不断"解，"常"是"理"的本质属性；作"通常"解，"常"与"异"构成一对。这里所说的危险指那种鄙弃具体的、近在眼前的、易于同他人分享的东西的做法。陆机这里选用"理"说明他所支持的是那种"遵循事物自然之理"的做法，而不仅是"通常"的做法。

第170行 "虚"混合了不实、捉摸不定和超世等几个意思。《资料》和徐复观都指出"虚"字在当时流行的新道家思想中的回响。

第171—172行 "寡情"是新道家所向往的状态。"爱"比"情"更甚，意味着强烈的情感依恋和欲望，新道家醉心于空灵的纯粹之境，当然更需要拒绝"爱"。[64]自《诗大序》以降，诗歌这种体裁已经跟"情"联系在一起。尽管当时的新道家思想不赞成在诗歌里铺张感情，可是,"情"早已是诗歌的领地了("诗缘情")。对于像陆机这样以文学为重的人,真实感情一定是必不可少的。类似情和无情这样的对立在运动特性(无论是生活中的运动还是文本中的运动)中也可以找到。庄子以及汉末、魏晋时代庄子的精神后裔们看重没有动机或目标的"漂浮"状态,这种"漂浮"状态摆脱了"情"或"爱"等一切束缚人的羁绊。"漂浮"之"辞"自然没有目标,也就是"不归";"不归"可能指不"返回"实在世界("归"非常接近英语口语中的"gravitates toward")。传统解释学术语中的"归"也很接近英语中的"to have a point"即"有要点",也就是拥有某个目标或因果关系,以引导读者理解文本。即使"情"被说成"虚",它毕竟来自具体的活生生的世界,并与后者保持联系。陆机看出了某种危险,即文学作品有可能割断它与世界的联系。

许多注家对这种状态给予多少有些不同的解释;他们不取道家超之物外的角度,认为它不过指轻浮的、机巧的,也就是那种躲避一切认真的游戏。漂浮和虚无之喻也适用于这种模式,所以,对此段做这样的理解也同样站得住脚。

第 173 行　这一句包含这样一个隐喻:弦绷得太紧,调子太高,发出的声音过于微弱,没有回响。

第 174 行　"悲"的字面意思是"悲伤",不过,与第 136 行的"凄"字一样,"悲"不仅代表悲伤,而是囊括了人类情感的整个范围。按照《诗大序》和《乐记》的说法,音乐和文学与道德史息息相关,"悲"在道德史中通常被视为负面特征,与"礼崩乐坏""亡国之音"相连。可是,陆机这里对"悲"字的使用显然取其正面价值,完全不考虑它与道德史的任何联系(虽然我们也应当注意,在否定词也就是下一段的"桑间"一词中,那个道德语境又回来了)。

以音乐作类比,"和而不悲"的危险在价值建构中所扮演的角色就清楚了。"应"即复杂的内在关系是第一位的,其他价值皆以它为基础;"和"确保反应中的秩序;但这些范畴仍然是纯内在的。把"悲"即"深情"增加进来,要求那种和谐秩序——过分追求内在的纯粹状态,就会

第四章　陆机《文赋》

危及这种和谐秩序——能够发挥作用，感染听众或读者。虽然音乐或文学演奏在这里超脱了道德的和社会的历史背景，但它仍不是什么独立领域：它来自人的情感，也必然"归"于人的情感。价值超出了演奏的内在关系，它把艺术活动置放到能够分享同一情感的社会群体之中。然而，这种向他人的转移自然有它自己的危险。

*　　*　　*

175　或奔放以谐合，
176　务嘈囋而妖冶。
177　徒悦目而偶俗，
178　固声高而曲下。
179　寤《防露》与《桑间》，
180　又虽悲而不雅。

175　But suppose you let yourself go rushing into choral unisons,
176　Devote yourself to the bewitching beauty of an orgy of sound:
177　Pointlessly you please the eye, match the common taste,
178　The sound may be loud indeed, but the tune inferior.
179　Be aware of *Fang-lu* and *Sang-jian*—
180　Though strong emotion is present, it may lack dignity.

　　第 175 行　"谐合"很可能指合唱或合奏时没有任何不协调之处。从音乐上讲，这种状态与上文描述的那种状态刚好对立，那里是超凡脱俗的个体，这里则是将个体迷失在集体之中。

　　第 176 行　按《资料》注，"嘈囋"是双声描述词，据汉代方言词典《方言》，它是一个常见的地方用语，指"多声"。后世注家强调声音吵闹、粗俗之意。五臣以"浮艳声"注"嘈囋"，点出该词的狂欢性，这个双声词在该时代的其他用法支持五臣注。"妖冶"暗示诱惑

181

和无拘无束,"嘈囋"与"妖冶"并列,证明五臣以"浮艳"释"嘈囋"是对的。

第179行　关于这一行的分歧意见,可参考《资料》的精彩总结。"桑间"是俗曲(或曲之一种),《礼记·乐记》称之为"亡国之音"。《汉书·地理志》把这种曲跟男女私会联系起来。陆机这里所说的显然就是这种曲子,也就是那种有深情但不高雅的艺术。不过,这里无法确定"防露"的所指。"防露"有可能代表那种"雅"作,于是,这一行的意思就是:要注意"防露"和"桑间"的区别。可是,李善把"防露"跟《七谏》(归在西汉作家东方朔名下)联系起来,认为它指屈原放逐、"亡国之音"以及与之相应的"悲"音。这样一来,"防露"就代表另一种虽悲而不雅之音。在我看来,后一种解释更有说服力。

"悲"　悲从那种超凡脱俗的个体伸展出来,拥抱他人,起初作为自身的肯定价值,后来却转向某种危险——狂欢式的无拘无束和身份的混杂,它与政治组织和性道德的解体联系在一起。雅对这种冲动施加一定程度的限制,使它重新回到身份界限尤其是等级秩序之中。悲补救了潜藏在过和中的弊病,雅又补救了潜藏在过悲中的危险。和、雅都与悲构成否定性关系,但二者从悲的不同方面给悲以否定性补充。"和"强调关系内部的位置次序,"雅"强调限制、等级和区分。接下来还得补充,这一回自然要再次强调情的冲动,以跨越暗含在"雅"中的限制和界限。

*　　*　　*

181　或清虚以婉约,
182　每除烦而去滥。
183　阙大羹之遗味,
184　同朱弦之清氾。
185　虽一唱而三叹,
186　固既雅而不艳。

181　Suppose you have a chaste indifference and graceful restraint,

第四章　陆机《文赋》

182　Always cutting away complexity, getting rid of excess:
183　It will lack that "flavor omitted" of the ceremonial broth;
184　It will be the same as the chaste reverberations of a temple zither.
185　Even though "one sings and three join in harmony",
186　Dignity you may have, but no allure.

"清虚"　"清虚"表示缺乏接合。这种危险比较接近第169—174行所描述的弊病。

"婉约"　该词表示少女一般的虚心和谦卑，取顺从的正面意义，而下一行的"烦"和"滥"则表示诱惑性的感官知觉。因此，这种至雅之作，大体相当于英语所谓"fastidiousness"（严谨，严格），其目标是尽可能避免一切诱惑性暗示。

第183—185行　这几行提到《乐记》中那个讨论省略美学的段落（见第二章），其中，礼乐和宴会在"雅"中达到极致。起初，"雅"有过的可能，似乎无法达到《乐记》所描述的"雅"的完美标准：与大羹不同，过雅太拘束了，甚至连"遗味"的意识都没有，更别说留下"遗味"。但是，陆机很快转到礼乐，正是这种礼乐体现了单调的严谨。《乐记》提到"朱弦"，其字面意思是"红弦"。这种音乐是不足的，即使有"三叹"来回应它的自我限制。

第186行　上文提到过雅以至过于严谨，这个缺欠可以用"艳"来补救。过分限制造成距离感，这个距离可以靠"趋近"放纵状态而不是"进入"放纵状态——感官的和色情的魅力——来补救。与五个文病相连的五种特质依次排列如下：1）"应"，它关系到文本内部的潜在关系；2）"和"，其中，每一个回应因素都不仅是其自身，而且有助于形成一个关系整体；3）"悲"，一种走出文本的活力，触及人类情感中的共同领域；4）"雅"，一种加强等级秩序和区分的限制；5）"艳"，一种把我们引向文本的感官魅力。上述价值序列以一种复杂的方式进一步阐发了《乐记》所确立的礼—乐关系：乐和之而礼分之。这五个价值皆表现为"和"与"分"的形式；这是文学和音乐中的核心问题，这也是人与人的关系中的核心问题，它是一种摇摆在保持孤独和融入他物之间的复杂平衡。

* * *

187　若夫丰约之裁，
188　俯仰之形。
189　因宜适变，
190　曲有微情。
191　或言拙而喻巧，
192　或理朴而辞轻。
193　或袭故而弥新，
194　或沿浊而更清。
195　或览之而必察，
196　或研之而后精。
197　譬犹舞者赴节以投袂，
198　歌者应弦而遣声。
199　是盖轮扁所不得言，
200　故亦非华说之所能精。

187　In the way it is cut, either terse or elaborate,
188　In form, descending or ascending;
189　One moves into mutations according to what is appropriate,
190　And the fine turns have the most subtle moods.
191　Sometimes the language is artless, but the lesson artful;
192　Sometimes the principle is plain, and the diction light;
193　Sometimes following what is old yields something very new;
194　Sometimes moving with murkiness gives renewed clarity;

第四章　陆机《文赋》

195　Sometimes a glancing overview brings requisite insight;
196　Sometimes the essence follows only after laborious honing.
197　Liken it to the dancer, flinging her sleeves to the rhythm,
198　Or to the singer, sending out her voice in response to the strings.
199　It is this that Wheelwright Bian could not put into words,
200　Nor is even the most glittering discourse able to catch its essence.

　　第187行　"裁"是一个与文学作品之"作"有关的工艺术语，它以裁剪布料制作衣服喻文学制作。"熔"即把金属投入熔炉，《文心雕龙》以一章之篇幅讨论"熔裁"。这一段把文本视为一个必须时刻做出反应的变化过程，而"裁"却暗示制作成固定样式的观点，既然这里存在矛盾，我们就应当强调丰与约之间的统一性，这种统一性是"裁"这个观念的核心：与其说作家"裁"，不如说作家在文本的运动中必须知道何时需要逗留、扩展、添加细节，何时需要限制这种冲动，何时需要"裁"以保持简约。我们或许已经注意到"丰"或口语所谓"奢"与感官的联系，以及"约"与个人限制之意的联系。

　　第188行　《资料》把"形"释为作者动作之"形成"。这一行的难题在于"俯仰"（字面意思是"上下看"）一词的意思。《资料》把它理解为"气势"的增减，好像很有道理。但是，既然"俯仰"也可用以指文本内部的次第关系，那么，这个复合词也可能指发生在作品之内的向前运动即"前瞻"，和倒退或回返运动即"回顾"前文。

　　第189行　创作过程是一个以变化和转化原则为指引的运动过程，第103—112行的解说已详细讨论了这个问题。第189行似乎指上一个对句所确立的选择项，也就是根据你对适当性的感觉来调节"丰约"或"俯仰"变化。

　　第190行　"曲"指变的过程中发生的微妙转向。"曲"可能跟那种急剧的方向改变形成对比。作家情绪中的细微变化也许是引发文本之"曲"的诱因,但是,它似乎更像是后者的结果。这种"曲"发生在作品的方方面面:情绪、论点、节奏、力度等。从这些"曲"中可以见出"微情",它或者体现在被传达的感情("情")中,或者体现在被展示的环境("情")中。大概"情"的大范畴如欢喜、气愤、悲伤等可以在静态中传达,但对于更精细、更微妙的差别,也就是把内心真实可信的活动传达出来,不停地变化和转向是必需的。

第 191 行 "拙"和"巧"是常见的一对。二词皆有褒贬两意。在这个语境里,二词很可能都取其肯定意义,虽然"拙"可能意味着有些人会瞧不起它。"拙"即笨拙或丑陋。你很容易把"拙"理解为天真,但"拙"不具有席勒所使用的"天真"一词所包含的那种理论意义,❶陆机那个时代的作家对"拙"十分自觉,他们会毫不犹豫地声称自己拥有这种特质。这里被译为"lesson"(教育意义)的"喻"经常被译为"allegory"(寓言、讽喻),如果从先于或独立于文本并通过文本来传达的那种"有意信息"的意义上来理解,"allegory"一词确实接近汉语中的"喻"。前面几行所描述的转化显然指文本的内在活动;像中国古代文学理论文本经常出现的情况一样,陆机这里把文本内部的活动跟理解或情感活动合并在一起,在这个例子里,也就是把文本"层"和文本下面的"有意信息"合并在一起。表面看来似乎很简单,一经理解才发现其深度,一个好的讽喻就是这样。

第 192 行 "朴"(最初指树皮犹在的那种原木)是《老子》一书中非常重要的术语。"素"用于"理"即自然原则,正如"拙"用于人性和人类行为。可是,"轻"与"朴"不能构成明显的一对,除非"朴"取其"实质的"或"严肃的"之意,而"轻"则意味着"不在意"。"轻"可以

---

❶ 席勒(Friedrich Schiller, 1759—1805),德国诗人、剧作家、理论家,著有论文《论素朴的与感伤的诗》(1795—1796)。简单地说,席勒所谓"素朴的"(naive)诗是"自然的"、客观性的、不带个人色彩的、造型性的、古代的,"感伤的"(sentimental)诗是反思性的、有自我意识的、带个人色彩的、音乐性的、近代的。

跟"巧"相连,虽然"轻"强调缺乏严肃性和懈怠。尽管这一行在用词上发生了变化,它在一定程度上扭转了对立的强度,但是,这一行仍然有意与上一行构成交叉对偶:言拙:喻巧 / 理朴:辞轻。

第 193—194 行　这两行继续在偶对之间进行交换,虽然我们不知道这些对偶究竟发生在何处,是发生在文本的内部运动,还是创作过程或是理解过程。"袭"描述密切贴合或模仿,在这个例子里,"袭"的活动产生了它的对立面——变化和创新。"浊"和"清"构成的一对通常用以指"气"的特性,不过,该词也适用于道德和概念特征(见曹丕《论文》)。一般说来,"浊"是个贬义词。

第 195—196 行　这两行究竟指创作还是阅读中的反思过程,不太清楚。难和易的对比贯穿全篇。第一行当指"有时,大略的浏览引发[进一步]细察的必要"(张凤翼沿着这个思路提供了一种解释,见张少康《文赋集释》),不过,这种解释破坏了这两行所暗含的对偶结构(或……或……),所以,五臣注、程会昌和《资料》都选择了另一种解释,我的译文也是如此。

第 197—198 行　这两个美妙的比喻加强了上文提到的那种文本的近于即兴表演的活动过程。二者的关系不如第 145 和 146 行的"形""响"意象那么有机,但在这个有机隐喻的转换中,它承认表演中存在技巧。不仅如此,形影和声响意象指一个完整的文本整体的内部关系,而这两个比喻则指创作过程以及阅读过程中的领会。按照第 107 行的描述,创作能力取决于对这个转化原则的理解,也就是在任何一个时刻都必须本能地意识到往何处移动,怎么移动。但是,如果作家处在舞者和歌者的位置,那么谁来占据音乐和音乐家的位置,是后者提供了节奏、演奏了乐器?一个答案见第 221 行的"感应"模式,它假设某种经验、情感活动或文本的内在动力可以起促动作用。

第 199—200 行　轮扁见《庄子》,此人对齐桓公评论语言之局限,他用自己做工匠活的例子表明,随手之技艺无法用语言传达,也不能传授(见第一章)。轮扁之手的本能运动回应了舞者之衣袖的运动,它也暗暗照应序言第四部分，那里也提到了轮扁和语言之局限。

"华说"这个描述词很容易用在陆机自己的《文赋》上，"亦"和"精"用在这里可能多少带点游戏或反讽之意。它似乎暗含这样一种考虑：即便是轮扁这样的"拙"人都无法把它诉诸语言，一种浮华的、精细的话语却有这种可能；但结论仍然是否定的：即便是这样的"华说"仍然无法完成这个任务。要理解这个反讽必须依靠读者对反面价值的认识——恰恰是因为轮扁是"拙"的，所以他才能比"华说"更好地解释这种情况。"精"即"得其实质"加重了反讽的可能，因为"精"作为一种特质刚好与"华"形成互为对照的两种风格。语言无法解释语言艺术之"精"，对这个观点所作的反思把我们带回序言第四部分。请注意，根据方志彤的校订❶，这个对句的最后一个字作"明"，这样可以避免与第196行重复。

陆机始终着迷于变化和运动之"妙"，这种着迷表现在《文赋》的通篇。作家的艺术首先被视为运动技艺，这种技艺可以体现，但无法在语言中被对象化。技巧表现在"时间性"活动之中，它是一种在无法预见的事物中游刃有余的能力。在现代思想中，我们已经很难再遇见这一类想法，那种对预见力和控制事态的迷恋也已基本消失了。

* * *

201　普辞条与文律，
202　良余膺之所服。
203　练世情之常尤，
204　识前修之所淑。
205　虽濬发于巧心，
206　或受嗤于拙目。

---

❶ Achiles Fang（方志彤），"Rhymeprose on Literature: The *Wen-fu* of Lu Chi", *Harvard Journal of Asiatic Studies* 14 (1951)。"精"，《文镜秘府论》作"明"。

第四章 陆机《文赋》

207 彼琼敷与玉藻,
208 若中原之有菽。
209 同橐龠之罔穷,
210 与天地乎并育。
211 虽纷蔼于此世,
212 嗟不盈于予掬。
213 患挈瓶之屡空,
214 病昌言之难属。
215 故踸踔于短韵,
216 放庸音以足曲。
217 恒遗恨以终篇,
218 岂怀盈而自足?
219 惧蒙尘于叩缶,
220 顾取笑乎鸣玉。

201 The overall statutes of phrasing and writing's regulations,
202 Are things to which my heart has submitted.
203 I have a fine sense of the constant transgressions in the disposition of this age,
204 And recognize what is pure in former worthies.
205 Although something may emerge from the depth of the artful mind,
206 It may still be ridiculed in the eyes of the artless.
207 Such agate flourishes and filigree of jade
208 Are like the wild beans on the central plain,
209 Never exhausted, like the Great Bellows,
210 All nurtured together with Heaven and Earth.
211 Yet however abundant they are in this age,

189

212 I sigh that they do not fill *my* open hand❶.
213 My misfortunes is to have a pint-sized capacity, often empty,
214 And I suffer at the difficulty of continuing the apt words of the past.
215 So I limp along in the rhymes too short,
216 Give forth ordinary tones to complete my songs,
217 And always some regret remains at the end of a piece—
218 Never is my heart full, never am I satisfied.
219 I am frightened that this vessel will be tapped as it lies in the dust,
220 And will surely be laughed at by the ringing jade.

第 201 行 "条"是法律术语，见第 113 行和第 129 行的解说。这里与"律"构成一对，其法律意思超过了它的另一个意思即"枝条"。在这一行我们碰到了汉语中的一个修辞法即"互文"，按照这种修辞法，骈偶结构中的两个处在同一位置的词可以互换，其意思并不改变。例如我们可以把"辞条"和"文律"二词轻而易举地变成"文条"和"辞律"。五臣注以"条"为"条流"，指文章的类属和历史来源两方面。张凤翼认为它指作品的有机结构，许文雨把它跟那个古老的文章林府之喻联系起来（见张少康）。陆机确实喜欢那个有机之树的隐喻，不过，他也喜欢从规则和犯规的角度看待文章，后者还是本段第一部分的主要内容。程会昌不同意五臣注以"音律"释"文律"，这种解释犯了时代性错误。陆机确实认为作文有严格的规则（自然也包括他本人意识到的声音之悦耳），但是，他所说的"律"是一般意义上的、不固定的，他并非预见到后世诗学所确定的各种写作律令。

第 202 行 "服"这里译为"submit"（服从），也可作他解。"放在

---

❶ 斜体为作者所加。

第四章 陆机《文赋》

心上"是最可取的一个。

第 203 行 "练"指具有训练有素的眼力,也就是靠努力积累的经验得知。"常尤"也可理解为把"考虑"这个动词名词化了,这样一来,这句话的意思是说"对于被这个时代一直考虑为[文学]犯规的东西,我有很好的眼力"。在这后两种解释中,陆机都可能声称自己既领会古人的优秀之处,也理解现时代的精美之处。如果按照我的译文,古人的成功与今人的失败就构成了对比。❶"世情"一词也许可以支持把"尤"作"考虑"解,"情"用在对错误的反应上更合适,用在陆机所谈论的那种错误上反而不那么合适。但下一个对句提到担心不被赏识,他支持我的译文所提供的解释。

第 205—206 行 与第 119 行的情况刚好相反,这里的"拙"是贬义的,"巧"是褒义的。"世情"何以欣赏不了真正有价值的东西,这或许就是一个例证。请注意,有价值的东西藏在里面,所谓眼力之巧拙取决于从外识内的能力。而且,我们还应当注意,文学作品的源泉是"巧心",而不是与艺术领域之外的东西相关的"志"。方廷珪(见张少康)认为"发于巧心"的东西特指"前修"之作,虽然这种解释符合这里的修辞结构,而且此行肯定包含这层意思,但对于这个一般性陈述,这个解释未免太拘泥了。

第 207—208 行 "敷"的基本意思是"打开""铺展",这里译为"flourishes"(繁茂);"敷"具有植物无比丰富之意,与"藻"很近似,后者通常被引申到文学领域。玉石经常用以比喻精致之文,虽然玉石的稀有花纹与豆子的常见花纹构成鲜明的对照,后者从"敷"和"藻"之喻延伸而来。"中原有菽"(中原到处有豆子)是当时的习语,它出自《诗经》,在《诗经》里,该句与这样一个劝告恰当地连在一起:勤学,以便拥有其先人一样的美德:

---

❶ 译文的大概意思是:"对于今人创作中常常表现出的犯规,我有很好的眼力;对于前人文章中的精义,我也了解。"

> 中原有菽,
> 庶民采之。
> 螟蛉有子,
> 蜾蠃负之。
> 教诲尔子,
> 式穀似之。
> ——《诗经·小雅·小宛》

陆机使用野生豆子的常见来说明优秀的文学资料易于得到。读者大概注意到,诗经解释学的定见未能妨碍陆机对该段做常识性阅读。

第209—210行 "橐籥"是《老子》所使用的意象,以描述大自然生生不息和"气"(橐籥中的气)的恒常运动。[65]把这个对句和上一个对句合起来读,我们见到那个有机隐喻的一个新的表达法:作品的内在本性不再是植物的有机性,在这里,文学的"原料"无处不在,源源不断,随时可以"摘选"(请注意,采摘作为创作中的必要活动不断出现)。

第211—212行 "纷葳"一词描述植物的繁密,这里指文学精品即"菽"。钱锺书指出,陆机此赋从这一刻起发生了转折:从自信走向明显的自我怀疑,从驾驭自如走向无依无靠,从富足走向缺乏。

第213—214行 "挈瓶"的字面意思是"小水罐",该词见《左传·昭公七年》,喻小智。置身无限丰富的文学林府,陆机不但痛感个人贫乏,而且自觉能力有限。"昌言"译为"apt words"(巧言),也许译为"glorious words"(华辞)更恰当,该词的通常用法见《尚书》;这里指前人之作的伟大(因此译文里添加了"过去"一词)。陆机首先谈到面对今人的潜力他自觉不足,然后又谈到同古人的成就相比他自感贫乏。在前人的文学伟绩面前感到今人衰落了,这种意识渐渐成为后世文学思想(在西方文学思想中也是如此)的强大母题,与之相比,曹丕的自信显得特别突出,他断定他自己那个时代的作家丝毫不逊于那些伟大的东汉文豪。

第215行 "踸踔"指蹒跚的步态。下一个词我取"短韵",但《资

第四章 陆机《文赋》

料》、程会昌、钱锺书和张少康皆取"短垣",即矮小的泥墙,走在这种泥墙上,自然脚步蹒跚。读作"短韵"的最大障碍是它与第158行重复了,不过,这不成问题,因为陆机经常回溯前面的主题。"短韵"在那里指一个一般问题,在这里指他自己的问题。孙志祖(见张少康)反对这个校订。长度不足的问题在后面几行继续有所讨论,而且,它也符合《文赋》全篇从各种角度加以讨论的那个更大的语言之不足问题。因此,五臣的注文是"言迟滞于小篇",所以渴望空间。

第219—220行　像第213行一样,陶器用在这里比喻能力的大小;它的容量之小,一敲即知。"蒙尘"指地位低,不被使用。相反,"鸣玉"经常用以比喻优秀之作。

骄傲和自我怀疑总是相伴而行,只要一个出现,另一个不会藏得太远。就在陆机笔锋一转,对他的同代人——他们自然无法领会他的卓越——展开批评之际,他已脚步摇晃地站到得意的顶点,然后又一下子跌落下来,陷入自我批评和自我怀疑之中。在这里以及下面几个段落中,陆机突然推翻了他前面所倡导的价值观念,这些地方已经被钱锺书点出来了。尽管这一段确实存在对立的冲力,它毕竟体现了前世经典所赞赏的那些令人信服的心理活动:"我理解古人的真正价值,但今人大多没有这个眼力;他们嗤笑真正好的东西,虽然好作品在这个时代也不难找到;但我没有找到,因此,我的同代人中的佼佼者也会嗤笑我无能。"《文赋》全篇始终在正反冲动中保持平衡,发生在这里的论点反转也体现了这种平衡。

下一部分从四个方面讨论灵感问题:一般原则(第221—226行),灵感充沛的情况(第227—234行),缺乏灵感的结果(第235—242行),对灵感的力量和神奇之处的体会(第243—348行)。

* * *

221　若夫感应之会,

222　通塞之纪,

223　来不可遏,

224 去不可止，

225 藏若景灭，

226 行犹响起。

221 At the conjunction of stirring and response,

222 At the demarcation between blockage and passage,

223 What comes cannot be halted,

224 What goes off cannot be stopped.

225 When it hides, it is like a shadow disappearing,

226 When it moves, it is like an echo rising.

第 221—222 行　这个对句确定了创作之初的那个关键时刻，它介于第一部分所描述的创作之前的反思和随之而来的创作过程中的凝思阶段之间。它与第 45—50 行所描述的时刻大体一致。在"感"和"应"相"会"之际，存在一个无法控制的时刻，其中，创作之流可"塞"可"通"。既然这个时刻的来临是不能控制的（也许这个时刻用轮扁斫轮之手的动作来类比是最有效果的），陆机拿不出什么建议，他只能告诉我们它之"所以"，而说不出其"所由"。[66]

第 223—224 行　《庄子·田子方》有一段描述孙叔敖解释自己得位而不喜、失位而不忧的原因，❶ 这个对句使用了那里的措辞。陆机对灵感之无法驾驭表示担忧，这种担忧之情自然与《庄子》原文所欣赏的淡泊之心不是一回事；对原文的运用无意中变成了对原文的反讽，从东汉到唐，文学界对《庄子》的引用往往如此。另一个突出的例子见《文心雕龙·神思篇》开头（见第五章）。

第 225—226 行　《资料》以"光"释"景"，但为了与"响"搭配，以"影"释"景"似乎更恰当（参考第 145—146 行）。

---

❶ 《庄子·田子方》："孙叔敖曰：'吾何以过人哉！吾以其来不可却也，其去不可止也。吾以为得失之非我也，而无忧色而已矣。'"

第四章 陆机《文赋》

儒家解释学关注"诗"的词源学,以此为起点,中国文学思想把更多的注意力倾注到创作的已被确定的和非自觉的层面。陆机的注意力发生了极大转向,在《文赋》里,创作被视为一种自觉活动,其结构是可控制的。可是,在《文赋》走向结尾之际,非自觉论卷土重来,这种非自觉论与被显现的内容无关,它关涉理想的创作过程会不会"流"。在"知言"的孟子面前说"诐辞"的人可能会感到不安,因为他不自觉地暴露了自己;但是,被暴露的刚好是他自身的性格缺欠。同理,以作家自居的陆机的自我表达一旦被非自觉的力量所控制,他作为作家的局限也就面临被暴露的危险。

   *   *   *

227 方天机之骏利,
228 夫何纷而不理。
229 思风发于胸臆,
230 言泉流于唇齿。
231 纷葳蕤以馺遝,
232 唯毫素之所拟。
233 文徽徽以溢目,
234 言泠泠而盈耳。

227 When Heaven's motive impulses move swiftly on the best course,
228 What confusion is there that cannot be put in order?
229 Winds of thought rise in the breast,
230 A stream of words flows through lips and teeth,
231 Burgeoning in tumultuous succession,
232 Something only the writing brush and silk can imitate.
233 Writing gleams, overflows the eyes:
234 The tones splash on, filling the ears.

第 227 行 "天机"指一个自然过程的启动或启动之因,它起初微妙、捉摸不定,后来渐趋强大。文学反应("应")之来犹如天机,它表现为一种自动展开的、不断集聚动力的自然过程。徐复观正确强调了这个自然过程的无意识性和不可理喻性。"Move swiftly on the best course"(在最佳之路上迅速移动)是对"骏利"一词的意译。"利"在这里指最有优势的,也就是对于某一活动或运动障碍最少的途径。修饰词"骏"指在大小和速度上皆为上乘。

第 228 行 "纷",这里译为"confusion",通常描述混乱无序之丰富。该词在这里取其负面特征即需要整理,但在第 231 行则取其正面意思即灵感的"萌生"。"理"即自然原则,这里作及物动词用。

第 229—230 行 在思想之风("思风")和语言之泉("言泉")的对偶之间,从"思"到"言"的次第表明了那个向外显现的过程。风和泉始终是《文赋》的一个突出意象,它们是描述进行性和流动性的核心隐喻,创作中需要重视这种进行性和流动性,而且按照《文赋》的理解,它们也是文本自身固有的特性。

第 232 行 "拟"即模拟(见第 137 行的解说),但模拟概念有两个必不可少的层面:一方面是思与言的运动,另一方面是写作活动。这个关于创造过程的看法大概类似雪莱的观念:灵感奔腾而来,创作之手试图在它消逝之前把它捕捉到。❶ 但我们应当注意,被模仿的不是某种先于口头表达的"诗的观念",而是与思想同步的需要通过书面语言来模仿的口头语言。

陆机在第 222 行提出"通"和"塞"。上一部分对"通"和成功之"应"作了引申。它描述了创作从其自然萌生直到被洪流裹挟的自然过程。现在,我们从丰足状态转向其互补方面"塞",也就是缺乏状态。

---

❶ 参考本章序言第二部分的解说。

第四章 陆机《文赋》

* * *

235 及其六情底滞,
236 志往神留。
237 兀若枯木,
238 豁若涸流。
239 揽营魂以探赜,
240 顿精爽而自求。
241 理翳翳而愈伏,
242 思乙乙其若抽。

235 But when the six affections are stalled and hampered,
236 When mind strains toward something, but spirit remains unmoved,
237 One is immobile as a bare, leafless tree,
238 Gaping empty like a dried-up stream.
239 One draws the soul to search secret recesses,
240 Gathers vital forces to seek from oneself;
241 But natural principle is hidden and sinks away ever farther,
242 Thought struggles to emerge, as if dragged.

第 235 行 "六情"具体包括哪些情,说法不一,但它们总是成对出现,如喜怒、悲欢、爱憎。可以借助一个对偶词来理解的范畴通常只用一个由两个汉字组成的复合词来表达。类似"情"这样的范畴显然不止包括一个偶对,但经常用一个主要偶对就概括表达了;因此,"百植"就用一个"植"字来表达,"六情"就写作"情"。

第 236 行 其字面意思是"志"走了而"神"留下了。按照传统词源学的说法,"志"即"心之所之",它有目标、有能量,它的能量是有方向的;但"神"未能传递它。这种情况自然指想写什么却未能写出来。

第 237—238 行　这里再次使用了那个植物和流水之喻，但这一次，它们不在场。只要他觉得合适，陆机会毫不犹豫地使用《庄子》，枯木意象在《庄子》里本来是个正面意象，但在这里却代表自然生命力的严重丧失。"兀"指不动、没有感觉、死气沉沉。

第 239—240 行　陆机企图返回到《文赋》开头的自觉论，但没有成功，他认识到，即使你有意识并做好一切恰当准备，仍然不够。在上文，那是一个自然而然的活动，在这里则成为一种有意识的努力即"自求"。

"营魂"　一个模糊的、一般性术语，指某种未确定的心理层面。有的本子又作"茕魂"，但与第 240 行的对应词"精爽"（被译为 vital forces）匹配，"茕魂"不如"营魂"合适。不论自先秦以来这类字、词存在多少区别，也不论陆机同时代的哲学家和注家们如何努力限定它们的意义，这些字、词的精细之处在赋和骈体文里很难保留。

"探赜"　指探索神秘和隐蔽的事物。

"自求"　该词可以理解为"独自寻求"，也可以理解为试图在自我深处寻找灵感，这样可以跟"探赜"的言外之意相照应，我的译文采用了后者。[67]

第 241—242 行　"理"显然指隐蔽的、需要搜寻的事物。"乙乙"描述事物难以出现的特性。"抽"既可指拔出，也可指推出，像"抽芽"的情况一样。大概正是"思"如此不容易冒出来或被抽出来；但也可能是"思"一直难以把隐蔽之"理"抽取出来。

*　　*　　*

243　是以或竭情而多悔，
244　或率意而寡尤。
245　虽兹物之在我，
246　非余力之所戮。
247　故时抚空怀而自惋，

第四章 陆机《文赋》

248　吾未识夫开塞之所由。

243　Thus at times I wear out my feelings, and much is regretted;

244　At other times I follow the bent of my thoughts with few transgressions.

245　Although this thing is in the self,

246　It is not within the scope of my concentrated forces.

247　At times I consider the emptiness in my heart and turn against myself,

248　That I do not know the means to open this blockage.

第 243 行　作家为了写出东西而"竭情"。懊悔可能因为他一无所得，也可能因为他尽管作出努力却没写好。

第 244 行　"率意"是一个固定词组，指率性而为，但在这里，被突出的是"意"的技术层面，所以"率意"的意思是说，不费力气地跟从文意的来临。

第 245—246 行　"物"大概指文学作品，它已经藏在"我"之中。或按方廷珪的说法（张少康引），"物"指"文机"即文学作品的发条。把藏在"我"身上的文学作品找出来，这一描述让我们想起前浪漫主义批评家如爱德华·杨格对创作的描述❶；只不过在前浪漫主义的内在追寻中，被发现的是隐藏的自我；而在陆机的描述中，被发现的是更普泛的自然原则即"理"，自我包含在理之中。而且，理的出现或它的"自我呈现"（由于坚定的作家的自觉发现）是由理自身之内的力量发起的，这种自身内部的力量不受意识的控制。[68]

"勠力"　指集体的或个人的极大努力，这里为照顾句子结构而被拆开，成为"非余力之所勠"。

---

❶ 爱德华·杨格（Edward Young，1683—1765），英国诗人、文论家，代表作有长诗《哀怨或夜思》、论文《试论独创性作品》等。

第 247 行 "抚空怀"依字面意思即"抚摸我空空的胸怀",但"抚怀"的引申意思通常指"反思心之所想"。在这里,心中所想之物是"空"。[69]

结尾部分是唱高调。多数完整的赋作皆有一个正式的结束语,它通常用一个词如"乱曰……"(通常被译为 the Coda says)把它自己同正文部分分开。虽然陆机的结束段没有标明"乱曰"等字眼,它显然也具有同样的功能。像正式的结束语一样,《文赋》的结尾也采用了高调的语言和近乎抒情诗一般的风格。

* * *

249　伊兹文之为用,
250　固众理之所因。
251　恢万里而无阂,
252　通亿载而为津。
253　俯贻则于来叶,
254　仰观象乎古人。
255　济文武于将坠,
256　宣风声于不泯。
257　涂无远而不弥,
258　理无微而弗纶。
259　配霑润于云雨,
260　象变化乎鬼神。
261　被金石而德广,
262　流管弦而日新。

249　The functioning of literature lies in being
250　The means for all natural principle.
251　It spreads across ten thousand leagues, nothing bars it;
252　It passes through a million years, a ford across.

第四章 陆机《文赋》

253　Looking ahead, it grants models to coming generations;
254　Looking back, it contemplates images in the ancients.
255　It succours the Way of the ancient kings, on the point of falling;
256　It manifests reputation, does not let it be lost.
257　No path lies so far it cannot be integrated;
258　No principle so subtle it cannot be woven in.
259　Peer of clouds and rain with their fertile moisture,
260　Semblance of divinity in transformation.
261　When it covers metal and stone, virtue is spread;
262　Flowing through strings and flutes, it is daily renewed.

第 249—250 行　后世思想家把现象分为"体"和"用"两个范畴。从功用上给赋下个定义就是"给事物以规范形式"即"体物"（第 86 行），这也正是陆机以自己的特异方式对"文"这个题目所做的事情。因此，陆机在赋的结尾转向"用"是很恰当的。"文"是"理"之"所因"即方式。所有注家都同意显现是目标，"理"以"文"为因；也就是说"理"是"所是"，但为了得到显现、被知道，它必须通过"文"来表现。我们无法确定这里的"文"仅限于文学还是它的更普泛的意义即万物的"样式"（见刘勰《文心雕龙》第一章的说法）。陆机称"理"为"众理"即合在一起的理或所有的理。就特殊事物和活动而言，"理"既是一般的也是特殊的。二者都靠"文"来显现；而且，按照陆机在后面几行的说法，没有任何"理"是"文"所显现不了的（尽管在序言的第四部分他曾表达过否定意见）。

第 252 行　"为津"：自从孔子派子路"问津"（见《论语·微子》），"津"或"过津"等词就用以指"大道"在世界的传递，尤其是在时间中的传递。陆机把这个原则转用到个人的不朽上，这个意思被徐复观很恰当地表达出来："人之精神可以通于亿载，而文为之津。"这种在时间和空间上的延伸就是所谓"远"的意思,这里把"远"译为"far-reaching"(延伸得远)。

第 253—254 行　前面说过,"俯仰"的字面意思是"上下看",这里指在时间中前后看(上文指回看前面的段落和展望后面的段落)。

"则"　即规范或规则,尤其是道德意义上的规范或规则。在结尾部分,陆机一步步向儒家伦理的传统用语和价值观念靠近。

"观象"　据说作《易》之圣人"观象"。显然,陆机这里所谓"观象"既可指《易》之象,也可指一般意义上的古人之作中的象。

第 255 行　"文武"是周代的两个创始人。这一段回响着《论语·子张》的声音:公孙朝问孔子的学生子张,孔子从什么地方学习,子张回答说:"文武之道,未坠于地,在人。"时至陆机的时代,古"道"更是岌岌可危,必须靠文来传递。所以,陆机把《论语》中的"未坠"改为"将坠"。

第 256 行　被译为"reputation"(名声)的词其实是"风和声"。李善引《尚书·毕命》,其中,周康王这样教导他的东督毕公:"章善瘅恶,树之风声。"这里借用古圣贤的声音增添了结尾之高调的权威性。

第 257—258 行　上一行的"弥"和下一行的"纶"合在一起构成复合词"弥纶",该词是一个常见的政治—哲学术语,它是一个编织隐喻。"弥纶"就是把所有的东西拉到一起,组成一个统一"网络"。这里的核心观念是把文学视为统一的文化结构。"远"的说法表明文学有权处理规范之外的题目。

第 259 行　"云雨"早已是性爱的委婉语,这里与圣人或帝王的功能联系起来,圣王的恩泽好比施与雨露。文学把那种好的、赋予生命的影响传递出去。

第 260 行　"变化"是一切自然物的特征,尤其是精神存在的特征。文学分享那种迅速的变形力量,既在它自身之中,也在它的效果之中。

第 261—262 行　"金石"指雕刻之文,古人之"德"因之而显。因此,"金石"一词成了表达文章之永恒的标准换喻。永恒的文本配上"管弦",通过这种重演,古老的文本就可以保持常新。

陆机对文学之用的高声赞美主要集中于它的中介作用,例如文学把隐蔽的东西显现给他人,它把分散的东西或有分散之势的东西结合起来:它结合旧与新、近与远、隐与显,把一己之德传布给众人等。文明靠"文"得以凝聚,陆机对这一点理解得十分清楚。

注 释

本章以《文选》第 17 卷为底本。

〔1〕 应该说明的是,在陆机的时代有许多不同种类、发源于不同传统的赋,有一些赋确实处理一时一地的个别体验。

〔2〕 关于《文赋》写作年代的论争,参见张少康《文赋集释》,第 3—4 页。

〔3〕 参考《史记》(北京,1964),第 3314 页;《汉书》(香港,1970),第 3509 页;《诗经》"小序"的各处。

〔4〕 顾施祯和黄侃二人大体上都选择了这个意思。顾注:"用心,作者之意";黄认为它就是本文后面所说的"言情"。见张少康《文赋集释》,第 2 页。

〔5〕 唐大圆对"用心"的理解有所不同,他认为它是"窥他人之用心";方廷珪认为,"其情"指上文所说的"妍蚩好恶",因此,"就其妍蚩好恶,窥知作品的情况"。见《文赋集释》,第 4 页。

〔6〕 郭邵虞"论陆机《文赋》中所谓'意'",见《照隅室古典文学论集》,第二册,第 138—139 页。

〔7〕 参考方弘的观点,见《文赋集释》,第 12 页。

〔8〕 David Lee Clark 编《雪莱的散文》(*Shelley's Prose*, p. 12)。

〔9〕 唐大圆,见《文赋集释》,第 11 页;刘若愚《诗学的悖论和悖论的诗学》("The Paradox of Poetry and the Poetics of Paradox"),见 Lin Shuen-fu(林顺夫)和宇文所安编《抒情声音的活力》(*The Vitality of the Lyric Voice*, p. 60)。

〔10〕 见《资料》;又见张怀瑾《文赋译注》。

〔11〕 按照钱锺书在《管锥编》提出的解释,李善认为"中区"即"区中",也就是"在室内",因此指阅读而言。这种解释不太可靠。

〔12〕 孙绰(314—371)《游天台山赋》描写的就是这种精神之旅,他把这种精神之旅描写得俨然实地游览了天台山。关于该赋的英译,见 Burton Watson《中国的有韵散文:从汉代到六朝的赋体诗歌》(*Chinese Rhyme-Prose: Poems in the Fu Form From the Han and Six Dynasties Period*, pp. 80-85)。

〔13〕 方廷珪认为这个对句指《文赋》自身的创作。这也不是不可能,但既然这个所指对象出现在开头,它就应当贯穿《文赋》的始终,如果真是这样,《文赋》岂不成了那种现代的自我指涉文本,一篇关于它自身创作的赋!

〔14〕 如果不是考虑到破坏了骈体结构,这种解释在文意上比我的解释更自然。然而,仔细观察这一行的修辞,我们注意到,在它的对句里省略了一个"其",这一行本来可以包含一个"其"字。而且,"纷纭"这类描述性复合词(因为诗格的要求,这里被减缩为"纷")可用以描述"万物",跟"思"相比,用"纷"来描述万物甚至更恰当一些。所以,我把这个短语读作一个扩展了的散文结构即"思其纷纭"。这样读一方面保留了对偶,读得通,而且更完美地维护了这里的修辞结构。

〔15〕 此处读作"先民"而非"先人",见《文赋集释》第 15 页和 20 页。

第四章　陆机《文赋》

〔16〕 李善和五臣注持前说,唐大圆和程会昌持后说,程认为陆机在赞美他自己的祖先。庾信(513—581)在他的《哀江南赋》的序中提到这一段,他的理解似乎与程相同。

〔17〕 张怀瑾在《文赋译注》中把"投篇"解作"把自己投入写作之中",但是,这种解释不符合该词的恰当用法,这样的例子在张书里比比皆是。徐复观提供了一个更似是而非的解释:"拿起(举)篇简",以便写作。

〔18〕 虽然徐复观正确指出"斯文"已成为"美文"的泛称,但他进一步认为,它就是陆机的文学先辈之作;这样一来,我们就弄不明白他究竟怎样解释这一行了。程会昌等学者把"斯文"解作"这篇作品",也就是陆机正在写的《文赋》。徐认为这样讲不通,我同意徐的看法。

〔19〕 引自柯庆明和曾永义编《两汉魏晋南北朝文学批评资料汇编》,第214页。

〔20〕 《史记》,第2233页。

〔21〕 陆机这里所讨论的独创,只是辞藻问题,还是包括"文意"在内,对于这一点,学者意见不一。见《文赋集释》第38—39页的总结。唐大圆提出了一个独特解释(见第35页),我认为他的意见不对,他说,"百世残缺不全之篇章,皆收集之以为吾文之用。千载遗失不录之咏歌,亦采撷之以充吾文。此既吾剿袭雷同之弊,而亦有推陈出新之美"。

〔22〕 见钱锺书《管锥编》第1186—1187页,关于骈文。

〔23〕 有一个试金石可以区分二者,你可以说"其意非",但你不能说"义非"。王靖献提出了一个有趣的意见,他说,这里的"义"具体指《诗经》的"六义",每一"义"都暗示一种不同的写作方法;为选择其中的一个,作家对作品需要采取一个基本态度。

〔24〕 王靖献把"部"视为文本大结构中的"部分"(西方修辞学意义上的)。

〔25〕 李全佳(见《文赋集释》)指出了《文心雕龙》中的许多类似段落,张少康反对他的看法,他认为《文心雕龙》更为复杂,分析段落相对更为精确。虽然这个看法是对的,但应当指出的是,陆机的词汇(在这里以及在《文赋》其他地方)通常更为丰富,或者由于他的用词极端含糊,或者由于句子里面隐藏着那个政府隐喻,总之,他的词汇更容易让读者联想到其他参考框架。任何一个传统中的早期作品都具有这样的优势,当时,确切而特定的文学研究术语尚未成形。

〔26〕 参考《文心雕龙·宗经》对《尚书》和《春秋》的讨论,见第五章。

〔27〕 见《史记》,第3073页。

〔28〕 李善引到一个更早的学者,他把出现在另一个文本中的"扰"注释为"驯"。朱群声把"鸟"换成了"鱼",把"澜"换成了"连"。

〔29〕 徐复观是这样解释的,他认为老虎是文章开始的主旨,它一露面,文本的所有次要方面都伏帖了(他接受了把"扰"解作"驯"的较古的注释)。

〔30〕 张怀瑾在《文赋译注》中提供了一个类似的解释,他说"形内"在这里是人体之内,也就是胸中或内心。

〔31〕 徐复观认为这一行所说的控制活动是指控制词语,每一个词语都有独立的特性,因此作家必须驾驭它们。我们不应当把陆机使用得如此直白的"万物"随意理解为"语言",但这种解释也不是毫无可取之处,因为它为第75—76行做了铺垫。

〔32〕《朱文公较昌黎先生集》，16.9b，见《四部丛刊》版。

〔33〕华兹华斯（虽然只有一条关键的引文提到他）和贺拉斯的"*si vis me flere*"（你自己先得笑）是钱锺书解释此句的一个重要背景（见《管锥编》第三册第 1189 页）；有时读者甚至怀疑，他这样阅读这些句子就是为了从西方文学思想中提取类似的东西。

〔34〕Oscar Wilde《作为批评家的艺术家——王尔德批评作品集》（*The Artist as Critic: Critical Writings of Oscar Wilde*，Richard Ellman 编，p. 389）。在《文赋集释》里，张少康与这个问题展开了勇猛搏斗，他试图提供一个关于隐含意图和文字表达的现代（但不那么当代的）观点，他努力摆脱那个传统观点，即所谓被表现出来的"情"就是作家的实际感受。可是，这个问题是现代的不是陆机的：陆机谈到"情"，他指的就是真实的情，无论它再现了作家的一般性格，还是作家考虑某个问题时的情绪变化。有时候，你本人不必成为陶潜才有陶潜的感受或才能进入陶潜的情绪。大多数晚近注家都细心留意这里可能存在的严重矛盾：某人的基本性情与陶潜的性情没有一点相近之处，但也不排除他有时能够进入陶潜的情绪（这个说法比"戴上陶潜的面具"更恰当）。只不过，这个问题根本不是陆机的问题。

〔35〕方廷珪提供了一个有趣的解释，虽然不清楚他是怎么从目前的文字中得出这种解释的，他说"前言所未及者，愈扩愈广……前思所未及者，愈按愈深"。

〔36〕徐复观不仅认为"体"是文学形式，他甚至认为"物"指写作的"物质"或"内容"，而非一般的物。这很有趣，因为它显示了古典和现代注家的不同。由于受到西方文学思想某些假定的影响，现代学者试图把文学问题决然与非文学即其他世界中分离出来。在唐代注家看来，陆机说"物"，他的意思就是"物"。与严羽之前的其他中国文学理论家不同，陆机倾向于把文学视为自我包容的内心活动。不过，陆机与唐代注家不同，他与徐复观等现代学者的距离就更远。在陆机看来，文学不是自治的领域，而是作为一个整体的心灵内部的一种活动。他所说的"物"可能指意识对象，而非具体事物，但是，他所说的"物"是内心的事件，而不仅仅是文学作品的"内容"。

〔37〕徐复观把它解释为"辞量度作者之才"。

〔38〕徐复观大体沿用了李善的看法，他不顾《老子》中的那个句子，把"契"解作"大纲""纲要"，这个概念提供了一个更大的结构，使一切都得以归顺。

〔39〕徐复观的解释是："当可浅可深之际，须勇进以求其深。"

〔40〕李善无法忍受陆机这里所提出的危险主张，所以，他故意把这个句子解释为需要符合规范。

〔41〕这表明李善把这句视为问句："言穷者能无隘乎？"为弥补李善注的笨拙，程会昌引入一种文字校勘上的说法，认为"无"当作"唯"。

〔42〕见钱锺书，第 1194—1195 页。

〔43〕关于这个对句的解释，还可以进一步考虑。第 81 和 82 行与前面的对句联系紧密，在那里，言在"效技"中被意主宰（第 75—76 行）。我们对那几行文字中的关系的理解将决定我们怎样理解这几行中的关系。但经过仔细思考，我们发现那里的情况跟这里的情况简直一模一样，无从判断。

〔44〕参考徐复观在《二十四诗品》对该特质所做的肯定性解释，见第六章。

第四章　陆机《文赋》

〔45〕 参考"情采",见《文心雕龙·情采篇》,见第五章。
〔46〕 以"体物"界定赋,以"浏亮"概括赋的特质,说明陆机已不再把赋首先视为讽谏权贵的工具,后者是汉人对赋的主导认识。晚清批评家王闿运试图以赋的原有功能修正陆机对赋的界定,然而他的观点没有说服力(尽管王闿运提出第 39 行宣称的原则,认为赋这种文体"本隐以之显")。
〔47〕 关于"相"在这个语境中的其他解释,参见《文赋集释》。
〔48〕 见 James Robert Hightower《〈文选〉和文体理论》("The *Wen Hsüan* and Genre Theory" in *Harvard Journal of Asiatic Studes* 20.3-4: 512-533[December 1957]); David Knechtges 译《文选》(*Wen Xuan*, *or*, *Selections of Refined Literature*, vol.1, pp. 1-52); 以及 Ferenc Tokei《3 到 6 世纪中国的文体理论》(*Genre Theory in China in the 3rd-6th Centuries*)。
〔49〕 徐复观对"会意"的解释有点不同,他的意思是把一个具体的词语与一个概念结合起来。既然下一行谈论语言问题,我认为"会意"在这里刚好指概念层面,它符合该词在其他地方的使用。
〔50〕 柯庆明和曾永义编《两汉魏晋南北朝文学批评资料汇编》,第 196 页。陆云写给其兄弟的书信是魏晋之后非正式文学批评的绝佳例子。
〔51〕 同上,第 195 页。
〔52〕 这里,对于该段的意思,我选择了陆机可能知道的那个成问题的解释,见第一章第二个注释。
〔53〕 "比"还有其他解释,例如徐复观把它解释为"彻底"。
〔54〕 比较《文心雕龙·隐秀篇》:"隐也者,文外之重旨……隐以复意为工。"
〔55〕 在我看来,"警策"是一条把读者引导到要点的线索,它自身不是要点的直白陈述。可是,有相当多的注家认为该词主要指对要点的有力陈述。徐复观甚至认为"片言"也是要点的"简短陈述"(这个看法丢掉了"片言"的真正力量之所在,它是不完整的、富有暗示性的,而不仅仅是简洁的)。
〔56〕 见魏世德《论诗诗:元好问的文学批评》(*Poems on Poetry: Literary Criticism by Yuan Hao-wen*, pp. 158-160)。又见该书对司空图《与李生论诗书》的讨论, p. 356。
〔57〕 例如姜夔(约 1155—1221)写道:"作者求与古人合,不若求与古人异;求与古人异,不若不求与古人合而不能不合,不求于古人异而不能不异。"见林顺夫译《姜夔论诗歌和书法》,见 Bush 和 Murck 编《中国的艺术理论》(*Theories of the Arts in China*, p. 296)。
〔58〕 例见魏世德《论诗诗》(*Poems on Poetry*, pp. 302-303)。
〔59〕 如果抛开这里的次第结构,这种"X 和非 Y""X 但非 Y"的模式成了判断某物的方式或特性尤其是文学风格的最常见的表达法。有时,像上文一样,一种缺点对应于某一优点甚至就发生在某一优点之中。有时,这个表达法支持某一特性的适当状态,但否定其过度状态。后一方式可追溯到《论语·八佾》:"子曰:'《关雎》(《诗经》首篇)乐而不淫,哀而不伤。'"
〔60〕 饶宗颐《魏晋文学批评原则和音乐的关系》("The Relation between Principles of Literary Criticism of the Wei and Jin Dynasties and Music"),该文是作者在第 11 届青年汉学大

会（Padua, 1958）提交的论文。中文本《论文赋理论与音乐之关系》，见 Chugoku bungaku ho 14: 22-37（1961）。对下一段中的音乐问题的详细讨论，英文资料见 Kenneth DeWoskin《中国古代音乐和美学术语的起源》（"Early Chinese Music and the Origins of Aesthetic Terminology"），该文见 Bush 和 Murck 编《中国的艺术理论》（*Theories of the Arts in China*, pp. 198-204）。

〔61〕 《文赋译注》提出，这里的"短韵"是诗的比喻说法。

〔62〕 方廷珪对这一段的文意提出了一种错误而有趣的解释，他说："下无典故可据，故无友。上无古人可援，故莫承。"

〔63〕 虽然"应"一词显然用以描述"同情之唱和"的情况，但把"应"理解为"同情之唱和"的惟一困难在于，这种解释假定了某种即兴或接近即兴之意。暗含在"应"一词中的假定是一种时间次序关系。

〔64〕 张凤翼从"情"的角度来解释"爱"："寡情实不令人爱也。"

〔65〕 陆机对"橐龠"的理解很可能遵循其更古老的意思："橐"即孔穴，"龠"即笛子。按照今人对《老子》的解释，我把"橐龠"简单地译为"bellows (tubes)"（风箱、管子），这样译与原文在意象上更接近，也显得不那么笨拙了。

〔66〕 徐复观的解释很有意思（虽然我觉得他的解释未免武断，仅仅代表近代和现代的观点）。他认为"作者的心灵活动为主，由题材而来的内容是客。有时是主感而客应；有时是客感而主应"。比较有说服力的是，他把"通塞"与上文的"意不称物，文不逮意"问题联系起来，也就是说，"通塞"是在这个参考框架中发生的。

〔67〕 徐复观以"疲"释"顿"，也就是说，虽然生命力已疲惫殆尽，他仍在寻求。

〔68〕 另一个注家于光华以"若有神助"四字注此句；得到"我"之外的神奇之物的帮助，这个观念在后世美学思想中变得越来越重要了。"神助"指确实存在一个神奇的合作者，而不仅限于我们在先知书和柏拉图《伊安篇》所看到的声音和容器的关系。但这里必须注意，陆机的意思肯定不是"神助"；这里的语气非常确凿："兹物之在我。"

〔69〕 我禁不住把方廷珪对此句的注释抄录在这里，我认为，方廷珪最突出地代表了近代学者的声音。他的注文是这样的："大抵多读多作则开，少读少作则塞。"这显然不是陆机的意思；但它确实反映了后世解决该问题的一个方案即熟能生巧：多学多练，让它成为作家的第二天性，这样创作起来就轻松、自信了。在总结本段大意之时，张少康从一个更现代的思路对这个观点大加发挥，但是，论及陆机的非自觉论，张的反应基本上是同一个思路。

CHAPTER FIVE
Wen-hsin tiao-lung

第五章

《文心雕龙》

在中国文学思想史上,《文心雕龙》是一个特例,它是系统的文学论著,创作于五六世纪之交。[1] 在创作该书之时,作者刘勰(465—522)算不上一位经验丰富或闻名遐迩的作家;作为一位身在佛教寺庙中的圈外人士,刘勰对文学的看法不是在当时王公贵族的文学聚会中形成的。发生在这些聚会里的文学论争为同时代的其他批评著述提供了学术背景。[2] 据说,《文心雕龙》是刘勰年轻时期(三十多岁)的著作,他希望凭借该书的写作获得当时文坛领袖的注意,以确保自己能够跻身王族门下。[3] 据刘勰的传记资料,该著作有幸得到当时最有影响力的文人沈约(441—513)的赏识。沈约在他的著述里没有提到刘勰这部著作,看来,他对该书的印象不够深,不过,刘勰后来在王公贵族之家谋得几个小小差使,甚至在最有名望的梁王萧统门下谋得了一个相当不错的位置,也许他确实得到过沈约的举荐,也未可知。伟大的《文选》就是在萧统的宫廷里编定的;据说,刘勰对该选集的编定也产生了一些影响。[4] 奉皇帝之命,刘勰重归佛寺,编纂他从前的老师僧祐留下的佛典,最后出家为僧。

在齐梁当时的文坛上,刘勰充其量是个小人物。虽然当时其他批评著述一再讨论的问题,刘勰也经常提及,但没有任何证据表明,《文心雕龙》在当时有特殊影响力或广为传阅。[5] 恰当评估《文心雕龙》对后世的影响则更为困难。我们知道该书的流传从未中断。从包罗万象的敦煌资料中发现了一个残缺不全的《文心雕龙》唐代手抄本,它是敦煌资料中惟一的文学批评著作(该书之所以跻身于敦煌资料,大概得益于刘勰在佛学传统中的声望)。从唐至明,著录或引述《文心雕龙》的资料始终没有中断,而且数量相当可观。[6] 可是,清以前的重要文学批评和理论著述很少把《文心雕龙》作为权威著作来引述,该书在清以前的地位与它在今天的地位简直不可同日而语。对《文心雕龙》的兴趣从清代起大大提高,现代以来该书更是受到无与伦比的关注。[7] 西方传统对系统诗学评价甚高,这大概就是《文心雕龙》一书在现代中国逐渐受到重视的原因。

第五章 《文心雕龙》

刘勰所表现出的博学多识和高超的修辞技巧带有更多的僧院之气，较少当时文人圈子的社交气息，而同时代的其他文学批评著述则诞生于当时的文学创作、批评和论争圈子。《文心雕龙》比较详细地、原原本本地阐述了传统文学理论中的许多概念，这一点确保了该著作的重要性；然而，最突出的优点往往是最致命的缺欠之所在。《文心雕龙》具有明显的"学院"特质。文学聚会上的大师们往往根据自己的实际经验做出自负、随意而精妙的判断，而《文心雕龙》则开动了5世纪的修辞和分析技术的机器。刘勰的天才表现在他熟练驾驭这一套解说机器的本领。❶

刘勰遵循常规性（如果不是僵硬的）解说原则：追溯一个概念或文体的本原；对一个复合结构，依次展开其各个组成成分，同时对照该词的其他用法；引述重要的原始材料；创建一套结构精良的例证。这些解说技术经常主宰被说的内容。[8]他的许多议论似乎并非源自"深思熟虑"，而更像是解说的惯性强加给他的；这些观点看起来合情合理，这可能源自一种不言而喻的信息：这种修辞解说或分析刚好反映了事物的实情。为了构成一个并列句或补足一个事先已确定的结构，结果产生了一个精彩的观点，这种情况时有发生。可是，解说机器的天然妙处并不是中国文学理论的公认假定，也不是刘勰的个人信条或深思熟虑的见解（虽然它们也不超出二者的范围）；如果它们称得上"思想"，那也不过是一种把分析原则运用于对象的思想。从这方面看，《文心雕龙》的修辞近似于亚里士多德的《诗学》和西方其他哲学传统论文的解说程序：论说逻辑迫使理论家不得不推出某一立场，虽然该立场是方法论的强制性产物，但它往往不失为有趣的立场。[9]

为避免英文翻译给读者的理解造成严重问题，本书提到《文心雕龙》的标题将始终采用拼音。[10]刘勰本人在《序志》篇对其标题的解释对我们帮助不大。该标题由两部分构成。前一部分"文心"可以理解

---

❶ 关于这个问题，本书作者有专文《刘勰和话语机器》。中译本见《他山的石头记》，田晓菲译，江苏人民出版社，2003年。

为"文之心",或"使心变成文学的 / 有教养的 / 有文采的心",或"从文的角度来思考心",或根据刘勰本人的解释直译为"为文之用心"。后一部分"雕龙",字面意思即雕刻龙,这里指文学的雕琢,即技巧。过去有人用"雕虫"指文学技巧,刘勰似乎把该词的贬义色彩转换为褒义色彩了(龙一般被归在虫的门下,正因为虫类动物通常地位低下,所以龙在其中就成了至尊)。[11]刘勰显然希望他所说的技巧避开那些围绕在各种工艺词汇周围的联想。该标题可以被读作一个主谓结构,"文心"是主语,"雕龙"是谓语(也就是说,该传统那种更为哲学的和心理学的层面在技术工艺中得以实现);或者,稍微变换一下,该标题也可以理解为一个并列结构,例如施友忠的翻译:"文心和雕龙"(也就是说,文学的哲学和心理学层面与其工艺层面是并列的或对立的)。❶ 说英语的读者只需注意,该标题的两部分之间暗含某种张力,后一部分即"雕龙"存在的问题更多,用该词表示雕琢工艺在这里含有褒义色彩,对于它,刘勰在《文心雕龙》一书中时而攻击,时而维护。

《文心雕龙》由四十九篇正文和一篇后序组成,作者在后序中谈到该书的篇章结构及其动机。开头四篇谈道、圣、经、纬(要说明文章体势的强制性力量,"纬"是一个绝佳例证,儒家纬书的重要性主要在于它是经书的一个补充章节),然后处理若干重要的文体类型。虽然这些讨论文类的章节也不乏有趣之处,但我这里不打算选译,因为它们不断提到西方读者不熟悉的,或者大多时候即使熟悉也不感兴趣的书名和作者。

从第二十六篇以后,我们看到一系列讨论文学基本概念的篇章。这里,需要提醒读者注意:这些题目有一些也是我们目前正激烈讨论的,有一些只是中国文学思想中的最古老的关注中心;还有一些题目似乎只是为了凑足那个事先定好的篇数(五十这个数字在《易》中具有特殊意味)。

---

❶ Shih, Vincent Y. C.(施友忠), *The Literary Mind and the Carving of Dragons*. New York: Columbia University Press, 1959。见附录"参考书目类编"(II. F. I)。

第五章 《文心雕龙》

我不打算综述刘勰的哲学倾向或他对某些题目如"文学创造"、文体或风格的看法,我尝试进入刘勰所使用的那些范畴内部来讨论和解释它们。《文赋》更强烈地受制于应有尽有的要求而非连贯性要求,与此相反,《文心雕龙》确实努力给文学提供一个自我统一的、连贯的整体观。不连贯之处也是存在的,有不少地方是刘勰那种解说程序的产物。然而,一旦把它们置放到一个迥异的现代文学范畴之内来解释,我们就会遇到一些完全不同的新的问题层面。把现代范畴强加给它们(比如"刘勰的文学创造理论"这样一个题目),就会模糊一些对于刘勰本人来说非常重要的界限。既然用英语写作,使用现代术语,我们就无法避开这个难题,无论喜欢与否。不过,与综述性论文不同,采用解说的方式有一个长处,它不断迫使我们正视刘勰和我们所使用的文学范畴的不同之处。

原道第一
(Its Source in the Way)

《原道》试图展示文学如何诞生于宇宙的基本运作。[12]为实现这个目标,刘勰从这样几个方面入手。首先,他从一个尽可能普泛的意义上来使用"文"这个词,他把"文"的若干参考框架随意组合在一起,以便加强这样一个观点:"天文"(即天文学)或"地文"(即地形学)之"文"与孔子谈论教化和传统的彬彬有礼之风范所使用的"文"是一个意思,同时,它与"书面语言"和"文学"也是同一个意思。在刘勰看来,一个字词的历史起源是一个单一的语义内核,该字词后来的各种用法都是这个语义内核的延伸、扩展、限制,或者充其量,是对它的背离。因此,转换"文"的参考框架有助于揭示那个躲藏在其多种用法背后的隐秘的原始统一体。

为了把"文"与宇宙秩序联系起来,刘勰的第二个策略是,取用最权威的中国宇宙论文本尤其是《易·系辞传》中的段落和句子来确立其论点。[13]在本篇中,读者不断看到那些熟悉的权威段落,在这里,刘勰把它们与"文"这个或隐含或直白的题目或参考框架放在一起来理解。[14] 最后，刘勰运用这些暗示和引文来表达一个相当有独创性的观点，至少在这一篇的开篇，它是相当有独创性的：在宇宙创生、分化过程中，每一个发生的事物都表现出相应的外在形貌即"文"；这些文取决于它们的本质特性。既然人的本质特性是心，与人相应的文就通过心表现出来，它认识世界，对世界作出回应，然后再让这个中介在"文"即写作中显现给心（透过刘勰华丽的修辞，我们可以嗅出黑格尔美学的味道）。

曹丕称"文章经国之大业，不朽之盛世"，把文学说得如此堂皇，是为了驱散对死亡的恐惧，是为了不被后世蔑视或遗忘，虽然这一层意思并没有直接表达在他的句子里。与曹丕类似，刘勰庄严声称文学与天地并生，因为他不愿意接受另一种与之相反的看法：你永远可以说文学并不是必不可少的，文学不过是装饰，是某种后加的东西。刘勰本人也经常把文学说成是对他物的"雕琢"。刘勰一次又一次地强调文所表现出的自然性，以告诫我们不要对文学产生他预先产生的怀疑，他告诉我们：它们根本不是外在装饰，它们就是"自然"。在本篇里，刘勰俨然一个文学的谱系学家，他追溯文学的家谱，试图向我们证明文学确实有一个不错的谱系，一直可以上溯到宇宙诞生之初。

* * *

文之为德也大矣，与天地并生者何哉？夫玄黄色杂，方圆体分；日月叠璧，以垂丽天之象；山川焕绮，以铺理地之形。此盖道之文也。

As an inner power (德*), pattern (文*) is very great indeed,[15] born together with Heaven and Earth. And how is this? All colors are compounded of two primary colors, the purple that is Heaven and the brown that is Earth. All forms are distinguished through two primary forms, Earth's squareness and Heaven's circularity.[16] The sun and moon are successive disks of jade, showing to those below images

(象*) that cleave to Heaven.[17] Rivers and mountains are glittering finery, unrolling forms that give order (理*) to Earth.[18] These are the pattern of the Way.[19]

文之为德也大矣,与天地并生者何哉 说"文"有"德"也就等于说,"文"天然具有某种肯定的和不能忽视的特性,其力量可以归结到"文"的尊贵谱系。如果有人说"文"本来是可有可无的,突然冒出来的,它以华丽的外表眩惑人的眼目,其实徒具形式;要反对这种指控,刘勰必须向他证明,"文"从一开始就是如此。但遗憾的是,刘勰选错了词,要证明那个古老谱系,刘勰最先想到的是古人庄子用过的词,而庄子此人对谱系和庄严等非但不以为然,反而大为嘲弄,他说:"莫寿于殇子,而彭祖为夭。天地与我并生,而万物与我为一。"(《庄子·齐物论》)刘勰试图用"文与天地并生"来证明文学的价值,但他所选用的措辞却嘲弄了起源的权威性。

夫玄黄色杂,方圆体分 "色"和"体"是区分外形的两个基本范畴,二者都是外在显现,都属于"文"的范围。既然宇宙发生过程是通过区分来推进的,那么,所有更复杂的"色"和"体"范畴都是从这一对基本范畴发展出来的。在天地化分之前,没有所谓"体",也没有所谓"色";就在那个划分的瞬间,"体"和"色"产生了,它们就是"文"。

接下来,刘勰开始谈论常规意义上的天地之文,也就是天文学(天之文)和地形学(地之文)。随着文在这个刚刚成形的世界到处留下痕迹,而且变得越来越精致,刘勰本人所使用的语言也越来越讲究修饰了(这是恰当的,因为"文"这个词本来就含有修饰之意):天体被称作"叠璧",地表被称作"焕绮"。其实,璧(扁圆形玉器)是天及天体的象征物,它们刚好再现了"象",由天显示给下界。刘勰所选择的词语总是把各种不同的参考框架捆绑在一起,以表明它们具有相同的基础:使用织物隐喻如"绮"来描述地表是相当合适的;而且,"绮"字可以组成不少复合词以描述文学之复杂和精细。说天地有文还不算过于极端,"道"有文则是一个极端的说法。人们通常从一个较高的、抽象的层面(形而上的层面)来理解"道",如自然之道;这不是说道本身具有某种特定的决定性品质,而是说,它是特定的决定性品质的发生方式(也就是发生之"道")。因此,从刘勰的观点看,可以直截了当地说,文通过天地成形之道表现出来。不惟如此,刘勰还有另外的意思:文不仅仅是任何特定自然过程的结果,而且还是自然过程本身的那个可见的外在性。

* * *

> 仰观吐曜,俯察含章,高卑定位,故两仪既生矣。惟人参之,性灵所钟,是谓三才。为五行之秀,实天地之心。心生而言立,言立而文明,自然之道也。
>
> Considering the radiance emitted above, and reflection on the loveliness (章 *) that inhered below,[20] the positions of high and low were determined, and the two standards were generated.[21] Only the human being, endowed with the divine spark of consciousness (性 *—灵),[22] ranks as a third with this pair. And they were called the Triad [Heaven, Earth, and human beings]. The human being is the flower (秀) of the elements: in fact, the mind (心 *) of Heaven and Earth.[23] When mind came into being, language was established; and with the establishment of language, pattern became manifest [明 , "bright," "comprehending," "admitting comprehension"].[24] This is the natural course of things, the Way.

人在天地结构中究竟占有什么位置,这个问题始终萦绕在中国思想家的脑际。从某种意义上说,人"属于"天地,人是自然的一部分,在人类内部也表现出若干二元结构,与宇宙秩序(如高低、阴阳)的二元结构相称。然而,处在天地"之间"的人类还构成了第三元,他们因知晓这个二元结构而超越了它。例如荀子就强调人不同于自然,并认为这种不同在于人有理解能力,人有自觉行动的能力。

第五章 《文心雕龙》

按照《文心雕龙》独特的自然哲学，在自然过程之中存在某种使固有的区别得以显现的动力，这就暗示着，心必然要出现；如果没有识别和知晓该显现的主体，显现就无法完成。显现就是为心发生的。同样，它也暗示出，有心就自然有言，语言是心本身惟一和特有的显现形式。语言是该过程的充分实现，它是"使某物被知"之知，而这个过程的充分实现就是人之"文"。

*　　*　　*

傍及万品，动植皆文：龙凤以藻绘呈瑞，虎豹以炳蔚凝姿；云霞雕色，有逾画工之妙；草木贲华，无待锦匠之奇。夫岂外饰，盖自然耳。至于林籁结响，调如竽瑟；泉石激韵，和若球锽。故形立则章成矣，声发则文生矣。夫以无识之物，郁然有彩，有心之器，其无文欤？

If we consider further the thousands of categories of things, each plant and animal has its own pattern. Dragon and phoenix display auspicious omens by their intricacy and bright colors; the visual appearance of a tiger is determined by its stripes, and that of a leopard, by its spots. The sculpted forms and colors of the clouds possess a subtlety that transcends the painter's craft; the intricate luxuriance of trees and plants does not depend upon the wondrous skill of an embroiderer.[25] These are in no way external adornments: they are of Nature (自一然 *). And when we consider the resonances created by the vents in the forest,[26] they blend like zithers and ocarinas; the tones stirred by streams running over stones have a harmony like that of chimes and bells. Thus when shape is established, a unit (章 *) is complete; when sound emerges, pattern (文 *) is generated. Given the fact that these things which lack the power of recognition may still possess such lush colors, how can this vessel of mind (心 *) lack a pattern appropriate to it?

217

为增加修辞效果，刘勰在这一段采用了那个传统的宇宙论假设。天—地—人（"有心之器"）是个现成的套话，按照这个次序，刘勰自然应当顺势进入万事万物，也就是那些位置比人低但富于文采的事物。可是，所有的读者都会注意到，在描述这个存在的次序链时，刘勰没有提到人之"文"，也就是人的外在之"文"。直到作结的时候，刘勰才回到这个问题上：既然万事万物都有"文"，人也自然有"文"。这样一来，他就可以强调人之"文"不同于其他自然事物的外在形貌。显然，与自然的华丽外貌相比，人的身体如此朴素，缺乏与人之"文"相配的光彩。我们人类的"文"通过我们的关键特征即"心"表现出来，身体只是心的一个器皿。

这一段的行文还有一个有趣之处，刘勰把文学作品的标准用语"文章"（作为分开的单字，其语义范围更广）嵌入到对自然世界的描述之中。文学即人之文是自然的，这个命题不是直接塞给读者的，它好像是读者和刘勰在自然世界之中发现的，也就是说，在自然那里，我们还发现了"文章"。

* * *

  人文之元，肇自太极，幽赞神明，《易》象惟先。庖牺画其始，仲尼翼其终。而《乾》《坤》两位，独制《文言》。言之文也，天地之心哉！若乃《河图》孕八卦，《洛书》韫乎九畴，玉版金镂之实，丹文绿牒之华，谁其尸之？亦神理而已。

  自鸟迹代绳，文字始炳。炎皞遗事，纪在《三坟》，而年世渺邈，声采靡追。唐虞文章，则焕乎始盛。元首载歌，既发吟咏之志；益稷陈谟，亦垂敷奏之风。夏后氏兴，业峻鸿绩，九序惟歌，勋德弥缛。逮及商周，文胜其质，《雅》《颂》所被，英华日新。文王患忧，繇辞炳曜，符采复隐，精义坚深。重以公旦多材，振其徽烈，剬诗缉颂，斧藻群言。至夫子继圣，独秀前哲，熔钧六经，必金声而玉振；雕琢情性，组织辞令，木铎起而千里应，席珍流而万世响，写天地之辉

第五章 《文心雕龙》

光，晓生民之耳目矣。

The origins of human pattern (人—文 *) began in the Primordial.[27] The Images (象 *) of the *Book of Changes* were first to bring to light spiritual presences (神 *— 明 *, "spirit-brightness") that lie concealed. Fu Xi marked out the initial stages [by producing the trigrams of the *Changes*], and Confucius added the Wings [exegetical and cosmological tracts accompanying the *changes*] to bring the work to a conclusion. Only for the two positions of Qian and Kun did Confucius make the "Patterned Words".[28] For is not pattern in words "the mind of Heaven and Earth"?! And then it came to pass that the "Yellow River Diagram" became imprinted with the eight trigrams;[29] and the "Luo River Writing" contained the Nine Divisions.[30] No person was responsible for these, which are the fruit (实 *, "solids") of jade tablets inlaid with gold, the flower of green strips with red writing (文 *): they came from the basic principle (理 *) of spirit (神 *).

When the "tracks of birds" took the place of knotted cords,[31] the written word first appeared in its glory. The events that occurred in the reigns of Yan-di and Shen-nong were recorded in the "Three Monuments"; but that age is murky and remote, and its sounds and colors cannot be sought.[32] It was in the literary writings (文 *—章 *) of Yao and Shun that the first splendid flourishing occurred.[33] The song of "The Leader" [a verse in the *Book of Documents*] initiated singing intent [the origin of poetry]. The expostulation offered in the *Yi-ji* [chapter of the *Book of Documents*] handed down to us the custom (风 *) of memorials to the throne. Then rose up the Lords of Xia [the dynasty before the Shang], whose achievements were towering and whose merit was vast; when "the nine sequences were put into song",

219

their deeds and virtue were even more fully elaborated.[34] When it reached the dynasties of Shang and Zhou, patterning became greater than substance (质*). Whatever the *Ya** and *Song** [of the *Book of Songs*] covered is daily renewed in all its splendor. The "Comments" [to the *Book of Changes* composed] by King Wen of Zhou in the time of his troubles [when imprisoned by the Shang] still gleam, like streaked jade, multifarious and cryptic, the essential principles firm and deep. In addition to this there was the Duke of Zhou with his great talent, who displayed his goodness and endeavors in fashioning *Songs* and compiling the Hymns (*Song*, of the *Book of Songs*), master of intricate wordcraft. Then came Confucius, successor of the Sages, uniquely outstanding among former wise men; he molded the Six Classics so that they would ring like metal and jade and would sculpt human nature (情*—性*) in the interweaving of their words. The sound of the wooden bell-clapper arose, and was answered from a thousand leagues around;[35] the treasures at his table [his writings] flow forth and resound for ten thousand generations: he delineated the radiance of Heaven and Earth, and opened up the eyes and ears of all the people.

既已表明"文"诞生于自然，又提出"有心之器，其无文欤"这样一个问题，刘勰接下来追溯了人之"文"的起源，这个"文"既是写作也是宇宙秩序的显现。人"文"的起源可以在《易》的卦象之中找到，那些图形俨然是对大自然基本形态的概括表现。同复合词相比，单个字词的语义范围受到的限制少一些，可以提供更宽泛、更基本的范畴类型，同样道理，与单个字词相比，《易》的卦象符号更为宽泛，受到的限制也更少；卦象符号的构成与复合词的情况一样，两个三画卦可以组成一个六画卦，三画卦比六画卦更宽泛，受到的限制也更少一些。"文"的诞生

第五章 《文心雕龙》

和演化经过了这样一个过程：先是三画卦，接着是六画卦，然后是字词，最后是复合词；"文"的演化过程与宇宙的发生过程刚好可以比观，后者也经过了划分、铺展和确定。

自然之"文"和人"文"之间的那个界限是个转捩点，在这个关键时刻，刘勰必须强调人"文"的出现是自然而然的。最初的卦象图形是自然结构的"印记"，正如后来语言文字符号是模拟鸟的足迹而发明出来的。古人通常把卦象图形的发明归功于远古圣王细致而独到的观察；可是，自然对此事似乎也很操心，为了让人类尽早利用卦象符号，它主动提供了河图和洛书，这样一来，圣人的努力变为神的启示，即上天的赐佑。

刘勰为我们描述了一个"文"的发生历史，他在《文心雕龙》中一再重复这个历史（文学史家大多喜欢坚持这个说法）。它纯属那种不可理喻的神秘起源说。在现存最古的文本中，"文"又经历了一个纯粹而透明的再现阶段，后来才渐趋复杂，越来越形式化。刘勰在这里并没有描述这个全过程，不过，在后面的许多章节里我们将看到，外在形貌意义上的"文"很快就泛化了，于是，文学距离它那天真的起源就更远了。直到今天，人们经常想当然地认为，一个更详尽的文本一定比一个简单的文本晚，尽管那个所谓最早的文本，也就是用以证明文学史之神秘的文本，早已被证明是虚妄不实的，正是为了跟它们所证明的文化叙述保持一致，它们才被说成是简单的。

在这一篇里，刘勰本来应当对这个走向泛化的"文"的阶段侃侃而谈，但他却抑制了话头（根据这里的描述，《易》刚好处在一个"文胜质"的时刻，当此之际，"文"自然有泛化之势）。按照刘勰本篇的假定，"文"不仅仅是修饰，而且是表里如一中的"表"，内外相符中的"外"。刘勰的真正意图不是要说明这就是"文"，而是要说明，这才"应当"是"文"。如果他进入到"文"的泛滥阶段，也就是"文"远离其实质的阶段，他就不得不承认，"文"说不定真是纯粹的修饰，说不定只是某种外加的、可有可无的东西。

* * *

爰自风姓，暨于孔氏，玄圣创典，素王述训，莫不原道心以敷章，研神理而设教，取象乎《河》《洛》，问数乎蓍龟，观天文以极变，察人文以成化；然后能经纬区宇，弥纶彝宪，发挥事业，彪炳辞义。故知道沿圣以垂文，圣因文以明道，旁通而无滞，日用而不匮。《易》曰："鼓天下之动者存乎辞。"辞之所以能鼓天下者，乃道之文也。

From Fu Xi, the mysterious Sage who founded the canon, up to the time of Confucius, the uncrowned king who transmitted the teaching, all took for their source the mind of the Way to set forth their writing (章 *), and they investigated the principle of spirit (神 *—理 *) to establish their teaching. They took the Images from the Yellow River Diagram and Luo River Writing, and they consulted both milfoil and tortoise carapaces about fate [methods of divination]. They observed the pattern of the heavens (天—文 *, "astronomy", "astrology") to know the full range of mutations; and they investigated human pattern (人—文 *, "culture," "literature") to perfect their transforming [i.e., to civilize the people]. Only then could they establish the warp and woof of the cosmos, completing and unifying its great ordinances, and they accomplished a patrimony of great deeds, leaving truths (义 *) shining in their words.

Thus we know that the Way sent down its pattern (文 *) through the Sages, and that the Sages made the Way manifest in their patterns (文 *, "writing"). It extends everywhere with no obstruction, and is applied every day and never found wanting. The *Book of Changes* says, "That which stirs the world into movement is preserved in language".[36] That by which language can stir all the world into movement is the pattern of the Way.

结束语概括了"文"的历史,从它的人类起源一直到成于孔子之时,孔子之"文"既是完美的又是永恒的,按照这个标准,所有的后世之"文"都不过是孔子之"文"的发扬或败坏。

* * *

赞曰:道心惟微,神理设教。光采元圣,炳耀仁孝。龙图献体,龟书呈貌。天文斯观,民胥以效。

Supporting Verse

The mind of the Way is subtle,

The principle of spirit establishes teaching.

Luminous is that Primal Sage,

In whom fellow-feeling and filial piety gleam.

The diagram on the Yellow River dragon offered the form;

The writing on the tortoise showed its appearance.

Here the pattern of Heaven can be observed,

For all the people to emulate.

宗经第三
(Revering the Classics)

在《文心雕龙》各篇中,《宗经》篇[37]属于不容易被西方读者欣赏的一篇。该篇不断引述丰富、深奥的古典学问,而且还包含大量既华丽又传统的虔诚意识。在其深奥的学识和华丽的修辞之下,《宗经》篇重申并扩展了《原道》篇所讨论的人文历史。按照这里的描述,人文诞生之初是非常朴素的,但很快就繁衍、泛滥,以至发展到本质丧失殆尽的阶段。就在这个时候,伟大的编辑孔子出现了,经过他的删减,人文和文学模式的真质得到显露,于是,就有了儒家经典。

与他的同代批评家钟嵘一样，刘勰也扮演了一个文学谱系学家的角色。[38] 南朝有很多谱系清晰的文学大家族，文学中的价值和权威也需要建立在一个清晰的世系之上。钟嵘把若干早期诗人的世系追溯到《诗经》，不过，他的工作主要是为了勾画出刚刚过去的那四个世纪的风格谱系。刘勰的文学谱系必须一直上溯到宇宙的起源，但"五经"是更直接的起源。所谓"五经"即《书经》《诗经》《易经》《春秋经》和《礼经》。

证明经是文学之祖，这对于刘勰如何看待自己著述《文心雕龙》一书的价值也同样重要。在《序志》篇，他提到自己本来有志做一个经学家，后来怀疑自己不能为现存的经学增加任何有意义的新内容，只好放弃这个志向。也就是从那个时刻起，他决定转向文学研究，而这个想法的先决条件是，处在他目前的时代，文学刚好是经学的后继事业。同理，文学研究者则是那些经学大师的后继者。

* * *

三极彝训，其书曰经。经也者，恒久之至道，不刊之鸿教也。故象天地，效鬼神，参物序，制人纪，洞性灵之奥区，极文章之骨髓者也。

There are unalterable teachings regarding the Three Ultimates [Heaven, Earth, and Human beings], which, written down, are known as the Classics. The Classics are the perfection of the Way, permanent and enduring, the grandest form of instruction and one that is never eradicated. They are works that take their image from Heaven and Earth, investigate the [realm of] the spirits and gods, [39] give consideration to the order of things (物 *), [40] determine the standards for human beings, penetrate the secret recesses of soul (性 *—灵), and reach all the way to the bone and marrow of literary works (文 *—章 *).

这里列举的"经"的各种功能和特性让我们想起《诗大序》（见第

第五章 《文心雕龙》

二章）的那个类似段落，虽然后者所列举的功能没有这么多。这一类列举基本上是对"远"这种特性的详细展开，所谓"远"或"行远"也就是我们眼前的某物被延伸到许多参照框架之中。❶

"文"这个词本来拥有广泛的源头，却逐渐进入更有限的和更确定的领域。文学经常被描述为"末"，也就是"最后出现的事物"，有时指"目前状态"，即一个过程的最后阶段（因此也就意味着"不太重要"）。文学以及与文学有关的活动经常是全部文化活动中的最末一项，正如《论语·述而》所说："志于道，据于德，依于仁，游于艺。"刘勰列举出经的各项应用，其中，文学位居最后，是"目前"的关注，它虽然是"微末的"，但如果追本溯源，也可以证明文学拥有若干尊贵的源头。[41]

*　*　*

皇世《三坟》，帝代《五典》，重以《八索》，申以《九邱》，岁历绵暧，条流纷糅。自夫子删述，而大宝咸耀。于是《易》张《十翼》，《书》标七观，《诗》列四始，《礼》正五经，《春秋》五例。义既埏乎性情，辞亦匠于文理，故能开学养正，昭明有融。然而道心惟微，圣谟卓绝，墙宇重峻，而吐纳自深。譬万钧之洪钟，无铮铮之细响矣。

The Three Monuments of the Primordial Reigns and Five Canons of the period of the Emperors [42] were enlarged by the Eight Investigations [43] and were extended by the Nine Masses. [44] With the passage of the years these grew remote and dark, with branches and streams multiplying and mixing. Ever since the Master edited and transmitted them, however, the great treasure have revealed their radiance. Then the *Book of Changes* spread its Ten Wings, [45] the

---

❶ "行远"语出《左传·襄公二十五年》："言之无文，行而不远。"参考第一章。

Book of Documents set forth the Seven Things for Consideration,[46] the *Book of Songs* arrayed their Four Beginnings,[47] the *Book of Rites* gave the proper form of the Five Enduring [Rites],[48] and *Spring and Autumn Annals* had their Five Examples.[49] Since the truths (义 *) [contained in the Classics] shape [50] human nature and affections (性 *—情 *), and since the language (辞 *) is the most finely wrought in the principles of literature (文 *— 理 *), they initiate learning and nurture what is proper, "and their radiance also endures".[51] However, the mind of the Way (道 *—心 *) is subtle, and the deliberations of the Sage are peerless; his walls and roof are layered and lofty: what is given forth and received there is deep.[52] Compare it to great bell of ten thousand pounds: there are no delicate, tinkling echoes.

  远古文献仅留下一些零散的名字，后人想当然地认为这些文献一定简明扼要，而且全是真知灼见。刘勰按照他在近代文学中所发现的文学演化模式设想远古时代的情况。起初，仅有很少的文本——随着新文本的出现，它们增长或扩充了——久而久之，最初的文本由于"条流纷糅"、泛滥无边而变得"绵暧"。于是，孔子出现了，他通过编辑整理即所谓"删"的工作，恢复了经典的本真面貌。据说，孔子把原来的三千首诗删定为三百首，又据其他资料，孔子对《尚书》也做了同样的删定工作。

  编选或删定是中国文明史上一项具有典范意义的活动，它从乱七八糟的文献之中发现和确定那些基本的、本原的和精要的部分。"精要"是可以被列举的精要之点，跟在每个经典后面的一套被列举出来的特性都是为了整理和控制多样性的。列举出若干最基本的范畴或类型，这成了中国教学活动的一个一贯特征，我们最好把它们理解为一种反作用力，为的是防止人们过于迷恋词语和概念的丰富多样性。孔子的删定工作是为了让基本真理显现出来，并且在原始统一体（道）和后起的多样世界之间建立一个可被理解的、永恒的居中项。

第五章 《文心雕龙》

然而不幸的是,"经"不易被理解。在有限的数和难以控制的多样性之间始终存在一种平衡运动,同样,在隐蔽和直白之间也存在一个类似的平衡。"经"或许是一切人类规范包括文学规范的源头和根基,但正因为它们是根基,藏在看不见的地方,所以才需要仔细、深入地研究。

* * *

> 夫《易》惟谈天,入神致用。故《系》称旨远辞文,言中事隐。韦编三绝,固哲人之骊渊也。
>
> The *Book of Changes* talks of Heaven (or "Nature"); it "enters the realm of spirit (神 *) and applies it [in the human realm]".[53] Thus the *Xi-ci Zhuan* claims that precepts [of the *Book of Changes*] are far-reaching and its phrases (辞 *) are refined (文 *), that its words hit the mark and the events (事 *) [implied in it] are hidden. [When Confucius studied the *Book of Changes* late in his life,] the leather straps [binding the bamboo slips on which the *Book of Changes* was written] broke three times [from the intensity of his study of the work][54]: truly for our wise Sage this [the *Book of Changes*] was the abyss of the black dragon [which held the precious pearl beneath its chin].[55]

在本段和下段,刘勰对这些经典逐一加以讨论,他论到它们的特殊力量之所在,并提出,这些不同力量联合起来,对本质价值提供了全面而有序的补充。刘勰对《易》《诗经》和《春秋》的描述对于当代和后世文学价值观念的影响最为深远。

对于刘勰来说,《系辞传》是一个重要的模式和资源。它是《易》"十翼"中的两翼,由两部分构成,篇幅较长。在这"十翼"中,关于宇宙总体上是如何运转的,《系辞传》提供的说法最为详细。不过,对于刘勰来说,最重要的是它显示了事物展露到经验世界之中的那个秘密次序。因此,《系辞传》也是那些最高意义上的解释、阐发和注疏文体的源头,这一点我们后来还会看到。刘勰引自《系辞传》的一个词语在后世诗学中变得特别重要,该词即"入神"。在 13 世纪的《沧浪诗话》中,该词被尊为诗歌的最高境界。在那里,该词的意思多少有点不同,它忽视了《系辞传》后面的补充词即"致用"。在早期阶段,"神"本身尚不具备自足的价值;这种难以察觉的神秘性之所以重要在于它可以成为解释经验世界的工具。

* * *

《书》实记言,而训诂茫昧,通乎尔雅,则文意晓然。故子夏叹《书》,"昭昭若日月之明,离离如星辰之行",言昭灼也。

《诗》主言志,诂训同《书》,摛风裁兴,藻辞谲喻,温柔在诵,故最附深衷矣。

《礼》以立体,据事制范,章条纤曲,执而后显,采掇片言,莫非宝也。

《春秋》辨理,一字见义,五石六鹢,以详备成文;雉门两观,以先后显旨;其婉章志晦,谅以邃矣。《尚书》则览文如诡,而寻理即畅。《春秋》则观辞立晓,而访义方隐。此圣文之殊致,表里之异体者也。

The *Book of Documents* gives a factual (实 *) record of words,[56] yet in regard to philological questions it is obscure; however, if one comprehends (通 *) the *Er-Ya* [an ancient lexicon], then the meaning of the writing (文 *—意 *) will be lucid. Thus it was that [Confucius' disciple] Zi-xia exclaimed of the *Book of Documents*: "Shinning as the alternating brightness of sun and moon, clear before us as the intricate movements of the stars and planets."[57] What he says is obvious.

The *Book of Songs* articulates what is intently on the mind (言—志 *), but it is the same as the *Book of Documents* in the question of philological problems. In the way it presents the *Feng**, *Ya**, and *Song*

第五章 《文心雕龙》

and forms exposition（赋）, comparison（比）and affective images （兴 *),[58] its elegant phrasing is elusive and suggestive;[59] there is a gentleness in the recitation [of the *Songs*], and thus they touch our inner lives most deeply.

The *Rites* are to establish normative forms（体 *）and determine the pattern according to the matter at hand. Their statutes are minute and have fine variations; they become obvious only after carrying them out. Every partial phrase in them is a gem.

The Spring and Autumn Annals make discriminations of principles（理 *), and significance（义 *）is revealed in [the usage of] individual words.[60] [In the passages about the] five stones and six albatrosses, he [Confucius] wrote giving details about one and omitting the details about the other.[61] [In the passage about the] two watchtowers at Zhi Gate, the significance is shown by the sequence.[62] "Finely phrased composition, the intent obscure"[63]: truly the work is profound. As for the *Book of Documents*, it seems strange when you read over it; but when you seek the principles（理 *）[behind it], they are spread out clearly before you. When it comes to the *Spring and Autumn Annals*, however, when you read the lines, you understand them immediately; but then when you look for the significance（义 *), it is hidden. Such are the different stances taken in the writings of the Sage, different forms（体 *), one exterior, one interior.

一种经提供一种范式，也就是与其优点相应的"体"。《尚书》的优点是明白，尽管字词难懂。《诗经》的优点是能充分地、从里到外地打动人心：它的主要目的是感动和陶冶其读者，而不是为了被理解。作为文本，《礼》算不上有趣；它只是指导行为的一个纲要，不实施就见不出其真正价值。《春秋》是完美用法的典范，它既表现在选择什么样的词语，也表现在怎么安排词语的顺序；它向后世表明，判断和理解可以完美地体现在语言之中，并完美地通过语言来传递。

西方读者会觉得《文心雕龙》的解释结构经常比它所做的具体判断更有趣。有两个简单例子：一是《诗经》，它为那些有直接感发作用的文本提供了典范；一是《礼》（刘勰使用了一个总名来囊括三种礼经），它是那种只能在实践中被领悟的文本的典范。但是，还有两种经为那种需要"理解"的文本树立了典范，这里所谓"理解"即那种发生在时间之中的并在两种对立特性之间移动的活动。[64]《尚书》和《春秋》二书之间的小小对立与第四十篇所讨论的"隐"和"秀"二原则构成了两对儿。这两部经皆包含隐秀二原则的一定程度上的对立：隐变为显，或显变为隐。在后世诗歌批评中，我们经常会看到类似的正反对比：一首语言繁复的诗可以被说成是浅显的，而一首简单明了的诗却被认为富有微妙意味，含而不露。但是在这里，在两个对立特点之间存在互动关系，提出这一点是更重要的，其具体应用倒在其次，该假定在后面的段落中以不同方式重新出现。

* * *

至根柢槃深，枝叶峻茂，辞约而旨丰，事近而喻远。是以往者虽旧，余味日新。后进追取而非晚，前修久用而未先，可谓泰山遍雨，河润千里者也。

[The Classics] have roots that coil deep, with leaves and branches that are lofty and lush: the diction (辞*) is terse, but the purport (旨) is rich; the events (事*) treated may be close at hand, but they imply things that are far-reaching. Thus, though they come from far in the past, the flavor (味*) that remains in them is renewed daily. The later-born seek within them and learn from them, without thinking it too late [for the Classics to be of use]; earlier worthies have long used them, not thinking it was too soon. We can call them a Mount Tai that sends rains everywhere or a Yellow River that irrigates a thousand leagues.[65]

第五章 《文心雕龙》

"经"的意思是"常""经过";它还是编织中的经线。"五经"不是被显现的(不如说它是特殊天才的发现);但像经文一样,它们是永恒的真理在某一历史时刻的露面。时间上的那个开始"点"延伸到永恒之中,这样一个结构在许多层面上一再重复:从简明性到丰富的言外之意,从近在手边的东西到深远的内涵;从一扩展为多。

* * *

故论说辞序,则《易》统其首;诏策章奏,则《书》发其源;赋颂歌赞,则《诗》立其本;铭诔箴祝,则《礼》总其端;纪传铭檄,则《春秋》为根:并穷高以树表,极远以启疆,所以百家腾跃,终入环内者也。若禀经以制式,酌雅以富言,是仰山而铸铜,煮海而为盐也。

The *Book of Changes* is the unifying point of origin for the discourse (论), the exposition (说), the comment (辞), and the preface (序).[66] The *Book of Documents* is the fountainhead for the edict (诏), rescript (策), declaration to the throne (章), and memorial to the throne (奏). The *Book of Songs* is the root of poetic exposition (赋), ode (颂), song (歌), and adjunct verse (赞). The *Rites* are the general beginning of the inscription (铭), eulogy (诔), admonition (箴), and prayer (祝). The *Spring and Autumn Annals* is the basis of the record (纪), the biography (传), the oath (铭), and the dispatch (檄). Together they establish the very highest standards possible and open up the most far-reaching territories. Thus, when the hundreds of masters go bounding off, they ultimately end up with the scope [of the Classics]. If one determines one's pattern by endowing it with the Classics, and if one consults the *Er-Ya* [the ancient lexicon] to enrich one's vocabulary, this is looking to a mountain to smelt copper or boiling the sea to get salt.[67]

231

刘勰先是把"五经"描述为各种基本形式("体")的充分补充,在这里他把全部重要的文学体裁归属到不同的经上。我们已经看到,把各种不同类型统一起来的那个原始形式是一个取之不尽的资源。如果孤立出来,后世文学体裁就要面临被耗尽或"煮干"的危险。若保持在文学中获得新事物的能力("日新"),惟一的途径就是与它所属的母体经重新建立联系,并返回到它丰硕的源泉之中。

* * *

故文能宗经,体有六义:一则情深而不诡,二则风清而不杂,三则事信而不诞,四则义直而不回,五则体约而不芜,六则文丽而不淫。扬子比雕玉以作器,谓五经之含文也。夫文以行立,行以文传,四教所先,符采相济。励德树声,莫不师圣,而建言修辞,鲜克宗经。是以楚艳汉侈,流弊不还,正末归本,不其懿欤!

Thus if a person is able to show reverence for the Classics in his writing, his normative form (体 *) will have the following six principles[68]: a depth in the affections (情 *) without deceptiveness; the affective force (风 *) clear and unadulterated; the events (事 *) trustworthy and not false; the principles (义 *) upright and not bending around; the normative form (体 *) terse and not overgrown [with weeds]; the literary quality (文 *) beautiful and not lewd. Yang Xiong compared it to carving jade to form a vessel, by which he meant that the Five Classics were replete with *wen**.[69] Writing (文 *) is established by [the quality of] a person's actions, and those actions in turn are transmitted by writing. Placing *wen** at the head of the Four Things Taught,[70] was to assist the jade-like pattern [of the other three]. All who enact virtue and establish their repute take the Sage as a teacher. Yet when they would set up words and polish their language (辞*), few know to revere the Classics. For this reason the sensuality of Chu [literature] and the extravagances of Han [literature] dwindled to baseness and did not turn back [toward their origins]. Wouldn't it be wonderful if we could correct the later phases (末) and return to the root?

在本篇的结尾，一个《文心雕龙》始终念念不忘的问题露面了：文有一个演化过程，这个过程有忽视源头的危险。这个论题最早可追溯到汉代，但是，它是在刘勰及其同代人手中成形的，在后世中国文学传统发展史中，它将以不同的面目一再出现。从此，文学理论的一个功能就是迫使当代作家承认源头，承认了源头，才能重建连续性。

* * *

赞曰：三极彝训，道深稽古。致化惟一，❶ 分教斯五。性灵熔匠，文章奥府。渊哉铄乎，群言之祖。

Supporting Verse

The permanent instruction regarding the Three Ultimates:

The depth of this Way comes from study of the ancient.

The transformation accomplished is unitary,

But their teaching is divided into Five [Classics],

Which are the formative craftsmen of the [human] spirit,

And the mysterious treasure house of literary works.

Deep indeed, and gleaming!

These the ancestors of all words.

---

❶ 据范文澜《文心雕龙注》以及周振甫《文心雕龙今译》等的校勘，这三句应为"三极彝训，道深稽古。致化归一"。

神思第二十六
(Spirit Thought)

本篇所关心的内容显示了《文心雕龙》受陆机《文赋》影响之深。[71] 刘勰在他的著作中多处措辞激烈地批评陆机;可是,他如此攻击陆机,或许仅仅因为,面对这个名噪一时的前辈大师的强大影响,他极欲突出自己的独特之处。是陆机最先发挥了那个古老的神游模式,用它来描述创作准备阶段的心理活动。跟陆机相比,刘勰对该过程所作的描述更为充分,但他在这个问题上也没有什么明显的创新。而且,《文赋》把神思摆在各种创作问题的首位(刘勰把神思放在理论篇章之首),这意味着,在陆机看来,神思不仅在重要性上是优先的,而且在创作过程中也是优先的。

* * *

古人云:"形在江海之上,心存魏阙之下。"神思之谓也。文之思也,其神远矣。故寂然凝虑,思接千载;悄然动容,视通万里;吟咏之间,吐纳珠玉之声;眉睫之前,卷舒风云之色。其思理之致乎!

Long ago someone spoke of "the physical form's being by the rivers and lakes, but the mind's remaining at the foot of the palace towers of Wei".[72] This is what is meant by spirit thought (神*—思*). And spirit goes far indeed in the thought that occurs in writing (文*). When we silently focus our concerns, thought may reach to a thousand years in the past; and as our countenance stirs ever so gently, our vision may cross (通*) ten thousand leagues. The sounds of pearls and jade are given forth while chanting and singing; right before our eyelashes, the color (色*) of windblown clouds unfurls. This is accomplished by the basic principle of thought (思*—理*).

第五章 《文心雕龙》

也许是为了不让读者把这个题目直接跟陆机联系在一起，刘勰以一种特别的方式开始本篇，他首先引出《庄子》，这样一来，他就为"神思"在陆机之前的漫长历史中找到了一个血亲。可是，这个引文出现在这里很不恰当；选择这个反常的例子来给神思下定义，让读者禁不住探寻字里行间的意味，刘勰把这个句子放在篇首，而篇首往往是提出一个题目的定义或起源的地方。刘勰住在长江下游，他刚好是一个"形在江海之上"的人（江海通常指长江地区，即南朝的中心地带）；我们想到陆机也是长江人，后来北上，来到晋的都城洛阳，洛阳刚好位于前魏国之都的西面（如果刘勰指的是魏朝，那么洛阳距魏都就更近了）。《神思》篇一开首就用了一个极不协调的典故，也许我们没有必要探讨其具体动机，但我们可以体察到其背后的压力，至少有一部分，是个人性的。

* * *

故思理为妙，神与物游。神居胸臆，而志气统其关键；物沿耳目，而辞令管其枢机。枢机方通，则物无隐貌；关键将塞，则神有遁心。

When the basic principle of thought is at its most subtle, the spirit wanders with things. The spirit dwells in the breast; intent (志 *) and *qi** control the bolt to its gate [to let it out].[73] Things come in through the ear and eye; in this, language controls the hinge and trigger. When hinge and trigger permit passage, no things have hidden appearance; when the bolt to the gate is closed, then spirit is concealed.

这是《文心雕龙》最重要的也是被讨论最多的一段。这里表达了一些有趣的观点，我们无法确定它们是来自刘勰的深思熟虑的想法，还是骈文结构促成的。但不论怎样，那些观点都是富有暗示性的。需要说明的是，当我讨论下面的词语时，我的意思并不是说，刘勰对它们的使用必然是严谨的；其实，借助那些因过去的使用而积累了诸多言外之意的词语（这些言外之意在译文中几乎消失殆尽），刘勰提出了一些颇有洞见的有趣的观点。

思理为妙，神与物游　我们已经知道，"思理"是神思活动中的一种超越作者所在的经验环境的能力。正如《文赋》所说的神游，在这个过程中，心与物相遇。后世注家经常把它解释为作家的思想和他眼前实景之间的关系；但刘勰基本上遵循陆机的传统：虽然这里并非指排除实地经验（当说到"物沿耳目"之时，刘勰倒像是转到了经验世界），但它的首要模式是远离作家身边之实景的那种想象。刘勰的用词似乎包含了这样一个假定：有一个一般性的"神思"，在一般性的神思中，事物被单纯地视为客体。[74] 但是，当神思入于妙境（"妙"即最精妙之处和微妙的变化，它是本质的，但不为凡俗所见），则"神与物游"。"与"指一种实质性关系。谈到圣人之时，人们经常说，圣人"与"物，也就是说，圣人既不把自己迷失在物之中，也不把物单纯视为客体；他参与到物之中。注家经常把这一段说成是自我与景物的"交融"，这种物我交融是后世诗学所赞美的境界；后世所谓的自我与外物之间相互制约的观念确实是从这里所暗含的价值中发展起来的。但刘勰这里所说的东西更接近传统儒家的圣人观念：它是同一和差别的平衡，而不是那种暂时联系在一起的交融，那种各自的同一性都消失在其中的交融状态。必须认识到，处在神思之中的作家不只是知物或观物，他也是万事万物中的一分子。

游　"游"的丰富内涵不亚于"与"。"游"指没有方向、目标或终点的游动。与物相遇之时，心不朝向任何目标，而是"与之同游"。"游"强烈暗示一种自由和没有动机。正如刘勰在后面《物色》篇所说，诗人"随物以婉转"。

神居胸臆，而志气统其关键；物沿耳目，而辞令管其枢机　想象是神游，即穿越空间的运动；于是，我们就有了游者（神）、运动的动机和方向（志），以及使运动成为可能的能量（气）。前面谈到自由自在的"与物游"，刘勰现在必须谈控制；而控制就发生在神的运动的开始时刻。这个对句可以作两读：或者指语言对于认知事物是不可或缺的（它是允许

第五章 《文心雕龙》

或拒绝事物进入意识的把关者);或者指要把对事物的体验表达在写作里,需要语言储备。前一种解释更诱人也更极端一些,它的意思是句子自身的措辞所暗示的(辞令与要进来的物连在一起)。可是,看到后面的段落,再加上《文赋》也表达过积累学识的意思,我们不得不承认,正确的解释是后者:必须靠语言才能把事物显示给他人,而不是自己认可事物。后面那个展开观点的句子即"枢机方通,则物无隐貌"也有两读:或者指它们不能从作者眼前藏起来,或者指它们不能从潜在读者的眼前藏起来。

* * *

> 是以陶钧文思,贵在虚静,疏瀹五脏,澡雪精神。积学以储宝,酌理以富才,研阅以穷照,驯致以怿辞。然后使玄解之宰,寻声律而定墨;独照之匠,窥意象而运斤。此盖驭文之首术,谋篇之大端。
>
> Thus in shaping and turning [as on a potter's wheel] literary thought (文 *—思 *), the most important thing is emptiness and stillness within. Dredge clear the inner organs and wash the spirit pure.[75] Amass learning to build a treasure house; consult principle (理 *) to enrich talent; investigate and experience to know all that appears [literally "exhaust what shines"]; guide it along to spin the words out. Only then can the butcher, who cuts things apart mysteriously, set the pattern according to the rules of sound; and the uniquely discerning carpenter wield his ax with his eye to the concept-image (意 *—象 *).[76] This is the foremost technique in directing the course of *wen**, the major point for planning a piece.

刘勰对陆机的追随在这一段表现得最明显,他首先阐明创作之前需要进入的状态,有了这种前创作状态,其他活动会自动产生。先有内心的虚静,切断外界的限定和牵挂,然后是一系列必须具备的能力:学识、酌理、经验。有了这些创作前的状态或能力，直觉活动自然随之而来，这个观点是中国传统中的老观点（这个观点陆机没有谈）：直觉活动会完美地符合规则；它会"寻声律而定墨"——一个突如其来的不自觉的活动刚好符合确定的规范。这个看法的最早表述大概见《论语·为政》，孔子把七十岁以后的自己描述为"从心所欲不逾矩"。"自然合律"之类说法在中国后世文学理论中变得十分重要。需要补充的是，我们并不能肯定，此段所描述的直觉活动是创作活动自身（从本段的内容看，应当指创作活动），还是神思活动（这样解释更符合下一段的意思）。

我们还应当注意这一段出现的一个复合词"意象"，它是后世理论和批评中的一个重要的技术性术语。虽然在这里，该词尚不具备它在后世批评中那些丰富的语义联想，但那些语义层面的因子已经包含在这里了。我们可以注意到，它是工匠干活时所考虑的东西，大概类似于他干活所遵循的一个预先构想。如果中国传统使用"模仿"或再现概念，我们就可以把这个问题干脆地概括为：做好的工艺品再现了预先的构想。这种可能并不是被排除了，只不过这里没有这么说。在后世批评中，对一个读者来说，他将在文本中看出这个"意象"。"意象"是心想之物的一个大致纲要（"象"即事物的标准的形式化，这个概念非常模糊，缺乏细节），尽管这种不确定性和缺乏细节赋予它一种特殊的美和丰富性。

* * *

> 夫神思方运，万涂竞萌。规矩虚位，刻镂无形。登山则情满于山，观海则意溢于海；我才之多少，将与风云而并驱矣。
>
> When spirit thought is set in motion, ten thousand paths sprout before it; rules and regulations are still hollow positions; and the cutting or carving as yet has no form.[77] If one climbs a mountain, one's affection (情*) are filled by the mountain; if one contemplates the sea, one's concepts (意*) are brought to brimming over by the sea.[78] And, according to the measure of talent in the self, one may speed off together with the wind and clouds.

第五章 《文心雕龙》

神思活动出现的自由以及多种可能性（万途）与下一段的情况构成了强烈对比，下一段谈到把实际体验落实到写作之中所受到的限制。自我和"登山则情满于山，观海则意溢于海"所隐含的世界之间的关系是此段最有意思的东西。中国文学思想极其重视心与物的关系问题，《文心雕龙》处在心物关系理论发展史的中间阶段。在先秦和汉代的文学心理学中，心受到社会环境或外物的"感"发而做出反"应"（《物色》篇的开头概述并发展了这个早期观点）。到宋代以后，后世文学思想中所谓"情景交融"的模式开始出现，在这种模式中，自我和外物是相互制约的。[79] 在《文赋》里，虽然文心延伸到整个外物世界，但它仍然是一个艺术自足体，基本上不受外物的影响。诗的材料即"物"被说成是某种获得的东西，它被搜寻、采摘、收集和储藏，但不侵入诗人的意识。这个最初的关于艺术距离的观点很难在中国文学思想语境中保持下去，刘勰提供了各种方法，以维护自我和外物之间的关系——它既是自然的也是文学作品的基础。在本篇前面的段落里，我们已经见到了一个美妙的模式，也就是心"与"物在一起的模式，这个模式在《文心雕龙》的其他地方也有出现。这里，我们又见到了一个多少有些不同的模式：自我（它既是受动的"情"，也是意志性的或形成概念的"意"）被外在景物"充满"了。它不同于那个古老的"感"发模式，"满"和"溢"二词表明，外物与随之而来的情感中的内容具有某种相应关系。从一个层面看，这是一个量的问题，山和海是广阔的事物，它们"充满"了情和意；可从另一个层面看，又不是这样，尤其是第二个意象即那个水的隐喻（"溢"），好像是景物自身因它自己的势能进入作家的心，并作为一个与外物相对应的心理存在停留在那里（即使是在神游中遇到的事物也是如此）。这个移动过程在上文的"意象"一词中已经有所暗示。请注意，在本段最后一句，刘勰又回到了"与"物在一起的模式。

* * *

方其搦翰，气倍辞前；暨乎篇成，半折心始。何则？意翻空而易奇，言征实而难巧。是之意授于思，言授于意，密则无际，疏则千里。或理在方寸而求之域表，或义在咫尺而思隔山河。是以秉心养术，无务苦虑，含章司契，不必劳情也。

> Whenever a person grasps the writing brush, the *qi** is doubled even before the words come. But when a piece is complete, it goes no further than half of that with which the mind began. Why is this? When concepts soar across the empty sky, they easily become wondrous; but it is hard to be artful by giving them substantial (实*) expression in words. Thus concept (意*) is received from thought (思*), and language in turn is received from concept. These [language and concept] may be so close that there is no boundary between them, or so remote that they seem a thousand leagues from one another. Sometimes the principle (理*) lies within the speck of mind, yet one seeks it far beyond the world; sometimes a truth (义*) is only a foot away, but thought goes beyond mountains and rivers in pursuit of it. Thus if one grasps the mind and nourishes its techniques, it will not be the requisite to brood painfully. If you retain the design within and retain control of the creditor's half of the contract (司契),[80] you need not force the affections to suffer.

像《文赋》一样，刘勰也痛苦地意识到意图和实施意图之间的差距。起初热情十足，充满了"气"，最后的结果却远不及当初的构想。原因在于，实际创作不同于神思："意"自由自在，如天马行空，"与"物婉转；可是，相比之下，"言"却"实"而有限。言和意之间的关系不能概括为再现关系，二者的关系是"征"，该词的意思是"证实"，也就是为一个无法得到公认的内在体验提供充实的证据。"征"被权且译为"give it expression"（给以表达），但无法体现出"证实"之意。

这些成问题的关系使刘勰围绕着那个古老的言—心—物三项结构

第五章 《文心雕龙》

提出了自己的一套说法。这里,第一项是"思",即不确定的、变动不居的活动;然后引出"意",即限制和确定思想之游移的中介项;最后是言。从一个阶段向下一阶段的运动中,自然存在问题和遗漏,这是这类显现过程经常遇到的情况。刘勰似乎想提供另外的可能,可他事实上暗示说,各阶段之间的差距就意味着失败,答案其实总是近在眼前。尽管他的本能告诉他,思与言之间的关系总是简单而直接,可他的措辞却暗示了其他的可能。在下一段,他以创作的迟与速为例,展示了那些可能性,迟与速的对比与佛学中所说的渐悟和顿悟的对比密切相关。[81]

* * *

人之禀才,迟速异分。文之制体,大小殊功。相如含笔而腐毫,扬雄辍翰而惊梦,桓谭疾感于苦思,王充气竭于思虑,张衡研京以十年,左思练都以一纪:虽有巨文,亦思之缓也。淮南崇朝而赋骚,枚皋应诏而成赋,子建援牍如口诵,仲宣举笔似宿构,阮瑀据案而制书,祢衡当食而草奏:虽有短篇,亦思之速也。

若夫骏发之士,心总要术。敏在虑前,应机立断。覃思之人,情饶歧路。鉴在疑后,研虑方定。机敏故造次而成功,虑疑故愈久而致绩。难易虽殊,并资博练。若学浅而空迟,才疏而徒速,以斯成器,未之前闻。是以临篇缀虑,必有二患:理郁者苦贫,辞溺者伤乱。然则博见为馈贫之粮,贯一为拯乱之药。博而能一,亦有助乎心力矣。

若情数诡杂,体变迁贸。拙辞或孕于巧义,庸事或萌于新意。视布于麻,虽云未贵。杼轴献功,焕然乃珍。

People are endowed with different allotments of talent, some swift and some slow. And the forms (体*) of literary work differ in the achievement, some of large magnitude and some small. Si-ma

Xiang-ru ruined the hairs of his writing brush by holding it in his mouth; Yang Xiong, when he couldn't write, kept waking up from dreams; Huan Tan put so much effort into thinking he became sick; Wang Chong's *qi** was used up in brooding; Zhang Heng polished his [poetic exposition] "The Capitals" for ten years; Zuo Si refined his [poetic exposition] " The Great cities" for a dozen. Though these are all immense works, they are also [examples of] slowness of thought.

In contrast, the Prince of Huai-nan composed his *Sao* in the space of a morning; Mei Gao [Western Han] completed a poetic exposition as soon as he received the royal command; Cao Zhi would take a writing tablet and recite extempore; Wang Can lifted his writing brush as if he had already done several drafts beforehand; Ruan Yu wrote letters in the saddle; Mi Heng could draft a memorial at dinner. Even though these are short works, they are also [examples of] quickness of thought.

The mind of a sharp-witted person combines all the essential techniques; and his very quickness preempts reflection, making instant decisions in response to the demands of the moment (机 *). The state of mind (情 *) of someone who broods deeply is filled with forking paths: he sees clearly only after uncertainties and makes his determination only after thoughtful reflection. When one is quick of mind in response to the demands of the moment, the accomplishment is brought about hastily; when reflection is full of uncertainties, it takes a much longer time to achieve one's goals.

Although ease and difficulty differ, both depend on perfecting oneself on a broad scope. If learning is shallow, the latter type is slow in vain; if talent is diffuse, the former type is swift to no good end. One never hears of great accomplishment by the likes of these.[82]

第五章 《文心雕龙》

There are two sources of danger as you approach a piece and compose your reflections: if principle remains blocked, there is poverty [of content], If language gets bogged down,there is confusion. In such cases,broad experience is the provision that can feed poverty[of content], and continuity is the medicine that can save one from confusion. To have breadth and still to be able to provide continuity aids the force of mind.

The variety of states of mind (情 *) may be peculiar and mixed; the mutations of normative form (体 *—变 *) shift just as often. Plain and simple diction may be made pregnant by some artful truth (义 *); commonplace matters may be brought to sprout by fresh concepts. Compare hempen cloth to threads of hemp——though some might say the latter are of little value, when shuttle and loom set their achievement before us, it is prized for its glittering brightness.

上文最后一段极力发挥了陆机《文赋》的观点，因此，看起来它与刘勰的一贯思想有些脱节，反而更接近陆机的思想了。不太清楚的是，"体"和"情"之间的转化与通过及时的勃发来拯救贫乏到底有什么关系。同样，下一段中与语言和意识的制约性有关的限制也直接取自陆机。

*　　*　　*

至于思表纤旨，文外曲致。言所不追，笔固知止。至精而后阐其妙，至变而后通其数。伊挚不能言鼎，轮扁不能语斤，其微乎矣！

But when it comes to those tenuous implications beyond the reach of thought, the fine variations in sentiment beyond the text (文 *), these are things that language cannot pursue, and where the writing brush knows well to halt. That subtlety can be brought to light only by reaching ultimate essence; that order (数*) can be comprehended (通*) only by reaching the ultimate in mutation (变*). Yi Yin could not tell of the art of the cauldron;[83] Wheelwright Bian could not speak of the ax. These are the real fine points.

让我们首先把《文赋》中的有关段落引在这里，先是序言中的一段："至于操斧伐柯，虽取则不远，若夫随手之变，良难以辞逐。盖所能言者，具于此云尔。"然后是结尾处的一段，即第 197—200 行：

> 譬犹舞者赴节以投袂，
> 歌者应弦而遣声。
> 是盖轮扁所不得言，
> 故亦非华说之所能精。

虽然两段皆有难题，但陆机显然指创作活动的反思之前的层面，也就是不能被语言表达的层面。刘勰虽然使用了相同的词语，但这里的参考框架并不像前者那么清楚。此段的最后部分似乎回到陆机感兴趣的东西，即对创作加以解释。它可能只是一般性地陈述写作的限制，也就是说，在神思活动中被隐约体会到的微妙之处无法传达在文学之中。它也可能指论关于写作的写作，也就是说，那些表达在文学写作之中的微妙之处（"文外曲致"）是批评家所无法说明的，虽然在文学写作之中，它们也不是被明说的。我们无法肯定，"笔固知止"之"笔"是指作家的笔（面对他无法描写的奇妙之处），还是批评家的笔（在文本中遇到他无法描述的奇妙之处）。要确定这一点并不那么重要，重要的是那种确切无疑的认识：确实存在一些奇妙之处，或者在思想的边缘或者在写作的边缘，它们是全神贯注的目标，也就是"至变"。

* * *

赞曰：神用象通，情变所孕。物心貌求，心以理应。刻镂声律，萌芽比兴。结虑司契，垂帷制胜。

Supporting Verse

Spirit gets through by images (象 *),
Giving birth to mutations of the affections.[84]
Things are sought by their outer appearance,
But the response of mind is for basic principle.
Craftsmanship is given to the rules of sound,
It sprouts in comparisons and affective images:
Drawing one's thoughts together, take the creditor's half of the contract,
And behind hanging tent-flaps determine victories.[85]

体性第二十七
（Nature and Form）

"体性"一词道出了中国文学思想的两个关注中心：一是作家的内在特性怎样表现在写作之中，一是规范形式具有什么样的地位。按照刘勰的习惯做法，这两个问题被表达在一个词里，在这个词里，所指对象可以转换。"体性"一词的核心部分是"体"，即规范形式。从最一般的意义上说，任何个体的特性都会表达在某一规范形式之中；例如，"人性"造就了"人体"。由于人心的存在，对人的性格类型可以作进一步的划分；这种不同将表现在"文"里，文即心的外在层面，而文也就是文学。我们应当强调，虽然刘勰这里主要讨论性格类型，但其原则是非常宽泛的，可以方便地适用于不同的文学历史时期、种种社会状况等其他类型，所有这些都可谓具有自己的"体"。

类型和特殊之间的关系是中国文学思想的核心问题，而西方文学思想刚好不重视这个问题（也许只有把诗歌理解为普遍性在特殊性之中的自我展现时，才注意这个问题）。英语和欧洲语言中的"style"一词既可以指文体，如"古体"，也可以指某一作品的特殊风格，这么使用，没有任何困难。但在汉语里，二者的区分十分明显："体"总是指文体，而谈论某一作品的特殊风格则使用另外一些词，它们都是不同情况下"体"一词的各种变体。"体"这个概念强调固有的标准或规范，它先于各种特殊表现，它携带一种参与到特殊表现之中的力量，你可以在特殊表现之中把它认出来，但它本身不是那个表现的特殊所在。另一方面，西方文学思想截然划分风格和文类；而刘勰时代的中国文学思想却不划分二者，二者都是"体"。即使到了后来，开始划分标准风格和文类之后，这种划分仍然不出"体"这个概念，例如依据时代标准划分的各种"体"。为了保留这一层意思，我们只好选择了一个笨拙的词"normative form"（规范形式）来译"体"。

* * *

夫情动而言形，理发而文见。盖沿隐以至显，因内而符外者也。

When the affections (情 *) are stirred, language gives them [external] form (性 *); [86] when inherent principle (理 *) comes forth, pattern (文 *) is manifest. We follow a course from what is latent and arrive at the manifest. [87] According to what lies within, there is correlation to what lies without.

《文心雕龙》各篇的开头经常把问题与一个公认的假定联系起来或概述以前的观点，继而为进一步讨论该问题提供根基。本篇就是如此，它首先给出了显现理论及其相关的假定，其方式十分简洁而直接，对于显现理论，这大概是最简洁、最直接的切入方式了。人有心，所以有语

第五章 《文心雕龙》

言,语言是"情"的那个"外在"者,"文"是"理"的外在者,这是《原道》篇所建立的立场。一切内在的东西都要走向外在显现,内与外是完全相符的。这就是中国文学思想的信条,中国文学思想的主流就是在这个基本原则上发展起来的。

按照标题的提示,这个显现过程的核心内容就是"性"和"体"。这里的"性"指一事物区别于他事物的本性,它不同于上一段所说的"外在形式"之"形";"体"即"规范形式"。"性"是内在的东西,它是某种自然属性,决定一事物是这一类而不是那一类,其他特性都是从它那里派生出来的。例如,"人性"就是人的先天属性,它使人区别于其他生物。"体"这个词是"性"的外在对应物,它是某种常规性的显现,其确定范围与"性"的确定范围是一致的。所以说,一个有谦逊之性的人,不论写作还是行事,自然具有那么一种"体"。这并不是说这样的人永远不会傲慢;而且,在此人的本性和特定环境中有更高的确定范围和特殊性。"性"和"体"仅仅是一事物之属性的大类,那些更具体的确定范围以之为基础。我们将看到,中国文学思想始终有一种强烈的冲动,试图限制这些大类的数量,并为它们排列一个内在次序。

在本篇中,"体"介于性格类型和文学风格之间;但它也适用于其他一切规范类型,最常见的是文类。可见,"体"的语义范围之广,或许部分由于这个原因,中国文学批评动辄把作家与他所擅长的文类连在一起;但是,"体"的适用范围不限于此。在后面的篇章中,刘勰谈到"隐",也就是说有些东西被藏在文本之下,当他以"隐"来指那样一种写作的时候,他也把它叫作"体"。

* * *

> 然才有庸俊,气有刚柔。学有浅深,习有雅郑。并情性所铄,陶染所凝,是以笔区云谲,文苑波诡者矣。故辞理庸俊,莫能翻其才;风趣刚柔,宁或改其气;事义浅深,未闻乖其学;体式雅郑,鲜有反其习。各师成心,其异如面。

But talent (才 *) varies between mediocrity and excellence; *qi** varies between the firm and the yielding; learning varies between the shallow and the profound; practice [or "habit"] varies between the crude and the gracious. These all are smelted in the forge by one's nature and disposition (性 *—情 *), and fused by how a person has been shaped and influenced. Thus, there are extraordinary cloud shapes in the realm of the writing brush, and in the garden of letters, strange waves.

But no one can countervail against the measure of talent evidenced in the mediocrity or excellence of the principles (理 *) or the use of language (辞 *). No one can alter the quality of *qi** in the firm or yielding disposition of someone's manner (风 *—趣 *).[88] I've never heard of anyone running contrary to the degree of learning apparent in the shallowness or profundity of [knowledge of] events and truths (义 *). Few reverse habits of crudeness or grace in form (体 *). Each person takes as his master his mind as it has been fully formed, and these are as different as faces.

根据开篇提出的普遍原则，刘勰这里列举了四种区分类型。这四种类型被大体划分为两对：一对是先天的（才和气）；另一对是后天的（学和习）。每一类型内部又可划分出成对的特性。

值得注意的是，刘勰这里所讨论的是个人特性已完全成形的阶段，到了这个阶段，这四种类型中的每一个都由不得人去选择了；也就是说，一个人后天习得的东西已经作为一种历史存在被接受下来，就像先天禀赋是天然给定的一样。刘勰在此段的第二部分强调了这一点，任何重塑自我的希望都被排除了（并为本篇后面部分描述学习写作打下了基础）。按刘勰的说法，先天的才和气是在人的本性形成中被"铄"出来的，这种说法大概强调二者的完美统一。然后，在人的成长过程中，它们与学

第五章 《文心雕龙》

和习凝结在一起。用冶炼来比喻才气学习,强调了它们的坚固性。

传统中国的发生论(例如刘勰这里所处理的文的发生论)基本上遵循这样一个模式:首先提出一个统一的源头,然后转向无穷的变体和大千世界。该过程的核心要素是一个中介结构,以及固定数目的规范类型,所以才有下一段所谓的八"体"。在那些固定数目和无穷变体之间总有一个跳跃,例如,这里的"云谲"(形状怪异的云)和"波诡"(奇怪的波浪)就是指代变化万端的大千世界的两个标准意象。这种对无穷变化和固定规范的双重迷恋是一个面孔的两面,对立的矢量相互制衡,以免任何一方走向危险的极端。这种在限制和失控之间来回摆动的现象在《文赋》中也有表现。

从这些类型的混合之中,我们反倒可以获得无限的变体:"各师成心,其异如面。"这个"面"的比喻(参考《文赋》第53—54行)是一个强大模式:它是显示内在的那个外在;它是一个容易辨识的类型群,同时又允许绝对的个体性;它是从一到多的复杂转化过程(该过程时刻受制于偶然性)中可以保留其个体的东西。人人"各师成心"是一个值得注意的说法,它以格言警句的形式表达了一个虽被普遍承认但经常遭到压抑的真理,《文心雕龙》中的用语成为后世通用语的情况不是很多,但"各师成心"是少数例子中的一个。在这个说法的背后,潜藏着曹丕的声音,曹丕也关心不同类型,关心人们怎样评价他们自己的力量。"师"是一个具有权威力量的他者,他能把一个人的内在力量引导到某一方向;可是,一旦成人,那种内在力量就不再受制于外在影响力了。

刘勰从绝对的个性回到有限的类型,后者将控制差别,把它们分门别类,以便理解。

* * *

若总其归途,则数穷八体:一曰典雅,二曰远奥,三曰精约,四曰显附,五曰繁缛,六曰壮丽,七曰新奇,八曰轻靡。典雅者,熔式经诰,方轨儒门者也。远奥者,馥采曲文,经理玄宗者也。精约者，核字省句，剖析毫厘者也。显附者，辞直义畅，切理厌心者也。繁缛者，博喻酿采，炜烨枝派者也。壮丽者，高论宏裁，卓烁异采者也。新奇者，摈古竞今，危侧趣诡者也。轻靡者，浮文弱植，缥缈附俗者也。故雅与奇反，奥与显殊，繁与约舛，壮与轻乖。文辞根叶，苑囿其中矣。

If we can generalize about the paths followed,[89] we find that the number (数*) is complete in eight normative forms: dian-ya, decorous [or "having the quality of canonical writing"] and dignified; yuan-ao, obscure and far-reaching; jing-yue, terse and essential; xian-fu, obvious and consecutive; fan-ru, lush and profuse; zhuang-li, vigorous and lovely; xin-qi, novel and unusual; qing-mi, light and delicate. The decorous and dignified form is one that takes its mold from the Classics and Pronouncements and rides in company with the Confucian school. The obscure and far-reaching form is one whose bright colors (采*) are covered over, whose writing is decorous, and one that devotes itself to the mysterious doctrines.[90] The terse and essential form is one that examines every word and reflects on each line, making discriminations by the finest measures.[91] The obvious and consecutive form is one in which the language is direct and where the truths (义*) are spread out before us, satisfying the mind by adherence to natural principle (理*). The lush and profuse form is one with broad implications (喻) in its variegated colors, whose branches and tributaries sparkle and gleam. The vigorous and lovely form is one whose lofty discourses and grand judgments have superlative flash and rare colors. The novel and unusual form is one that rejects the old and rushes instead after what is modern; off-balance, it shows delight in the bizarre. The light and delicate form is one whose insubstantial ornament (文*) is not securely planted, whose airy vagueness is close to the common taste. We see that the dignified is set in opposition to the unusual; the obscure differs from the obvious; the lush and terse are at odds; the vigorous and light go against one another. Such is the root and leaf of literature (文*—辞*), and the garden of letters contains them all.

在中国传统语境中,这些体都是清晰可辨的。让我们把刘勰的次序概括一下:首先是无穷的变体,然后回到那些固定的"数",列出它们的名字,接着对每一个稍作说明,最后再返回来,表明这八个类型的内在统一性,把固定的"数"缩减为四对。如果读者此时已谙熟了中国传统讨论问题的节奏,那么他应当猜得出下一步:回到无穷的变体。

* * *

若夫八体屡迁,功以学成。才力居中,肇自血气。气以实志,志以定言。吐纳英华,莫非情性。

These eight forms often shift,[92] but success in each is accomplished by learning. The force of one's talent (才*—力) is located within and begins with qi* in the blood; qi* solidifies [or "actualizes", 实*] that upon which one is intent (志*); and that upon which one is intent determines language. The splendor that is given forth in this process is always a person's affections and nature (情*—性*).

刘勰回头重申一个人的生理和心理本性、文学作品和介于两者之间的规范类型这三者之间的有机结合,同时把上文所提到的差别减少为三方面即学、才、气。"习"是有问题的,是变化之所,刘勰把它留待后文处理。规范类型会变,例如根据情况的不同发生变化;对一种形式的成功使用靠的是"学"。本段的第一个陈述不太可能指下面的情况:一个人能否成功使用符合其天性的形式靠的是"才";可是,读者自然要把这一行读成这个意思，这就引发了一种可能：一个人有成功驾驭不同形式的可能，这种可能被刘勰在后文采纳进来。它很容易让我们想起曹丕所说的"通才"，也就是能超越和胜任各种不同文体的人。既然刘勰以十分肯定的语气提到了限制的观点，也就是人人"各师其成心"，那么，他不得不在其他地方，也就是在良好的教育中，寻找"通才"的可能性。这开启了后世中国诗学的一个关注中心，例如严羽《沧浪诗话》说：诗的成功取决于学习，在这个学习过程中，最初的导向是至关重要的。

　　刘勰的文学生理学融合了传统生理学和《左传》中的一些说法。[93]"才"是纯粹的才能，它本身没有任何强制力。要把"才"表现出来，需要"气"；按照中国心理学，"气"流动在血液之中，是一种生命力，它既是能量也是"材料"。有了才能即"才"和能量即"气"，还需要方向；方向由"气"提供，即"气以实志"。没有"才"和"气"，"志"不过是方向的空洞形式：“气”使“志”有了内容，使它成为现实。三者同时具备之后，它们就显现在语言之中了。刘勰最后做了一个回溯工作，他的结论是，我们在文学作品中所见到的一切力量和美都直接来自那个内在状态。到了《文心雕龙》的这一篇，在这个节骨眼上，刘勰有必要拿出一些例子，以证明他的观点。下一段就是他提供的一系列例子，它由十二个整齐并列的评语组成。

* * *

　　是以贾生俊发，故文洁而体清；长卿傲诞，故理侈而辞溢；子云沉寂，故志隐而味深；子政简易，故趣昭而事博；孟坚雅懿，故裁密而思靡；平子淹通，故虑周而藻密；仲宣躁竞，故颖出而才果；公幹气褊，故言壮而情骇；嗣宗俶傥，故响逸而调远；叔夜俊侠，故兴高而采烈；安仁轻敏，故锋发而韵流；士衡矜重，故情繁而辞隐。触类以推，表里必符。岂非自然之恒资，才气之大略哉！

Jia Yi came forth grandly; thus his writing (文 *) was terse and its form (体 *) lucid.

Si-ma Xiang-ru was proud and brash, thus in natural principle (理 *) he was extravagant and in diction (辞 *) excessive.

Yang Xiong was brooding and still, thus his intent (志 *) was latent and the flavor (味 *) deep.

Liu Xiang was plain and simple, thus his interest (趣 *) was patent and the [factual] matters (事 *) were extensive.

Ban Gu was dignified and virtuous; thus his cutting to pattern was careful and his thought attained the delicate points.

Zhang Heng was profound and comprehensive (通 *); thus his considerations were all-encompassing and his rhetoric dense.

Wang Can was rash and competitive;[94] thus his work was sharp-witted and his talent daring.

Xu Gan's *qi** was narrowly focused; thus his words were vigorous and his sentiments (情 *) were startling.

Ruan Ji was unrestrained; thus the resonance of his work was aloof and the tone far away.

Xi Kang was bold and heroic; thus his being stirred (兴 *) was lofty and the colors (采 *) blazing.

Pan Yue was airy and clever, thus the pointedness of his works was in the open, and his rhymes were diffuse.

Lu Ji was grave and serious, thus his sentiments (情 *) are richly complex and the language (辞 *) cryptic.

Investigating each by his kind, we see that outside and inside necessarily correspond. What else can this be other than the constant endowment of Nature (自—然 *), the general case of the operations of talent and *qi**.

刘勰所论之体只有八个,而他提供给我们的例子却达十二个之多,其中只有几个例子明显符合八体。上一段采用了中国品评人物性格和写作风格(不仅是写作,其他艺术也包括在内)的基本样式,刘勰的同代人钟嵘的《诗品》在描述每一种诗歌风格时也大体采用了同样的方式。这种大段大段列单子的做法为唐人和后世的大众批评开了先河,后者经常在某一类型之下列举出若干变体。这类品评人物性格和写作风格的做法所使用的术语经常把模糊性和准确性熔于一炉,与之相伴的总是一些精挑细选的形容词:该词所描述的特性,一个懂行的读者一眼就能识别出来,绝不会跟另一个形容词混淆;可是,正由于它的这种精确性,所以它规避"定义"。它使用语言的方式使一切解释性词语都是"先验的或推理的"(a priori),也就是说"不完全是"(not quite it)。基于这样一种精确性,一千四百年之后的今天,要想彻底把握这些词语的意思,简直不可能。刘勰所采用的品评程式如下:首先给出某人的名字和此人的一般风格;然后,借助一个因果连词"故",以两个具体特性,分别概括该作家作品的两个方面。该程式的一个最重要的因果次第或许是重复,它加强了这样一个结论:人的天性和他的作品的特性永远是一致的。还有一点值得注意:用来描述人的性格和作品风格的那些词语也是一模一样的。

* * *

夫才有天资,学慎始习。斫梓染丝,功在初化。器成采定,难可翻移。故童子雕琢,必先雅制。沿根讨叶,思转自圆。八体虽殊,会通合数。得其环中,则辐辏相成。故宜摹体以定习,因性以练才。文之司南,用此道也。

Talent is endowed by Heaven; but in learning, we must take care for early practice: as in carving *zi* wood or dying silk, success resides in the initial transformation (化*). When a vessel is formed or a color is set, it is hard to alter or reverse it. Thus when a child learns to carve, he must first learn dignified (雅*) construction.

第五章 《文心雕龙》

> Following the roots, we reach the leaves; and the revolutions of thoughts achieve a perfect circle. Though the eight forms differ, there is a way of merging them that comprehends all. If you attain the center of the ring, all the spokes meet there to make the wheel.[95] Thus it is fitting that one imitate normative forms in order to fix practice; then, according to individuating nature, he refines his talent. The compass of *wen** points along this path.

就像曹丕的《论文》一样，对不同类型的讨论最后归于重新结合的趋势，即所谓"通才"。成人之"体"是被决定的，这个事实把刘勰引回到文学教育问题，也就是把年轻人的文学实践朝什么方向引导。木雕和织染的隐喻很重要，"才"与"材料"或"木材"之"材"本来是同一个字；雕刻过程一旦开始，后面的选择余地就被限定了。同理，人人都有一个"本色"，可以被浸染；但后来添加的颜色都得以已经染上的颜色为基础。那么，怎么才能提供一个没有被预先限定的"方向"呢？刘勰给出两个答案，二者虽然不冲突，但侧重点不同。第一，就体而言，有些体比另一些体优先，比如"雅"就是一个例子。选定了一个优先模式，在开始学习的时候，学生要遵循一定的先后次序，也就是"沿根讨叶"，然后才能学会全部东西。这样一来，本来与时间无关的差异就成了时间的前后问题了。但是，这个过程必须引入一个新的实践观念，按照这个观念，各个阶段不是在前一阶段之上累积，像一块布料要按照先后次序浸染八次一样。为解决这个问题，刘勰更换了他的隐喻模式，按照这个模式，学生不坚持任何一个单一目标，他站在车轮的中心，想进入哪个目标就可以进入哪个目标。这样一来，又产生了另一个问题，现在，不是体有条不紊地追随各自不同的天性，体变成一个要扮演的角色："故宜摹体以定习。"并列句"因体以练才"的意思很模糊：刘勰的意思可能是说，学生"根据体的才性来修炼他的才性"；可是，他也可能重新回到前面所说的那个先于教育的个性，那么，我们就应当把这个句子翻译为"按照他的才性"。我们注意到，在前面被说成禀自天然的、无法改变的"才"，现在变成了可以被"练"的东西。尽管在下结论的时候，刘勰又回到了开头那种自信、权威的语气，但他已经陷到那些传统的老问题之中，出不来了，比如学养和天性的问题，善备和专一问题。尽管语气自信，但隐约之中，还是意识到难题的存在，所以才又一次出来打圆场：在结尾段（以诗体形式附在最后）的倒数第二行，他发表了一个声明，似乎问题就这样解决了。

* * *

赞曰：才性异区，文辞繁诡。辞为肤根，志实骨髓。雅丽黼黻，淫巧朱紫。习亦凝真，功沿渐靡。

Supporting Verse

Talents with individual natures have differing realms,

The forms of literature are profuse and various.

The words used are akin and sinew,

Intent is solid bone and marrow.

Patterned ritual robes have dignity and beauty;

Vermilion and purple are a corrupting artfulness;[96]

Yet practice may firmly set what is genuine,

And from that true accomplishment gradually follows.

风骨第二十八
（Wind and Bone）

在中国文学论述中，"风骨"一词可谓源远流长。该词在《文心雕龙》之前就存在，但它最通常的联想意义是在《文心雕龙》之后发展起来的。[97]"风骨"一词的本来意思以及在此篇中的意思指一种能够或应当见之于一切文学的特性；后来，该词用以指那种有感染力的直接性，

第五章 《文心雕龙》

这种特性是诗歌史上的一个时代性标志,它可以追溯到建安年间和魏(公元2世纪的最后十年和3世纪的上半叶)。"风"与围绕在《诗经》解释学的注疏传统存在千丝万缕的联系。"骨"最初与骨相学有关,在刘勰的时代,"骨"的历史相对较短,不过,即使在那时,它已经是美学中的一个常用术语了。其实,要理解本篇内容不一定非得了解这两个词的历史背景,因为刘勰把它们改造了,而且,按照他许多标题的对偶结构所蕴涵的逻辑,二词被引到一个十分不同的方向,大大偏离了它们以前和以后的用法,不论单独看还是合成一个词看都是如此。尽管受制于篇章结构的影响,词语有相互界定之势,但刘勰还得同时把这两个词解释为一个整体(因为它们已经是一个复合词了),而且还得让二者相互补充,用它来代表一个作品应当具有的正面特征。

* * *

> 《诗》总六义,风冠其首,斯乃化感之本源,志气之符契也。是以怊怅述情,必始乎风。沉吟铺辞,莫先于骨。故辞之待骨,如体之树骸;情之含风,犹形之包气。结言端直,则文骨成焉。意气骏爽,则文风生焉。若丰藻克赡,风骨不飞,则振采失鲜,负声无力。是以缀虑裁篇,务盈守气,刚健既实,辉光乃新,其为文用,譬征鸟之使翼也。

The *Book of Songs* encompassed "Six Principles", of which "wind" (风 *, the "Airs" section) is the first. This is the original source of stirring (感 *) and transformation (化 *), and it is the counterpart of intent (志 *) and *qi**.[98] The transmission of the disconsolate feelings (情 *) always begins with wind; but nothing has priority over bone's disposing the words (辞 *), as one intones them thoughtfully.[99] The way in which the words depend upon bone is like the way in which the skeleton is set in the [human] form (体 *). And the quality of wind contained in the affections is like the way

257

our shape holds *qi** within it. When words are put together straight through, then the bone of writing (文*—骨*) is complete therein; when concept (意*) and *qi** are swift and vigorous, then the wind of writing (文*—风*) is born therein.[100] If a piece of writing is abundantly supplied with elegant phrasing, but lacks wind and bone to fly, then it loses all luster when it shows its coloration (采*) and lacks the force to carry any resonance.[101] Thus in composing one's reflections and in cutting a piece to pattern, it is essential to conserve a plenitude of *qi**. Only when its firm strength has become solid (实*) will its radiance be fresh. We may compare its [wind and bone] function in literature to the way in which a bird of prey uses its wings.

一开篇就追本溯源，这是刘勰的通常做法，这里，他首先追溯了《诗大序》所说的《诗经》之"风"的感发作用："风也，教也；风以动之，教以化之。"不过，刘勰是一个善于改造权威经典为自己所用的大师。伟大的儒家道德教化工程在刘勰的笔下很快变了调儿，泛化为更一般意义上的文学感染力。经学家早就同意这样一个说法："风"位居"六义"之首标志着"风"是最重要的。刘勰引述这个观点不过为了证明"风"确实重要；他的意思并不是要声称"风"比"骨"更重要，或比其他章节所讨论的概念更重要。刘勰的儒家立场是学界的一个热门话题；《文心雕龙》确实有一些层面可以用"儒家的"来概括，但有很多时候，刘勰只是借用经典的权威来支持他的立场，那些立场比纯儒家的立场宽泛得多。儒家所谓"风"以伦理为核心，但这里的"风"不是这样。

在刘勰看来，"风"基本上是文学作品的感染力，它是气所发动并引导出来的东西。从这个意义上，按照他的说法，风是"化感之本源"。给它以方向的"志"（志即心之所向）和给它以能量的"气"，在"风"里找到了它们的外在对应物。"情之含风"和"形之包气"的类比改变了这个模式，但澄清了术语："气"就是给"形"以动力的东西。同理，如果

第五章 《文心雕龙》

我们在文学作品中感受到感染力,那是灌注于其中的"风"的感染力。

"骨"是一个文本中灌注生气的完整性,正如骨架使肉体聚为一体,"骨"是给活动以保证的结构。骨应当统一而坚固。注家经常把它等同于行文的结构;但它也是方式(manner),一个具有坚实力量的陈述或命题的不可变更的次第。

段末出现的鸟的意象有点耐人寻味:合成一个词组的"风"和"骨"虽然是生命力的一对互补的特性,但它们本身不具备直接的感性魅力;"风骨"所造成的感动是那种不需要吸引力的感动。对于那种因为被吸引而产生的欣赏,能保持一段时间是很重要的,也就是让人"赏玩"它。有了"风骨",效果是直接的,而且留下"印象"("印象"一词的本意),这种印象不同于(虽然不一定排除)那种欣赏中的反思性距离,后者所产生的魅力来自"采"。

* * *

> 故练于骨者,析辞必精。深乎风者,述情必显。捶字坚而难移,结响凝而不滞,此风骨之力也。若瘠义肥辞,繁杂失统,则无骨之征也。思不环周,索莫乏气,则无风之验也。

One who has refined the bone of the work must keep to the essentials in argument;[102] one who has attained depth in wind must transmit the affections clearly. In the first case, the words have been pounded so firmly that they cannot be moved; in the second case, the resonance will be knit fixedly and not get bogged down—this is the force of wind and bone. If the truth (义*) are emaciated but the phrasing fat—a profusion indiscriminately mixed and lacking all governing coherence—then we see no evidence of bone. If the thought (思*) does not go full circle—dull, lifeless, lacking *qi**—then we see no evidence of wind.

分别说明了"风""骨"二词之后,刘勰又论证二者是相辅相成的,任何一方原则上都离不开另一方。请注意,两种特性都与动力有关。具体地说,"风"使文本保持"不滞";"骨"维持形体,使文本不致散乱或蔓延。

* * *

昔潘勖锡魏,思摹经典,群才韬笔,乃其骨髓峻也;相如赋仙,气号凌云,蔚为辞宗,乃其风力遒也。能鉴斯要,可以定文,兹术或违,无务繁采。故魏文称:"文以气为主,气之清浊有体,不可力强而致。"故其论孔融,则云"体气高妙"。论徐幹,则云"时有齐气"。论刘桢,则云"有逸气"。公干亦云:"孔氏卓卓,信含异气。笔墨之性,殆不可胜。"并重气之旨也。夫翚翟备色,而翾翥百步,肌丰而力沉也。鹰隼乏采,而翰飞戾天,骨劲而气猛也。文章才力,有似于此。若风骨乏采,则鸷集翰林;采乏风骨,则雉窜文囿。唯藻耀而高翔,固文笔之鸣凤也。

Long ago when Pan Xu wrote [on behalf of the Han Emperor] a Grant of Honor for the Duke of Wei [Cao Cao], his literary thought aspired to emulate the Classical canons, and all other persons of talent hid their writing brushes: this was due to the excellence of bone and marrow in his work. When Si-ma Xiang-ru wrote his poetic exposition on the immortal ["The Poetic Exposition on the Great Man", presented to Han Wu-di], people declared that his *qi** passed up over the clouds, and they found splendor in his mastery of language (辞*): this was the firmness of the force of wind in his work. If a person sees the essential points clearly here, he can perfect his writing; but should he stray from this technique, there's nothing to be gained from lush coloration (采*). For this reason, Cao Pi claimed, "In literature *qi** is the dominant factor. *Qi** has its normative forms—clear and murky. It is not to be brought by force". Thus when he discussed Kong Rong, he said that his "form and *qi** are lofty and subtle". And when he discussed Xu Can, he said that "at times he shows languid *qi**".[103] In discussing Liu Zhen, Cao Pi says that he has "an untrammeled *qi**";[104] and Liu Zhen himself said, "Kong Rong is superlative and truly has an unusual *qi** within him; it would hardly be possible to surpass him in the nature of his brushwork". All of them laid stress on the significance of *qi**. The pheasant has a full complement of colors, but it can flutter only a hundred paces—its force gives out because its flesh is fat. A falcon lacks bright colors, but it flies high, to the very heavens—its bone is sturdy and its *qi** is fierce. The force of talent in literary works bears resemblance to these examples. If wind and bone lack bright coloration, we have a bird of prey roosting in the forest of letters. And if bright colors lack wind and bone, we have a pheasant hiding away in the literary garden. Only with glittering rhetoric and high soaring do we really have a singing phoenix in writing.

根据刘勰所提供的例子来看，他对"风"的理解比较接近于曹丕所强调的"气"的特性。刘勰以专篇讨论"养气"（我没有翻译《养气》篇）；在这里，气是自我所累积的潜在力量；他以"风"指那种感染性活动中的力量。

刘勰以第三种特质即"采"来对照"风骨"，这样一来，"风"和"骨"就合成一个相互补充的统一体。"采"是他后面篇章的一个题目。"采"关涉到吸引力；可是，无论"采"怎样吸引我们，它并不能靠其自身对我们施加任何改造性力量，或者，你可以说"采"有时能打动我们，可那刚好说明了我们的弱点。透过这三个术语的前后顺序，我们可以看清刘勰的行文思路：先是"风"和"骨"，二者相互对比、相互界定，然后再相互妥协为一个统一体。可是，这个统一体也有不足之处，这个不足是通过"采"的引入体现出来的。这又引出了另一层面的补充，也就是力量（风和骨）和魅力（采）的结合，它体现在"凤"的意象之中。

* * *

若夫熔铸经典之范，翔集子史之术，洞晓情变，曲昭文体，然后能孚甲新意，雕昼奇辞。昭体，故意新而不乱，晓变，故辞奇而不黩。若骨采未圆，风辞未练，而跨略旧规，驰鹜新作，虽获巧意，危败亦多。岂空结奇字，纰缪而成经矣。《周书》云："辞尚体要，弗惟好异。"盖防文滥也。然文术多门，各适所好，明者弗授，学者弗师。于是习华随侈，流遁忘反。若能确乎正式，使文明以健，则风清骨峻，篇体光华。能研诸虑，何远之有哉！

When one casts and molds according to the model of the Classics, or soars and roosts among the techniques of the thinkers and historians, then one will comprehend the mutations of the affections (情 *— 变 *), and one will have revealed the forms of literature (文 *—体 *) in their minute particulars. Only then can one cause fresh concepts (意 *) to sprout; only then can one carve out and paint wondrous phrasing (辞 *). Having the forms reveal means that concepts will be fresh but not in disarray; comprehending the mutations means that phrasing will be wondrous without getting muddy. But if bone and coloration are not fully perfected, if wind and phrasing are not polished, and a writer strides proudly over all former rules to go rushing after fresh creations—in such cases, even though one may attain some clever concept, danger and ruin usually follow. A hollow construction of strange words, full of error, cannot become a Classic. The *Book of Documents* says, "In diction value embodying the essentials, do not develop a passion for [mere] difference". This is to prevent excess in literature.

There are many ways into the techniques of literature, and each person suits his own preferences. Those who understand are not taught; those who study have no teacher. Therefore one who becomes habituated to glitter and goes off into excess will drift away and never return. But if one can become form in the proper models and make his writing bright [明,"showing comprehension and manifestly comprehensible"] and firm, then the wind will be clear, and the bone, splendid; and the form of the piece will shimmer. Accomplishment will not be far to anyone who works at these considerations.

赞曰：情与气偕，辞共体并。文明以健，珪璋乃聘。蔚彼风力，严此骨鲠。才锋峻立，符采克炳。

Supporting Verse

When affections and *qi** are joined together,

When phrasing goes together with form,

"The writing is bright and firm",

A fine piece of jade is presented.[105]

The force of wind is rich,

The boniness is stern.

Talent's spearhead stands high,

And matching coloration gleams.

通变第二十九
（Continuity and Mutation）

"通"和"变"是《易经》用来描述卦象运作的技术词汇。当一个阳爻或阴爻在下一个位置仍保持其阳爻或阴爻不变（也就是从下向上读起来，不论共时结构还是历时结构，该卦象都保持不变），就称为"通"；如果变化了，就称为"变"。除此之外，这两个词也用以描述卦象运作的更复杂的情况。关于刘勰对二词的讨论，特别值得注意的是，有了《系辞传》的解释，"通"和"变"已经成了《易经》"哲学"的关键术语。对于这一类成对的词，两个词的关系通常变动不居：有时对立，有时相互补充，有时一致。《系辞传》有这样的句子："化而裁之谓之变，推而行之谓之通。"可是，《系辞传》又说："易（一个过程、卦象中的一爻、一个卦象）穷则变，变则通，通则久。" ❶ 我们看到，在刘勰的《通变》篇，二者的关系时而是"通/变"，时而是"借变以为通"，时而又是"通变"（也就是实行"变"）。[106]

不仅两个词的关系变动不居，它们的适用范围也是非常之广。虽然刘勰的例子取自文学史，但二词也可以指文学的其他方面：一个作品的发展，或一个作家的作品集，或一个时期的不同作家之间的差异。

*　*　*

> 夫设文之体有常，变文之数无方，何以明其然耶？凡诗赋书记，名理相因，此有常之体也；文辞气力，通变则久，此无方之数也。名理有常，体必资于故实；通变无方，数必酌于新声；故能骋无穷之路，饮不竭之源。然绠短者衔渴，足疲者辍途，非文理之数尽，乃通变之术疏耳。故论文之方，譬诸草木，根干丽土而同性，臭味晞阳而异品矣。
>
> Although there are constants in the forms (体 *) in which literature is given, there is no limit to the mutations (变 *) they may undergo. How can we understand why this is so? In the poem, in the poetic

---

❶ "穷则变，变则通，通则久"一句的英译为"When it is exhausted, it mutates; by mutation it achieves continuity; by continuity it endures long"。

exposition, in the letter, and in the memoir, the name and the basic principle (理*) depend on one another: these are examples of forms (体*) in which there are constants. But phrasing (文*—辞*) and the force of *qi** endure long only by continuities (通*) and mutations (变*)[107] of these there are limitless numbers.

Since there are constants in name and basic principle, the forms are necessarily endowed with some prior substance;[108] but since the continuities and mutations are limitless, their number must always be infused with new sounds. In this way, we can gallop along an endless road yet drink from an inexhaustible source. The person whose well-rope is too short will suffer thirst; the person whose feet tire will stop on the road—in such cases, it is not that the variety of principle in literature (文*—理*) has been exhausted, but rather that the technique of continuity and mutation is weak. Literature may be discussed through an analogy to plants and trees: root and trunk cleave to the soil and share a common nature [i.e., each species or category]; but according to the exposure to sunlight, the kinds of fragrance and flavor will differ.[109]

体和物的关系问题是中国文学的一个核心问题。这个关系经常被解释为这样一个变化过程：从原始的统一体到若干"有常之体"再到大千世界。世界的破碎、纷繁被解释为一个不断的两两划分过程的结果，依靠这样一种谱系，具体事物就与它所属的体联系起来。有许多两两划分的模式可供选择，刘勰这里所选择的模式是把这个划分过程限定为一个有常之体的产物（也就是"经"或《体性》篇所说的"八体"），并把世界之物解释为那些体的无穷变体。

《通变》一开篇就谈到这个体和变的问题。《体性》篇所说的"体"指风格；而这里所说的"体"，根据它所列举的例子"诗赋书记"，显然指我们今天所谓"文体"。每一体都以表现在其名字之中的某种自然之"理"为基础。以"诗"为例,按照伪词源学的说法,诗的经典定义是"诗言志",因此,诗这种文体来自人的心理所遵循的自然之理。

"通"和"变"原本是两个成对的词语,由于第三个词语"常"(这里即"常体")的引入,二者合而为一了,二者都可以是"常的"。把"通"和"常体"(以及有关概念如"理")区别开来是很重要的。"常"在一定的时间和变化的范围内保持一致性,同时还具有一定程度的不确定性和灵活性,这种不确定性和灵活性是"通"和"变"都可以享有的。"通"刚好是那个"持续"因素:它既可以是与上一阶段保持一致,也可以是那种通过"变"来实现的更抽象的"持续力"(后一种情况来自《系辞传》的说法:"穷则变,变则通")。但是,"通"是具体化的,而"常体"则不是。就文学而言,变化可以有两种情况:要么是受到它自身内在律令的驱使而变化,要么是为了回应外在环境而变化。根据其结论,上一段提到的是后一种情况,它体现了《系辞传》的另一段话:"变通者,趣时者也。"这就是说,理的运作需要灵活性,以适应不同的情况,正如植物和树木择地而生,最大限度地利用周围的环境。但是,写作的规则使刘勰必须考虑更复杂的情况,也就是说,变化是一种内在律令,它把文学史远远带离了它的本原。下一段继续讨论这个问题:还是原来的核心或根本,外在表达即"文"变了,但是,它很快发展成一个不同的历史图景。

* * *

  是以九代咏歌,志合文别。黄歌断竹,质之至也;唐歌《在昔》,则广于黄世;虞歌《卿云》,则文于唐时;夏歌《雕墙》,缛于虞代;商周篇什,丽于夏年。至于序志述时,其揆一也。暨楚之骚文,矩式周人;汉之赋颂,影写楚世;魏之篇制,顾慕汉风;晋之辞章,瞻望魏采。榷而论之,则黄唐淳而质,虞夏质而辨,商周丽而雅,楚汉侈而艳,魏晋浅而

第五章 《文心雕龙》

绮，宋初讹而新。从质及讹，弥近弥澹。何则？竞今疏古，风味气衰也。今才颖之士，刻意学文，多略汉篇，师范宋集，虽古今备阅，然近附而远疏矣。夫青生于蓝，绛生于蒨，虽逾本色，不能复化。桓君山云："予见新进丽文，美而无采。及见刘扬言辞，常辄有得。"此其验也。故练青濯绛，必归蓝蒨。矫讹翻浅，还宗经诰。斯斟酌乎质文之间，而隐括乎雅俗之际，可与言通变矣。

In the songs of all nine dynasties, we find unities in what the human mind may be intent upon; but we also find that the external expression (文*) differs.[110] The song from the period of the Yellow Emperor, which began "Cut the bamboo", was the ultimate in plainness (质*).[111] The song Zai Xi from the reign of Yao is more extensive than the one from the Yellow Emperor's reign.[112] The song "Auspicious Clouds" from the reign of Shun is till more highly patterned (文*) than that of Yao's reign. And the song from the time of the Xia Dynasty [which contains the phrase] "decorated walls" is more lush than what we find in Shun's reign. The pieces and suites of pieces from the Shang and Zhou [ie., the *Book of Songs*] are more beautiful (丽*) than the works of the days of the Xia. However, in telling what was on their minds (志*) and in describing the times, these were all of the same measure. The *Sao* writings of Chu take their model from the Zhou writers, and the poetic expositions and odes of the Han are a reflection of the times of Chu. The compositions and odes of the Wei dynasty look back with admiration to the manner (风*) of the Han, and the literary works of the Jin have their eyes on the bright colors of the Wei. Considering this from a broad perspective, [we conclude that] the ages of the Yellow Emperor and Yao were plain and pure, the ages of

Shun and Yu were plain but more articulated, the Shang and Chou had a dignified loveliness, the Chu and Han works were excessive and sensuous, the Wei and Jin were shallow and decorative. In the Liu-Song dynasty, things first became deceptive and a hunger for novelty appeared. From substantive plainness (质*) on to falseness—the nearer we come to our own times, the more insipid literature becomes. The reason is that people compete for what is contemporary and hold themselves apart form what is ancient: wind is in its final stages and *qi** declines.

When the most brilliantly talented scholars of this day shape their concepts and study *wen**, they usually overlook the works of the Han and take the collected writings of the Liu-Song period as their model. Even if they have made a survey of past and present writing, still they adhere to what is close to them and distance themselves from what is remote. [113]

The color blue comes from the indigo; maroon comes from the madder: though those colors go beyond the original color (色*), they cannot be further transformed. Huan Tan once said, "I have seen lovely beautiful works offered up recently; I take nothing from them, however lovely they are. But when I see the words of Yang Xiong and Liu Xin, I always find something right away". This is a good illustration of what I mean: to get a refined blue and purified maroon, one must return to the indigo and madder. To straighten the false and confute shallowness, one must return to a reverence for the Classics. One can speak of continuity and mutation only with someone who deliberates carefully between substance (or "plainness", 质*) and pattern (文*) and who applies the wood-straightener at the juncture between dignity and commonness.

第五章 《文心雕龙》

"通""变"二词比较宽泛,它们把刘勰引到不同的方向。在下一部分,"通"和"变"指那种当作家回头看他们的前人时可以差别对待的更一般的情况。可是在上一段,"通变"确实指文学史而言。人们普遍相信,文学创作自然是越来越复杂、越来越精细了,这样一种关于文学史的神话(与那种以二分法为基础以至复杂多样的宇宙进化论相对应)就是刘勰谈论《诗经》之前的诗歌进化史的理论基础。按照这里的说法,"变"是统一的和连续的:"至于序志述时,其揆一也。"这样一来,"变"就被平衡了。接下来的阶段始于楚骚(公元前3世纪),一直延续到晋代,这个时段的文学史起初被描述为"持续的",代代相承的。但是,当刘勰从一个更大的视角重新反思这段时期,他看到的就只有差别了,这些差别开始成为楚国和汉代走向衰落的征兆。后代人直接模仿刚刚过去的一代,其衰败的程度就更加严重了。最后,刘勰论及不远的过去,也就是刘宋以来的时代,文坛发生了新变:求新、求变,不顾延续性。"风"和推动文学史的传统似乎被丢到一边去了。所谓"今"的状况就是这样造成的,它割断了与过去的联系。透过这一段的描述,我们可以看到《文心雕龙》和后世文学思想中一个十分重要的关于变化的概念——"本色"。一切事物都有一个最初的特性,它允许变化,但这个变化必须以最初的特质为依据。递进的变化过程(X+A,然后是[X+A]+B,然后是[X+A+B]+C等),用那个织染的比喻来说,必然是一步步走向混浊。另一种模式(从X到A,从A到B,从B到C等)必然是一步步远离那个最初的特质,那个以"理"为基础的最初特质就逐渐削弱了。恰当的变化应当一方面确保不损失,另一方面允许无穷的转化,它应当是原初特质基础上的持续变化(X+A,然后X+B,然后X+C等)。这个变化模式把刘勰带回到他最喜爱的话题——宗经。正如宇宙从最初的一体发展到多体,分化到一定程度就停止了,文学也有一个合法的精细化和雕琢化过程,直到若干规范文本被确立之后。那些文本就是"经","经"的意思就是"常"。历史和变化并没有因为有了经就终止了,但是,"经"控制着变化的性质,它们是一些固定点,所有的变化都必须以它们为参照。

* * *

夫夸张声貌，则汉初已极，自兹厥后，循环相因，虽轩翥出辙，而终入笼内。枚乘《七发》云："通望兮东海，虹洞兮苍天。"相如《上林》云："视之无端，察之无涯，日出东沼，月生西陂。"马融广成云："天地虹洞，固无端涯，大明出东，月生西陂。"扬雄校猎云："出入日月，天与地沓。"张衡西京云："日月于是乎出入，象扶桑于濛汜。"此并广寓极状，而五家如一。诸如此类，莫不相循，参伍因革，通变之数也。

The expansive description (夸—张) of sounds and the appearances of things reached an extreme early in the Han;[114] thereafter writers followed along as if on a ringe: though they might soar high above the wheel tracks [of their predecessors], in the final analysis they remained within the same scope. In the "Seven Stimuli" Mei Sheng wrote:

> My gaze passes far to the Eastern Sea,
> Stretching on continuously to the grey heavens.

In his poetic exposition on Shang-lin Park, Si-ma Xiang-ru wrote:

> I look on limitlessness,
> Examiner of the unbounded,
> Where the sun emerges from its pool in the east.
> And the moon appears over slopes in the west.

Ma Rong, in his panegyric on Guang-cheng Palace, wrote:

> Heaven and Earth, a continuous expanse,
> No limit, no boundary at all:
> A might gleaming emerges in the east,
> And the moon appears over slopes in the west.

Yang Xiong, in his poetic exposition on the Stockade Hunt, wrote:

> Emerging, sinking—sun and the moon,
> And Heaven, remote from the Earth.

Finally, in the poetic exposition on the Western Capital, Zhang Heng wrote:

> Then sun and moon emerge and sink back in—
> Images of the Fu-sang Tree [in the far east] and Meng-si Pool [in the farthest west].

All five writers are one in describing an immensity. There are many cases of the same sort, and writers always follow one another. Sometimes following, sometimes breaking with precedent—in the intricate mingling of the two is the number of continuity and mutation.

请注意，虽然在有些例子里，作家使用或改造了前人的文辞，但总体看来，这些例子是同一类情况的不同表现，而不是层层递进的关系。

* * *

> 是以规略文统，宜宏大体。先博览以精阅，总纲纪而摄契；然后拓衢路，置关键，长辔远驭，从容按节，凭情以会通，负气以适变，采如宛虹之奋鬐，光若长离之振翼，乃颖脱之文矣。若乃龊龊于偏解，矜激乎一致，此庭间之回骤，岂万里之逸步哉！

To get the general structure of the unity of the literary tradition, one should give broad consideration to its overall form (体*):[115] first, by wide reading to examine the essentials, then by a synthesis of the general principles in order to unify the work. Only after this can one open up highways and paths, and establish securely the bolt on the gates,[116] first galloping afar with loose reins, then ambling and slowing one's rhythm. Relying on his affections (情*), one will achieve continuity (通*); depending on *qi** one will move to mutation (变*). The work will be brightly colored like the upraised crest of a rainbow and will shake its wings like the redbird. This will be writing that breaks free of confinement. But if one is all cramped up in some one-sided comprehension and boasts excitedly of some single accomplishment, then it is circular galloping in a small yard—not the unfettered pace that goes thousands of leagues.

请注意这一段与《体性》篇结尾段的相似性。这是曹丕《论文》所讨论的那个"通才"的老问题。回到源头,回到常体即所谓"本色"与驾驭各种各样的变体的能力是有关系的。最初的体似乎比它们后来的变体更宽泛、留下的余地更多;线性变化使人难以摆脱历史决定论,只能追随一个偏于一隅的单一方向或道路,这是反对线性变化的一个理由。常体如车轮之毂,以这个毂为中心,你可以朝任何一个方向移动;同理,以常体为基点,你的起步就可以永不衰竭。至于语言上的类比,一方面是单字,也就是具有许多参考框架的原始字词,另一方面是复合词,也就是参考框架和语义范围有限的衍生词。

奇怪的是,最后的隐喻把一个约定俗成的意象倒过来用了:借助于靠近源头(这个源头在《体性》篇被描述为"环中")所获得的那种无穷变化的能力,在这里变成了实际意义上的骏马的线性运动即"万里"。相反,那种远离源头的胶着于一个方向的局限性却被描述为"庭间之回骤"。不过,这里反用意象自有其道理,它为下一段讨论"势"做好了铺垫。

*　　*　　*

赞曰:文律运周,日新其业。变则可久,通则不乏。趋时必果,乘机无怯。望今制奇,参古定法。

Supporting Verse

The rule of literature is to move in full cycle,

> Its accomplishment is found in daily renewal:
> By mutation it can last long;
> By continuity nothing is wanting.
> To seize the right time brings sure decision,
> To take the occasion (时 *) means no anxiety.
> Looking to the present, construct the marvelous;
> Keep the past in mind to make its laws secure.

定势第三十
（Determination of Momentum）

在刘勰的时代，"势"已经是一个用法复杂的词了，在刘勰论文章的一系列论文中，"势"的作用是举足轻重的。"势"是蕴藏在某一事物或事件中的力量，它把事物的运动朝"利"的方向上引导。在早期的政治话语中，"势"指蕴涵在一个国家或国君的活动或形势之中的"力"。在英语里，我们用"预兆"（things are looking ominous）来描述某种政治情况；而早期的中国话语则喜用"形势"一词。有时可以用"tendency"（趋势）来翻译"势"，但"tendency"一词表达不出"势"所包含的那种力度和蓄而未发的即时性。在先秦兵家著作《孙子》中，"势"是一个表达战事的重要概念，许多战略忠告关系到如何善加利用敌我双方之"势"。在军事艺术中，"势"始终是一个重要概念。"势"被运用到美学领域，最早见于书法艺术（公元2世纪），汉字和书写及其笔画处处体现着所谓"线条的力量"。于是，"势"就成了讨论书法艺术的一个基本范畴。

该词进入文学领域的时间尚待考察。[117]刘勰引用了3世纪初的一个用法，但该词在那里似乎仅仅表示"力度"，一种被量化的质，而不是某种包含多种特质的范畴。"势"在刘勰本篇中的用法非常游移，与该词在文学、书法、军事上的早期用法大为不同。而且，把"势"作为一个重要的文学层面来讨论，我们所见到的最早文献就是刘勰的《定势》篇。这个词帮助刘勰解决了一个非常具体的问题：体是怎么在时间中展开的，为什么某一类写作表现出了或应当表现出某些特质。刘勰没有把"势"作为一个题目，以便在它的名下列举出一系列与动态有关的特性（像"势"在书法艺术论里那样），他把"势"与"体"和"性"联系到一起，对该范畴本身的理论地位做了思考。

　　动词"定"也值得思考。文本的特性和展开并不是随意的，而是被一定的体所规定的。"通变"解决的问题是体怎样成为一个特别之体（借助了那个以原点为基础的无穷变体的观念），而这里讨论的问题是体以什么方式决定着一个特别的展示过程。

　　在一开篇，这个被确定的进展就被描述为一个有机过程："定"自然从"体"而来。可是，在本篇的其他地方，创作被说成是一种意愿活动；如果创作受制于意愿，那么，文学形式或状态之势就与作家之势发生了冲突。这里，"定"成了发自意愿的而非自动的，它需要作家方面的技艺和判断，那种随时根据需要来准确判断此处应当要什么并把它付诸实践的能力。为满足这种需要，每一种具体的体都必须一练再练，必须被扩展，以回应具体情况和具体的体所需要对待的那个势。一词多义因而具有多种所指，这是中国文学思想话语的一个优点，但也正因为如此，也造成了许多无法解决的难题。例如在这一篇里，开始谈的是人的情感自然会引向某种作文之体，可到了结尾的时候，却忠告作家要扩展他的技艺，克服他的有限的自然偏好，以便有效地回应体的要求。这两个立场并不是不可调和的，可是刘勰并没有调和它们。

*　　*　　*

> 夫情致异区，文变殊术，莫不因情立体，即体成势也。势者，乘利而为制也。如机发矢直，涧曲湍回，自然之趣也。圆者规体，其势也自转；方者矩形，其势也自安。文章体势，如斯而已。

第五章 《文心雕龙》

> The particular affections that are felt (情 *—志 *) differ in kind; there are various techniques in the mutations of literature (文 *—变 *); but in all cases the normative form (体 *) is set in accordance with the affective state (or "circumstance", 情 *); then according to the normative form, a momentum (势 *) is given. Momentum is formed by following the path of least resistance.[118] It is the inclination (趣 *) of nature (自—然 *), like the straightness of a crossbow bolt released from the trigger mechanism (机 *), or the circling movement of swift eddies at the bend of a mountain stream. What is round [referring especially to Heaven] sets the model of a normative form, and, accordingly, its momentum is to rotate on its won accord. What is square is to be at rest. This is precisely how normative form and momentum operate in a literary work.

类似"体"这样的范畴，由于它具有非时间性和普遍性，我们很容易把一大堆现象归纳到一个大题目下面，但是，它的问题在于，它不能具体解释文本是怎样以及为什么是这样而不是那样展开。"变"的概念是解决该问题的一个途径，它允许体发生变化同时仍不离其本原。"势"也是一个途径，基于它的形势，每一种体都蕴涵某种倾向，引导它的运动，显示某些特性，沿着某种路线尽情展示。

像通常一样，刘勰在本篇的开头概述了上一篇所讨论的两个术语的关系，也就是情和体的关系。可是，一个一般性的"性"问题（这是《体性》篇的重点），逐渐转化为更具体的条件即决定文本展示的基础。我们应当注意到，刘勰在第一行选择了"情致"这个复合词。"情致"指人的具体条件下的"情绪"；而单字词"情"则倾向于更具类型意义的"性"或一般意义上的"情"。当然，这些情致是随时变化的，相对于不同的"文变"，可以找到不同的情致。单字词"情"的用法滑向它的另一个意思即"条件"，参与到一体配一势的过程（值得注意的是，刘勰在讨论文体的各篇中所说的"体"都关系到某一具体的条件）。然后，刘勰把这三个词表现为这样一个过程：一种"情"引出一种"体"，而有了这种"体"随之就会有相应的"势"。

虽然"势"与运动和时间中的进程关系密切，但我们不能确定，"势"显示自我于其中的那个进程是文本的生产过程（总体上来自于那个具体条件所决定的体），还是文本的内在运动。[119] 这里的弓弩和溪涧两个比喻很重要：像所有的运动物一样，文本也喜欢选择一条最没有阻力的路线即"乘利"，最初发力的瞬间决定它的方向（机发矢直），然后顺着地势蜿蜒流动（涧曲湍回）。弓弩之喻是发自"虚"体的某种"实"物的运动；而溪涧之喻则是某种"虚"物（水）沿着"实"体运动。

* * *

> 是以模经为式者，自入典雅之懿；效骚命篇者，必归艳逸之华；综意浅切者，类乏酝藉；断辞辨约者，率乖繁缛。譬激水不漪，槁木无阴，自然之势也。
>
> Whoever takes the Classics as his model will naturally come into the excellence of the decorous and dignified mode.[120] Whoever decides that his work should imitate the *Li Sao* will always come to the splendor of a sensuous and unrestrained mode（艳—逸）. Cases in which concepts（意*）are brought together in a shallow and obvious way will, according to that kind of mode, lack a fullness of reserve.[121] Cases where the phrasing of an argument is too concise or clear-cut will generally fail in abundance. These are likewise the momentum of Nature, just as swift waters form no ripples or a barren tree gives no shade.[122]

这里的"势"似乎指来源于某一体（如《诗经》体或《离骚》体）或某一风格（如"浅切"或"辨约"）的文本的总体特点。"势"是表示

第五章 《文心雕龙》

过程的词,根据"物极必反"的传统说法,任何一种既定的"势"都具有潜在危险或局限。

* * *

> 是以绘事图色,文辞尽情,色糅而犬马殊形,情交而雅俗异势。熔范所拟,各有司匠,虽无严郭,难得逾越。然渊乎文者,并总群势,奇正虽反,必兼解以俱通;刚柔虽殊,必随时而适用。若爱典而恶华,则兼通之理偏,似夏人争弓矢,执一不可以独射也。若雅郑而共篇,则总一之势离,是楚人鬻矛誉楯,两难得而俱售也。是以括囊杂体,功在铨别,宫商朱紫,随势各配。

As in the act of painting we work with colors (色*, or "outward appearance"), so literary language gives the full measure of the affections (情*). By combinations of colors, horses and dogs take on their various shapes; by the intercourse of the affections, dignified and common modes differ in their momentum.[123] Each matrix in which we propose to cast has its own skill to be mastered; and although its domain is not strictly bounded, there are still aspects that should not be trespassed. The attainment of depth in literature means that one has comprehended all the different kinds of momentum: the unusual may stand in opposition to the proper, but one must understand both and be able to carry both through (通*); firm and yielding may differ, but one must be able to apply each according to the demands of the moment. Suppose you love the decorous (典*) and detest the ornate, in regard to your capacity to carry both through, your [comprehension of] principle (理*) is one-sided; and it is like the two men of Xia, the one boasting of his arrow and the other of his bow—since each had only one, neither could shoot.

On the other hand, if one puts the [severely classical] Odes [of the *Book of Songs*] together in the same piece with the [sensual] music of Zheng, the unity of the momentum becomes divided; and this is like that man of Chu who tried to sell his spear [claiming that it could piece anything], while at the same time singing the praises of his impenetrable buckler—he found it was difficult to put both on the market at the same time. While you must have all the normative forms at your command, accomplishment is to be found in judicious distinction. Whether the note *gong* or *shang* is to be played, whether the color red or purple is to be used—each will be appropriate according to the momentum.

我们在这一段顺便遇到了《文心雕龙》关于文学的一个最惊人的假定：正如"色"是绘画的媒介，"情"而非"言"是文学作品的媒介。刘勰把语言视为情感的外在物，这个观点再次使我们想到黑格尔（在他看来，语言是思想的外在物，它自身不是文学作品的媒介）。刘勰的这个假定可以追溯到《诗大序》所谓"诗者，志之所之也"的观点。刘勰并没有用"内"和"外"等词语谈论"情"和"言"的关系，也没有说这从来就是一个不成问题的假定。但是，这个观念居然能存活下来，这本身就是惊人的，尤其在南朝那个错综复杂的文学话语世界。这种语言观被席勒概括为"天真的"（naive）诗人的特点，在他们看来，语言是完全透明的："它是这样一种表达方式，其中，符号完全消失在所指物中，语言让它所表达的思想赤裸在那里，因此，你一边再现它们一边藏起它们，如果不是这样，你就无法再现它们；这种写作模式就是通常所谓的天才的和充满灵感的写作。"[124] 在刘勰看来，被表达的当然不是"思"而是"情"（它将把"思"合并过来，而"思"与产生它的心理状态是融合在一起的）；但其原则与席勒的"天真的"诗人原则相同：当你读一个文本的时候，你读的不是"言"，而是"情"。

第五章 《文心雕龙》

读到刘勰所谓"情交而雅俗异势",你一定不能让习惯上的价值等级(雅和俗)分散了你的注意力,这个句子的核心意思是说,一个作品中的任何一个具体特性都来自情的某一种独特的"交合",而这种特性赋予作品一种独特的"势",它们是可以根据标准来评判的。从某方面看,刘勰也让我们想到朗吉努斯在作品的自觉层面和非自觉层面游移不定的情况。在朗吉努斯看来,崇高具有某种神奇性,它是人力所无法控制的,另一方面,他又提到技巧,技巧是可以学会的东西,作家可以通过自觉的努力获得它。朗吉努斯对萨福的一首抒情诗作了精彩的讨论,他首先赞美萨福那种融合情绪以再现"激情"的技艺;接下来,他引用了诗中的一段,他在那一段后面所发表的看法似乎认为,萨福本人确实感受到那些情绪,他被情绪所裹挟而不是驾驭了情绪;在讨论快结束的时候,朗吉努斯又走出非自觉论,重新赞美萨福驾驭情感的技艺。❶ 正如在中国传统中一样,注意力被集中到一个不得而知的问题:文本禁不住暴露了人心?文本是一个建构,通过这个建构,(具有欺骗之可能的)感受被创造出来?起初,刘勰把基础建立在"情志"上面,这个基础导致了某种自然之"势";可是,在这一段里,他告诉我们说,为了在需要的时候能成功使用它们,你必须掌握众体。为折中这两个分歧的冲动,我们可以这样说,你掌握了某一体,你就具备了某种恰当反应自然情感的能力。尽管如此,自觉和非自觉的冲突依然没有解决,这是中国文学思想中若干最深刻最持久的问题之一。

那个古老的偏才和通才的对比又披上新装回到这里。任何一种风格都是有限的。两个夏人的寓言说明:没有对不同之物的结合,就没有成功的行动。它同时也意味着某种危险,即把不合适的不同之物混合起来的危险,那个楚人寓言甚至提到把相互排斥的两物合并在一起的危险。简言之,为了回应随时之需,必须具有一定范围的驾驭能力,但是,必

---

❶ 参见《论崇高》第十章"题材的选择和组织"。见章安祺编订《缪灵珠美学译文集》第一卷,中国人民大学出版社,1987年,第92—93页。萨福(Sappho,约公元前630—前592),古希腊抒情诗人。

须是那个具体的时刻决定反应,而不仅仅是让作家向我们显示他的技能而已。

这里省略了一段文字,那段文字讨论的是不同的"体"配以不同的"势"。❶

* * *

> 此循体而成势,随变而立功者也。虽复契会相参,节文互杂,譬五色之锦,各以本采为地矣。
>
> In these cases the momentum is perfected according to the normative form (体 *), and achievement comes from following the mutations. And although division and reconciliation are mixed together,[125] though rhythm and pattern be diverse—just as a brocade is made up of many colors—each piece has a basic coloration as its ground.

在讨论"本采"(更常用的词是"本色")概念和"势"的关系时使用了杂糅的类比模式,不应当因此而模糊了另一点:在展示特性的时候,该规范的本原必须保持不变。只有在不离其本原的情况下,才允许变化和运动。虽然谈论的对象不同,对丧失源头的担心总是一再出现。

* * *

> 桓谭称:"文家各有所慕,或好浮华而不知实核,或美众多而不见要约。"陈思亦云:"世之作者,或好烦文博采,深沉其旨者;或好离言辨白,分毫析厘者;所习不同,所务各异。"言势殊也。
>
> Huan Tan claimed that each writer yearns for some particular

---

❶ 被省略的文字如下:"章表奏议,则准的乎典雅;赋颂歌诗,则羽仪乎清丽;符檄书移,则楷式于明断;史论序注,则师范于核要;箴铭碑诔,则体制于宏深;连珠七辞,则从事于巧艳。"

quality: some are fond of insubstantial glitter and do not understand what is worth consideration for its factual truth (实*); some find beauty in multiplicity without seeing what is essential and terse. In the same vein, Cao Zhi said that some of the writers of his age were fond of complexity and of drawing from a wide range of sources, imparting a concealing depth to the significance of their words; others preferred the words perfectly clear and their lines finely argued, making discriminating judgments by the finest standards. Habits are not the same, and likewise each person differs in where his efforts are directed; these are distinctions in the momentum of words.

"势"在这里很像是对某种特性的偏好，该特性来自某种性格类型（"体"）。对某一性格类型的偏好同时也是其局限之所在，为了弥补这种局限，刘勰建议作家学会跟随不同方向的"势"。

*　　*　　*

刘桢云："文之体势有强弱，使其辞已尽而势有余，天下一人耳，不可得也。"公干所谈，颇亦兼气。然文之任势，势有刚柔，不必壮言慷慨，乃称势也。

Liu zhen said that in the momentum of normative forms there is indeed a distinction between the strong and the weak,[126] and that there was only one person in the whole world who would make his words conclude while leaving a surplus of momentum, something that no one else could achieve.[127] Liu Zhen was probably integrating *qi** into what he was saying here. However, the momentum carried in a literary work (文*) may be either hard or soft; the term "momentum" is not applied only to vigorous words and strong emotions.

显然，按照刘桢的用法，"势"基本上是一个数量概念，即语言所携带的力量的大小。刘勰小心地把自己对该词的用法与它的早期用法区别开来：早期用法中的"势"与"气"有关，而他所说的"势"是一个质的概念。"柔势"也可以是一种好的特性，它是一种试探性的或悠闲的心态活动。相反，刘桢所说的"弱势"指缺乏力量（类似缺乏"气"）。最理想的状态是做到"辞已尽而势有余"。

*　　*　　*

又陆云自称："往日论文，先辞而后情，尚势而不取悦泽；及张公论文，则欲宗其言。"夫情固先辞，势实须泽，可谓先迷后能从善矣。

自近代辞人，率好诡巧，原其为体，讹势所变。厌黩旧式，故穿凿取新，察其讹意，似难而实无他术也，反正而已。故文反正为乏，辞反正为奇。效奇之法，必颠倒文句，上字而抑下，中辞而出外，回互不常，则新色耳。

Lu Yun even said that when he used to discuss literature, he gave priority to language (辞*) and second place to the affections, valued momentum and did not concern himself with making it attractive; but when he heard Zhang Hua's discussions of literature [which preferred the alternative values], he was inclined to accept the authority of Zhang's words. Of course, the affections have priority over language, and the momentum really must have something attractive; at first he was in error, but later was able to go in the right direction.

In recent times writers have generally showed a liking for the bizarre and artful. If we look to the origins of that form, it was in a mutation to a momentum inclined to the delusory.[128] They grow sick of the old models and adopted whatever novelty they could get by any contrivance. If we examine their delusory concepts (意*), what

第五章 《文心雕龙》

seems difficult is, in fact, nothing but an inversion of the proper. When literature (文*) inverts the proper, it is wanting;[129] when language (辞*) inverts the proper, it is extraordinary.[130] The method they use to get the extraordinary is always changing the word order of a sentence, placing the words that belong at the beginning at the end, placing the language belonging in the middle on the outer edges, turning everything around from the normative—that's the "new look".

刘勰对当代文学通常持抨击态度，但是，把当代文学的一个令人反感的风格特征直接摆出来，这给文学的意识形态带来了一个有趣后果。古汉语是一种位置语言（positional language）。传统的文学评论把具有一定位置的句子结构理解为一种"自然的"或逻辑的顺序，而非纯语言学的顺序。例如，在"男孩击中那个球"这个陈述句中，先给出男孩，然后是动作，然后是动作的对象。有一种假定认为，语言上的次序就是实际世界的事物的自然次序。基于这样一种假定，一定程度的灵活性是允许的，因此，"自然次序"既可以追随外在世界的事物的次序，也可以追随心理活动或价值等级。[131]这个原则也被推广到子句的顺序和一个段落之中的句子与句子之间的顺序。"由于练习过，男孩击中了那个球"这个句子是"正"的，因为两个事件以正确的顺序出现。而"男孩击中了球，因为他练习过"则是"反"的（颠倒的）。[132]虽然文学的次序问题（主要是散文写作）到了后世作家那里才得到更充分的发展，在《春秋》的注疏文本中，已经可以找到对这个问题的清晰表述。在刘勰看来，为了求新而"反"体，牵涉到价值问题：不过因为对"正"感到"厌黩"了，就去旧求新。这似乎威胁到文学和事物的自然秩序之间的本质联系。这样一来，语言透明地表达情感的那个假定就遇到了问题（虽然为了保护这个假定，刘勰有时提出，对新体的追逐体现了作家性格即"体"中的那种浅薄）。

283

* * *

夫通衢夷坦，而多行捷径者，趋近故也；正文明白，而常务反言者，适俗故也。然密会者以意新得巧，苟异者以失体成怪。旧练之才，则执正以驭奇；新学之锐，则逐奇而失正。势流不反，则文体遂弊。秉兹情术，可无思耶？

Broad thoroughfares are level, yet many take short-cuts: this is because they rush to what is closest.[133] Proper writing (正 *—文 *) is perfectly clear, but such writers as these always strive for inverted language: this is to suit the common fashion. Those who have a truly close understanding are successful in their artistry by [genuinely] novel concepts, while those who perversely seek difference for its own sake get the normative form wrong and achieve mere strangeness. A talent trained in the old ways can maintain the proper and still make good use of something extraordinary,[134] while a sharp wit with new learning goes chasing after the extraordinary and lose the proper. When the momentum drifts on without returning, the forms of literature (文 *—体 *) sink into ruin. Can anyone who grasps the [present] circumstance and its techniques help worrying about it?

刘勰突然把话题转到"势"的另一个意思即"时代趋势"，而他所谈的这个趋势是不好的趋势。

* * *

赞曰：形生势成，始末相承。湍回似规，矢激如绳。因利骋节，情采自凝。枉辔学步，力止寿陵。

Supporting Verse

When shape is born, a momentum is formed:

There is a continuity between beginning and end.
Eddies circle like a compass,
A crossbow bolt bursts forth straight as a ruler.
The pace gallops along the path of least resistance,
The affections and coloration become fixed of themselves.
But if one pulls the bridle aside to imitate the pace of others,
His force will be no greater than that of the boy of Shou-ling.〔135〕

情采第三十一
（The Affections and Coloration）

表达内外相符的词组很多，"情"和"采"合在一起也是这个意思。像通常的情况一样，这种搭配法有助于限定这一类词语的一个或两个组成部分的意思（这并不妨碍它们与其他词语搭配时，意思被改换或扩大）。在《文心雕龙》以前和以后的文学批评里也可以见到"采"，但频率没有这么高，而且，在其他地方，"采"不是一个技术性术语，所以也就不会单独拿出来加以讨论。"采"的基本意思是有光彩的外表，经常由许多亮丽的颜色组成。它的基本意思，尤其是它吸引和打动读者的能力，让人联想到文学修饰。刘勰让"采"和一个更常用的范畴"情"搭配成对，以一篇的篇幅讨论它们，这样一来，就突出了"采"作为"情"的外在补充的特殊意义。"采"通常与"文"构成"文采"一词，它在本篇的角色非常接近"文"的一个更有限定性的词义：装饰性图案（其限定条件是：当"装饰"成为必需）。

* * *

圣贤书辞，总称文章，非采而何？夫水性虚而沦漪结，木体实而花萼振：文附质也。虎豹无文，则鞟同犬羊；犀兕有皮，而色资丹漆：质待文也。若乃综述性灵，敷写器象，镂心鸟迹之中，织辞鱼网之上，其为彪炳，缛采名矣。

The writing of Sages and good men are collectively called "literary works"(文 *—章 *), and what is this but coloration?[136] The nature (性 *) of water is its plasticity (虚 *, "empty"), and ripples form in it. The normative form of wood is solid (实 *), and flowers blossom on it. In both cases the pattern [shown externally] (文 *) is contingent upon substance (质 *). On the other hand, if tigers and leopards had no patterns, their bare hides would be the same as those of dogs and sheep;[137] rhinoceroses and wild bulls have skins, but the color they have depends upon red lacquer.[138] In these cases the substance (质 *) is dependent on the patterning. When it comes to the overall transmission of our spiritual nature (性 *—灵) or the ample delineation of images of things [literally "vessels"],[139] we inscribe our minds in the "tracks of birds" [the written word] and weave phrases on fishnet [paper]. And the brilliant glitter of this is given the name "lush coloration".

刘勰首先为"采"提供了一个尊贵的谱系，让它与经典所尊崇的价值建立起血缘关系，并且像他通常所做的那样，确立了它与事物本性的有机联系。他通过树和水的例子，得出了一个顺理成章的结论：复杂精制的外表是随事物的本性而定的。虽然本篇含有为文采辩护的成分，但刘勰却在他所列举的一系列引人注目的典故中提供了相反的情况：事物的本性也可能是随其外在文采而定的。这是一个极端的、在传统语境中并非完全不可理喻的观点，它推翻了通常的等级秩序，抵御了那种关于"文"的最老生常谈的说法——文可能不过是浮华的修饰。

下一个不那么成问题的论点发挥了《原道》篇的立场。"文"是事物本质属性的外在表现，人之"文"也就是心的外在表现。心"镂"在文字之中，请注意这里使用的"镂"字，一个艺术家可以在不要"性灵"的情况下镂刻出事物的形状。但二者不是模仿和被模仿的关系，这里使用的是"述"字，孔子说自己"述而不作"（见《论语·颜渊》），这里的"述"沿袭了它在孔子那里的意思。至于传达外在于心的东西（"器象"即事物之形象，字面意思即"容器"），二者就多少是模仿和被模仿的关系了。用在这里的"写"字有多层意思：起初指"倾泻出来"，后来也指"泄露"，所以引申为暴露或反映，到了刘勰的时代，又引申为"摹写"，比如把一个文本摹写下来，成为一个写本。大概"写"的主导意思是某物在不同媒体或不同背景的再次出现：事物从实在世界转化为文字。

心和物的闪亮世界被表现在我们所谓的"白纸黑字"上；刘勰想强调的一点是这个"白纸黑字"的转写自有其光彩，它传达了被转写的原物的性质。这种体现在语言中的魅力就是"采"。虽然它体现在语言之"中"，可它不是语言自身的魅力，确切地说，它是"情"的魅力。

* * *

> 故立文之道，其理有三：一曰形文，五色是也；二曰声文，五音是也；三曰情文，五性是也。五色杂而成黼黻，五音比而成韶夏，五性发而为辞章，神理之数也。

There are three basic principles (理 *) in the Way of setting forth pattern (文 *). The first is the pattern of shapes, which is constituted of the five colors (色 *). The second is the pattern of sounds constituted of the five tones. The third is the pattern of the affections (情 *) constituted of the five "natures" (性 *).[140] A mixture of the five colors forms the patterns of imperial brocade. The conjunction of the five sounds forms the Shao-xia [a legendary piece of ceremonial music]. The five natures come froth and they are pieces of language (辞 *— 章 *). This is the fixed number (数 *) of divine principle (神 *—理 *).

在这里，刘勰最直接地表述了他的那个非同一般的观点：情从字面意思上讲就是文学的媒体，正如色是锦绣的媒体，声是音乐的媒体。与其说语言只是媒体，不如说语言是产品，正如一片织锦或一段音乐作品是它们各自媒体的产品。按照这个模式，刘勰回到那个一再出现在《文心雕龙》中的自觉论（voluntarism）：他把情感说成客体，它被操纵和被表现（作家使用情感作文犹如一个织锦工人选择彩色丝线编织图案，或者一个作曲家用音符创作音乐）。与此同时，他还想让情感作为主体表现事物的条件，它非自觉地出现在表现过程之中。

* * *

《孝经》垂典，丧言不文；故知君子常言，未尝质也。老子疾伪，故称"美言不信"，而五千精妙，则非弃美矣。庄周云"辩雕万物"，谓藻饰也。韩非云"艳乎辩说"，谓绮丽也。绮丽以艳说，藻饰以辩雕，文辞之变，于斯极矣。研味孝老，则知文质附乎性情；详览庄韩，则见华实过乎淫侈。若择源于泾渭之流，按辔于邪正之路，亦可以驭文采矣。夫铅黛所以饰容，而盼倩生于淑姿；文采所以饰言，而辩丽本于情性。故情者文之经，辞者理之纬；经正而后纬成。理定而后辞畅：此立文之本源也。

The *Book of Filial Piety* has given us an authoritative statement that language at funerals should not be patterned (文 *); we conclude from this that in ordinary times the language of a superior person is never plain (质 *).[141] Lao-zi hated falseness, and thus claimed "Beautiful words are not to be trusted";[142] yet his five-thousand word [book] gives us the subtle essences (精—妙 *), by which we can see that he himself did not reject beauty. Zhuang-zi speaks of [how the ancient kings had] " a discrimination that adorned the thousands of things", by which he meant fancy ornament.[143] Han Fei speaks of "alluring and brightly colored arguments", by which he meant an intricate loveliness.[144] However, an intricate loveliness in "alluring arguments" and fancy ornament in "a discrimination that adorns" represent an extreme in the devolution (变 *) of writing (文 *—辞 *). If we reflect studiously on the flavor (味 *) of what was said in the *Book of filial Piety* and by Lao-zi, we realize that pattern and plainness (文 *—质 *) are contingent upon one's nature and the state of the affections (性 *—情 *); on the other hand, if we look carefully over what was said by Zhuang-zi and Han Fei, we see that flower and fruit (华—实 *, "floweriness and substance") have gone past the mark into excess and dissoluteness. If we select well between the sources of the [clear river] Jing and the [muddy river] Wei, if we guide the halter, choosing between the paths of what is proper (正 *) and what is warped,[145] then we can guide the coloration of pattern (文 *—采 *).

Mascara is a means to adorn the face, but the glance and the dimpled smile arise from a pure loveliness of manner. Likewise the coloration of pattern is a means to adorn words, but the beauty of an argument has its basis in the affections and individuating nature (情 *—性 *). Thus the affections are the warp of pattern (文 *), and diction (辞 *) is principle's woof. The woof can be formed only after the warp is straight; diction can expand itself only after principle is set. This is the origin and basis of setting forth pattern (or "literature", 文 *).

好比奏鸣曲，刘勰各章节所提供的真理不过是用以编织一再出现的意识形态母题的术语或问题的各种变奏。他试图把"采"说成是任何内在条件的必不可少的外在光彩，与此同时，也不能摆脱那种与之对应的焦虑：修饰性文采不过是装饰而已，是可有可无的东西。真正的美只能来自内部；而外在部分——辞（也就是文学的措辞）和文采只起到增强作用，尽管他们像毛等原料之于衣物那样必不可少。

* * *

昔诗人篇什，为情而造文；辞人赋颂，为文而造情。何以明其然？盖风雅之兴，志思蓄愤，而吟咏情性，以讽其上，此为情而造文也；诸子之徒，心非郁陶，苟驰夸饰，鬻声钓世，此为文而造情也。故为情者要约而写真，为文者淫丽而烦滥。而后之作者，采滥忽真，远弃风雅，近师辞赋，故体情之制日疏，逐文之篇愈盛。故有志深轩冕，而泛咏皋壤。心缠几务，而虚述人外。真宰弗存，翩其反矣。夫桃李不言而成蹊，有实存也；男子树兰而不芳，无其情也。夫以草木之微，依情待实。况乎文章，述志为本。言与志反，文岂足征？

The works of the former poets of the *Book of Songs* are *wen** produced for the sake of how they felt (情*). In contrast, the poetic expositions and panegyrics of the [later] rhetors produced feeling (情*) for the sake of *wen**. How am I aware this is so? What stirred (兴*) the Airs (风*) and Odes (雅*) was a repressed intensity in their thoughts and what they were intent upon (志*—思*); and "they sang forth their affections and their natures" to criticize those in power.[146] This is producing *wen** for the sake of feeling. The philosophers and their ilk felt no swelling emotion, yet made an illicit display of hyperbolic ornament to buy themselves fame and fish for glory in the age. This is producing feeling for the sake of *wen**. That which exists for the sake of one's feelings is concise, essential, and depicts what is genuine. That which exists for the sake of *wen** is seductively beautiful and excessive. Later writers chose the excessive and overlooked the genuine, cast the Airs and Odes from them, taking their masters closer at hand, from the writers of poetic expositions. Thus works that embody the affections get daily more scarce, and pieces that go chasing after *wen** become ever more abundant. The consequence is that there are some whose ambitions (志*) lie deep among great carriages and crowns, but who will chant idly of the moorlands; some whose minds are embroiled in stratagems and duties will vainlly describe that which transcends the self no longer survives:[147] they fly swiftly in the opposite direction. Peach and plum trees, though they never speak, have paths between them; it is because they bear fruit.[148] And if a male plants an orchid, it will not be fragrant: men lack the right quality of the affections.[149] If even lesser things like plants and trees depend on circumstance (or "the affections", 情*) and substance (or "fruit", 实*), it is all the more so in works of literature, whose very basis is the transmission of that upon which mind is intent. If the words contradict that upon which mind is intent, what is to be proved by writing?

汉代作家扬雄在他的《法言》中对《诗经》的诗人和后世辞赋家作了区分："诗人之赋丽以则，辞人之赋丽以淫。"扬雄和多数汉代批评家所关心的文学的社会伦理学问题在这里被转化为真和假的对立。那个伦理学问题虽然没有消失，但它被真实性问题推到后台去了。

刘勰把一个长期存在于传统中但始终没有明说的问题明说了出来。这个真实性的假定是《诗大序》的一个核心假定：诗非自觉地表达了人的真实所感。另一方面，按照通常的说法，辞人（辩者和赋作家）多少有点骗人，因为一个让别人走上迷途的人，他自己是较为清醒的。这里清楚地表明了一种对应关系：真实性问题与具有自身价值的写作：对于《诗经》的情况，诗发自预先的情感（情），读者可以通过文本发现作家的真实情感；对于辞人的情况，作品的感情特质被操纵了，为的是让读者为文学作品而迷恋文学作品，为作家本人而迷恋作家。这种对辞人的攻击态度在西方传统中也不稀奇，甚至那个真实与否的问题也可以见到。但是，西方传统为文学作品提供了第三种模式：诗歌的虚构性，它本身就是一种不透明的神秘的真实。

在这里，这个真实性问题，刘勰说得很清楚，可是在《文心雕龙》的其他地方（例如在下一篇即《熔裁》），他的措辞让你不能不得到相反的结论：作品的"情"是被有意识地选择的东西。

* * *

是以联辞结采，将欲明理。采滥辞诡，则心理愈翳。固知翠纶桂饵，反所以失鱼。"言隐荣华"，殆谓此也。是以"衣锦褧衣"，恶文太章；贲象穷白，贵乎反本。夫能设模以位理，拟地以置心，心定而后结音，理正而后摛藻。使文不灭质，博不溺心，正采耀乎朱蓝，间色屏于红紫。乃可谓雕琢其章，彬彬君子矣。

Thus when we compose words (辞 *) and form coloration, our aim should be to clarify natural principle (理 *). The more excessive the coloration and the more bizarre the words, then the more the principles in the mind (心 *—理 *) will be concealed. It is well known that a fishing line of kingfisher feathers and cassia as the bait turns out to be a way not to catch fish.[150] This is what is meant by the saying [of Zhuang-zi]: "Words are hidden by flash and glitter." Thus the line [from the *Book of Songs*], "robed in brocade covered by a plain shift", expresses hostility to excess showiness of pattern. The Image of the hexagram *Ben* treats whiteness as the ultimate color: here a reversion to basics is valued. Set a model that gives principle (理 *) a place, determine a ground on which mind can stand securely; then only after mind is set firmly, the tones form, and

第五章 《文心雕龙》

only after principle is proper (正*), ornament is a applied. Keep the pattern (文*) from destroying the substance (质*); keep breadth [of learning] from engulfing mind; the proper coloration (正*—采*) will gleam in red and indigo, the interspersed colors will exclude the pink and purple [garish colors]: after all this, we can say that the piece (正*) is carved and chiseled, [the work of] a superior person in whom pattern and substance are in balance.[151]

赞曰：言以文远，诚哉斯验。心术既形，英华乃瞻。吴锦好渝，舜英徒艳。繁采寡情，味之必厌。

Supporting Verse

"By pattern words go far":[152]

We can see the proof that this is true.

When mind's ways take on outer shape,

The splendor is ample.

But the brocades of Wu bleed and fade easily,

The kapok's blossom are alluring in Vain.[153]

Dense coloration that lacks feeling

Will always cloy when we savor (味*) it.

熔裁第三十二
(Casting and Paring)

前面六篇处理的是有关文学作品之生成的最一般性的理论概念。《熔裁》及其以下七篇（《声律》《章句》《丽辞》《比兴》《夸饰》《事类》《练字》）处理创作的技术层面。文学是一个有机过程，这个观点在各篇的开头和结尾处一再被概述；而这几篇主要关注审慎的判断力，这是文学艺术家应当锻炼的能力。

"熔"和"裁"都是工艺词。"熔"属于金属冶炼领域的技术术语；运用到文学上指相对无形的内在创作因素（情感、思想等）必须被纳入规范形式之中。"裁"（更恰当的翻译应当是"cutting to pattern"）以裁剪、制作衣服的隐喻为基础，在这里指一切多余的东西都要裁去。

与"熔"相比，"裁"被引申得更为充分，该词在早期文学思想中有着特殊的回响。在《文赋》里，陆机对文学作品的自然发生过程似乎天然具有某种融合之势时时表示惊叹；刘勰同意陆机的感觉，并责备陆机允许这种多余的东西保留在他的作品里。除了明显的冶炼金属和裁制衣服的隐喻，"熔裁"一词还暗含一种耕作模式：首先要考虑到生长，生长是一个有机过程，它可以被促进，但不能完全为人力所控制（例如上一篇讨论的"采"必须发自真情）；一旦成长起来，就有多余物造成的危险——野草和藤蔓会威胁到庄稼的健康。在这个阶段，工具可以自由发挥效用：必要的剪裁完全处在技艺范围之内。到了本篇的后面部分，创作的要求使刘勰认识到要有"繁"的才能（以平衡那种擅长"简"的才能）；但毫无疑问，刘勰推崇的是"简"。

* * *

情理设位，文采行乎其中。刚柔以立本，变通以趋时。立本有体，意或偏长；趋时无方，辞或繁杂。蹊要所司，职在熔裁，櫽括情理，矫揉文采也。规范本体谓之熔，剪截浮词谓之裁。裁则芜秽不生，熔则纲领昭畅，譬绳墨之审分，斧斤之斫削矣。骈拇枝指，由侈于性；附赘悬肬，实侈于形；一意两出，义之骈枝也；同辞重句，文之肬赘也。

When the places of the affections and basic principle have been set, then pattern and coloration move in their midst.[154] The basis is established as either firm or yielding; then mutation or continuity occur, according to the requirements of the moment.[155] There are normative forms by which "the basis (本, 'root') may be established", but the concepts may incline too far in one direction or another. There is no limited rule in "answering the requirements of the moment", yet language may be too dense or mixed. To command the key points along this path, one must attend to casting and paring. To do so one must apply the straightedge to the principles of the affections (情*—理*), and one must regulate the coloration of pattern (文*—采*). To take the basic normative form as one's model is called "casting".[156] To cut away superfluous (浮, "floating") diction is called "paring". If one pares, no weeds will grow; if one casts, the main lines of the discourse will be visible and extend. These may be compared, on the one hand, to the reflective judgments of divisions made in using the straightedge and, on the other hand, to the way in which an ax is used to cut something down to size. Webbed toes or an extra finger comes from some superfluity in nature; tumors and bulbous protrusions are truly a superfluity in the [human] form.[157] When the same idea appears twice [in a work], it is the webbed toe or extra finger of some truth; identical wording and redundant sentences are the tumors and bulbous protrusions of writing.

刘勰从《系辞传》里为各种成功的发展过程得出了一个普遍公式："立本""趋时"。可是，任何成功的过程都天然具有某种多产性，其结果令人不安。那种走向散乱和枝杈纵横的趋势不是作家的错，而是正确行事的必然结局。沙漠突然变为丛林，而作家想要的是这两个极端之间的那种状态——茁壮而井然有序的庄稼。作家希望"通"，希望"纲领昭畅"，可繁茂阻塞了通道。为防止这种繁，作家必须依据规范——标尺或人体几何学来"裁"，否则就无法裁断什么地方出现了冗余。在拒绝多余、追求精练的背后潜藏着一个经典律令："辞达而已矣。"它出自《论语·卫灵公》。

* * *

凡思绪初发，辞采苦杂，心非权衡，势必轻重。是以草创鸿笔，先标三准：履端于始，则设情以位体；举正于中，则酌事以取类；归余于终，则撮辞以举要。然后舒华布实，献替节文，绳墨以外，美材既斫，故能首尾圆合，条贯统序。若术不素定，而委心逐辞，异端丛至，骈赘必多。

Whenever thoughts first emerge, there is a problem in the way the coloration of the language (辞*—采*) is all mixed together; the mind lacks an even balance, so the momentum always is too light or too heavy. Thus, to write a masterwork, you must first set up three standards: in the first stage, establish the feeling (情*) in order to set the normative form in its place; in the second stage, consult events (事*) in order to match categories;[158] in the final stage, gather the phrases (辞*) together in order to bring out the essentials. Only then can you spread forth the flowers and fruit (华—实*), giving measure to your writing by decisions about what to use and what not to use. Then, when you cut away from the excellent timber whatever lies beyond the straightedge, the beginning and end can come together perfectly, with an orderly sequence all the way through. But if your technique is not determined from the start and you go chasing after phrases however you please, then outlandish principles will come in masses, and you will always have many webbed toes and tumors.

在上几篇所描述的"有机"阶段，刘勰不仅解释了"文"的天然运作，而且还给作家提供了若干驾驭和充分利用那些运作的建议：滋养才能、掌握多种形式、回归本原之体等。但是，在论技艺的这些篇章里，刘勰把作者的控制更深入地糅合到这个过程之中。在《情采》篇，刘勰

第五章 《文心雕龙》

提到"为情而造文",他假定"情"自然发生,是预先被给定的,根本不考虑可能产生于情的"文"。虽然不能说本段的说法与要求真实是绝对矛盾的,可这种工具主义的提法似乎有接近"为文而造情"的危险,也就是他所谓的"设情以位体"。我们已经知道"体"来自情,但刘勰并没有要求我们去设定情以便制造理想的体。前面几篇为我们提供了一个文学日历,它像指导农民种庄稼的日历那样,告诉我们如何应时而作,在这一篇我们又得到了一个步骤详细的指导手册。

* * *

> 故三准既定,次讨字句。句有可削,足见其疏;字不得减,乃知其密。精论要语,极略之体;游心窜句,极繁之体。谓繁与略,随分所好。引而申之,则两句敷为一章;约以贯之,则一章删成两句。思赡者善敷,才核者善删。善删者字去而意留,善敷者辞殊而义显。字删而意阙,则短乏而非核;辞敷而言重,则芜秽而非赡。
>
> 昔谢艾王济,西河文士。张俊以为艾繁而不可删,济略而不可益。若二子者,可谓练熔裁而晓繁略矣。至如士衡才优,而缀辞尤繁;士龙思劣,而雅好清省。及云之论机,亟恨其多,而称清新相接,不以为病,盖崇友于耳。夫美锦制衣,修短有度,虽玩其采,不倍领袖,巧犹难繁,况在乎拙。而文赋以为榛楛勿剪,庸音足曲,其识非不鉴,乃情苦芟繁也。

When these three standards are set, next give careful consideration to words and sentences. If there are sentences that can be excised, we can tell that the writing is too loose. If not a word can be deleted, we know that it is dense. An argument that gets the essence and indispensable words characterize the supremely terse style (体*); "a mind wandering at its leisure through intricately carved sentences" characterizes the supremely lush style.[159] The lush and the terse are preferences that follow from the [writer's] nature. If one is disposed to draw matters out, then a couple of sentences can be elaborated into a whole work; if one is disposed to terse unity, then a whole work can be cut back into a couple of sentences. A person whose thoughts are abundant is a master of elaboration; one whose talent is intensive is a master at cutting things back. The master at cutting things down gets rid of words while preserving the idea (义 *), while the master of elaboration uses different language (辞 *) so that the idea is crystal clear. But if the idea disappears when the words are cut back, then it is deficiency of talent and not intensive depth; if the words are redundant when the language is elaborated, it is a jungle and not abundance.

　　Some time ago [in the Jin] there were two literary men of Xi-he, Xie ai and Wang Ji. In the opinion of [their contemporary] Zhang Jun, Ai was lush, yet nothing could be cut out of his work; Ji, on the other hand, was terse, but nothing could be added to his word. Writers like these two may be described as well-versed in casting and paring—they are the cognoscenti of lushness and terseness. Lu Ji's talent was superior, but there was an inordinate lushness in his compositions. The thought of his brother, Lu Yun, was in ferior; but Lu Yun always favored clarity and brevity. When Lu Yun wrote about Lu Ji, he repeatedly deplored his brother's excesses; yet he claimed that [in Lu Ji's word] clarity and novelty were conjoined, and because of such conjunction, he really could not consider Lu Ji's excesses a fault. This is probably nothing more than a brother's proper show of respect. When one cuts clothes out of lovely brocade, there are strict measures of length. However much one may delight in the brocade's bright colors, one cannot , simply for that reason, double the [length of] sleeves and put the collar into disorder. If even such artful writing [as Lu Ji's] has problems with lushness, just think how it will be for a clumsy writer. In the "Poetic Exposition on Literature", it was Lu Ji's opinion that "thorn bushes and medlars need not be cut down" and that "ordinary tones complete the song". It was not that his comprehension was unclear; rather is was that he had no heart to pare away lushness.

刘勰在两种对立的话语模式中进退维谷,二者把刘勰的行文引向截然不同的方向。前一种模式是西方读者所熟悉的,它试图论述一个观点,要论述一个观点就需要论据(逻辑论据或权威论据),而且需要证明另外一些观点是不正确的或没有价值的。[160] 后一种模式深深地植根于刘勰正在使用的骈偶修辞,该模式基本上是描述性的,它或者把论题逐级划分为两部分,或者通过一连串的补充和矫正来展开论述。[161] 要想坚持某一观点就需要排斥其他观点,而那种要求完整和不断补充的冲动往往与前者构成矛盾。我们发现,《文赋》比较纯粹地使用了第二种模式。我们还注意到,本篇的立场从某些方面看补足了暗含在《情采》篇中的那种繁。

从这一段里我们可以明显地看出两种话语模式的冲突。在本篇的开始部分,刘勰强烈反对任何繁冗:"一意两出,义之骈枝也;同辞重句,文之肬赘也。"它坚持的是一种单一立场:写作越简练越好。可是,骈偶修辞的原则要求,好的风格应当成双成对,相互补足,所以有繁也有简。这样一来,在上一部分的第一段,刘勰不得不赞美繁;而且,他这里使用的词汇与他上文批评冗余所用的词汇一模一样。[162]

刘勰一方面感到需要描述出成双成对的写作风格,另一方面也意识到冲突的存在;在下一段里,他试图引入谢艾的例子来解决这个冲突。谢艾是一个非常不起眼的人物,若不是为了引入张俊的评语,谢艾根本不会被挖掘出来。谢艾(至少按照张俊的说法)具有兼容并包的特点,即所谓"繁而不可删"。这样一来，刘勰借助权威的力量回避了问题，躲开了那个显而易见的事实：繁在这里的意思必须与刘勰上文所描述的"两句敷为一章"大为不同。可是，一旦引入权威，刘勰就可以返回到他起初对简的赞美，继而转弯抹角地谴责陆机，既谴责陆机本人创作中的繁，也谴责他在《文赋》里对自由散漫采取纵容的态度。刘勰引用陆机自己的话（第153行和第216行）来反驳他。

在一篇的结尾处，刘勰经常重申那个有机模式，尽管它并不是前文的有机延伸。"熔裁"的真理其实包含在上文裁剪衣服的隐喻中，而不是生命体的闭合结构里。

* * *

夫百节成体，共资荣卫。万趣会文，不离辞情。若情周而不繁，辞运而不滥，非夫熔裁，何以行之乎？

A hundred jointed segments constitute a body/form (体 *), and they all depend on the circulation of blood and *qi**. Likewise, thousands of impulses (趣 *) conjoin in a literary work, but none can depart from language and the affections (or "giving linguistic expression to the affections", 辞 *—情 *). Except by casting and paring, how can one make the affections complete without getting over-lush, and make the language function without letting it go to excess?

赞曰：篇章户牖，左右相瞰。辞如川流，溢则泛滥。权衡损益，斟酌浓淡。芟繁剪秽，驰于负担。

Supporting Verse

Each work has windows and doors
That look back and forth on one another.
The language is like the current of a stream:
If it floods, it flows over its banks.

Weigh additions and excisions on the balance;
Deliberate whether it's too dense or too thin.
Pare away lushness, cut down the weeds
To lighten the burden you carry.

章句第三十四
(Paragraph and Period [Stanza and Line])

"章句"处理诗歌和散文的两个基本划分层面,它讨论的东西相当于我们所谓的"sentences"(句子),它是早期中国讨论该问题最详细的文章之一。为充分领会中国传统对该问题的认识,现代读者必须暂时搁置起那个关于语法的通常假定——在一切传统之中,语法都是一个不言自明的描述范畴。传统中国关于语言的说法与印欧传统对语言的说法大为不同,后者对语言的描述以语法为基础。古代中国其实没有"sentence"这个概念(为此,当然也就没有任何语法、名词、动词等概念);我们使用这个概念只是出于方便,虽然犯了时代错误。[163]

"句"是一个"停顿"(就像该词被用于描述散文一样)。直到刚刚过去不久的近代,大多数中文都没有标点符号;读者一边浏览文本一边做标点,以标明自然停顿,划分话语群:它们就是所谓"句"。有时"句"标明完整的句子,有时标明的只是分句;在赋和描述性散文里,一系列描述性复合词或名词经常构成一"句";"句"也是一首诗的"行"。多数印刷文本分"章",但有些不分章(《文心雕龙》的早期版本不分章,而现代版本在分章上表现出极大的不同——虽然从另一个层面看,《文心雕龙》各篇本身就是章)。学习如何句读、划分章节、断句就叫"章句",本篇的标题即"章句"。"章句"是学习文献(如"经")的最早形式,而且至今仍是最初等的形式。在现存的早于刘勰的文献中,"章句"一词通常用以指阅读和学习;在现存文献中,《文心雕龙》首次把章句放到创作中来考虑。

有许多完全相同的词被用于诗歌的划分,在下文的翻译中,读者可以用"stanza"(节)替代"paragraph"(段),用"line"(行)或"couplet"(对句)替代"period"(句)。

* * *

> 夫设情有宅,置言有位;宅情曰章,位言曰句。故章者,明也;句者,局也。局言者,联字以分疆;明情者,总义以包体。区畛相异,而衢路交通矣。
>
> In setting forth the affections there are lodgings;[164] in setting down language, there are positions.[165] The lodging given to [a particular] affection is known as a "unit" (章 *, "paragraph" "stanza" "chapter"); setting the positions of language is known as period-making (句). [Etymologically] *zhang** means "to make clear", and *ju* means "to close off". In "closing off language", we link words together and define boundaries; in "making clear the affections", we gather together some truth (义 *) and embrace it in a form (体 *). The bounded areas are distinct from one another, but highways and roads permit intercourse and passage through (通 *).

刘勰对这两个概念的讨论既简明又有说服力,他大概取用了经学的通常说法。[166] "句"只是把一组词语聚集起来,形成一个有边界的单位,隔开前文和后文;"句"要求读者把句中词语放在一起读。"语法"或一段文本的构成可能因断句的不同而发生显著变化(标点符号稍有变化,一个段落的意思就可能大不一样),所以就有这样一个基本的组织原则:给词语分组,使它们彼此分开。[167] 这里使用的模式是把文本划分为容器或"宅",大容器包含小容器。既然句经常不是完整表述,而且它的意思通常取决于一个段落的其他部分的语境,所以句只不过是词语的容器。[168] 它们通过为词语赋予这样或那样的节奏而创造出若干种关系。[169] "章"是意义单位，或按刘勰的说法，是某种情感的单位（不要忘记，情的相互作用是文学作品的媒介）。

关于句和章怎样相互配合而产生意义，刘勰用道路加以描述，它穿行在若干界限分明的领地之间（与偶然的关系结构刚好相反）。处理语言和心理的关系或基本规范怎样具体表现出来等问题时，刘勰手头一贯掌握着若干复杂词汇；可在这里，当论及句子排列这样的复杂问题时，没有什么现成的术语供刘勰使用。文本的组织以最宽泛和不确定的方式来处理，它被视为从一点通向另一点的过程。当然，应当指出的是，这种高度不确定的关系结构与汉语的句子排列法的实际情况（尤其在该时代的散文里）十分相符，当句子从一个停顿过渡到另一个停顿，经常没有明显的从属关系，有时甚至连隐含的确定关系都没有；从许多方面看，刘勰的描述是相当准确的：一段话的意思好像是从许多"句"的集合中冒出来的。

* * *

夫人之立言，因字而生句，积句而为章，积章而成篇。篇之彪炳，章无疵也；章之明靡，句无玷也；句之清英，字不妄也；振本而末从，知一而万毕矣。

When a person sets down language,[170] periods (句) are produced out of written characters (字); the accumulation of periods makes a paragraph (章*); the accumulation of paragraphs forms a whole work. The brilliance of the whole work lies in the flawlessness of the paragraphs; the luminosity of the paragraph resides in the lack of imperfections in the periods; the clarity of the periods lies in the lack of falseness in the words (字, the "characters"). From a stirring of the root, the branch tips follow suit; if one thing is known, all is encompassed.

从这一段对语言所做的描述里，我们可以看到一种与传统宇宙发生论密切相关的古老的论证结构——从一到多，从最基本的要素走向详尽的阐述；这里，字是基本要素，然后逐级增长。而且上一级决定着下一级的成败。在《体性》篇，我们也见到一个与之类似的文学教学模式："器成彩定，难可翻移。故童子雕琢，必先制雅。沿根讨叶，思转自圆。"成功取决于良好的开端；因此，必须明白好的开端在哪里，必须确定最基本的东西。

无论是早期关于戏剧诗（dramatic poetry）的说法，还是现代关于概要（outline）的观念，西方传统强调的是从一般到具体的过程；后世中国诗学文本和《文心雕龙》的另外一些地方也表达过类似观点。但是，这里看重的是真理和精确语言的融合和统一。要想把话说好，必须首先选择恰当的字，这个原则与围绕《春秋》为中心的解释学传统关系密切，即所谓《春秋》"一字见义"。[171] 该传统也是那种句法学的理论基础，它属于一种自然的句子排列法，遵循感知的次序或事件的结构。[172]

* * *

夫裁文匠笔，篇有大小；离章合句，调有缓急；随变适会，莫见定准。句司数字，待相接以为用；章总一义，须意穷而成体。其控引情理，送迎际会，譬舞容回环，而有缀兆之位；歌声靡曼，而有抗坠之节也。

In literary craftsmanship, works vary in size; in the division of paragraphs and the joining of periods, there are distinctions of speed in the melody. There are no predetermined standards in following mutations and meeting the right occasion. A period governs several words and depends on their connection for its ability to function. A paragraph encompasses a single truth (义 *); here the concept (意 *) must be exhausted, and the form, complete. In the way they draw in the affections and principle, meeting each and sending it off at the right moment, it is like the circling movement of dancers, each with his or her own position on the dance platform, or like a singer's voice delicately holding the notes, with clear sections of swelling and diminuendo.

你看,刘勰多么轻松地从那个相对呆板的容器和地域模式进入这个生动的跳舞模式,前者是由道路贯通的,后者则以对微妙变化的直觉把握为基础。对随机应变的兴趣让我们回想起陆机的《文赋》,歌者和舞者在那里也是一个突出隐喻。如同《文赋》的情况,驾驭能力主要表现在随机应变的本能反应。像轮扁一样,刘勰无法说出其中的奥妙,也不想做这样的尝试:他只能说必须"这样做",必须"根据随时需要做出直觉反应"。

* * *

寻诗人拟喻,虽断章取义,然章句在篇,如茧之抽绪,原始要终,体必鳞次。启行之辞,逆萌中篇之意,绝笔之言。追媵前句之旨;故能外文绮交,内义脉注,跗萼相衔,首尾一体。

If we consider the way in which the poets of the *Book of Songs* made metaphorical references, even though they may sometimes have made their point (意*) in detached stanzas,[173] still the stanzas (章*) and lines (句) in a piece are like silk drawn from a cocoon, starting from the beginning and carrying it through to the end,[174] the form always in layered succession [as with fish scales]. The periods that begin the journey anticipate the concepts (意*) in the middle of the composition; the words used at the close go back to carry through the significance of the previous lines. In that way the external pattern interconnects like lacework, and the inner truth (义*) pours though the veins, as the calyx contains the flower, head and tail being one unified form.

这就是刘勰的结构单位模式,一种典型的有机模式。亚里士多德所说的诗歌单位以相互依存的各部分为基础,相比之下,刘勰所强调的是不那么确定的线性单位。更重要的区别在于,刘勰强调错综复杂性,就像生命体的各种输送管和脉络一样,我们还应当注意,这种错综复杂的结构被说成器皿,让"义"去"注"。这里的单位基本上是与有机生命有关的运动单位。这种说法俨然西方美学所谓的"多样的统一体"(unity of multiplicity),只不过它更接近浪漫主义的有机理论。接下来,有机模式又让位于社会关系,后者是文本各要素之关系的一个样本。

* * *

若辞失其朋,则羁旅而无友;事乖其次,则飘寓而不安。是以搜句忌于颠倒,裁章贵于顺序,斯固情趣之指归,文笔之同致也。

If some period should lose its friends, it will have no companions on its journey; the event (实*) will stray from its proper sequence, and it will find no resting place, drifting and lodging only temporarily.[175] Thus, in seeking lines, one should reject inversions of the proper order; and in cutting paragraphs to shape, one should value sequence. This is indeed the natural direction of the impulse of the affections (情*—趣*), the shared accomplishment of rhymed and unrhymed writing (文*—笔).

以下省略了若干段落,它们讨论诗行的不同长度,各种声律变化,以及如何使用虚字等。

* * *

赞曰:断章有检,积句不恒。理资配主,辞忌失朋。环情草调,宛转相腾。离合同异,以尽厥能。

> **Supporting Verse**
> There are standards in dividing paragraphs,
> But no constants in combining lines.
> The principle depends on matching the dominant [concept];
> Avoid letting language lose its companions.
> Let the affections revolve in time with the melody,
> Rolling around, each mounting up beyond the others.
> Dividing and joining likenesses and differences,
> Thus you will do all possible in this [章 *—句].

丽辞第三十五
（Parallel Phrasing）

造化赋形，支体必双，神理为用，事不孤立。夫心生文辞，运裁百虑，高下相须，自然成对。

When Creation (造—化 *) unfurled the shapes (性 *) [of things], the limbs of all bodies (体 *) were in pairs. In the functioning of spirit's principle (神 *—理 *), no event (势 *) occurs alone. And when mind generated literary language (文 *—辞 *), giving thought to all manner of concerns and cutting them to pattern, by Nature (自—然 *) parallelism was formed, just as [the concepts of] high and low are necessary to one another.

在第一段的开头，作者以自然界两两对称的特点为根据，证明了文学上的骈偶也是合理的。在《文赋》的第143—150行，陆机把文学作品中的孤立因素作为一个问题来讨论。刘勰把它视为一个绝对原则：辞和事需要配对，正如生命有机体具有相互配合的肢体一样。高下相须的模式特别重要：骈偶结构中的一个句子之所以具有价值和意义在于它跟它的对句所构成的关系，这正如相对的性质互相界定一样。本篇的其余部分讨论骈偶的不同类型；与下几个世纪的骈偶分类系统相比，这些分类尚显粗略。

比兴第三十六
（Comparison and Affective Image）

《文心雕龙》的大多数理论篇章既是针对诗歌的也是针对散文的。在讨论比兴问题时，刘勰的考虑范围仅限于《诗经》以来的诗歌领域，并把主要力量放在《诗经》的注疏传统上。[176] 刘勰延伸了 "metaphor"（隐喻）的用法（甚至比其现代用法还广），他的关注点与西方隐喻理论的关注点略有不同：刘勰说 "比显而兴隐"，"兴" 超出理性思考，这使它跟 "比" 大为不同。由于 "兴" 的运行机制是 "隐" 的，它实施于 "内"，因此它直接作用于 "情"，无须 "理" 的调节。

* * *

《诗》文宏奥，句韫六义。毛公述传，独标兴体，岂不以风通而赋同，比显而兴隐哉？故比者，附也；兴者，起也。附理者，切类以指事。起情者，依微以拟议。起情故兴体以立，附理故比例以生。比则蓄愤以斥言，兴则环譬以记讽。盖随时之义不一，故诗人之志有二也。

The *Book of Songs* has breadth and profundity, and within it are contained the Six Principles. Yet in Mao's commentary, the only notice is given to the form (体*) of affective image (兴*).[177] This is surely because 风* [an "Air"] communicates (通*) [clearly] and exposition (赋) does the same; comparison (比) is overt; only *xing** is covert (or "latent", 隐).[178] *Bi** is based on contiguity; *xing** rouses. That which has continuity in some principle (理 *) cleaves to some shared category (lei) and thereby indicates some matter (事 *). On the other hand, that which rouses the affections depends on something subtle for the sake of reflective consideration. The affections are roused, and thus the normative form of *xing** is established. When there is contiguity in some principle, an exemplary case of *bi** appears. In *bi** the accumulation of strong feeling is expressed in a verbal complaint. In *xing** there is a circling comparison[179] to record their criticisms (讽 *). This is probably because the conditions of the times were different, and thus the intent (志 *) of the poets of the *Book of Songs* took two forms.

"比"和"兴"无法跟它们在《诗经》解释学传统中的起源分开,二词后来的历史变迁自然无法脱离它们在该传统中的用法。因为《诗经》中的"风"诗部分经常被说成是对统治者的评判,不采用直说的方式(赋),而采用比兴之法,是因为要回应社会的凶兆。在比较安全的时代使用"比",在无法公开表达抱怨的时代就只能使用"兴"这种更隐秘的方式了。刘勰的意思并不是说,一切后起的比兴用法都必然起源于那些最初的社会环境;他不过在解释这两种不同的模式是在什么历史动因下产生的。

刘勰首先提出了《诗经》注疏中的一个标准问题:毛诗为何独标兴体?为回答这个问题,刘勰以传统次序列举了"六义"中的前四个:风、赋、比、兴(雅和颂是不成问题的,所以不需要提),并表明这四义中惟独兴是隐微的,所以需要注家来点明。

比和兴之间的一系列区别相当隐晦,在翻译的时候,我尽可能保留其字面意思。比和兴的区别表现在两个基本方面:一显一隐,一理一情。现代西方文学思想强调隐喻和代喻(substitution tropes),在这里自然会碰到难题；必须再次强调的是，由于中国传统基本上抛弃了符号理论，更倾心于那种融合了动机、环境和心理的语言观，所以它没有发展出 tropes（转义）和 figures（辞格）理论。在西语中，"比"是比喻，但"兴"不是，换句话说，比用语言指代其他事物，而兴则用语言兴发某种反应。"比"之中的比较以常"理"和共同的"类"为基础，也就是西方隐喻理论所谓的"第三者"（tertium aliquid）。兴以联想为基础，它发生在内心而非外部世界，因此是隐微的。"比，附也"的说法是基于"比"字的词源对该字所做的解释；它在这里的隐含意思是说，根据某种理（勇猛），两个现象（阿喀琉斯❶和狮子）可以比并在一起。由于这种比附发生在外在世界而非反映外物的内心活动之中，所以它是明显的。

仔细考察，固然可以在"兴"（有感发力的形象）里发现某种隐喻基础，但中国传统文学思想中的"兴"处在西方隐喻理论领域之外："兴"不是一个言辞如何从其"本来的"意思"被运送"（carried over）到一个新的意思，它是某物在语言中的表现如何能够神秘地兴发某种反应或唤起某种情绪。这样的反应，就像它的发生一样，是前反思的（prereflective），超出理知的。刘勰试图用"环譬"来阐明"兴"的观念，可这个词相当隐晦，它的一个意思大概指为维持隐秘关系而转弯抹角。[180] 对"兴"的经典解释大多喜欢采用"托"这个词，也就是"托物寄情"说，被托之物浸满作家的感情，一经阅读的碰撞，这些情感就发泄出来。[181] 另一个用以释"兴"的词是"喻"。在下一段，刘勰论"兴"兼用"托喻"。强调的重点应放在"兴"之"隐"上，正是"隐"的特性使它与必须藏在心里的强烈情感相配。

* * *

观夫兴之托喻，婉而成章，称名也小，取类也大。关雎有

---

❶ 阿喀琉斯（Achilles）是荷马史诗《伊利亚特》中的主人公，他是特洛伊战争中希腊方面最勇猛的英雄。

别,故后妃方德;尸鸠贞一,故夫人象义。义取其贞,无疑于夷禽;德贵其别,不嫌于鸷鸟。明而未融,故发注而后见也。

When we consider the intended points lodged (寄—喻) in *xing*, the work is completed by subtle indirectness.[182] "The words it uses are small, but their implications by categorical analogy are large."[183] "*Guan* sing the ospreys" makes a distinction [between the sexes], and thus the Queen Consort is compared [to those birds] in virtue (德*); the dove is pure and true, thus the lady is likened to it in righteousness (义*).[184] In the latter case, the principle (义*) is to be found only in the dove's purity; do not pursue [the connection between the dove and lady] as if it were an ordinary bird. In the former case, the virtue that is valued is distinction; do not disapprove of the osprey because it is a bird of prey. "It is getting brighter but not yet full sunlight":[185] thus they can be visible only after commentary has been given.

刘勰碰到一个棘手的问题,他试图用自己的说法把一个隐微的模式直白化。为了直白而符合"逻辑",他不得不使用这个不那么恰当的对比,来描述"兴"是怎么运作的。为了清楚地说明显和隐两种不同模式的运作,他显得有点磕磕绊绊。他担心读者把"兴"所包含的对比理解得太实:"无疑于夷禽"。要理解"比"需要先思考一番,"兴"则可以即时领悟。正因为它是即时领悟,所以就容易给后人造成困难,因此就需要注释。加上注释是为了避免读者把"兴"混同为"比"。不是说后妃"像"鱼鹰,而是说鱼鹰让读者想到一种配偶关系,它引导我们正确理解后妃。

*　　*　　*

且何谓为比?盖写物以附意,飏言以切事者也。故金锡以喻明德,珪璋以譬秀民,螟蛉以类教诲,蜩螗以写号呼,浣衣以拟心忧，席卷以方志固：凡斯切象，皆比义也。至如麻衣如雪，两骖如舞，若斯之类，皆比类者也。

楚襄信谗，而三闾忠烈，依《诗》制《骚》，讽兼比兴。炎汉虽盛，而辞人夸毗。诗刺道丧，故兴义销亡。于是赋颂先鸣，故比体云构。纷纭杂遝，倍旧章矣。

What then is *bi**? It is to describe a thing (物*) in such a way as to attach (附, "be contiguous") a concept (意*) to it, to let one's words sweep forth so as to cleave to some matter (事*). Thus gold and tin refer to illustrious virtue; jade tablets are used as comparisons with an outstanding person; the caterpillar of the moth is likened to the process of education; cicadas describe a lot of noise; washed robes imitate a melancholy in the heart; a mat rolled up is a simile for firmness of intent: in all these cases [the situation] cleaves to the image (象*), and every one has the principle (义*) of *bi**.[186] Lines like "Robes of hemp like the snow" or "The two trace horses seem to dance" are all *bi**.[187]

King Xiang of Chu trusted slanderers, yet Qu Yuan was fiercely loyal [even though banished by the king]. Qu Yuan constructed his *Li Sao* along the lines of the *Book of Songs*; and in his indirect criticism (讽), he combines both *bi** and *xing**. When the Han was in the heights of its glory, the rhetors were servile; the Way of criticism we find in the *Songs* perished, and as a result the principle of *xing** was lost. Then poetic expositions (赋) and odes (颂) had primacy, and the form of *bi** constructed profuse and disorderly cloud-shapes, turning their back on the former statutes.

因为采用了同一个"赋"字，所以多数批评家认为，汉代宫廷作家

第五章 《文心雕龙》

的"赋"与《诗经》"六义"中的"赋"一脉相承。刘勰自己在前面论赋的篇章里也表达过同样看法。然而,在本篇里,只有"比"和"兴"是被直接讨论的对象,所以他把赋体文学重新划归到相对鲜明的模式即"比体"之下。既然刘勰认为"比"劣于"兴",他重新归类其实是为了表达他的文学退化论,也就是说,跟《诗经》和《离骚》的黄金时代相比,汉代文学衰落了。在汉代宫廷作家的奴颜媚骨之下,"兴"消失殆尽,因为"兴"不但来自内心,即作家的真实感情,而且,作为一种批评方式,也可以直刺统治者的内心。刘勰重新归类还有另一个动机:在他看来,许多汉赋作品是充满比喻的,而《诗经》中的赋体指不加比喻的"铺陈",二者难以协调。

* * *

> 夫比之为义,取类不常:或喻于声,或方于貌,或拟于心,或譬于事。宋玉《高唐》云:"纤条悲鸣,声似竽籁。"此比声之类也。枚乘《菟园》云:"焱焱纷纷,若尘埃之间白云。"此则比貌之类也。贾生《鵩赋》云:"祸之与福,何异纠缠。"此以物比理者也。王褒《洞箫》云:"优柔温润,如慈父之畜子也。"此以声比心者也。马融《长笛》云:"繁缛络绎,范蔡之说也。"此以响比辩者也。张衡《南都》云:"起郑舞,茧曳绪。"此以容比物者也。若斯之类,辞赋所先,日用乎比,月忘乎兴,习小而弃大,所以文谢于周人也。

The principle (义*) of *bi** has no constant in the way it makes categorical analogies (类*). Comparisons may be made by sound, by appearance, by [state of] mind (心*), or by event (事*). A comparison by category of sound can be seen in Song Yu's "Poetic Exposition on Gao-tang":

> The thin twigs sing sadly,
> Their sound like pipes and ocarinas.

A comparison by categories of appearance can be seen in Mei Sheng's "Rabbit Garden":

Fleeting and in profusion,

[The birds] are like dust among the whit clouds.

A comparison of things to principles (理*) can be seen in Jia Yi's "The Owl":

How different from the twining of a cord

Is good fortune's relation to ill fortune.

Sound is compared to [a state of] mind in Wang Bao's "Transverse Flute" [in which the music is described as]:

Gentle and full of kindliness,

Like a father caring for a son.

Resonance is compared to good argument in Ma rong's "The Long Flute":

Opulent and continuous [music]:

The oratory of Fan [ju] and Cai [Ze].

Manner is compared to a thing in Zhang Heng's "Southern Capital":

Then arose the dancers from Zheng,

Silkworms spinning their threads.

Cases like this are foremost in poetic expositions. But continual use of *bi** led to a forgetfulness of *xing**; and habitual practice (习) of the lesser along with rejection of the greater makes their writing inferior to that of the Zhou.

刘勰首先举明喻的例子，它们使用了各种表示相似的词语。到最后，他提供了两个隐喻，二者都没有使用表示相似的词（如"像"），但都接近明喻，因为二者都与它们所指的对象直接并置。

第五章 《文心雕龙》

这里发生了一点儿微妙变化。尽管在大多数最有名的"兴"的例子里,有一些据说是因社会的完美而发的(如《诗经》第一首),但刘勰接受了那个传统看法,即把兴与直接的讽谏联系起来:因为受到痛苦和义愤的压抑,所以兴是隐的,有压抑就意味着外部世界存在威胁(正如《诗大序》说"风"是"说者无罪")。可是,用纯文学术语来说,"兴"被认为是更有效、更"大"的模式。辞赋作家丢弃了"兴"这种"大"模式,结果他们的作品远不及《诗经》。但是,在《诗经》时代,为什么也要在用"比"还是用"兴"之间做出选择呢?刘勰的回答是"概随时之义不一,故诗人之志有二"。汉代作家选择辞赋是因为"习",也就是说,他们的选择取决于文学环境和时代文学实践的风气和习惯。在这里,我们看到了划分经典时代和后世文学史的滥觞,在经典时代,文学和社会是一个没有裂缝的统一体,而后世则受制于习气和有意识的选择。[188]

* * *

> 至于扬班之伦,曹刘以下,图状山川,影写云物,莫不织综比义,以敷其华,惊听回视,资此效绩。又安仁《萤赋》云,"流金在沙"。季鹰《杂诗》云,"青条若总翠",皆其义者也。故比类虽繁,以切至为贵,若刻鹄类鹜,则无所取焉。

When we reach writers like Yang Xiong and Ban Gu, and all those since Cao Zhi and Liu Zhen, they depicted the mountains and streams, perfectly delineated clouds and creatures; we find that every one wove the principle of *bi** into his works in order to display the splendor of those things, startling the ears and dazzling the eyes; they depended on this for their success. We see this principle in Ban Yue's "Fireflies":

Drifting gold upon the sands

Or in Zhang Han's "Unclassified Poem":

Green branches like massed kingfisher feathers.

Though the category of *bi** is rich and various, perfect likeness is what is valued. If a person carves a snow goose in the resemblance of a duck, there is nothing to be gained from it.

赞曰：诗人比兴，触物圆览。物虽胡越，合则肝胆。拟容取心，断辞必敢。攒杂咏歌，如川之涣。

Supporting Verse

The *bi** and *xing** of the poets of the *Songs*

Observed perfectly whatever they encountered.

Though things were as far apart as Hu [in the north] and Yue [in the south],

When put together, they were as liver and gall.

To imitate appearance and get the heart

Decisive words must be used with daring.

Then gathered into poetry and song,

They will sweep along like a stream.

隐秀第四十
（Latent and Out-standing）

虽然"隐秀"这一对概念在《文心雕龙》之前就已存在，但刘勰把它们运用到文学上却完全是他个人的首创。"隐"处理的是"潜台词"（subtext），无论我们把"潜台词"理解为西方语境上的"意义"（meaning）还是中国的"含蓄"观念，总之，这都是重要的一篇。不幸的是，本篇文本残缺不全，有一大段缺文刚好发生在关键处，开篇所提出的观点通常在那里展开。[189]

按照西方文学思想传统，既然深度被赋予特权，那么就要求把那个与之相对的词"秀"降格为肤浅。可是，"隐"所具有的概念上的（或情

第五章 《文心雕龙》

感上的）深度在这里并不是一个独立价值；它需要"秀"作为对立的或补充的特性与之相配。[190]"秀"虽不具深度却是一种优点：它具有直接而"惊人"（striking）的效果。

＊　＊　＊

> 夫心术之动远矣，文情之变深矣，源奥而派生，根盛而颖峻，是以文之英蕤，有秀有隐。隐也者，文外之重旨者也；秀也者，篇中之独拔者也。隐以复意为工，秀以卓绝为巧。斯乃旧章之懿绩，才情之嘉会也。
>
> The ways of mind go far indeed; and the mutations of the affections in literature go deep. When the source is profound, branching streams grow from it; when the root flourishes, the ear of grain stands lofty.[191] Thus, in the bright flowering of literature, there are latent elements (隐) that stand out (秀). The latent is the layered significance that lies beyond the text (文*); the out-standing is that which rises up uniquely within the piece. The latent is fully accomplished in complex and multiple concepts. The out-standing shows its craft in preeminent superiority. These are the splendid achievements of old works, an excellent conjunction of talent and affection.

要想确定刘勰笔下那些既对立又互补的关系总是相当困难，这里的隐和秀也是如此：我们无法肯定，隐和秀代表两种不同文本的两种不同写作，还是同一文本的两个缺一不可的不同方面（如果是后者，我们仍不能肯定它们是同时的还是一前一后的）。有时候刘勰脑中似乎想的是两种不同类型的写作，可是，这个开头的段落强烈表示出二者的一种有机关系，它们出现在同一文本：根深所以花秀，秀花是深根的明证。

"重旨"的观点值得重视。这里把"旨"译为"significance"（含义),"旨"这个词跨越了一系列英文概念:它经常是文本中的"目标"或"原意",但从严格意义上说,它是作家所持有的价值,并通过作品透露出来,它经常不是文本给读者留下的直接印象,而是最终"import"(意味)。因此它恰好与潜台词相配。

在"隐"的概念中,"重"和"文外"的观点也同样重要。"重"不仅指多,而且也指重叠。这种词义的模糊也表现在同一段的"复义"一词上("复义"是"重旨"的同义词,采用不同说法是出于修辞需要)。我们无法确定刘勰这里究竟指什么:或者指表面之下隐藏着一个单一的原意(在解释经典如《诗经》时,读者就可能作这样的假设);或者指文本确实包含多层意思(如果按照下一段所提到的《易经》模式,就可能得出这个结论)。

"文外"一词是后来的若干"X外"如"言外""象外"等说法的祖先。这些词与后世的"含蓄"关系密切,"含蓄"是自觉或非自觉地保持在文本表面之下的丰富的原意或情感,这些意思或情感虽然被抑制了,但其压力隐约透露在文本表面。本篇的缺文有一段可靠文字保存在12世纪张戒的《岁寒堂诗话》里,该段的意思更接近晚唐和宋代所发展的"含蓄"观:"情在词外曰隐,状溢目前曰秀。"[192]看来,那个文之"外"的"隐"可以是"旨"也可以是"情",在下一部分又成了"义"。后世所说的"文外"的含蓄通常并不包含有机论,但在刘勰的叙述里,有机论是重要内容:这些特性不仅在文本表面看不见,而且它们是文本成长的根。"秀"是与之相对但不无关联的品质,它一点不隐藏,但能即刻打动读者。[193]

* * *

夫隐之为体,义主文外❶,秘响旁通,伏采潜发。譬爻象之变互体,川渎之韫珠玉也。故互体变爻,而化成四象;珠

---

❶ "义主文外"句,多本作"义生文外"。这里的译文译自"义主文外"。

第五章 《文心雕龙》

玉潜水,而澜表方圆。

When the latent is a normative form (体*) [in itself], a truth (义*) is dominant beyond the text (文*一外); mysterious resonances get through (通*) all around, and hidden coloration (采*) emerges from the sunkenness. One may compare it to the way in which the lines and images in a hexagram mutate to form another hexagram, or how rivers may contain pearls and jade. Thus when the individual lines mutate in the form of a hexagram, they transform into the Four Images [the four component digrams]. Pearls or jade sunken under the water will form round or square ripples.

本段开头一句与上一段的主要区别关键在"为体"上。"隐"似乎既可以是任一文本的一个方面,也可以是某一文本之"主"。间接证据如"秘响"和"伏采"标明了隐的存在。怎样寻觅这些"秘响"的来源?刘勰把解释《易经》卦象的方法摆出来,作为类比。

用卦象变化来比拟"隐"的运作方式,除了刘勰,再无第二人,这也是整部《文心雕龙》最具启发意义的文学意义模式。这种模式有可能提供一种方法,以理解独立于作者内心的文学文本意义的运作,可是,或许正因为它切断了意义与环境的关系,所以实际上未能在后世得以发展。

《易经》卦象符号的运作系统十分复杂,三言两语很难说清楚。简单地说,一个卦象就是一个变化阶段的图式,它由六条或断或连的线条组成,观看的顺序是从下向上。卦象的性质取决于两个三画卦怎样相互交糅。这种相互交糅会产生关键线条,它们决定着一个卦象怎样化出或化入另一卦象(另一卦可以是六十四卦中的下一卦,也可以是对卦或补卦)。因此,每一卦不仅就其自身而言是一个变化阶段,而且从整体上看,这个阶段也跟它的对卦、补卦、上卦、下卦构成一个链条。刘勰这里使用了两个与卦象变化有关的专门术语:"变象"和"互体"。

显然，刘勰只想从一般意义上把该模式运用于"隐义"：表面文本暗含隐义，就好比在转化关系中，一个卦象包孕着另一个卦象。因此，当我们看表面时，我们还想到产生这个表面的潜在状态，或按照有序变化，文本将必然走向什么状态。因此，文本不是因为再现，而是因为它包孕着之前、之后、对立或互补状态而具有意义。基于同样道理，那个民间说法——水中的珍珠和玉石使水面泛起不同的波纹——也说明了隐表露于外的道理。大段缺文就发生在这里。它后面的那个段落也被我省略了。

* * *

凡文集胜篇，不盈十一；篇章秀句，裁可百二：并思合而自逢，非研虑之所求也。

Excellent works usually do not make up even a tenth of a literary collection; and within a work, the out-standing lines are scarcely two in a hundred. In both cases [whole works and out-standing lines], we happen on them by a peculiar conjunction of thought; they are not to be sought by studious reflection.

"隐"可能是整个文本的特性，也可能是文本中的某一段落的特性，但"秀"更像是出现在行或段中的瞬间效果。它与《文赋》第123—132行所描写的"警策"有几分相似。

本段还有一个重要观点（只是轻轻一点，没有深入）往往被人忽视：优秀之作是偶然的（虽然刘勰一定不会否认，为获得这样的偶然，多学多练是必要的前提）。不如陆机那么经常，但刘勰有时也承认创作中的自觉努力是有局限的。在下面几段，刘勰看到了陆机所看不到的东西：为达到"隐"和"秀"这两个理想目标，人们自觉努力，可这种努力也可能适得其反，弄巧成拙。那么，到底是什么使真正的隐秀不同于走向反面的隐秀呢？刘勰以"自然会妙"作为回答，也就是说，它们非

第五章 《文心雕龙》

人力之所及。

* * *

> 或有晦塞为深，虽奥非隐，雕削取巧，虽美非秀矣。故自然会妙，譬卉木之耀英华；润色取美，譬缯帛之染朱绿。朱绿染缯，深而繁鲜；英华曜树，浅而炜烨；隐篇所以照文苑，秀句所以侈翰林❶，盖以此也。

> Sometimes mere obscurity and concealment are considered to be depth; though there may be some quality of mysterious profundity, it is not "the latent". Or intricate craftsmanship may aim at the artful; though it is lovely, it is not "the out-standing". Only Nature (自然 *) can bring together these subtleties (妙 *), like plants and trees that are splendid in their flowering. A beauty obtained by added colors is like dying plain silk red and green. The silk dyed red and green is deeply colored, rich, and fresh. But the flowers that gleam on the trees have a shallow color, yet a glorious one—this is the way an out-standing line shines in the garden of letters.

后世文学思想中的几个核心关注在本篇隐约成形。最重要的当然是"言外"之意或情，但本段结尾几个不太起眼的意象也很耐人寻味。根据本篇前面部分的内容，我们本以为作者会尽情展示"秀"的光彩，但出乎意料的是，作者所赞美的是自然的和"浅的"色彩。过于炫目的东西是俗气的，容易令人厌烦；不那么极端的反而更强烈地打动我们。这是余韵和含蓄美学的一个重要发展阶段，该美学可一直追溯到《乐记》（见第二章）。在这种矛盾修辞——既浅淡又有光彩的花——之中，"隐"和"秀"的区别有些模糊了；在二者之中，都有某种东西被控制在表面之下

---

❶ "隐篇所以照文苑，秀句所以侈翰林"句，原作者采用的是"秀句所以照文苑"。

(虽然对于"秀"的情况,被抑制的不是他物而是外露的程度)。这种约束性以及与之相连的自然性成为后世美学思想的一个常见主题,尤其见于司空图的《二十四诗品》(见第六章,特别是《绮丽》品)。

* * *

赞曰:深文隐蔚,余味曲包。辞生互体,有似变爻。言之秀矣,万虑一交。动心惊耳,逸响笙匏。

Supporting Verse

Deep writing has latent richness,

Lingering flavor folded minutely within.

The words give rise to a change in form [as in a hexagram],

Something like the mutation of [a hexagram's] lines.

When language is out-standing,

All reflections join as one,

Stirring the mind, startling the ear,

Like the lofty resonance of a Sheng or Pao [two musical instruments].

附会第四十三
(Fluency and Coherence)

《附会》篇处理的问题与《章句》篇基本相同:文本内部的组织和线性统一。既然本篇不必讨论一个文本的分段问题,它更详尽地讨论了统一问题。或许应当提出这样一个观点:不那么全面的倒可能是更可取的:刘勰给我们列举了一连串互不相称的隐喻和模式,它们都处理统一问题,但角度略有不同。

以"fluency"(流畅)译"附"确实过于自由了。"附"的字面意思是"依附",它是使文本保持线性统一的连续性。那种流畅的、不间

第五章 《文心雕龙》

断的过程比较接近英语的"fluency";我们以"flow"(流动)来称呼这种没有曲折、断裂的文本。搭配词"会"是总体上的"连贯"。刘勰在篇中有"附辞会义"的说法,所以注家通常以语言的统一和概念的统一分别解释"附"和"会"。[194] 这样解释不是不可以,但本篇的其他段落否定了这个说法。我觉得应当强调"附"和"会"之间的一个更基本的对立:"附"是实现在过程之中的线性统一,而"会"是被领会为整体的片断的统一。有"附"而无"会"或有"会"而无"附"都是可能的。

* * *

> 何谓附会?谓总文理,统首尾,定与夺,合涯际,弥纶一篇,使杂而不越者也。若筑室之须基构,裁衣之待缝缉矣。
>
> What is meant by fluency and coherence?—to bring together the principles of a literary work, to unity the beginning and the end, to determine what is to be added and what excluded, to have concord between the boundaries,[195] to fill out and organize the whole piece so that it will be varied without transgressing [the limits of variety into confusion]. It is like the necessary laying of the foundation and building the frame in constructing a house, or like the way in which making clothes depends on sewing and fine stitching.

"文理"既可指本质上的文学创作之理,也可以指表现在作品之中的外在世界之理。类似"文理"这样的词有助于模糊我们本想弄清楚的二者间的界限:构成文学作品之理与运行在外在世界的理相互默契。

最初那两个建房和制衣的程序说明,先有一个蓝图或计划,然后作家才动手创作。这个计划提供"基构";只要作家把空隙填满,就严丝合缝了。这是一个皆大欢喜、简单易行但不那么令人鼓舞的创作模式;不过,该模式很快就消失、永不回返了。到了下一部分,我们发现正在制作的既非房屋也非长袍，而是人的身体。

*　　*　　*

夫才量学文，宜正体制，必以情志为神明，事义为骨髓，辞采为肌肤，宫商为声气，然后品藻玄黄，摛振金玉，献可替否，以裁厥中。斯缀思之恒数也。

When a talented youth studies literature, he should have the proper model of form. He should take the affections and intent (情志) as the element of spiritual understanding (神*—明); take events (事*) and truths (义*) as the bone and marrow; take language and coloration (采*) as the skin and flesh; take musical qualities as the voice and *qi**. Only then can he judge the categories of [Heaven's] purple and [Earth's] brown,[196] strike forth the tones of metal and jade, suggest the best course or come up with alternatives to a bad course, and in that way judge what is fitting. This is the constant order (数*) of linking thoughts (思*) together.

《附会》篇以说教而不以描述见长；这种对教学的兴趣和学院腔很符合刘勰当时的身份：一个刚从寺院出来的年轻人，他对于文学的说法与当时贵族文学圈子正流行的说法大为不同。刘勰提出了一个高下有别的阶段说，它从最基本的要素逐渐外发。写作中的最基本要素是"情"和"志"，与之相应的是人的内心（"神明"）。遵循那个发生次第，作家创造出一个有声音的生命体。请注意，中间那些阶段固然也是有血有肉，但是，使第一阶段即"情志"得以外化的要素是最后阶段即声音阶段。这种有机的有生发力的内外统一的说法与先有蓝本再付诸实践的说法迥然别。可是，刚一提出这个内外统一的观点，刘勰就跑到另一套模式去了，也就是把一与多统一起来的模式。

第五章 《文心雕龙》

* * *

凡大体文章，类多枝派，整派者依源，理枝者循干。是以附辞会义，务总纲领，驱万涂于同归，贞百虑于一致。使众理虽繁，而无倒置之乖，群言虽多，而无棼丝之乱。扶阳而出条，顺阴而藏迹；首尾周密，表里一体。此附会之术也。

From a general point of view,[197] a literary work usually has many branchings [like a tree] and divisions into multiple watercourses. Keeping these watercourses correct depends on the source; to organize (理 *) the branchings requires following the trunk. So to make the words flow (浮) and the truths cohere (会), one must endeavor to keep the overview and main points together. Travel swiftly down ten thousand paths, but come to the end together; formulate a hundred different concerns into a single unity.[198] Despite their complexity, one must keep a large number of principles from the error of being put in the wrong order; and despite their multiplicity, one must avoid letting the hosts of words fall into the confusion of tangled threads. Branches are put out to take in the sunshine, while the traces are hidden where there is shade. Beginning and end are an integral whole; inside and outside are the same form (体 *). This is the technique of fluency and coherence.

这里有两种模式——有枝杈的树和有支流的江河。刘勰关于有机统一体的观点在这里得到清晰表述。西方读者对"多样统一"（unity in multiplicity）的观点自然并不陌生，但是树的模式还有一个方面需要强调：多样性是外在形式，而那个统一枝和派的"干"在多样性"之内"或"之后"。统一应当始终是多样的题中应有之义（"藏迹"）；它不应当是有机体的外在结构，就像刘勰在本篇开头所说的模式那样。既然一切

325

细目都是原始统一体的有机延伸,那么过于注重细节就会扰乱整体。

* * *

　　夫画者谨发而易貌,射者仪毫而失墙,锐精细巧,必疏体统。故宜诎寸以信尺,枉尺以直寻,弃偏善之巧,学具美之绩。此命篇之经略也。

　　夫文变无方,意见浮杂,约则义孤,博则辞叛。率故多尤,需为事贼。且才分不同,思绪各异,或制首以通尾,或尺接以寸附;然通制者盖寡,接附者甚众。若统绪失宗,辞味必乱。义脉不流,则偏枯文体。夫能悬识凑理,然后节文自会,如胶之粘木,石之合玉矣。是以驷牡异力,而六辔如琴。并驾齐驱,而一毂统福。驭文之法,有似于此。去留随心,修短在手,齐其步骤,总辔而已。

　　A painter may be attentive to a hair and change the [overall] appearance [in a portrait]; an archer may focus on a single strand and miss the wall. Too sharp attention to some fine point of craft necessarily distances one from the governing unity of form. So we should bend the inch to make a reliable foot and twist the foot for the sake of the straight yard, reject craft in some one-sided excellence, and study the achievement of integral beauty. This is the enduring generality in producing a piece.

　　The mutations of literature have no bounds, and the points of a view in concepts are various and unstable. If too terse, your truth will be solitary; if too extensive, the words may get out of control; insouciant haste brings many excesses; in hesitation the matter may get out of hand. Moreover, the measures of talent that people have are not the same; each differs in what his thoughts touch upon. Some work from the beginning straight through to the end; some join parts together by the inch and foot. I suspect, however, that those who work all the way through are few, while those who join [small sections] are many. In unifying sentiments, if you lose sight of what's important, the flavor of the words (辞*—味*) will be confused; and if the veins through which a truth passes do not admit smooth flow, then the form of the work will become desiccated. Only after deep consideration of the whole pattern of pores in the skin will the sections naturally achieve coherence, as glue sticks to wood, as white tin mixes with yellow gold.[199] A team of four horses may differ in strength, but the six reins that guide them are like the strings of a lute;[200] they drive together on both sides of the carriage, one axle unifying all the spokes.[201] The method of guiding a work of literature resembles this. One goes off or lingers as the mind wishes;[202] keeping the reins tight or loose lies in the power of one's hand.[203] To make them prance together in an even pace is nothing more than gathering the reins together.

本篇开头所暗示的那种审慎和周密的组织在这里得到明确认可（"尺接以寸附"）；可是，在另一个模式的比照之下，它的价值降低了（"制首以通尾"），按照这个模式，写作过程就像驾驭马车。作品似乎进入到它自己的力量轨道之下，作家的任务是控制那些力量，以引导或约束它们。

*　　*　　*

故善附者异质如肝胆，拙会者同音如胡越。改章难于造篇，易字艰于代句，此已然之验也。昔张汤拟奏而再却，虞松草表而屡谴，并理事之不明，而词旨之失调也。及倪宽更草，钟会易字，而汉武叹奇，晋景称善者，乃理得而事明，心敏而辞当也。以此而观，则知附会巧拙，相去远哉！

Those who are expert at contiguity can put different significance together as close as liver and gall, while those clumsy at coherence can take even the same tones and leave them as far apart as Hu [in the far north] and Yue [in the far south]. To revise a work is more difficult than producing one, and to change a word is harder than to redo the sentence. This has long been a proven fact. Long ago, Zhang Tang twice had to withdraw a memorial on which he had worked much; Yu Song was often reprimanded for the position papers he drafted. In both cases the principle and the matter at hand were not clear; and the language and significance had lost the melody. But when Ni Kuan changed the draft [of Zhang Tang's memorial] and when Zhong Hui altered some words [in Yu Song's position papers], Han Wu-di exclaimed at how marvelous the former was and Jin Jing-di praised the excellence of the latter. Then the principle was grasped, and the matter at hand was clear; the mind showed quickness, and the language was appropriate. Considering these examples, we can realize how far apart are skill and clumsiness in contiguity and coherence.

上文建议作家不要过于注意细节；细节应当来自对整体的把握。到了这里，我们发现统一性和整体的成功可以靠细节实现，修改过程中的一个小小改动就能导致截然相反的结果——彻底失败或完美无缺。

* * *

若夫绝笔断章，譬乘舟之振楫；会词切理，如引辔以挥鞭。克终底绩，寄深写远。若首唱荣华，而腾句憔悴，则遗势郁湮，余风不畅，此《周易》所谓"臀无肤，其行次且"也。惟首尾相援，则附会之体，固亦无以加于此矣。

When you stop your brush and end a work, it is like raising the oars when we ride in a boat. Making the words cohere and the principles be apposite is like drawing in the reins and shaking the whip. To end well and truly achieve something will send something off with it.[204] If you sing out splendidly in the beginning, but the lines in the bridal train [of the lovely opening] are dreary, the residual momentum will become bogged down and blocked, and the lingering wind (风*) will not spread. This is what the *Book of Changes* means by "no skin on the thighs—cannot proceed".[205] If only the beginning and end connect, there is nothing to add in the form (体*) of fluency and coherence.

这里出现了一个优美隐喻——把提笔比作划桨，它暗示出中国文学传统所看重并不断发展的一种价值：言有尽，但尚留"遗势"，是这种"势"把文本带到真正的终点。一个作品的意义经常被描述为"归"——旅程的目的地。可是，这种"归"发生在语言停止之后，那个最后阶段是由文本的"遗势"完成的。

* * *

赞曰：篇统间关，情数稠迭。原始要终，疏条布叶。道味相附，悬绪自接。如乐之和，心声克协。

Supporting Verse

The piece's unity is stabilized.

The numbers of the affections are in layers.

Beginning with origins and properly ended,

The sparse branches spread with leaves.

The flavor of the Way lies in contiguity,

Diverse sentiments joining together,

As harmony in music,

The mind's voice blends.[206]

总术第四十四
(General Technique)

在《总术》篇,刘勰参与了当时关于什么是"文"什么不是"文"的论争。[207] 这不是西方话语所讨论的"什么是文学"的问题。《原道》篇追溯了"文"的伟大源头,为"文"提供了一种"定义",但是,那个定义根本无法回答什么语言或写作不是"文"?在5世纪的文学论争中,"文"与另外几个词构成对立面,如"言",它是表达"语言"的最一般性术语,又如"笔",其字面意思即"毛笔(作品)"。宽泛地说,"笔"指朴素的公文,不像"文"那么有威望;但二者究竟怎样区别仍是一个有争议的问题。就像刘勰在本篇开头所指出的,许多人只是依据有没有韵律来区别二者。可是,自古以来,有相当多的无韵之作一直被称作"文",这使刘勰这样的学者无法接受这样的划分。

为严格区分文与笔,刘勰提出了自己的相当混乱的观点;但是,他并不展开他的观点,而是提出了一大堆声明,他以肯定的语气说,有某种"总术",可以把文学作品的各个方面合为一体。他说来说去,无非是说总术是存在的,它很重要,至于它究竟如何,我们无从得知,尽管他的说辞里面不无自我反对之处。

* * *

今之常言,有文有笔,以为无韵者笔也,有韵者文也。夫文以足言,理兼《诗》《书》,别目两名,自近代耳。颜延年以为,笔之为体,言之文也;经典则言而非笔,传记则笔而非言。请夺彼矛,还攻其楯矣。何者?《易》之《文言》,岂非言文。若笔为言文,不得云经典非笔矣。将以立论,未见其论立也。

予以为,发口为言,属翰曰笔。常道曰经,述经曰传,经传之体,出言入笔,笔为言使,可强可弱。分经以典奥为不刊，非以言笔为优劣也。

In common parlance these days, a distinction is made between wen* and bi*, with bi* as writing without rhyme and wen* as writing with rhyme. Now the principle of having "pattern (文*) adequate for the words"[208] is present both in the [rhymed] *Book of Songs* and [unrhymed] *Book of Documents*; to view them as belonging to two separate categories is a recent phenomenon. Yan Yan-zhi considers that *bi*, as a normative form (体*), is language (言) with pattern (文*) [but without rhyme]; thus the Classics are plain language (言), but the "records and traditions"[209] are *bi* and not plain language. And how may I hoist Yan Yan-zhi on his own petard?[210] The "Patterned Language" (文*—言) of the *Book of Changes* is obviously "language with pattern" (言—文*). If Yan Yan-zhi would have it that *bi* is "language with pattern", then he can't say that the Classics are not *bi*. He wants this argument to stand, but I don't see how it can.

In my opinion, whatever comes from the mouth is [plain] "language" (言); whatever is put to brush is called "writing" (翰); the constant Way is called a "Classic"; and the transmission of a Classic is called a "tradition" (传). The form (体*) of the Classics leaves [spoken] language and enters "writing" (笔); but since the writing is governed by the spoken language, it can be more or less [patterned]. The Six Classics are indispensable for their authority and their profundity; they cannot be evaluated on the grounds of spoken language versus writing.[211]

刘勰首先摆出当时区别文与笔的两种意见：第一是有韵无韵的简单划分；第二是颜延之的一个更有趣的观点，他认为二者的真正区别在于，一个是自觉的"写作"（笔），一个只是把所说的话，也就是"言"，"记下来"（它假定早期的经典不过是"记下来"的圣人的话）。按照颜延之的说法,"文"成为某种特质,内在于写作之中,并出现于经典演化的某个历史时刻。因此,在颜延之看来,"文"相当于自觉的文学"文体"(style),它的文体化表明了它与口头语言的不同。刘勰试图以权威论据来反驳这个观点,他说,"文言"——被归之于孔子的所谓《易》之"十翼"之一,它的标题就暗示出它是有"文"之作,尽管它不具备后世所谓"文"的文体化特征。本来,颜延之对文学的文体特征提出了一个微妙而有说服力的观点,经刘勰一反驳,被彻底搞乱了。颜延之把问题从有韵和无韵之别转化为说和写之别,对于这一点,刘勰还是无意中接受了过来;为了把经典排除在问题之外,他自己的立场似乎离他而去,再也不会被解释清楚了。

* * *

> 昔陆氏《文赋》,号为曲尽,然泛论纤悉,而实体未该。故知九变之贯匪穷,知言之选难备矣。
>
> It is claimed that Lu Ji's "Poetic Exposition on Literature" gave all the fine points;[212] but what he really provided was a careless discussion of small details, not something comprehensive in regard to the actual forms (实 *— 体 *). Thus the understanding of the full range of transformations has not been exhausted, and the [power of] selection that comes from understanding language is hardly yet complete.

刘勰试图申明他本人有权为"文"作出一个一锤定音的论断。要做到这一点他似乎需要贬低他的前辈。在刘勰的时代,陆机的《文赋》大概算得上最有声望的文学理论作品,所以陆机自然受到特殊批评:指责陆机过于关注细节是十分不公平的,近乎到了无礼的程度,它与刘勰在其他地方批评《文赋》缺乏条理,有密不可分的关系。刘勰一再批评陆机恰好说明他的伟大前辈对他影响太强烈,令他感到不舒服;明眼人一看便知,他经常一边"纠正"陆机的缺欠,一边回应和吸取着《文赋》

第五章 《文心雕龙》

的观点和系统表述。试看下一段。

* * *

> 凡精虑造文,各竞新丽,多欲练辞,莫肯研术。落落之玉,或乱乎石;碌碌之石,时似乎玉。精者要约,匮者亦鲜;博者该赡,芜者亦繁;辩者昭晰,浅者亦露;奥者复隐,诡者亦曲。或义华而声悴,或理拙而文泽。知夫调钟未易,张琴实难。伶人告和,不必尽窕槬之中;动角挥羽,何必穷初终之韵。魏文比篇章于音乐,盖有征矣。夫不截盘根,无以验利器;不剖文奥,无以辨通才。才之能通,必资晓术,自非圆鉴区域,大判条例,岂能控引情源,制胜文苑哉!

> Those who give intense reflection to producing literary works try to outdo one another in novelty and beauty; most of them are inclined to polish their diction (辞*); but are unwilling to study the art [as a whole]. Jade in vast quantities may be scattered among the rocks, while scarcest rocks may at times seem like jade. Someone who cares for the essentials insists on terseness—but then someone cannot think of anything to say is equally sparing with his words. Someone who is broad [in interests] can be comprehensive and ample; but then abundance can be found equally among writers who are disorganized and verbose. A person who is good at argumentation makes things perfectly clear, but the shallow person is equally obvious. The strength of profound writer may be in something latent and hidden, but the merely weird writer also has convolutions. Sometimes the principle (义*) is splendid, but the tones are dreary; sometimes the principle is clumsy, but the ornament (文*) is rich. [213] We realize that turning a bell is not easy, and to string a zither is hard indeed. When the professional musician announces that [a bell] is in harmony, it is not always

333

the case that it strikes a mean between the overly loud and overly soft.[214] Stirring the note jue and lightly brushing the note Yu [in tuning a zither] does not necessarily mean a command of the tones all the way from the beginning to the end.[215] There is much to substantiate Cao Pi's comparison of a literary work to a musical piece. There is no way to prove the sharpness of a tool except by cutting the coiling roots of a tree; in the same way there is no way to distinguish a comprehensive talent (通 *—才 *) unless he can analyze the mysteries of literature. The ability of a person of talent to be comprehensive depends on understanding the techniques of the art. Unless he has a perfect and clear view of this realm and can base his decisions securely on its norms, he cannot hold the reins of the fountainhead of the affections and contrive a victory in the garden of letters.

《文心雕龙》的读者时不时为一些真正的洞见所震惊，那是一些最终证明刘勰是无法追逐的时刻。上一段就是一个极佳的例子。刘勰发现当代批评家普遍谈论的那些特征对最佳的和最差的写作不加区别，例如"约"这种特征既适用于那些以无比经济的语言表达丰富思想的作家，也同样适用于那些写不出多少东西的作家。刘勰领悟到在作品之中一定存在另一种东西，本质性的东西，它能把佳作从劣等之作里区别出来。他把这个称作"总术"，至于这个"总术"是什么样，他也解释不清。

* * *

是以执术驭篇，似善弈之穷数；弃术任心，如博塞之邀遇。故博塞之文，借巧傥来，虽前驱有功，而后援难继，少既无以相接，多亦不知所删，乃多少之并惑，何妍蚩之能制乎？若夫善弈之文，则术有恒数，按部整伍，以待情会，因时顺机，动不失正。数逢其极，机入其巧，则义味腾跃而生，辞气丛杂而至。视之则锦绘，听之则丝簧，味之则甘腴，佩之则芬芳。断章之功，于斯盛矣。

Thus to lay hold of these techniques and guide a piece is much like a master gambler's full understanding of the odds (数 *). To abandon these techniques and follow one's own will (心 *, "mind") is like rolling the dice and hoping for good luck. Writing done by the roll of the dice may receive some fine points of art unexpectedly; but even though he may achieve something in speeding ahead, he cannot continue it later on. If it is too little, he has no way to add to it; if too much, he does not know how to trim it down. And left in uncertainty by any question of quantity, how then will he be able to manage the question of quality, whether it is good or bad? The writing of a good gambler is one in which here is a technique that recognizes constant odds. He arranges things by group and ranks, awaiting the proper conjunction of the affections [when he can use them]. He goes with the timely moment and takes his opportunities, and never misses what is proper (正 *). If knowing the odds, he encounters the occasion, and the occasion joins with his sense of craft, then significance and flavor (意 *—味 *) will leap out, language (辞 *) and *qi** will come to him in abundance. When he look at it, it is a multicolored brocade; listen to it and it is strings and woodwinds; taste it and it is sweet and rich; wear it on your sash and it is the fragrance of flowers. The achievement of determining a literary work is at its height here.

这一段补充和修正了《隐秀》篇中的一个观点：写作的最佳时机总是不期而遇。在这里，作家必须把各种技能准备好，以便在与时机不期而遇之时，能充分加以利用。但是，那个赌博的核心隐喻却悄悄地承认了运气的力量，它不受技能的支配。

* * *

夫骥足虽骏,缰牵忌长,以万分一累,且废千里。况文体多术,共相弥纶,一物携贰,莫不解体。所以列在一篇,备总情变;譬三十之辐,共成一毂,虽未足观,亦鄙夫之见也。

Though the feet of your race horse be strong, avoid letting the rope be too long: even if it is only one problem among ten thousand possible problems, still it is enough to ruin a journey of a thousand leagues.[216] This is even more true in the many techniques involved in a literary form (文 *—体 *), where all must be woven into a unity; if just one thing goes away, then the form will always come apart. Therefore I have set them out in this one chapter[217] and unified all the mutations of circumstance (情 *). Compare it to thirty spokes coming together at the hub. Although it may not be worth consideration, it is the way I see things.

《附会》篇论修改那一段提到,一个小错误就足以毁掉整个作品。那些来自本能或运气的确保成功的能力(善弈之人就具备这种能力),在这里反倒成了某种过失,对于这种过失,一个训练有素的审慎的作家应当能够识别和控制它们。《文心雕龙》潜藏着这样一个教导:弄明白此书所讲授的原则,就可以造就一个好作家。只要一靠近直觉论——好文来自某种天分,刘勰经常是掉头走开,并向我们保证说,存在某种"术",悉心掌握它就能换来成功。[218]

* * *

赞曰:文场笔苑,有术有门。务先大体,鉴必穷源。乘一总万,举要治繁。思无定契,理有恒存。

Supporting Verse

In the field of letters and the garden of brushes,

There are techniques and there are gates.
First put your efforts into the overall form;
Your reflections must reach all the way to the source.
By going with one thing you comprehend all,
Getting the essentials controls elaborations.
Though has no predetermined patterns,
But natural principle is permanent.

物色第四十六
(The Sensuous Colors of Physical Things)

"物色"可以简单地译为"the appearances of things"(事物的形貌),这里译为"The sensuous colors of physical things"("有形物的可感色彩")有点过于烦琐。烦琐翻译的用意是引起读者对该词的注意,应当注意的是,除了"形貌"之外,它是怎么暗示出其他意思的;而且还应当看到,刘勰在本篇里使这个复合词抒情化了。除了外在形貌和样式之外,该词也指勾画出"相似处",以便那个被勾画的人能被认出来;大概正是这一层意思使刘勰在本篇的后面部分揲到描写问题。在《神思》篇,他所使用的"物"是更宽泛的哲学意义上的"物",指精神之旅所遇到的一切事物。这里的"物"主要指自然界的有形物,也就是可感的存在。"色"不仅指外貌,也指感官的有时甚至是肉欲的吸引。人们用"色"来翻译梵文中的"rupa",即导致幻和欲的外在现象。在人身上,"色"主要关系到面容——裸露的肌肤以及可供识别的特征。

* * *

春秋代序,阴阳惨舒,物色之动,心亦摇焉。盖阳气萌而玄驹步,阴律凝而丹鸟羞,微虫犹或入感,四时之动物深矣。

> 若夫珪璋挺其惠心，英华秀其清气，物色相召，人谁获安？
>
> Spring and autumns follow on in succession, with the brooding gloom of dark Yin and easeful brightness of Yang. And as the sensuous colors of physical things are stirred into movement, so the mind, too, is shaken. When the Yang force sprouts [in the twelfth month], the black ant scurries to its hole; and when the Yin begins to coalesce [in the eighth month], the mantis feasts.[219] It touches the responses of even the tiniest insects: the four seasons stir things into movement deeply. Then there is the tablet of jade that draws forth the kindly mind, and the splendor of flowers that brings clear *qi** to stand out high (秀). All the sensuous colors of physical things call to one another, and how amid all this may man find stillness?

在全书快要结束的时候，刘勰终于第一次在《物色》篇提出并回答了这样一个问题：作家是怎样以及何以能够充分展示世界，人又是怎样以及何以能够成为"天地之心"的。答案既简单又美丽，而且令人信服："物色相召"。这是一个充满召唤、感发和吸引力的大千世界，既然人是这个世界的物质存在，他不可能保持"安"的状态，避开大千事物的摩肩接踵。因此，在作家周围的环境和他的"情"之间有一种有机联系。这个说法对《诗大序》的立场做了重大修正，《诗大序》说，一首诗是因人受到政治环境的激发而产生的。在《文心雕龙》里，激发物不再是政治环境，而是春秋代序的自然。当然，二者的关系模式是一致的：外部世界不断刺激，刺激不自觉地激发了人的反应。人从社交界转移到自然界，这种转移符合刘勰那个时代的文学状况，与上几个世纪的情况相比，当时的文学已不那么关涉明晃晃的政治生活了。

第五章 《文心雕龙》

* * *

> 是以献岁发春，悦豫之情畅；滔滔孟夏，郁陶之心凝；天高气清，阴沉之志远；霰雪无垠，矜肃之虑深。岁有其物，物有其容；情以物迁，辞以情发。一叶且或迎意，虫声有足引心。况清风与明月同夜，白日与春林共朝哉。

> When spring appears with the incoming year, feelings (情 *) of delight and ease infuse us; in the billowing luxuriance of early summer, the mind, too, becomes burdened. And when autumn skies are high and its air (气 *) is clear and chill, our minds, sunken in the darkness of Yin, are intent upon far things; then frost and snow spread over limitless space, and our concerns deepen, serious and stern. The year "has its physical things, and these things have their appearances";[220] by these things our affections are shifted, and form our affections language comes. The fall of a single leaf may meet a concept (意 *) [and we know that autumn is coming];[221] in the voices of insects, we find something capable of drawing forth our thoughts.[222] And how much stronger [than these merely partial evidences] are cool breezes and a bright moon together on the same night, or radiant sunlight and spring groves in the same morning.

时下的西方现代文学思想对这种情绪配季节的观点大为反感，原因很简单，承认它们的存在就等于限制作家的自由，就得接受一个不愿接受的事实：作家是物质存在，在某种程度上受制于自然和自然环境。为抵御这个可能的事实，漫长而复杂的西方文学思想史可谓积聚和调动了它的全部力量。不过，中国理论家不断确认作家、作品与自然之间存在预定的有机纽带的做法，也埋下了焦虑的种子，那是一种不同的焦虑。刘勰这里所作的声明暗含着这样的担忧：文学作品很可能是没有根基的，它不过是习惯或约定的产物，或是游戏和突发奇想的结果，所以它可以成为说谎和欺骗的工具（这种担忧在刘勰的文字中确有清晰的表述）。

在本段和下一段，刘勰区别了部分——它通过"类"导向整体——和整体环境的压倒性全体："白日与春林共朝"。二者的联结对文学至关重要，因为文学文本只提供"部分"，经验环境的多个方面缩减为"部分证据"（partial evidences）。不管怎样，就像在现实世界一样，在文学世界我们也能以部分代全体。

* * *

是以诗人感物，连类不穷。流连万象之际，沉吟视听之区。写气图貌，既随物以宛转；属采附声，亦与心而徘徊。

When poets were stirred by physical things, the categorical associations were endless.[223] They remained drifting through all the images (象*) of the world, even to their limit, and brooded thoughtfully on each small realm of what they saw and heard. They sketched *qi** and delineated outward appearance, as they themselves were rolled round and round in the course of things; they applied coloration (采*) and matched sounds, lingering on about things with their minds.

这是《文心雕龙》最漂亮、最重要的段落之一，它描述了人的内心和外在世界之间的关系，这个关系是头等重要的。我们应当首先注意，这里的说法与本篇开头几段所描述的前人的诗歌理论有什么不同。在那里，人心被抛到物质世界之中，受到那个世界的激发和震动，因为人也是物质宇宙的一分子。可是，这里的"诗人"似乎把自己交出了，交给那个普遍过程，他既随物而动，又"写"物。

如此看来，这种活动与西方传统所说的"模仿"活动极其相似，可是，我们不应当忽视两个重要的限定。首先，这里的诗人不仅"写"物之外表，还"写"物之"气"。别的不说，模仿事物之中的那种遏止不

第五章 《文心雕龙》

住的能量,这在西方至少是一个成问题的观念。坦白地说,描摹外形并非诗歌之所长。亚里士多德避开了柏拉图对模仿外表的批评,他声明戏剧是对"action"(行动)的模仿("action"是一个很特别的抽象观念,它的意思越思考越复杂);❶ 同理,中国理论家把注意力从对物质外形的描述转向这样一个承诺:诗歌能显现(或再现,按这里的说法)事物的内在情况,也就是神或情或气。虽然在本段里,刘勰不排斥对外貌的再现,按他的说法,再现外貌是对"写气"的合法补充;但大多数后世批评家往往更看重文学表现物之"神"或难以捉摸的特性。

提到这里的模仿论,不能不考虑第二个限定:诗人不仅仅是观察者,他们与诗中所再现的事物的关系不是主客关系。他之所以能把事物成功表现在作品之中,是因为他"徘徊"在事物周围,"随物以宛转"。诗人介于事物的"客观"观察者和受事物刺激的被动客体之间。他参与自然中的事物,有这种参与和共享做保障,他才能把事物完满表现在诗歌里。诗人与物的恰当关系是"与物",这个词与圣人有千丝万缕的联系,圣人能分享自然,但他本人不是自然的客体。[224]

"连类"即以"类"连物。本篇前面所说的"一叶落而知秋"就是一个例子。但从更深一层意思看,它指的是支撑事物的那种神秘感应,包括那些使我们回应季节变化和事物变化的神秘联系。

* * *

> 故灼灼状桃花之鲜,依依尽杨柳之貌,杲杲为出日之容,瀌瀌拟雨雪之状,喈喈逐黄鸟之声,喓喓学草虫之韵;皎日、嘒星,一言穷理。参差、沃若,两字连形:并以少总多,情貌无遗矣。虽复思经千载,将何易夺。
>
> Thus the phrase "glowing" catches the quality of the freshness

---

❶ 例如亚里士多德《诗学》第六章说:"悲剧是对一个严肃、完整、有一定长度的行动的模仿。""悲剧是对行动的模仿,它模仿行动中的人物,是出于模仿行动的需要。"

of peach blossoms; "waving lightly" gives the fullness of the manner of willows; "shimmering" is the way the sun looks when it just comes out; "billowing" imitates the quality of snow falling; *Jie jie* catches the voice of the oriole; *yao yao* emulates the tones of insects in the grasses. A "gleaming sun" or "faint stars" each gives, in a single phrase, the fullness of natural principle.〔225〕 "Of varying lengths" and "lush and moist" say in tow characters everything that can be said about shape (象 *). All of these use little to comprehend much, with nothing omitted of circumstance (情 *) or appearance. Even if one gave these lines a thousand more years of consideration, one could not change or alter anything in them.❶

本段连续引用《诗经》中的描述复合词,西方读者自然不容易理解;但这里所关注的问题却非常重大:我们在这里可以看到文学语言的最高价值。在思考这些价值以前,我们应当首先思考,这些取自《诗经》的词语何以完美地体现了这些价值。从孩子到成人,《诗经》被不断背诵着;每一首诗都携带着丰富的联想,一个注疏传统和一个语境,所有这一切似乎都为每一首诗的那些用法输入了完美性,这种完美是我蹩脚的翻译所无法企及的。这些经典段落实现了一个语言上的独特希望:有一种特殊的语言,它不是为事物"命名",而是表现事物的"质"。〔226〕你也可以说事物的"类"名能够"以少总多",但名只表现事物是什么,而不能表现事物怎么样。在中国传统思想中我们已经见到过那种以言"尽"物的愿望。刘勰声明《诗经》的那些描述性词语就具有这种能力,它们能"穷形",能使事物"情貌无遗",因此也就能"以少总多"。〔227〕

---

❶ "灼灼""依依""杲杲""瀌瀌""皎日嘒星""参差沃若"等词,原书译文还在括号里标明了拼音,这里从略。

第五章 《文心雕龙》

* * *

> 及《离骚》代兴,触类而长,物貌难尽,故重沓舒状,于是嵯峨之类聚,葳蕤之群积矣。及长卿之徒,诡势瑰声,模山范水,字必鱼贯,所谓诗人丽则而约言,辞人丽淫而繁句也。
>
> When the *Li Sao* appeared in place [of the *Book of Songs*], it was more extensive in its treatment of things encountered. It is hard to give the full measure of the appearances of things, and thus extensive descriptions were piled one on top of another. At that point, descriptive phrases for qualities such as "towering heights" and "vegetative lushness" clustered in great numbers. By the time we get to Si-ma Xiang-ru and those around him, the scope of mountains and waters was displayed with aberrant momentum (势 *) and outlandish sounds, and the characters were strung together like fish. This is what Yang Xiong meant when he said that the poets of the *Book of Songs* were terse in their language, using beauty to give a normative standard, while the rhetors were lush in their lines, using beauty to seduce us.

在《楚辞》和与之关系密切的汉赋里,描写都扮演了重要角色;而且二者都大量使用了《诗经》中所发现的那种叠字。可是,就连这些单独看来可接受的词,在刘勰看来也有太多已渐渐丧失了描写效果。这个看法与他上文所提到的对"部分证据"和"以少总多"的兴趣有密切关系:全体凝缩为几个细节,在这种凝缩之中,有某种东西维持着自然的印象。与此相反,《楚辞》和汉赋的铺张扬厉似乎让人格外注意到语言的无能为力,它做不到穷形。此外,赋所使用的大量描写语言似乎不过是一种感官上的放纵,它是对语言的一种有害的陶醉。

* * *

　　至如《雅》咏棠华，或黄或白。《骚》述秋兰，绿叶、紫茎。凡摛表五色，贵在时见，若青黄屡出，则繁而不珍。

　　自近代以来，文贵形似，窥情风景之上，钻貌草木之中。吟咏所发，志惟深远。体物为妙，功在密附。故巧言切状，如印之印泥，不加雕削，而曲写毫芥。故能瞻言而见貌，即字而知时也。

　　When they wrote on the wild plum blossoms in the Odes [of the *Book of Songs*], it was "some yellow, some white". When the *Li Sao* tells of the autumn orchid, it's "dark green leaves" and "purple stalks". Whenever describing colors, it's important to note what is seen in season: if green and yellow appear too often, then it is an excess not worth prizing.[228]

　　In recent times, a value has been placed on resemblance to external shape in literature.[229] They look to the circumstantial quality (情 *) in scene and atmosphere; they carve out appearances of the vegetation. What emerges in their chanting is the depth and far-reaching quality of that upon which their minds were intent. They consider the highest excellence to be getting the forms of things (体 *—物 *),[230] and the greatest accomplishment to reside in close adherence [to the original]. Their artful language catches the manner of things like a seal pressed in paste. Minutely delineating the finest details, with no need of further embellishment. Thus by looking at the language we see the appearance; and through words, we know the moment (or "time", "season", 时).

　　这里，刘勰似乎在两种相反的冲动中进退维谷。一方面，对他的同

第五章 《文心雕龙》

代人过于关注技巧,刘勰流露出谴责之意(对此,他在别处更是直言不讳)。另一方面,在本篇的语境之中,精雕细琢又可以是优点,对他们的成就,他无法不承认。他甚至夸赞他们"志惟深远",把个人情怀"寄托"在这种描写之中,其让步之意十分明显。这是正面价值的试金石,它是坚持写作根基的明证。"印之印泥"的意象耐人寻味:它假定语言能获得事物自身的有机印象(它让我们想到文字的神话起源——观察鸟的足印)。如果语言描写和自然世界之间存在这种有机关系,那么,最后一句所提出的极端说法就不是不可理喻的了。就像快照(不同于作为艺术的摄影)一样,我们可以借助文学直接接近不在场的事物——人、地、时,即所谓"即字而知时"。

* * *

> 然物有恒姿,而思无定检,或率尔造极,或精思愈疏。且《诗》《骚》所标,并据要害,故后进锐笔,怯于争锋。莫不因方以借巧,即势以会奇,善于适要,则虽旧弥新矣。

> Things have constant postures, but thought (思*) has no predetermined rule. Sometimes we reach the ultimate quite by chance and spontaneously; sometimes the more intensely we think about it, the more it eludes us. Moreover, the standard established by the *Book of Songs* and *Li Sao* has occupied all the essential ground, so that even sharp-witted writers of these later ages tremble to cross swords with them [their predecessors]. Every one of our modern momentum (势*) to comprehend some excellence. Yet if one is a master at grasping the essentials, it will become completely fresh, though old.

这一段是补充运动式写作的一个极佳例证,我们可以借此观察,补偿式写作怎样暗中破坏单一立场。在上一段,刘勰总结说,当代作家能够借助仔细观察来获取对外在世界的完满印象;而且,按照他的措辞,这是当代作家的独特之处。可到了这一段的结尾，刘勰提出了这样一个结论：前辈诗人已经把一切都表达得很完美了，当代作家所获得的一切新效果都是从他们前辈的作品之中借用过来或稍加改造而成的。批评一步步走向它的对立面，我们应当仔细考察一下，这个奇怪的过程是怎么发生的。

第一步矫正针对的是这样一个观点：语言能够把对外物的有机印象表达出来。即使事物自身是恒定的，可以提供这样可靠的印象，但人的思想是多样的，无时不在变化之中，因此无法靠它来获取完美印象。有时诗人毫不费力就能完美地描写事物；但另外一些时候，无论他怎么努力，他也找不到描写事物的合适词语（上一段讨论描写问题已经暗示出那种努力）。文学思想试图完美描写事物，但从总体上看，这种希望是靠不住的，这使刘勰想到了《诗经》和《离骚》，二者在描写事物上已经很完美了。现在，当代作家，无论他有没有困难，似乎只有遵循古诗中所体现的本质，才能获得新鲜效果。他们也确实是这么做的，刘勰总结道。于是，上文说当代作家遵循自然，到了这里，他们又变成遵循古代文学了。当然，两个立场都是对的；但刘勰并没有说"二者都对"；相反，他提出一个说法，然后再提出另一个说法，以修正和补充它的偏颇。

＊　＊　＊

> 是以四序纷回，而入兴贵闲；物色虽繁，而析辞尚简；使味飘飘而轻举，情晔晔而更新。古来辞人，异代接武，莫不参伍以相变，因革以为功，物色尽而情有余者，晓会通也。
>
> The four seasons revolve in their profusion; but for them [the seasonal changes] to enter a writer's stirrings (兴 *), calm is important. Though the sensuous colors of physical things are lush and dense, their exposition in language demands succinctness. This will make the flavor as if floating and rising above the world; it will make the circumstance (情 *) luminous and always renewed. Since

第五章 《文心雕龙》

ancient times, writers have followed in each others' footsteps from age to age; but all have brought about mutations, each in differing ways, and they have found that the greatest accomplishment lies in the capacity both to follow and to change radically. When the sensuous colors of physical things are finished, something of the affections (or "circumstance", 情 *) lingers on—one who is capable of doing this has achieved perfect understanding.

如果一套明显不同甚至相互冲突的立场似乎都有道理，那么早期中国文本倾向于把它们都摆出来，而不必协调它们的冲突。这些冲突因素可以在补偿过程中出现，像上一段那样；或者出现在把同一个问题摆在一个新语境中的时候，这里就是后一种情况。[231] 这里的问题是作家和世界的关系。在本篇的开始，人卷入物质世界无处不在的召唤之中；接下来是"与物宛转"的诗人，与其说诗人是自然召唤和感发的客体，不如说他是与他物息息相通的主体；到了这里，作者告诉我们，为了写出好作品，作家必须在纷纷扰扰的自然之中保持平静（"闲"），作家有必要保持一定的距离，这是一个古老的主张，《文赋》和刘勰本人在《体性》篇都提出了这个要求。把这些互相冲突的立场安放在写作的不同阶段，冲突就可以化解，这很容易做到；但耐人寻味的是，刘勰并没有这么做；它们都是"对的"。保持矛盾立场的相对自治可以获得一种清晰的回响，也就是每个不同立场与其他关注点的彼此呼应，每一个都在提出问题的语境中恰当回答了该问题。在上一段，我们可以清楚地看到平静和有所保留的关系，后者是上文所说的局部法的一部分。面对世界的纷繁，作家必须"有节制"，必须"简洁"。世界的纷繁要凝缩在部分之中。使文学作品具有余音或回响的能量就包含在这种节制里面。刘勰这里没有使用声音隐喻，他使用的是"味"，它不仅仅是那种浓缩的和转瞬即逝的"味道"，而是一经品尝，便越品越有味道。这种抑制在局部和必要范围之内的做法给一个作品注入了轻松和自由，允许作品在阅读中展开，就如同在它自己的掌握之中。就这样，"含蓄"，即"言有尽，意无穷"，这个很早就得到直白表述的价值成了后世诗学的一个核心价值。[232] 刘勰这里没有使用"含蓄"这个词，但他的表述也是有趣的："物色尽而情有余。"显示在语言之中的外表也就是物之"色"是短暂的，能让它们存留的是"情"——它们的特性、它们的情绪、外在环境、我们回应它们的方式。类似"含蓄"这样的观念变成了后世诗学的一个老生常谈；在《文心雕龙》里，我们可以看到这些观念植根于某些中国最古老的文学思想，如外和内，让有限之物"长久"，引回到整体的部分。

* * *

若乃山林皋壤，实文思之奥府，略语则阙，详说则繁。然则屈平所以能洞监《风》《骚》之情者，抑亦江山之助乎？

Mountain forests and the marshy banks of rivers are indeed the secret treasure houses of literary thought. Yet if the words are too brief, the description wants something; and if too detailed, it's overlush. Yet the reason Qu Yuan was able to fully examine the mood (情 *) of the *Book of Songs* and *Li Sao* was, I am sure, the assistance of those rivers and mountains.

本篇结尾又奇特又漂亮，它再次肯定了外在世界在文学中的地位：山水"助"诗人，在写作活动中与诗人联手。关于诗人和自然世界的关系，这大概算得上第四个立场了。

* * *

赞曰：山沓水匝，树杂云合。目既往还，心亦吐纳。春日迟迟，秋风飒飒。情往似赠，兴来如答。

Supporting Verse

The mountain in folds with rivers winding,

Mixed trees where the clouds merge:
When the eyes have roamed over them,
The mind expresses them.
The days of spring pass slowly,
The winds of autumn howl.
Our affections go out as a gift,
And stirring (兴*) comes back like an answer.

知音第四十八
（The One Who Knows the Tone）

  伯牙善鼓琴，钟子期善听。伯牙鼓琴，志在登高山。钟子期曰："善哉！峨峨兮若泰山！"志在流水。钟子期曰："善哉！洋洋乎若江河！"伯牙所念，钟子期必得之。伯牙游于泰山之阴，卒逢暴雨，止于岩下；心悲，乃援琴而鼓之。初为霖雨之操，更造崩山之音。曲每奏，钟子期辄穷其趣。伯牙乃舍琴而叹曰："善哉！善哉！子之听夫！志想象犹吾心也。吾于何逃声哉？"
　　　　　　　　　　　　　　　——《列子·汤问》

  伯牙和钟子期的故事是"知音"一词的来源。如果一个人能通过某种艺术表演（起初是音乐，后来毫不费力地转到文学）理解另一个人的本性和内心状态，这个人就是"知音"。要领会"知音"的意思，最好把它放到孔子所看重的那个"知人"的语境之中。当然，"知人"的能力是总体上的，而"知音"则首先是两个个体之间的关系。刘勰把这个词用到读者或批评家身上，他希望保持该词最初所具有的那种亲密性，但那种亲密性实际上被削弱了，因为他要求读者"知"各种各样的"音"，也就是具备那种普遍意义上的欣赏水平。于是，友情问题变成了鉴赏和判断问题。

围绕着欣赏和理解他人作品的能力问题，各种各样的其他问题也随之产生。在刘勰看来，这种能力随时随地受到威胁，例如盲目的偏见、彼此竞争和小肚鸡肠都是威胁因素，又如人性各有所长，各有所短，他们总是对同一类型感兴趣。如果刘勰把"知音"一词最初的那种亲密性放弃一些，把它转化为一种后天习得的能力，他就不得不诉诸那种阻止理解的力量，也就是曹丕在他的论文开头所提出的那个前提——"文人相轻"。

像许多其他传统的情况一样，中国作家论文学经常求助于音乐。当然，一个原因在于，诗歌文本经常是唱出来的，并伴随音乐。在《诗经》的解释学传统中，失传的音乐扮演了核心角色，正是委任给音乐的那个特殊角色帮助后世文学批评家造就了那个音乐类比。音乐是情绪的中介，是它让听者知道诗里的语言有没有反讽，是否携带含而未露的情感潜流等。因此，音乐类比就成了一种谈论"内容"之外的总体品质的方式。既然这种品质在英语里被偶然地称作"tone"（音调），英语读者就可以在本篇标题里合法地听到这个用法。"tone"和"音"的主要区别是，"音"在汉语里是一个核心的而不是辅助性的品质。不论"音"是情绪类型中的一类，还是个体心灵的直接通道（刘勰对该词的使用兼有两个意思），总之，"音"的概念极大地调节了读者对语言的理解。就像在《诗经》的解释学传统中，如果不理解语言被传达的方式，读者就无法彻底理解诗中的语言。在这个理解过程中被最终理解的是完整的"情"，而不是光秃秃的语义"内容"。

音乐在《诗经》解释学传统中的角色与"音"在《文心雕龙》中的角色的最大区别是，在前者那里，失传的音乐的效果据说是直接的、普遍的。刘勰的世界是一个四分五裂的世界，那种理想的普遍性早已消失不见。西汉以降，人们对人的不同类型越来越感兴趣，刘勰觉得我们能直接欣赏的只是那些与我们自己的类型相符的"音"。本篇攻击这种局限，并提出了一套训练方案，以恢复欣赏的普遍性。

第五章 《文心雕龙》

* * *

知音其难哉！音实难知，知实难逢，逢其知音，千载其一乎。夫古来知音，多贱同而思古，所谓"日进前而不御，遥闻声而相思"也。昔储说始出，子虚初成，秦皇汉武，恨不同时；既同时矣，则韩囚而马轻，岂不明鉴同时之贱哉！至于班固、傅毅，文在伯仲，而固嗤毅云"下笔不能自休"。及陈思论才，亦深排孔璋，敬礼请润色，叹以为美谈，季绪好诋诃，方之于田巴，意亦见矣。故魏文称"文人相轻"，非虚谈也。至如君卿唇舌，而谬欲论文，乃称"史迁著书，谘东方朔"，于是桓谭之徒，相顾嗤笑。彼实博徒，轻言负诮，况乎文士，可妄谈哉！

Hard it is to know the tone, for tones are truly hard to know; and such knowledge is truly hard to come upon—to come upon someone who knows the tone may occur once, perhaps, in a thousand years. Since ancient times those who have known the tone have often held their contemporaries in contempt and thought most of those of the past. This is what is meant by "not driving the horses that are brought to you every day, but instead longing for those whose reputation is known from afar". Long ago when the "gathered Discourses" of Han Fei first appeared, the First Emperor of Qin Expressed regret that he was not a contemporary; Han Wu-di did the same when the "master Emptiness" of Si-ma Xiang-ru was just completed. When the writers were discovered to be, in fact, contemporaries, Han Fei was imprisoned and Si-ma Xiang-ru treated with contempt. This is a clear example of how contemporaries are treated with disdain. In the case of Ban Gu and Fu Yi, their writing [showed qualitative similarity] like the relation of a younger brother to an elder brother. Yet Ban Gu mocked Fu Yi by saying that whenever he used his writing brush, he couldn't stop himself.[233] When Cao Zhi discussed talent, he made a deep attack on Chen Lin; but when [his friend] Ding Yi requested that Cao Zhi help him add some polish to his writing, Cao Zhi expressed admiration for the fitness of Ding's request; then Cao zhi compared Liu Xiu, who was found of reviling others to [the pre-Qin orator] Tian Ba: in these examples Cao Zhi's point of view (意*) can be seen. We can see that Cao Pi's claim that "literary men disparage one another" was not groundless.[234] Lou Hu ❶ had a quick tongue, but he made terrible mistakes when he tried to discuss literature he even claimed that when the Grand Historian Si-ma Qian had written his Historical Records, he had asked the advice of Dong-fang Shuo; when Huan Tan and his friends heard this, they looked on Lou Hu as an object of ridicule. If a person of little worth like Lou Hu must endure scorn for his disparaging remarks, is it acceptable for a literary man to speak rashly?

刘勰以一种奇怪的方式展开了他的"知音"之难的前提：他认同真正的"知"千年才发生一次的事实，并把这个事实作为一个范式，他暗示说，一个作家只有等到遥远的未来才可能遇到一个赏识其价值的人。然后，他把这个范式转变成否定形式：读者总是贵古贱今。因此，秦始皇和汉武帝所欣赏的作品恰恰出自他们的同代人之手，而他们却以为它们是古人之作。一旦证明那些作品是同代人所作，两个作家不但失宠，而且惨遭厄运。刘勰的矛头所指显然是那种盲目的崇古论；可是，从开头的话题发展到这里，我们可以清楚地看到，他的论点已经变得面目全非了。在第二批关于行内人彼此嫉妒的例子里，他使用了曹丕曾使用过的例子。

---

❶ 楼护（君卿），又见《文心雕龙·论说》。

第五章 《文心雕龙》

* * *

故鉴照洞明，而贵古贱今者，二主是也；才实鸿懿，而崇己抑人者，班曹是也；学不逮文，而信伪迷真者，楼护是也。酱瓿之议，岂多叹哉！

夫麟凤与麏雉悬绝，珠玉与砾石超殊，白日垂其照，青眸写其形。然鲁臣以麟为麏，楚人以雉为凤，魏民以夜光为怪石，宋客以燕砾为宝珠。形器易征，谬乃若是；文情难鉴，谁曰易分？

夫篇章杂沓，质文交加，知多偏好，人莫圆该。慷慨者逆声而击节，酝藉者见密而高蹈；浮慧者观绮而跃心，爱奇者闻诡而惊听。会己则嗟讽，异我则沮弃，各执一隅之解，欲拟万端之变，所谓东向而望，不见西墙也。

There are cases of people with penetrating discernment, who nevertheless value the past while showing contempt for the present: such were the two rulers mentioned above. There are those who have great and excellent talent, but who honor themselves and disparage others: Ban Gu and Cao Zhi were examples of this. Then there are those whose learning does not come up to their [surface] eloquence (文*), who believe lies and err from the truth: such was Lou Hu. The theory that a great work might end up covering a jar was not an excessive anxiety.[235]

A unicorn is far different from a roebuck; a phoenix is just as different from a pheasant. Pearls and jade are not the least the same as ordinary pebbles and stones. Yet in full sunlight the pupils of men's eyes seemed to catch the [wrong] shapes. The officers of Lu thought a unicorn was a roebuck; someone from Chu thought a pheasant was a phoenix; a man of Wei took the shines-by-night jade as an unlucky magic stone; and the native of *Song* thought that a piece of gravel from Mount Yan was a precious pearl.[236] Errors like these could still be made despite the fact that it was easy to show the difference in form; yet the affections in literature (文 *—情 *) are hard to see clearly, and who can claim they are easy to distinguish?

Works of literature are various, their substance and pattern are intertwined in many ways. What we [seem to] know usually involves some biased affection; in no one is judgment as perfect and comprehensive as it should be. Those with powerful impulsive emotions will tap out the rhythm when they hear a voice singing. Those who love strangeness will listen in amazement when they hear something bizarre. People recite with admiration whatever corresponds to the way they themselves are, and they will reject whatever differs from themselves. Each person holds to a one-sided comprehension and through it hopes to estimate the ten thousand stages of mutation. This is what is meant by the saying, "not seeing the western wall because you are looking east".

刘勰描绘了一个充满忽视和错误的世界图景，在那里，真正有价值的创作被埋没。他发现错误的根源在于类型的局限：读者只赏识同自己类型相符的作品。这使刘勰像曹丕一样召唤"通才"，也就是精通各体之"变"的人，虽然他没有使用"通才"这个词。

*　　*　　*

凡操千曲而后晓声，观千剑而后识器。故圆照之象，务先博观。阅乔岳以形培塿，酌沧波以喻畎浍。无私于轻重，不偏于憎爱，然后能平理若衡，照辞如镜矣。是以将阅文情，先标六观：一观位体，二观置辞，三观通变，四观奇正，五观事义，六观宫商。斯术既行，则优劣见矣。

夫缀文者情动而辞发，见文者披文以入情，沿波讨源，虽幽必显。世远莫见其面，觇文辄见其心。

You can understand sound only after playing ten thousand tunes; you can recognize the capabilities of a sword only after examining a thousand. You must first endeavor to observe widely in order to have the impression (象*) that comes from comprehensive understanding. Look to the loftiest mountain to know the shape of the little mound; consider the waves of the ocean to know the significance of the ditch. Only after escaping a purely private sense of what is worthwhile and what is of no importance, only after avoiding one-sidedness in loves and hates, can one see principles (理*) on an even balance; only then can one see words clearly as in a mirror. Thus to observe the affections in literature, first set forth these six points to be considered: consider how the normative form is given; consider how the words are arranged; consider continuity and mutation; consider whether it is normal or unusual; consider the events and principles [contained in it] (事*义*); consider the musical qualities. When these techniques are practiced, the relative values will be obvious.

In the case of composing literature, the affections are stirred and words come forth; but in the case of reading a work of literature, one opens the text and enters the affections [of the writer], goes against the current to find the source; and though it may [at first] be hidden, it will certainly become manifest. None may see the actual faces of a remote age, but by viewing their writing, one may immediately see their minds (心*).

这是中国传统文论关于规范的阅读过程的一个最清晰的表述。按照这种说法，阅读文本的过程与生产文本的过程正好相反，它的最终目的是"知"作家之心。

  * * *

> 岂成篇之足深，患识照之自浅耳。夫志在山水，琴表其情，况形之笔端，理将焉匿。故心之照理，譬目之照形，目瞭则形无不分，心敏则理无不达。
>
> It is never that an accomplished work is too deep. Rather we should worry that our capacity for recognition is too shallow. If a person's mind is intent on the mountains and rivers, a zither can express his state of mind (情 *). This is even more true when things are given form by the tip of a writing-brush; then it is not possible at all that the basic principles remain hidden. The way in which mind apprehends basic principle (理 *) is like the way in which our eyes apprehend shape.[237] If the eyes are clear, every shape can be made out; if the mind is alert, every principle reaches it.

在这里，文学胜音乐一筹，因为它能够传递内在的东西。刘勰用"情"表示音乐所传递的东西，用"理"表示写作所传递的东西；可是，他在谈论写作所传递的内在东西时已经多次使用"情"字。大概写作能让我们进入人的内心，"心"既包括"情"，也包括"理"，它是具体和普遍的整一。

  * * *

> 然而俗监之迷者，深废浅售，此庄周所以笑《折杨》，宋玉所以伤《白雪》也。昔屈平有言："文质疏内，众不知余之异采。"见异唯知音耳。扬雄自称"心好沉博绝丽之文"，其

第五章 《文心雕龙》

不事浮浅，亦可知矣。

夫唯深识鉴奥，必欢然内怿，譬春台之熙众人，乐饵之止过客。盖闻兰为国香，服媚弥芬；书亦国华，玩绎方美；知音君子，其垂意焉。

In their erring estimation, however, ordinary people abandon what is deep and esteem the shallow. This was the reason Zhuang-zi mocked the [folksong] "Breaking the Willow Branch";[238] this was the reason Song Yu was distressed at the song "White snow".[239] Long ago Qu Yuan said, "Both cultivation (文 *) and substance (质 *) pass within me, but the crowd does not understand my rare luster". Only one who knows the tone can perceive what is rare. Yang Xiong claimed that in his heart (心 *) he loved writing that had depth, breadth, and utter loveliness, one can see here, too, that he would have nothing to do with insubstantial shallowness.

Only those who recognize what lies deep and who see into the profound will always feel the thrill of an inner joy [when they read a great work], much in the way average people bask in the warmth of a terrace in spring, or the way in which music and food will stop the passing traveler. I have heard that the marsh-orchid, the most fragrant plant in the land, has an ever sweeter scent when worn. Writing is also the glory [or "flowering", 华] of the land, and it becomes most beautiful when appreciated. It is my hope that the superior person who knows the tone will think on this.

赞曰：洪钟万钧，夔旷所定。良书盈箧，妙鉴乃订。流郑淫人，无或失听。独有此律，不谬蹊径。

Supporting Verse

A great bell of thousands of pounds

Must be tuned by music masters like Kui and Kuang.

When excellent works fill a bookchest,

Only subtle discernment can correct them.

The drifting music of Zheng seduces people,[240]

Don't be misled by listening to it.

Only by these regulations,

Can one avoid erring on the path.

序志第五十
(What I Had in Mind: Afterword)

《文心雕龙》的篇章结构比较接近汉代《淮南子》《论衡》等作品，它们属于论文集传统。这类作品经常在最后一篇交代作者背景和写作动机。本篇的功能就大体如此。

* * *

夫文心者，言为文之用心也。昔涓子《琴心》，王孙《巧心》，心哉美矣，故用之焉。古来文章，以雕缛成体，岂取驺奭之群言雕龙也。

The patterned/literary mind (文*—心*) means the use the mind (or "intense effort") in writing (making 文*). Once there was Juan-zi's "Mind of the Zither" (琴—心*)[241] and Wang-sun's "Artful Mind" (巧—心*).[242] Mind (心*) is a fine thing indeed, and thus I have used it here. Moreover, literary works (文*—章*) have always achieved their form (体*) by carving and rich ornamentation. Yet I do not mean what the group of people around Zou Shi called "carving dragons" (雕—龙).[243]

第五章 《文心雕龙》

本篇开头重重地回响着陆机《文赋》序言中的一句话:"余每观才士之所作,窃有以得其用心。"像陆机一样,刘勰这里也玩了一个文字游戏,"心"既是标题中的字,也是一种感官功能(虽然我们可以区别出,陆机思考的是文学写作的"努力",而刘勰把它放在他自己的批评之作里来考虑)。刘勰始终关心文学批评之作的价值,并声称他自己的作品胜过他的前辈,他以一个错误的谱系开篇,这样一来,他的作品因其标题而与另外两个没有什么名气的作品摆到一起,而避开了使他受益匪浅的陆机。

在《文赋》里,陆机把心灵的反思活动和阅读或传统做了对比;刘勰这里以类似的一对术语构筑了他的标题:"雕缛"与传统连在一起。不过,"雕龙"一词具有潜在的贬义色彩,它有可能指那种带有欺骗性的技艺;刘勰小心翼翼,试图切断那个贬义联想,以表明他对技艺的理解与此不同。

*　　*　　*

> 夫宇宙绵邈,黎献纷杂,拔萃出类,智术而已。岁月飘忽,性灵不居,腾声飞实,制作而已。夫人肖貌天地,禀性五才,拟耳目于日月,方声气乎风雷,其超出万物,亦已灵矣。形同草木之脆,名逾金石之坚,是以君子处世,树德建言。岂好辩哉?不得已也。
>
> 予生七龄,乃梦彩云若锦,则攀而采之。齿在逾立,则尝夜梦执丹漆之礼器,随仲尼而南行。旦而寤,乃怡然而喜。大哉!圣人之难见哉,乃小子之垂梦欤!自生人以来,未有如夫子者也!敷赞圣旨,莫若注经,而马郑诸儒,弘之已精,就有深解,未足立家。唯文章之用,实经典枝条。五礼资之以成文,六典因之致用,君臣所以炳焕,军国所以昭明,详其本源,莫非经典。

> The universe goes on and on forever; and among the multitudes, worthy men have been many and various.[244] To rise above the

crowd and emerge from the [common] categories can occur only through wisdom and skill. Yet the years and months fleet past, and the soul (性 *—灵) does not stay here permanently. The only way to make one's reputation soar and one's accomplishments take flight is by [literary] composition. There is in man's outward appearance a likeness to Heaven and Earth, and his nature (性 *) is endowed with the five materials;[245] we may compare his eyes to the sun and the moon; we may liken his sound and breath to the wind and thunder. The way he passes beyond all the things of the world is truly the force of spirit (灵). His form (兴 *) shares the frailty of the trees and plants, yet his name is more firm than metal of stone. Thus a superior person (君—子) lives in his own age, founding his virtue (德 *) and establishing words.[246] It is not simply a fondness for disputation; it is that he feels some basic unease.[247]

It was at the age of six that I dreamed of clouds of many colors like a brocade, then limbed up to them and culled them. When I had passed the age of thirty,[248] one night I dreamed that I was holding ritual vessels of red lacquer, going off southward with Confucius.[249] The next morning when I awoke, I was cheerful and happy. It is hard indeed to have a vision of the Sage, yet did he not send down a dream to me, a mere child?! There has never been anyone else like the master since the birth of the human race.[250] Classical commentary is the very best way to expound and elucidate the intent of the Sage; yet Ma Rong, Zheng Xuan, and other Confucian scholars have expanded upon the Classics and gotten their essence.[251] Even if I had some profound interpretations, they would not be enough to found my own lineage [of scholarship].

The role of literary works (文 *—章 *) is, in fact, a branching out from the Classics: the Five *Rites* depend on them to be carried out, and the Six Bureaus function by their means. [252] Literary works are the way that the relation between the prince and his officers as well as the relation between army and state are made perfectly clear. If we carefully trace these back to their roots, they are always to be found in the Classics.

这里把文学理论和批评之作与儒家的"立言"传统（通过"立言"，一个人有望获得文化上的不朽）联系起来，这样一来就大大突破了早期批评之作那种低调的创作意图。文学艺术的精妙之处早已成为南朝宫廷聚会的论题。刘勰把自己跟论争中的保守派联在一起，他们自认为在扮演保存儒家价值观和文学传统的角色。刘勰把自己列入儒家和解经学传统（别忘了，据说，孔子也曾解《易》，并自称"述而不作"），这样一来，他就隐约地暗示出，文学批评之作也是一种"立言"。这位儒家学者保护、修正并传递对文本的判断，而他主要是一个保存者。儒家"述而不作"的任务主要致力于"经"书，但只要证明文学属于"经"的直系后裔，文学也就自然享有同样的尊贵地位。这种圣人之论的说法在曹丕的《论文》和陆机的《文赋》里含而未露，在这里却表达得非常直白：刘勰梦孔子，孔子梦周公。刘勰把文学和批评的意义说得冠冕堂皇，他越是唱高调，就越说明他对南朝文化忧虑重重，这几乎是南朝人的通病。试看他在下一段的直白表达。

* * *

而去圣久远，文体解散，辞人爱奇，言贵浮诡，饰羽尚画，文绣鞶帨，离本弥甚，将遂讹滥。盖《周书》论辞，贵乎体要；尼父陈训，恶乎异端；辞训之奥，宜体于要。于是搦笔和墨，乃始论文。

详观近代之论文者多矣：至如魏文述典，陈思序书，应玚文论，陆机文赋，仲治流别，弘范翰林。各照隅隙，鲜观衢路；或臧否当时之才，或铨品前修之文，或泛举雅俗之旨，或撮题篇章之意。魏典密而不周，陈书辩而无当，应论华而疏略，陆赋巧而碎乱，流别精而少功，翰林浅而寡要。又君山、公干之徒，吉甫、士龙之辈，泛议文意，往往间出，并未能振叶以寻根，观澜而索源。不述先哲之诰，无益后生之虑。

Yet we have gone long and far form the Sage, and the normative forms of literature have divide and scattered.[253] The rhapsodes (辞*—人)[254] fell in love with whatever was unusual, and in language they valued what was insubstantial and deceptive. They enjoyed adding paint to decorate feathers[255] and wove patterns (文*) into their leather belts and sashes.[256] Their departure from the basics (本) gets ever more extreme, as they pursue the erroneous and excessive. When the *Book of Documents* discusses language (辞*), it values bringing out the essentials.[257] When Confucius set forth his teaching, he expressed his dislike for unusual principles.[258] Although the [statement on] language [in the *Book of Documents*] and [Confucius'] teaching are different, it is proper to bring out the essentials.[259] Thus I took my brush in hand and mixed my ink, beginning my discourse on literature.

Let us examine closely recent discourses on literature (and there are many of these indeed): from Cao Pi's "Exposition of the Authoritative" [i.e., the "Discourse on Literature" in Authoritative Discourses] to Cao Zhi's letters and prefaces, to Ying Chang's "Discourse on Literature", to Lu Ji's "Poetic Exposition on Literature", to Zhi Yu's "Divisions", to Li Chong's "Grove of Brushes":[260] each shed light on some corner, but few examined the great high road; some evaluated the talents of their own age, while others weighed and ranked the writings of earlier masters; some

第五章 《文心雕龙》

vaguely pointed out the principles by which a gracious (雅*) style could be distinguished from a low style, while others made judicious choices to show the intent (意*) behind particular works. Cao Pi's "Discourse on Literature" is very suggestive but not comprehensive;[261] Cao Zhi's letters are well argued but miss the mark; Ying Chang's discourse is splendid but cursory; Lu Ji's poetic exposition is artful but a mishmash; Zhi Yu's "Divisions" get to the essence but accomplish nothing; Li Chong's "Grove of Brushes" is shallow and wanting in the essentials. In addition, there have been Huan Tan, Liu Zhen, Ying Zhen, and Lun Yun, and others, who have raised questions about the meaning of literature (文*—意*) in general terms. Here and there, worthwhile things show up in their works; but none of them began with the leaves to trace things back to the root or observed the waves to search out the fountainhead. Since they did not transmit the injunctions of the ancient Sages, they have been of little benefit to the concerns of the later-born.

尽管刘勰不主张"好辩"，可他处在一个好辩的时代。为了给自己论文学的作品留一个位置，刘勰感到有必要把所有的前辈之作都打发干净（大约一千年之后，叶燮也在他的《原诗》里做了同样的事情，他指控所有的前辈之作都缺乏系统，其中包括刘勰，见第十一章）。尽管刘勰主张独创，可是，读《文心雕龙》，你无时无刻不在倾听那些刘勰的前辈发出的声音。

* * *

盖《文心》之作也，本乎道，师乎圣，体乎经，酌乎纬，变乎骚。文之枢纽，亦云极矣。若乃论文叙笔，则囿别区分。原始以表末，释名以章义，选文以定篇，敷理以举统，上篇以上，纲领明矣。至于剖情析采，笼圈条贯。摛神性，图风势，苞会通，阅声字，崇替于时序，褒贬于才略，怊怅于知音，耿介于程器，长怀序志，以驭群篇，下篇以下，毛目显矣。位理定名，彰乎大易之数，其为文用，四十九篇而已。

  This work of mine on the literary mind (文 *— 心 *) has its base in the Way, takes the sage as its teacher, finds the normative forms (体 *) [of literature] in the Classics, consults the Classical Apocrypha, and shows the [initial] mutation in the Sao [i.e., the *Chuci* tradition]. Here the pivotal point of literature has been followed through to its limit. In discussing rhymed (文 *) and unrhymed (笔) writings, [262] I have divided them into their various domains, explained the name [of each genre] to show their significance (意 *) behind it, selected examples to establish the genre clearly, given an exposition of its principle (理 *) to bring out the continuity. Thus in the first part of the book, the unifying precepts are quite clear.

  In my analysis of the "Affections and Bright Coloration" [情 *— 采 *], I have delimited the scope and shown the internal structure. I have expounded "Spirit" [神 *] and "Individuating Nature" [性 *]; I have sketched questions of "Wind" [风 *] and of "Momentum" [势 *]; I have incorporated questions of "Coherence" [会] and "Continuity" [通 *]; I have examined the nature of "Euphony" [声 , literally "sound"] and "Word Choice" [字 *]. Rise and fall are treated in "temporal Sequence"; praise and criticism are offered in "An overview of Talent"; "The One Who Knows the Tone" brings up matters that disturb us. In "Showing the Vessel's Capacity", I have been forthright and clear. My constant concerns are here in "What I Had in Mind: Afterword", by which I have organized all the various chapters.❶ In the second half of the work, the organization is obvious. Showing the position of principle (理*) and determining the names of things is made evident in the number given in the great *Changes* [i.e. Yi Jing]; there are only forty-nine used for the discussion of literature.[263]

夫铨序一文为易，弥纶群言为难。虽复轻采毛发，深极骨髓；或有曲意密源，似近而远。辞所不载，亦不可胜数矣。及其品列成文，有同乎旧谈者，非雷同也，势自不可异也；有异乎前论者，非苟异也，理自不可同也。同之与异，不屑古今，擘肌分理，唯务折衷。按辔文雅之场，环络藻绘之府，亦几乎备矣。

但言不尽意，圣人所难；识在瓶管，何能矩矱。茫茫往代，既沉予闻，眇眇来世，倘尘彼观也。

To evaluate and classify a single work is easy, but to fully incorporate all that has been written is hard. Though as light and brightly colored as a pelt or hair, their depths may go all the way to the bone and marrow. There are some works that have subtle (曲) idea (意*) and secret fountainheads, apparently obvious but actually far-reaching; there are countless aspects that I have not been able to put into words.[264] In my rankings and categories here, I have sometimes agreed with comments made previously; this was not merely echoing: the force of the situation was such that I could not differ with them. On the other hand, there are cases where I differ from earlier discourses; this is not a rash inclination to be different,

---

❶ 原书译文在括号里标明了各个题目分别在哪一章得到讨论，例如在"本乎道"后面标明"第一章"，在"论文叙笔"后面标明"第六到第二十五章"，这里从略。

but simply that the principle (理*) involved made it impossible for me to agree. In my agreements and disagreements I have disregarded whether opinions were recent or ancient. I have "split the flesh to discern the principle" [done a close analysis], making my sole endeavor to get to the heart of the matter. In grasping the reins on the meadows of literary graces and looping the halter in the treasure house of eloquence, I think this is virtually complete.

But the Sage recognized the problem in the way "what is said does not give the fullness of the concept in the mind".[265] How can a capacity no greater than that of a pitcher or a pipe grasp the fixed standards?[266] Ages past are remote and haze, yet they have cleansed my hearing;[267] generations to come are indistinct in the distance, and this may only becloud their vision.

赞曰：生也有涯，无涯惟智。逐物实难，凭性良易。傲岸泉石，咀嚼文义。文果载心，余心有寄。

Supporting Verse

Human life has its bounds,

Only wisdom is unbounded.

Investigating external things is hard indeed,

But going with one's nature is easy.

Proud and lofty, a boulder in a stream.

Chewing over the significance of literature.

If literature truly carries mind,

Then my mind has found a lodging.

第五章 《文心雕龙》

注 释

以周振甫《文心雕龙注释》为底本，略有修改。

〔1〕 为确定《文心雕龙》的创作年代，学者们做了大量研究工作。周振甫《文心雕龙注释》倾向于496—497年说，在陆侃如和牟世金的《文心雕龙译注》中，牟世金倾向于501年说。

〔2〕 除《文心雕龙》以外，刘勰只有两部著述传世，它们都是关于佛学的。即使刘勰后来已跻身王公贵族的文学圈子，但他的名声仍然来自他为杰出僧人所作的铭文。至于刘勰是否还有其他佛学著作，有些学者表示怀疑，有些学者相信（虽然证据不足）他是哲学小册子《刘子》的作者。

〔3〕 刘勰辅佐当时的名僧僧祐，并受过佛学教育（显然，其中也包括更标准的文学训练）。尽管《文心雕龙》一书几乎见不到佛学行话和技术词汇（惟一的例外是《论说》篇使用了"般若"一词）。玉井清在《〈文心雕龙〉与〈出三藏记集〉》一文中论述了刘勰所受佛学训练对《文心雕龙》一书的影响，该文见他的《文心雕龙论文集》，第5—108页。马宏山在《文心雕龙之"道"辩》一文中讨论了刘勰对玄学的道家技术词汇的使用情况，该文见他的《文心雕龙散论》一书。

〔4〕 关于《文选》的背景及其在中国文体理论中的地位，见 Hightower《〈文选〉及其文体理论》("The *Wen Hsüan* and Genre Theory") 以及 Knechtges 译《文选》(vol. 1, pp. 1-52)。

〔5〕 杨明照《文心雕龙校注拾遗》一书汇集了三百多种有关《文心雕龙》的资料，或著录或品评或采摭等，其中只有一条不被人注意的资料出南朝，见《金楼子》。

〔6〕 杨明照所汇集的资料（见上一注释）大多出自清代，不过，从唐代到明代以前的资料也很多。虽然《文心雕龙》对中国文学理论传统几乎没有产生什么影响，但如此丰富、跨越若干朝代的引述资料已足以驱散从前的一个错误说法，即《文心雕龙》在清代以前一直被忽视。

〔7〕 中国近年来关于《文心雕龙》的研究著述大量涌现，其数量之大，怎么夸张都不为过。惟有《红楼梦》的研究著作在数量上超过《文心雕龙》的情况，在这方面，任何诗人或散文家的作品都远不能跟《文心雕龙》相比。

〔8〕 陆机的《文赋》也受到修辞解说程序的主宰，但与《文心雕龙》相比，前者松散得多，也没有那么强烈的分析性。

〔9〕 值得一提的是，刘勰的分析程序经常在他确实拥有一个见解或兴味盎然的时刻起到压制作用。一个极佳的例子见《总术》的开头几段，在那里，他本来断言自己的批评观点比前人高明，结果却适得其反。

〔10〕 "文心雕龙"一词的英译大体不出两类：一类是"直"译，例如施友忠的翻译 *The Literature Mind and the Carving of Dragons*（"文心和雕龙"）；一类是用英文中的抽象词另立一个标题，例如 Hightower 的翻译 *A Serious and Elegant Treatise on* (*the Art or Secret of*) *Literature*（《一部关于文学（艺术和秘诀）的严肃而优美的论著》）。关于"文心雕龙"一词的各种英文翻译及其讨论，参考魏世德（Wixted）《钟嵘〈诗品〉的评价性质》("Nature of Evaluation in the *Shih-p'in*") 一文的第一个脚注，见第247—248页。

〔11〕 刘勰在《序志》篇谨慎地把他的"雕龙"概念与过去那个带贬义色彩的"雕虫"区分开来。

〔12〕 至于不同看法，可以参考 Donald Bibbs 的博士论文《〈文心雕龙〉的文学理论——中国6世纪一部关于文学发生论和自觉艺术的著作》("Literary Theory in the *Wen-hsin Tiao-lung*, Sixth Century Chinese Treatise on the Genesis of Literature and Conscious Artistry", University of Washington, 1970)。

〔13〕 关于《系辞传》的优秀英文解说，见 Willard J. Peterson《建立联系：〈易·系辞传〉》("Making Connections：'Commentary on the Attached Verbalizations' of the Book of Change", *Harvard Journal of Asiatic Studies* 42.1：67-116〔1982〕)。

〔14〕 当然，刘勰写作中的这个层面很难表现在译文里。我只给那些最重要的引文作了注释。

〔15〕 为解释《文心雕龙》的"文"的语义范围，各家注释都不得不列一个长长的单子，俨然一套仪式。"文"是"文学"，是与诗歌相对的散文（虽然《文心雕龙》不取这个用法），是与非韵文相对的韵文、是"教养"、是"学问"、是"装饰"，而且在用以指文学风格时，也经常是"修饰"之意。最后，《原道》篇所使用的"文"是最普泛意义上的"文"，即"纹理或样式"。在古汉语里，由两个单字所组成的复合词经常是为了限定其语义范围，久而久之，人们往往选择单字，例如在这里，单字可以模糊从复合词造成的区别，以确定那些事物之间根本的同一性，这种同一性在日常用法中往往被打破了。看来，刘勰觉得有必要提出这个复杂的观点，这说明人们并不想当然地认为宇宙的纹理和文学（它是相当于宇宙样式的人的样式）具有同一性。我们还可能注意到，"文德"一词的早期用法（如《易》"小畜"卦和《诗经·大雅·江汉》）具有广阔的文化内涵，有点类似道德力量（德），通过文化（文）的影响力来改造民众。

〔16〕 原文并没有出现"天"和"地"的字样，它使用了换喻表达法，即用天地的颜色来间接表达天地，为了让译文便于理解，我增加了"天"和"地"二词。天的基本色调是玄即深紫色，其形状是圆形，这是根据它的旋转推测出来的；地是黄色或褐色（汉语中所谓黄色其实包括英语中的黄色和褐色），其形状是方形，因此静止不动。

〔17〕 在这里，"丽"应当译作"Cleave"（附）；但斯波六郎提出了一个诱人的意见，他把"丽"理解为通常意义上的"美丽"，这样一来，这里的意思就成了"给天以美丽之象"。虽然根据文字学上的证据，我们应当承认"附"是"丽"字在这里的基本意思，但在这样一个语境里，刘勰使用"丽"字很可能玩了一个文字游戏，以达到一箭双雕的效果。"天象"是由日月星辰构成的。这里的天象有助于理解汉语"象"字的性质：它是一个示意性图案，缺少细节，同经验世界中事物的确切样子相比，它只是一个大概的样子，事物的具体形象只是难以捉摸地内在于其中。

〔18〕 户田浩晓（《文心雕龙》）和周振甫（《文心雕龙注释》）强调"理"的词源意义即玉石之纹理，而不是它的"整理"之意，二人把"理"解释为"给它以纹理"。显然，"理"的这两个意思在这里合在一起了，至于究竟偏向于哪一方取决于读者怎样理解《易·系辞传》中的那个原始段落，遗憾的是，早期注家没有解释"理"在那一段中的具体意思，但是后来的《正义》（成于唐代，以3世纪到6世纪的注疏为基础）把"理"解释为"整理"。

第五章 《文心雕龙》

〔19〕《刘子·慎言》也有类似的句子,后者比较直白、单调:"日月者,天之文也;山川者,地之文也;言语者,人之文也。"见林其炎、陈凤金《刘子集校》,第176页。虽然《文心雕龙》和《刘子》确实存在为数不少的类似段落,但前书的华丽和后书的平板使我们很难相信二书出一人之手。

〔20〕"章"的通常意思是"章节"或"彰显",这里把"章"解释为"美"出自王弼对《易》坤卦那个原始段落的注释。其他注释把它与地上的"万象"联系起来。"含"被译为"inhere","含"的言外之意是"隐藏在那里,几乎看不见"。

〔21〕"两仪"即天地,随着二者内在之文的展开,二者之间较大的范畴差异就显示出来。

〔22〕"性灵"是人类的"神秘之光",它与精神、意识和理解能力相关。

〔23〕"秀"的本来意思是谷物之穗,后来泛指任何"超拔"之物。在第四十篇即《隐秀》篇,该词用以指一种语言模式。该词在本篇的意思让人联想到稀罕之物,也让人联想到各要素的圆满。"五行"的字面意思是"五个过程":水、火、金、木、土,它们之间的不断转化说明了自然过程和方式。这两个说法都是对《礼记》一书的相应段落的解释。

〔24〕这个说法可能来自扬雄《法言》中的那个名句:"言为心声。"

〔25〕我们应当注意,这个一再出现的母题在这里首次出现之时,不但毁誉装饰技艺,也毁誉对外在形貌的模仿。

〔26〕也就是说,风吹过地上的孔洞,让人联想到《庄子·齐物论》中的"地籁"。

〔27〕"太极"即最初状态,万事万物皆从太极中诞生。

〔28〕"文言"是《易》"十翼"之一"文言",它主要讨论"乾坤"两卦。

〔29〕《易》的核心部分是分别由三爻组成的基本的八卦,传说有一条龙带着八卦图从黄河里出现。

〔30〕这又是一个传说,关于禹治水之时,一个神龟从洛水出现,背上背着"九畴",即九类理解自然运行和治理国家的大法。它们见于《尚书·洪范》。

〔31〕据说,皇帝之史仓颉因观察鸟的足迹而想到发明文字的主意;在此之前,人们结绳记事。

〔32〕黄帝和神农都是传说中远古时代的圣王。"三坟"是传说中失传的上古文献。

〔33〕见《论语·泰伯》第19段。

〔34〕引文出自《尚书》。

〔35〕见《论语·八佾》第24段:"仪封人请见,曰:'君子之至于斯也,吾未尝不得见也。'从者见之。出曰:'二三子何患于丧乎?天下之无道也久矣,天将以夫子为木铎。'"

〔36〕"辞"即《易》中的解说,也是一种特殊的"言辞"。

〔37〕被译为"revere"(尊崇)的"宗"最初与对祖先的尊敬有关,该词经常携带一种"视为源头"的意思,这一层言外之意在这里表现得非常强烈。

〔38〕关于《诗品》,读者可以参考以下两种研究:魏世德(Wixted):《钟嵘〈诗品〉的评价性质》("The Nature of Evaluation in the *Shi-p'in*");叶嘉莹和Jan Walls:《钟嵘〈诗

369

品〉诗歌批评的理论、标准和实践》("Theory, Standards, and Practice of Criticizing Poetry in Chung Rung's Shih-p'in")一文,见 Ronald Miao 编《中国诗歌和诗学研究》(Studies in Chinese Poetry and Poetics)。另外,序言和前两品的英文翻译,可以参看魏世德的博士论文《元好问的文学批评》(The Literary Criticism of Yuan Hao-wen, Oxford, 1976)附录 A 部分。

〔39〕 也就是它们的变化能力。或者理解为"仿效鬼神"。

〔40〕 或者指事物不受时间影响的次序,或者指事物依时序而运行。

〔41〕 但也有例外的情况,文学居孔门"四教"之首,见注释〔70〕。

〔42〕 "皇世"指伏羲、神农和黄帝(或按另外的说法,指伏羲、女娲和神农,黄帝被纳入"五帝"之中)。"五帝"也有多种说法,其中之一包括:黄帝、颛顼、帝喾以及更有名的尧舜二帝。《易》的原始部分被归于伏羲和最早的圣人名下。据说,《书经》中的一部分属于尧舜时代。

〔43〕 "八索"通常与《易》的八卦联系到一起,虽然对该词尚有其他解释。

〔44〕 一般认为,"九邱"指远古中国的九个地区。

〔45〕 指《易》最初的十个注释部分。

〔46〕 按照伪经的传统说法,孔子说,从《尚书》中可以看出七种好处,即所谓"七观":观义、观仁、观诚、观度、观事、观治、观美。

〔47〕 "四始"指《诗经》的四个部分:风、大雅、小雅、颂。

〔48〕 这里的"五经"指祭礼、丧礼、宾礼、军礼、嘉礼。

〔49〕 "五例"指《春秋》展现历史事件所运用的五个不同原则,见《左传·成公十四年》。

〔50〕 "埏"字据唐敦煌写本校改;各种刻本皆作"极"。

〔51〕 引自《诗经》。

〔52〕 《论语·子张》:孔子的弟子子贡听说有人赞美他"贤于孔子",于是就把孔子的教导比作高墙,他说,"赐之墙也及肩,窥见室家之好。夫子之墙数仞,不得其门而入,不见宗庙之美、百官之富。得其门者或寡矣。"这段话用在这里的主要意思是说:孔子的学问是无法即刻领悟的,虽然儒家经典是一切学问的根本。"吐纳"指儒家的教导。

〔53〕 这是对《系辞传》中的一个段落的解释。《易》洞穿到神秘领域,神秘领域操纵这个世界,但常人的理解力无法接近它;后来,神秘世界的原则被确定,并被带回来,重新运用到人类领域,于是人们就开始知道事情是怎么发生的、将会怎么发生。不难看出,现代理论经济学的说法与这一套说法何其相似。

〔54〕 见《史记·孔子世家》。

〔55〕 即孔子发现珍贵之物的神秘所在。该意象见《庄子·列御寇》。

〔56〕 刘勰这里所说的"记言"可能来自纬书所谓的左史记言、右史记动之说。由于《尚书》含有大量昭告、被记录的对话和致辞,所以把它归入左史。

〔57〕 引文出自《尚书大传》,《艺文类聚》卷55引,见台北文光出版社,1974年,第990页。

第五章 《文心雕龙》

〔58〕 注家普遍认为,"摛风裁兴"包含全部"六义"。

〔59〕 被译为"suggestive"的"喻"有深层所指,尤其是社会和伦理所指,据说,这些所指就是"诗"的创作动机。

〔60〕 这是对《春秋》一书的通常评价,只不过不同的材料采用不同的措辞。

〔61〕 这里指《春秋》一书中的一个经典段落(虽然长期以来,它一直被视为孔子谨慎选择词语的典范,如今人们用这个经典段落来说明注疏学能达到何种精致程度)。首先,我们见到《春秋》僖公十六年的一段话:"春王正月戊申,朔,陨石于宋五。是月,六鹢退飞过宋都。"《公羊传》对数字出现的次第作了很有意思的解释(对陨石的情况,应当先提物再提数,因为先看到陨石,然后才能确定数目;对鹢的情况,则先知道数目,然后才确定它们是鹢,可惜我们这里不能详细引述。刘勰这里谈的是《谷梁传》,关于为什么在叙述陨石而不是鹢时《春秋》给出了确切日期,《谷梁传》解释如下:"子曰:'石无知之物,鹢微有知之物。石无知,故日之;鹢微有知之物,故月之。君子于物,无所苟而已。石、鹢且尤尽其辞,而况于人乎!故五石六鹢之辞不设,则王道不亢矣。"户田浩晓引范甯(339—401)对《谷梁传》的注释,范的注释对我们理解《谷梁传》这段话很有启发性,《谷梁传》的注文比它所注的原文更加隐晦。按照范甯的解释,既然陨石是无知之物,它们的降落就是天的活动,所以有必要标明降落的日期;但鹢的情况则不同。我注意到,范甯这里使用了"详略"二字(虽然它们并未超出《春秋》注疏的语汇范围)。关于本段的讨论,参考程亚林《五石六鹢句探微》一文,见《古代文学理论研究》6(上海,1982)。

〔62〕 《春秋》定公二年曰:"夏五月壬辰雉门及两观灾。"《公羊传》说,如果火灾始于雉门,延及两观(瞭望塔),那么措辞就会不同;但是,既然火灾起于两观,延及雉门,为什么要先提雉门呢?答案当然是:为了表明雉门更重要(这样就可以避免引起这样的暗示:两个微不足道的事物殃及重要事物)。

〔63〕 它们是《春秋》写作的五个原则中的两个,见注释〔49〕。

〔64〕 我们或许也注意到,那个变得清晰易懂的文本也就是《尚书》,最后向读者展示了"理";相反,那个变得不好懂的文本也就是《春秋》,最后展示了"意",其中暗含人的"动机"或"意图"("意"的其他语义层面)。一个文本中的词语句含个人动机,尤其是最精微之人即圣人的动机,按照这个假设,词语中布满难题,它需要更严肃的解释学而不是文字训诂学。

〔65〕 "教化"经常被描述为多产的意象,尤其是滋润土地的雨水。

〔66〕 论、说、序是被认可的古文文类;有好几种形式被称为"辞",不清楚刘勰在这里指哪一种辞。这里提出《易》,是为了说明这些文类来源于对《易》的早期解说"十翼"的名字,如"系辞传""说卦""序卦"。"系辞传"即附在后面的注释,它也是"论"的早期例子;"说卦"即对卦的说明;"序卦"即卦的次序,后来"序"或"跋"就沿用了这个名字。应当注意,这三者之中惟有"说卦"之"说"在用法上与后世所谓"说"大体一致。

〔67〕 也就是说,每一经都有取之不尽的宝藏。

〔68〕 这里的"六义"非指《诗经》之"六义"。

〔69〕 这里指扬雄《法言》中的一段话,有人问扬雄:"良玉不雕,美言不文,何谓也?"

〔70〕 扬雄回答说:"玉不雕,玙璠不作器;言不文,典谟不作经。"

〔71〕《论语·述而》:"子以四教:文、行、忠、信。"

〔72〕 在陆机以前也有人使用"神思"一词,但该词的早期用法与后来的用法有相当大的差别。在南朝的文学话语中,该词似乎一直被使用,例如萧子显(489—537)《南齐书·文学传论》曰:"属文之道,事出神思。"

〔73〕 该引文出自《庄子·让王》,它的本意是指,虽然表面隐退,仍逃不脱仕途牵挂。许多注家指出,刘勰引用此句完全不顾其最初语境。庄子感兴趣的不是心理活动与经验世界的脱节,而是那种摆脱不了的政治抱负。

〔74〕《孟子·公孙丑上》对"志"与"气"的关系给出了一个清晰的解释:"夫志,气之帅也;气,体之充也。夫志至焉,气次焉。"也就是说,志是兴趣的方向,气可能从不同程度上给那个方向以能量,并促使它实现。

〔75〕 这个句子的结构既可以被读作一般条件("思理为妙,同时……");也可以被读作限定条件("当思理为妙……")。

〔76〕 所有注家皆引《庄子·知北游》中的同一段落。这种精神活动的内在纯粹性的说法成了新道家的一个行话。

〔77〕 这个句子提到《庄子》中的两个寓言,都与匠人靠直觉运用手艺有关;这两个例子在这里的功能与轮扁斫轮在《文赋》中的功能是一样的。第一个故事即庖丁解牛的故事见"养生主"。文惠王羡慕庖丁解牛的精湛技艺,庖丁向他解释说,他靠神的无意识活动,在牛的骨骼、肌肤的缝隙之间移动他的刀子。其他厨子伤了刀子,只好经常更换;而他的刀子用了十九年却如新磨过一般。"悬解"(这里作"玄解")一词不易解。该词还见于"养生主"其他地方,意思是"解脱精神负担"。既然"解"在庖丁解牛的故事里指把一头牛分割开来,那么,几乎无可怀疑,刘勰在采用这个词的时候忘记了它原来在"悬解"中的语境,于是把它用在庖丁解牛的故事里了。所以我把该词译为"cuts things apart mysteriously"。"独照之匠"指"徐无鬼"中的匠石。他能用斧子把他朋友鼻子上的一层石灰削掉,而不伤着鼻子。刘勰用该词显然指这个故事,但也不能完全排除他可能想的是轮扁斫轮的故事。不过,庖丁解牛和匠石故事与轮扁斫轮故事有些不同,前两者拥有近乎神奇的技艺,他们的技艺是靠纯粹的精神活动实现的,而轮扁只是一个很好的斫轮手,他的近乎直觉的技艺来自经验。

〔77〕 我这里采纳了周振甫的解释:在神思活动中出现的各种念头尚未确定,还没有被选择和放入文学形式之中。在有些地方,严肃的解释问题往躲过了注家们的注意,这里就是一个例子。只有在必须解释成白话或必须翻译的时候,我们才发现,对这样的句子,注家的理解简直五花八门。李曰刚是这样解释的:作家在虚位中赋予形式,在无形中完成其技艺。陆侃如和牟世金的意思差不多,他们认为作家把形式赋予虚者,在无形者上面刻镂。施友忠和户田浩晓提供了一个诱人而新颖的解释:这里的形式规范是虚位,它被作家超越了,精致的技艺本没有形式,按照后世批评家的说法,即"无斧凿之痕"。

〔78〕 一个有趣的现象是,周振甫和陆侃如在翻译此句时,都把刘勰的意思限定为:"当作家想到登山或观海……"虽然刘勰的句子并没有这么说,但这种翻译是完全正确的,

第五章 《文心雕龙》

因为本篇谈论的问题是心理体验,而非实际体验。

[79] 见第十章关于王夫之的讨论。

[80] 关于"司契"见《文赋》第76行的解说。

[81] 见《文赋》第57—58行的解释。二者的对比以不同的面目多次出现在《文心雕龙》一书中,例如对于怎样组织结构,有些作家喜欢从头一气写到尾,有些作家喜欢待最后把各部分拼合到一起;见《附会》篇:"或制首以通尾,或尺接以寸附。"

[82] "Great accomplishment"字面意思是"成为器皿",该词通常指有能力、有价值、有用之物或人。

[83] 即伊尹,此人后来做了商朝汤王的大臣。他起初是个厨子,据传说,他说不出他做汤的秘诀。

[84] 户田浩晓(第405页)解释说:"情即生变之所。""赞曰"一段,似乎有意于隐晦、玄虚,没有哪一种解释是绝对的。

[85] 这里指大将军张良"运筹帷幄之中,决胜千里之外"。

[86] 这一行重申了《诗大序》的句子"情动于中而形于言"。这里把"形"译作"form"是为了让这些概念保持其宽泛的语义,其实在汉语中,"形"与"体"(form)有本质区别,前者强调确定的外形,后者强调规范性。

[87] 这是《文赋》第39行所指的过程,这也是司马迁在《史记·司马相如列传》的结尾对《易》的评语。

[88] "风趣"是一个非常有意思的词,我只能蹩脚地译为"manner"(即方式、态度,经常用以指言谈举止)。"风趣"具有感染力,它是一种呈现和影响的特质,在这个意义上它是manner,就好像内在能量如"气"发出来,接触并感染了外在事物。

[89] "归途"一词很恰当,刘勰从无穷的变体返回有限的类型。

[90] 多数注家把"玄宗"与道家联系起来。

[91] 可以把它与后世所假定的孔子作《春秋》的意图联系起来。

[92] 这明显是对《文赋》第100行的回应。请注意,"体"一词因其语义范围之广而适用于多种参考框架:在《文赋》那句话中,"体"既可指文体也可指万物的规范形式;这里,刘勰把它轻而易举地转用到风格(style)类型或风范(manner)类型上。而且,在这里,关于这些变迁或变体到底发生在什么层面,我们见不到哪怕一点点说明或指示,关于这一点,我们至少可以发现如下一些层面:一个单一作品,从一个作品到另一个作品,从一个作家到另一个作家,文学史的不同时期。

[93] "气以实志,志以定言。"见《左传·昭公九年》。

[94] "竞",周振甫作"锐"。

[95] 车轮中间的"毂"和"环中"是早期道家文献的常见意象。

[96] 《论语·阳货》:"子曰:'恶紫之夺朱也,恶郑声之乱雅乐也,恶利口之覆邦家也。'"

[97] 见林文月《风骨的衰落和复兴:从建安到盛唐中国诗风的变迁》("The Decline and Revival of Feng-ku: On the Changing Poetic Styles from the Chien-an Era through the High T'ang Period")一文,见林顺夫和Stephen Owen编《抒情声音的活力》(*The Vitality*

373

of the Lyric Voice);又见 Donald Gibbs《释风:论中国文学批评中的"风"》("Notes on the Wind: The Term 'Feng' in Chinese Literary Criticism")一文,见 Buxbaum 和 Mote 编《变与通》(Transition and Permanence, pp. 285-293)。

〔98〕 这一段重返《诗大序》所说的《诗经》的感发作用。"符契"是被一分为二的木契,边缘刚好相合。

〔99〕 "沉吟"一词后来的意思就是"沉思",不过,许多注家认为,在这一段里,可以读出"吟"的最初意思即"吟咏"。

〔100〕 这里作"生",而非"清"。

〔101〕 被译为"resonance"的"声",本意是"声音",多数注家认为"声"指一个作品的音调,与作品激发读者的能力有关。它也可能指声誉。

〔102〕 "析辞"即"词语的分析",该辞特指一种写作,这种写作以划分复合词、聚合相关词组、扩展概念为基础。它更接近亚里士多德的分析程序,而不是现代意义上的"辩论"。

〔103〕 我们无法知道,刘勰对"齐气"的理解是否跟李善的一样,关于李善的理解见第三章注释〔11〕。

〔104〕 这个评语见《与吴质书》,不见于《论文》。

〔105〕 这里的"聘"原作"骋","骋"释为"飞跑"(他的文学才能冲到前面)。

〔106〕 到底是哪一种意义上的"通变",有些学者争论得颇为激烈。显然,《系辞传》对这些意思是兼而有之。通既是与变相反的卦象结构,也是动词,即实行"变"。这就为另一个有诱惑力的观点做了铺垫:归根结底,"通"是通过"变"实现的。

〔107〕 或译为"endure long by a continuity achieved through mutation"。

〔108〕 早期注家多数把"故实"解释为"先在之实"(我的翻译采纳了这个意见),也就是存在于文学之外的世界的一些确定的基础,它们决定了每一体的存在和性质;可是,周振甫和陆侃如把它解释为"以前的作品"。

〔109〕 不清楚这个原则适用于不同的树,还是树的不同部位,还是一棵树不同的成长阶段。由于比喻本身如此含糊,以之比喻文学也就存在多种可能性。

〔110〕 我采用了校字"别",按照周振甫、陆侃如等人的说法,原作"则",这样一来,这个句子的大概意思就是"情志符合文章的法则"。

〔111〕 这是一首二言古歌:一个孝子不忍见其父母的尸首被野兽吞噬,于是发明弓箭,以保护尸首。刘勰多次提到《诗经》之前的古歌,但这些古歌多经后人之手改造。

〔112〕 假如《在昔》果真是保存在《乐记》中的那首礼歌,那么它当然"广"得多了,它是四言诗,而且比前者更精细。

〔113〕 可以参照曹丕的《论文》,那里提出了一个相反的问题:"常人贵远贱近。"

〔114〕 "夸张"接近英文里的"hyperbole"。

〔115〕 这个句子大概指规划文章的大致思路,虽然各注家的解释彼此稍有出入。

〔116〕 参考《神思》篇"故思理为妙"一段。

〔117〕 "势"的一个更简单的文学用法见《文镜秘府论》所列举的"七势"(这个用法更适

第五章 《文心雕龙》

用于实际诗歌创作，也更接近该词在书法领域的用法），在那里，诗的结构被描述为各种"势"。

〔118〕"利"是某个环境下最自然的方向或路线。它接近《通变篇》所引用的《系辞传》那句话"变通者，趣时者也"。

〔119〕后来的《文镜秘府论》中的"七势"把"势"处理为诗歌结构的动态原则，每一首诗都表现出某种运动性，它可以通过精细的创作技巧来实现。根据这一点，似乎"势"指文本的内在运动而言。可是，按照刘勰的说法，"势"同样也是规范和未成形的"体"发展为某种确定的具体的特性的方式。

〔120〕"典雅"是《体性篇》所论"八体"中的第一体。

〔121〕"蕴藉"是在后世理论中变得重要起来的早期复合词中的一个，它的意思既指"含蓄"，也指文本或文本后面有待发现的性格的广度和丰富性。

〔122〕这两个比喻针对上文而发：不起波纹的激水指缺乏"蕴藉"之"浅"人；没有树荫的槁木指缺乏"繁缛"的风格。

〔123〕请注意，这里使用的是那种以两极代全体的对词。

〔124〕见 Johannes Beer 编《天真的与感伤的》(*Über naive und sentimentalische Dichtung*, p. 20)。

〔125〕对"契会"一词的解释，遇到不小的麻烦。我采用了户田浩晓的意见，但周振甫和陆侃如的解释与此不同，他们把它解释为"配合随时之需"。

〔126〕这一行的原文实在费解，所有现代注家都怀疑这里存在传抄之误。学者提出各种各样的订正意见，我采纳了周振甫的订正，因为在我看来，他确实提出了可信的证据。

〔127〕刘桢这里指谁而言，无从得知。

〔128〕请注意这里的"体"用以指"时代风格"。这个意义上的"势"接近于英语中的"trend"一词。

〔129〕该句回应了《左传·宣公十五年》中所说的"文反正为乏"。根据原来的字形，把"正"字倒过来，看起来就像"乏"字。

〔130〕"奇"逐渐成了一个重要的、成问题的价值评估术语。它有时指"怪"，含有贬义色彩，有时指"特别好"。

〔131〕参考注释〔61〕，关于鹬和陨石的讨论。

〔132〕我们应当注意，为了强调不同的层面，这个句子可以以不同的方式呈现，同时其次序都是"正的"。例如，如果想强调因果关系，你可以说"男孩之所以击中了球，因为他练习过"。

〔133〕"近"既可指距离的近，也可指时间上的近，即近世。所以才有后文的意思。

〔134〕"旧练"既可解释为"受过老式训练"，也可以解释为"受过长期训练"。

〔135〕指《庄子·秋水》中的一个寓言，该寓言把出于自然的行为和有意为之的行为做了对比：难道惟独你没听说过那个故事？一个寿陵的孩子到邯郸学走路，他非但没学到邯郸人走路的突出技能，甚至连他原来怎么走路都忘记了，最后只好爬着回去了。

〔136〕关于这一段文字的所指，注家经常引《论语·公冶长》："夫子之文章，可得而闻。""文章"的本来意思大体上指"外在行为、举止、教养"。随着该词的所指变成

"文学作品",《论语》中该词的用法也被读者理解成这个意思了。刘勰非常肯定地认为文章就是"采",这可以用何晏的《论语注》来解释,何晏以"明"注"章",以"采"注"文"(陆侃如引)。经学家尤其是刘勰同时代的经学家对经文的解释,往往可以告诉我们,刘勰为什么要把某一段经文作为权威来直接引用或暗用(虽然在刘勰的时代,论语作为儒家经典的地位尚未得到确立)。

〔137〕这里指孔子的弟子子贡的说法,见《论语·颜渊》:"文犹质也,质犹文也:虎豹之鞟,犹犬羊之鞟。"

〔138〕此处曲折地暗用了《左传·宣公二年》的说法,大意是说,要想以兽皮制盔甲,丹漆是必不可少的。因此,事物也不能缺少外在色彩。

〔139〕"敷写器象"很可能指"赋"。

〔140〕请注意"性"和"情"是同源词,有时可互换。这里本来应当用"五情",但为了避免用同一个字,刘勰使用"五性"以代之,从中产生了情。

〔141〕这段细致的辩论固然不符合逻辑,但它刚好为我们了解一个骈体文如何建构其结论提供了一个好例子。"丧言不文"这个陈述却可以引出这样的对偶句:"除了丧言之外,常言未尝质。"

〔142〕此句直接引自《老子》第八十一章,该句子的第二分句是"美言不信"。

〔143〕语出《庄子·天道》篇。这里的"雕"即"通过雕刻使之精美"(它跟《文心雕龙》的"雕"是同一个字),该词用在这里颇为费解,而且非常不符合《庄子》一贯反对雕琢的态度,以至刘勰不得不作出补充说明。刘勰在后面几行对它的处理方式似乎表明他是把这一段作为反对意见来阅读的。

〔144〕刘勰这里错误引用了《韩非子》的原文(或采用了异文),"采"被读成另一个字"乎"。

〔145〕"正"和"邪"既可指字面意思上的正路和弯路,也可指"正路"和"离轨",后者携带强烈的价值判断。刘勰这里玩了一个语义双关的游戏。

〔146〕这里是对《诗大序》的引用和阐释。

〔147〕这里指《庄子·齐物论》中的一个精彩段落,其中,自我被描述为变动不居的情感的聚合体,随后是对某种实体之存在,即某种同一性的中心的反思,它是一切的真正主宰,即"真宰"。

〔148〕"桃李无言,下自成蹊"出自《史记》中的《李将军列传》。它的意思是说,自身有魅力就无须汲汲于美名,他人自会被吸引过来。这里,刘勰多少扭曲了该警句的意思,他强调桃李之所以有魅力是因为它们能结出果实,而"实"这个字也可以指文章之"质"。附带提醒读者注意,刘勰动辄斥责他的同时代人由于求新而忽视了过去,可他自己却常常扭曲他所引用的古代资料的意思。

〔149〕这一小段大概是出自《淮南子》的民间传说。

〔150〕该逸事见现已失传的《阙子》,引自百科全书《太平御览》第834卷:"鲁人有好钓者,以桂为饵,黄金之钩,错以银碧,垂翡翠之纶,其持竿处位即是,然其得鱼不几矣。"

〔151〕描述词"彬彬"出自《论语·雍也》:"质胜文则野,文胜质则史。文质彬彬,然后君子。"

第五章 《文心雕龙》

〔152〕 语出《左传·襄公二十五年》。

〔153〕 因为它朝花夕落。

〔154〕 要知道刘勰如何以微妙的方式利用经典的权威,这是一个极好的例子。这里,他使用了《易·系辞传》中的一个句子,用他想要表达的文学术语替代了原文中的宇宙论术语。该句的原文是这样的:"天地设位,而易行乎其中。"

〔155〕 该句逐字引用《系辞传》中的句子,该引文在《通变》篇的解说中已经提到。"刚"和"柔"指《易》卦象符号中的阴爻(断横)和阳爻(不断横)。它们用在这里的意思是说,文学作品的生长过程和文学史的发展过程与卦象所展示的那种原型结构从底线到端线的规则发展是一致的。

〔156〕 冶炼金属的类比在这里不好把握。刘勰的意思不过是说,规范应当成为那一类型的作品的模子。

〔157〕 这段话基本引自《庄子·骈拇》的开头部分。庄子用这个意象说明,对"文"和行为之细部的关注是不必要的、多余的。

〔158〕 "事"即事物或事件。该词也用来指来源,比如提到历史事件、人、逸闻趣事、著名的见解等都属于"事"。把成对的事或一类事取出来,就可以展开议论了。因此,这一句指从早期文本中搜集资料。关于创作的这个层面,刘勰有专章讨论。

〔159〕 "游心窜句"出自《庄子·骈拇》,该词语在那里是贬义词,用以描述"骈于辩者"。

〔160〕 中国本土传统中也可以找到这种话语,但是,刘勰受过佛学训练,这使他更容易贴近那种更严格的论证传统。

〔161〕 在一套有序的对立平衡中完成一个完整的描述或一连串的补充运动,这两种观念或模式或许都可以追溯到《易经》。《易经》有一种无所不包的要求,它真可谓这方面的一个无与伦比的代表。

〔162〕 大多数描写丰美的词汇都是如此,但贬义词被迫用于褒义意思的情况,最精彩的例子就数引自《庄子》的"游心窜句"了。

〔163〕 符号学虽然在中国先秦时期就发展起来,但对符号学的兴趣到西汉时期就基本消失了。从汉代到19世纪,对语言的描述(主要见于经学和诗学)始终没有脱离修辞和论辩等更大的领域。这个十分散乱、不成体系的传统与西方的语法和修辞学传统很难找到相似之处。在中国传统中,大多数语法功能都是从词汇层面来处理的。存在少量宽泛的范畴如"助词"(虚词),宋代以降,有了"实词"和"虚词""活词"和"死词"等;然而,最常见的指涉范畴是语义范畴,它们来自词典编纂学传统(例如有"植物""人事"等,而没有"名词"。)句法与范围更广的话语组织、排列问题(taxis)不加区分。西方语法学中的句法和句子排列法(taxis)皆用一套灵活的表达次序的词汇来描述,使用的是一些诸如"推""转""逆""回"等字眼。总之,语言的纯粹的形式特征跟具体话语的意思没有被区别对待。

〔164〕 也就是给它们以界限,以容纳它们。

〔165〕 不清楚这里的"位"指句中之字词还是章中之句。

〔166〕 在孔颖达的《正义》里可以找到十分近似的说法。《正义》是对"经书"注疏的再注疏,它虽定型于唐代早期,其实概括了从3世纪到唐代的经学成果。见郑奠和麦梅

377

翘《古汉语语法学资料汇编》，208ff。

〔167〕英语中也有同类情况，或许最恰当的例子是莎士比亚的十四行诗：移动一个逗号会如此严重地影响对诗行的理解。

〔168〕唐代经学家成伯玙将"言"和"句"区别如下："续有后语以继之，如途巷之有委曲，乃谓之句。"见《毛诗指说》(《四库全书》本)，9b。

〔169〕《文心雕龙》尤其如此，虽然它与经学上的说法保持一致。后世学者有时把句说成意义单位。

〔170〕"立言"是"三不朽"之一（见曹丕《论文》）。它是一个充满承诺的词。

〔171〕又见《宗经》。

〔172〕又见《宗经》和《定势》。

〔173〕指早期吟咏和运用《诗》的做法，也就是从"诗三百"的某首诗里取出一句或一段，以说明自己的意思（不是指"诗三百"的创作）。见于《孟子》的咸丘蒙断章取义之事是这种做法的最佳例证，孟子对他的解释提出强烈反对（见第一章）。按照刘勰的说法，断章取义似乎成了"诗三百"最初创作之法。有多少《诗经》的注疏家倾其心力和智慧以证明《诗经》中的每一字都恰到好处，每一行都必不可少；考虑到这一点，刘勰的说法真可谓独树一帜。

〔174〕该词被《系辞传》用来描述《易》的优点。

〔175〕《文赋》第143—150行和第169—174行也谈到不合群的字词或句子的孤立无援状态。"次第"之"次"也可以读作"寄寓之所"。

〔176〕关于"比兴"的解释史，余宝琳《中国传统意向读法》一书做了详细讨论。

〔177〕《诗经》毛注没有标出何处是"赋"或"比"，只注出了"兴"。

〔178〕关于这一句，引出了无数解释。例如，刘勰为何根本不提"六义"中的"雅"和"颂"，按照周振甫的意见，或许提到"风"也就包含了"雅"和"颂"。这句话的要点大概是说，除了"兴"以外，读者很容易看出"六义"之所在，因为"兴"不容易看出，所以毛注里需把"兴"单独标出。

〔179〕"譬"与"比"是同源词。

〔180〕用"譬"来谈论"兴"很可能来自经学解释"兴"的惯用语"取譬引类"。关于这些定义，参考余宝琳《中国传统意向读法》第58—59页。不过，该词经常与其他解释相连，例如"托事于物"以及表达激发内心情感的若干词汇。"环"是刘勰比较喜欢的词，它经常与隐秘之物相连：弯来转去，没有行迹。

〔181〕应当指出，"托"一作"记"，二择一，许多现代注家倾向于"记"。

〔182〕这种表达模式出自《左传·成公十四年》，见注释〔49〕。

〔183〕语出《系辞传》，用以描述卦象。刘勰脑中大概总想着那些"象"，尤其在这里。

〔184〕"关雎"指《诗经》第一首；"尸鸠"指《诗经》第二十首。二诗都使用鸟的意象，据说，它们指女人的美德。毛诗把这两个意象划归"兴"类，二鸟的特点与被谈论的女人的品性有相同之处（即"方"或"象"）。

〔185〕引文出自《左传·昭公五年》，这里指在这二诗之中理解"兴"。

第五章 《文心雕龙》

〔186〕 所有这些都是出自《诗经》的明喻或隐喻。

〔187〕 它们也是《诗经》中的诗句。

〔188〕 这个区分在17世纪作家王夫之和叶燮那里得到更充分的发展。

〔189〕 据称,有一篇文本包含了本篇的缺文;但所有学者都认为它出自明代人的伪造。近年来,《文心雕龙》的一位重要专家詹锳对这段文本的真实性提出了有力支持。见詹锳《文心雕龙的风格学》,第78—105页。反驳詹锳的意见见杨明照《学不已斋杂著》,第501—516页。

〔190〕 我用一个代分字符的词"out-standing"来译"秀",这样做是为了让读者联想到"秀"的词源,即某种突出(stands out)的或显著的特性,同时又暗示其优秀(excellence)之意。如果直接译为"excellence","秀"的"突出"性就被淹没到一般意义上的"优秀"之中了。

〔191〕 "颖"即稻麦的穗,该隐喻接近"秀"的最初词义,"秀"后来的通常意思都是从这个最初意思引申出来的。

〔192〕 张戒《岁寒堂诗话》,见丁福保辑《历代诗话续编》,第456页。

〔193〕 你可能注意到"隐"是"兴"的特性。虽然"秀"并不直接让人想到"比",但刘勰所列举的"比"的例子可以被视作"秀句"。

〔194〕 可以简单地把"附辞会义"读作常见的"互文"结构("A和B是X和Y"被表述为"A是X和B是Y"),那么,该词组的意思不过是"附会辞义",即让语言和意思保持流畅和统一。

〔195〕 周振甫和陆侃如都把这里解释为各章节的和谐。

〔196〕 这与判断修饰是否适当有关。玄和黄是两个基本颜色,分别指天和地。

〔197〕 这里的"大体"也可以按字面意思解释为"篇幅大的",有了大篇幅这个前提,才有后面所描述的组织原则。

〔198〕 这是对《易·系辞传》中被归之于孔子的一句话的自由发挥。

〔199〕 在汉语中,这些豆让人联想到"文"即身体上的"纹样"。有锡则坚硬,有金则有韧性,有二者的合金,才可以铸得好剑。原文"豆之合黄"简直匪夷所思,就算学富五车的注家也弄不明白(只有陆侃如例外,他提供了一个颇有创意的解释,它出自医学上用豆子治疗黄疸的知识)。译文采取了校勘中的一种意见。

〔200〕 该比喻出自《诗经·小雅·车舝》。

〔201〕 隐喻杂糅在汉语修辞中不算毛病,但是,把握着缰绳的手比作会合在车毂处的辐条,太不吉利,虽然看上去栩栩如生。一个运动中的马车的隐喻堆积到另一个运动中的马车隐喻之上。

〔202〕 "去留"是从驾车隐喻延伸出来的,虽然在文学语境中,把它理解为作文中的"删除或保留"也毫不牵强。

〔203〕 "修短"既可以是"紧和松",也可以是"长和短",指文章的长度、各部分或节奏。

〔204〕 "寄深写送"四字含有猜测的成分,原文有缺损。

〔205〕 这是对《易·夬卦》之一爻的判断,该卦主凶,预兆在事情的最后阶段将遇到障碍。

〔206〕这里指汉代作家扬雄的名言:"言为心声。"
〔207〕关于这些论争的详细讨论见余宝琳《中国文学理论中的形式区分》一文,见 Bush and Murch 编 *Theories of the Arts in China*, pp. 27-53。
〔208〕"文以足言"见第一章。
〔209〕例如后世的《礼记》和《左传》。
〔210〕原文是"以子之矛,攻子之盾",这里采用了意译。
〔211〕刘勰把当时的文学体裁说成是"经"的后裔,可是尽管他说了那么多,但这种把"经"与当时的文学讨论截然割裂的做法预示了萧统后来的决定:把"经"单立一类,不入《文选》。
〔212〕"曲尽"一词见《文赋》的序言部分。
〔213〕见陆机《文赋》第 115—116 行。
〔214〕这里融合了周景王故事的两个版本,一见《左传·昭公二十一年》,一见《国语·周语》。景王欲铸钟,谋士劝止,王不听。钟成,乐工对他说,它刚好与他正寻找的音调相谐;但一个更诚实的乐工告诉王,不是这样,因为他所治理的天下尚不够和谐,上天不会把这样的音调给他。
〔215〕本行前面部分的文字,我采纳了周振甫的校勘,他的根据是《说苑》雍门子调琴一段,很有说服力。
〔216〕它取自《战国策》中的一个故事:一个计划千里之行的人,万事俱备,只有小地方存在欠缺:缰绳太长。
〔217〕他当然没有把它们都列在这一篇。周振甫提出这里的"篇"不是篇章而是《文心雕龙》的第二部分。这个解释比较诱人,虽然它歪曲了该词的用法。
〔218〕在《程器》篇(我没有选译),刘勰讨论了天赋问题。
〔219〕对这些现象的关注来自早期典籍中的历书。在这类历书里,每一个月都有一个总名目,下面列举动植物在季节中的变化,以及人在各个季节中应当做哪些活动。
〔220〕这几行直接引自《左传·昭公九年》。
〔221〕此句回应了《淮南子》的名句:"见一叶落而知岁之将暮。"
〔222〕"引心"的字面意思即把"心"(思想)引出来。
〔223〕因为刘勰始终引用《诗经》中的描述词,这里大概主要指《诗经》的诗人,但这里采用了以点带面法,《诗经》的诗人就是所有诗人的代表。
〔224〕见《神思》篇。
〔225〕不清楚这里的"穷理"指有形物的特性还是《诗经》的标准注释赋予它们的概念内涵。"皎日"能告诉人们某人是否可信;它是诗中的说话人发誓时的见证者。"暳星"即闺阁中的女子,她们接受了自己的从属地位。
〔226〕朗吉努斯在《论崇高》第十章里提到荷马描写危险的一段,危险似乎"印到"语言里了。
〔227〕这种在文学和口头汉语中如此重要的叠字描述词,在英语里找不到。可是,在英语

第五章 《文心雕龙》

口语里有一些例子可以大体与之类比。"Wishy-washy"（优柔寡断、空泛无力）的一个口语用法可以让我们体会到优柔寡断那种言谈举止的整体感。无论给"wishy-washy"下什么样的定义（不决断，没有坦率和确定的见解），都比不上该词在实际中的使用那么丰满。对大多数词语而言，一个同义词或解释性语言就可以大体替代它了，即使不十分完美。可是，拿"wishy-washy"的定义跟这个词相比，总让人感到有点滑稽：按照那些定义所提供的行动，我们看到的主要东西是它的"不够劲儿"，无论它多么正确。从这个例子里，我们应当可以体会到刘勰为什么觉得，这些叠字在描写事物特性的时候提供了某种不可约减的完满。像"wishy-washy"这样的词在英语里是不登大雅之堂的，可那些叠字在汉语里则是相当考究的。这样的复合词在汉语里有成千上万之多，每一个都准确完整地让人想到某种特性，经常是感官特性（虽然也有许多像"wishy-washy"这样的词描写精神风貌）。即使现代中国文学论文可以严肃争论某一首诗是"wishy-washy"（空洞乏味）还是"namby-pamby"（无病呻吟），但这些是译者所望尘莫及的。

〔228〕参考《隐秀》篇对"浅"色的讨论。

〔229〕关于本段的讨论以及它与当时诗歌的关联，参考孙康宜《早期六朝诗歌对山水的描写》（"Description of Landscape in Early Six Dynasties Poetry"），见林顺夫和Owen编《抒情声音的活力》（*The Vitality of the Lyric Voice*, pp. 105-131）。

〔230〕批评家约定俗成地使用"体物"一词来给赋下定义：陆机和刘勰本人在论赋篇都使用了这个词。

〔231〕现代注家对这些冲突立场动辄采取妥协态度，似乎这些妥协开始就存在，只是隐而未发。把这个在中国和西方的许多知识分子看来如此自然的妥协过程强加到刘勰这样的"理论家"身上，大概犯了时代错误。

〔232〕见司空图《二十四诗品》第十一品。

〔233〕见曹丕《论文》。

〔234〕同上。

〔235〕针对扬雄模仿《易经》的著作《太玄》，汉代作家刘歆表达过这样的焦虑。刘歆担心现代读者大众缺乏眼力。

〔236〕第一个例子是《左传·哀公十四年》中的著名故事，鲁国人捕获了一头麟，以为它是有角的麝。孔子因此放弃《春秋》的写作。

〔237〕"照"这里译为"apprehend"（理解、领会），其字面意思是"照亮和显示"。

〔238〕见《庄子·天地》："人声不入于里耳；《折杨》《皇华》，则嗑然而笑。"

〔239〕这是一个众人皆知的故事，最初见于被归在宋玉名下的《对楚王问》：有人在楚国都城郢的集市上唱《下里巴人》，有几千人唱和；后来，他唱高雅的《白雪》，只有十到二十人唱和。于是，"白雪"就成了赏识者不多的高雅事物的代名词。

〔240〕郑国的音乐是粗俗音乐的典型代表，它易于欣赏，但具有道德危害。

〔241〕据说涓子是道家人物、老子的弟子。如今已失传的《琴心》由三部分组成，大概是关于琴艺的哲学论文。

〔242〕《王孙子》是一部如今仅存一些片断的著作，据说属于儒家学派。

〔243〕 邹奭是先秦文坛人物，据说他用龙形图案作装饰，故而得到"雕龙士"的雅号。本段可能带有贬义，意思是不要做一个装饰匠，也可能他这里使用这个词并不一定特指邹奭。

〔244〕 户田浩晓从《晋书》关于天文的论文里引用了一个有反讽意味的骈偶句："年代长存，篇章不传。"

〔245〕 《汉书·刑法志》："夫人肖天地之貌，怀五常之性。"此句多处把人比拟为小宇宙，这是汉代思想的老生常谈。

〔246〕 见曹丕《论文》。

〔247〕 此句引自《孟子·滕文公下》，去掉了第一人称代词。

〔248〕 《论语·为政》有"三十而立"的说法。

〔249〕 言外之意是说，他成了孔子的信徒。

〔250〕 此句引自《孟子·公孙丑下》，引用时略有错误。

〔251〕 马融和郑玄是西汉两位大经学家。尽管经学在南朝已发生巨大变化，但阐发马郑著作仍基本上被视为"解经学"活动。

〔252〕 "五礼"（吉礼、凶礼、宾礼、军礼、嘉礼）中有一些确实需要文学创作（例如朝廷的宗庙歌曲和葬礼上的颂歌）。其他礼的大多数，有若干片断为演唱而吟诵。至于"六典"（治典、教典、礼典、政典、刑典、军典），许多《文心雕龙》讨论的散文形式主要是政府公文。

〔253〕 言外之意是，文体一代不如一代。户田浩晓从《汉书·艺文志》论"诸子"中引了下面一句："去圣已远，道术不传，焉能复寻其迹。"

〔254〕 "辞人"这里可能泛指作家，但它很可能出自扬雄《法言》的著名区分："诗人之赋丽以则，辞人之赋丽以淫。"另见《物色》篇。

〔255〕 它出自《庄子·列御寇》的一个故事：颜阖批评孔子"饰羽以画"，也就是给一个自然美丽的事物加上浮华的装饰。

〔256〕 这里指扬雄《法言·寡见》中的一段话，批评现代学者的这种做法。跟上例一样，这里又是指浮华装饰。

〔257〕 这里指《尚书·毕命》："辞尚体要，不惟好异。"

〔258〕 《论语·为政》："攻乎异端，斯害也已。"

〔259〕 这句的解释问题很大，原因大半在于"异"（差异）与上段引自《论语》的那个"异"（反常）是同一个字。我这里采纳了陆侃如和牟世金的意见，它虽然缺乏创见，但读者可以从字里行间推出此意。周振甫在《文心雕龙选译》里以"互文"解释此句："他提出不喜欢异端的教导，论到语言则体察要点。"施友忠则提出，刘勰可能在这里玩了一个文字游戏，"异"在这里不是贬义的"反常"，而是"独一无二"或"非同寻常"："辞和训之所以独一无二，在于重视精要。"

〔260〕 这里概述了从曹丕以来专门论文学的著述的情况：曹丕的《论文》大部分保存完好，陆机的《文赋》流传下来，曹植论文学的作品留下一部分，挚虞和李充的作品仅存片断，应玚的作品失传了，除非刘勰指他的《文质论》，而后者跟文学没有

第五章 《文心雕龙》

直接关系。

〔261〕这里把"密"译为"suggestive"(有暗示性的),其实它的主要意思是"保持隐秘"。在刘勰的时代(其实早在曹丕《论文》里),"密"经常指深刻和藏而不露。

〔262〕关于文和笔的讨论见《文心雕龙·总术篇》。

〔263〕这句话出自《易经》的数学:按《系辞传》,"大衍之数,五十":太极、两仪(天地)、日月、四时、五行、十二月、二十四气。但其中的一个即太极不用,所用者只有四十九。基于这个原因,在有些占卜活动中,有五十根竹片,实际被用的只有四十九根。刘勰把他的著作描述为这样一个结构,《序志》篇就是那个优越的第五十,它相当于太极,一切变化皆以太极为中心。

〔264〕请注意这里的措辞与陆机《文赋》的措辞何其相似。

〔265〕见第一章。

〔266〕"矩矱"的字面意思是木匠的规尺。"瓶管"是常用意象,代表能力有限。刘勰一反常态,这里显得如此谦逊。

〔267〕"洗"原作"沉",周振甫选择"沉",于是,该句的意思是"所见沉没在前代的著作中";他引《战国策》"学者沉于所闻"支持他的选择。

CHAPTER SIX

"The Twenty-Four Categories of Potry"

第六章
《二十四诗品》

如果在《二十四诗品》的书名中不包含一个"诗"字，我们甚至无法猜出这些玄妙诗句的具体所指，这个事实刚好验证了《二十四诗品》的奇异与症结所在。读者很容易把它们视为传统心理学范畴中的"性格"，甚至更飘忽的"情绪"；它们也可能指绘画、书法、音乐等艺术活动的特性——在那些活动中，风格类型往往扮演重要角色。它们使用了一套既适用于人也适用于艺术的词汇，这套词语从最初的形成到走向精致和完善已经历了若干世纪。

并不是所有的中国审美词汇都像它们在翻译中看起来的那样含糊不清、飘忽不定，但在中国传统审美词汇中确实有那么一个分支，以朦胧模糊为最高价值；吸引司空图的正是这种纯粹的"印象主义的"（impressionistic）风格。

对司空图来说，"玄妙"（elusiveness）并不只是一种价值，它简直是一种无法抗拒的魔力。"玄妙"与《二十四诗品》的分类目的构成了鲜明对照：《二十四诗品》试图描述一套彼此独立的特性，它们合在一起构成了一个完整的模式变化谱。一种意在划分界限的文体却被一个喜欢模糊一切界限的作者所使用[1]。因此，一些司空图的批评者指责说，这些"品"其实只是一种单一观点的展示。这个说法显然与事实不符，但是，一种单一的观点确实遮蔽并扭曲了司空图所写的一切，它使每一种各具特色的风格都或多或少地顺从于他本人的价值判断。这种张力在第十八品"实境"中表现得最为清楚：一个最看重"玄妙"的批评家试图描绘出一种实在的、直接的、高度明确的风格，但在诗句的最后，不知怎么一来，确定性反过来，变成了"玄妙"。

《二十四诗品》虽然独一无二，其实，它与早期诗学以及论人的个性、绘画与书法等批评传统渊源甚深[2]。在这些传统中，或许最重要的是与东汉"人物品评"传统共同兴起的性格分类范畴，从这里发展出了一大堆带有细微差别与次第等级的描述举止风范的词汇。人物品评者们描述人物风格往往不限于那些普通词汇，他们经常取用自然界中的形象。那些定性的和形象化的描述很快就转化到书法、绘画或文学风格等批评

第六章 《二十四诗品》

话语之中。

从南朝到唐,这些批评话语变得越来越多,越来越复杂;还出现了分类法,被列举出来的那些特性开始脱离与某一个个体的依赖关系而独立存在。就像《文心雕龙》的《体性》篇所显示的,给散文分类的通常做法是先列单子,然后再通过解释或例证对每一特性加以展开说明。这一做法也见于唐代《文境秘府论》,在那里,每一种类型的详细展开或者提出其最初的批评者的说法,或者以注解的方式提出其后来的批评者的说法。《二十四诗品》就是这一类分类传统的一个更为奇特的后起之秀。

对风格的描述经常使用四字短语或一对四字短语。司空图把它扩展成四言诗,这样一来,他也就深入到四言诗那强大的诗体传统之中;这反过来也对《二十四诗品》的独特性产生了强有力的影响。在《文心雕龙》每一章结尾的"赞"里,我们可以找到与此类似的表现方式。像司空图所用的诗体一样,"赞"是最简洁、最省略的;如果不是附在它前面的散文之后,这些摘要式的语句经常是无法理解的。如果《文心雕龙》没有散文部分,只有"赞",那么《文心雕龙》也会像《二十四诗品》一样令我们不知所措。在司空图的文集中,有一篇与《二十四诗品》风格十分相似的长篇赞文——《诗赋赞》。四言诗也是道家哲理诗最钟爱的形式;这一诗体在大多已经散佚的东晋玄言诗中得到了第一次充分发展。虽然从东晋以后,这种诗体不再被认为是文学的或"诗的"(poetic),但唐代仍有道士(或佛教徒)大量写作玄言诗。文人确实有理由漠视这种诗体:它满篇行话、隐语,最多不过是一堆陈词滥调。为了故作高深,这些诗努力制造出一种有见解的幻觉(虽然见解多半是后来的注释者提炼出来的,因为注家的任务就是确定那些术语以及各诗行之间的逻辑联系)。不幸的是,司空图无比迷恋这种貌似神秘、深奥的道家修辞术,他著作中的全部最优秀的东西都因此受到了威胁。

司空图关心那些位于我们感知边缘的特质;作为一种表现方式,神秘化符合《诗品》所一再表达的诗学价值,从这一点上看,他有意制造神秘的做法倒是不乏合理性。"命题式表达"(form of proposition)给读者造成的印象是在语言中有确定的信息；但与此同时，神秘化又遮蔽了这些假定命题，并迫使读者从破碎的词汇中重新寻找"信息"。基于这个原因，在没有注释的情况下阅读《二十四诗品》将是更愉快的，那样一来，就不需要面对那些五花八门、应接不暇的注释了。但不幸的是，要获得这个效果，你只能用中文阅读。

就像《文赋》与《文心雕龙》的情况一样，《二十四诗品》也积聚了大量注释，在《二十四诗品探微》中，乔力以三页之长的篇幅讨论第一品的前四句。尽管《文赋》的注释已经够分歧叠生了，但与《二十四诗品》的情况相比，前者反倒黯然失色。注释者们猜测司空图应当说什么，然后再按照这个推定的意图来解释字词。在很多文本中，语言自身具有某种约束性力量，会限制读者的任意阐释；可是《二十四诗品》的语言弹性太大，以至于矛盾的甚或是根本无法调和的阐释都会从同一诗行中自然流出[3]。形象性的诗句当然不会带来多少困难，真正的问题存在于那些以"命题"形式呈现的诗句（参见第一品的前四句注释）。一个简单的事实是，我们无法确定这些有争议的诗句的意思，我们甚至怀疑这些诗句并不在任何一种常规意义上试图"意指"（signify）什么：它们只是一些没有写出具体内容的诗学的标题，其所指靠读者自己赋予。

尽管对于某一部分文本的具体所指，读者可以提出千差万别的意见，但对于每一品的主要所指，读者的看法是大体一致的。部分是晦涩的，但整体给人的印象却是清晰的，这个现象值得思考。每一品标题所使用的术语都承载着许多回响，熟悉中国文学思想的读者都能听出来。每一首诗也就是每一品中的各个形象和片断的表达都服务于那个核心术语（也许更准确地说，它们被那个中心术语同化了）。只有当专家学者们选择从事注释工作（或者以扩展了的古汉语或者以白话），才用得上那些我们一般所谓最基本的词汇以及语法关系。当你直接用中文阅读这些诗句，你会发现它们以自己的方式构造出完美的意义；可是，一旦你试图翻译它们，完美的意义就支离破碎了。

在评论《文赋》的时候，你可以提出不止一种阐释，这样做往往很

第六章 《二十四诗品》

有成效；但把这种做法运用到《二十四诗品》上就不那么有把握了。在本章我将只提供一种阐释，它是从众多的有效阐释中选择出来的，选择它是因为它符合人们对该品所描述的特质的通常理解。在处理一些段落时，我也会讨论当代主要注家们提供的一些重要的参考意见。就像《文赋》一章的情况一样，为方便起见，在提及重要注释及观点时，我只给出提出者的名字，详细出处参见书后的参考书目类编（Ⅰ.F.1）。

给《二十四诗品》做注的最大困难是不容易保持中立。从整体上讨论司空图的诗学和诗作等大问题，比较容易保持理智态度[4]；可是，一旦你开始细读这些诗作，也就是说，一旦开始思考这些诗句怎样确立了每一品的特性以及怎样把这一品与其他品区分开来的时候，你也就进入了司空图的世界。英语读者经常会顺理成章地想知道这些特质可能指诗歌自身中的什么；他们也可能想知道这些描述是在什么层面上进行的。例如，司空图所谓"力"几乎总是包含着两个基本因素：一是力的积聚，一是把积聚的力释放出来。读者不免要问：这是诗人写作之前做的吗？它是内在于一个整体文本的某种东西吗（在文本中释放的力暗示着把它保留到后面）？它描述了文本的运动吗（从保留到释放）？它描述了文本的感染力吗（文本中积聚的力在阅读之后的余味中得到释放）？也许最明智的做法是从一个更高的整体的层面上来理解这些被描述的特质，这样一来，便可以适用于上面所提到的各种参考框架。在这方面，译文往往具有某种欺骗性：英文要求我在祈使语气与陈述语气之间，在主语"他"与主语"它"（文本）之间，在并列句与条件句之间做出选择。以上种种选择在汉语中都不是非此即彼的，它们往往可以随意游移，同古代汉语常见的情况一样，它们往往真的是无关紧要的。

《二十四诗品》可能会吸引诗人，但会让学院派批评家与文艺理论家极端愤慨。双方都有自己的理由。司空图不仅捕捉微妙的区分，还故意把这些区分神秘化。把不同的品放在一起，你就会发现不同特质的细微差别：它们既是诗歌经验的本质部分，也是用任何一种语言（无论是英语还是汉语）都极其难以描述的。这些诗作提醒人们注意这些细微的差别：一个景或一种声调的特质是怎样不同于另一种。并且，恰恰在这方面，而不是在"玄妙"这个观念自身，该作品代表了中国文学"思想"的一个重要方面。

苏轼（1037—1101）曾比较含混地提到过《二十四诗品》❶，他痛惜这一作品未能得到充分重视，除此之外，直到 17 世纪上半叶，再无人提及此作[5]。唐代的诗歌理论作品在宋代、元代及明代前期往往都遭遇同样的命运。在《沧浪诗话》中，严羽似乎受到过司空图讨论玄妙的"诗家之景"的书信的影响，但并没有任何证据表明他熟悉《二十四诗品》。《二十四诗品》在清代盛极一时，产生了一大批注本与仿作，并经常被一些理论作品提及。自 17 世纪以来，《二十四诗品》被普遍视为唐代最重要的诗歌理论的代表作。

第一品　雄浑
（Potent, Undifferentiated）

大用外腓，真体内充。返虚入浑，积健为雄。具备外物，横绝太空。荒荒油云，寥寥长风。超以象外，得其环中。持之匪强，来之无穷。

> The greatest functioning extends outward;
> The genuine form is inwardly full.
> Reverting to the empty brings one into the undifferentiated;
> Accumulating sturdiness produces the potent.
> It contains the full complement of all things;
> Stretching all the way across the void:
> Pale and billowing rainclouds;

---

❶ 见苏轼《书黄子思诗集后》："唐末司空图崎岖兵乱之间，而诗文高雅，犹有承平之遗风。其论诗曰，'梅止于酸，盐止于咸，饮食不可无盐梅，而其美常在咸酸之外'。盖自列其诗之有得于文字之表者二十四韵，恨当时不识其妙。予三复其言而悲之。"

第六章 《二十四诗品》

> Long winds in the empty vastness.
> It passes over beyond the images
> And attains the center of the ring.
> Maintaining it is not forcing;
> Bringing it never ends.

第1—2句 这两句建立在"体"与"用"这一对对立的哲学范畴的基础上。即使放在《二十四诗品》的语境中,这起首两句也过于故弄玄虚了。问题主要来自于第一句所使用的"腓"字,"腓"的原意是"腿肚子",在《诗经》中的一个用法是形旁假借,表达"枯萎",后来成为"腓"字最常见的用法。从这个意义看,这一句应该译成"浩大之用越向外越枯萎",按照这种模式,所有向外的活动都收缩了,没有被实现的、潜在的力才能在内部积聚起来。"腓"的另一个意思是"庇护",《诗经·大雅·生民》描述羊群和牛群保护被遗弃的婴儿后稷用的就是"腓"字。❶ 乔力大体上采用了这种解释。如果我们接受"腓"的这一意义,那么这一句就意味着"这个原生的'用'是从外面庇护,而……",或者(把前半行看作直接宾语)"在外面,它庇护着用,而……"。吕兴昌和祖保泉把"腓"解作"伸张"或"弯曲"的意思,即"浩大之用伸张于外,而……",赵福坛的解释与此接近,他把"腓"释作"改变"。我采用吕兴昌的说法是因为他的解读最清楚,但它需要对"腓"的意义加以适当引申。

"大用"一词也很麻烦:它或许指潜在活动的最终实现,或者采用了《庄子》中的反语,即"无用"之为"大用",当然,这样一来,另半句就需要重新做出极端解释。无论这里的外面究竟怎样,第二句诗的意思是清楚的:无限雄健的力量靠的是内在的充实。短语"真体"或者指"雄浑"的"真体"(我的译文),或者指内部有真实的感情或体验(赵福

---

❶ 《诗经·大雅·生民》:"诞寘之隘巷,牛羊腓字之。"

坛和乔力），或者是"以真道为主体"（祖保泉）。

第3—4句　这一品的两个关键词即"雄"和"浑"在这两句里分别得到了进一步阐发。这两句的每一句都包含两个从句：这两个从句或者只有一个谓语（像我翻译的那样），或者有不同的谓语，二者的关系是并列的、条件的或顺接的。乔力把"返"解作"更替"，这样一来，就产生了一种与众不同的理解：体从"虚"化为实和实现了的力。至于这种"虚"是内心状态还是外在特质即"道"的特性，还是不确定。

第5—6句　"太空"既指宇宙哲学观念中的原始空间也指"天空"，这为下一对句中的"云"的意象做了铺垫。

第9句　"象外"一向被视为司空图诗歌理论的关键词，它是位于确定的形式之外的某种东西：它是产生确定的和变化着的形式的东西，可它自身却是无形式的。你可以把这种状态理解为一种形而上的潜在力量（"雄"），也可以把它理解为感觉的不固定状态，就像那翻滚的云[6]。

第10句　"环中"出自《庄子》，指尚未实现的变化之力。在很多方面上，"雄浑"状态类似于《易经》的第一卦"乾"卦。"雄浑"是活动力的原初状态，也是尚未实现的改变与分化的可能性。用庄子与司空图的话说，达到这种状态就是处于"环中"——轮子旋转所围绕的那个空间。"雄浑"是一种不停歇的活动力，它来自看不见的抽象的潜在力。

起首两句设置了内与外的对立，与之相应的是"体"与"用"。"用"当然是一种朝外的运动——尽管"腓"字的用法尚有疑问，这使我们不能准确知道外部到底发生了什么：外部是内部的延伸（这在显现理论中一向被假定为普遍真理）❶，或者是外部发生了变化而内部保持原样（就像"云"的意象），或者是外部必须"萎缩"，以便使内部得到滋养和充实，为回归到外部做准备（就像陆机与刘勰所说的，在

---

❶ 这里所说的"显现理论"，作者在第一章和第二章有详细论述。概言之，该理论相信在内在状态和其外在表现之间存在必然联系：在内的东西必向外流露。最典型的说法如"在心为志，发言为诗"（《诗大序》）。

第六章 《二十四诗品》

运动之前需要静止）。

第二组对句使用了这一品的两个关键词。浑，是在事物的差别还没有形成之前的原始的混沌状态，这个词在它自身之内包含着确定性实现的所有可能。"浑"比它的英文翻译"undifferentiated"（未分化的）更感性：就像"油云"这个意象，它是一种可见的混沌状态，它有时间和空间维度；但是，所有浮现在其中的形象都在不断变化并模糊到其他形象之中。无法肯定的是，"虚"是"浑"的状态（既然"虚"的可塑性与"未分化状态"刚好相配）还是"浑"之前的状态（按照乔力的阐释，它是必须被取代的状态，否则"浑"就不能实现）。在讨论《易经》"乾"卦的文字中，"健"这个词被用来描述天的运行（"天行健"）。这是一种中止不了的力；它跟"雄"是一致的，通过它，个体的转化才能在"浑"的潜在力之中得以实现。

既然"雄浑"状态先于稳固的分化，所有的东西都包含在它之中。谈到雄浑，接下来就得谈分化观念：在中国的传统中，谈分化最爱用的意象是云的形成，在读到第四组对句的时候，我们已经看到它在我们上方翻滚了。云是"浑"的一个恰当的感性形象，而驱动它的坚实有力的风又刚好与"雄"联系在一起。

在第五组对句中，"象外"指没有任何清晰形状（"象"）的景；每一形体与其他形体的界限都模糊了（就像被风驱动的云的景象）。这就是"环中"，它是"虚空"（或绝对的流动性），它先于一切具体物和形体，而所有的具体物都从中产生[7]。

结尾的训谕是司空图特别喜欢的一个主题。谁也不能以强力掌握"雄浑"状态，"雄浑"是不能以有意志的行动获得的。你必须以这样或那样的方式"在"这种状态中，然后这一状态就会永远持续下去。

要判断哪一类文本符合司空图某一品所描述的特征，相对来说是比较容易的。因为"雄浑"本身（按司空图的说法）与其说是一种决定性的特质，不如说是一种具有产生各种决定性特质的能力，这种能力只显示在能量的效果之中，是一种不断产生新形式、转化旧形式的能力中才可得以显现[8]。在《与李生论诗书》(见本章最后部分)中，司空图高度赞赏诗人驾驭不同方式及各种细微变化的能力（以他自己的诗作中的对句为例证）；"雄浑"不只是自身的细微变化，它是产生这些细微变化的创造力。

第二品　冲淡
（Limpid and Calm）

素处以默，妙机其微。饮之太和，独鹤与飞。犹之惠风，荏苒在衣。阅音修篁，美曰载归。遇之匪深，即之愈稀。脱有形似，握手已违。

Reside in plainness and quiet:
How faint, the subtle impulses (机 *)
Infusing with perfect harmony,
Join the solitary crane in flight.
Like that balmy breeze of spring,
Pliantly changing in one's robes.
Consider the tones in fine bamboo—
Lovely indeed, return with them.
One encounters this not hidden deeply away;
Approach it and it grows more elusive.
If there is some resemblance of shape,
The grasping hand has already missed it.

第 1 句　我们不知道"素处"这个词的意思是"在简朴之中"，还是"日常生活"或是"保持安宁"：无论这里的"处"属于哪一种情况，它都与上一品那种潜而未发的活动构成了对比。"素处"是一种安静状态，这种安静让你体悟自然的微妙变化。强力构造着世界，而静止则是与之相反的状态,它是接受性的,它在关注。

第2句　体悟"妙机"的能力似乎得自于第一行的安静。"机"是自然进程中的细微的、最初的运动,当主体以紧张、活力或欲望突显自我,"机"就被遮蔽了。祖保泉认为"机"是心灵回应外部世界而产生的微妙运动。

第3句　"太和"(完美的和谐)是自然进程赖以运行的阴阳之间的平衡作用。这一句似乎取自《庄子·则阳》篇对圣人的描述:"故或不言而饮人以和,与人并立而使人化。""饮"的字面意思是"给……喝"。这一句的问题在于谁或什么在"饮",又饮了什么。这也许是说诗人通过达到第一组对句的状态,他自己被"饮"了;但它在《庄子》里的意思似乎暗示诗人要像圣人一样,把和谐注入他周围的世界。这种"影响"可以被概念化为"风",第5—6句说"惠风"以某种方式作用于外物,正照应了这个意思。这种和谐也许是下一句"独鹤与飞"的前提条件。

第4句　鹤让人联想到神仙,它暗示说,你可以借此超越日常世界。神仙的意思在其他品里更为强烈:而在这里,首先让人联想到的似乎是一种无碍的运动,一种因为不紧张而与世界保持的自由自在的关系。

第6句　"荏苒"一词被译成"pliantly changing"❶,指一种顺从、柔和的特性,很容易进入和缓的运动状态;在这里"荏苒"既像是指衣襟在微风中飘动的样子又像是指微风本身。要感觉微风的细微运动,离不开衣襟的轻柔和静态以及穿衣者对它的注意。我们不能忽略"微风"(也就是从一物传递到另一物的"影响")和诗人的"歌"之间暗含的类比关系:它们都是"风"。

第8句　这一句特别成问题:吕兴昌的解释是"美回到观察者的怀抱"(译成口语化的英语就是"coming home to"❷);乔力与赵福坛则认为是诗人或某人处在"冲淡"状态,他体验到竹林的声响,内心载着这

---

❶ 该词的字面意思是"顺从地变化着",与汉语"随物婉转"一词近似。
❷ "come home to"即"领会到家",这里大概指美被观察者所领悟。

美妙的声音回来——大概回来以后,在诗歌中创造出"冲淡"之"音"。

第9—10句 "冲淡"是在表层遇到的,并不刻意深入到事物深处;强烈的思考或观察被认为是有侵略性的行动。也可以把"深"解释为"难以发现",这样一来,第9句就成了一个条件句:"如果你是不经意地遇到这些东西,那么,这些东西就不是难以发现的(即'匪深')。"第10句的"稀"("玄妙"或"稀少"),既可以解释为:一处景色,你越是接近它,它就变得更微妙、更精彩,也可以解释为:一处景色,你太接近了,它就会逃避。我们可以把这种最终的不确定性当作试金石,来试验《二十四诗品》的特殊困难:有两种绝对相反的解释,二者都可以轻而易举地适用于"冲淡"。

第11句 这一句可以照上文所翻译的那样理解:"冲淡"是没有形状的,如果你一定要固定它的形状,它就消失了。这就是"形似"一词最常用的意思,"形似"作为一个术语,特指感官上的描述性语言。稍微转变一下,我们也可以从更宽泛的模仿的意义上把"形似"解释为"与冲淡之景相似";如果是后一种情况,这一句就得这样翻译了:"也许与冲淡在形式上有模糊的相似之处,但……"

第12句 《二十四诗品》一再强调:不要抓住某种特质不放,甚至把它视为一成不变的模式。

在人物品评领域,"冲淡"早已是一个固定术语,它指心性平和,没有野心与侵略性。后来,人们经常用"冲淡"来描绘陶潜(约365—427)的诗。杨振纲的《诗品解》(见郭绍虞的《诗品集解》)试图以《易经》中的卦象结构来解释这些品的次序。每一品走向极致,就会产生缺陷,该缺陷将在下一品中得到弥补。❶ 尽管这一排序原则并不是处处适用,但确实有若干相邻品的设置明显表现出这种对立原则。无疑,"冲

---

❶ 杨振纲:"雄浑矣,又恐雄过于猛,浑流为浊。惟猛惟浊,诗之弃也,故进之以冲淡。"见郭绍虞《诗品集解·续诗品注》,人民文学出版社,1963年,第5页。

第六章 《二十四诗品》

淡"的接受性在某种意义上与"雄浑"的活力形成了对照。"冲淡"和"雄浑"的对比很容易让人想到《易经》的开端：坤卦的消极性紧接在第一卦乾卦的积极性之后。

"雄浑"的创造性力量是包容一切的。"冲淡"模式与之最根本的差别是独立的人的主体的出现；这一主体试图捕捉外在于他的东西，并与周围世界达成一种和谐关系。诗人和／或诗歌变得平静，变得有接受性。在这张白板上，全世界所有最细微的特质都得以显现。

第三品　纤秾
（Delicate-Fresh and Rich-Lush）

采采流水，蓬蓬远春。窈窕深谷，时见美人。碧桃满树，风日水滨。柳荫路曲，流莺比邻。乘之愈往，识之愈真。如将不尽，与古为新。

> Brimming full, the flowing waters;
> Lush and leafy, springtime stretching far.
> Secluded in a valley
> At times see a lovely lady.
> Emerald fills the peach trees,
> Breeze and sunlight on water's banks.
> Willows shade the curves in the path,
> Gliding orioles are close neighbors.
> The more you go forward along with it,
> The more you understand it truly.
> If you hold to it without ceasing,
> You join with the old and produce the new.

"秾"是"纤"的一个对偶词。"秾"可以指颜色的阴暗或厚重，可以指阴影的浓密，也可以指酒或激情的强度。

第1—2句　像"蓬蓬"一样，"采采"起初用以形容植物的繁茂，但它通常被引申，以描述任何意义上的丰富或繁多，因此"流水"也可以用"采采"来形容。吕兴昌与祖保泉都认为"采采"是"鲜明"的意思，乔力不知怎么把"繁茂"引申到与"鲜明"类似之意。这种解释可能依据了"采"字单独使用或与其他字组成合成词时的不同意义。吕兴昌把"采采"与水的波纹联系起来；水波加上光线组成的粼粼波光，不失为"纤"的一个极好例证。吕兴昌还把第二句的景与"红花"联系起来，这是"纤"的另一个要素。然而乔力的解释大概是对的，他认为第二句让人最先想到的是叶子，这样一来就产生了一个"秾"景，它与第一句的"纤"景构成了对比。

第3—4句　我把"窈窕"译为"secluded"（远离尘世的），但它也可能指"美好貌"（乔力的解释）。然而，《诗经》的毛注把"窈窕"固定为"远离尘世"；在这里，它是在这层意义上使用的：暗示植物的茂密与深谷周围层峦叠嶂。吕兴昌认为第四句指幽谷中不时见到很多美女。虽然这也不是不可能，但是这一段看起来是想强调那惟一的一位。为了避免句中隐含的主语，你可以把"见"（看见）读作"现"（出现）。

第5句　这里的"碧桃"特指一种特殊的不结果实的树。因此，它好像就指叶子。

第8句　赵福坛把"邻"解释为流莺一个挨着一个。

第9句　乔力把"乘"释作"乘兴"，这样一来就强调了主体被情绪所左右的意思。吕兴昌把"乘"解释为更自觉的"追求"。

第10句　"真"是一个意义含蓄的哲学术语，暗指这一品所包含的"真"。

第11句　我把"将"译为"hold to"（占有），也可以译为"take hold of"（控制）或"accompany"（陪伴）。在《二十四诗品》中，任何一品，一旦刻意地"将"它，它就消失了。

第12句　"古"在这里暗指不变的、永久的东西，而不仅是过去的

第六章 《二十四诗品》

东西。

"纤秾"是一对对偶词；就像吕兴昌指出的，它们既互相补充，又互相抵消。这两个词指接近于感官层面的感性，通常合在一起描述美人。我们应该注意到司空图没有从类型上对以下两种不同模式做出区分：一是以描述内在为主的模式（如"冲淡"），一是以描述外在景致为主的模式（如这一品）。某种内在模式必然对应于某种外在景致；而感性的外在模式自然对应着某种内心状态。内与外的区别在整个《二十四诗品》中都是模糊的。

对于哪一句指"纤"哪一句指"秾"，注释者分歧很大，但他们基本同意，前八句与后四句在结构上以这样或那样的方式保持平衡。前八句提供了"纤秾"之境，而后四句则告诉鉴赏者怎样领会这样的"境"[9]。

诗歌的前两句看上去像是一幅"秾"景接在"纤"景之后，呈现为对立模式。然而，在其后的三组对句中，"秾"景出现在对句的上联；这样一来，"秾"景就面临着过重和缺少变化的危险。没有变化的背景（经常是植被）往往放在对句的下联；以它为背景，"纤"的要素出现，如美人，波光粼粼的水面，流莺飞过。在这样的对立中，每个组成部分都把读者的注意力引向它的对立面，但往往是"纤"的因素（与有限的时间、光与运动相连）更为"突出"，引起我们的注意（至于不加对照，只靠浓密的单一的景逐一罗列的例子，可以参照第十四品的第 11—12 句）。就像他经常在结句所做的那样，司空图盼咐鉴赏者放弃成见，领会不同特质之间的这种联系。按照他的意思，这些特质不是一下子就可以看出来的。作为一个美学家，他的任务是提供线索，唤起人们对它们的注意；要想真正领会这些特质不能浅尝辄止，你必须耐心品味，要（在文本中或真实的世界中）与一个这样的景面对面，并"与之偕"。只有这样，某种确定的特质才能出现。

"与古为新"是"纤秾"的自我重现。"秾"与古老的或持久不变的特性没有什么联系（除非在叶子的景里有一种视觉上的连续性）；但

"纤"中所包含的新鲜因素跟"新"有联系,那些描述性对句中的"纤"的意象加强了这种联系,在那里,某种完全不同的东西与一成不变的背景构成了对照。第12句是老调重弹:在古与新、规范与独特之间保持平衡;但"纤与秾"的对立给这个老生常谈带来了一点变化,在这些鲜活的感性之景中重新发现了它。

第四品　沉着
（Firm and Self-Possessed）

绿林野屋,落日气清。脱巾独步,时闻鸟声。鸿雁不来,之子远行。所思不远,若为平生。海风碧云,夜渚月明。如有佳语,大河前横。

A rude dwelling in green forests,
As the sun sets, the air is clear.
He takes off his headband, walks alone,
At times hearing voices of birds.
The wild geese do not come,
And the person travels far away.
But the one longed for is not far—
It is as it always was.
A breeze from the sea, emerald clouds,
Moonlight brightens the isles by night.
If there are fine words,
The great river stretches out before him.

第 5 句　鸿雁是信使的传统象征,那么"鸿雁不来"就指没有朋友的音信。

第 6 句　"之子"是《诗经》的惯用语,下一句的"所思"常见于乐府（早期抒情歌曲）。这两个词给这两句增添了某种古韵和原型的意味，就好比英文中的"the beloved"❶。

第8句　乔力把"若为"解释为"至于"。因为唤起了永恒的情谊（跟距离没有关系）而获得了一种更深层的满足，孤独感被克服了。是这种自信而不是身体上的接近使得"所思不远"[10]。赵福坛对此句的理解十分特别："怎样才能像往日那样打发日子呢？"

第9—10句　乔力认为，这个景象与说话者精神状态的松弛有关，因为在前面的句子里他充满信心地忆起了友情。郭绍虞则认为这一句与"沉着"的关系更接近：一个是"沉着"的动态表现，一个是它的静态表现。

第11—12句　这两句的解释分歧很大，而千差万别的解释都是推测。大部分注家都在"河"中看出了某种安全、普遍与开放的意象，或者指沉着的状态，或者指从沉着状态中诞生的"佳语"。只有孙联奎的《诗品臆说》认为"大河前横"状态与沉着状态相反：当语言既不飘也不沉的时候，也就是"安稳"的时候，就有了"沉着"。

沉着指某种可靠、稳定而又自信的特质，它可能表现在现实生活中的人的特性中、诗歌的风格特性中或诗歌所表现的自然景色中。吕兴昌把"沉着"这个复合词看作一对对偶词的融合——"沉"在字面上有"浑沌"的意思，"着"则有"澄清"的意思，她的解释大概有点过头了（虽然这么做完全合乎词典编纂的传统）；沉着状态以一定的张力为前提，它是一种因为克服了压抑的威胁而获得了自我确认之后的自信状态，从这个意义上看，吕兴昌的解释还是有道理的。这个例子刚好说明了杨振纲所说的对立排序原则在有些地方是行不通的；杨振纲大胆地把从"纤秾"向"沉着"的转化视为一种对偶式补充："纤则易至于冗，秾则或伤于肥，此轻浮之弊所由滋也，故进之于沉着。"[11]

开篇是一个孤独的景；但它绝不是那种阴郁的孤独，并且，"脱巾"

---

❶ "the beloved"类似于中文的"所爱"，跟现代的"情人"或"爱人"相比，该词古雅得多。

的姿态（用英语说就是"letting one's hair down"❶）暗示着不受羁绊的绝对自由状态。尽管注释者们认为这确实是沉着的特有的景，但若干景物所描述的情绪特质在许多品中确实有重叠的情况，本品前四句的景可以用多种方式来描绘，各种方式都有其合理性。重要的是，读者总是自然而然地假定它体现的是正在谈论的这一品；为了理解它，读者自然留意那些肯定姿态、形式的并置以及各种已被公认的联想意义。

思念久无音信的朋友威胁到前四句的欢快情绪。这时候，情绪很容易发生变化。吕兴昌正确指出，这里潜藏着某种阴郁，它随时可能爆发。但是，"沉着"宣布了自己的胜利，它以自信抵制了忧郁，它对自己说，久别的朋友就好像近在咫尺。

此诗的真正难题在于最后四句。乔力的理解大概是正确的：他把景色变得明亮与心情走向开朗（那种自信的欢快情绪又恢复了）联系起来。"佳语"一定是"沉着"的语言，它与朋友没有音信形成反衬。促成这种情绪大概必须靠语言；语言一旦出场，情绪就在此景中找到了它的对应物。

第五品　高古
（Lofty and Ancient）

畸人乘真，手把芙蓉。泛彼浩劫，窅然空踪。月出东斗，好风相从。太华夜碧，人闻清钟。虚伫神素，脱然畦封。黄唐在独，落落玄宗。

The man of wonder rides the pure,
In his hand he holds a lotus;
He drifts on through unfathomed aeons,
In murky expanses, bare of his traces.
The moon emerges in the eastern Dipper,

---

❶ 字面意思是"让头发披散下来"。

And a good wind follows it.
T'ai-hua Mountain is emerald green this night,
And he hears the sound of a clear bell.
In air he stands long in spiritual simplicity,
All limits and boundaries lightly passed.
The Yellow Emperor and Sage-King Yao are in his solitude:
Noble and unique—those mysterious principles he reveres.

第 1 句　"畸人"出自《庄子》，指仙人或超凡脱俗的人。其所乘之"真"在这里可能指"真气"，即新道家所谓的精神飞升。

第 2 句　此句是对李白《古风》第 19 首中的一句的压缩，该诗开头四句是：

西上莲花山，
迢迢见明星。
素手把芙蓉，
虚步蹑太清。

据说，仙女"明星"栖息在华山山脉的"莲花峰"（"莲花"和第三句中的"芙蓉"是同义词）。这个山也是第 7 句中的"太华山"。

第 3 句　"劫"指佛家所说的"kalpas"，即世界由创始至毁灭的周期。由于"劫"的短语包含了尘世匆忙的意思，祖保泉把这一句理解为"逃避苦难的人世，飘然远行"。这一句不是非这样解释不可。赵福坛把"劫"空间化了，认为仙人穿越了巨大的空间，这种解释看起来也不大可能，尤其考虑到"高古"关系到过去在现在中重现的风格。

第 5 句　在道家的宇宙观中，"东斗"是天的五大分支之一。

第 9 句　这一句提出的难题确实不小。我把"虚伫"译为"在虚空里站立很久"，它对应了李白诗句中的"虚步"。"伫"字的意思是"站了很久",经常被引申为"等待"或"期盼"(参见《文赋》第一句"伫中区而玄览"的注解);另外,"伫"也可以与另一个汉字"贮"互换,"贮"的意思是"积聚"或"储存",因而也有"滋养"之意。吕兴昌与赵福坛正是从后一种意义上来解释"伫"(尽管他们试图说明这是"等待"的引申义)。吕和赵的不同之处在于对"虚"的理解:前者把它理解为"无",也就是仙人修身养性的方式;后者把它理解为"虚无之境",这是道家追求的内心境界的比喻说法。我对"虚"的解释更接近乔力的说法,可是,按照他的解释,这里的景就更不具体了:诗人的神思久久停留于虚无之境,这样解释的时候,他大概想到的是《文赋》开头的句子。

第11—12句　赵福坛认为这两句的意思是:

像黄帝和尧抗怀千古,
独自成为百代玄妙的宗师。

吕兴昌认为"在独"指"是他惟一关心的东西"而不是"处在孤独状态",他对最后一句的解释与乔力的解释比较接近。

"高"与"古"(二字经常合在一起)是批评话语中的两种常见类型。按照唐人的分类法,例如皎然的《诗式》(8世纪晚期)和齐己的《风骚旨格》(9世纪晚期),"高古"被列入情绪类型。把"高古"的特性与道家所想象的空灵纯一境界如此紧密地联系在一起,完全是司空图的个人癖好。对这些风格类型的使用,司空图有时候遵循一般看法,有时候,例如在这里,他表达的是自己的意见。结尾出现的黄帝与尧帝确实是"古"的,但这里的尧已变成儒家认不出来的尧了。

从第一组对句之后,仙人就空灵缥缈了,留下了那个主导性的母题"空"——无限的空间与时间。《二十四诗品》表达各种特质的一种方式是让共同的因素反复出现在不同的景中。这样一来,不同类型之间的差别就变得更清楚了。读者大概已经注意到天空之景的变化:在"雄浑"

中是"荒荒油云，寥寥长风"，在"沉着"中是"海风碧云，夜渚月明"。显然，"沉着"的云不同于"雄浑"的云，前者是散落在空中的一块一块的积云，后者则覆盖了整个天空或相当一部分天空；"沉着"的云相对稳定，它与月光中的小岛（"渚"）在视觉上联系起来，这更加强了它的稳定性。"高古"要求空无，它是由月光、钟声等无法触摸的东西充满或充不满的空间，这样，云就被移走了：

> 月出东斗，
> 好风相从。
> 太华夜碧，
> 人闻清钟。

这里只有风、光与声响，虚空中惟一的有形之物是神秘的黑黢黢的太华山，周围游荡着过去的仙人，不见形迹。

第六品　典雅
（Decorous and Dignified）

玉壶买春，赏雨茆屋。坐中佳士，左右修竹。白云初晴，幽鸟相逐。眠琴绿阴，上有飞瀑。落花无言，人淡如菊。书之岁华，其曰可读。

With a jade pot he purchases spring [wine],
Appreciates rain under a roof of thatch.
Fine scholars are his guests,
All around him, fine bamboo.
White clouds in newly cleared skies,
Birds from hidden places follow one another.
A reclining lute in the green shade,

> And above is a waterfall in flight.
> The falling flowers say nothing,
> The man, as limpid as the chrysanthemum.
> He writes down the seasons' splendors—
> May it be, he hopes, worth the reading.

第1句 按照标准解释,"春"比喻"春酒",吕兴昌反对这个呆板的解释。她宁愿把它理解为人在领受春天的风景。在她之前的杨廷芝也有类似的解释,他认为这一句指游春;但是正如赵福坛指出的,下面三句的意思大概已成定解了。

第4句 孙联奎认为这里的竹子喻指"士"。既然竹子一贯与"士"连在一起,在这里它们看起来更像是构成了该场景的一部分,照应着自然世界中的佳士聚会。

第7句 吕兴昌和赵福坛注意到,这里的琴没有被弹奏;人们沉浸在瀑布的声响中。

第10句 "淡"指安定的不惊不扰的样子,没有任何强烈的感情阻碍或影响人对风景的欣赏。菊花也有"淡"的特征,比如它的颜色比较淡。

第12句 所有注家都强调"读"的欣赏与娱乐之意。

我们应该注意到"典雅"是《文心雕龙·体性篇》的"八体"中的第一体。乔力认为开头四句在典与雅之间来回穿梭:第一句说"典美",第二句说"风雅",第三句说"典则",第四句说"雅润"。这些细微的风格差异实在太难区分,用英语更是区分不了;但它们为我们了解传统的类别分析提供了一个极好的例证。甚至像乔力这样的当代学者也在寻找复合词的两个组成部分在对句中的分配,也在遵循传统的修辞习惯,认为该诗是把复合词拆分成各个部件之后构成的。"典雅"被视为一个一般复合词,"典"和"雅"在复合词中所受的限制比它们单独使用时更为严格。每一

第六章 《二十四诗品》

个字又与其他字组合成另外的复合词，这些复合词的意义更为精确，限制也更为严格。吕兴昌，这位受西方影响更多的学者，也沿用了传统分析法的某些成分，认为第一句更接近"典"，第二句更接近"雅"。

典，这里译作"decorous"，指早期经典；在本书的其他地方，"典"又译作"canonical"或"authoritative"。到了司空图的时代，"典"已不必特指早期经典。像许多类型词一样，"典"也是一个让翻译者没办法的词：它有"gravity"（庄严）的一面，但不含忧郁之意，有自然的"politeness"（文雅）的一面，但没有虚伪的社会礼俗的意思；它是朴素的、简单的，它让人联想到古，也就是基本的和持久的事物。

与前面各品不同，这里的典雅具有一种社交性。虽然这是一个安静的聚会，大家共赏风景；既然这份欣赏被大家所分享，那么这称得上是愉悦中的愉悦。客人们一起向外看，而不是互相影响；两边的竹子把中间环绕成一个宁静的整体。令人欣赏的无声在无声的琴里重现，此刻，琴音已过，人们在欣赏瀑布之音。被默默欣赏的对象一个接一个地自然而然地出现：先是雨，然后是晴空，然后是雨水聚为瀑布。同样的无声在落花中归来，再加上一年中花期最晚的菊花，让人联想到老年和安于年老的高雅。

唐代诗人与读者非常注意景色的季节标记。司空图把各个季节都混在一起了，这些诗歌的那种不确定的奇怪的感觉，在很大程度上是这种季节的混合造成的。它们是"意境"，是由来自于感官经验的各种因素重新组合构成的，而不是固定在经验世界中的某个特定场景上的。诗歌的第一句强烈暗示春天（虽然对"春酒"的一些解释为后来出现的秋日景色留下了余地）。第/句的"绿阴"则是典型的夏日场景，虽然它也可以扩展到暮春或早秋。落花一般总是暮春的标志，虽然与菊花并列在一起，也可以认为它们指晚秋。这首诗中的季节标记互有抵触，因此也就相互抵消了；虽然我们愿意把第11句中的"岁华"读作"花开的季节"（即春天），但诗中的季节混合却使我们把"岁华"理解为更为抽象的"岁月的精华"。

第七品　洗练
(Washed and Refined)

如矿出金,如铅出银。超心炼冶,绝爱缁磷。空潭泻春,古镜照神。体素储洁,乘月返真。载瞻星气,载歌幽人。流水今日,明月前身。

As the ore gives forth gold,
As the lode gives forth its silver,
The mind, perfected, smells and refines,
Rejects love of all that is stained and worn.
An empty pool infuses springtime,
An ancient mirror reflects the spirit.
They embody plainness, store up the pristine,
And in moonlight turn back to what is pure.
He gaze on the *qi** of the stars
And sings of the recluse.
The flowing water is right now;
The bright moon, its former self.

第1—2句　"lode"(矿脉)是对"铅"的翻译,这里的"铅"(令人难以置信地)指银矿。当然,这两句喻指诗的凝练,凝练得只留下"精华"。它假定在"诗心"的形成、诗的"观念"的表达或诗的语言中有许多无用之物,真正的"精华"只有一小部分,需要提炼出来。

第3句　"超"虽有"超越"之意,但这里应当避开西方的"超越精神"观念;这里的"超心"指完善的或纯正的心(这里译作"perfected"),它超越感官的局限,直达本质。如果把第一个对句理解为"诗心"的形成,那么这个对句的意思就是"超心是经过冶炼的"。

第4句　这里指《论语·阳货》篇中的"坚白"之辨:"不曰坚

乎？磨而不磷；不曰白乎？涅而不缁。"一般认为"绝爱"是"拒绝爱……"或"停止羡慕（放弃）……"，也有人解释为"强烈地爱"（二者都符合"绝"的用法）。当然，后一种解释需要附加巧妙的注释，不然，它很难与本诗其余部分协调在一起；例如，你可以说，喜欢缁与磷是因为它们为洗练提供了机会。以"强烈地爱"解释"绝爱"，赵福坛取接受态度，乔力认为它不失为一种可能，吕兴昌则不假思索地拒绝了。

第5句 清澈明净指标题中的"洗"而言。潭之"空"指水面清澈，没有遮盖。"泻"，这里译作"infuses"（灌注），它的基本意思是"倾泻"，如水的倾泻，经常被引申为水的流动（请注意，按照中国文学传统，"潭"应该是静止的）。所有注家都明白此句指水中的倒影或春光，它们对"泻"发挥了影响力，使池塘的水能够完成预期的使命。有两种基本的分析法，一种是让"泻"主动（池塘以水流带动着春光与倒影），另一种是让"泻"被动（春天的景色或春光是被"倾泻"入池塘中的）。更好的解释（符合唐代的用法）应该是把"泻"读作"写"，去掉"水"旁；"写"即"描绘"，"写"在诗歌里经常用来指水的照映能力，这样一来，它就与下一句中的"照"成了一对。

第6句 这一句指标题中的"练"而言。请注意这里说的是铜镜。一面不够光亮的镜子只能照出大致轮廓，但一面好镜子则能捕捉住活生生的表情、神态：所谓镜子能"照神"应该首先在这层意义上加以理解。然而，这里还不忙对"神"做更为神秘的解释（经常被描述为"闪亮的光"），因为与它相配的"水中之月"的主题尚未出现。

第7—8句 从这一句起，各个注家的解释开始走向五花八门。问题似乎集中在句子的主语上：是上一个对句的反射体（潭、镜）还是下一个对句的"洗练"诗人。既然在其他品中也有类似自我净化的行动，那么，读者完全有理由认为这一句指诗人，许多注家都是这么做的。可是，这些十二句诗经常以四句为一个单位，而且，这样的划分在这里读起来也更合理一些，我宁愿把这个对句与前面的对句放在一起读，这样一来，句子的主语就成了"它们"（也就是潭和镜）。池塘与镜子不只纯净有光泽，而且还能捕捉到外物的光泽和纯净，因而也就净化了外物。作为诗歌或诗心的象征（在佛教中，清澈的池塘是"心"的经典隐喻），池塘与镜子不仅反射外在世界，而且还使之空灵了（etherealize it）、纯净了，去掉了一切杂质和物质层面。郭绍虞（以及我的译文）认为"体"是"体现"，乔力认为是"亲近"，吕兴昌与祖保泉则认为是"体悟"。赵福坛认为第 8 句的主语是诗人，并强烈主张把"真"解释为"仙界"的景象，认为诗人在月光下回到那里（我认为这是不正确的）。

第 9—10 句　星星是由"气"之精华构成的。星星周围的光晕与"幽人"相互映衬，"幽人"的字面意思是"藏在黑暗中的人"。许多注家想让幽人做"歌唱"者；这样读起来很顺，语法上也讲得通（把"歌"变成及物动词"开始唱歌"），但这并不是这一句最自然的读法。

第 11—12 句　显然，这里指水中之月，它很容易让人联想到佛家，最后一句提到轮回转世，更加强了这个联想。真实的月亮是前世之身，水中的倒影是现世之身。这两句与我们对第 5—8 句的解释配合得很好；第 5—8 句的池塘与镜的作用是去粗取精，这是在转世中也应该发生的事。我以"Right now"（现在）翻译"今日"，显然，司空图所谓"今日"不过指"现在"；可是，考虑到月光的意象，这里提到"日"不太合适（所有注家都忽略了"日"的因素，他们大概考虑的是它的更抽象的佛教意义，可是，优秀的文言文要求的是精确）。

在《二十四诗品》中，"洗练"是最美、最有特色的一品，也是最难理解的一品。关于许多诗句与短语究竟是什么意思，注家的意见分歧很大（虽然，就像常见的情况一样，对于它的总体效果，大家的看法是大体一致的）。这首诗好像在"洗"和"练"这两个概念之间往来穿梭。第一个说法是取自《论语》中的"坚白"，它把我们引向纯净与去粗取精这个相当传统的概念。然而，第一种炼冶很快转向了反射体（水与镜），产生了第二种"洗练"，反射中的"洗练"。"洗练"经过改造，变得难以捉摸了、空灵了（etherealized），它似乎是明镜一般的诗心的产物，在去粗取精的过程中捕捉住了"神"。在这个过程中，本来有些具体的东西变得空灵了，被反射的诗的意象被比作轮回过程，在轮回中，灵魂意识到世界的"空"（"空"也让人联想到反射的光和流水），被提升到佛境。这首诗极其晦涩，一方面在于它语言简略，另一方面在于它把不同的意象混合在一起。

第八品　劲健
（Strong and Sturdy）

行神如空，行气如虹。巫峡千寻，走云连风。饮真茹强，蓄素守中。喻彼行健，是谓存雄。天地与立，神化攸同。期之以实，御之以终。

Set spirit in motion as through the void,

Set qi* in motion as though in a rainbow:

A thousand yards down in the Wu Gorges,

Are speeding clouds and continuous winds.

He drinks of the pure, feeds on the forceful,

Stores up plainness, and holds to the center.

It is figured by the sturdiness of Heaven's motions:

This is known as "retaining the potent"

He stands together with Heaven and Earth,

Sharing spirit's transformations（神*—化*）

He looks to make it actual（实*），

And guide it on all the way to the end.

第 1—2 句　"神"在这里看起来很接近"神思"，据说"神思"总是运行无阻。"神"是非物质的，而"气"却是物质的，它是一种气之力：据说，英勇士兵呼出的气息能形成"虹"（与此类似，祖保泉认为"气"是空中飞翔的"真人"呼出来的）。因此，非物质的"神"与"空"搭配，"气"与相对物质性的"虹"搭配。

第3—4句　巫峡以其凶险、阴森以及凶猛的激流、风与雾著称于世。

第6句　郭绍虞与乔力把"素"解释为"平素"，把"中"解释为"心中"：诗人通过所谓持之以恒的内养，达到这种状态。这一句与第七品的第7句（"体素储洁"）十分近似，因此，把"素"理解为"平素"似乎不太合适。"中"既可以指"心中"，也可以指更抽象的"中"——在没有朝任何特定方向发出行动之前，人站在一个中心点上，就像第一品第10句中的"环中"。

第7句　我的译文增加了"Heaven's"（天的），因为该词被省略了。《易经》"乾"卦曰："天行健，君子当自强不息。"在"存雄"与"行健"之间存在一种适当的比率关系，这使这一品接近于"雄浑"品，"雄浑"也跟"乾"卦有关。"喻"（译为"figured by"）在文言中的意义与作用相当于隐喻和寓言。你也可以从另一个角度把它译为"It refers to…"（它指），也就是说，它是表面意思，"天行健"才是其深层所指。乔力认为"喻"是"理解"，这个引申是合理的，但比较弱。

第8句　"雄"，又见第一品。

第10句　"神化"应当指"造化"运行中的神秘的化生力量。

本品与"雄浑"品关系密切，是比较容易理解的一品。所有讨论以力取胜的品都把重点放在积聚力量的过程上。然而，本品与"雄浑"品的区别在于它形成的力量是确定的、实在的、有方向的。"雄浑"中的第7—8句是试金石："荒荒油云，寥寥长风。"与之相反，在本品中我们见到的是更有方向性的力量——"走云"下巫峡。这两种可能性都蕴涵在"乾"卦中：一切行动的或者某一种实现了的行动的潜在力，贯穿始终。

第九品　绮丽
(Intricate Beauty)

神存富贵，始轻黄金。浓尽必枯，淡者屡深。雾余水畔，红杏在林。月明华屋，画桥碧阴。金樽酒满，伴客弹琴。取之自足，良殚美襟。

If spirit (神*) preserves wealth and honor,
One cares little for yellow gold.
When the rich-and-lush (浓) reaches its limit, it will wither and dry up,
But the pale will always grow deeper.
In the last of the fog by the water's edge,
There are red apricot blossoms in a grove.
The moon shining bright in a splendid chamber,
A painted bridge in the emerald shade.
Golden goblets full of wine,
A companion strumming a lute.
If this is accepted, sufficient in itself,
It will express all the loveliest sensations.

第3—4句　吕兴昌认为这个对句暗含着这样的意思：如果缺少"绮丽"，就会出现"浓尽必枯"（第3句）的情况；而如果有了"绮丽"，就会出现"淡者屡深"（第4句）的情况。这样解释是因为"绮丽"中的华丽通常让人想到"浓"，与"淡"联系不上。然而，从整首诗的情况看，司空图对"绮丽"做出了十分激进的重新阐释：那种浓的"绮丽"会破坏自己，丧失魅力；而那种淡的"绮丽"（后面诗句中的景对它做了描述）却可以保持自己的特质，持续不衰。

第 5 句　吕兴昌宁取另一种版本，认为这一句应读作"露余山青"（In the remaining dew the mountains are green）。

第 7 句　我以"splendid"译"华"，它不仅暗示壮丽，而且还暗示那些壮丽、华美的事物在月光下都呈现出朦胧、幽暗之美。

第 11 句　"自足"，这里译为"sufficient in itself"（自给自足），也可以译为"and one is satisfied with it"（对它感到满足）。

"绮丽"在唐代已成为一种固定的风格类型，对它的批评与赞赏几乎一样多。它是一种特别的"花哨"，对它的诋毁者来说，"绮丽"与富有、轻浮和放荡联系在一起。也许正是由于它具有贬义倾向，司空图才试图改变对它的权威说法，把它从物质性的与表面的特质转移为精神性的特质：因此才有所谓拒绝"黄金"的说法（虽然读者可能注意到，本诗到第 9 句又回到了"金"上）。司空图自己的价值观与人们通常对某一类型的固定认识之间存在冲突（前几品已经表现出来了），为解决这个冲突，可以采取这样一种方案：不从根本上改变对某一品的通常理解，只是把它挪走，不让它留在表面上。对于以力取胜的类型，可以把力理解为潜在力量，而不失其合理性；以感性取胜的类型，可以把它说成是蒙上了一层面纱（也就是具有朦胧之美），而不失其合理性。

虽然"绮丽"被重新解释为一种"内在"特质，司空图一定发现感性场景具体体现了"绮丽"；并且，像他经常做的那样，他以空间或时间场景的"深度"来解决如何再现"内在"的问题。在第二组对句中，他借助了那个庄严的物极必反原则：一种特质表现得太完满或太外露就会导致枯竭；如果有所保留和遮掩，它反而会源源不断，汩汩流淌。"浓"总是徘徊在过于完满的边缘；在第三品"纤秾"中，司空图之所以为"浓"说好话，因为它的对立特质"纤"把它限制住了。如果说一个过"浓"的"绮丽"在欣赏过程中像秋天的落叶一样枯萎了，那么"淡"的"绮丽"却可以保持长久——这里的"淡"与"绮丽"搭配在一起构成了矛盾修辞法（oxymoronic）。"淡"经常指蒙上薄雾或颜色不太重的画面。它与"绮丽"之间不同寻常的联系具体实现在后面的意象中：因为有余雾，开花的树林的错综复杂和明亮的颜色都有所遮掩。但是，"绮丽"总是让人联想到人工技巧，在下一对句中，为遮盖那种修饰性的色彩（"华屋"和"画桥"），司空图找到"月光"和"碧阴"。最后一组对句描述有节制的宴饮，"绮丽"所包含的奢华因素又回到"金樽"这个意象中；"金樽"没有占据整个画面，它只是为该情景（与朋友饮酒、听音乐）增色的一个辅助因素，整个情景的中心在别处。

在司空图对"绮丽"的修订中，"自足"是一个非常重要的概念。"绮丽"总是面临滑向过度的危险，只有我们满足于不过度的、被遮掩的或以某种方式被限制的"绮丽"，"绮丽"才能真正实现。

第十品　自然
（The Natural）

　　俯拾即是，不取诸邻。俱道适往，着手成春。如逢花开，如瞻岁新。真与不夺，强得易贫。幽人空山，过水采蘋。薄言情语，悠悠天钧。

It's what you can bend down and pick up—
It's not to be taken from any of your neighbors.
Go off, together with the Way,
And with a touch of the hand, springtime forms.
It is as if coming upon the flowers blossoming,
As if looking upon the renewal of the year.
One does not take by force what the genuine provides,
What is attained willfully easily becomes bankrupt.
A recluse in the deserted mountains
Stops by a stream and picks waterplants.

As it may, his heart will be enlightened—
The Potter's Wheel of Heaven goes on and an forever.

第 1 句　即随时随地都可以得到。

第 2 句　"诸邻"在这里不一定指人；乔力不无道理地认为，这一句主要指借鉴古人（一般指其他文学作品）。问题在于"俯拾即是"的东西就是自然；当你感觉到你的所需在"别处"，就说明一种分离性的异化关系和发生在你欲望中的置换已经产生了，它在破坏自然。

第 3 句　这里的"道"并不特指任何宗教哲学的理论体系，它只取"道"的基本意义，所有的哲学主张都以这个"道"为基础，其特定宗旨就是万物皆"自然"的"道"。

第 4 句　基本上可以肯定地说，"着手"就是写作（虽然有人认为这些诗的题目可能张冠李戴了，但"着手"同样可以指书法或毛笔画）。乔力强调"春"在这里主要指新生和活力，这是从他把"邻"解释为"古人"而来的；也就是说，在"自然"品中，人应该像自然一样，永远以新的面貌开始。

第 5—6 句　这里存在两种解释的可能。一种解释是这两句接在"着手"之后产生的"春"后面：只要你成功地融入"自然"，就必然得到这样的回报。另一种解释认为这两句强调"自然"品中的那种偶然的一面：任何事物的出现都取决于它的自然规律，并不受制于人的意志。多数注家取第二种解释，并以此理解此诗的其余部分。

第 7 句　乔力和祖保泉以"变"释"夺"（这里译作"taking force"），意思是强行介入。这一句也有两种解释：一种认为，"真"（自然规律的属性）所给予的东西只能出于自愿，不能以强力获得；另一种认为，你不能强行地介入"真"所给予的东西之中。

第 9—10 句　"幽人采蘋"比喻那种得之于偶然的、自在的、丰富的而又自然的东西。参见《文赋》第 207—212 句：某物看似唾手可得，而在某种意义上又是得不到的。

第六章 《二十四诗品》

第11—12句 "天钧"出自《庄子》,喻指造化生生不已的过程。赵福坛把第11句看成条件句:"如果心开悟了……",这一品与下一品是《二十四诗品》最著名、最有影响的两品;这两首诗的第一组对句经常被引用。自然与天真本来是非常古老的价值观念,但经司空图的大胆解释,其影响变得危险了:在这一品以及《二十四诗品》的其他地方,司空图以直白的语言拒绝有意识的努力。司空图对道家哲学的精神上的忠诚在这里表现得最清楚不过。然而,在文学思想传统中公然拒绝有自我意识的活动是极其成问题的。

西方早期诗学著作,例如朗吉努斯的《论崇高》,只要求表面上的自发性(the appearance of spontaneity)(经常带有这样的附加条件:这种自发的外表来自于高度自觉的技巧)❶,与此相反,司空图要求诗歌确实出之自然:诗人只需学会怎样让它发生。像圣人一样,诗人与道"同"行,它给予的时候什么样,接受时还得是什么样。诗人提笔之时,把它传递到作品之中,不允许想得太多,也不能修改:"直接的"(comes "right out")就是"正确的"("come out right")。❷ 这种带有威胁性的要求,以及它在佛教和道家思想中的迷人回响,给诗歌创作出了一个难题,相比之下,以之要求人的道德行为还不至于这么困难:如今我们所见到的那些为实现这个目标而创作的诗歌,不过验证了所谓"自然"诗的乏味、笨拙和难以卒读。为解决这个难题,晚明批评家袁宏道在讨论他弟弟袁中道的作品时,提供了一个有趣的方案,在他看来,袁中道作品中那些最笨拙之处也是最佳之处,因为这是他弟弟天性的真实写照[12]。

这一品的问题还表现在本诗的抽象性上。用不含"自然"景物的诗句来说明"自然",这种情况是不多见的,在"自然"品里,我们惊讶地发现了这样的例子。描述景致的两组对句,都是用自然意象来证

---

❶ 例如朗吉努斯《论崇高》有这样的句子:"总之,在文学方面有些凭天分的效果,我们只能从技巧上学来。"见章安祺编订《缪灵珠美学译文集》第一卷,中国人民大学出版社,1987年,第81页。

❷ "right"一词双关,它既是直接的也是正确的。

明一种观念,而不是为"自然"提供例证。就第三组对句来说,重点放在与自然过程契合的偶然性上,而不是放在遇到的景致上(即使在这里,"岁新"也是抽象的,"花开"也是一般意义的)。这个意思也可以用秋云,鸟的迁徙或任何符合自然规律的景致来代替。同样,在幽人"过水采蘋"的场景中,重点不是放在与这幅独特的场景的独特的感觉联系上,而是放在这样一个观念上面,也就是要采摘那些自然随意提供的近在手边的东西。与此相反,大多数品所呈现的自然场景一般都体现了正在讨论的那个品。最耐人寻味的是,本诗大部分的"自然"要素体现在最没有诗意的第一句中:"俯拾即是"似乎体现了内心不假思考的活动,是语言而不是外在世界的任何特定方面,支撑着"自然"的价值。

第十一品　含蓄
（Reserve/Accumulation Within）

不著一字,尽得风流。语不涉己,若不堪忧。是有真宰,与之沉浮。如渌满酒,花时返秋。悠悠空尘,忽忽海沤。浅深聚散,万取一收。

It does not inhere in any single word

Yet the utmost flair is attained.

Though the words do not touch on oneself,

It is as if there were unbearable melancholy.

In this there is that "someone in control",

Floating or sinking along with them.

It is like straining the thickest wine.

Or the season of flowers reverting to autumn.

Far, far away, specks of dust in the sky;

Passing in a flash, bubbles on the ocean.

第六章 《二十四诗品》

> Shallow and deep, clustering, scattering,
> Thousands of grains are gathered into one.

"含蓄"包含英文"reserve"一词的两层意思,既用以指人的个性,也用以指意思或情感的保留,也就是不直说:或者隐藏在语言背后或深处,或者在文本和语言结束之后再显露出来。

第1句 或译作"不固着于某一单字"。许多早期注家想取"著"的一般意义即"写",这样一来,整个句子就变成"不在纸上写一个字"。这种解释不得要领。

第2句 我尝试用"flair"(有天分、敏锐、热情)来译"风流"。"风流"通常指人的性格中那种强烈的情绪化特征,这种性格很容易激起爱或争斗的热情,对人、自然风景与历史遗迹等通常比较敏感、反应强烈。在这里"风流"指一般意义上的神采,英文"flair"一词庶几可以对译。最重要的是,"风流"是一种极端表面与外在的特质;像处理其他积极的外在特质一样,司空图宣称,只有在不外露的时候,也就是处于"含蓄"状态的时候,"风流"才能得到淋漓尽致的表现。

第3—4句 一些评论者宁愿采用另一个版本,把该句读作"语不涉难",这样一来,整个句子就变成了"虽然语言没有触及难处"。按照这个版本,第4句读作"已不堪忧",意思是:甚至在没有提到难处之前,就已经"不堪忧"了。

第5句 "真宰"一词出自《庄子·齐物论》:

* * *

> 喜怒哀乐,虑叹变慹,姚佚启态;乐出虚,蒸出菌。日夜相代乎前,而莫知其所萌。已乎,已乎!旦暮得此,其所由以生乎!非彼无我,非我无所取。是亦近矣,而不知所为使。若有真宰,而特不得其眹。可行已信;而不见其形,有情而无形。

> Rage and delight, sorrow and joy, anxieties, misgivings, uncertainties, and all manner of faint-heartedness, frivolity, and recklessness, openness and posturing—all are music from the empty spaces, mushrooms forming in ground mist. Day and night one follows another, but no one knows where they sprout from. That's all there is! They come upon us from dawn to dusk, but how they came to be—who knows? Without them there is no me, and without me they have nothing to hold on to. That's pretty much how it is. But I don't understand how they are set in operation. It may be that there is someone in control, but he leaves no trace for me to find. No doubt that he can act, but I don't see his form; he is there in the circumstance but has no form.

"真宰"是一种同一性（identity），它把人的意识的流动统一起来。

第 6 句 "与之沉浮"即与文辞一起露面或消失。乔力把这句解释为"（真宰）使之后隐或显"。这种解释与上一句所引《庄子》中那段文字的意思是一致的，但它需要把"与"强行变成"使"。"与……沉浮"的意思很常见，这也是最自然的解读。如果是这个意思，那么，引自《庄子》的那段话就得稍微修改一下，不然就读不出下面的意思：隐藏在语言后面靠直觉发现的"真宰"时隐时现、难以捕捉。"真宰"（这里译作"someone in control"）可以简单地理解为"控制者"（something in control）；吕兴昌认为它不是"人"，而是"风流"，它藏在背后，控制着语言。这是可能的，虽然它不符合《庄子》原文的含义。吕兴昌还进一步认为"之"是"它"（真宰）而不是"它们"（语词）。这样一来，句子的意思就变成语言与"真宰"（风流）相浮沉了。

第 7 句 "渌满酒"：持续地漉酒，就会发现渣滓越来越多；同样，"含蓄"展示了人或特质的更深层的东西。由于有《庄子》的引文，我宁愿把人的"精神状态"（或者是起中介作用的形式场景）作为这种无限丰富性的根基；有些评论者认为，这种丰富性是"含蓄"的特质自身产生的，我不这么认为。首先需要注意的是，文本并不是立即揭示它自己，它是随着读者理解了越来越多的转折点与难点，在这个时间进程中逐渐揭示出来的。

　　第 8 句　当代主要的评注家（郭绍虞、乔力、祖保泉、赵福坛、吕兴昌）都认为此句指秋天的寒意忽然降临春天的场景，花朵因寒而闭合，色泽和芳香都被留住了；这里以"闭合与留住"类比含蓄。清代孙联奎的《诗品臆说》的说法与此相似，他认为这一句指花在乍暖还寒的早春慢慢绽放。这种读法未免差强人意，不够自然。"含蓄"是一种逆向表达法，强烈的感情越是表达得有所保留越能得到有效表达。而且，"表达"被理解为一个过程，文本一边被品味一边"展开"。由此，我倾向于以上一句的模式理解这一句：在文本的展现过程中，一种模式（春天）可能会转向它的反面（秋天）。

　　第 9 句　有的注本把"悠悠"解释为"多"；我宁愿与该词的通常意思大体保持一致："某种辽阔遥远的、绵延不绝的特质（经常用于指天或江河）。"

　　第 10 句　"忽忽"是这样一种特质：某物的出现、消失或经过是那样迅速，像幻觉一样，难以发现，难以捕捉。

　　许多批评家认为"含蓄"是司空图诗学理论的主旨；正是这一品在后代文学理论中得到最充分的发展，而且一再被重提[13]。在后世的批评家看来，含蓄是一切诗歌最重要的价值。在目前的语境中，一方面我们应该记住"含蓄"只是司空图所谓"二十四诗品"中的一品；而且，从很多方面看，它刚好是前一品"自然"的反面，司空图对"自然"的兴趣丝毫不亚于他对"含蓄"的兴趣。另一方面，我们也应该认识到在"含蓄"中表述得最为充分的价值观在司空图对其他品的论述中扮演了重要角色：例如"绮丽"，"精致的美"不能外扬，需要保持"含蓄"。因此，可以说"含蓄"既是特定的一品也是一种普遍价值。可是，"含蓄"在有些品中确实不太适合,甚至是破坏性的:例如以直接和表面为特点的"自然"就无法容纳它。因此,说"含蓄"是一种普遍价值并不意味着它处处适用。

"含蓄"的中心问题是表层与潜层的区别。表层文本证明了潜层的存在,但并不是它的标记。语词是标记,含蓄在另一个层面上发挥作用,但并不是"嵌"在语词中。从这个意义上看,这一品是中国文学思想所关注的一些最古老的问题的新化身,比如孟子的"知言"说,它针对的是说话人是个什么样的人,而不是说话人说了什么。本品第二组对句"语不涉己,若不堪忧"就是这个思想谱系的一个最明显的例子:你可能根本没有提到不愉快,但不愉快表现为一种基调,你说其他事情都透露着不愉快。感情的克制(保持"含蓄")——不谈论或不能谈论某事——本身就成为感情强烈的部分代码。

第5句提出了一个新问题——即一与多的对立,它出自《庄子》中的一个段落,那是中文里关于"情"的最著名的论述。❶ 我们知道,中国文章通常有这样一个特点:具有一个统一的结构,有若干不同的词汇,给同一种关系列出不同说法。关于情感的说法也是这样:一种情况是一个统一的"真宰"配多元的情感或语词(或二者兼有);无论把"真宰"视为作者的心理统一体(根据《庄子》,我选择这个看法),还是视为这一品的统一体(这是吕兴昌的意见),这种统一性或者是在语词的多元性之中或背后直觉到的,或者是不断变化的内心状态所唤起的。另一种情况是文本的有限统一配多元的情感或多元的意味。这种从统一中生出多元的结构出现在"渌酒"的意象中:就像文本在被欣赏过程中会出现无数的变化与差异,酒里不断有泡沫和渣滓冒出来,旋即消失。这两种类型的"一与多"可以大致协调在一起。例如,我们可以假定一种过程,其中,统一的、有限的文本展现为不断变化的效果;在这些效果背后,读者可以在作者的心理统一体中直觉到"真宰"。因此,我们可以把最后

---

❶ 这里指《庄子·齐物论》中论"情"的文字:"非彼无我,非我无所取。是亦近矣,而不知所为使。若有真宰,而特不得其眹。可行已信;而不见其形,有情而无形。"

一句理解为：在欣赏文本的时候理解到各种变化（"万取"）；这种多元性在语词的统一体中或在对人即作者（他是那种不断变化的效果得以发生的根基）的直觉中聚成一体（"一收"）。

第十二品　豪放
(Swaggering Abandon)

观花匪禁，吞吐大荒。由道返气，处得以狂。天风浪浪，海山苍苍。真力弥满，万象在旁。前招三辰，后引凤凰，晓策六鳌，濯足扶桑。

Viewing the flower can't be forbidden—
He swallows in all the great wilderness.
Arising from the way, bringing back *qi**
Residing in the attainment, he becomes wildly free.
A wind streams down from the heavens,
Mountains over the ocean, a vast blue-grey.
When the pure force is full,
The thousands of images are right around him.
He summons sun, moon, and stars to go before him,
He leads on phoenixes behind,
And at dawn whips on the great turtles,
Bathes his feet at the *fu-sang* tree.

第 1 句　这一句在理解上存在严重问题，而且有大量异文。郭绍虞的解释最直接：花开之时，不禁止赏花，那是自然给予的自由。吕兴昌考察了各种解释并明智地指出，这种解释虽然讲得通，但与"豪放"关系不大。在我看来，这种解释与本诗其余部分也没有多大关系。吕兴昌的解释跟我的翻译差不多：谁也阻止不了别人赏花。这至少保留了本品中某种任性的感觉。为了让这一句跟整首诗调和起来，另一个方法是把它理解为悠闲自在的一个隐喻：有了这种自在，一个"豪放"的人就可以在整个世界里徜徉了；于是，他"吞吐大荒（世界的尽头），那种无拘无束的感觉，不亚于一个赏花人"。

要解决理解上的严重问题，还可以采用异文；一个有趣的异文见孙联奎提供的版本（为乔力采纳），"观化匪禁"。它的大致意思是："观察到万物变化的过程中没有什么是被禁止的"，也可以更自然地译为"观察万物的变化过程是不被禁止的"。以"化"代"花"，句子的意思果然讲通了，可是，这个异文缺乏更早的版本作为依据。祖保泉的解释是"在皇宫的花园里观花"，他把"禁"理解为"禁宫"。这种解释既不符合行文的脉络，也破坏了否定词"匪"的意思。

第2句 "吞吐"的字面意思是"吞进去，吐出来"，它夸张地表现了一种驾驭事物的能力（豪放的明显特征）。如果我们把"大荒"（文明世界外围的未知领域）理解为花开之所，那么，这样的赏花可以说是豪放式的，它与在花园里近距离地赏花大为不同。赵福坛提出，此句可能出自贾谊（公元前200—前168）《过秦论》，其中有句子提到秦始皇有"并吞八荒之心"（意即要统治世界）。考虑到《过秦论》是那样著名，而且秦始皇的性格确实可以用"豪放"来描述，说不定它真是"吞吐大荒"的原始出处。

第3句 "由道"的意思是说这种具有侵略性的力量源于自然进程，但也可以把它理解为一种要求，也就是要求"由道"，以便更好地利用这种力量。"返"与第十一品第8句"花时返秋"中的"返"是同一个字。像"返气"（"让气返回来"或"返回到气"）这样的短语一般都是虚指，只是制造声势而已。吕兴昌认为"气"和"道"是一回事，"返气"就是"返道"。乔力认为"气"指"元气"，如果你"由道"，你就可以让元气回归胸中。祖保泉的翻译干脆省略了这个词。赵福坛把"气"理解为"豪放"，他强行改变"返"的意思，认为这一句指"豪放之气出自道"。

第 4 句　像上一句一样，这一句也制造了很大声势，显得高深莫测。"得"（获得）与"德"（内在力量）是同源词。吕兴昌把它理解为"得道"。"得"也可以理解为"得意"意义上的"得"，即"满足"，对自我和目前的处境感到惬意。我的译文基本采用了郭绍虞的解释。乔力取另一种版本，以"易"代"以"；他把此句理解为"豪放"的否定面：轻易（或偶然）获得的豪放容易流于张狂。祖保泉把"处"理解为"处处"，这样一来，句子的意思就变成"谁要是道的化身，他的行动才能自在若狂"。

第 6 句　"海山"可能指海上仙人居住的小岛。

第 7—8 句　这组对句说明，如果"豪放"达到充实完备状态，世界上的所有事物就都可以通过诗歌捕捉到并表现出来。

第 11 句　海上居住着一种巨大神秘的龟。据说，它们有时驮着仙人岛，第 6 句中的"海山"就是这个意思。

第 12 句　"扶桑"是太阳升起的地方。最后四句是对"大人"的最典型的描述；"大人"指一种道家高手（也可以指帝王），他们能控制宇宙的运行，其标志是有神秘动物虺从他们在太空中游走。

作为一种"风格"（manner）类型，"豪放"不比此诗更微妙：它属于"雄浑""劲健"这一族，但有更清晰的人性特质。它也许来自自然力，但并不等同于自然力。"豪放"的人似乎融道家巫师与秦始皇于一体。豪放是一种推动性的而非强制性的力。

与前一品"含蓄"不同，"豪放"基本上是一种外在特质。尽管杨振纲《诗品解》描述的排序原则并非永远适用，然而在整个《二十四诗品》中确实有那么一些段落，这种排序原则在其中扮演了重要角色。"含蓄"确实弥补了"自然"的浅显，而外向的"豪放"又确实弥补了"含蓄"的缄默。同样，下一品"精神"又弥补了"豪放"的粗鲁。

在中国美学思想中，"豪放"是一个重要范畴，它的内涵比司空图这里的论述有趣得多。诚然，若有人想戏仿（parody）"豪放"品，恐怕也无法达到更好的效果（虽然这一类作品有时几近于自我戏仿）。第 2 组和第 4 组对句，司空图使用了道家的一些惯用语，听起来高深莫测，实际毫无意义：各种类型的外在活动都需要滋养或积聚某种形式的力量，而力量只有在自然进程之中或通过自然过程才能实现。第 3 组对句只是自然力的一个具体场景，最后四句是一个程式化的图景，表明那种经天纬地的意志实现了，这个图景很适合描述一个在位的帝王。

第十三品　精神
（Essence and Spirit）

欲返不尽，相期与来。明漪绝底，奇花初胎。青春鹦鹉，杨柳楼台。碧山人来，清酒深杯。生气远出，不著死灰。妙造自然，伊谁为裁。

> Seek to bring back the unending,
> Intending to meet and go together.
> Bright ripples on the very bottom.
> Wondrous flowers beginning their gestation.
> A parrot in the green springtime,
> Tower and terrace among the willows.
> Someone comes to the emerald hills—
> Clear wine, a deep goblet.
> The *qi** of life goes out far,
> Not remaining in the dead ashes.
> It subtly produces the So-of-itself(自—然 *) —
> Who could have cut it to plan?

第 1—2 句　第一句也可以译作"想求返，却发现不尽"。这组对句的意义完全靠猜测。我把杨廷芝的解释翻译在这里，让读者看看古代注

第六章 《二十四诗品》

家怎样把握这样的句子:"精由于聚,人欲返而求之,则有不尽之藏,神得所养,而心之相期者遂与之以俱来。"❶ 这种滋养力量的过程在许多品中都出现过,这里再次提到它。第 2 句的直接宾语是捉摸不定的,吕兴昌认为它是"精神"(scene-world),这样一来,第 2 句就成了第 1 句的前提条件,第 1 句就成了它的结果:如果一个人能够与"精神"相遇,并把它表达出来,那么他就能得到取之不竭的东西。祖保泉坦白承认这一句很费解,并猜测它的意思是"人的精神活动不息,如把它收敛起来,并藏之于内,那是收敛不尽的"。我认为这两句并不是司空图要明确表达的论点,像《二十四诗品》中的其他诗句一样,它们模仿了那种道家的"精神秘诀"(spiritual recipe)式的表达法。这种"精神秘诀"一般包含着若干一环套一环的先决条件,这些条件链导向一个既定的结局。该结构因其神秘而带有某种权威性。然而,每一个条件究竟是什么(包括它的定义以及它与其他部分的关系)经常故意让它含糊不清。神秘性是这种含糊不清造成的。这两句的每一个组成部分都在述说司空图最喜欢的理论口号:"返"("带回来"或"回归"),返回到内心以及精神和本原中;"不尽",因为"返"而产生丰富;"相期",期待与某种特质或某种景在一起。

第 3—4 句 "漪"让人联想到外面的花纹("文");这里的"漪"是池塘或溪流底部的倒影,可能暗示外与内之间的某种相符。多数注家认为"绝底"不过是指水的清澈;尽管这里暗含这个意思,但我认为,它还暗示浅水水底的涟漪中的光与影。花"胎"暗示波纹从内向外的展现。显然,"漪"是水景的"精神",它是透明的、无形的水的那种活生生的可见样子。同样,"花苞"是花的"精神"。

第 5—6 句 第 6 句暗示几处楼台(按传统,一般漆成红色)掩映在浓密的柳叶中。我认为鹦鹉也出现在这里,也暗含出同样的关系;但

---

❶ 译文:"Essence arises from a drawing together; and should a person turn back [inward] and seek it, then he will have an inexhaustible store, and spirit will attain the means to be nurtured. Mind, determining that [i.e., the inexhaustible store] as what it would meet with, will consequently come together with it."

郭绍虞认为这里提到鹦鹉是为了加入声音。赵福坛认为第6句的"楼台"应作"池台"。

第7句　这一句也可以译为"一个来自碧山（即隐居之所）的人来了"。

第8句　乔力认为"深杯"应作"满杯"。

第9—10句　祖保泉认为这两行是任何一首诗都应该具有的特质，可是，把它视为"精神"品的特质似乎更为恰当。"死灰"（这里的"死"在汉语里并不是死亡的隐喻）原始出处是《庄子》，但后来通常指彻底的漠不关心：按照道家的观点，漠不关心一般是被肯定的正面的状态（参见第十九品的第6句）；但在这里它显然是负面的。

第11—12句　我的译文是"它微妙地制造自然，谁能为它剪裁？"或者如赵福坛的解释："妙造自然之境，谁人可以裁度呢？"

精神是给万物赋予生机的要素。第2组对句的意象和第5组对句的更一般性的描述都说明了生机由中心向外围延伸与扩展的方式。然而，这首诗中的其他意象不过是一些令人愉悦的春景，没有为主题添加任何东西。

第十四品　缜密

（Close-Woven and Dense）

是有真迹，如不可知。意象欲出，造化已奇。水流花开，清露未晞。要路愈远，幽行为迟。语不欲犯，思不欲痴。犹春于绿，明月雪时。

This does possess genuine traces,
But it is as though they cannot be known.
As the concept-image is about to emerge,
The process of creation is already wondrous.
Water flowing, flowers opening,
The clear dew not yet dried away,

第六章 《二十四诗品》

> The strategic road getting ever farther,
> The slowness of passage through secluded places.
> The words should not come to redundancy,
> The thought should not tend to naïveté.
> It is like the spring in greenness,
> Or bright moonlight where there is snow.

第1—2句 "真迹"是证明事物不是伪作的标记。例如，一幅画作的署名、版权页（colophon）等标记经常可以证明整幅画作皆为某画家的"真迹"。这种整体与部分的对立也暗含在这组对句之中。我们一般认为这两句可能指任何"缜密"之景，无论是自然中的还是诗中的；这样一来，各个组成部分就消失在整体中了。然而，这两句的意思更像是特指艺术作品的创作，"迹"是被创作的艺术品的"痕迹"。这样一来，这个对句的意思就变成：这种痕迹存在，对于那些仔细而老练的观察者来说，它是可见的；同时也强调这样一种事实：如果观察不细致，创作之"迹"似乎就消失了，作品似乎无迹可寻了。

第3—4句 "意象"是想象中的诗景，它通过文本传达给读者[14]。司空图对"意象"的使用很特别，他以"欲出"限定"意象"：它不是明确表现在文本之中被充分实现的，而是悬浮在我们感知的边缘。那种"欲出"状态是"造化"，它不需要充分实现就是"奇"的。这种出现在实物边缘和外围的文采（pattern）在结尾的意象中展示出来。

第7—8句 注家对这两句说法不一。郭绍虞把"要路"解释为古军事要道：越靠近边境就越为重要（"愈远愈不敢疏"）。这种说法不免太离奇了，虽然它维护了"要路"一词最常见的用法。乔力认为"要路"比喻"重要道理"，认为这里以穿越浓密的植被比喻对"缜密"的体验。更确切地说，可能丛林小路幽深曲折，行人需缓步细行。赵福坛发挥了《诗品浅解》的说法，认为这一句指诗歌结构的两个互相补充的因素：既有宽阔、绵长的主干道（"要路"），把你带到远方，也有蜿蜒曲折的小路，供缓步细行的旅人和欣赏之用。这种解释与下一个对句配合得很好：第9句出现的问题回应着幽邃的小路，第10句出现的问题则回应着主干道。

第9句　司空图这里使用了一个诗歌技法术语"犯"，它的字面意思是"侵犯"或"重叠"，一般指繁冗之病。"缜密"确实有"犯"的危险，"密"（织得过密）容易造成各种元素的重叠。祖保泉认为"犯"指细节烦琐。

第11—12句　这两句是"缜密"的十分恰当的比喻：它们都是由单一色调的图案（pattern）构成的复杂景致。单色背景祛除了强烈的色彩反差（第十三品，第5—6句），否则，许多景色都要受这种反差的控制，单色背景也避免了对比造成的特质（第三品，第3—8句）；单色背景使注意力集中到图案与光影的复杂和细致：这样才能造就出"密"的特性以及那种悬在感知边缘的图案。

"缜密"特别晦涩，所以，对它的解释简直无奇不有。最先想到的是"织"即"纺织品"，把作品比作"纺织品"说明它做工精细，不仔细观察，简直看不出加工的痕迹。注家一般都同意此诗强调有机整体（例如单色背景），它使作品看起来像一片完整的纺织品一样。

《二十四诗品》的每一品都要求一种表达策略，有时是内部对比，有时，像在这里，是把这种类型或它的某个方面推到感知边缘。要理解"缜密"，可以参照"纤秾"（第三品）与"绮丽"（第九品）。第三品中的"秾"的方面尤其接近"缜密"中的单色背景（虽然"缜密"第11句中的雪景不属于"秾"）；但在第三品中，浓密的植被比喻无差别的背景，在这个背景下，"纤"才得以出现。在"缜密"中没有起对比作用的"纤"；这样一来，单色调的浓密植被只能在自身之内、在我们的感知边缘，显示出错综复杂的图案。"绮丽"与"缜密"有类似之处，但那些被推到感知边缘的图案是明亮与纤细的（好像蒙上一层薄雾）。然而，请注意，这三品都属于静的类型，与之相对的是那种活跃的、进攻性的类型。

第十五品 疏野
(Disengagement and Rusticity)

惟性所宅，真取弗羁。控物自富，与率为期。筑屋松下，脱帽看诗。但知旦暮，不辨何时。倘然适意，岂必有为。若其天放，如是得之。

He lodges according to his nature (性 *),

Takes spontaneously, without being bound up;

He grows wealthy gathering things in,

Anticipating joining with directness.

He builds his cottage beneath the pines,

Removes his cap, looks at poems;

He knows only of dawn and sunset,

Makes no further distinctions of time.

By chance something suits his mood—

Why need he act purposefully?

If he lets himself go according to nature (天 *),

In this way he attains it.

第1句 乔力把"所宅"引申为"适""顺"。你可以把这一句翻译成"他以天性为宅"或"无论他以什么为宅……"总之，此句描绘了一个随心所欲的人。"野"就是顺应人的天性（对立于教化与文明），这是典型的道家观点。

第2句 吕兴昌认为"取"指获得"疏野"的境界。赵福坛的解释与此接近，他认为"取"指诗歌的"取材"。乔力与吕兴昌的分歧在什么是"真"：乔力认为"真"指诗人与世界之间的关系（我支持他的意见），也就是诗人自然接受世界,它接近于"自发的"(spontaneous)概念。相反,吕兴昌则认为,"真"指人领悟的东西必须是"真实的"(genuine),也就是依傍自然,这样一来,"取真"者不能随随便便或依靠一时心血来潮。

第3句 乔力与赵福坛认为物之"富"指诗歌素材,这与吕兴昌对"真取"之物的理解大致相同。吕兴昌和祖保泉宁愿把此句读作"拾物自富",而不是"控物自富"。

第6句 "脱帽"表示自在,不拘礼俗。

第7—8句 这是隐士的典型特征:他们只留意有限的自然的时间标志,不在乎社会性的时间标志,或暗示记忆与期待的长时段。多数注家认为"辨时"指历史时间如朝代的标志。乔力与赵福坛都沿用了郭绍虞的解释,把"不辨何时"与陶潜《桃花源》中描绘的居民联系在一起:这些人于几个世纪前避难山中,甚至不知道朝代变迁。

第9句 孙联奎把"倘"(倘若)释为"徜"(徜徉)。

"疏"(这里译作"disengagement")的字面意思是"分离",它经常暗示"粗心"(careless)或"怠慢"(remissness)。这一品几乎没有晦涩难解之处,意思十分直白:遵循天性的要求,不受社会习俗的制约。如果把"疏野"品安排在"自然"(第十品)与"豪放"(第十二品)之间,说不定会创造一种出人意料的效果。本品第11句中的"放"译为"let himself go"(任其自然),而第十二品的"豪放"之"放"译为"abandon"(放弃)。"疏野"与"豪放"都有"任其自然"、摆脱一切限制的意思;虽然都是反抗性的活动,但在这两品中二者方式有别:"豪放"以自我表现来反抗压抑,以驾驭来反抗被驾驭(注意第十二品第1句中"禁"字的用法);与之相反,"疏野"中的对比发生在"被打扰"与"不被打扰"或"拒绝被打扰"之间。

从另一方面看,"自然"品提出外在本性和内在本性之间的某种一致:它是人与他偶然相遇的东西融洽相处的前提条件;这里没有"怎么高兴怎么做"的意思("疏野"中有这种东西),因为你已经超越了一切以行动为意图的"高兴"的念头。在"自然"中,没有任何因素限制表达自由。"疏野"寻求意志的直接表达(第4句),而意志正是在"自然"中被超越的东西。当然,需要补充的是,这种对比是试探性的,只是出于方便:在实际行为中,二者在相当程度上是重叠的。例如,谈到具体的诗作如陶潜的诗究竟代表"冲淡""自然"还是"疏野",可能会有争论和分歧;但选择这几种模式中的任何一种,而不是其他模式,这本身就暗含了对陶潜诗歌的某种阐释。

第十六品　清奇
(Lucid and Wondrous)

娟娟群松,下有漪流。晴雪满汀,隔溪渔舟。可人如玉,步屧寻幽。载瞻载止,空碧悠悠。神出古异,淡不可收。如月之曙,如气之秋。

Charming in their beauty, a stand of pines,
And beneath is a rippling stream.
Sunlit snow fills the sandbars,
A fishing boat across the creek.
An agreeable person, like jade,
Pacing clogs seek in secluded places.
Now peering, now stopping,
Emerald skies gives stretching on and on.
The spirit gives forth ancient marvels,
So limpid it cannot be held back,
Like dawn's moon-brightness,
Like autumn in the weather (气*).

第1—2句　孙联奎把松树的景与"清奇"中的"奇"联系起来,

把水景与"清"联系起来。吕兴昌提出松树的倒影轻轻荡漾在溪流上。

第3句　吕兴昌认为,从下雪时的昏暗突然转为晴空的明亮,这种光线的变化很容易被描述为"清"(或"鲜")。她还提出"渔船"(她认为这里的"渔船"是复数)说明了"奇",但她的说服力不强。

第9句　此句也可以译作"神产生于古异",而不是"神发出古异"(我的译文)。赵福坛不无道理地把"神"释为诗歌创作的"神思"。祖保泉把"异"简单地理解为古今之"异"。

第10句　吕兴昌认为"淡"指"古异","收"指"捕捉住"。她的解释如下:"二句正面说明'清奇'之境,其精神表现自是超乎俗浊平庸,而有古怪奇异的特色。但这种'古异'却自然呈露,并无刻意古异的痕迹,故云淡不可收。"这种解释把"淡"与司空图最喜欢的玄妙主题联系在一起。

第11—12句　就像第10句一样,我们不清楚这里的明喻描绘的是创造古异的"神"(即人),还是被创造出来的"古异"。郭绍虞把第11句中的"曙"理解为"日月初离海之光"。

"清奇"是一种相当常见的形式类别,齐己《风骚指格》(9世纪晚期)已把它列为一体。在这里它似乎让人联想到耳目一新,类似英文所谓"a sparkling"(闪亮)[15]。前八句完全用于营造"清奇"之境。第3句的"晴雪满汀"与第十四品"缜密"中的"明月雪时"近似,二景都是白上加白之景;但在"缜密"里,光亮被抑制了,这使我们注意到阴影与图案的细微之处(这样,雪景就更加接近那一品中的叶景了)。"清奇"是在雪晴以后的突然一亮,再加上渔船的点缀。昏暗和阴影的句子也造成了对比效果(如"步屧寻幽"句)。

司空图不喜欢强光,他以第10句的"淡"来缓和;下一句的拂晓之月的清光也可以说是"淡"的。

第十七品　委曲
(Twisting and Turning)

登彼太行，翠绕羊肠。杳霭流玉，悠悠花香。力之于时，声之于羌。似往已回，如幽匪藏。水理漩洑，鹏风翱翔。道不自器，与之圆方。

> Climbing the Tai-hang Mountains,
> Azure winding, hairpin curves:
> Obscure, misted over, flowing jade;
> From far, far away, the scent of flowers.
> As action is to its own season,
> As notes[of music] to the Tibetan flute,
> Seeming to have gone, it has already returned;
> As if secluded, then no longer concealed.
> Water's patterns swirl endlessly;
> Peng winds hover around and around.
> The Way is not bound to vessel-shape—
> He joins it becoming round or square[according to circumstances].

第1—2句　"羊肠"的字面意思是"羊的肠子"，比喻蜿蜒曲折的山间小路。太行山脉即以羊肠小路出名。"翠"既可能指山中青色的雾霭，也可能指浓密的植被。连绵曲折（没有一条直通终点的直路）正是本品的特征。

第3句　多数注家都同意"流玉"指溪流。在赵福坛的注本中，他的合作者黄能升提出"流玉"指细微缥缈的薄雾，这种说法不合常规但却很有吸引力。❶ 吕兴昌认为"流玉"就是玉，有"玉生烟"之意，司

---

❶ 见赵福坛笺证、黄能升参证《诗品新释》，花城出版社，1986年。

空图《与极浦书》(参见本章后面部分)论诗歌境界就引用了这个著名的"良玉生烟"的比喻。"杳"也有"在远处"之意,指透过雾气看到远处的溪流在闪光,虽然它也可能仅仅指山景中的迷蒙雾霭。

第4句　吕兴昌宁愿把"悠悠"解释为"不断的",而不是"悠远的"。

第5—6句　这两句很晦涩。季节性劳作以及音乐似乎比喻一再重复和返回(重奏),这是"蜿蜒"的一个结果。"力之于时"大概就是"按时节的要求使用劳力"。如果我们这样解释"力之于时",那么"曲"的要素也就暗含其中了:如果说那种进攻性的力是直来直去的,那么,应时而发的力则因为它使用恰当而不必那么直接。祖保泉认为"力之于时"指古代的弓名("时力"),弓的弯曲符合本品的"曲";他的解释大概走得太远了。这里把"羌"译作"Tibetan [flute]"(西藏的[笛子]);"羌"也是诗歌中的语助词,一些注家在这个意义上提出了另外的解释,例如有人提出"羌"这个语助词给描述增添了微妙的意味。人们常用"委婉"描述"羌笛"的乐声,因此,把"羌"理解成"羌笛"似乎更合适一些。

第7—8句　这两句可能指季节性劳动,或牧民吹奏的羌笛的乐音,或山间小路,或对本品的一般性描述。从更宽泛的意义上,我们能看出"委"与"曲"的对立所引发的各种对立面之间的相互转换。

第9—10句　我按照乔力、祖保泉和吕兴昌的解释把"水理"译作"水的纹理"(即波纹);但郭绍虞认为它指"水的内在原则",这个说法也值得考虑。把"理"解释为"纹路"可以维持这里的对偶结构,但如果单看"水理",郭绍虞的解释可能是最自然的。"鹏风"中的"鹏"是《庄子》中提到的传说中的大鸟,这种鸟非常之大,其羽翼甚至与地平线相接。它需要强大的"旋风"把它带到合适的高度。这两个形象都在说明"循环",一个下沉,一个上升。

第11句　这一句也可以读作:"道不能被当作人们使用的器具。"或者按照赵福坛的说法:"诗之道如百工之道一样,不要以物形来拘束自己,而要适应万物或圆或方。"

"委曲"是一种既古老又十分常见的描述类型,经常作为正面类型出现。它意味着思想、主题、风格与情绪活动中那种不断的细微的转折。本诗开头描述在狭窄的山间小路旅行,它就是"委曲"的一个最恰当的隐喻。小路总是提供新的视角,而不是单一的"前景",它带来的是兴致,而不是整体感。它总是回应变化与不可预期的环境,所以它属于那种线性的统一体,而不是那种来自整体性观察的统一体。第2组对句中出现的溪流的波光与花的意象是整体的组成部分,它们不直接出现,而且出现在远处。接着,这些片断的景被循环的比喻取代,这里既有对立面之间的转换(第8句)也有反复(第7句)。然后再进一步与"道"联系在一起,像水一样,"道"也是随物婉转、随物赋形。

如果说"劲健"(第八品)发展了"雄浑"(第一品)中的"力"的方面,那么,"委曲"则发展了其中不断变化的方面,后一方面以略微不同的方式重新出现在"流动"(第二十四品)中。"委曲"与"流动"都不是靠自身就能确立的类型,它们是许多确定类型可以出现或消失的转换背景;然而,它的一个明显结果是它自身不断变化的特质。"委曲"品的那种极端的不稳定性即将退场,下一个上场的是它的对立面即下一品的具体性。

第十八品　实境
(Solid World)

  取语甚直,计思非深。忽逢幽人,如见道心。清涧之曲,碧松之阴。一客荷樵,一客听琴。情性所至,妙不自寻。遇之自天,泠然希音。

The words employed are extremely direct,

The formulation of thought does not go deep:

Suddenly one meets a recluse—

437

> It is as if seeing the mind of the Way.
> The bends of clear torrents,
> The shade of emerald pines:
> One fellow carries firewood.
> Another fellow listens to a zither.
> The perfection of nature and affections
> Is so subtle it cannot be sought.
> One chances on it as Heaven wills—
> Delicate, the faint and rare tones.

第 2 句　此句的要点是说:"实境"品是表面的,没有隐藏之意。乔力的解释很好:"取语得句,无非是眼前所见,耳边所闻,心中所感,信手写来便成,用不着苦思繁虑,故求幽深。"

第 3 句　既然隐士并不是经常可以遇见的,透过这一点我们可以猜出,这里的境是直接的,而又是不同寻常的。

第 4 句　"道心"可能是对该景的抽象概括,也就是该景的特质;或者可能就是"道"的"心",指隐士。

第 5—8 句　这里描述的是隐逸世界。乔力把"曲"解释为"天籁"。

第 9 句　乔力把这一句解释为"任情适性,率性所至"。

第 10 句　"不自寻"就是不能刻意地寻找到。吕兴昌把"自寻"解释为"在自身之内寻找",也就是说它必须在外在世界中寻找。虽然这种解释也不是不可能,但它没有文本的支持。

第 12 句　"希音"回应着《老子》的"大音希声"。郭绍虞指出"此境虽实而出于虚"。

看来,司空图各"品"之间的区别经常靠一再出现的对立来显示,其中之一就是表层与深层的对立。那些隐藏的、深层的品经常被说成是从深层浮现到表层;而表层的品,就像这一品,则经常以直接和表层开始,然后就变得难以捉摸了。

本品与其他表层类型(如第十品"自然")有一些相似之处。在"实境"和"自然"品里,妙境都不是靠寻找而是靠留在事物表面而获得的。按照现代诗学的一个流派的看法,一首诗是其所是,而非意指("not mean but be");在中国诗学传统中,也有一种感受具体的经验世界的愉悦。诗人经常用世界的景物指代某种心智图景或情感的关联物;这两种做法都看重"深层",反对"实境"的价值观。然而,按照司空图的说法,只要任其自然,真正的妙境自会产生。

第十九品 悲慨
(Melancholy and Depression)

大风卷水,林木为摧。适苦欲死,招憩不来。百岁如流,富贵冷灰。大道日丧,若为雄才。壮士拂剑,浩然弥哀。萧萧落叶,漏雨苍苔。

> A great wind rolls up the waters,
>
> The trees of the forest are shattered.
>
> He suffers to the point of death,
>
> Calls for respite, but it does not come.
>
> Lifetime's hundred years seem to flow on,
>
> Riches and honor leave him cold as ash.
>
> The great Way declines more and more each day—
>
> Who nowadays is bold and talented?
>
> The knight in his prime pats his sword,
>
> His boundless lament increasing.
>
> The winds moan through the falling leaves,
>
> Rain drips on the grey moss.

第 1—2 句　吕兴昌认为，这些景就是造成"悲慨"的那种无所不至的破坏性力量的具体例子。

第 4 句　吕兴昌这样解释："他寻找那惟一能提供安慰的人，可他没有来。"

第 6 句　一个悲慨的人认识到一切都是有限的，所以对世俗的诱惑无动于衷。祖保泉的解释略有不同："富贵"终将成灰。

第 8 句　修辞性疑问句似乎为缺少一个抵挡"道之日丧"的人而感到悲哀。

"悲慨"属于最清楚的品，一系列相互联系的景色与情境引发了悲观失望的情感。在这种纯主观的类型中，司空图很少达到最佳状态，与此类似的还有"雄浑"品。

第二十品　形容
(Description)

绝伫灵素，少回清真。如觅水影，如写阳春。风云变态，花草精神。海之波澜，山之嶙峋。俱似大道，妙契同尘。离形得似，庶几斯人。

　　One awaits the ultimate spiritual purity,

　　Soon brings back what is pure and genuine.

　　Like seeking reflection in the water,

　　Like delineating bright spring.

　　The changing appearance of wind-blown clouds,

　　The spirit and essence of flowering plants,

　　The waves of the ocean,

　　The jaggedness of mountains—

　　All are like the great Way,

第六章 《二十四诗品》

Match their subtle beauty, share their dust.
Whoever attains resemblance by diverging from external shape
Approximates such a person.

第1句　这里的"伫"与第五品第9句中的"伫"一样,都很费解。"伫"的本义是"站了很久",通常引申为"等待"。还有一个与此相关的"贮",意思是"积聚"。当代多数注家认为"伫"即"积聚",而我倾向其早期用法即"等待"或"期盼"。"灵素"属于司空图喜欢使用的那种极其含糊的词语,我们无法确定它是一个道家的抽象概念,还是外在世界的事物的特质,抑或是诗人内在的某种东西。

第2句　乔力、赵福坛、祖保泉都把"回"解释为"运转"或"展现",而不是"带回";另外,乔力把"运转"与形容的过程相连。乔力还把重点放在"少"上,认为它更像是"稍微",而不是"逐渐"。因此,他认为这一组对句是紧张费力的负面结果,"如果写作时总是凝神精虑……也只不过稍稍传写出事物的形态面貌"。乔力的解释与我的译文("旋即带回清真")大相径庭,这极好地说明了不同的解释视角会产生多么不同的理解。我采纳杨廷芝、赵福坛、祖保泉等人的意见,把"少"解释为"立刻""稍顷"。

第3—4句　这两句显然指形容中的模仿。根据乔力的解释,这个对句指形容之难;而按照我的译文,这两句指必须注意被描写之物(不管它是什么)的"神"。郭绍虞加进了水波,并谈到不容易在水波中看见倒影。这里的难点是"影":它既可能指水中的"倒影",也可能指水面上闪动的"波光"。吕兴昌拒绝采用"倒影"的说法,尽管它是最明显的。

第5—8句　这几句提到的自然现象,由于不断变化,其基本特质很难在"形容"中被捕捉到。当然,山的"嶙峋"并不变化,但它的错综复杂也同样难以"形容"。

第9—10句　这两句的大体意思是说,或者由于变化,或者由于难以捉摸，或者由于复杂，这些事物（第3—8句）的本质不能轻易地、在表面上被捕捉到。这三个特征使它们看上去就像"道"本身："道"也是千变万化。要想"形容"这些事物，惟一的方法是与它们合为一体，取自《老子》的"同尘"一词就暗示了这个意思；也就是要与它们的存在保持原始的契合，而不是去捕捉它们的外在表现。

第11句　这里我采纳了郭绍虞与赵福坛的意见，把"离形"解释为"脱离外在形体"；乔力认为"离形"和"得似"是同位关系，他把"离形"解释为"显现外在形体"。如此说来，把"离形"解释为"黏着于外在形体"也不无道理，这与乔力的解释接近，但更符合语法。然而，无论"显现"还是"黏着"都不如"脱离"自然。多数注家把"似"理解为"神似"。看来，此句在"形似"一词上玩了一个文字游戏，"形似"即"外形上描写得极其相似"，这个复合词在这里被拆散了，以说明一种不同于"外形"的"似"。

第12句　意思是差不多算得上"形容"高手了。

本品谈论模仿（mimêsis）问题，而不是描绘某种境或情的特质，这使它区别于其他二十三品；后来的批评传统十分重视"神似"（spiritual resemblance）并拒绝表面模仿，这一品就变得意义重大了。虽然"神似"是指被表现的外在事物还是艺术家尚不能确定，但在后世美学中，"神似"发展成为一种有效的观念[16]。拒斥表面模仿的一个原因在中间几组对句中表达得很清楚：强烈意识到事物总是处在变化之中（从这个观点看，西方艺术家的"静物画"或者"静"坐不动的模特，竟是十分反模仿的）。是事物的"神"把事物的变化统一起来，所以，诗人或画家就应当努力捕捉那个生气勃勃的统一体。不幸的是，跟外表不一样，"神"十分难定；并且我们必须意识到这是一个很有问题的价值观。在这里，我们再一次看到，司空图提出了一个一贯与外表连在一起的问题，并从玄妙的、变化的与深层的角度给它以重新阐释。

第二十一品　超诣

(Transcendence)

匪神之灵，匪机之微。如将白云，清风与归。远引若至，临之已非。少有道气，终与俗违。乱山乔木，碧苔芳晖。诵之思之，其声愈稀。

It comes not from the magic spark of spirit,

It comes not from the subtlety of [Nature's] impulses (机*).

It is as if joining the white clouds,

Going off with a clear wind.

Drawn from afar, one seems to reach it;

Approach it, it is already gone.

If for a moment you have the *qi** of the Way,

You will ultimately escape the ordinary.

Tall trees in tangled mountains,

Emerald moss, sweet-scented radiance:

Sing of it, brood on it,

And the sounds grow ever rarer.

第 1—2 句　这两句有许多问题。"神之灵"可能指内心的直觉能力，这样一来，全句的意思是说"超诣"不是通过理解力获得的，无论它多么敏锐。"机之微"是隐微的活动，自然进程通过它得以发动和维持。第二句可能否定了"超诣"与人的理性对自然之机的理解有任何关系；也可能否定理性能靠自身从自然运行中获得超诣之境。吕兴昌指出，这些解释引发出来的问题比解决的问题要多得多。她的解决方案是把"匪"（一般解释为"不"）释为"那"，一个非常古远的用法。这样一来，全句的意思截然相反了："就在那神之灵中，就在那机之微中。"虽然这种解释满足了我们的期待，但司空图几乎不可能从这个意义上使用

"匪",或者说任何一个唐代读者都不会从这个意义上理解"匪"。乔力则认为"超诣"既不属于神秘精神,也不属于自然;因此他认为"神之灵"不是人的精神,而是世上的神灵的不可理喻的活动。与此同时,他强调了第二句的实用性:把"机"解释为"时机",这样,"超诣"就不是发生在大自然的时间循环中的一段。我建议把这两句的否定词放在前面各品的语境中去理解,确实有许多品以"神之灵"与"机之微"为价值标准。使用否定词是为了尽可能把本品与前面各品区分开来(按照中文来理解,前面许多品似乎都包含某种"超诣"的特质),这样做不过暴露了这首诗的许多诗句与其他品中的诗句有多么接近。

第3—4句　赵福坛不认为这里要假定出现了人的主体,他把这句解释为清风伴白云。

第5—6句　郭绍虞认为这两句指"超诣"可望而不可即,即不可以求得。吕兴昌大体遵循同一种思路,她提出"超诣"状态是一种持续运动,一种不断的超越,其中,任何停滞都会使它降回到俗界;因此,"超诣"状态就像云与风的变动不居。一旦"临之"("临"暗示"在附近站着不动"),它就变回了意识的明确客体,顿时消散。乔力认为"临"指人试图以诗歌捕捉"超诣"的那个时刻。

第7—8句　如同前一品,本句的意思基本取决于我们如何理解"少",我把它译成"稍顷"。第7句也可以译成"哪怕仅有一点道气"(If one has even the least qi* of the Way);不幸的是,此句也可以很自然地译成"其中几乎没有多少道气"(There is little qi* of the Way in it),这种解释较为激进,它顺应了第1—2句的否定意义。问题可以进一步复杂化:乔力、赵福坛、祖保泉把"少"理解为"少年"——"如果在年少时就与道契合"(If as a young one matches the Way)。虽然这种读法不是绝对不可能,可除了可以与"终"配对,看不出它还有什么合理之处。第7句有异文,乔力和祖保泉都舍"气"而取"契",意思是"与道契合"。

第10句　按照另一个版本,"芳晖"作"方晖",后者可能指穿过门的光线;不过,"阳光的碎影落满碧苔"的意思更完美。

第 12 句 "其声愈稀" 可能指诗人越是了解 "超诣",他的诗歌就会越微妙(如《老子》中的 "希音")。或者,如果诗人对 "超诣" 心思太过,超诣之 "声" 反而离他而去(参见第二品第 9—10 句)。祖保泉根据《庄子》"得意忘言" 的意思提出了另一种说法:"读着想着,便渐渐听不到声音(进入忘我之境)。"

"超"指超越有限、思虑和羁绊;虽然一般译为 "transcendence",但不能把该词的意思与西语 "transcendence" 的更明确的宗教与哲学意义混在一起。"诣"指"到"或"达"。吕兴昌把这个复合词理解为 "超越之获得"。

第二十二品　飘逸
(Drifting Aloof)

> 落落欲往,矫矫不群。缑山之鹤,华顶之云。高人惠中,令色氤氲。御风蓬叶,泛彼无垠。如不可执,如将有闻。识者期之,欲得愈分。

> Set apart, on the point of departing,
> Rising loftily, not of the crowd:
> The crane of Hou Mountain,
> A cloud of Mount Hua's peak.
> The lofty person acquiesces to what lies within,
> His fine countenance amid the coiling vapors.
> A tumbleweed that rides the winds,
> Drifting on in the boundless.
> It is as though it cannot be grasped,
> But yet as if he might hear something.
> Those who understand hope for this,
> But if you want to have it, it grows ever more apart.

第 1—2 句　每一句都以"落落""矫矫"等重叠复合词开始。这两个词描绘高尚、自由、卓尔不群的个性。

第 3—4 句　据传说,"缑山之鹤"是仙人王子乔升天所乘之鸟。云与鹤都是常见意象,象征那些解脱了俗世的羁绊、在时空中自由往来的人。

第 5—6 句　这里以"acquiesces"(顺)释"惠",大致依据了郭绍虞的意见。乔力以"聪明"释"惠"。吕兴昌和祖保泉取"高人画中"而不是"高人惠中"。更确切地说,氤氲是"元气互相缠绕的样子",阴阳之气聚合,自然进程就发生了。但不确定的是,容光焕发的面容("令色")是在"氤氲"之中还是产生了"氤氲"之气。

第 7—8 句　"蓬"(它确实是一种与众不同的植物,它的上半部被风吹断,随风飘飞)是一个经典意象,比喻那些脱离家庭或地域的羁绊、四处游走的人。祖保泉从字面上理解"泛",认为它比喻船;考虑到这一句与第五品第 3 句的句式相同(在那里,以"船"释"泛"一定很可笑),这种解释在这里也不大可能。

第 11—12 句　乔力、祖保泉、吕兴昌都采用了另一个版本,即以"领"代"期",第 12 句则以"期之"代"欲得"。我这里采用了郭绍虞的版本。

前面一些品已经有"飘逸"的因素,但本品专谈"飘逸"。概言之,"飘逸"的基本特点是:与物婉转,但并不黏着于物,也没有操心的痕迹。

第二十三品　旷达
(Expansive Contentment)

生者百岁,相去几何。欢乐苦短,忧愁实多。何如尊酒,日往烟萝。花覆茆檐,疏雨相过。倒酒既尽,杖藜行歌。孰不有古,南山峨峨。

> Life can be only a hundred years—
> How far from that are we now?
> Pleasure and joy are terribly brief;
> Far greater is sorrow and melancholy.
> Better, with a goblet of wine,
> To go off every day into misty vines;
> Or where flowers shade a roof of thatch
> With a light rain passing by.
> When the upturned cup is emptied,
> He leans on his staff and goes singing.
> To whom does it not occur?—
> South Mountain towering high.

第1—4句　这几句是对汉代无名氏诗歌常用的抒情套语的自由的再创作。

第5句　吕兴昌把"何如"释为"为什么不？"而不是"更好"。

第11句　这里指死。

第12句　"南山"是传统象征，象征永恒，与有限的尘世相对。

本品属于最直接、最吸引人的品。虽然它没有多少复杂的思想，但它也避免了弥漫在其他许多诗歌中的那种矫饰和刻意的晦涩。本品还有一个独一无二的特色：它借助诗歌传统的丰富共鸣，把这一类型的基本情境与它自身的表现融合在一起。

"旷达"品似乎是有意安排的，以反对"悲慨"（第十九品）。这两品都以尘世的有限开始；但"悲慨"简单、没有歧义，而"旷达"却在绝望的背景中建立了一种令人陶醉而又容易破碎的满足。这个背景几乎完全改变了这些风景中令人喜悦的特性，而如果单独出现，它们本可以在任何一品中找到自己的位置。对"旷达"品的恰当运用，有一个早期例子见

《晋书·张翰传》:"或谓之曰:'卿乃可纵适一时,独不为身后名耶?'答曰:'使我身后有名,不如即时一杯酒。'时人贵其旷达。"[17]

第二十四品　流动
（Flowing Movement）

若纳水䚢,若转丸珠。夫岂可道,假体如愚。荒荒坤轴,悠悠天枢。载要其端,载闻其符。超超神明,返返冥无。来往千载,是之谓乎。

Like a waterwheel drawing in,
Like rolling the sphere of a pearl—
No!—how *can* it be spoken of?
Such borrowed forms are clumsy.
Earth rolls boundlessly on its axis;
Heaven turns forever on its pivot.
First inquire of their origins,
Then hear of their correspondences.
Passing beyond and beyond into divine light,
Then back and back further to dark nothingness
Coming and going, a thousand years—
Might this be what it means?

第3—4句　这个说法可能回应了《老子》第一章的"道可道,非常道"。早期道家信徒常常求助于曲折晦涩的隐喻和寓言,他们不相信语言有直接表达真理的能力,宁愿"假体",而"体"与它们所揭示的真理明显不同。

第8句　吕兴昌认为"符"是天与地的实际运行"符合"或"回应"着它们的内在结构,即"本原"。祖保泉对这个对句的解释是:如能

第六章 《二十四诗品》

求得道的端绪，则所作所为，皆可和天与地的运行相符合。

第9句 "神明"是人或外界神灵的精神之核。

司空图有一种道家信徒对一切能轻易捕捉住的事物的真正的不信任感，他相信任何重要的事物必然是玄妙的：这种思想可以直接追溯到《庄子》中的轮扁。像他的道家前辈一样，司空图经常求助于比喻。我们所达成的任何试探性的理解总是被他否定，不断指向更远的意思。他诗作中的那股推动力在最后一首中变得清晰明白了；在这首诗里，他拒绝使用自己对"道"的流转不息所设的隐喻。与其说"流动"是一种特定的诗歌类型，不如说它是一首表现宇宙运行的诗，而此诗的基础应当是如何直觉地领悟宇宙的微妙变化。

司空图其他作品选

除去独立保存下来的《二十四诗品》，司空图还有一些关于诗歌和美学问题的各色文章。其中，以《与李生论诗书》和《与极浦书》最著名。

《与李生论诗书》
（Letter to Mr. Li Discussing Poetry）

文之难而诗尤难，古今之喻多矣，愚以为辨于味而后可以言诗也。江岭之南，凡足资于适口者，若醯，非不酸也，止于酸而已。若鹾，非不咸也，止于咸而已。华之人所以充饥而遽辍者，知其咸酸之外，醇美者有所乏耳。彼江岭之人，习之而不辨也。宜哉。

Compared to the difficulties of prose, the difficulties of poetry are extreme [18]. There have been illustrative examples in both ancient and modern times; but in my opinion we can adequately speak of poetry only in terms of making distinctions in flavors(味 *).

In everything that suits the plate in the region south of Jiang-ling, if it is a picked dish, then it is indeed sour — but it is nothing more than sour. If it is a briny dish, then it is quite salty — but nothing more than salty. The reason people from the north, when eating such food, simply satisfy their hunger and then stop eating is that they recognize it somehow falls short of perfect excellence and lacks something beyond the distinction between "the merely sour" and "the merely salty". And as one might expect, the people of Jiang-ling, because they are used to such food, are incapable of making any finer distinctions.

"味"这个概念在中国诗学中的地位远比司空图这里对它的使用重要。这里的"味"指差异与层次；但即使在这里，"味"的主要喻指也是具有暗示性的[19]。在这里，对立双方集中在有名称的大类与无名称的精细判断。而且，这些细微的差异是从经验中习得的：一个只知道大类的人只能理解大类；要想识别细微差别，需要培养敏锐的感受力。

* * *

诗贯六义，则讽喻、抑扬、渟滀、渊雅，皆在其中也。然直致所得，以格自奇。

Poetry encompasses the Six Principles; moreover, indirect criticism and metaphorical illustration, modulations, purity and reserve, gentleness and grace (雅 *) are all encompassed within them. However, what is archived by directness becomes wondrousness by its character (格 *).

司空图所讲的"六义"大部分指各种特性。另一方面，"格"（祖保

第六章 《二十四诗品》

泉认为"格"即"风格")是一种类型(如同"味"),它为进一步的区分留有余地;也就是说,并不是每一人都必然有"风格"或"格",但对那些确实有"格"的人来说,"格"只是一种显现个性差异的类型。下一段文字表明,"格"非常接近于"体"(如同刘勰所使用的"体")。

* * *

> 前辈诸集,亦不专工于此,矧其下者耶!王右丞韦苏州,澄淡精致,格在其中,岂防于遒举哉?贾阆仙诚有警句,然视其全篇,意思殊馁,大抵附于寒涩,方可致才,亦为体之不备也。噫!近而不浮,远而不尽,然后可以言韵外之致耳。

In the literary collections of the previous generation, we can find no one who really concentrate on this[i.e., 格 *]; and we find it even less in the writers since. In the supreme limpidity and delicacy of Wang Wei and Wei Ying-wu, we do find such "character"(格 *); and this certainly did no harm to their capacity for a forceful mode. But in the poetry of Jia Dao we may indeed find starting lines; but if you consider his works as wholes, the thought and power of conception (意 *—思 *) are rather feeble. In general, he shows his talent in a rugged obscurity; and this indicates a want of comprehensiveness in his [mastery of] forms(体 *). Indeed, one can speak of affect beyond the rhymes only when it is close at hand without being frivolous or far-reaching without escaping one altogether.

当司空图提到诗人有"格"的时候,我们很容易认为"格"是显示诗人个性的决定性特征。然而正如刘勰《体性》篇的观点,司空图认为一个诗人应该能够掌握一系列风格。王维(699—761)和韦应物(约737—约792)掌握了"格",因此他们就可以创作出遒举、澄淡或精致等不同类型的诗。贾岛(779—843),一位"上一辈"诗人,因为仅限于一种类型即"蹇涩"而受到指责。按照祖保泉的提示,贾岛诗歌中的问题不在于有限而在于缺少韵外之致。一个特别有趣的问题是"格"与诗歌整体之间暗含一种联系:如果一个人具备了某种"格",他的诗歌就有整体感;相反,像贾岛那样专精对句,往往只落得个有句无篇。接下来,司空图引用了一长串他本人的对句,值得我们仔细考察。

"逌举",郭绍虞的版本作"道学"。

* * *

愚幼尝自负,既久而愈觉缺然。然得于早春,则有"草嫩侵沙短,冰轻著雨销";又"人家寒食月,花影午时天";又"雨微吟足思,花落梦无憀"。得于山中,则有"坡暖冬生笋,松凉夏健人";又"川明虹照雨,树密鸟冲人"。得于江南,则有"戍鼓和潮暗,船灯照鸟幽";又"幽塘春尽雨,方响夜深船";又"夜短猿悲减,风和鹊喜灵"。得于塞下,则有"马色轻寒惨,雕声带晚饥"。得于丧乱,则有"骅骝思故第,鹦鹉失佳人"。

I used to have great confidence in myself when I was the passage of time, I have gradually come to realize how much is lacking in my work. Still I achieved the flowing couplets on "early spring";

The grass was tender, getting shorter as they encroach the sands;
The ice is light, melting as the rain touches it.

And:

Someone else's house: the moon on Cold Food Festival;
Shadows of flowers: the sky at noontime.

And:

The rain is faint, my poems full of brooding;
Flowers fall, dreams of helpless misery.

I got the following couplets on "being in the mountains":

As the slopes warm up, shoots grow in winter;

A chill under pines, summer invigorates the man.

And:

The stream is bright, a rainbow shines in the shower;

The trees are dense, birds fly against the person.

I got the following couplets on "South of the Yangtze":

The fortress drums blend with the dark high waters;

Lanterns on boats light up the hidden birds.

And:

A bend in the pond; the rain as spring ends;

Sound from one direction: a boat deep in the night.

And:

As the nights grow short, sad cries of gibbons diminish;

Breezes turn balmy, magic in the joy of magpies[who announce good fortune].

I got this on the topic of "the frontiers":

The colors of horses pass through winter's gloom;

Sounds of hawks carry with the evening hunger.

I got these on the "civil wars":

The noble steed longs for its former mansion,

And the parrot has lost its fair mistress.

又"鲸鲵入海涸，魑魅棘林幽"。得于道宫，则有"棋声花院闭，幡影石坛高"。得于夏景，则有"地凉惊鹤梦，林静肃僧仪"。得于佛寺，则有"松日明金像，苔龛响木鱼"；又"解吟僧亦俗，爱舞鹤终卑"。得于郊原，则有"远陂春早渗，犹有水禽飞"。得于乐府，则有"晚妆留拜月，春睡更生香"。得于寂寥，则有"孤萤出荒池，落叶穿破屋"。得于惬适，则有"客来当意惬,花发遇歌成"。虽庶几不滨于浅涸,亦未废作者之讥诃也。又七言云:"逃难人多分隙地,放生鹿大出寒林";又"得剑乍如添健仆,亡书久似忆良朋";又"孤屿池痕春涨满,小栏花韵午晴初";又"五更惆怅回孤枕,犹自残灯梦落花";又"殷勤元旦日,歌舞又明年"。皆不拘于一概也。

And:

> For the leviathan the human sea dries up,
> And trolls are in the high hawthorn groves.

This I got on "Taoist temple":

> The sound of chimes: the flowering gardens are closed;
> Shadows of streamers, the stone altar set high.

Among the couplets I got on "summer scenes", there is:

> The earth is cool, clearing the dreams of cranes;
> Woods grow still, the deportment of monks more strict.

I got these on the topic of "a Buddhist temple":

> Sun through pines brightens the gilded statues,
> Moss-filled niches resound with wooden fish clappers.

And:

> In understanding poetry the monk still shows secular concerns;
> In its love of dancing the crane finally shows itself a low creature.

On the topic of "the meadows":

> On far embankments spring is somber early.
> Yet still there are the waterfowl in flight.

From the [themes of] the old ballads(乐一府) I got:

> After evening make-up she lingers to pay her respect to the moon,
> Her sleep in spring produces even more fragrance.

On the topic of "isolation and melancholy":

> A guest's arrival: occasion for feeling pleased;

Flowers come out: a chance to complete the song.

Although it is hoped that these do not border on a shallow dryness, still they will not escape earning the scorn of writers. Among couplets in seven-character lines I got:

Many are the men fleeing the troubles, unused lands are divided up;

The deer, set free, grow large and come out of the winter woods.

And:

Getting a sword suddenly seems like getting an extra tough servant;

My lost books have long resembled good friends still remembered.

And:

The solitary isle is but a scratch on the pond as spring floods fill it;

By a tiny railing the tones of flowers; first in noon's clear skies[20].

And:

Depressed in the last watch of night, I return to my lonely pillow;

While still the dying lamp dreams its falling flowers/sparks.

And:

The sun of New Year's morning does its best,

With songs and dances, another year again[21].

They are not limited to any single measure.

司空图的做法与诗歌技法指南类书中的对句分类法十分接近，即引用大量对句来说明不同类型。在这个清单上，所谓类型（即译文中放在引号里的诗题）应该是"意"或常见于技法诗学的"题"。司空图列举这些诗句是为了显示自己多才多艺，但从历史的眼光看，这种尝试不免带有几分讽刺意味：从这些诗句中，后世读者自然会看出晚唐的对句风格是多么单调。有些对句也算得上精巧；但司空图试图以它们为例证说明"格"的多样性，但遗憾的是，后代读者所看到的不过是时代风格的单一性。

* * *

> 盖绝句之作，本于诣极。此外千变万状，不知所以神而自神也，岂容易哉？今足下之诗，时辈固有难色，倘复以全美为上。即如味外之旨矣。勉旃！司空表圣再拜。
>
> [The composition of quatrains depends on attaining the highest perfection.]〔22〕Beyond this [variety]. There are a thousand mutations and ten thousand appearances; we cannot understand how they achieve this quality of spirit (神 *), and yet that quality is attained of itself—this is truly not easy.
>
> People of this generation will surely find fault with your poetry; but if you take a complete beauty as your highest goal. you will realize those implications beyond flavor. Work at it!
>
> Respectfully,
>
> Si-kong Tu

一般认为，"味外之旨"是司空图诗学的一个关键思想：正是这种微妙的、活跃的多样性和变化性超越了通常的类别限制。

《与极浦书》选
（Selection from "A letter to Ji Pu on Poetry"）

> 戴容州云："诗家之景，如蓝田日暖，良玉生烟，可望而不可置于眉睫之前也。"象外之象，景外之景，岂容易可谈哉？然题纪之作，目击可图，体势自别，不可废也。愚近作《虞乡县楼》及《柏梯》二篇，诚非平生所得者。然"官路好

第六章 《二十四诗品》

禽声，轩车驻晚程"，即虞乡入境可见也。又"南楼山最秀，北路邑偏清"，假令作者复生，亦当以著题见许。

Dai Shu-lun once said: "The scene (景*) given by a poet is like the sun being warm on Indigo Fields and the fine jade there giving off a mist—you can gaze on it but you can't fix it in your eyes." Such image (象*), such scene beyond scene—how can it be discussed easily? Still, works that recount an experience can delineate what strikes the eye; and though the normative forms (体*) and momentum (势*) of such works differ [from the perfection of "image beyond image, scene beyond scene"], they are not to be dismissed.

Recently I wrote "The Country Building in Yu-xiang" and "The Cypress Ladder". I certainly would not claim that these are the best things I've ever done, but still in

Sweet voices of birds on the official highway:
I halt my coach on its evening journey

the vista on entering Yu-xiang can be seen. Or consider:

From the south tower the hills stand out grandly,
From the north highway the town is especially clear.

If the great writers of the past were born again, I'm certain they would grant my success with this topic.

颇有讽刺意味的是，这里引用的归于戴叔伦（约732—789）名下的著名诗句以及司空图所陈述的诗学观，却为一种朴实无华的诗学精神揭开了序幕，这种诗学精神就是清晰明了地展现实际体验。我们永远看不到"象外之象"与"景外之景"（对某种超验的象与景的精神表现）；我们看到的是更低一层的但更容易得到的实句。坚持玄妙（elusive）观的最大困难在于，对玄妙的任何具体表现都会从"玄妙"中走出来，落实为确实能够为凡人所掌握的诗歌。

注 释

这里依据的底本是郭绍虞的《诗品集解》。

〔1〕 对该结构中的整体与区分的研究，可以参见江国贞《司空表圣研究》，第175—186页。

〔2〕 参见吕兴昌《司空图诗论研究》，第21—44页。吕兴昌十分精彩地探讨了唐及唐以前有关人物品藻、绘画与书法的风格传统对于《二十四诗品》的影响。我在下面的论述中吸收了这本著作的很多内容。

〔3〕 司空图采用的是四言诗，就其传统与特性而言，四言诗比一般的五言诗和七言诗更省略、更含混；读五言诗和七言诗，读者对主题、文体与结构有较强烈的期待，可以借此理解诗句。《二十四诗品》的注释者们对个别词语的解释各有各的说法；更严重的是，他们对诸如句法结构的解释也是五花八门：一句诗的前两个字是条件句后两个字是结论句；整个一句诗就是谓语项（即命题的第二项）；两对汉字构成了并列句；某一句是下一句的条件句。为了把一句诗的各组成部分联系起来，或把这一句与下一句连接起来，注释者们提供了各种各样的猜测性说法，当然，任何一种说法都影响到注家怎样处理下一句和后面的诗句。

〔4〕 例如，可参见 Maureen Robertson《……传达珍贵的东西：司空图的诗学与〈二十四诗品〉》("...To Convey What is Precious: Si-kong-tu's Poetics and the Er-shi-si-shi-pin") in Buxbaum and Mote ed., *Transition and Permanence*；余宝琳《司空图的〈诗品〉：诗体的诗论》("Si-kong tu's Shi Pin: Poetic Theory in Poetic Form")，见 Ronald C Miao ed., *Studies in Chinese Poetry and Poetics*, vol. 1。

〔5〕 郑鄤（1594—1638）与藏书家毛晋（1599—1659）在跋文中提到过这部作品；郭绍虞的《诗品集解》在第57页收入了这两段文字。这部作品这么晚才露面，所以有人对它的真实性表示质疑是可以理解的。几乎没有什么有据可查的文字提到该作品，这个事实其实并不奇怪，若不是它在后来的传统诗学中占据了中心地位，大概没有人会在意这个事实。《二十四诗品》最初属于那种特殊的唐代诗学著作（包括分类体系与技法指南），从11至17世纪，这类著作都没有大范围流行开来（有些作品大概十分幼稚，还有一些作品大概非蠢即狂）；它们差不多到了明末清初才重新露面；因此，其创作年代都是成问题的（晚明是作伪最猖獗的时期）。在纪昀《四库全书总目提要》中，除了《二十四诗品》这惟一的例外，他对这些著作的归属全部质疑（虽然他没有说明其根据）。《文镜秘府论》（保存在日本的唐代诗歌技法作品摘要）的重新发现告诉我们，虽然在中国目录学传统中找不到这些作品的可靠的完整记录，但在它们现存的形式中，至少确实保存了某些真正的唐代材料。吕兴昌试图说明《二十四诗品》深深植根于真实可信的唐代诗学传统。虽然我没有跟方志彤（Achilles Fang）讨论过这个问题，但我听说他一直致力于证明《二十四诗品》是伪作。这些线索也引起了我的怀疑；并且，在准备本书的漫长岁月中，我也开始相信《二十四诗品》可能真的是一部伪作。也许质疑其真实性的最具有说服力的证据是它所使用的流行的审美术语大多到了宋代才开始出现。如果此书确实是这些术语的来源，我们当然愿意看到它曾被更广泛地阅读过和提到过。不管怎么说，我无法证明此书不是晚唐之作。因此，读者可以在大大存疑的同时，有条件地认可《二十四

第六章 《二十四诗品》

诗品》是司空图的著作。如果这部作品确系伪作,那么它真可谓中国文学传统中最持久、最有影响、最成功的一部伪作了。既然它塑造了我们对诗学史的理解,它也就为自己赢得了这一章的位置。

[6] 在《诗绎》的第十一条中(在第十章中我没有选译这一条),王夫之提供了他自己对这组对句的理解。他提到一些比"油云"(翻滚的云)更朦胧、更玄妙的景象:"知'池塘生春草''蝴蝶飞南园'之妙,则知'杨柳依依''零雨其濛'之圣于诗;司空表圣所谓'规以象外,得之环中'者也。"

[7] 参见《文心雕龙·体性篇》:"得其环中,则辐辏相成。"刘勰在这里指掌握各种特定形式("体")的必要性。

[8] "雄浑"后来成为相对普通的风格特征,经常指一般意义上的"宏伟庄严";并且也是适用于各种不同类型的诗歌风格。赵福坛在《诗品新释》第7—9页引用了若干这样的例子。这里仅举一例,见明代批评家谢榛《四溟诗话》:"韩退之称贾岛'鸟宿池边树,僧敲月下门'为佳句,未若'秋风吹渭水,落叶满长安'气象雄浑,大类盛唐。"

[9] 这个例子很好地说明了"景"与"境"之间的差别。前八句呈现了一个统一的"境",而没有呈现一个统一的"景";一个统一的景需要在时间或空间上包含某种统一的感知活动。这几组对句所呈现的景是不连贯的,即使它们都属于幽谷之景;然而,它们具有某种统一的特质,让我们觉得它们是一体的(我们隐约感到它们是幽谷之境内的各种景)。

[10] 这些诗句特别让人想起"四海皆兄弟,谁为行路人",这是托名苏武所作的送别朋友李陵的诗句。

[11] 郭绍虞《诗品集解》第7页引。

[12] "大都独抒性灵,不拘格套,非从自己胸臆流出,不肯下笔。有时情与境会,顷刻千言,如水东注,令人夺魄。其间有佳处,亦有疵处,佳处自不必言,即疵处亦多本色独造语。然予则极喜其疵处,而所谓佳者,尚不能不以粉饰蹈袭为恨,以为未能尽脱近代文人之习气故也。"——《序小修诗》,见《袁宏道集笺校》,钱伯城编,第187—188页。又见齐皎瀚(Jonathan Chaves)《意象的盛装:重审公安派的文学理论》("The Panoply of Images: A Reconsideration of Literay Theory of the Kung-an School") in Bush and Murck, eds., *Theories of the Arts in China*。

[13] 在司空图之前,杜甫与韩愈在诗歌里已使用过"含蓄"一词描述暧昧不明的气氛。然而,这个复合词的两个组成部分在唐代经常被用作动词,描述情绪"含"(隐含)或"蓄"(积聚)。值得注意的是,在这一时期或更早时期的形式分类系统中并不存在"含蓄"这个复合词;看来,是这首诗最早把"含蓄"作为一种形式特质。既然"含蓄"在宋代才通用,既然没有《二十四诗品》曾被阅读过的明确证据(除苏轼之外),我们只好做出一个并非不合理的假设:《二十四诗品》在晚唐是一种以口头形式流传的审美交谈。或者,如果我们具有怀疑精神,也可以把它看作《二十四诗品》是伪作的一则证据。

[14] 参见《文心雕龙·体性篇》。

[15] 齐己引用的诗句与司空图这里描述的模式一点也不像:这些诗句都是即席创作,是

459

不假思索的，有点接近英语口语"fresh"的意思。在赵福坛附带引用的文字中，我们注意到诗人韦庄（836—910）用"清奇"描绘9世纪早期诗人许浑细致的诗歌，许浑的诗风可以和司空图描述的"清奇"协调起来。但陈世修在1058年所作的《阳春集》序中，用"清奇"描述冯延巳那种软绵绵的词风。另外，陈世修把"清奇飘逸"组合在一起，描述冯延巳的才力；"飘逸"见第二十二品。我引用这些例子是想说明，这些术语的使用几乎没有什么共通之处，它们可以被如此随意地结合在一起。

〔16〕 当然，如果《二十四诗品》是明代的伪作，那它不过是在重复一种流俗之见。

〔17〕《晋书》（北京，1974年版），第2384页。

〔18〕 在9世纪下半叶，这大概是一句老生常谈。可以参见杜荀鹤（846—904）的绝句《读诸家诗》的前两句："辞赋文章能者稀，难中难者莫过诗。"

〔19〕 参看《文赋》第127—128句的评注。

〔20〕 从这里开始，我采用了《四部全刊》本。在《诗品集解》中，郭绍虞以五言与七言绝句取代了这里的七言对句。

〔21〕 这里我采纳了郭绍虞的版本，以"旦旦"代替"日日"。

〔22〕 有些版本增加了这句话。

CHAPTER SEVEN
Remarks on Poetry: Shih-hua

第七章

诗 话

在 11 世纪之前，中国的文学理论与文学批评主要见于"高级"文类（书信、短文、序言与诗歌），或者见于像技法手册那种较为"低级"的文类[1]。许多今人奉为杰作的诗歌理论作品（例如出现在 6 世纪 20 年代以来的《文心雕龙》、钟嵘的《诗品》），都不属于中国批评话语的常用文类。

到了 11 世纪，一种新的批评文类"诗话"出现了。诗话是一种以"非正式散文"为特征的文类：它既不像诗歌技法手册那样"低级"，也不像正式散文那样"高级"[2]。虽然这种非正式散文以及它在文学评论中的使用与唐和唐前的轶事趣闻是一脉相承的，但它是到了宋代文体家手里才成为一种与众不同的形式，并带有精心安排的悠然自得、独一无二的魅力和权威性。

第一部诗话出自欧阳修（1007—1072）之手，大概起初只叫《诗话》（后来以《六一诗话》闻名，"六一"是欧阳修的一个号）。这部作品由 28 则简短的条目构成，包括轶事、对诗歌的见解以及回忆往日与朋友间的讨论。欧阳修是好几类非正式散文的第一位大师，他也是当时创作"高级"散文的主要代表。欧阳修本人在文坛享有很高的声望，再加上诗话自身的内在魅力，两相结合，带动了一系列类似作品的出现，于是，诗话作为一种文类被确立起来。司马光（1019—1086）模仿欧阳修创作了第二部诗话即《续诗话》，之后，这种形式就普及开来。除了那些在标题中带有"诗话"等字眼的作品之外，在大量宋代笔记与轶事集中也可以发现一些与诗话类似的评论。

像许多文类一样，诗话起初是一种口头的和社交的话语形式，后来才变成书面形式；它记录了口头创作与社交场合的情况，或者试图再现对这些场合的印象。虽然诗歌评论一贯与艺术实践相伴随，但从 8 世纪晚期以来，文坛上出现了某种固定的社交盛会，文学家们聚在一起，探讨诗歌的妙处，谈论文学轶事，评点诗人并描述诗人的风格。这种文学聚会还蔓延到宋代更广阔的文学社会群体之中，并不断发展。欧阳修的《六一诗话》就是对诗歌的口头评论的回忆与记录；不同于那些逗趣的轶事，《六一诗话》往往带有一种克制的、哀婉的语调，这种语调增强了它的魅

第七章 诗 话

力。许多早期诗话以及后来出现的一些最好的诗话皆以轶事和对诗歌的口头评论为基础。后世许多诗话中的那种感情用事的文学争吵也是从该传统中派生出来的,虽然它们是朝负面发展的。总之,诗话追求直接的风格。

随着诗话这种文类走向稳固,它的口头性与社交性就变得越来越不重要了:作家们开始把他们自己对不同文学问题的见解记录下来,在恰当的时候编辑出版。有时,这类汇集成册的诗话表面看起来很随意,试图保持这一文类起初的那种漫谈风格;从南宋开始,越来越多的诗话或者以松散的年代顺序,或者按类别,或者以二者兼而有之的方式编辑起来[3]。随着诗话越来越体系化,它原来的审美价值与"本色"就渐渐丧失了。在以"诗话"为名的诗话中,13世纪的《沧浪诗话》算得上最有影响的著作,可是,它失去了太多的"本色",很难再配得上"诗话"这个名称。它是由几种批评文类混合而成的,只有最后两章还算得上"诗话"。

《沧浪诗话》以及南宋的一些诗话所表现出的体系化,应该放在南宋后期与元代前期文学研究渐趋通俗化的背景中加以理解。北宋文人追求闲适之风;他们以深奥的诗歌讨论为消遣。到了南宋,一个大众群体开始出现,他们希望从权威那里寻找创作指导和欣赏趣味。杭州的印刷业通过把诗话转变成诗学教育的方式,满足了城市小资产者参与精英文化的愿望。于是,出现了精心编撰的诗话选集(《诗人玉屑》)[4],附以著名诗话的诗歌选集(《诗林广记》和《竹庄诗话》),以及指导写作的选集(如《三体诗》和《瀛奎律髓》)。

诗话中那种精心安排的随意性经常与作者的深奥和杰出程度成正比,虽然也有一些明显的例外,如赵翼(1727—1814)的《瓯北诗话》。理解诗话的关键在于寻找隐藏在这种偏好背后的动机。当"诗话"在宋代刚刚兴起,当时与诗话庶几相配的文类是哲人的"语录"。虽然人们认为宋代新儒家的"语录"是从禅宗的"话头"中发展来的,但无论是禅宗的"话头",还是新儒家的"语录",或者诗,它们的形式、吸引力以及它们独特的权威性却大都可以追溯到儒家经典《论语》。理解了《论语》的权威性与魅力是怎么来的,你就可以理解为什么诗话在中国文学理论中占据了这么重要的位置。

按照西方的文类观，一个作者不需要首先成为"善人"，才可以写出重要的伦理学专题论文。一篇伦理学专题论文的必要条件就是论"善"。看到"专题论文"（treatise）这个名称，我们的假定大体如此：作者必须很严肃也很系统地思考这个题目，他必须设定一个前提并以这个前提为基础最终引出它的结论，他必须严谨、前后一致。简单地说，伦理学"专题论文"要求的是作者的思维能力而不是他的道德水准。

在中国传统中也有这种文类，但人们经常悄然认定它们并不存在[5]。关于伦理问题，惟一恰当的写作范例就是《论语》那样的文体。它展现的是"善人"根据随时随地之需而说出的话，那些话或者发自天性，或者出自教养和智慧。与其说《论语》这样的文体写了什么，不如说它显示了什么；它不讨论"什么是善"这个命题，它其实表现了对一个善人的记录。按照这个价值标准来衡量，西方意义上的伦理学专题论文在没有动笔之前就先天地被玷污和被误导了，因为作者通过他对善（他自己不必同时是善的）这个题目的思考，就等于承认了思考的品性（quality）与思考的对象之间的根本性脱节。

相反，《论语》这样的著作恰当和真实地把善展现为一个真正善良的人的随时随地的样子。从表面看，它必然是破碎的、不连贯的，其整体性只能到那个做出具体言行的人的内心中去寻找。一个像《论语》这样的经典文本与这种价值标准形成了一种相辅相成的关系：《论语》的至尊地位（虽然它被奉为至尊完全是约定俗成的，也就是说，它成为一个重要文本完全出自一种文化上的假定）强化了这种价值标准；而得益于《论语》的这种价值标准又反过来加强了《论语》的地位[6]。

这种体现在《论语》中并因《论语》而得到传播的价值标准可以向我们解释清楚，为何不是《文心雕龙》而是欧阳修的《六一诗话》成为中国文学话语的主导模式。刘勰不过是个小人物，他是一个写"专题论文"的无名思想家。他的观点不是从经验与理解力的储备中引发出来的，而是由于他的写作逻辑的需要而表现出来的。他声称自己要对文学发表

第七章 诗 话

权威意见,可是,他所要求的权威只能得到《文心雕龙》本身的支持。

相反,欧阳修的《六一诗话》是伟大的欧阳修的言语,他是一个终生都在思考文学的人,也是一个学识广博、智慧超群的人。在英语传统中,约翰逊博士(Dr. Johnson)[1]庶几可以跟欧阳修相提并论。欧阳修的《六一诗话》只是大师碰巧写下的只言片语,它们是这个人的一些迹象,而这个人远比这些迹象伟大。最好的"诗话"的那种随意性(有时是一种风格化了的个人癖好)靠的是这样一种价值观念:那些只言片语是一个有趣的人偶然留下来的,所以值得一读。

《论语》这一类文体在文化上的影响力使"诗话"(最好的那部分诗话)因其自身而成为一种独特的艺术形式。作者在诗话中而不是在较为正式的文类中表现得更有攻击性,更戏谑,也更机智,因为诗话的理性力量与它的审美力量不可分割,二者都依靠个性的投射。王安石(1021—1086)和苏东坡是欧阳修之后的文坛领袖,他们虽然没写过诗话,却留下了一些诗话风格的评论,这些评论有真有假,都被归在他们的名下;在那些评论中,他们成了自己笔下具有传奇个性的戏剧人物。南宋末期的严羽说什么"如果你不同意我的意见,你就根本不懂诗",这种喊叫也是为了凸显诗话作者的强烈个性,只不过他的表演太低俗了。

以下选自欧阳修《六一诗话》的一些条目,一开始就显示出该文类的风格趣味。那是一些对往事的随想,其中蕴涵着美、深奥与连贯,它们并不很显眼;但如果读者悉心品味(它们值得你悉心品味),它们会一点一点将中国文学理论的最独特之处展示给你看。

说《六一诗话》有自觉的结构意识,未免有点夸大其辞。然而,我们可以感觉到,那其中的微妙回响、逆转、错综复杂以及悬而未解的问题也是欧阳修的"高级"文类的写作特色。在他的《六一诗话》中,我们发现的不是任何精心安排的艺术技巧,而是一种思想风格。而"诗话"

---

[1] Samuel Johnson(1709—1784),英国作家、评论家、辞书编撰家,编有《英语辞典》《莎士比亚集》,著有《诗人传》等。

这个文类希望我们看到的正是"思想风格"(style of thought)。

欧阳修《六一诗话》选

七

郑谷诗名盛于唐末,号《云台编》,而世俗但称其官,为"郑都官诗"。其诗极有意思,亦有佳句,但其格不甚高。以其易晓,人家多以教小儿,余为儿时犹诵之,今其集不行于世矣。梅圣俞晚年官亦至都官,一日会饮余家,刘原父戏之曰:"圣俞官必止于此。"坐客皆惊。原父曰:"昔有郑都官,今有梅都官也。"圣俞颇不乐。未几,圣俞卒。余为序其诗为《宛陵集》,而今人但谓之"梅都官诗"。一言之谑,后遂果然,斯可叹也!

The fame of Zheng Gu's poetry was at its height at the end of the Tang. His collected works were called the "Cloud Terrace Collection", but it was commonly referred to by Zheng's office title as "The Poems of Zheng of the Prison Board". His poetry was very thought-provoking and contained many excellent lines, but the style not really elevated. Because it was so easy to understand, people used his poetry for teaching children—even when I was a child, we still chanted his poems. Nowadays his works are not in circulation. Late in his life Mei Yao-chen also reached a position on the Prison Board. One day we were having a drinking party at my house, and Liu Chang teased him, telling him he would never get any higher than his present position, The guests were all shocked at this, but Liu Chang went on: "Well, just as there used to be a Zheng of the Prison

第七章 诗　话

Board, now we have a Mei of the Prison Board." This made Mei Yao-chen quite depressed. Soon afterwards Mei died. I wrote a preface to his poems as the "Wan-ling Collection", but now people refer to it only as "The Poems of Mei of the Prison Board". It is a sad thing that one word spoken in jest can determine the way things are ever thereafter.

这则朴实无华的轶事处处洋溢着欧阳修对文学持之以恒的关注，在漫长的生涯中，他一再回到这些关注上来。在欧阳修所感兴趣的问题中，最重要的是声名的脆弱，理解的失败，文学作品的散失以及作家之被彻底遗忘。曹丕在《典论·论文》中许下了一个伟大诺言：通过自己的努力，作家可以把声名传给子孙后代，他甚至不需要做出什么经国大业（参见第三章结尾）。欧阳修经常阅读古代文献书目，他非常清楚这个诺言是多么具有欺骗性，文学作品集又是多么容易散失在历史长河中。在送别徐无党的一封散文体书信中，欧阳修写道：

> 予读班固《艺文志》，唐四库书目，见其所列，自三代、秦、汉以来，著书之士，多者至百余篇，少者犹三四十篇，其人不可胜数，而散亡磨灭，百不一二存焉。予窃悲其人，文章丽矣，言语工矣，无异草木荣华之飘风，鸟兽好音之过耳也。方其用心与力之劳，亦何异于众人之汲汲营营，而忽焉以死者，虽有迟有速，而卒与三者同归于泯灭。夫言之不可恃也盖如此。今之学者，莫不慕古圣贤之不朽，而勤一世以尽心于文字间者，皆可悲也。❶

意识到作品那么容易散失，作者又是那么容易被遗忘，欧阳修经常思考这是怎么发生的，是什么导致一些诗歌得以保存而另一些诗歌则被冷落

---

❶《送徐无党南归序》，见《居士集》卷四十四。

乃至失传。为了抗拒无所不在的遗忘，他为自己设定了这样的任务：回忆、记录、纠正错误的评价、保存碎片。

为了说明刘敞戏言中的伤人之处，欧阳修必须展示郑谷声名变化的历史：曾经受到尊重，后来被认为太简单而只能用来教小孩，最后终于湮没无闻。郑谷一度声名显赫，现在却落入行将遗忘的行列——即将变成书目中的一个条目。欧阳修给我们提供了一个背景，有了这样一个背景我们就可以理解戏言中的类比：郑谷与梅尧臣的官衔都不过"都官"，而且他们的诗歌都以简单闻名于世，给孩子读可能还不错。除了这层意思，欧阳修还试图说明人们对郑谷的评价有失公允，他的诗其实"极有意思，亦多佳句"。

这则戏言不仅当时刺伤了梅尧臣，而且仍在起作用。虽然欧阳修在序言中竭其所能地指出了梅尧臣诗歌的重要性，可人们已习惯把梅尧臣的诗集称为"梅都官诗"。按照这里的类比，我们不难猜想，梅尧臣的作品也将面临同样的命运：评价不当、被轻视、渐渐失传。恶意中伤和轻蔑之辞的尖刻程度是中国文学传统的一个古老主题：残酷的语言，即使是玩笑之辞，也足以摧毁它的受害者，更有甚者，人们念念不忘以至世代流传的往往只是这一类言辞。

这则小小的轶事谈到了遗忘，还谈到了朴实简单（simplicity）往往得不到欣赏；它关注对诗人的嘲笑，这一类嘲笑在《六一诗话》中还有不少。这是对一个好友的痛苦感受的痛苦记忆，如今他已不在人世——他"未几"过世了，尖刻之辞造成的伤口再也无法愈合。更残酷的是，梅尧臣将面临再次死亡的危险——他的诗歌将被轻视，因为人们拿他跟另一个诗人、一个长期遭轻视的诗人相比。批评家责无旁贷，他必须纠正这一类说法，以挽回诗人的名誉。

四

梅圣俞尝于范希文席上赋《河豚鱼诗》云："春洲生荻

芽，春岸飞杨花。河豚当是时，贵不数鱼虾。"河豚常出于春暮，群游水上，食絮而肥。南人多与荻芽为羹，云最美。故知诗者，谓只破题两句，已道尽河豚好处。圣俞平生苦于吟咏，以闲远古淡为意，故其构思极艰。此诗作于樽俎之间，笔力雄赡，顷刻而成，遂为绝唱。

At a party given by Fan Zhong-yan, Mei Yao-chen wrote a poem on the blowfish that began,

On springtime sandbars sprouts of reeds appear,
Springtime shores fly with willow blossoms.
It is at this time all blowfish.
Is valued beyond all other fish and shrimp ...

The blowfish always appear toward the end of spring and swim in schools at the top of the water, getting fat by eating drifting willow floss. Southerners often makes a soup of blowfish and reed sprouts, which is supposed to be delicious. Those who truly understand poetry will realize that the opening two lines have made all the right points in regard to blowfish. Mei Yao-chen worked hard at poetry for his entire life, his intention being a leisurely distance and primordial plainness. His conceptual structure is extremely strenuous. This poem was composed among the cups and platters of a party, but the force of his brush is potent and rich. It was completed in just a short time, yet afterwards became a famous piece.

人们太容易忽视或错识诗歌中那种精细的朴实简单。当然，欧阳修告诉我们，"知诗者"就不会这样。我们自然不乐意承认自己迟钝麻木；如果此诗听起来确是宴会上的即席之作，我们应当可以体会出，对于这样一个场合，此诗是多么恰当：一种悠闲自在衬托着在河豚上市的季节吃河豚的急切心情。回过头来重读，我们开始从这种抒情的声音中寻找那种独特与微妙之处：一个南方诗人的目光触及水中的荻芽和柳絮，他不可避免地想到河豚——河豚就在这些柳絮与荻芽下面。但最重要的是，诗句的美就蕴藏在一种愉快幽默的简单以及一个普通人的反应而不是"诗的"反应中。通常见于首联的"诗"境在这里变成了汤羹的配料和对汤羹的盼望。地域性与季节性的口腹之乐从诗歌惯例中浮现出来。它表达了人对食物的渴望，它比对文学声誉的渴望更直接。读到第二组对句，我们禁不住微笑了。欧阳修担心我们没有眼力，看不见其微妙之处，他为我们做了一个注解，让我们注意诗景的构成原料与河豚羹的配料之间的关系。

一首简单、质朴的诗歌不见得写起来简单。欧阳修告诉我们，梅尧臣诗句中的悠闲自然来自于他终生追求完美的那种严肃的努力。"顷刻而成"的即兴之作来自于长期对"闲远古淡"的有"意"追求。欧阳修以随意、温和的语气提醒我们，诗的随意性可能刚好标志着它的高雅。另一类随意之作比如"诗话"，何尝不是如此呢？

五

　　苏子瞻学士，蜀人也。尝于湔井监得西南夷人所卖蛮布弓衣，其文织成梅圣俞《春雪》诗。此诗在圣俞集中，未为绝唱。盖其名重天下，一篇一咏，传落夷狄，而异域之人贵重之如此耳。子瞻以余尤知圣俞者，得之，因以见遗。余家旧蓄琴一张，乃宝历三年雷会所斫，距今二百五十年矣。其声清越，如击金石，遂以此布更为琴囊，二物真余家之宝玩也。

　　The scholar Su Shi is a native of Si-chuan. Once he purchased a bow-wrapping of a aboriginal textiles sold by the southwestern barbarians. Into this cloth had been woven Mei Yao-chen's poem "Spring Snow". This poem is not considered an important piece in Mei Yao-chen's collected poems. It seems to me that Mei's fame was so great throughout the world that every single piece was passed on

第七章 诗　话

until it fell among the barbarians, and it is remarkable how those foreigners valued it. Knowing how close I was to Mei Yao-chen, Su Shi made a present of it to me when he got hold of it. My family has long had in its possession a zither, carved in 827 by Lei Hui, two hundred and fifty years ago. Its tone is as sharp and clear as if one were striking a piece of metal or stone. I used this piece of textile as the zither bag. These two objects are truly the family treasures.

我们说欧阳修的《六一诗话》是诗话传统的典范，这不仅因为它是第一部诗话，还因为它以从容的方式为评判事物尤其是诗歌提供了多种角度。描绘文学影响力的最常用的一对概念是"行远"与"流长"（参见陆机《文赋》第251—258句）。梅尧臣的一首起初不受重视的诗，在一种奇怪的欣赏史中获得了价值。是啊，它化身为一块布，这样一来，我们就可以充分欣赏它了。欧阳修告诉我们，这并非一个特例。它证明了梅诗被大家所喜爱，能够"行远"，甚至越过了中华文明的边界。《春雪》是在向外族传布的过程中被网罗的，它被织入蛮布弓衣——没有人猜得出是什么原因使它被织到那块布里。

第二层欣赏来自苏轼，它增加了这个"诗歌—物件"（poem-object）的价值。他看见这块布，想起了梅尧臣与欧阳修的友谊，并想象欧阳修见到这件奇物会多么高兴，因为它证明了梅尧臣诗歌流传之"远"。这首诗就这样回到了中国，如今被欧阳修所珍藏，这不仅因为它与梅尧臣的联系，而且它还让人想起苏轼的慷慨与周到。这块织锦包裹着欧阳修家的一件"宝玩"（古琴），它将永远被怀念与珍藏，它将与古琴一样传之久远。布与琴相得益彰：像古琴一样，人们经常说那些伟大的传之久远的诗歌有"金石"之声。

评判一首诗或一个诗人的价值完全是一种内心行为，不容易表现出来。文本变成织锦（一种可以触摸的物体——很奇怪，它让人回想起从诗景的原料到汤羹的配料）以后，价值判断似乎因此而落到了实处，也更容易证明了。而且,使这个"诗歌—物件"变得珍贵的既不是它天然的文学价值,也不是它作为商品的商业价值:它被珍视是因为它凝聚了一段段特殊的情感(相反的例子,参看第二十条)。

《六一诗话》的条目顺序虽然表面看起来很随意,但也经常起到强化主题的作用。在翻译的时候,我把原来的顺序做了一些调整。我们应该注意到,这一条与前一条确立了梅尧臣的声名。梅尧臣下一次出现是在第七条(前文已经翻译过了),在那里,梅尧臣的声名受到了损害。这样,第七条的主题即声名的毁与誉就照应了上面的条目。

六

此条中的一个对句的下句提到了统一中国的秦始皇的一桩臭名昭著的恶行:活埋了大批儒生。

* * *

> 吴僧赞宁,国初为僧录,颇读儒书,博览强记,亦自能撰述,而辞辩纵横,人莫能屈。时有安鸿渐者,文辞隽敏,尤好嘲咏。尝街行遇赞宁与数僧相随,鸿渐指而嘲曰:"郑都官不爱之徒,时时作队。"赞宁应声答曰:"秦始皇未坑之辈,往往成群。"时皆善其捷对。鸿渐所道,乃郑谷诗云"爱僧不爱紫衣僧"也。

The Wu monk Zan-ning was the Registrar of Monks early in the dynasty. He had studied Confucian writings extensively, was widely read and had a good memory; moreover, he was himself a skilled writer whose discourse and arguments were such that no one was able to humble him. At that time there was a certain An Hong-jian, a bright and witty stylist, who was particularly good at mocking verse. He once met Zan-ning on the street with several monks following him. An Hong-jian made a gesture towards Zan-ning and produced the following mocking verse[7]:

Fellows of the sort that Zheng Gu didn't like, ones who often come in squads.

Zan-ning answered him as quick as an echo:

That class uninterred by Qin Shi-huang, ones that form flocks everywhere.

At the time everyone admired the cleverness of Zan-ning's response. An Hong-jian had been referring to a line in a poem by Zheng Gu that went: "I like monks, but not the sort that wear the purple robes [purple robes being the prerogative of monks who served in court]."

《六一诗话》中有大量条目只是有趣的笑话（在中文里，赞宁的接句确实令人捧腹）；但琐碎正是这类轶事不可或缺的而不是多余的部分。有趣的笑话消除我们的戒备，让我们觉得自己不过是为了消遣才阅读它们，诗话的作者也没有偷偷教导我们的意思。读到这样的条目，我们很容易相信《六一诗话》不过是一些随手记录的笔记。也就是说，这些琐碎的轶事出现在这里符合记忆的随机性，它暗含着这样一个信息：这些条目不过是"偶然想到的"。

然而，无论听起来多么合情合理，人类的心理活动并不是全无规律可寻，正如宇宙的运行也不是毫无规律一样。在表面看来没有理由的心智活动次序中，我们一下子就可以从上一条中发现下一条的母题（motifs）和预示。《六一诗话》的第二条就是另一则嘲戏。

二

仁宗朝，有数达官以诗知名。常慕"白乐天体"，故其语多得于容易。尝有一联云："有禄肥妻子，无恩及吏民。"有戏之者云："昨日通衢遇一辎軿车，载极重，而羸牛甚苦，岂非足下'肥妻子'乎?"闻者传以为笑。

During the reign of Ren-zong [1023-1063] there were a number of successful officials famous for their poetry. They admired the style of Bai ju-yi, and thus their diction achieved effects by simplicity. One of them had a couplet that went,

A salary that goes to fatten my wife and children,
No generosity extending to clerks and commoners.

Someone teased the writer: "Yesterday, as I was going along the avenue, I chanced upon a woman's curtained coach. Its load was extremely heavy, and the poor oxen pulling it were having a terribly hard time. I take it this was your 'fattened wife and children'?" The story was passed on as a good joke.

第四和第五条涉及严格意义上的评价问题,第六条又回到了戏谑。第五条中的赞宁是受到尊重的,本条则以嘲戏反击嘲戏。这为我们理解第七条(我选译为第一条)关于嘲戏与评价的轶事做了铺垫。在第七条,刘敞的戏言损害了梅尧臣的声名。在第六条,诗人郑谷跟一句蔑视某类僧人的诗句一起出现;到了第七条,他自己也成了被轻视的对象。在第七条,我们知道郑谷的诗基本被遗忘了;但像刘敞的戏言一样,第六条所引用的嘲弄别人的诗句却被记住了。它果真被记住了吗?欧阳修感觉到有必要对其所指加以说明,并引用了这一句诗。

《六一诗话》就这样在赞扬与责备、喜欢与不喜欢、友善与敌视之间摆动。评价的起伏变化与作品的留存或遗忘交织在一起:先是在第七条,郑谷的诗歌不见流传,然后又在接下来的第八条。

八

陈舍人从易,当时文方盛之际,独以醇儒古学见称,其

第七章 诗 话

诗多类白乐天。盖自杨刘唱和,《西昆集》行，后进学者争效之，风雅一变，谓之"西昆体"。由是唐贤诸诗集几废而不行。陈公时偶得杜集旧本，文多脱误，至《送蔡都尉诗》云："身轻一鸟"，其下脱一字。陈公因与数客各用一字补之。或云"疾"，或云"落"，或云"起"，或云"下"，莫能定。其后得一善本，乃是"身轻一鸟过"。陈公叹服，以为虽一字，诸君亦不能到也。

In these days when literature is in full flower, Secretary Chen Cong-yi is uniquely praised for his old style learning. His poems are very much like those of Bai Ju-yi. After Yang yi and Liu Yun wrote their series of group compositions and the "Xi-kun Collection" became current, aspiring writers did their best to imitate that style. Poetry underwent a complete change, and the new fashion was called the "Xi-kun style". Because of this, the poetry collections of the great Tang masters were virtually abandoned and in common circulation. At one point Chen chanced to obtain an old edition of Du Fu's poetry, the text of which was full of errors and lacunae. In Du Fu's poem sending off Waterworks Commissioner Cai, there was the line,

His body light: a single bird ...

One character had been lost. Thereupon Chen and several of his friends tried to fill in the missing space with a word. One tried,

[His body light: a single bird] goes swiftly.

Another tried,

[His body light: a single bird] sinks.

And another,

[His body light: a single bird] rises.

And another,

[His body light: a single bird] descends.

No one could get it just right. Later Chen got hold of a good edition, and found that the line was, in fact,

His body light: a single bird in passage.

Chen accepted his defeat with a sigh: as he saw it, even though it was a question of only one word, neither he nor any of his friends could equal Du Fu's choice.

又是一则类似的轶事，讲述时尚的反复无常以及事物面临被遗忘的危险。推崇一群当代诗人，结果，忽视了伟大的唐代诗人；文本的脱误似乎就是由忽视造成的。无疑，欧阳修把这种忽视神话化了："唐贤"没有被遗忘，尤其没有被那些西昆派诗人遗忘。但是，如果我们不再学习和保存这些传统，将面临什么样的后果呢？欧阳修告诉我们：会出现难以逾越的鸿沟，最优秀的东西消失不见了，任何一个当代诗人都无法弥补。

今天的我们已经接受了这个事实：缺失的文本是无法修补的，我们的种种猜测和努力总是表明这一点。但宋朝人不一样，他们还留有足够的勇气与自信，希望通过不断纠错与反复试验，把那个脱字找回来。脱字就是每个人都认为最适合这一句的那个字，而每个人都知道这个恰到好处的字就是杜甫用的字。然而，勇气并不是成功的保证；透过失败，陈从易和他的朋友们发现，由于时尚的变化以及不能正确欣赏，确实有那么一些东西丢失了。对于过去的文本，当代人往往感觉到某种神圣的意味，在这则轶事中，文本让人产生的不是神圣而是天才已逝之感，没有这分才气，丢失的文本几乎是无法挽回的。在欢乐的酒席宴会上就某句诗（经常是同时代诗人的诗句）进行重写，一向是诗话的常见内容；当时的诗歌，就其最好的部分来说，仍然是社交活动的一种形式。但欧阳修在谈论社交游戏之外的诗，诗中的才气令凡夫俗子自叹弗如。

这个例子确实有说服力：陈从易等人心思用尽，远远比不上杜甫的用字。"过"（字面意思是"经过"）这个动词造就了一个完美的隐喻，对

第七章　诗　话

于一首离别诗，这个隐喻真是再完美不过了。"过"暗示鸟飞行的定点（杜甫是送行者），它为"经过"这个动作朝两个方向的运动都留下了空间，并把此时此刻的那种短暂之意传递出来[8]。

诗话很可能是一些口头议论，后被追记下来了，在这些诗话里，一种新的风格正在酝酿和发展，它开始关注特定词的使用。读者也学着停下来细细品味这种用法为什么比那种用法更恰当。中国诗歌的一个最重要的特点是不以惊人的隐喻与出奇的意象取胜，它津津乐道于简单词的精确性以及它们的微妙意味如何塑造了一个诗景。杜甫的"过"字就是这样[9]。

欧阳修又回到了那个老话题：学会欣赏既完美又朴实的诗歌。不爱思考的读者迷恋流行时尚，可能更喜欢西昆体诗人营造的明显效果，确实，西昆体诗人爱用惊人的隐喻、出奇的意象以及旁征博引的典故。受主流时尚的影响，杜甫式的"炼字"可能被忽视，被遗忘，甚至从此湮没无闻。教导读者正确关注并保存那些行将消失的东西是《六一诗话》作者默默承担的责任。

九

国朝浮图以诗名于世者九人，故时有集号《九僧诗》，今不复传矣。余少时，闻人多称之。其一曰惠崇，余八人者，忘其名字也。余亦略记其诗，有云："马放降来地，雕盘战后云。"又云："春生桂岭外，人在海门西。"其佳句多类此。其集已亡，今人多不知有所谓九僧者矣，是可叹也。

The Buddish monks who were famous for poetry in the present dynasty were nine; thus the collection of their works was called "The poems of the Nine Monks". It is no longer in circulation. When I was young, I heard people praising them highly. One was named Hui-Chong, but I've forgotten the names of the other eight. I even remember a bit of their poetry. There was a couplet that went,

Horses set to graze on the land since the surrender,
　　A hawk wheels through clouds after the battle.

And another,

　　Spring appears beyond Cassia Ridge,
　　But the person lies west of Seagate Mountain.

Most of their best lines were of this sort. Their collected works have been lost, and people nowadays don't even know there were any "Nine Monks". This is very sad.

遗忘有程度之别。你只能保存能保存的东西，例如，曾经有过九僧而且他们的诗句一度流行，这个事实已经不为欧阳修的许多同代人所知；欧阳修还能够记住他们的两组对句。好像没有意识到这个偶然的信息如何与主题联系在一起似的，欧阳修还补充说："其一曰惠崇，余八人者，忘其名字也。"

为了从上下文中更好地领会这种友好的保存姿态，我们可以从欧阳修辑录的伟大的古代碑文集《集古录》中引用一段文字。且不论那些更著名的碑文，就让我们读一读《后汉无名氏碑》这一篇：

右汉无名碑，文字磨灭。其姓氏名字，皆不可见。其仅可见者，云州郡课最，临登大郡。又云，居丧致哀，曾参闵损。又曰辟司隶从事，拜治书侍御史。又曰奋乾刚之严威，扬哮虎之武节。又曰年六十三，光和四年闰月庚申遭疾而卒。其余字画尚完者多，但不能成文尔。夫好古之士，所藏之物，未必皆（一所"能"）适世之用。惟其埋没零落之余，尤以为可惜。此好古之癖也。治平元年六月五日书。❶

This is a stele of someone unknown, from the Han. Characters have

---

❶ 见《集古录》卷三。

been worn away, and I was able to make out neither his family name or his given name. All that we can make out is "Ranked foremost in the district examination for merit and set off for the capital"; and again "the deepest sorrow in his mourning, comparable to that of Min Sun...[fragments of office titles omitted]"; and again "showed a strict, unswerving authority, like a roaring tiger displayed a soldier's courage"; and again "in his sixty-third year, during the intercalary month of 181, he grew sick and died". Some of the strokes of the remaining characters are still complete, but they are not enough to make any sense of them. Pieces like this, preserved by those of us who love old things, need not all be of use to this age. And these remnants that have been worn away and in part lost are especially to be regretted. This is merely an odd passion on the part of those of us who love old things. Dated the fifth day of the sixth month of 1064.

在那个崇尚实用的时代，这则小小的碑文记录保存了一些完全无用的信息。收藏它只是出于一个好古者、一个古文物收藏家的激情。欧阳修的"癖好"是发人深省的：他身上有某种东西不允许他丢掉对这个无名氏的怀念——他早期的成功，服丧期的诚挚以及他的性格。欧阳修明白这种友好表示是没有回报的：他解释说他的保存工作"不需要对这个时代有什么用处"——他做此事，既不是为了政府，也不是为了家族，甚至也不是为了自娱自乐，究竟为什么，他自己好像也弄不清楚——这就是一种"癖"。同样的癖好也在《六一诗话》中起作用。

十

孟郊贾岛皆以诗穷至死，而平生尤自喜为穷苦之句。孟有《移居诗》云："借车载家具，家具少于车。"乃是都无一物耳。又《谢人惠炭》云："暖得曲身成直身。"人谓非其身备尝之不能道此句也。贾云:"鬓边虽有丝,不堪织寒衣。"就令织得,能得几何?又其《嘲饥诗》云:"坐闻西床琴,冻折两三弦。"人谓其不止忍饥而已,其寒亦何可忍也。

Both Meng Jiao and Jia Dao were impoverished by poetry until their deaths, but all their lives they took special delight in lines on suffering and poverty. In Meng Jiao's poem "Moving House" we read,

Let me borrow your wagon to move my household goods—
My household goods are less than a wagonload.

This is complete destitution. In another poem, "Thanking Someone For a Gift of Charcoal", he writes,

It has warmed a twisted body into a straight body.

People have said that a line like this could be written only by someone who had lived through such an experience. Jia Dao wrote,

Though threads of white silk now hang in my locks,
I cannot weave of them clothes against the cold.

Even if he had tried that sort of weaving, he wouldn't have gotten much cloth. In another poem, "Hungry at Dawn", we read,

Just now I hear the zither by the west bed,
Two or three strings snap, made brittle by the cold.

People have said that is not only suffering from hunger—the cold is also unbearable.

诗歌之工与诗人社会生活的困厄之间的联系("穷而后工")是欧阳修的批评文章最喜欢的一个主题[10]。他以这样的理论安慰梅尧臣没有得到高官——不过,刘敞提供了一个相反的例子即郑谷,他在社会生活中失败了,而作为诗人也受到轻视。然而,从诗歌中也可以获得一种满足感,它完全不同于文学或政治声誉所带来的满足感。一个全神贯注于诗作的人,能够在完美的个人痛苦的构思和表达中得到与痛苦

第七章 诗 话

截然相反的快乐。从这一则起,《六一诗话》的内容从诗歌评价转向了诗歌技法。

阅读孟郊与贾岛的这些诗句,人们("人云")为他们诗歌中所提到的生活艰辛而叹息;他们阅读的不仅是艺术作品,还有产生这些诗歌的生活境况。然而,本条惟一出现的一个"喜"字,写出了两位诗人在创作这些令读者如此牵肠挂肚的诗句时享受到的艺术快感。但是,在欧阳修看来,贾岛的第一组对句过于雕琢,这使得欧阳修背离了他以诗知人的一贯做法。他嘲笑贾岛以白发织衣的对句过分夸张:"就令织得,能得几何?"❶ 雕琢过分以致露技的艺术作品容易失信于人;显然,梅尧臣的河豚诗在艺术上更胜一筹,它是长期实践的结果,读起来像是即兴之作,十分自然。

十一

唐之晚年,诗人无复李杜豪放之格,然亦务以精意相高。如周朴者,构思尤艰,每有所得,必极其雕琢,故时人称朴诗"月锻季炼,未及成篇,已播人口"。其名重当时如此,而今不复传也。余少时犹见其集,其句有云:"风暖鸟声碎,日高花影重。"又云:"晓来山鸟闹,雨过杏花稀。"诚佳句也。

In the last years of the Tang, poets no longer had the grand, expansive style (格 *) of Li Bai and Du Fu; but they did devote themselves to achieving excellence in refined concepts (精一意 *). Poets like Zhou Pu worked very hard to develop thoughts in poetry; and in everything they did, we always find an intense craftsmanship. People of the time praised Zhou Pu's poetry

---

❶ 欧阳修这里所谓"就令织得,能得几何"一句,似乎更多地表达了他对诗人之"穷苦"的同情,而非对其诗句之"夸张"的嘲笑。按照本书作者的理解,欧阳修的意思是后者。

saying: "He smelts it for a month, refines it for a season, and even before the poem is finished, it is already on everyone's lips"—such was his fame in his own age; and nowadays his work is no longer transmitted. When I was young, one could still find his collected poems. Among his couplets was one:

The wind is warm, the voices of birds shatter,

The sun high, the shadows of flowers heavy.

And another:

As daybreak comes, birds of the hills make commotion,

A rain passes, and apricot blossoms grow fewer.

These are truly fine lines.

欧阳修是一位伟大的历史学家和碑文专家,也是一位以保存名誉受损的诗歌和被遗忘的诗人为己任的批评家[11]。然而,他自己也应该为11世纪出现的诗歌趣味的巨大变化负责任,正是这些变化使欧阳修的同代人忽视了那些在欧阳修年轻的时候还很有名的诗人。欧阳修以他极高的威望,教育整整一代人重视梅尧臣那种"古朴"与率真的自然主义风格。诗歌趣味上的这种变化逐渐破坏了从9世纪前几十年以来一直主导诗坛的对律句技巧的过分偏好。在他年老之时,在这部诗话里,欧阳修重新想起了那些如今已不再时髦的诗人。

在谈论梅尧臣那首咏河豚的轻松即兴之作时,欧阳修确实提到该诗中也包含着技巧:梅尧臣终生对诗歌兢兢业业,所以才能在宴会的现场即席创作出完美的诗句。周朴则代表着另一种技巧:长期地不断地对诗句精雕细琢。周朴为一首诗花了那么多时间,以至于它的不同版本在尚未定稿之前就已经广为人知了。这些诗句在周朴的时代不胫而走、广泛流传,可如今却被遗忘了;再精雕细琢也不能保证作品的存活。这是一些值得注意也值得被记住的精美诗句。究竟是什么造就了一首好诗,除了随时尚而盛衰的声誉以外,还有什么其他因素呢?要思考这个问题,可谓恰逢其时,请看下一段。

十二

圣俞尝语余曰:"诗家虽率意,而造语亦难。若意新语工,得前人所未道者,斯为善也。必能状难写之景,如在目前,含不尽之意,见于言外,然后为至矣。贾岛云'竹笼拾山果,瓦瓶担石泉',姚合云'马随山鹿放,鸡逐野禽栖'等是山邑荒僻,官况萧条,不如'县古槐根出,官清马骨高'为工也。"余曰:"语之工者固如是。状难写之景,含不尽之意,何诗为然?"圣俞曰:"作者得于心,览者会以意,殆难指陈以言也。虽然,亦可略道其仿佛:若严维'柳塘春水漫,花坞夕阳迟',则天容时态,融和骀荡,岂不如在目前乎?又若温庭筠'鸡声茅店月,人迹板桥霜',贾岛'怪禽啼旷野,落日恐行人',则道路辛苦,羁愁旅思,岂不见于言外乎?"

Mei Yao-chen once said to me: "Even if a poet follows the bent of his thoughts (意*), the formation of wording [for those thoughts] is still difficult. The very best thing is to have new thoughts and well-crafted diction, to achieve what no one has ever said before. You have to be able to give the manner of a scene (景*) that is hard to describe, to bring it as if before your eyes; it must hold inexhaustible thought in reserve (含), thought that appears beyond the words. Only then is it perfect. Jia Dao has a couplet:

    A bamboo basket gathers the mountain fruit,

    A pottery jug carries the rocky stream.

Yao He writes,

    His horse goes off with the mountain deer to graze,

    And his chicken follow wild birds to their roosts.

Both of these convey the dreariness of life in an official post in some wild and remote mountain town. But these are not so well-wrought as

The country residence is old: an ash tree's roots come out of the ground,

The official is pure: his horse's bones jut high. "

And I said to him: "These are indeed good examples of well-wrought diction. But what poems give the manner of a scene that is hard to describe and hold inexhaustible thought in reserve?"

Mei Yao-chen answered, "When a writer has attained it in his own mind (心 *), then the reader will comprehend it through the concept (意 *). It may be almost impossible to indicate or present in words, but nevertheless he can roughly articulate its vague outline. For example, there is Yan wei's

In the willow pond, spring's waters spread,

On the flowered slope, the evening sun goes slowly.

Here the appearance of the sky [or weather] and the quality of the season are relaxing, balmy, carefree. Isn't it just as if before your eyes? We find another example in Wen Ting-yun:

A cock crows: moonlight on the thatched inn,

A person's footprints in the frost on the plank bridge.

Or Jia Dao:

Strange birds cry out in the broad wilderness,

And the setting sun puts fear in the traveler.

Here we have the hardship of the road, the sorrow of travel, the thoughts that come on journeys. And don't you see how they appear 'beyond the words'?"

第七章 诗　话

这是《六一诗话》最长的一个理论条目，这段文字显得十分自然，因为欧阳修把它转化为对一段往事的追忆，并让大部分内容借梅尧臣之口讲述出来（这样，欧阳修维持了他作为一个观察者、评论者与记录者的角色）。欧阳修在中间提出的问题既可以用来打断梅尧臣的叙述，又可以提醒读者这个问题确实是当时提出来的。同样，这种随意的风格让读者觉得，这不是一个理论文本，不过是梅尧臣在对他的朋友讲述他自己的关于是什么造就了伟大诗景的看法。

梅尧臣首先谈到前几条确立的即兴创作与精雕细琢的对立关系。梅尧臣是给人留下"率意"印象的简单、自然诗风的重要代表人物。然而，在这里，他表达了自己的价值观，而我们可能没有意识到他本人其实坚持这样的价值观：把那些即兴思想用完美的语言表达出来是多么困难（用一个关于对句技巧的术语来说就是"造语"）。通过整部《六一诗话》，我们认识到诗歌中的事物与它们看起来的样子不一样（除非你是"知诗者"，能透过幻象看出真实）。梅尧臣，这位北宋闲适诗的代表人物，像9世纪任何一位律句大师一样，也十分注意"造语"。咏河豚看似漫不经心，其实是一生精研诗歌技艺的成果。

在对抗晚唐五代律诗残余势力、塑造北宋诗风的过程中，无论梅尧臣是一个多么举足轻重的人物，他在这里的说法却大多属于维系律诗风格的老一套诗学传统[12]。这里无疑有司空图书信的影响。与此相反，欧阳修《六一诗话》的批评话语模式符合兴起于北宋的诗歌趣味：在更广阔的范围内，以不那么指教的口气，融合唐代技法诗学，并使其自然化。

当梅尧臣把"率意"与"造语"结合在一起，他（或者是重新创作了这则对话的欧阳修）以一种意味深长的方式改变了措辞。"语工"无疑是"造语"的自然结果；但我们不应该忽视与"语工"配对的词，比如这里使用的"意新"，它应当是"率意"的必然结果。正如在西方前浪漫主义的文本中，人们认为是即兴创作造就了"原创性"（originality），所谓"原创性"既指它是新的，也指它是来自于独一无二的自我的。这里的目标说得很明白："得前人所未道者。"作为一种价值标准，"新"

（novelty）在中国文学思想中有很长的历史（参见陆机《文赋》第 27—30 句）；但在早期阶段，它的意思很简单，它是通过熟知和反复思考那些先前被忽视的东西得来的新，而不是从自我那里自然生长出来的新。在宋代，"得前人所未道"已经成了一句老生常谈。

所谓"原创性"主要体现在描述性对句上。对梅尧臣来说，关键在于怎样把此时此刻的具体心境（circumstantial mood）与个人感受转换成由十个字组成的五个音节的对句，同时又要把其中之"意"体现在"言外"。按照梅尧臣的理解，说来说去，这个问题最终还是离不开那个古老的难题：有限的语言和通过语言传达最大限度的意义。为了把景带到眼前（"如在目前"），你必须悉数道来；但用十个字根本做不到。所以，这十个字必须精心选择安排，以便把全景"含"在其中。

这个方案不是完全行不通：具体心境是通过一些确定因素之间的关系表现在感知经验之中的（这个理论在当代视觉艺术中一点也不陌生）。与此相反，通过事无巨细的描述（"言中"）来获得具体性（circumstantiality），容易剥夺读者的自由：它徒然增添各要素之间的关系，阻碍读者关注特殊关系。只有通过限制景中的确定性因素，读者才得以思考其中的暗含联系，并把它内在化。我们永远也不知道读者在景中体会到的暗含联系是否与诗人想表达的一样；但是，既然被再现的景吸引了读者，他必然认为它就是那个同样吸引了作者的景。

梅尧臣大概遵循了社交场合讨论诗歌的一贯做法，他接下来引用了三组试金石式的对句，它们描绘了"山邑荒僻，官况萧条"[13]。引用多个例句经常是为了确定价值等级，这里就是如此。三个对句都很精巧，但第三组对句更精巧，它让露出地面的古树根和瘦马的骨头并列，这样一来，坚韧、老年与廉洁（一个收受贿赂的官员会骑着一匹肥马）就被连在一起了。

三组对句都很有"意"（这里的"意"来自于巧思）。欧阳修承认它们"语工"，但并不认为它们"状难写之景如在目前"并且"含不尽之意"；也就是说他通过这个问题暗示出，这些对句有一个共同点即缺少言

第七章 诗 话

外之意,一旦被读懂了,也就全明白了。为了答复欧阳修的异议,梅尧臣进一步做了尝试;他提出的第二组对句更加出色,它们的"意"不多,却更接近于通常意义上的"言外"的诗歌效果。这种效果是怎么来的?梅尧臣的回答十分精彩:作者"得于心",读者"览其意"。我们注意到,这句话并没有明说作者是站在景物面前、对景物进行重新组合,还是创造了景物,但我们的确知道诗景是心中之景(它很像康德和浪漫主义理论家的美学或诗学"ideas"❶这一概念)。梅尧臣使用了"意"这个词可能是为了强调某种心理的整体性。"意"是一个很宽泛的概念,在这里,它既可以指巴洛克意义上的"概念"(concept)或"奇想"(conceit)(这可以概括第一组诗句的特征),也可以指"美学观念"(aesthetic idea)(可以概括第二组诗句的特征)。至于读者的理解,这里使用了"会"字,它的字面意思是"相遇"(meet),这句话假定诗人之"意"与读者之"意"是一致的[14]。

这个传递过程的难点在于作为中介的语言,它并不能确定"意":它能做的只是"略道其仿佛";也就是说,语言能使"意"显现,但很模糊,好像隔着面纱远远看去。细心的读者能够超越中间出现的变形捕捉住"意"——它的模糊正是其真实性的保障。

西方读者可能很想知道第二组对句究竟比第一组对句好在哪里。一部分困难在于翻译造成了进一步的模糊变形,另一部分在于对句艺术的审美标准。让我们以温庭筠"鸡声茅店月,人迹板桥霜"为例,略加说明。首先,一组对句必须有我们所谓的"场所"或"背景"(ground),它是对偶句确定范围的基础[15]。在汉语里,抽象的类属概念经常用一组成对的复合词表示;例如,水平距离用"远近",垂直距离用"高低"。两个成对的句子经常围绕这种对立的"场所"展开。在温庭筠的对句中,我们看到"上下"的对立,它给我们提供了一种没有深度的垂直延伸的诗景——它适合旅人,前面的视线被阻隔了。而且,那个成对的活动

---

❶ "形式"或译"理念""观念""意念"。

"上下看"（暗含在关注点的移动中）也恰巧具有"立即"一词的双重意思，传递出该景的短暂性。"感觉"经常是由一个"视听"复合词表现出来，这里我们看到一个视觉句和一个听觉句。在旅程中，人们夜里休息然后再出发，这也暗含在两句的对立之中。这就是"背景"，一个伟大的对句绝不能只靠"背景"，但"背景"为一组伟大对句规定了固定顺序与范围——就在黎明前的一个"瞬间"，在夜晚的休息与再次起程之间，感觉因为景物的孤清而被加强，关注点的垂直运动因为水平延伸的桥而得到平衡，桥预示着出发。

这组对句的才气首先表现在把茅店上的月光与板桥上的霜并列在一起，月光和霜都是清冷的薄薄的一层白色，到了下一联，它们因旅人的出现而被注意、被穿透。在这个并列中还有一系列事件发生：看不见鸡，但听见了鸡的叫声，诗人抬起头，只看见茅店上的月光。当然，声音没有在月光上留下痕迹；另外一些东西（比如鸡）也是短暂而不可见的。然后他朝下看，看见了桥的薄霜上行人留下的痕迹——它证明，除了旅人以外，居然还有别人存在，在他前面。鸡叫声还将唤醒其他旅人。第一句的孤独情境显示诗人处于一种怡人的私人空间；他独享此景并且将走一条让别人跟随的道路。到了下一句，有证据显示有人在他前面，"想做第一"与独享此景的心绪被破坏了。出现在对句中的语词全是事物的名称；对句的趣味在于诗景的各个要素之间暗含着的联系以及这些联系如何暗示出"言外"之意[16]。

十三

圣俞子美，齐名于一时，而二家诗体特异。子美笔力豪隽，以超迈横绝为奇；圣俞覃思精微，以深远闲淡为意。各极其长，虽善论者不能优劣也。余尝于《水谷夜行诗》略道其一二云："子美气尤雄，万窍号一噫。有时肆癫狂，醉墨洒滂霈。譬如千里马，已发不可杀。盈前尽珠玑，一一难拣汰。

梅翁事清切，石齿漱寒濑。作诗三十年，视我犹后辈。文辞愈精新，心意虽老大。有如妖韶女，老自有余态。近诗尤古硬，咀嚼苦难嘬。又如食橄榄，真味久愈在。苏毫以气轹，举世徒惊骇。梅穷独我知，古货今难卖。"语虽非工，谓粗得其仿佛，然不能优劣之也。

Mei Yao-chen and Su Shun-qin were both equally famous, but the styles (体*) of the two poems were quite different. There was a grandness and bravura in the force of Su Shun-qin's brush, and his work was remarkable for its overreaching and fierce energy. Mei Yao-chen thought deeply and went to the subtle essences of things; his [poetic] thoughts (意*) were deep and far-reaching, yet calm and plain. Each poet made the most of his own strong points, and even the best critics could not rate one above the other. I once compared several aspects of their work in my poem "Going Out at Night at Shui-Gu":

Su Shun-qin's *qi** is extremely strong:
Thousands of caves call out in a single howl.
Sometimes he lets himself go in a wild madness,
And his drunken brush streams with ink.
Compare him to a horse that runs a thousand leagues—
Once he gets moving, he can't be stopped.
Peals [of poetry] fill the spaces before him,
Hard to prefer one of them.
Old Mei Yao-chen labors at the pure and precise:
Teeth of stone scoured by cold rapids.
He has been writing poetry for thirty years
And looks on me as the younger generation.
Yet his writing grows increasingly honed and fresh

Though his mind and thoughts (心*—意*) grow older.
Compare him to a woman of entrancing beauty
Whose charms are still ample, even in age.
His recent poems are extremely ancient and blunt;
One chews on them, and they're hard to swallow down:
It's like eating *gan-lan* fruit—
The true flavor gets stronger with time.
Su's bravura surges with *qi**—
All the world is startled by it.
But Mei, in his poverty, is understood by me alone—
The ancient ways are hard to sell these days.

Even though my words here are not well wrought, I still think I've gotten the vague outline. Still, it is impossible to rate one above the other.

在第十二条，梅尧臣对大家都熟悉的 9 世纪的律诗风格的精致对句发表了一些看法，它们描述了一幅幅景象，读者能够"粗得其仿佛"。在这里，欧阳修给我们提供了一首按照新鲜的北宋风格写成的冗长而散漫的诗歌，他告诉我们这首诗没有工巧的语言；另外，诗歌大致描述了两个诗人的不同个性而不是诗景（让我们回忆一下，在咏河豚的诗句中，梅尧臣怎样把一个传统的诗景转变成个性化的表达）。梅尧臣在第十二条确定的诗歌价值观与欧阳修在这里确定的梅尧臣的诗歌价值观之间存在惊人的差距[17]。

欣赏工巧的对句并不困难；无论诗景的氛围（mood）多么难以捕捉，它的美总是显而易见。相反，按照欧阳修的描绘，梅尧臣的诗像异域的橄榄，开始不觉得怎么样，但越嚼越有味。这把我们带回到《六一诗话》前文所提到的价值评判主题。苏舜钦的诗歌优点比较明显，因此赢得了大家的好评；与此相反，梅尧臣的诗歌有一种不易觉察的平淡之美，很容易被误解或低估。批评家是"知音"，他的任务是唤起人们关注那些被忽视了的优点——当然，他不必为此牺牲苏舜钦那些明显的优点，他只是对它们再加以补充[18]。

十五

圣俞尝云："诗句义理虽通，语涉浅俗而可笑者，亦其病也。如有《赠渔父》一联云：'眼前不见市朝事，耳畔惟闻风水声。'说者云：'患肝肾风。'又有《咏诗者》云：'尽日觅不得，有时还自来。'本谓诗之好句难得耳，而说者云：'此是人家失却猫儿诗。'人皆以为笑也。"

Mei Yao-chen once said, Even though the idea (义 *—理 *) may be communicated, a couplet is flawed if the language is too common and laughable. For example, there was a couplet in a poem entitled "To a Fisherman" that went

Before his eyes he does not see what happens in market and court,

His ears hear only the sound of water and the wind.

Someone commented that this showed the symptoms of a liver ailment and an infection of the kidneys. Another person wrote a couplet on [composing] poetry:

All day I seek but do not find,

Then at times it comes to me on its own.

He was referring to the difficulty of achieving good couplets in writing poetry, but someone commented, "This is a poem on a family losing its cat". Everyone thought this was funny.

这一类对诗句的刻意误读和戏谑在《六一诗话》中还有不少。在第二条（见第六条的解说），一个成功官员的笨拙对句却成了笑柄；欧阳修本人也拿贾岛的对句开过玩笑；在这里，梅尧臣戏谑了两组对句。这些诗句显然不够好，读者明知道它们要说什么，却有意拿它们开玩笑，任它们被误解。

这里表现出北宋人特有的敏感：拿"诗的"情景开玩笑，或者就事论事，或者把它贬低为某种"低级的"日常生活情景。我们不会忘记，正是这位提供这些诗歌笑话的诗人曾经作过一首这样的诗：起句描述飘荡着荻芽与柳絮的可爱春水，只是为了把它们落到实处，变成河豚汤的配料。我们不能说梅尧臣的咏河豚诗是为了制造喜剧效果，但"诗的"与日常生活的在这里交织在一起，他也正是用这种方式拿别人的对句开玩笑。

在此之前的第十二条，梅尧臣描绘了完美的诗景，即言与意的融合。任何一点最小的失误都可能使诗句变成笑料。我们还注意到，那个失败的对句"尽日觅不得，有时还自来"恰恰涉及雕琢与即兴的关系问题，这在第十二条中已经讨论过了。

十八

诗人贪好句而理有不通，亦语病也。如"袖中谏草朝天去，头上宫花侍宴归"，诚为佳句矣，但进谏必以章疏，无直用槁草之理。唐人有云："姑苏台下寒山寺，半夜钟声到客船。"说者亦云，句则佳矣，其如三更不是打钟时。如贾岛哭僧云："写留行道影，焚却坐禅身。"时谓烧杀活和尚，此尤可笑也。若"步随青山影，坐学白塔骨"，又"独行潭底影，数息树边身"，皆岛诗，何精粗顿异也？

It is also a flaw in language when a poet, trying hard to get a good line, fails to communicate (通*) the principle (理*). For example,

The draft of a remonstrance in my sleeve, I go off to the dawn court,

第七章 诗 话

  With palace blossoms over my head, I return having served at a feast.

  This is really an excellence couplet; but when one submits a remonstrance, it must be written out formally—to present only a draft is simply not the way things work [literally, "no such principle"]. A Tang poet wrote,

  Beneath Gu-su Terrace, the Cold Mountain Temple—
  The sound of whose bell at midnight reaches the traveler's boat.

Someone commented on this that the lines were excellent but ignored the fact that midnight was not a time when the temple bell was rung. Or take, as a further example, Jia Dao's "Lament For a Monk" with the lines

  They sketched and preserved his outline as he practiced the Way,
  But burned away the body that sat in meditation.

What is ludicrous here is that sometimes a reader thinks they burned a live monk. Couplets like

  I walked on, pursuing the green mountain's shadow,
  Sat and studied the bones in the white pagoda

and

  Alone I walked, a reflection at pool's bottom,
  And often rested a body beside the trees

are both from Jia Dao's poetry. What a sharp differentiation between the coarse and fine in these!

  梅尧臣以刻意的误读取笑笨拙的措辞,欧阳修则嘲笑诗歌中出现的错误信息(这是典型的欧阳修式的反转法:在没有翻译的第十六条中,他刚刚赞美诗歌提供了可靠而难得的历史信息)〔19〕。如果一首诗的每一句都涉及现实生活,那么,这首诗读起来会很滑稽;欧阳修以十分严肃的态度,用日常生活的事实一句一句地衡量诗歌,发现这些对句有毛病:奏章的草稿("谏草")根本不会带到朝上去;寺庙的钟声也不会在午夜敲响(虽然后来的诗话作者告诉我们,是欧阳修自己搞错了)。然而,很快地,创作禁忌又转到另一个方向去了:如果读者不能理解贾岛的对句,那得怪他自己太愚蠢(这个对句指一个已逝的和尚,肉身被焚,画像却留在世上)。

在这几段诗话的全部异文里,潜藏着理解的问题。这里存在疏忽,它毁坏诗人的声誉并导致作品失传;这里存在有意或无意的戏谑和误读;这里有错误的信息;这里有辛苦的寻找,为传递一个意想之景,寻找一个恰到好处的语词。

十九

松江新作长桥,制度宏丽,前世所未有。苏子美《新桥对月诗》所谓"云头滟滟开金饼,水面沉沉卧彩虹"者是也。时谓此桥非此句雄伟不能称也。子美兄舜元,字才翁,诗亦遒劲,多佳句,而世独罕传。其与子美《紫阁寺》联句,无愧韩孟也,恨不得尽见之耳。

A long bridge had recently been built over the Song River, the grandeur and beauty of whose construction had never been seen before. Su Shun-qin wrote of it in "Facing the Moon on the New Bridge":

In the undulating current of clouds a golden cake appears,
Sunken below the water's surface, a brightly colored rainbow rests.

At the time people said that the bold magnificence of this couplet made it the only thing that could do justice to the bridge. Su Shun-qin had an elder brother Su Shun-yuan, whose poetry was also forceful and filled with excellent couplets. But unlike [those of] his brother, his poems are rarely seen. The linked verse he wrote with his brother, "On Purple Tower Temple", can stand without embarrassment beside the linked verses of Meng jiao and Han Yu. Unfortunately I haven't been able to see the entire piece.

苏舜钦这组对句具有典型的北宋风格，从日常生活里汲取大胆的隐喻：一个"饼"字让可吃的月亮落到一句无比"诗意"的描写之中，正如梅尧臣一边赏春水，一边就淌口水了。

苏舜钦这个对句流传很广，颇受赞赏，它让欧阳修特别想起了苏舜钦的兄弟苏舜元，他的诗不逊于苏舜钦的诗，但如今已被遗忘，不容易见到了。如同破碎的汉碑和九僧（欧阳修只记得其中一人的名字），欧阳修希望人们注意那些破碎的、没有完成的作品（至少在他心里）——消逝的杰作，那些"无愧韩孟"的联句，但是，欧阳修并未见其全貌。

二十

晏元献公文章擅天下，尤善为诗，而多称引后进，一时名士往往出其门。圣俞平生所作诗多矣，然公独爱其两联，云："寒鱼犹著底，白鹭已飞前。"又"絮暖鲙鱼繁，豉添莼菜紫"。余尝于圣俞家见公自书手简，再三称赏此二联。余疑而问之，圣俞曰："此非我之极致，岂公偶自得意于其间乎？"乃知自古文士，不独知己难得，而知人亦难也。

Yan Shu's literary works dominated his age, and he was especially good at poetry. Yet he often promoted younger writers, and famous scholars of the time often found a place under his wing. Mei Yao-chen wrote a great many poems in his life, but Yan Shu had a special fondness for two of Mei's couplets:

The cold fish still cleave to the bottom,

>   The white egret already flies on ahead.
>
> And:
>
>   Willow floss grows warm, the pickerel are dense,
>   Water-spiders increase, the chun plants turn purple.
>
> In Mei Yao-chen's house I saw a calligraphy piece in Yan Shu's own hand praising these couplets over and over again. Dubious [of Yan Shu's judgment], I asked Mei about it; and he said: "This is not my work at its best; I'm sure it's just that Yan Shu happened to find some personal satisfaction in them." This teaches us that not only is it hard for a literary man to find someone who truly understands him, knowing others is also hard.

这一条把理解与评价这两个密切相关的问题摆在一起，与其说它提供了答案，不如说它提出了问题。我们应该想起第五条，梅尧臣的《春雪》诗之所以受到欧阳修的高度重视恰恰是因为它与个人联系在一起了。我们不应该忘记在梅尧臣所阐述的诗歌价值标准（见第十二条）与欧阳修所描述的梅尧臣诗歌的优点（见第十三条中）之间的巨大差异。一首诗被欣赏的特质一定与诗人自己的理解相合吗？换句话说，诗人能否评判自己的诗歌？（关于否定性回答，可以参见《孟子》对"知言"的论述，见第一章）按照梅尧臣此前的说法，理解只能出现在读者之心与作者之心相会之际。那么，梅尧臣自己不太在意的两组对句，晏殊何以如此欣赏呢？梅尧臣认为晏殊从这些诗句中欣赏的只是他"自得意"的东西。在没有理解的情况下的欣赏也是可能的，至少梅尧臣是这么看的。[20]

二十一

杨大年与钱刘数公唱和，自《西昆集》出，时人争效之，诗体一变。而先生老辈，患其多用故事，至于语僻难晓，殊不知自是学者之弊。如子仪《新蝉》云："风来玉宇乌先转，露下金茎鹤未知。"虽用故事，何害为佳句也。又如"峭帆横渡官桥柳，叠鼓惊飞海岸鸥"。其不用故事，又岂不佳乎？盖其雄文博学，笔力有余，故无施而不可。非如前世号诗人者，区区于风云草木之类，为许洞所困者也。

Yang Yi wrote group compositions on shared themes with Qian Wei-yan, Liu Yun, and others. Out of this came the "Xi-kun Collection", which everyone at the time imitated, with the result that the poetic style of the age was entirely transformed. Gentlemen of the older generation objected to their excessive use of allusion, to the point that the words were obscure and incomprehensible. I wonder if this isn't simply a scholar's failing. Take, for example, these lines by Liu Yun on the "New Cicadas":

The wind will come to the marble dome: beforehand the raven [weather vane] turns;

The dew descends on the columns of gold, and the crane does not know.

The fact that this uses allusions does not prevent it from being a fine couplet. On the other hand:

The high sail crosses past the willows of the post-road bridge.

A roll of drums startles to fight the gulls beside the lake.

Here no allusions are used, but it also is a fine couplet. In my opinion their forceful writing and broad learning provided them ample power of style [笔一力, "force of brush"]; thus they could do anything. This is not what the preceding generation had given the name "poet" to, the sort of writer who trifled around with winds, clouds, grasses, and trees—the things we find wrong with Xu Dong's work.

在一个充满误解而且常常是破坏性误解的世界里，批评者有责任保持谨慎、宽容、不偏不倚。在第十条中，欧阳修禁不住大加嘲笑贾岛的过于夸张；到了第十八条，还是同一个贾岛，还是那种夸张的对句，他又取笑读者理解不了，而且他还对贾岛诗歌的奇异之处给予应有的承认。欧阳修年轻时拒绝西昆派的影响；在第八条，他批评西昆体风靡一时，以至于人们把唐代大师都抛到脑后了（这是夸张的，可能出自陈从易这个"先生老辈"的观点）。在这里，他以宽容的态度缓和了先前对西昆体的指责，并给予西昆派大师以应有的地位。如果说他们有时确实典故用得过多，他也能够理解：那是学者自然的癖好嘛。然后，他举了两个例子，一个典故用得很好，另一个没用典故。

不知怎么回事，赞扬总是与批评结伴同行。赞赏杨忆的诗歌追求及其诗作，就等于接受了这个价值标准，按照这个标准，别的诗好像就不怎么样了。许洞是欧阳修的批评对象，许洞确实是个无足轻重的小诗人，对于这一点，没有人对欧阳修的判断有任何疑义。但是，许洞的作品与欧阳修在《六一诗话》前文所辩护的郑谷的作品其实也差不多。任何一种正面判断都可能在其他方面造成反面判断，这是价值评判的本质。它在所难免，请看下一条。

二十二

西洛故都，荒台废沼，遗迹依然，见于诗者多矣。惟钱文僖公一联最为警绝。云："日上故陵烟漠漠，春归空苑水潺潺。"裴晋公绿野堂在午桥南，往时尝属张仆射齐贤家，仆射罢相归洛，日与宾客吟宴于其间，惟郑工部文宝一联最为警绝，云："水暖凫鹥行唼子，溪深桃李卧开花。"人谓不减王维、杜甫也。钱诗好句尤多，而郑句不惟当时人莫及，虽其集中自及此者亦少。

The relies and ruins of the old capital at Luo-yang, terraces overgrown with vegetation and abandoned pools, offer melancholy reflection; they appear in poetry often. One of the most striking examples is a couplet by Qian Wei-yan:

The sun rises over the ancient highlands, through mist billowing;
Spring returns to the empty parks, where waters still burble on.

Greenwilds Hall of Pei Du, lord of Jin, lay south of Wu Bridge, and later came into the possession of the household of Zhang qi-xian[943-1014] . When Zhang qi-xian gave up his ministerial post and returned to Luo-yang, every day he would hold poetry banquets for his guests there. One couplet from such poetry banquets, a couplet by Zheng Wen-bao is striking:

In the warmth of these waters the ducks and gulls move to feed their young;
Where the creek valley's deepest, peaches and plums blossom, lying horizontal.

People said this was in no way inferior to Wang Wei or Du Fu. There are a great many good lines in Qian Wei-yan's poems; but as for Zheng Wen-bao's couplet, not only could none of his contemporaries equal it, very little in his own collected poems could equal it.

二十四

石曼卿自少以诗酒豪放自得，其气貌伟然，诗格奇峭，又工于书，笔画道劲。体兼颜柳，为世所珍。余家尝得南唐后主澄心堂纸，曼卿为余以此纸书其《筹笔驿诗》。诗，曼卿平生所自爱者，至今藏之，号为三绝，真余家宝也。曼卿卒后，其故人有见之者，云恍惚如梦中，言我今为鬼仙也，所主芙蓉城，欲呼故人往游，不得，忿然骑一素骡，去如飞。其后又云，降于亳州一举子家，又呼举子去，不得，因留诗一篇与之。余亦略记其一联云："莺声不逐春光老，花影长随日脚流。"神仙事怪不可知，其诗颇类曼卿平生，举子不能道也。

Ever since he was a youth, Shi Man-qing found satisfaction in a brash expansiveness, both in poetry and drinking. His spirit (气*) and appearance were exceptional, and the manner (格*) of his poetry was daring and unusual. He was also good at calligraphy; and the force of his brushwork was strong, much prized in the age. its style (体*) uniting the styles of Yan Zhen-qing and Liu Gong-quan. Once I got hold of some the famous "Pure Heart Hall" paper, produced for the Last Emperor of the Southern Tang [Li Yu]. Using this paper, Shi Man-qing wrote out for me this poem on Chou-bi Post Station [from which Zhu-ge Liang had dispatched the Shu-Han armies]. This poem had always been Shi's favorite. I still have this copy and call it my greatest prize, the real family treasure. After Shi died, one of his old friends saw him, all in a blur as if a dream; and Shi said "I've now become an immortal and have been placed in charge of Lotus City". He wanted to invite his old friend to go off wandering with him; and when the friend was unwilling, Man-qing rode off in a fury on a white mule, as if flying. After that I also heard it said that he descended to the house of a provincial candidate for the examination and asked him to go away with him. When the man was unwilling, Man-qing left a poem for him. I even roughly remember one of the couplets:

The voices of orioles do not grow old with the light of spring;

The shadows of flowers always follow the sunbeams drifting on.

The question of gods and immortals is not something we can know anything about; but the poem is indeed very much like what Man-

第七章 诗　话

qing wrote when he was alive, and it is beyond the capacities of that provincial candidate.

与梅尧臣和苏舜钦一样，石曼卿也是深受欧阳修赞美的同时代诗人。石曼卿的作品几乎没有流传，11世纪前半期在欧阳修的推动下掀起的诗歌趣味的变化中，也有石曼卿一份。在本条里，我们又见到了《六一诗话》那些熟悉的母题：评价、保存，除此之外，我们还见到一个特别奇怪的例子：在诗里认出诗人。在这则轶事的前半部，我们发现欧阳修仍扮演着他一贯扮演的角色：认出有价值的东西，并且保存它，不让它流失。出于一种个人的满足，欧阳修一直保存着梅尧臣的《春雪》诗，那首织锦上的诗；他也承认这首诗不属于梅尧臣最重要的作品。然而，石曼卿对自己诗歌价值的理解比什么都重要：他最喜爱的诗用他最好的书法写在珍贵的纸上；它是一件将被珍藏的宝物，不像其他诗人的作品集将在时间中磨损。

死去的诗人又回来了——至少他们是这么说的——并且仍在作诗（当然，欧阳修忘记了石曼卿"死后"的大部分诗作，只能"略记"其中一联）。欧阳修是一位老练的宋代知识分子，他不愿相信这些，但他情不自禁地在这些诗句中辨认石曼卿。如果你果真理解诗人并有欣赏他的作品的眼力，那你自然有资格鉴定他的作品是否出自他的手笔。欧阳修微微一笑：此诗听起来确实像石曼卿所作，不可能是那个梦见此诗的年轻人自己作的！

注 释

这里使用的底本是郑文校点的《六一诗话》（人民文学出版社，1983年）。

〔1〕 无论"高"与"低"的区别在今人听起来多么刺耳；在中国传统中（西方传统也是如此），文类与风格确实存在强烈的等级意识。它标志地位的高下，依据这个等级高下，区别出各种各样的价值对比：严肃的与轻浮的，重要的（即值得保存的）与不值得保存的，古语的、用典的与白话的，公共的与私人的，雅的与俗的。种种比较性的说法绝不意味着"高"比"低"好；它不过反映了某种相对差别，它来自最约定俗成的文化标准。而且，在中国文学与文化传统中确实有那么一种经久不衰的张力：或明或暗地坚持"低"优于"高"。

〔2〕 关于欧阳修文学著作的总体研究，读者可以参考艾朗诺（Ronald C. Egan）的佳作《欧阳修的文学著作》(The Literary Works of Ou-yang Hsiu)。Egan 所谓"非正式散文"（informal prose）指那些可能被收入作者正式文集中的作品，如序言、书信。我这里所说的"非正式散文"指那些通常不被收入作者正式文集的文类，如杂记、随意的批注以及非正式信件等。

〔3〕 参见 Jonathan Chaves《葛立方对诗歌的精妙批评》("Ko Li-fang's Subtle Critiques on Poetry", Bulletin of Sung-yüan Studies 14: 39-49 [1979]）。

〔4〕 《诗人玉屑》按照技法诗学的类型来编排诗话选段，然后按年代顺序，用诗话的形式对重要诗人加以描述（虽然在南宋末期之前，评注重要诗人的编年选集已经出现）。《诗人玉屑》有一个德文译本：Die Welt der Dichtung in der Sicht eines Klassikers der chinesischen Literaturkritik。

〔5〕 20 世纪以来，传统中国文学批评史不断被重写，其中一个最醒目的事件是根据文类来重新评判文学批评作品的重要性。最明显的一例就是确立了《文心雕龙》的新权威地位（虽然为《文心雕龙》正名的工作在清代就开始了）。叶燮的《原诗》是另一个例子。这两部作品固然值得我们大力关注，可是，西汉作家王充《论衡》中的那些极其幼稚的评论也赢得了过高的声望；因为人们很容易注意到它为"观念史"（history of ideas）做出了贡献，其实它的思想粗糙有余、细致不足。传统批评历来不重视《论衡》倒是明智的。

〔6〕 书面文本能否真实表现个人是一个有争论的重要议题，我们经常发现一些否定说法：失真或未能揭示出一个真实的人。在我没有翻译的《六一诗话》第二十六条，欧阳修提到一位沉默寡言的学者赵师民。他引用了赵师民的两个描写春天的对句，然后说它"殆不类其为人矣"。我的意思并不是说中国文学家都天真地相信人的个性必然体现在作品之中；但这是他们最关心的问题，而且也是《六一诗话》许多条目的主要话题。元好问（1190—1257）在一首绝句里，以潘岳（247—300）为例，直截了当地批评了这种以诗知人的思想。该诗以否定扬雄"心画心声"的著名论断开始。既然潘岳一边追逐名利，一边在诗歌里表白他向往隐居，元好问这样讽刺他：心画心声总失真，文章宁复见为人。(Poetic "sounds and pictures of the mind" are generally untrue, / One can scarcely know a man from his writing.) 译文摘自 Wixed, Poems on Poetry，第63页。

〔7〕 "嘲"通常采用普通的诗体形式。然而这里采用了一种有韵的散体形式：那句妙语以

502

第七章 诗 话

及那个妙对,都是由一个七字句和一个四字句构成的。

[8] 动词"过"也用作对某人简短而偶然的访问:像英语口语中的"stops by"。

[9] 在《石林诗话》(约作于12世纪20年代或30年代),叶梦得直接点出了这个原则:"诗人以一字为工,世固知之。"但叶梦得把杜甫视为特例,因为杜甫的诗婉转变化,见不到雕琢词句之迹。

[10] 参见 Yu-shih Ch'en《欧阳修的文学理论与实践》("The Literary Theory and Practice of Ou-yang Hsiu")一文,见 Adelé Rickett 编《中国文学方法》(Chinese Approaches to Literature),第79—80页。

[11] 具有讽刺意味的是,欧阳修说第一个对句为周朴所作,但我们却有更有利的证据证明它出自杜荀鹤之手。杜荀鹤与周朴差不多是同代人。由于欧阳修记忆的疏漏,它成了周朴笔下的最佳诗句;有趣的是,由于欧阳修的权威地位,后来的批评者坚持认为这个对句确实是周朴而不是杜荀鹤所作。

[12] 根据可信的考证,梅尧臣也是《续金针诗格》的作者,该书尚有一部分存留下来。《续金针诗格》是唐代传授律诗结构规则的技法诗学传统的代表。

[13] 这里可以参见 Wai-leung Wong《中国诗话怎样选择诗句——兼与马修·阿诺德的诗句选择"标准"对比》("Selection of Lines in Chinese Poetry Talk Criticism—With a Comparison between the Selected Couplets and Matthew Arnold's 'Touchstones'"),这篇文章把《六一诗话》中的例子与马修·阿诺德的"标准"作了对比,见 John J. Deeny 编《中西比较文学》(Chinese-Western Comparative Literature),第33—34页。

[14] "会"诗人心中之景的能力,使人联想起伯牙弹琴,钟子期能领会伯牙心中之意(见《文心雕龙·知音篇》。这个理解概念可以一直追溯到孟子关于如何理解《诗经》的说法(参见本书第一章)。

[15] 有关汉语对句与类属概念之间的联系,见 Stephen Owen《中国传统诗歌与诗学》(Traditional Chinese Poetry and Poetics),第78—103页。

[16] 请注意,对于此句的意思,还可以做出完全不同的解释;例如,印记可能是诗人自己出发时留下的。我的解释沿用了宋人的大量大同小异的说法。

[17] 关于梅尧臣的诗歌,详见 Jonathan Chaves 的《梅尧臣和早期宋诗的发展》(Mei Yao-chen and the Development of Early Sung Poetry)。

[18] 欧阳修的说法可能不符合历史事实:没有证据表明苏舜钦的诗歌比梅尧臣的诗歌更受欢迎(相反的证据倒有一些)。但欧阳修陷入他自造的神话中,平易注定要被人误解,而他这位惟一的知音要扮演保护者的角色。

[19] 欧阳修显然是在补充第十五条中梅尧臣的评论(注意"亦"的用法)。插在中间的两个条目处理的是完全不相干的主题:一个关于从8世纪晚期诗人王建的《宫词》里拾掇历史信息,另一个关于诗歌中使用的一些有趣的口语。我不翻译它们是不想破坏英语读者的耐心。如果我们相信《六一诗话》就是目前的排列顺序,那么,这个例子刚好可以说明诗话所看重的随意性。全书联系最紧密的就是第十五条和第十八条(虽然很容易把第十二条看作梅尧臣一系列讨论技法诗学的第一条)。欧阳修把它们分开,保持偶然闲谈、随意被忆起的样子。同时,他把两(或三)个条目按顺序排列,使它们以恰当的方式发挥作用。然而,应该补充说明的是,一些学者可能认为,

503

第十二条、第十五条与第十八条之间的明显联系证明,这部作品目前的排列顺序不是原来的顺序。

[20] 在《六一诗话》深处潜藏着欧阳修与梅尧臣二人在文学史上极其复杂的关系。欧阳修是梅尧臣最热心的支持者,但是,他自己十分清楚,他希望梅尧臣成为什么样的诗人。虽然梅尧臣经常扮演欧阳修分派给他的角色,但梅尧臣也有其他诗学价值观(例如他在第十二条的说法),只不过它们在欧阳修编排的文学历史剧中找不到位置。当代文学史与文学选本中的梅尧臣是欧阳修的梅尧臣。在欧阳修和他周围的小圈子之外,梅尧臣也经常创作一些晏殊所赞赏的那种对句。《六一诗话》是这么说的,我们只好这么接受,但我怀疑,在欧阳修"疑而问之"之前,梅尧臣对自己的对句以及晏殊的夸奖本来是沾沾自喜的。欧阳修说出了他的怀疑,梅尧臣有礼貌地认可了他的说法,这使欧阳修确切无疑地相信,他是梅尧臣的惟一知音。

CHAPTER EIGHT
Ts'ang-lang's Remarks on Poetry

第八章
严羽《沧浪诗话》

在诗话类作品中，严羽的《沧浪诗话》（早至 13 世纪中期）名头最响、影响力最大[1]。虽然《沧浪诗话》中有一部分章节是真正的"诗话"，但它总体上是各种批评形式的混合体：无论在结构上还是在腔调上，它都为随后发展起来的元明时期的"诗法"提供了榜样。《沧浪诗话》对后世诗学著作的巨大影响，有些是明显的，有些是不易觉察的。第一章《诗辨》中的若干段落在随后几个世纪的诗歌理论中广泛流传，而严羽在立场上的各种变体都被视为正确说法。严羽应该感到这是他应得的：是他自己谦逊地宣称，他的阐述将一劳永逸地概括一切时代的诗歌本质，他的著作一出，千百年的纷争和谬论便销声匿迹了[2]。《沧浪诗话》出现不久，它的第一章的一个版本就被收入 13 世纪的批评论集《诗人玉屑》中[3]。到了 14 世纪，《沧浪诗话》的一些术语、句子及观点就已经变成老生常谈了。严羽的影响首先表现在非正式批评和通俗诗歌教学；但我们很快发现，《沧浪诗话》开始稳步地迈向更权威的批评文体，如序言和论说文。

盛唐诗歌的经典化或许是《沧浪诗话》的流行所产生的一个最为重大的结果（或许是最大的），那就是把盛唐诗经典化了，盛唐诗从此成为诗歌的永恒标准，其代价是牺牲了中晚唐诗人[4]。虽然盛唐代表诗歌高峰的信念可以一直追溯到盛唐本身，但严羽赋予盛唐一种特殊的权威性，一种类似禅宗之正统的文学之正统[5]。绝对的诗歌价值存在于过去的某个历史时刻，这种观念，或好或坏，一直左右着后世读者对诗歌的理解[6]。以盛唐诗为正统的观念时不时受到谨慎的限定或激烈的反对，但它始终是一种约定俗成的见识，其他见解都围绕着它做文章。严羽的"诗歌课程"（poetic curriculum）以盛唐及早期诗歌典范的研究为基础，被后来的明代复古派奉为法典，并在他们手中进一步精细化[7]。更重要的是，严羽确立了"诗歌课程"这样一个观念："学诗"从此成为一种严格的训练；它以文学史为基础，并直接承袭了经学的训练模式。

一种文学思想传统与其说是若干立场的总和，不如说是一种承载着立场的理解形式与话语结构。立场的重要性来自于它被使用的方式以及

第八章　严羽《沧浪诗话》

它与那部分本身看起来不那么重要的话语的关系。思考严羽使用概念的方式，我们会发现《沧浪诗话》最深远的影响是它的否定性。价值与权威靠什么来维护？严羽的回答是：抨击异己。盛唐的权威是靠诋毁后世诗歌出现的所有变化来维护的，而严羽个人观点的权威则是靠嘲笑一个又一个假想敌来支撑的。为了让读者忠诚信奉，它一方面许下甜美的成功的诺言，另一方面让读者感到，如果你有任何不忠，你都将受到嘲笑。本来有许多可供选择的风格，一旦信奉《沧浪诗话》，正确的选择就只剩下一个了。这种画地为牢的意识形态到了明代复古派手中就更加变本加厉了；严羽的这种蔑视修辞法（rhetoric of contempt）成为中国文论的一个稳定特征，甚至后来大力提倡价值观念历史相对论的批评家如叶燮，也没有摆脱这个特征[8]。

严羽在通俗诗学与上流学者的诗学中都一直影响很大（虽然比较起来，他对前者的影响更持久）。《沧浪诗话》对极其老练的王士祯（1634—1711）的批评观产生了巨大影响。在王士祯那里，被关注的不是严羽的正统的"学诗"观念，而是他关于盛唐诗如何妙不可言的说法，王士祯努力追求的正是那种妙不可言的美。

《沧浪诗话》共分五章，本书翻译了第一章和第三章。第一章《诗辨》是一系列关于学诗与诗歌价值观的短论，中间也穿插了一些典型的"诗法"材料。第二章《诗体》悉数列举了一切可称之为"体"的东西，但这些"体"又划分为各种文类（genres）、时代风格（period styles）以及个人风格（individual style）等（这显示出作者意识到这些概念之间的重要区别）。这种列清单的做法使这一章差不多属于"诗法"了。第三章名曰《诗法》，它按照典型的"诗法"形式列举了各种清单，关于诗歌的妙处与禁忌以及一些实用性建议。第四章《诗评》收集了各种关于特定时期、诗人及诗作的随意评论；虽然"诗法"也经常包含这样的内容，但它们依然是典型的"诗话"素材。最后一部分是《考证》，处理特定的文献问题以及作品的归属问题；这些素材更适合"诗话"而不是"诗法"。

行话、拿腔作调以及禅宗文字那种做作的白话风格主导着第一章。许多世纪以来,严羽的批评者们一直乐于指出严羽对禅宗的误解(而他的辩护者则坚持认为严羽对禅宗有深入领悟)。以禅喻诗的现象在严羽的时代就已经很常见了,但直到今天,它依然是学者津津乐道的话题,也是《沧浪诗话》最折磨人且最没意思的方面[9]。其实,更有意思的地方在于严羽试图冒充禅宗大师的权威腔调对诗禅说的独特引申。由此产生的风格是一个趣味问题:如果放到英文里考虑,大概最接近侦探小说中那种"硬汉"(tough guy)的一贯腔调;为领悟严羽风格的某些特性,美国读者可以想象一个散文作家采用了美国侦探小说家雷蒙德·钱德勒(Raymond Chandler)的主人公的语气说话,句子中时不时冒出一些半懂不懂的德国形而上学术语——就像我刚才说过的,这是个趣味问题。

《沧浪诗话》在很大程度上属于宋代最后一个世纪的特有产物;它的广泛影响说明,弥漫在该作品中的那种危机感与失落感触碰到了后世古典诗学的心弦。上几个世纪的传统诗歌曾许下宏伟的诺言:诗歌可以让人看到人心的内在真实,它创造文化上的不朽,它显现宇宙的潜在原则。在整个宋代弥漫着一种越来越强烈的走错了方向的感觉;透过那个刺眼的乐观主义的面具,我们读出了一种强烈的焦虑:诗人从唐代前辈的高峰上一落千丈。[10]

唐代诗学的绝大部分内容或者得意地重申已有的真理,或者谈论职业技巧(《文镜秘府论》中有一段文字诚恳地建议诗人要保持充足的睡眠,不要在疲倦的时候写诗),或者提醒诗人如何避免尴尬的错误。宋代的诗学越来越关心如何创作伟大的诗歌。兴趣的转移大概说明了自信的丧失。在《沧浪诗话》那种程式化的自负与刺耳的腔调下面,有一种与朗吉努斯的《论崇高》相似的怀旧和忧郁,在《论崇高》的结尾,朗吉努斯引用了一个不知名的哲学家的一段话:"词语的普遍贫瘠居然如此这般地控制了我们的生命。"(To such a degree has some universal barrenness of words taken hold of life.)这两部作品都向往过去诗歌那种不再为人所

第八章 严羽《沧浪诗话》

知的、难以言喻的情感魔力,它们都试图提供一些重振诗歌的技巧,都属于技法诗学范畴(即创作手册)。这两部作品都宣称,只要一个学生努力遵循他们开的处方,就能获得某种有意识的努力所不能企及的才能(quality)。严羽提供的阅读与写作方案据说可以让学生进入"入神"状态,这种状态超越了自我意识的控制与逻辑分析的解释。这大概就是《沧浪诗话》吸引后代读者之处。严羽毫不讳言诗歌的辉煌已成过去,他直面这个事实,同时又宣称,有抱负的诗人可以在他的作品中寻找到重获一小部分辉煌的方式。

我们对严羽本人知之甚少。他留下一个诗集,有诗作150首左右,这些诗好像当初与《沧浪诗话》一起流传。我们可以把13世纪仅存的一点良好的诗歌趣味归功于严羽的诗作与《沧浪诗话》的分离。按照现代学者张健的审慎评价:"读严羽的诗作,[我们感到]他其实并没有遵循自己的理论。"[11]

第一章 诗辨
Making the Right Distinctions in Poetry [12]

一

夫学诗者以识为主:入门须正,立志须高。以汉魏晋盛唐为师,不作开元天宝以下人物。若自退屈,即有下劣诗魔入其肺腑之间,由立志之不高也。行有未至,可加工力。路头一差,愈骛愈远,由入门之不正也。故曰:学其上,仅得其中;学其中,斯为下焉。又曰:见过于师,仅堪传授;见与师齐,减师半德也。工夫须从上做下,不可从下做上。先须熟读《楚辞》,朝夕讽咏以为之本。及读古诗十九首,乐府四篇,李陵苏武汉魏五言皆须熟读,即以李杜二集枕籍观之。如今人之治经,然后博取盛唐名家,酝酿胸中,久之自然悟入。虽学之不至，亦不失正路。此乃是从顶𩕳上做来，谓之向上一路，谓之直截根源，谓之顿门，谓之单刀直入也。

  Judgment (识*) is the dominant factor (主) in the study of poetry. The beginning must be correct (正*), and your mind must be set on (志*) the highest goals. Take for your teacher the poetry of Han, Wei, and High Tang; don't act the part of those after the Kai-yuan [713-741] and Tian-bao [742-755] reigns. If you retreat from this in the least, the vilest poetry demon will enter your breast—and this will be because your mind was not set on the highest goals.[13] If you haven't yet reached your goals, you can always try harder; but if you err in your direction at the beginning, the more you rush on, the farther you will get off course. This will be because your beginnings were not correct. If you study the very best, you will reach only the middle level; but if you study the middle, then you will come out on the bottom. Furthermore, you can get instruction only from a teacher whose perception surpasses your own; if your perception equals that of your teacher, it reduces the teacher's value by half. You have to work from the beginning[14]. First of all, you should read the *Song of Chu* (i.e. *Chu-ci*) until you are thoroughly familiar with them and chant them day and night to have them as your basis (本*). Next read the "Nineteen Old Poems", the four principal "Ballads" (*yue fu*), Li Ling, Su Wu, and the pentasyllabic poems of the Han and Wei—you should read these until you are thoroughly familiar with them[15]. Then consider these works piled side by side with the collected poems of Li Bai and Du Fu—just as people study the classics nowadays. Only after that should you pick and choose widely among the other famous writers of the High Tang, letting them ferment in your breast. Finally after a long time, you will spontaneously (自然*) achieve enlightened insight (悟入)[16]. Even though you may not yet have reached the full fruition of your studies, at least you won't have lost the proper road. This is what I mean by "working from the very top". This is called the "highest road"; this is called "entering directly to the source"; this is called "the gate of sudden [enlightenment]"; this is called "going straight in with a single blade".[17]

"夫学诗者以识为主。""主"的字面意思是"host"或"master"（主人），定"主"是中国文论的一个常规手法[18]。批评者假设在文学作品的各种因素之间存在着固定的等级关系，只要抓住这个"主导因素"，其他因素就会自动各司其职；有意味的是，严羽这里提出以"识"（判断或认识）为"主"。这样一来，诗歌的"主导因素"就从作品的内在要素（例如"气"或"意"）转移为一种作者独有的能力；而且，这种能力把作者主要视为读者——首先是其他诗人作品的读者，然后才是他自己作品的读者。虽然严羽在本章的后文谴责了宋诗的学究气，可是，这位宋代批评家第一句话便提出：读诗是写诗的必要基础。应该把"识"的必备能力与更为笼统的"知"清楚地区分开来；"识"还包括运用已有的知识在具体情况下正确分辨事物。严羽并不主张以一种抽象的理论意识去理解诗歌；他建议按历史顺序读诗，以理解或判断什么是最好的诗。事实上，这样的判断没有什么明确的理论根基：严羽想当然地认为，只要按顺序阅读，正确的判断就会出现，最终，诗歌实践（"知道如何做"）中的正确判断也会随之而来[19]。

"入门须正，立志须高。"诗歌的学习"课程"被概念化为一次旅程，一次穿越诗歌历史的旅程。这样的旅程有两个必须遵守的规则：必须选择正确的目标（最高目标是盛唐）；必须从头走起。按照严羽的说法，诗歌史的发展顺序是预先注定的：一点点走向顶峰，然后迅速衰落。此时的严羽正处在创作力日衰的晚年，他建议读者从开花走向结果，然后就停步。这样的计划似乎可以让有抱负的诗人一劳永逸地置身于完美的光辉之中，但严羽承认，即使到了这个时刻，学生/读者其实已经落入余晖:"学其上,仅得其中。"

从某些方面看,严羽是17世纪叶燮的真正的历史论诗学(historicist poetics)的前驱。在17世纪的中国,就像德国浪漫派的历史论诗学一样,批评家寄希望于通过对文学史的理解把作者从历史宿命论中拯救出来:借助对诗歌的历史变迁的了解,历史论诗人就有希望或者在自身之内把各种历史可能性整合起来,或者超越它们[20]。严羽也相信了解诗歌史的必要性;但不同于价值的历史相对性(如叶燮主张的),严羽相信只有一个完美的时刻,它是一个始终高高在上,很可能注定无法企及的目标。他的最初说法十分悲观,他警告那些踌躇满志的诗人,"学其上,仅得其中"。其后,他又不放弃一朝顿悟的可能性,好像那个目标还有望实现。

不论悲观与否,严羽坚持认为13世纪不可能再写出伟大的诗歌。他不回避诗歌在当代的悲惨处境,并试图分析其中的症结。按照他的观点(至少他起初是这么认为的),问题不在于完全没有这个能力,而在于缺少"识":人们不知道怎样写一首好诗,而"知道怎样写"的前提条件是必须知道什么是伟大的诗。严羽给读者提供的不是一些基本原则,而是完整的诗歌教育。一个学诗的学生——到了13世纪,我们才可以用"学诗的学生们"这个说法——从学诗之初就只读最优秀的诗,他的榜样都是最好的榜样。希望在于:一个有抱负的诗人只要不接触宋代那些失败的堕落的诗歌,他就不会被"传染"。

在激励作家写盛唐诗"那样的"诗歌时,严羽严重背离了儒家对诗歌的那个古已有之的假设:诗歌表现了它自身之外的历史时刻(这个问题并没有逃离严羽的注意)。《沧浪诗话》是一种反儒家的诗学,这不是因为它以禅喻诗;而是因为它为了给已经存在的反儒家的诗学寻找权威,借用了禅宗的比喻以及旁门左道的行话。严羽希望诗歌是一个封闭世界:它有自己的历史,独立于人类历史的发展进程。如果没有一个自治的艺术史作前提,严羽的诗歌教育课将是一场空:一个宋代后期的诗人虽然读诗只读到盛唐,可能依然是宋代后期的诗人。并且,更具有讽刺意味的是,南宋的知识界也迫切希望表达这样的见解:诗歌是自足的,

第八章　严羽《沧浪诗话》

它不依附于完整的文明史。随着当时学科的日趋专业化,大部分读者都愿意承认,有必要限定各个研究领域的专业范围。

汉魏与盛唐的诗歌是"正"的,即"proper"(正确的)或"orthodox"(正统的)。严羽极其简略地描述了诗歌发展的历史(虽然这个谱系看起来很连贯,但在魏晋与盛唐之间仍有四个世纪的空缺),他按照佛教与新儒家传承派衣钵的模式宣布文学史的正统。然而,不同于佛教与新儒家的代代相传的观念,诗歌的正统观假设在诗歌史上有那么一个时刻,它体现了诗歌之"完美"或"极致"(perfection)(就好比一个事物渐趋成熟、完美,然后就开始走下坡路了)[21]。细想一下,这是一种多么奇怪的模式:它假定存在某种类似于亚里士多德针对文类提出的"entelechy"(圆满实现),或者假定一种以生命中的一个阶段为它的全盛期的生物学模式。虽然不可理喻,可大多数中国文学史家与许多西方文学史家仍然想当然地认同这种文学史模式。从一种"自然的"诗歌史描述模式来衡量,它根本站不住脚,但作为价值判断的一种历史结构,它却造成了极大影响。换句话说,虽然不存在任何一种内在的或"自然"的诗歌价值观念,判定宋诗不如唐诗,但盛唐正统地位的确立却强化了以盛唐诗为圭臬的价值评判模式;只要采用这个模式,宋诗永远别想高过唐诗[22]。

诗歌的变幻莫测与诗歌价值的历史相对性让人感到害怕,所以才希望建立文学史的正统论,把一套单一而持久的价值观强加于诗歌之上。基于这样一种愿望,这种正统论既是注定的也是十分有吸引力的。同样面对过去诗歌的辉煌,席勒树立了一套双重标准:"素朴的"(naive)和"感伤的"(sentimental)。❶尽管席勒试图使"感伤的"变成一个非历史的概念,但它基本上仍是一套新的价值观:有了它,后来出生的诗人,例如在盛唐以后出生的诗人,就可以跟前辈一样伟大甚或更伟大了。严羽不接受席勒的第二个标准:当代诗人绝不可能与古代诗人平起平坐。严羽并没有向我们承诺,只要通过正统的诗歌学习课程,我们就能成为

---

❶ 关于席勒的"素朴的"诗和"感伤的"诗,参考第四章《文赋》第 191 行解说文字中的脚注。

李白或杜甫；他的意思不过是说，通过这番学习，我们就不至于成为丢人的水平最糟的诗人了。我们只能把我们的堕落控制到一定范围之内。我们一直努力奋斗，力图做得更好一点；但我们的盛唐老师——正是他们的卓越使我们得以学习和提高——是我们永远不可企及的。这是一个极其忧郁和悲观的开头，无论这部作品多么勇敢无畏、振振有辞。

严羽的诗歌课程不只包括位于顶峰的盛唐诗歌，它还包括朝顶峰迈进的最好的诗歌的整个历史。让我们看看"正"（"正确"或"正统"）的概念是如何发生变化的：在《诗大序》里，"正"是开端，然后出现了"变"（变化）。在《沧浪诗话》里，"正"是一条长长的成长谱系，在盛唐到达巅峰，然后滑向"变"（变化或衰变）。这里的"正"与"变"已失去了它们在《诗大序》中所包含的文化和伦理维度：现在它们只属于诗歌史[23]。

由于严羽改变了"正"的概念，诗歌之"正"的本原即《诗经》就被排除在这个课程之外了。在《文心雕龙》的"宗经篇"以及其他篇章，所有世俗的文学形式都因为可以追溯到儒家的这一或那一经典，才获得权威性。严羽以《楚辞》开始他的课程，这样一来，在"经"与"世俗"诗歌之间就有了一道屏障。严羽说，学习诗歌应该"就像"学习经典一样；可是，这个类比的前提条件却是这二者属于互不相通的两个领域[24]。

学生开始读古诗，读着读着，在某个时刻会发生理解的飞跃。严羽用一系列词语把理解的飞跃与禅宗的顿悟联系在一起。但是，它用禅宗的新瓶，装的仍然是旧酒，即中国最古老的认知模式，其根基是伦理学、政治权术与经学。知识不断被消化吸收，直到在某个时刻它变成了"第二自然"。早期儒家与道家思想家都深切关注"知"（knowing）与"是"（being）之间的鸿沟，或者"知道什么是善的"（knowing what is good），甚或"行善"（doing good）与"是善的"（being good）之间的鸿沟。有自我意识的知识与自然的没有自我意识的知识之间的对立，一向是中国思想史的一个主要关注点。儒家思想从这里生发出一套关于学习的说

第八章 严羽《沧浪诗话》

法:长期的学习与自我修炼会逐渐造就自然而然的行动方式。最著名的例子就是孔子所谓"七十而从心所欲,不逾矩"(《论语·为政》)——天性与正当性的重新统一。

经过禅宗的改造,这个学习模式与种种清规戒律联系起来,这种联系在发生顿悟的时刻终止:一阵突如其来的狂喜,此后,一切清规戒律都被超越了。那个鸿沟(gap)即一种彻底的断裂的概念清楚地表明"知"与"是"之间的绝对断裂被意识到了。严羽的诗歌教育正是建立在这个禅宗的模式之上:它的目标不是模仿或恢复早期诗歌,而是经由早期诗歌,达到对诗歌本质的吸收性理解。

严羽描述的文学史与这个传统的认知模式在结构上相同。按照这里的描述,文学史的发展过程与学习过程刚好相反。"知"与"是"之间在学习上的鸿沟转变成文学史的断裂,它发生在有学习意识的"现在"与无意识的"那时"(盛唐)之间。诗歌史是从完美无缺状态即无自我意识的顿悟状态发展到后来的有缺欠的状态即有自我意识的状态;学习过程与之刚好相反,首先要通过学习确认这个目标,消化吸收它,然后在某个顿悟的瞬间,超越历史的障碍,跳回到过去。就像《庄子》里的自然人经常是原始人,严羽大概也想让那些诗歌新手学着做很久以前的诗人。

这是一个"自然悟入"的活动。它不是意志活动,也不能是有意志的活动:它只能处在准备中。"悟"的意思很多,但在严羽这里,它首先是"知"与"是"的统一;也是一种超越部分的与阶段性修辞(比如"诗法"的说法)、回归整体的方式。"自然悟入"是学习课程的最后一步,正像后文(第三条)一个"入神"就结束了一长串法则和品格。后世诗人希望从多元与分裂回归到统一;从言说回归到不可言说;从实用主义的、霸道的以及有偏见的回归到玄妙的与灵视的(visionary)。严羽把技术的与近乎神秘的东西调和在一起,这令人禁不住想起另一本批评著作——《论崇高》,它也为文学的堕落而忧心忡忡,并试图回归古代作家的伟大。

二

　　诗之法有五：曰体制，曰格力，曰气象，曰兴趣，曰音节。

Poetry has five rules (法 *): 1) construction of form; 2) force of structure; 3) atmosphere (literally *qi*-image); 4) stirring and excitement; 5) tone and rhythm.

三

　　诗之品有九：曰高，曰古，曰深，曰远，曰长，曰雄浑，曰飘逸，曰悲壮，曰凄婉。其用工有三：曰起结，曰句法，曰字眼。其大概有二：曰优游不迫，曰沉着痛快。诗之极致有一：曰入神。诗而入神，至矣，尽矣，蔑以加矣！惟李杜得之，他人得之盖寡也。

Poetry has nine categories: 1) lofty; 2) ancient; 3) deep; 4) far; 5) long; 6) potent, undifferentiated; 7) drifting aloof; 8) noble grief; 9) gentle melancholy.

There are three areas that demand care: 1) the opening and closing; 2) the rules for constructing lines (句—法 *); 3) the "eye" of the line [a position in a line usually occupied by a verb or descriptive, which bears special stylistic force].

There are two overall situations: 1) straightforward and carefree; 2) firm, self-possessed, and at ease.

There is only one supreme accomplishment: divinity (入—神 *).

Where poetry has "divinity" it is perfect and has reached its limit; there is nothing to add to it. Only Li Bai and Du Fu attained this; the others achieve it only imperfectly.

　　第一部分论学诗的过程，下一部分确立诗与禅的类比，上面这些条目就插在这两部分中间，它们具有唐以来的通俗诗学手册的典型特征。

第八章 严羽《沧浪诗话》

这一类条目经常出现在"诗法""诗格"和"诗式"类作品中。当代《沧浪诗话》研究者喜欢把这类条目放在一起加以比较；但这样的比较往往揭示不出什么问题。其实，这种列单子的热情本身就是有趣的：这些单子俨然给文学的某个方面提出权威的、无所不包的纲要；可事实上它们既不是权威的也不是无所不包的。严羽的"九品"显然是为了凑足"九"这个数；他其实可以同样容易地给出七、十二甚或二十四品。重要的不是实际的数字而是不同项目的排列顺序：从"九品"依次降到三、二、一，一步步靠近本质即包含一切差别的那个统一体。

"五法"与其说是诗歌之"法"，还不如说它们把诗歌分割成了五种不同要素；有了这些要素以后，才可以讨论"法"[25]。"体制"大体上指符合文类或亚文类要求的主题与结构形式（不同的亚文类大致相当于不同的主题类型）。让我们举西方侦探小说的例子加以说明：侦探小说必须具有一系列规范性事件的确定次序，以及这些事件的一整套活动因子即人。"体制"强调作品在一个既定规范上的相互依赖性与整体性。"格力"指作品在线性结构上的完整；这里可以再使用一下侦探小说的例子：一部侦探小说必须具备一整套相互联系的活动因和事件；但只有完整的活动因和事件还不足以保证情节的完整；后一方面即情节的展开，就是"格力"。

"气象"指品质的完整，或针对作品的整体或针对某一部分；它是文本留给读者的整体印象，但不包括线性结构留下的印象。西方文学批评中的那种印象主义的说法通常就属于"气象"：我们可以继续使用侦探小说的例子，你可以说它既是机智的又是诙谐的，或自然主义的，或冷静的，你也可以说它让我们感到邪恶无所不在、到处潜伏。西方文学批评中有一种分析美学，对这一类"气象"式的评论不以为然；然而，不论学院派的批评理论怎样忽视它、贬损它，这种"气象"式的鉴赏仍然是文学阅读的必要组成部分。

从读者的角度谈文本的特质就是"兴趣"：它是一种感染力，它激活了文本，同时抓住了读者。就侦探小说而言，"悬念"是"兴趣"的次一级类型：一部作品可能围绕"悬念"组织起来（它的"格力"），并且具有引发悬念的"气象"，但这二者本身并不保证作品具有真正的悬念。通过抓住读者、让读者与作品保持一种活生生的关系，"兴趣"就激活了文本，使它少一些匠气；因此，传统理论家经常把"兴趣"比作精神或灵魂。

"音节"是诗歌的听觉因素，它把纯粹的"音"和节奏（节）组合在句法单位里。例如，同样是七言句，有时只有一个谓语，有时基本由二字并列复合词组成，二者的韵律完全不同。值得注意的是，中国传统批评理论明确区分第一和第二种"法"、第三和第四种"法"，而西方批评理论通常不这样做。

所谓"九品"即九种风格或风貌其实一点儿也不精当。两种非常普通的风格类型"高古"（在司空图《二十四诗品》中，二者属于一品）和"深远"被分成四种单独的品。"长"基本可以理解为"远"（far）或"冗长"（long-winded）：在"九品"这样的单子里本来不该有它们单独的位置。后面那几个复合"品"都很普通，其中第六品和第七品已经出现在司空图的《二十四诗品》中。

"其用工有三"都是"诗法"类批评中的常见主题，而"大概有二"不过重复了那个老生常谈的"动"与"静"的对立。所有这些最后都汇集为一个"入神"。"入神"是一个常用的赞美词，在这里被提升为诗歌的最高价值[26]。而达到这个最高境界的只有李白与杜甫，他们来自那个短暂的巅峰期即盛唐。

四

禅家者流，乘有小大，宗有南北，道有邪正。学者须从最上乘，具正法眼，悟第一义。若小乘禅，声闻辟支果，皆非正也。论诗如论禅，汉魏晋与盛唐之诗，则第一义也。大历以还之诗，则小乘禅也，已落第二义矣。晚唐之诗，则声闻辟支果也。学汉魏晋与盛唐诗者，临济下也。学大历以还

第八章 严羽《沧浪诗话》

诗者，曹洞下也。大抵禅道惟在妙悟，诗道亦在妙悟。且孟襄阳学力下韩退之远甚。而其诗独出退之之上者，一味妙悟而已。惟悟乃为当行，乃为本色。然悟有浅深，有分限，有透彻之悟，有但得一知半解之悟。汉魏尚矣，不假悟也。谢灵运至盛唐诸公，透彻之悟也。他虽有悟者，皆非第一义也。吾评之非僭也，辨之非妄也。天下有可废之人，无可废之言。诗道如是也。若以为不然，则是见诗之不广，参诗之不熟耳。试取汉魏之诗而熟参之，次取晋宋之诗而熟参之，次取南北朝之诗而熟参之，次取沈宋王杨卢骆陈拾遗之诗而熟参之，次取开元天宝诸家之诗而熟参之，次独取李杜二公之诗而熟参之，又取大历十才子之诗而熟参之，又取元和之诗而熟参之，又尽取晚唐诸家之诗而熟参之，又取本朝苏黄以下诸家之诗而熟参之，其真是非自有不能隐者。倘犹于此而无见焉，则是野狐外道，蒙蔽其真识，不可救药，终不悟也。

In the tradition of Chan Buddhism there are the Greater and Lesser Disciplines; there is a northern patriarchate and a southern patriarchate; there is the orthodox (正*) Way and a heterodox Way. The student must follow the very highest discipline, perfect the orthodox "eye of the Law" (法*一眼) and become enlightened to the primary Truth [27]. Neither the lesser vehicle of Chan's enlightenment by "merely hearing the Word" nor enlightenment by "self-realization" are orthodox.

Considering poetry is just like considering Chan. The poetry of the Han, Wei, Jin, and High Tang is the "primary truth". The poetry since the Da-li reign [766-779] is the lesser discipline of Chan and has fallen into the "secondary Word" or by "self-realization". To study the poetry of the Han, Wei, Jin, and High Tang is to be under the Lin-ji School; but to study the poetry since the Da-li reign is to be under the Cao-dong School.

Speaking generally, the Way of Chan is concerned only with enlightenment. The strength of Meng Hao-ran's learning is far below that of Han Yu; but the reason that his poetry stands singularly above Han Yu's is simply the fact that Meng's poetry is consistently enlightened. Enlightenment is, indeed, the necessary procedure, it is the "original color" (本 *—色 *) [28].

Still, there are distinctions of depth in enlightenment: there is limited enlightenment and a fully penetrating enlightenment; there is enlightenment that achieves knowledge of only one thing and partial comprehension. The Han and Wei are superior—they did not need enlightenment. From Xie Ling-yun to the High Tang masters there is fully penetrating enlightenment. Although there is some enlightenment among the others, in no case is it the "primary truth". My criticism here is not excessive, and my analysis is not in error. There are those in the world who can be disregarded as persons but whose words cannot be disregarded. Such is the Way of Poetry; and if you think it is not so, you do not have broad experience of poetry, and you have not reflected fully on poetry.

Try taking the poems of Han and Wei and reflecting on them fully; then do the same with the poetry of the Jin and Liu-Sung; then again with the poetry of the Northern and Southern Dynasties. Then take and do the same with Shen Quan-qi, Song Zhi-wen, Wang Bo, Yang Jiong, Lu Zhao-lin, Luo Bin-wang, and Chen Zi-ang [early Tang poets]; then take the masters of the Kai-yuan and Tian-bao reigns; then take Li Bai and Du Fu; then take the ten masters the Da-li reign; then take the poetry of the Yuan-he reign [the mid Tang], then take all the masters of the late Tang; and then take the

第八章 严羽《沧浪诗话》

various writers of our own dynasty from Su Shi and Huang Tingjian on. In doing so, it is impossible to cancel what is truly what is not. And if, by some chance, you still cannot see it from this, then some weird, outlandish Way has obscured your capacity for genuine judgment: there is no saving you, for you will never be enlightened.

上文已经说过,诗与禅的类比在 13 世纪已经司空见惯;在该传统中一直存在一些含糊不清之处:诗如禅是指诗在本质上与禅类似,还是指在学习方式上与禅宗的修炼(即悟的过程)相似。这种含混性就隐含在"悟"这个概念上:"悟"既指暗藏在蒙昧世界并随时可能爆发的事件,也指一种与蒙昧世界无关的存在状态。经过严羽的发挥,这一对状态与事件之间的矛盾以及它最初的规定就被突出了。毫无疑问,严羽的出发点是禅宗修炼与诗歌学习都与悟有关——在顿悟的时刻,规定被超越了,"知"与"是"就融为一体了。然而还有一个问题没有解决:就达到悟的状态而言,诗歌之悟与禅宗之悟是相像还是一样?

林理彰(Richard Lynn)正确地指出,诗与禅的类比既然是类比就不是同一[29]。可是,既然类比关心方法、准则,那么,它们以各自的方法所要实现的目标是否一致,仍是一个没有解决的问题。这个问题可以简化为是否存在两种不同的悟:诗悟与禅悟?既然二者的蒙昧世界不同,其方式自然也不同,但从禅宗的观点看,存在一种特别的"诗悟",这样的说法是很荒唐的;除非你的意思是说:"诗悟"是一种在蒙昧世界显现悟的状态的特别的活动领域。

严羽所说的诗与禅的关系大概可以分成这样三个层面。在第一层即最低层,他的意思可能完全限定在过程上:即禅宗修炼与诗歌学习都指向同一个目标,即它们都以自己的方式达到一种直觉的、前反思(prereflective)的理解。严羽说汉魏诗人"不假悟"大概就是这个意思。既然这些诗人是非自觉的(就像席勒所说的"素朴的"诗人,他们"就是"自然的),他们不需要经过从蒙昧到启蒙即"悟"的过程[30]。

第二层以过程的类比为基础,但更进一层。这一层类比发生在禅悟状态与诗"悟"状态之间(我把后一个"悟"放在引号里,因为它不是宗教意义上的真正的悟,而是某些独特的状态,只能用禅悟的比喻才能描绘出来的状态)。在这种情况中,已经"悟"了的诗人所展现的诗景就具有玄妙的(elusive)、前反思的"正确性"(rightness),就像按照佛家之悟的指引,你会理解整个世界一样。

到了第三个层面,严羽将断定诗悟与禅悟状态在本质上是一致的:悟只有一种状态,它有可能通过诗歌获得并显现于其中。规定是相似的,结果也是一样的。虽然中国批评家经常指出禅宗的不立文字与诗人的文字世界是不可比的,但对严羽来说,诗歌的本质特征恰恰是那些"言外"的东西。严羽以孟浩然为"妙悟"诗人的代表,跟韩愈的学究诗相对照,这种选择明显说明,严羽的所指是诗与禅之间的更根本的联系,而不仅仅是获得悟境的过程(如果选择李白与韩愈作比较,会有很大差别)。但我们仍不能确定,严羽的意思指诗悟与禅悟状态一致还是类似。

以禅喻诗的核心——诗悟在某种程度或某种方式上"像"禅悟——虽然含糊不明,但它确实是有内容的,无论内容多少。严羽使用了一个公认的类比(诗如禅)并加以发挥,以发现新的类似点,然后把它引申为一种帮派门户之见。既然达到诗的悟境与禅悟有类似之处,那么学诗之途自然也免不了禅宗教派的等级次序。

我们可能会好奇地问:严羽为什么不把类比建立在烹调上——大小传统、南派北宗,要想做一个好厨师,"入门须正"之类。在这个层面上,他对他的说法只是略作修饰:诗歌界也像宗教界一样,其各种宗派显示出一种(大概)不言自明的价值等级。然而,我们还是不免思考,为什么选择禅宗就那么自然贴切?在禅宗与严羽的诗学里,在相互较量的方法(或方式)与超越所有方法的统一目标(所有的方法都说自己是最有效的)之间,有一种深刻的矛盾。在多元选择和单一目标之间进退

第八章 严羽《沧浪诗话》

两难,提出"正道"再现了在充满选择和差别的世界中追求统一与真理的愿望。

从批评语调的角度看,急躁任性是这段文字最有意思的地方,因为急躁任性,所以听起来那么刺耳,那么滔滔不绝。严羽预感到他的说法可能会受到攻击(尽管13世纪确有一些人推崇中晚唐诗人,可盛唐诗人的至尊地位早就是一个无人质疑的共识了,所以,几乎不可能有什么强烈的反对意见);他甚至担心别人觉得他无足轻重,不买他的账。他以《论语·卫灵公》中的一段话反击他的假想敌:"子曰:'君子不以言举人,不以人废言。'"严羽似乎已经嗅到了读者的讥笑。

为了避免别人不信任和对他进行人身攻击,严羽改变了他的诗歌课程:他再次告诉我们要阅读诗歌史;可我们已经对他缺乏信任了,他再谆谆教导,保护我们不受低级诗歌的污染,已经不值得了。他告诉我们继续往下读,接着盛唐之后读,读过之后,我们自会看出诗歌的衰落简直是不言自明的。先前,"识"意味着只知道什么是好的;而现在"识"则意味着通过好坏之间不证自明的差异,知道什么是好的也知道什么是坏的。

可是,假如我们按照这个教程阅读了,读过之后,我们并不觉得好坏之别是不言自明的;想到这一点,他十分气愤,他以汉语作品少有的叫嚣结束了这一段——如果你不相信我,你就是一个不可救药的傻瓜。文章开头那种装模作样的师长腔调现在变成了要求权威的叫嚣;如果与他意见相左,他就用羞辱来惩罚你。人们常说严羽是诗歌正统之父,其实在他之前早已有大家心照不宣的正统了;严羽只不过采用了一种新的腔调和令人不快的形式,因为无把握,所以才要求绝对地服从,严羽所标榜的正统向人们发出威胁:不相信就要受到嘲弄和羞辱。奇怪的是,一方面严羽试图与我们建立一种强烈的个人关系——主人和坚定不移的忠实信徒,另一方面,他的诗歌观念具有很强的非个人性,难以接近,结果,这两种力量相互抵消了。[31]

五

夫诗有别材，非关书也；诗有别趣，非关理也。然非多读书，多穷理，则不能极其至。所谓不涉理路，不落言筌者，上也。诗者，吟咏情性也。盛唐诸人惟在兴趣，羚羊挂角，无迹可求。故其妙处透彻玲珑，不可凑迫，如空中之音，相中之色，水中之月，镜中之象，言有尽而意无穷。近代诸公乃作奇特解会，遂以文字为诗，以才学为诗，以议论为诗。夫岂不工，终非古人之诗也。盖于一唱三叹之音，有所歉焉。且其作多务使事，不问兴致；用字必有来历，押韵必有出处，读之反复终篇，不知着到何在。其末流甚者，叫噪怒张，殊乖忠厚之风，殆以骂詈为诗。诗而至此，可谓一厄也。然近代之诗无取乎？曰有之，吾取其合于古人者而已。国初之诗尚沿袭唐人：王黄州学白乐天，杨文公、刘中山学李商隐，盛文肃学韦苏州，欧阳公学韩退之古诗，梅圣俞学唐人平淡处。至东坡、山谷始自出己意以为诗，唐人之风变矣。山谷用工尤为深刻，其后法席盛行，海内称江西宗派。近世赵紫芝、翁灵舒辈，独喜贾岛、姚和之诗，稍稍复就清苦之风；江湖诗人多效其体，一时自谓之唐宗；不知止入声闻辟支之果，岂盛唐诸公大乘正法眼者哉！嗟乎！正法眼之无传久矣。唐诗之说未唱，唐诗之道或有时而明也。今既唱其体曰唐诗矣，则学者谓唐诗诚止于是耳，得非诗道之重不幸邪！故予不自量度，辄定诗之宗旨，且借禅以为喻，推原汉魏以来，而截然谓当以盛唐为法，虽获罪于世之君子，不辞也。

Poetry involves a distinct material (材*) that has nothing to do with books. Poetry involves a distinct interest (趣*) that has nothing to do with natural principle (理*). Still, if you don't read the highest level. But the very best involves what is known as "not getting onto the road of natural principle" and "not falling into the trap of words" [32].

Poetry is "to sing what is in the heart"[33]. In the stirring and excitement (兴*—趣*) of their poetry, the High Tang writers were those antelopes that hang by their horns, leaving no tracks to be followed. Where they are subtle (妙*), there is a limpid and sparking quality that can never be quite fixed and determined—like tones in the empty air, or color in a face, or moonlight in the water, or an image (象*) in a mirror—the words are exhausted, but the meaning is never exhausted.

The writers of recent times show a forced cleverness in their understanding; they make poetry out of mere writing, they make poetry out of mere learning, they make poetry out of discursive argument. Of course, such poetry is good in the sense of being well-wrought, but it is not the poetry of the older writers. It may well be that there is something lacking in the tones (音) of their work, that quality which, "when one person sings, three join in harmony"[34]. In their writing, they often fell obliged to make references (事*) with no regard to stirring and excitement (兴*—趣*); they fell that whatever words they use must have a tradition of previous usage and that the rhymes they choose must have a source in some earlier text. When you read such poems and reflected on them as a whole, you have no idea what they are getting at. The last and least of such poets rant and rave extravagantly, completely at odds with the poetic tradition (风*) of courtesy and generosity, even to the point where they make poetry out of snaring insults. When poetry reaches this level, we may consider it to be in grave danger. If this is true, should we then learn nothing from recent poetry? No, there are things worth learning, but only those things which coincide with the older writers.

The poets at the beginning of our dynasty still followed in the footsteps of the Tang writers: Wang Yu-cheng learned from the poetry of Bai Ju-yi; Yang Yi and Liu Yun learned from Li Shang-yin, Sheng Du learned from Wei Ying-wu; Ou-yang Xiu learned from the old-style poetry of Han Yu; Mei Yao-chen learned from the moments of serene limpidity (平淡) in the Tang writers [35].

When we come to Su Shi and Huang Ting-jian, we begin to have poets who first form their own conceptions (意 *) and then make a poem out of them. At this point the influence (风 *) of the Tang writers underwent a mutation (变 *). By dint of great efforts, Huang Ting-jian achieved some really striking effects, so that afterwards his evangelical methods drew a spate of followers, who were called by everyone in the world the "Jiang-xi School". In more recent times writers such as Zhao Shi-xiu and Weng Chuan have found unique enjoyment in the poetry of Jia Dao and Yao He, and to a certain extent brought back the "clear and bitter" manner (风 *) practiced by some Tang writers. Poets of the Jiang-hu School generally imitate this form, and these days they call themselves the "Tang tradition"! They don't realize that they are doing nothing more than tasting the fruits of "merely hearing the word" and "self-realization"—it is certainly not the "greater discipline", the orthodox "eye of the law" of the High Tang masters.

For a long time now the orthodox "eye of the law" has not been transmitted. Though the true explanation of Tang poetry has not been proclaimed, it may be that someday the Way of Tang poetry will become manifest. Since they [the Jiang-hu School] now proclaim their version of Tang poetry as [the true] Tang poetry, those who study poetry may think that Tang poetry goes no farther than this. For this reason, I have not been deterred by my own [limited]

第八章 严羽《沧浪诗话》

capacity and have hastily set out the true values of poetry; moreover, I have used Chan as illustration, tracing the origin of poetry back to the Han and Wei and claiming decisively that one should take High Tang as one's rule (法*). Even though I may be blamed by the gentlemen of this age, I retract nothing.

这一段的开头部分非常著名,经常被人引用和注解;而且这部分确实提出了不少问题。首先,头两句的意思很难确定:或者解释为诗歌的本质有一部分与"书"和"理"无关,或者做更激进的解释,即诗歌的本质特性和诗歌的鼓动性完全与学识和思考无关(这里的"有"十分含混,可以作二解)。如果是第一种意思,我们可以翻译为"In poetry there is a distinct material..."(在诗歌里有一种别材……);如果是第二种意思,应该译为"Poetry has its own distinct material..."(诗歌有它自己特殊的材……)。我的译文试图把关键的异义悬置起来。❶ 显然,严羽认为"别材"是诗歌最重要的问题和最本质的"诗性"(poetic)。

第二个问题是"材"(这里译为"material")的确切所指。材,指某物就使用或付诸实践而言的内在"材质"。"材"写作"才"时,经常指人,意思与"天分"相近,即内在的成就能力;写作"材"时,指事物的有用的"材料"(material)。这两个词经常可以互换,基本上是一个词。"材"起初主要(尽管并非总是)用于数量意义上的材料,也就是说,你可以问"有多少材"。

"天分"意义上的"材"经常与学识相连,学识是用于写作的"材料"(在西方传统中,我们不该忘记《圣经·马太福音》[25:14-30]关

---

❶ 这里,作者把"诗有别材,非关书也;诗有别趣,非关理也"一句译作"Poetry involves a distinct material that has nothing to do with books. Poetry involves a distinct interest that has nothing to do with natural principle"。字面意思是:"诗歌关系到一种与书本无关的材料,诗歌关系到一种与自然原理无关的趣味。"

527

于"才干"的格言,❶按照这一格言,赚钱的才能是精神才能的永恒象征)[36]。如果你拥有的多,你就可以用的多;"才"通常与写得快、写得多联系在一起。在英文中,诗歌的"talent"(才)是一种抽象能力,但中文的"才"从没有完全脱离"材料"(或是学识或是别的东西),"材料"是作者脑中的东西,可供作诗时使用(参照第十一章叶燮以建房子的比喻对"材料"的讨论)。

通过"别材"这个词,严羽把主要是数量意义上的"材"转变成了一个主要是质量意义上的"材";并且,通过把它与学识分开,他不允许我们再轻易地把作为纯粹能力的"才"与诗歌"材料"的一个资源(a capital)等同起来。大多数注家和译者把"材"解作"天才"(即"诗有别才"),这一段确实包含"天才"的意思。但我把它译作"material"(材料);尽管"材"是诗人的,但它在这里主要指从诗歌中感觉到的某种东西(就像"趣"一样,虽然在二者中都有表现,但主要是在诗歌中被感觉的)。这里所讨论的与其说是人的才能即"才",还不如说是那些想象中的灵性的感知(visionary percepts),它们成为诗歌的真正"材料"。

严羽关于"书"的说法也引发了一个有趣问题。郭绍虞以很长的篇幅讨论此句常被错误地引作"与学无关"(以"学"代替"书")。这个错误的引用说明人们把"书"理解为"学";而且它也比严羽的措辞更为激进了:它一方面直接消解了"学"的神圣性,另一方面又给这里增添了异端邪说的紧张感。如果把"书"理解为"所写的东西",把全句译作"has nothing to do with what is written in the text"(与诗中所写的东西无关),似乎很吸引人,而且完全符合诗在言外的意思。可是,严羽在

---

❶ "天国又好比一个人要往外国去,就叫了仆人来,把他的家业交给他们:按照个人的才干,给他们银子:一个给了五千,一个给了两千,一个给了一千,就往国外去了……"结果,前二人用这些钱分别赚了同样数目的钱,得到主人的赏赐,第三人把银子埋进地里,结果,遭到主人的惩罚,把钱收回。这就是所谓著名的"马太效应":"因为凡有的,还要加给他,叫他有余;没有的,连他所有的也要夺过来。"

第八章　严羽《沧浪诗话》

本章的开头确实使用了"学"字,而且阐发了"学"字的意思,所以我们不能把这里的"书"理解为"所写的东西",而必须理解为以前的文学作品。

　　翻检一下本段开头部分的各种注释,我们发现后世读者对严羽这里的说法反应强烈。有热情支持的,有恶毒攻击的,但没有人觉得这个话题无须讨论。反响强烈是我们意料之中的:严羽要求诗的自律,不仅要求诗歌史的自律,也要求任何一首诗的本质的"诗性"(poetic)部分的自律。显现在一首诗的真正诗"材"中的"才"不单单显示着世界的自然法则("理"),而且,一首诗的真正诗"材"也不是被诗歌传统所确定的,虽然它独立于一般的历史[37]。这种纯粹的"诗性"主张与中国文学理论传统是背道而驰的。至少从这方面看,我们不得不承认,严羽的急躁、傲慢和好斗确实是必要的,如果不摆出这样的姿态,他的主张就无法被别人听到。

　　"理"的观念与文学学习的角色在宋代都发生了重大变化。对这些变化的一定程度的不满使得至少一部分读者有可能欢迎严羽这类异端邪说(这种欢迎在以前是不大可能的)。在宋代之前,"理"的意思就是"万物运行的道理":把诗歌从"理"中分离出去就等于否定它的真理性,否定它以自然和人类世界为基础[38]。即使不考虑"理"的阐释在宋代的复杂变化(这些变化与严羽的立场无关),可以说,到了严羽的时代,"理"已经与哲理思辨紧密联系在一起,这密切关系到宋代以议论为诗的现象,严羽强烈反对这种现象。一方面是古老的"理"的观念(万物运行的道理),一方面是以议论为诗的创作实践,因为不能对二者分别看待,严羽就全盘拒绝诗歌以"理"为本的观点。盛唐诗人认为自己的诗歌完美地体现了"事物当时的样子"(when it was then)(即"理"的古老观念),可严羽却在同一首诗中发现了某种"诗的"(poetic)光芒,它完全不同于"理",无论是古代意义上的"理",还是宋代意义上的"理"。

　　在把"理"从诗中分离出来的同时,严羽精心选择了"趣"这个概念。在诗歌所有的非形式因素中,"趣"最容易游离于"理"。严羽提醒我们,最优秀的诗歌所提供的不是理解而是参与(engagement);它是艺术特有的兴奋剂(excitement),它是"sui generis"(别具一格的)〔39〕。

严羽从诗歌传统的主要成分中把纯粹的"诗"分离出来,这既比严羽同代人所理解的那个平庸的"学诗"观念复杂得多,也与之不可分割。在唐代,年轻人读诗,可能学会了一些技巧,然后就开始写诗。没有一个唐代诗人对诗歌的理解能脱离学习与阅读前人的诗歌:阅读与写作之间的必要联系是不言而喻的,不成问题的。但到了13世纪,"学诗"成了一项刻意的、形式化的、自觉的活动,跟唐代的经验完全两样。

到了13世纪,非正式的诗歌批评理论(具体表现在"诗话"中)以及正在形成的诗文评点传统,促成了这样一种情况:一个受过教育的读者首先注意一首诗的文学渊源以及它与早期诗歌文本的互文游戏(intertextual play)。基于这一点,《沧浪诗话》的注家都不可避免地要提到实力强大的江西诗派,该诗派的一个主要宗旨就是互文游戏。虽然江西诗派"无一字无来处"的教条确实是严羽的一个主要攻击对象,但是,迷恋互文(intertextuality)是12和13世纪诗歌领域的普遍现象。

严羽自己所拟订的"学诗"计划并没有能够完全摒弃宋人的书卷气;但他改变了它,强化了它,然后超越了它。对他来说,以前的诗歌和诗集既是可爱的也是可憎的,既是必要的也是不必要的。严羽的学生要从大量的阅读开始(江西诗派对过去的诗歌不分年代先后,严羽的阅读方案是遵循历史顺序的),但是,这个课程终归是为了使学生超越学习——在顿悟的时刻,真正的诗歌才开始露面。像"理"的情况一样,可能是为了拒绝宋代"学诗"风气的转变,才使严羽把诗歌的本质从互文性中分离出来,但是他以一种激进的方式表达了这种分离。

严羽刚一提出了两个激进的主张,就赶快往回收,并修正了其中的一些异端邪说的成分:学诗者当然要"多读书、多穷理"。但是,即使他承认"理"和诗歌传统的重要性,我们知道他的真正意思是:"它们是写

第八章 严羽《沧浪诗话》

诗所必需的,但与诗歌中的'诗性'没有关系。"严羽的读者清楚地明白他的意思,因此,读者记住并经常引用的是本段开头部分的激进说法,而不是他随后的合理让步(除非那些想为严羽辩护的人才引用后者来证明他并非那么激进)。他遭到攻击是因为那些异端邪说,他受到赞扬也是因为那些异端邪说:他提出了某种类似于"纯诗"(pure poetry)的可能性。在文学理论的传统语境中,这样一种可能性是完全不合正统的,严羽却公然以"正"来包裹自己。

随着严羽从异端的立场往回撤,他又为学习和理解"理"留出了位置,他试图通过引用《诗大序》的一句老生常谈即"诗者,吟咏情性也",来重新确立自己的权威地位。虽然后来的批评者总能记住严羽引用了这一句,但完全不把它当作严羽想要表达的意思——它其实是一个借口,一种遮掩[40]。除了这一处,在本章再也找不到任何一句与"吟咏情性"沾边的话。相反,他对诗歌阅读所体验到的诗的玄妙之美以及实现这种美的方式却很感兴趣。这样一种难得的瞬间体验明显不同于《诗大序》所描述的诗歌的普遍的、外在的根基。

然后,严羽提出了那个著名的、惊人的羚羊意象,为了隐藏踪迹,它把角挂在树上。郭绍虞在《沧浪诗话校释》里引用了禅宗《传灯录》的几则语录,揭示了这个意象在禅宗里的用法。严羽在使用这个意象的时候一定想到了它在禅宗里的用法,但读者不可能不注意到,这个意象在这里是多么不合适,而且,由于带着这些禅宗意味,它很难与前面引自《诗大序》的"吟咏情性"的句子协调起来。它确实应该融到"无迹可求"(即没有明显的人工痕迹)这样的批评套语里;但羚羊的意象指一种隐藏,希望不被发现:被藏起来的是一种动物,或者用它的类比意义来说,被藏起来的是活生生的有性情的诗人,那些"性情"正是诗人要"吟咏"的内容。禅宗和严羽都在寻找不可言说的"真相"(the presence of truth);只要认出了这种"真",就可以允许尚不够完美的阶段(任何不完美的东西都是显示"迹"的中介)。但"真"自身并不允许特别性与个人性,这恰好与诗歌传统概念("吟咏情性")相反;因为"吟咏情性"

531

与诗人的个性以及诗人所在的特定环境是不可分割的。这样,我们就有了两套把读者引向对立方向的价值系统。

接下来的几个意象清楚地显示了严羽真正的兴趣所在:每一种意象——空中之音,水中之月,镜中之像——都是触摸不到的、难以界定的东西。严羽在寻找某种纯粹的、玄妙的"诗歌意象";它不是那种强有力地传递人类思想感情的东西,而是某种不确定的、总是不可企及的东西。就像在西方思想传统中,有关美和崇高的理论的核心完全放在读者体验上了:生产性诗学(productive poetics)被简化为如何制造美或崇高的效果问题。但严羽所关注的体验与崇高或美相距甚远。崇高涉及某种超越的标记(index of the transcendent),美则离不开具有确定形式的体验。而吸引着严羽的审美体验是"妙"(the wonderously subtle)。在严羽之前,戴叔伦曾把诗景描述为"可望而不可置于眉睫之前"(见司空图《与极浦书》),严羽这一连串关于"妙"的著名比喻就属于这个传统。

这里有背景——空间,表面,水,镜子(它们大致相当于诗歌的语言文字),但背景不是诗歌本身。诗是微妙地悬浮在诗歌背景之上或之内的难以捕捉的东西。背景是必要的,也就是说,由诗歌语言或诗歌所再现的确定场景是必要的;但它并不是诗,就像镜子不是它所反射的影子一样。有一样东西是确定的,那就是诗中的文字;它能被捕捉住,也会结束;但另一样东西即诗却总是逃避限定或终结[41]。

简单说明了诗歌的终极价值之后,严羽继续对宋诗展开最致命的攻击。这攻击确实是致命的,而且也是真实的(如果你接受了严羽的价值判断),人们对宋诗失去兴趣达近四个世纪之久,责任主要在于这场攻击。具有讽刺意味的是,正是植根于宋代文学理论的价值标准导致了对宋诗的蔑视,它在宋代出现的道德打击中达到巅峰。

严羽指控宋代作者抓住了一些不是诗的东西,并试图从中造出诗来,这个指控强化了严羽的理论观点。他假定存在某种纯粹属于诗的东西即"诗性"(the poetic)。任何不是"诗性"的东西都与诗格格不入。以《诗大序》为基础的传统价值观念有很强的包容性,能接纳中国诗歌史所发生的种种变化,包括宋诗;严羽的诗歌理论却不是这样。严羽并不认为诗歌就是"情性",尽管他引用了《诗大序》的句子。"吟咏情性"的说法使诗歌不过成了一种显现某种独立存在于诗歌之外的东西的中介。从严羽的观点看,苏轼诗歌的机智和议论实在算不上"诗";而这种风格正是苏轼的"情性",对苏轼来说,"以议论为诗"确实是"吟咏情性":正是因为这一点,苏轼的诗歌才如此伟大、如此受人喜爱。严羽提出了一种新的价值观:苏轼的诗虽然真实可信,但没有诗性。

第三章　诗法
(Rules of Poetry)

一

　　学诗先除五俗:一曰俗体,二曰俗意,三曰俗句,四曰俗字,五曰俗韵。

In the study of poetry you must first eliminate five kinds of uncouthness (俗): 1) uncouth form (体 *), 2) uncouth concepts (意 *), 3) uncouth lines (句 *), 4) uncouth words, 5) uncouth rhymes.

有不少读者认为,唐代的诗歌语言接近口头语言,这个观点是错误的;然而,与唐代相比,文言与白话之间的差距在宋代确实大得多。原因是多种多样的:第一,文人渐趋使用半口语化的书面语言(这也是《沧浪诗话》的部分特征);第二,文学教学发生了若干变化,包括书籍被普遍使用;第三,诗歌风格混杂不一,并产生了广泛影响,黄庭坚以及后来的杨万里就是明显的例子,他们的风格往往变幻不定、反差十分明显,忽而是"高级的"或"诗的",忽而是"低级的"或"俗的"(即上文所谓"俗")。

　　一切因为历史或地域原因而远离规范写作的群体在学习写作的时候都必须首先"去俗",严羽所谓"除五俗"也是这个意思。美国学生学习书面英语也不过是这种方式。教学的过程主要依赖不断纠正语法错误和

"去俗"来完成。在这样一种历史情境下来教授写作必然是一种负面教学,它必然是一个责难的过程,教导学生不要满足于那些随意的但却属于"俗"的语言[42]。

所谓"先除五俗"等于说"诗歌的各个方面都要避免俗"。我们弄不清楚严羽提出这五个方面究竟是怎么想的——如果他确实(但看起来不太像)认真思考过这几个方面的话。"俗体"可能指那些本来就"俗"的体裁,因而应该避免;也可能指一个诗人应该避免模仿黄庭坚(他自己也努力抨击"俗")之类的诗人;它也可能指某种有"俗"之嫌的作诗方式。"俗韵"究竟指打油诗(Hudibrastic rhymes)或陈腐的韵律(比如以"moon"对"June",在中文里以"人"对"春"之类),还是指那些宋人最欣赏却不被唐人欣赏和接受的韵律(虽然严羽早期反对每韵必唐韵的主张)?总之,严羽提醒那些严肃学诗的学生,不要让诗歌的任何部分落"俗"。

二

　　有语忌,有语病。语病易除,语忌难除。语病古人亦有之,惟语忌则不可有。

　　Poetry has offenses in language and errors in language. Errors in language are easy to eliminate, but offenses in language are very difficult to eliminate. Even the ancients made errors in language, but offenses in language they would not allow.

究竟什么是"病",什么是"忌",并不是十分清楚。技术上的错误经常被称作"病","忌"则常用于描绘那些容易造成"俗"的失误。这段话似乎提醒读者注意,有一些潜在缺欠远比形式上的错误更糟糕。

三

　　须是本色,须是当行。

　　It must be the original color; it must show expertise.

第八章　严羽《沧浪诗话》

"本色"与"当行"是 13 世纪诗歌理论套语的固定组成部分。"本色"是一个老术语，起源于把文学作品比作纺织品。"当行"基本上只用于具有类型特征的文体（如散文、诗歌或词）。这两个术语侧重点不同，但意思相同：任何一种文学样式都具有自己"本来的"特性。一个作者能成功地运用一种特定文学类型就意味着他掌握了它的特性；他的作品就是"行家"之作，他必然是熟读并精研该类型的发展史的专家。

四

对句好可得，结句好难得，发句好尤难得。

It is easy to get good parallel couplets [in a regulated verse], but hard to get a good closing couplet. But a good opening couplet is the hardest of all.

五

发端忌作举止，收拾贵在出场。

It is an offense to overdo it in the opening; at the conclusion, it is important to leave space for the exit.

用"杂剧"比喻作诗，以前的宋人也使用过，郭绍虞引用了一些这方面的例子。"举止"（译作"overdo it"）究竟何意，无法确定：它的常见意思是"行为"（behavior）或"行动"（action）；但在戏剧比喻中，它暗示了一种程式化的动作，它属于中国戏剧全套程式的一部分。严羽好像建议开头悠闲一点，不要急于进入诗歌正题。第二个分句则提醒诗人不要草草收尾，必须留下一点回味的余地。

六

不必太着题，不必多使事。

One need not stick to the topic too closely. One need not use many references (事 *).

"题"(译作"topic")也是诗歌的题目。太拘泥于诗歌的题目会使诗歌看起来像是在做练习,也就是学生在学习写作的时候就一个题目的各个组成部分进行铺陈;而与"题"保持某种不即不离的关系则给人以个性感与真实感。郭绍虞引用了朱熹《语类》中的一段话:"古人做诗不十分着题,却好。今人做诗愈着题,愈不好。"具有讽刺意味的是,避免"使事"是中晚唐五言律诗的惯例,不"使事"的风格在严羽的时代被大量模仿,这也是严羽强烈反对的风格。

七

押韵不必有出处,用字不必拘来历。

One should not have textual sources for the rhymes one uses.
One need not be confined to particular precedents in using words.

就像郭绍虞所指出的,这一条可以直接追溯到黄庭坚最早提出的所谓"无一字无来处"的说法,当时它是针对杜甫的诗歌与韩愈的散文而发的,后来成了一个陈词滥调。"无一字无来处"的说法与文学评论的一种风格有密切联系。该风格是在南宋发展起来的,其源头可以追溯到李善《文选》注,主要靠把一个句子中的用语所使用的材料都引在那里。宋诗密切关注前人的用法(以及用韵的出处——只有唐与唐以前的用法是可以接受的),这与江西诗派有密切关系。我们或许可以注意到,如果诗人不使用有出处的字句与韵律,他就要一下子面临落"俗"的危险。

八

下字贵响,造语贵圆。

Euphony is important in the choice of words; "roundness" is important in diction.

第八章　严羽《沧浪诗话》

中国的文学理论，在这个阶段，居然有幸不用精确地区分语言的语义因素和纯粹的形式因素（语音、句法——虽然在韵律与声调平衡中也有例外）。这样一来，一种风格类型如"响"（译作"euphony"）就可以同时兼有语音与语义这二者，产生某种圆融的"和谐"感——"好听"。自从声音与意义在西方文学理论中被割裂开来，聪明的批评者一直试图把它们重新统一起来，但仍有人想当然地认为诗歌具有一种纯粹声音的层面。按照这样的思路，你不难想象英文诗的情况，例如英文诗中的"dung"❶就声音而言是好听的，但就意思而言却很刺耳；所以，这样的词就不"响"。"圆"暗示"完美"，表示光滑与圆润的风格特性：诗人瓦莱里的语言是"圆"的；而邓恩的语言明显"不圆"。❷

九

意贵透彻，不可隔靴搔痒；语贵脱洒，不可拖泥带水。

In concept（意*）value the pellucid—you can't scratch what itches through boots. In diction（语），value the brisk and aloof—don't drag it through water and mud.

《沧浪诗话》时不时有一些亲切、实在的意象，它们给作品增加了一些亮点和魅力；这些意象常常出自禅宗，例如这里的"隔靴搔痒""拖泥带水"。第一句直接攻击晦涩与过度修饰：在严羽的批评中有一种"古典主义"的特征，虽然它的表达方式更接近本·琼森式的粗糙而不是高乃依式的细腻。❸

---

❶ 英文"dung"即"粪"。
❷ 瓦莱里（Paul Valéry，1871—1945），法国象征派诗人、评论家，代表作有长诗《年轻的命运女神》《海滨墓园》等；邓恩（John Donne，1572—1631），英国玄学派诗人。
❸ 本·琼森（Ben Jonson，1572—1637），英国剧作家、诗人、评论家，有剧作《炼金术士》等；高乃依（Pierre Corneille，1606—1684），法国古典主义悲剧的奠基人，代表作有四大悲剧《熙德》《赫拉斯》《西拿》《波里耶克特》等。

十

最忌骨董，最忌趁贴。

The greatest offense of all is to be arcane; the greatest offense of all is preciousness.

十一

语忌直，意忌浅，脉忌露，味忌短，音韵忌散缓，亦忌迫促。

Directness is an offense in diction (语). Shallowness is an offense in concept (意 *). It is an offense to leave the veins of a poem exposed. Shortness is an offense in flavor. Languor is an offense in tone and rhyme (音—韵); here, a nervous haste is also an offense。

内容应该"清楚透明"，但用语不能太直。与此大约同时，对宋词也有类似要求（比如在当时出现的宋词写作指南《乐府指迷》中）。一首诗的"气"靠"脉"来传导，它应该渗透到整体中，而不是暴露在外表。你可以在新手的文章中发现露"脉"的情况："在说完 X 以后，现在我要说 Y 了。"

十二

诗难处在结裹。譬如番刀，须用北人结裹，若南人便非本色。

The hardest thing in poetry is the successful tempering. Take a Manchurian knife as an example: it must be a northerner who tempers; if it's a southerner, it is not the "original color" (本 *—色 *).

十三

须参活句，勿参死句。

One must practice vital lines (活—句), not dead lines (死—句).

第八章 严羽《沧浪诗话》

"活句"与"死句"原本都是禅家语汇,在南宋时被普遍用于诗歌批评。这一组对语很快就越出了禅宗的界限,发展出语言和文学意味,有所谓"活字"与"死字"以及"活法"与"死法"之说[43]。严羽显然试图回到"死"与"活"在禅宗的源头去,但他无法阻挡它们在文学理论中已经获得的许多联想意义。按照人们对这两个词的讨论,似乎它们的意思是可以确定的;事实上,它们基本上属于效果(affect)范畴;大部分解释不过确定了若干获得该效果的手段。在禅宗那里,它可能指禅师的生动话语,与宗教典籍中"死字"形成对照。在诗歌中,它指各种传达生命力的技法,如幽默,也就是使用一些小品词,以显示口语效果,以及使用一些取自日常生活的意象。可是,这一类技法以及与"活法"关系最紧密的宋代诗人都是严羽谴责的对象。

十四

词气可颉颃,不可乖戾。

In phrasing (词*), *qi** can have vigorous flexibility, but [it should] not [reach the extreme of] arrogant and swaggering willfulness.

"颉颃"与"乖戾"是描述行为举止的复合词,二词并置在一起,形成了一个递进过程,从一个正面特征变成了一个极端负面的特征。

十五

律诗难于古诗。绝句难于八句。七言律诗难于五言律诗。五言绝句难于七言绝句。

Regulated verse is more difficult than old-style verse. Quatrains are difficult than octaves [i.e., eight-line regulated verse]. Heptasyllabic regulated verse is more difficult than pentasyllabic. Pentasyllabic line quatrains are more difficult than quatrains in heptasyllabic lines.

这一类貌似权威的比较以及比较性判断正是诗歌教学的主要内容，它们合在一起形成了一种等级次第。

十六

学诗有三节：其初不识好恶，连篇累牍，肆笔而成；既识羞愧，始生畏缩，成之极难；及其透彻，则七纵八横，信手拈来，头头是道矣。

Studying poetry has three stages. At first one doesn't recognize what's good and bad: one lets the brush go, filling up whole stacks of paper. Once the capacity of recognizing quality is attained, one becomes embarrassed and for the first time, draws back in anxiety: at this stage it's really hard to finish anything. At last when everything becomes pellucid, one acts with bold independence, trusting to whatever the hand touches, and yet follows the Way [of poetry] every time.

在《沧浪诗话》中，这一条最突出地体现了古典时代晚期的诗学教育；自觉意识与无意识在"第二自然"这一概念中被协调起来。起初，诗人处在一种不考虑判断标准（"不识好恶"）的无意识的自发阶段。了解标准之后，诗人不免局促不安，这说明他有能力站在外面看自己，把自己作为"他者"加以判断，认识到自我是"有限"的。在这个阶段，自我在焦虑中有点畏缩，不再愿意出示自己的作品，惟恐被别人品头论足、挑出毛病。正是在这个阶段才有所谓"学诗"之说：诗人学习规范，在实践中消化吸收，直到发生顿悟，一旦顿悟，一切原本外在于自我的规范都变成了"第二自然"。

十七

看诗须着金刚眼睛，庶不眩于旁门小法。

In observing a poem, one must fix upon it "metal-hard eyes", so

第八章　严羽《沧浪诗话》

that you may not be dazzled by secondary sects and lesser rules.

严羽自己解释说,"金刚眼睛"是来自禅家的说法。"金刚眼睛"如同"法眼",是一种冷静的洞察力,有了它,事物的真实本性就清晰可见了。

十八

辨家数如辨苍白,方可言诗。

When one can distinguish the masters in the same way that one can distinguish grey from white, then one can speak of poetry.

"白"也是光洁金属的"银色"光泽,知道这一点,你会觉得本段的说法更有力量。这里有一则注释(可能是严羽自己注的):据说,在批评文学作品时,王安石首先考虑文章的体制,然后才考虑文章的工拙。这个注释似乎证明了本条的观点:应该先判断体制,然后再进一步辨别苍白。

十九

诗之是非不之争,试以已诗置之古人诗中,与识者观之而不能辨,则真古人矣。

One need not engage in disputes about what is right and wrong in poetry. Just place your poems among the poems of the older writers. If someone with a capacity for judgment can't tell the difference, then you yourself are a genuine "older writer".

严羽试图设计一些永恒的诗歌准则,以拒绝《诗大序》以来的儒家诗学的历史观;这个计划确实很诱人,但它注定是一个失败的计划。像在前面一样,在这一段,严羽诉诸某种在阅读过程中不言自明的东西。然而,一个越来越明显的问题是,虽然当代读者也许不能把一首新诗与古人的诗歌区分开来，但后来的读者一定能轻而易举地看出其中的分别：明代读者很容易看出一首真正的盛唐诗和一首按盛唐标准写的宋诗的区别；同时，明代诗人觉得自己的"盛唐风格"的诗歌已经抹去了历史痕迹。然而，清代读者会清晰地看出真正的盛唐诗歌与明人所作的以盛唐为准则的诗歌之间的差别。

严羽期待一种停留在"永恒的春天"里的诗歌语言，在那"永恒的春天"里，当代诗人的作品可以跟古代诗人的作品混在一起，在那里，存在着一种没有诗歌史的诗歌。他知道这个时刻尚未到来，所有现存的诗歌语言都刻上了历史变迁的印记。《沧浪诗话》的下一段，也就是《诗评》的第一段，刚好与本段构成了鲜明对照。

* * *

> 大历以前，分明别是一副言语；晚唐，分明别是一副言语；本朝诸公分明是一副言语。如此见，方许具一只眼。❶
>
> Before the Da-Li reign [i.e., in the High Tang], there is clearly one kind of language; in the late Tang, it is clear that there is another kind of language; and in the various masters of our own dynasty, it is clear that there is yet another kind of language. When you see things this way, then we can allow that you have perfected the "Dharma-eye" [capable of making proper judgement].

这个鲜明的对照体现了一种张力，它贯穿《沧浪诗话》的始终：不知怎么一来，一种专横的正统居然变成了一种正确的直觉；埋头诗歌史以及对各种差别的精确判断，居然把我们从诗歌史和那些差别中引导出来，让我们进入一个特别的时刻，在那个时刻，你的诗歌与古人的诗歌放在一起，"与识者观之而不能辨"。

---

❶ 此段系《沧浪诗话》第四部分即"诗评"的第一段。

第八章　严羽《沧浪诗话》

注　释

这里依据的底本是郭绍虞《沧浪诗话校释》。

〔1〕 "沧浪"是严羽的别号。

〔2〕 见郭绍虞《沧浪诗话校释》所收严羽《答出继叔临安吴景仙书》，第234页。

〔3〕 该版本有 Klöpsch 的译文，见 Klöpsch 译《诗人玉屑》(*Die Jadesplitter der Dichter*)。

〔4〕 另一个后果是恢复了唐以前诗人的重要性；而在宋代，除了诗人陶潜，大多数唐前诗人皆被忽视。这个后果在严羽的著作中只是埋下了伏笔，到了明代复古派手中才得以完成。

〔5〕 参见林理彰 (Richard Lynn)《正统与启蒙——王世贞的诗学理论及其前驱》("Orthodoxy and Enlightenment—Wang Shih-zhen's Theory of Poetry and its Antecedents")，见 Wm. Theodore de Bary 编《新儒家的演进》(*The Unfolding of Neo-Confucianism*)，第217—269页。在本章我采取了这样一种立场：《沧浪诗话》最有影响的方面既不在于严羽所使用的概念，也不在于这些概念的谱系，而在于他的批评语气以及他展开概念的方式。在概念的讨论方面，我的处理与林理彰有重叠之处。林理彰无疑是英语世界里严羽及其遗产的最博学和最细致的阐释者。有关严羽的更全面的讨论，我建议读者参考林理彰的各种相关著述。

〔6〕 在某种程度上，《诗经》一直是这样一种永恒标准，但它并没有成为当代诗歌实践的另一种严肃标准。对于八九世纪的一些作者来说，"古风"不失为一种在历史上得以实践的标准，但它始终只是反对而从来未能真正取代当代诗歌实践。

〔7〕 参见林理彰的《正统与启蒙》；以及林理彰《明代诗学理论之自我实现的他种途径》("Alternate Routes to Self-Realization in Ming Theories of Poetry")，见 Bush 和 Murck 编《中国艺术理论》(*Theories of the Arts in China*)，第319—340页。

〔8〕 这种反击式的价值表述最早可以追溯到正统论元老韩愈（768—824）；但韩愈的作品从整体上看还是宽容的，这种宽容使得他的复古派价值观很难从任何一种严格意义上被实践。这种表达蔑视的修辞法表现在一些诗话里，最明显的是那些被归于王安石名下的诗话作品。王安石是一个极端不容异己的人；但是，这些并不适用于文学正统的一贯传统。

〔9〕 关于以禅喻诗的起源以及它在早期诗歌中的表现形式，已有丰硕的学术研究成果。英语世界对该问题的讨论可以参见魏世德 (Wixted)《论诗诗》(*Poems on Poetry*)，第239—241页。关于这个问题的中文经典论文是郭绍虞的《沧浪诗话以前之诗禅说》，该文收录在《照隅室古典文学论集》第一册。两位学者都把注意力集中在这一类比在宋代的前驱。王梦鸥在《严羽以禅喻诗试解》一文中把诗禅说的一些因素追溯到唐代，该文见他的《古典文学论探索》。

〔10〕 关于这个问题的讨论，参见 Jonathan Chaves《非诗之道：宋代的体验诗学》("Not the Way of Poetry: The Poetics of Experience in the Sung Dynasty")，见《中国文学》(*Chinese Literature: Essays, Articles, and Reviews*) 4.2 (1982)；尤其要参考 Stuart Sargent《后来者能居上吗？宋代诗人与唐诗》("Can Latecomers Get There First? Sung Poets and Tang Poetry")，见《中国文学》(*Chinese Literature: Essays, Articles, and Reviews*) 4.2 (1982)。

〔11〕 张健《沧浪诗话研究》，台北，1996年，第11页。

〔12〕《沧浪诗话》的第一章有几种编排办法。这里采用了郭绍虞在《沧浪诗话校释》的编排顺序。郭绍虞《试测沧浪诗话的本来面貌》对该文作了详细讨论，见《照隅室古典文学论集》第二册。

〔13〕"退屈"一词常见于佛教文本，指通向"悟"境的过程。根据情况的不同，有时提到"退屈"，有时不提。虽然这一段采用了禅宗大师的特有语气，但在我所见过的禅宗文本里，没有一个提到"退屈"造成的完全失败。严羽这段话的潜台词可能根本不是禅宗，而是《孟子·梁惠王上》的一段著名文字。孟子举了这样一个例子：士兵临阵脱逃，虽然距离不等，但应该受到同等处罚。他用这个例子说明，美德的标准是绝对的，不论程度之别。"诗魔"是诗歌创作激情的通俗说法，通常与不好的或冗长的写作联系在一起。

〔14〕字面意思即"从上做下"，正好对应着历史走下坡路的规律。但这里并没有暗示学习的最后一课即盛唐比开头低。

〔15〕由于汉乐府的作品很多，因而不能确定这里指哪些作品。在《沧浪诗话校释》中，郭绍虞采纳了王运熙的观点，认为它们指五臣注《文选》中的四首古老的乐府诗。

〔16〕"悟入"是佛教表达启蒙、领悟的术语，字面意思是"明白和进入"，一种直接进入事物中心的领悟。

〔17〕这些都是禅宗表达顿悟学说的行话。

〔18〕如曹丕《论文》有"文以气为主"的说法，王夫之《夕堂永日绪论》有"以意为主"的说法等。

〔19〕林理彰在《正统与启蒙》中指出，至少严羽所描述的学诗的正路与程颐关于学习儒家经典的说法存在相似之处。严羽的学诗法与宋人关于经学的说法确实存在大量类似之处：比如段与段的对比阅读，阅读自然产生判断，以及把判断自然而然内化到实践之中。

〔20〕关于浪漫派历史论诗学的一个好例子，见弗·施莱格尔（Friedrich Schlegel）"诗歌艺术的分期"（"Epochen der Dichtkunst"）一文，该文见他的《关于诗的对话》（Gespräch Über die Poesie）。在这段的结尾，德国诗人迫不及待地以歌德为榜样，将前代诗歌当作一系列可能性全部加以消化吸收。

〔21〕明代的诗歌正统观认为，不同的体裁在不同的历史时期臻于完美。

〔22〕这个模式在理想的诗歌史与读者大众的实际判断之间造成了可笑的偏差；例如，按照这个文学史观，盛唐诗人例如李颀应该高于晚唐诗人李商隐，但李商隐的诗显然阅读面更广，更受赏识，影响也更大。即使在今天，许多中国文学史对盛唐小诗人与中晚唐大诗人的关注仍然不成比例。

〔23〕关于这些术语以及中国文学史一般理论的优秀讨论，参见 Maureen Robertson《中国传统文学史上的艺术和样式变化的分期》（"Periodization in the Arts and Patterns of Change in Traditional Chinese Literary History"），见 Bush 和 Murck 编《中国艺术理论》（Theories of the Arts in China），第 3—26 页。

〔24〕也许有人会拿较早的（1186—1206）佚名作品《漫斋语录》中的"学诗"说法与此

第八章 严羽《沧浪诗话》

比较。请注意,《漫斋语录》并没有提到学习诗学史,并且对最终理解的鸿沟也没有很强的意识(下面的译文反映了这本著作的口语特性):"When you want to study poetry, you've got to read the old poets thoroughly and look for the spots where they paid particular attention—there's hardly a careless line or a careless phrase. After reading like this, you've got to put your own brush to paper and try to emulate them. It doesn't matter whether you succeed or not—just study like this, and after a time you'll get it right. I'm afraid it's absurd, the way in which people these days won't either study or watch the way the old writers handled things—and yet they still want to be as famous as the old writers..."

〔25〕 应当指出,这些术语是非常含混的,它们究竟指什么,可以有不同的解释。

〔26〕 "动静"通常用来指文学或其他艺术形式,其实它出自《易经·系辞传》。

〔27〕 "法眼"是佛教术语;正是通过"法眼",你才能正确认识"达摩"的运行,"达摩"是统治佛界的法则。

〔28〕 "本色"是一个非常重要的批评术语,指事物固有的特性。出现任何变异,都属于脱离了本然状态。

〔29〕 参见《正统与启蒙》,第222页。

〔30〕 可以参见严羽的前辈对这一问题的意见;例如吕本中(1084—1145)这样评论曹植:"曹子建《七哀诗》之类,宏大深远,非复作诗者所能及,此盖未始有意于言语之间也。"转引自胡仔《苕溪渔隐丛话》前集卷49,第332页。

〔31〕 这种类似权威与权威的超越之间的互动关系也可以在禅宗里发现。禅师也要求学徒坚定不移地服从他——但禅师并不是预期学徒定会不服从,他也不"过分要求"伸张他的权威。

〔32〕 这里引用了《庄子·外物》篇中那段关于语言的著名文字:"荃者所以在鱼,得鱼而忘荃;蹄者所以在兔,得兔而忘蹄;言者所以在意,得意而忘言。吾安得夫忘言之人而与之言哉。"

〔33〕 "To sing what is in the heart",即"吟咏情性",引自《诗大序》。

〔34〕 参见《乐记》,第53页。

〔35〕 关于"平淡"的讨论可以参见 Chaves《梅尧臣》(Mei Yao-chen),第114—125页,以及 Egan《欧阳修》(Ou-yang Hsiu),第82—85页。读者不可能不注意到,严羽这里提到的每一个诗人不是中唐的就是晚唐的。而王安石这位盛赞盛唐诗人杜甫的人,却没有被提到。

〔36〕 在通俗诗学中,"材"不过指一个诗人可以使用的"材料"。例如,在《唐子西语录》中写道:"凡作诗,平居须收拾诗材以备用。"转引自何汶《竹庄诗话》(1206),常振国、绛云点校,第7页。

〔37〕 读到这里,我们可能会想起陆机的《文赋》。在诗歌的两个根基(外在世界与写作传统)之间摇摆是左右《文赋》结构的一组对立关系。

〔38〕 对"理"的类似态度也见于唐代,例如司空图《诗赋赞》第一句(在最通行的版本中):"知道非诗。"严羽也可能想到了这句话(尽管并不像)。司空图的措辞十分含糊(虽然二者在力度上不相上下),不会招致反对。没有一个有理性的人会说"知

道"与诗是一回事。严羽的措辞更激进，因为他的措辞更明确。

〔39〕 读者应该注意到西方美学如何清楚地把审美趣味与理解区分开来。这种区分早在康德《判断力批判》中就是一个必要的理论前提，并在 Johann Gottlied Fichet 的《论哲学中的精神与学问》（"On the Spirit and the Letter in Philosophy"）中被进一步划分为审美驱动力与理解驱动力，译文见 David Simpson 编《德国美学与文学批评》（*German Aesthetic and Literary Criticism*）。这不是一个很容易解答的问题，也不能因为我们的不赞同而忽视不管。伽达默尔（Hans-Georg Gadamer）在 1964 年的论文《美学与解释学》（"Aesthetic and Hermeneutics"）的开头重申了严羽大致勾勒出的二者的差异："如果我们把解释学的任务确定为连接思想与思想（既是个人的也是历史的）之间的桥梁，那么艺术经验将完全脱离它自己的领域。"参见伽达默尔《哲学解释学》（*Philosophical Hermeneutics*），David E. Linge 译，第 95 页。

〔40〕 严羽的影响确实大到了一定程度，这个短语经常被当作严羽自己的话而不是严羽所引用的话。

〔41〕 在《谈艺录》（增订本）第 306—307 页，钱锺书提供了佛教典籍使用这几种意象的先例。也可以参见陈国球《论诗论史上一个常见的象喻：镜花水月》，见《古代文学理论研究》9（1984）。

〔42〕 戒俗是诗话的常见内容；例如，南宋初期的作家徐度在他的《却扫编》中引用了崔德符教育年轻诗人陈与义的一句话，"凡作诗工拙所未论"，摘引自王大鹏等编《中国历代诗话选》第 537 页。虽然人们经常认为《沧浪诗话》与江西诗派针锋相对，但"去俗"的原则却是江西诗派的一个基本宗旨。

〔43〕 J. D. Schmidt《杨万里》（*Yang Wan-li*），第 56—57 页。

CHAPTER NINE

Popular Poetics: Southern Sung and Yuan

第九章

通俗诗学：南宋和元

在《沧浪诗话》中，严羽创立了一种以盛唐诗为永恒标准的模式。他随后注意到他同时代的一些诗人所参照的唐代模式不是取自盛唐而是取自中晚唐。这批南宋诗人与批评家的兴趣中心是律诗那些过分讲究的技巧，他们的影响可以在周弼的《三体诗》中看出[1]。

周弼《三体诗》

《三体诗》（约编撰于1250年）是一部诗歌选集，它按照七言绝句、五言律诗以及七言律诗这三种类型把494首唐诗编排起来。每种类型又按照不同的结构模式和主题进一步划分。对每一小部分，周弼都附加了说明性的介绍。下文翻译了他对七言绝句与五言律诗的介绍。

12世纪晚期和13世纪，扬子江下游地区的一些大城市，尤其是南宋的都城杭州，渐趋繁荣。在这一时期，商业性的出版物大量涌现，文化也传播开来，诗歌写作成为下层绅士贵族与城市资产阶级最喜爱的消遣方式。这便出现了诗社与歌会；竞赛时有举行，有时范围很广，同一地区其他诗社的成员也被邀请。关于这类竞赛，流传下来这样一则记录：早在1287年，"月泉吟社"就给同一地区的各个诗社分发了《春日田园杂感》的竞赛诗题。这次竞赛共收到诗歌作品2735首，其中，60位诗人的74首诗歌脱颖而出。这些诗歌加上评论家的评语，一并结集出版，同时还收入从其他诗作中选出的值得赞扬的对句、诗社的章程、竞赛的规则、参加者讨论感兴趣的诗歌话题的来往信件，以及获奖结果。《三体诗》就诞生于这样的世界。

按照经典的正统诗歌观念，诗歌是内心状态的不自觉的表露。按照这个说法来衡量，规范性的诗学，比如写作技巧手册之类，总有那么点儿不合法。另一方面，在诗歌写作中确实有一些适当的准则与规范，违背了它们，就会失败，就会丢面子。因此，一些初学写作的诗人确实希望从教师或写作手册那里得到一些指导性方法。从初唐以来，已经出现

第九章 通俗诗学：南宋和元

了大量技术性诗歌理论作品，以满足这样一种需要（同时，像西方的情况一样，技术能力与更高价值之间的区别也越来越明显）。在12世纪晚期与13世纪，逐渐增长的对诗歌写作的兴趣与精明的出版业结合在一起，产生了一大批这样的著作。《三体诗》就是一个为指导写作而编撰的唐诗选本：读了周弼的注解和那些例诗，一个老练的杭州商人的儿子也能写出像模像样的诗。

从南宋到清，大知识分子们自然对那些保证写作成功的种种规则和技巧感到不满。这些老练的作家谈写作总是力求简练、概括、点到为止。但通俗诗学作家经常对文学教养极低的读者说话，他们不觉得有任何保留的必要；他们提供的是系统指导，附以大量的例子与分析（就像当代的"X诗人读者指南"这类作品经常毫不含糊地把一首诗的"意思"告诉读者）。这类通俗诗学作品把传统诗学的某些最基本的假定揭示出来，这弥补了它们缺乏微妙与细致的缺欠；它们直白地说出了那些大批评家只是审慎地点到为止的内容。

在选集的介绍部分，周弼集中讨论了一个经常被触及但从未被系统讨论过的诗学假定：诗歌建立在"实"与"虚"之间的平衡上。在选集中，周弼把二者的比例系统化了，以显示一定的次序何以会达成一定的效果，以及怎样处理才能创作出一首成功的诗。

绝句
The Quatrain in the Heptasyllabic Line

A 实接 Solid Continuation

绝句之法，大抵以第三句为主。首尾率直，而无婉曲者，此异时所以不及唐也。其法非惟久失其传，人亦鲜能知之。之实事寓意而接，则转换有力，若断而续，外振起而内不失于平妥，前后相应，虽止四句，而涵蓄不尽之意焉。此其略尔，详而求之，玩味之久，自当有所得。

In general we may say that the third line is dominant in the technique (法*) of the quatrain. Later ages have not been able to match the Tang in the ability to go straight from the beginning to the end with no subtle turns. Not only has this technique (法*) not been transmitted for a long time, few people even know of it. There will be force in the shift (转换) if one continues [the movement of the poem] with some solid event (实*—事*) in which one's concepts (意*) can lodge. It seems to break but still continues. The outside is lively and the inside does not get lost in immobility: beginning and end respond to one another. Though there are only four lines, inexhaustible concepts (意*) are stored up within them. This is the rough outline. If you go into it in more detail and savor it for a long time, you will grasp it quite naturally.

"转"（原文作"转换"，译为"shift"）是一个专门术语，指绝句的第三句以及律诗的第三联。第三句是"主"，是关注的焦点，是诗歌成功与否的关键。批评家经常要确定主次，确定了"主"，一首诗作的其他因素就各就各位了。在文学理论家那里，"主"经常是一些基本原则：曹丕有"文以气为主"的说法，后来的批评家则提出"以意为主""以理为主"或者"以道为主"。在诗歌技法理论的实用世界中，"主"就是给一首诗带来生气的轴心句或轴心联。

所谓"实接"指首联是具体意象（即首联为"实"联），它后面那一联的首句又是"实"句。"实接"与更常见的"虚接"刚好相反：所谓"虚接"即"实"景后面接直白的陈述或情感表达。"实接"直来直去，集中于外在的既定事实，没有任何关系到情感表达的"婉曲"。然而，为了能集中在事实上，必须有某种激发情感的东西（"寓意"）。这样，"实接"还可以起到照应作用，它含蓄地回"应"首联，虽然表面上看只是扩展了描述范围。"若断而续"可能指绝句的结句，如果结句没有得到明

第九章 通俗诗学：南宋和元

确回应，从表面上看，诗作就好像没有结束；但正是这种不完整使读者感到客观描述中有一种主观意味（"实续"）。这里对"若断实续"的阐释与传统诗歌理论大体一致，周弼所举的许多例子在第三句出现了续中之断：我们可以看出这里也是若断而实接。把若断之处连接起来，读者就会有"前后相应"之感。

从周弼列举的各种各样的例子看，显然，一首绝句的第三句是"实接"的重点。第三句往往只列举一个地名、一个事物或一个日子，这一句就起到了点题的作用，然后，第四句提供一个间接关系到首联的评论。例如，在周弼所举的例子中，有一首《枫桥夜泊》，这是8世纪晚期诗人张继的著名作品（我的译文把很长的七言句分为两个半行）：

> 月落乌啼霜满天，
> 江枫渔火对愁眠。
> 姑苏城外寒山寺，
> 夜半钟声到客船。

> The moon is setting, crows cry out,
>   and frost fills the sky,
> River maples and fishermen's fires
>   face someone who lies here melancholy.
> Beyond the walls of Gu-su,
>   Cold Mountain Temple:
> At midnight the sounds of its bell
>   reach the traveler's boat. [2]

首联创造了一幅唤起诗人情感的夜景，它从周围的环境转移到处于中心位置的观察者身上。在没有说明诗人忧愁无眠之前，诗句已经通过诗人观察夜景的事实暗示了无眠状态和无眠之苦。这样一幅场景自然让人想到旅途的孤独。

这里的第三句或"转换"句是"实接"。许多时候，在这种转换句或转换联中，确实发生了语调或观点上的变化。然而，周弼却提倡一种直线结构：主题上的细微变化，是为了扩展而不是改变诗歌的情感。第三句给出了一个寺庙的名字和地点，似乎留下一幅最直接的场景；但在第四句，随着钟声传到客船，寺庙又被带回到身边的情境中。这是一组"实"句，没有直接的主观介入（与第二句"对愁眠"形成了对照）。虽然它看起来只陈述了一个事件，但这个特定事件是有分量的，它与第一组对句形成了对抗关系（"若断实续"）：寺庙的钟声回响在这里，无处不在却无处寻觅；它提醒听者，体验与情感都是虚幻不实的，佛教所云"浮生"就是这个意思，对于一个四处漂泊的人来说，这真是一个意味深长的提醒。第二联的"实"好像远离了诗歌首联的主体性；第二联拒绝从主观上证明"实"景的出场，但这样一来，它反而表现得更加有力了。

B 虚接 Empty Continuation

谓第三句，以虚语接前二句也。亦有语虽实而意虚者，于承接之间，略加转换。反与正相依，顺与逆相应，一呼一唤，宫商自谐，如用千钧之力而不见行迹，绎而寻之，有余味矣。

An "empty continuation" refers to a case in which the third line continues the preceding two lines with "empty words". There are also cases when the concepts are "empty" (虚 *) even though the words are "solid" (实 *). In the space between receiving (承) and continuing, this somewhat strengthens the shift (转): the result is that forward movement and retrograde movement respond to one another; one calls out and the other shouts back; the *gong* and *shang* are in harmony. It is as if using enough force to bear a thousand pounds, yet no traces [of artistic manipulation] are to be seen. If you

第九章 通俗诗学：南宋和元

look into it thoroughly, you will find plenty to savor.

传统语言学中的"虚语"（以及更常见的"虚字"）相当于我们现在所谓的"虚词"（particle）。然而，在传统语言学理论中，把这类词独立出来并不是因为它们有什么语法作用，而是因为它们把主体关系渗入表达之中。按照周弼的说法，一个技术上的"实"句（即没有"虚字"）可能仍是"虚"的，因为其中包含的"意"削弱了它的"实"，增强了该场景中的强烈的主观色彩。周弼所举的对句并非都有"虚词"；但它们在表达情感或看法方面都是"虚"的。"承"专指绝句的第二句和律诗的第二联而言。

这一段假设：在绝句中，"虚"联接在"实"联之后，创造一种反正相依的和谐。第二联中的"应"具有强烈的反作用力的意味，接近英文"reaction"（反应）一词渐趋埋没的语义力量；似乎后一联的"应"在某种意义上与前一联最初的情感趋向相逆。"虚接"不露形迹，说明它很正常：其结构在预料之中，所以看似自然。

在"虚接"类诗作中，有一首由8世纪晚期诗人秦系所写的打油诗《题僧明惠房》：

檐前朝暮雨添花，
八十真僧饭一麻。
入定几时将出定，
不知巢燕污袈裟。

From dawn to dusk before the eaves
　　rain increases the flowers,
Here eighty monks of the southland
　　sup on parboiled sesame:
Now fixed in meditation, when
　　will they emerge again,

> Unaware that nesting swallows have
>
> crapped on their cassocks?

首联完全是描述性的：寺庙外与寺庙内的风景恰相对照：寺庙外是生机勃勃的春天，植物在生长、动物在吃喝排泄；而庙内则一片肃穆，庙内的僧人正在克制一切肉体的需求（虽然他们此时在吃东西，这是对肉体自然要求的让步）。第三句是一个思考行为——"入定"的和尚对外面的世界怎么能如此无动于衷？因为有思考，这个句子就变"虚"了，它暗示的是诗人的内心活动。虽然提到了外界事物，但它显然采取了一种私人视点。按照周弼的提示，"虚接"使绝句中的两联相互依存（上文引用的张继的绝句就不是这样，尽管两组对句互为补充，但它们彼此并不完全限制，可以分别加以理解）。

C 用事 Use of Reference

> 诗中用事，既易窒塞，况于二十八字之间，尤难堆叠。若不融化，以事为意，更加以轻率，则邻于里谣巷歌，可击竹而谣也，凡此皆是用事之妙者也。

> In any poem, the use of reference can cause obstructions; and this problem is all the greater when you have only twenty-eight words. It is especially difficult to use multiple references. If one does not blend the reference into the poem, and if one makes the references the main point, and further if the references are light and direct, then you will have something close to village ballads and street songs, sung to the tapped rhythm of bamboo sticks. Cases like this represent the most perfect use of references.

这一段的要点好像是说绝句太短，所以不能用老典故来说明当代的主题；如果非要用事，"事"本身就应该是诗歌的主题。这里提到的"里谣巷歌"通常指政治讽喻诗,其中的"事"通常显而易见。

D 前对 First Couplet Parallel

接句兼备虚实两体,但前句作对,而其接亦微有异焉。相去仅一间,特在乎称停之间耳。

We have given a comprehensive treatment of the two forms that differ regarding the "solidity" or "emptiness" of the third [literally "continuing"] line. When the first couplet is parallel, there is a slight difference in the quality of the third line. Though that difference is small, perfect balance depends on recognizing that difference.

下面是 9 世纪诗人高蟾所作的《旅夕》,为了不破坏首联的对偶,译文有点笨拙:

风散古陂惊宿雁,
月临荒戍起啼鸦。
不堪吟断无人见,
时复寒灯落一花。

Wind scatters over the ancient slopes,
  startling up night-lodging geese;
The moon looks down on the grass-grown fortress,
  causing to rising the cawing crows.
Done reciting my poem, I cannot bear
  how there's no one around to be seen;
Now and again the cold lamp
  lets fall a single spark.

周弼这里所谓"其接亦微有异焉"大概指反差太大,它是由散文化的第三句紧接在高度"艺术化"的首联之后造成的。上面这首诗就在主题上利用了这种反差：当高蟾提到"吟（诗）"的时候，我们可能很容易把它跟前两句联系到一起，那是非常"诗化"（poetic）的对句。最后一句的意象十分随意，与首联形成强烈对照。

E 后对 Second Couplet Parallel

此体唐人用亦少，必使末句，虽对而词足意尽，若未尝对。不然则如半截长律，皑皑齐整，略无结合，此荆公所以见诮于徐师川也。

Tang writers use this form very rarely. Even though the final couplet is parallel, carrying a sense of completion both in the words and the concept, one must make it as if it were not parallel. Otherwise it would be like an eight-line regulated verse cut in half, but with hardly any sense of conclusion [literally "trying together and uniting"]. It was for an error like this that Xu Fu made fun of Wang An-shi.

对偶句有一种内在的完结之感，即周弼这里所谓"词足意尽"。但一首诗的结尾应该是开放的、有余韵的，再者，（7世纪中期以后）诗歌很少用对偶句作结，由于这两个原因，以对偶句作结总让人觉得：它是一首更长一点的律诗的一个片段。[3]

周弼在这里选了一首王维的著名诗作《寒食汜上作》：

广武城边逢暮春，
汶阳归客泪沾巾。
落花寂寂啼山鸟，
杨柳青青渡水人。

Beside the walls of Guang-wu
　　I encounter the end of spring,

第九章 通俗诗学：南宋和元

> A traveler returning to Wen-yang
>   whose tears wet his kerchief.
> Falling flowers so silent,
>   birds crying out in the hills;
> Willows and poplars so green,
>   a person crossing the water.

王维在诗中营造了某种不稳定的完美感，但这完全不是周弼所提倡的那种退避式的对句（"若未尝对"）。虽然"渡水人"是一个得体的结句意象，但这个对句的中文句法有严格的程式，并且只适用于律诗的中间两对；也就是说，它引起了对它本身的注意。只有少数几位大诗人才谈得上在"尽"与"不尽"之间保持高度平衡；周弼列举的另外几首诗更适合他的教学需要，因为它们的要求不至于太高，有望实现。比如8世纪诗人韩翃的《宿石邑山中》：

> 浮云不共此山齐，
> 山霭苍苍望转迷。
> 晓月暂飞高树里，
> 秋河隔在数峰西。

> The floating clouds do not reach
>   level with this mountain;
> The mountain fogs are bluish grey,
>   and my gaze grows more uncertain.
> The dawn moon for a moment flies
>   among its thousand trees,
> And autumn's star river beyond it lies,
>   west of its several peaks.

最后两个类目谈音调平衡问题,我在这里把它们省略了。

二、五言律诗
Regulated Verse in the Five-Syllable Line

A 四实 Middle Couplets Solid

谓中四句皆景物而实。开元大历多此体,华丽典重之间,有雍容宽厚之态,此其妙也。稍变然后入于虚,间以情思,故此体当为众体之首。昧者为之,则堆积窒塞,寡于意味矣。

This means that the four middle lines are all things of the scene (景*—物*), thus "solid". This form is often found in the poetry of the Kai-yuan reign [713-741] and Da-li reign [766-779]. It is at its most perfect when there is a relaxed and open manner, while at the same time retaining lushness and canonical gravity. The slightest mutation (变*) will bring you into the "empty", mixing in thoughts and the affections (情*—思*). Consequently this form should be given first of all. When someone ignorant uses it, it becomes all piled up and obstructed, and is deficient in the flavor of concept (意*—味*).

把"四实"与"盛唐"(开元、天宝)连在一起,说明这是五言律诗的标准结构(或"正")。这里所说的"正"是《诗大序》意义上的"正"——"正"是文类的理想发展史中的"首"(primary)(既指它在历史上居先,也指它的权威性),其他形式都是从"正"中"变"出来的。在五言律诗这部分首先谈"四实",大概应该最先学习它。在它的完美中也有一种不稳定性:太"堆积"就会造成"窒塞",太自然了又会变得太"虚"。

周弼举了一个例子,即8世纪后半期的诗人司空曙所作的《过宝庆寺》:

第九章 通俗诗学：南宋和元

黄叶前朝事，

无僧寒殿开。

池晴龟出曝，

松暮鹤飞回。

古井碑横草，

阴廊画杂苔。

禅宫亦消歇，

尘世转勘哀。

Among yellow leaves a temple from an earlier reign,

Monkless now, its chilly halls appear,

Its pools in sunshine, turtles emerge to back,

Its pines shadowed, cranes fly turning back.

By ancient pavements a stele lies flat in the grass,

In verandas' shade paintings are mixed with moss.

Its sites of meditation are lost and gone,

And this world of dust grows ever more mournful.

B 四虚 Middle Couplets Empty

谓中四句皆情思而虚也。不以虚为虚，以实为虚，自首至尾，如行云流水，此其难也。元和以后用此体者，骨格虽存，气象顿殊。向后则偏于枯瘠，流于轻俗，不足采矣。

This means that the four middle lines all involve affections and thoughts (情*—思*) and thus are "empty". The real difficulty here lies in making your "empty" lines not simply "empty"; instead you should make solid lines "empty", so that beginning to end they are like drifting clouds or flowing water. Among those who used this form since the Yuan-he reign [806-820], even though the basic manner [literally "bone structure", 骨*—格*] survived, the atmosphere (气*—

559

象 *) suddenly was altered. As time passed, the form tended to be a bare dryness on the one side, and on the other side, drifted in to a lightness and low manner. Nothing of this sort is worth anthologizing.

在周弼对"四实"与"四虚"的描述中,暗含着类型变化的理想顺序:从"正"即有活力的"实",发展到可以接受的"变"(在那里,"以实为虚")。变化一旦开始,就不可避免地走向纯粹的"虚"——只描述诗人情思的诗。"虚"的对句有议论化的倾向,容易滑向两种危险:一是"枯瘠"(就情思写情思,不能把情思与感性世界联系起来);二是"轻俗"(风趣+闲聊+白话虚词)。"四虚"的最初形态、可以接受的变体以及退化后的形式都具有同样的"骨格":"实"与"虚"各占一半。然而,后两种变体所营造的情绪或"气象"却与最初形态完全不同。

戴叔伦(8世纪后期)《除夜宿石头驿》是"四虚"体的一个很好的例子:中间四句是明显的"虚"句,直接点明了主体性。

> 旅馆谁相问,
> 寒灯独可亲。
> 一年将尽夜,
> 万里未归人。
> 寥落悲前事,
> 支离笑此身。
> 愁颜与衰鬓,
> 明日又逢春。

In this inn none concern themselves with me,
The cold lantern is my only friend.
The night when soon a whole year will be done,
The person's thousand mile return not yet made.
In dreariness I grieve at what happened before,

第九章 通俗诗学：南宋和元

> In separation I laugh at this body of mine.
> Whose melancholy face aging hair
> Tomorrow morning meet spring once again.

在"四虚"这一条，周弼还选了常建（8世纪中期）的著名作品《题破山寺后禅院》。这首诗大概确实是一个"以实为虚"的好例子。中间两联直截了当，虽然从技法上来说是"实"的，却暗示出诗人的活动和参与，这就赋予了这首诗一种不同的基调，跟它相比，司空曙那首《过宝庆寺》的中间二联就显得支离破碎了。

> 清晨入古寺，
> 初日照高林。
> 竹径通幽处，
> 禅房花木深。
> 山光悦鸟性，
> 潭影空人心。
> 万籁此俱寂，
> 但余钟磬音。
>
> In the clear dawn I entered the ancient temple,
> As first sunlight shone high in the forest.
> A winding path led to a hidden spot,
> Mediation chamber deep in the flowering trees.
> Mountain light cheers the hearts of its birds,
> The pool's reflection void the human heart.
> Nature's million sounds all grow silent here,
> I only hear the tone of the temple bell.

（第二联并不是完美的对偶句。）

C 前虚后实 Second Couplet Empty, Third Couplet

谓前联情而虚，后联景而实。实则气势雄健，虚则态度谐婉，轻前重后，剂量适均，无窒塞轻俗之患，大中以后多此体。至今宗唐诗者尚之，然终未及前两体浑厚，故以其法居三，善者不拘也。

This means that the second couplet concerns the affections (情 *) and thus is empty; the third couplet concerns the scene (景 *) and thus is solid. Where it is solid, the momentum (势 *) of the *qi** is vigorous and sturdy. Where it is empty, the manner is flexible and harmonious. First the light, then the heavy—a perfect balance that gives none of the problems either of obstruction or of lightness and a low manner. This form has been found often in poetry since the Da-zhong reign [847-859], and even now it is esteemed by those who take the Tang as their model. But in the final analysis, it cannot match the two preceding forms in richness and undifferentiation; thus I have placed it third. True masters will not be confined to it.

周弼把"前虚后实"体出现的时间确定在"大中以后"，这表明周弼的许多同时代人遵循的是晚唐模式。每一种形式都力求达到"实"与"虚"之间的恰当平衡。前两种形式的任务更艰巨：给"实"注入流动性，给"虚"增添某种确定感。"前虚后实"要解决的是平衡的问题，但解决方案却是公式化的；按照这个公式，诗人也可能获得某种程度的成功，但意义不大，不如掌握前两种形式那么有成效。

D 前实后虚 Second Couplet Solid, Third Couplet Empty

谓前联景而实，后联情而虚。前重后轻，多流于弱，唐人此体最少。必得妙句不可易，乃就其格，盖发兴尽，则难于继。后联稍间以实，其庶乎。

第九章　通俗诗学：南宋和元

> This means that the second couplet is of the scene, thus solid; the third couplet is of the affections, thus empty. When you have first the heavy, then the light, you often drift into weakness. This form appears rarely among the Tang writers. Turn to this structure (格 *) only when you have perfect couplets that cannot be changed. When the initial stirring (兴 *) is ended, it is hard to keep going. It works best when something of the solid is mixed into the third couplet.

这里说唐代诗人很少使用此体，这显然不符合事实。周弼的说法让我们觉得他从观念上比较反感这个形式，好像从"实"到"虚"必然越来越虚弱。既然律诗的第四联即最后一联差不多总是"虚"的（尽管不是在作诗体而是在答诗体里），那么，这个观点（不应该"以虚接实"）就是站不住脚的。

E 一意 Unity of Concept

> 唯守格律，揣摩声病，诗家之常。若时出度外，纵横于肆，外如不整，中实应节时，又非造次所能也。

> The constant principle for a poet is simply to observe the set patterns and pay heed to tonal faults. If, however, from time to time he exceeds the measure, going wherever he pleases, the exterior may seem improper, but the inner substance (实 *) responds to the rhythm. This cannot be done haphazardly.

这段文字并不是说体制完美的律诗就不需要一以贯之的"意"，而是说"意"在展开的过程中，有可能给诗作一种内在的统一性，即使该诗不合体制要求。这一条等于基本承认，不合体制要求也可以成就伟大的诗。这里编选的四首诗的前两首都出自盛唐大诗人之手，这绝非偶然。

在"一意"中选录的第一首诗是王维的《终南别业》。这首诗既违背了对偶原则（第二联），也不太合辙押韵，以至于它经常被认为是"古风"而不是律诗。周弼把这首诗归入五言律诗部分，说明他所理解的五言律诗比较宽泛——只要"听起来像"律诗就行。

中岁颇好道，
晚家南山陲。
兴来每独往，
胜事空自知。
行到水穷处，
坐看云起时。
偶然值林叟，
谈笑无还期。

In my middle years I grew very fond of the Way,
And late made my home by South Mountain's edge.
When the mood came upon me, I'd always go off alone;
I experienced scenic splendors for myself alone;
I walked on to the place where the waters ended,
Sat and looked on the moments when clouds rose.
By chance I would meet an old man of the woods;
We'd chat and laugh, delaying my time of return.

F 起句 The Opening lines

发首两句，平稳者多。奇健者，予所见惟两篇，然声大重，后联难称。后两篇发句亦佳，声稍轻，终篇均停，然奇健不及前两篇远矣。故著此为法，使识者自择焉。

The two lines that begin a poem are usually even and steady. I have seen only two pieces in which the beginning was remarkably forceful. Nevertheless, when the [initial] sound is too strong, the later couplets have difficulty maintaining balance. In the second pair of poems [of the four included in this section in the anthology], the opening lines are also excellent, but their tone is somewhat muted; and these poems, as wholes, are in perfect balance. But in remarkable forcefulness they come nowhere near the first pair of poems. Thus in following this model (法*, "rule"), I suggest that those who understand choose for themselves.

G 结句 The Closing Lines

结句以意尽而宽缓，能跃出拘挛之外，前辈谓如截奔马。予所得，独此四首足见，四十字，字字不可放过也。

In the closing lines, the concept (意*) is used up and the poem relaxes; but still the lines are able to leap beyond all boundaries and constraints. Someone of an earlier generation said this was like abruptly halting the movement of a galloping horse. Of the poems I know, only the four following [in the anthology] are worth showing. In each there are forty words, but of those forty words not a single one can be overlooked.

周弼的诗歌鉴赏力经常是有问题的，但很少像编选在这两条下面的八首诗歌这样误导：这些诗歌非常一般，尽管周弼把它们捧得很高。这些诗都出自小诗人之手；在这部选集中其实有许多诗歌的起句与结句都远比它们出色。周弼把"起句"和"结句"单列出来，确实意义重大。起句太强的确容易破坏诗歌整体的平衡；而理想的结句应该让全诗的节奏放缓，既要有结束之感，又不乏暗示性，读后余音缭绕。

H 咏物 Poems on Things

随寓感兴而为诗者易，验物切近而为诗者难。太近则陋，太远则疏，此皆于和易宽缓之中精切者也。

It is easy to write a poem responding to one's stirrings (感 *—兴 *), and following the thing in which those stirring find a lodging. But, it is hard to write a poem examine the things themselves and keeping close to them. If too close to the thing, the work is crude; if too far, then the work is too aloof. The following poems all get to the essence in a relaxed and easy manner.

这段解说文字反映了宋人在世间万物中寻找"物性"（thingliness）的情趣：很难就物写物。最方便的选择是那种较传统的模式：按照那个模式，只有当"物"引发或传递了人类感情时，它才值得关注。物与"感兴"之间的联系经常被说成是"寓"情于物，即借物言情。

这里选编了一首盛唐诗人储光羲的《咏山泉》(又作《山中流泉》)，该诗很好地说明了周弼提出的问题。

山中有流水，
借问不知名。
映地为天色，
飞空作雨声。
转来山涧满，
分出水池平。
恬淡无人见，
年年长自清。

There is a stream that flows in the mountain;
One may ask, but I don't know its name.
Shining on ground, it gives the sky's color;
Falling through sky, it makes rain's sound.
It comes bending, more full from a deep brook,

第九章 通俗诗学：南宋和元

> Branches off, level in a small pool.
> Limpid and unruffled, seen by none,
> Every year it is always pure.

这首诗写山泉，但"山泉"被赋予了某种特性，这使它可能被视为隐士的象征。的确，日本僧人西山宗因❶1637年的注释本认为，这里的山泉是智慧的比喻[4]。也许这样说更恰当：周弼建议咏物诗应介于"物性"与人的生活情境之间。

"三体诗"的第三体是七言诗：周弼对待七言诗的态度与他对待五言诗的态度基本相同。他处处要读者回头参考他在五言诗中的说法；另外再补充一些只适合七言诗的内容：七言诗的长度使其不可能绝对"实"，也不可能绝对"虚"。

杨载《诗法家数》

诗歌写作手册（我们统称为"诗法"）是论文学的一种流行形式，属于"低级"批评类型。这一类手册的文本经常讹误迭出，这说明商业出版的草率；作品的归属也往往成问题；它们的内容经常是大杂烩：或者是一些老生常谈式的经验谈，或者是擅自搬用别人的观点，或者二者兼而有之。这一类作品往往精心安排结构，让读者感到它们是有系统的。

尽管有大量缺点，但这一类诗歌手册还是教了我们许多关于诗歌学习的情况；阅读与写作是分开的；写作课通常以解释早期诗歌技法为基础。诗法的作者经常以一种权威的、师长式的语气说话；俨然洞悉全部"行业秘诀"——价值轻重、禁忌、各种变体以及技法。另外，诗歌手册也教给我们若干古典时代晚期（late classical）诗学中的行业用语。我下

---

❶ 西山宗因（1605~1682），日本俳人，连歌诗的代表，"谈林派"创始人。

面选译了一部 14 世纪出现的诗法作品，有许多令人信服的理由说明它的作者是杨载（1271—1323）——元代古典诗风的重要代表。这部《诗法家数》算得上诗法类作品的一个代表作。

《历代诗话》包括《诗法家数》，还包括另外两部有关诗歌技法的专著。后两部的作者是范梈（1272—1330，又以"范德机"知名）：一部是《木天禁语》，主要由技法条目和范例组成；另一部是《诗学禁脔》，由示范性诗作及其结构分析组成。

序言
Introduction

夫诗之为法也，有其说焉。赋比兴者，皆诗制作之法。然有赋起，有比起，有兴起，有主意在上一句，下则贴承一句，而后方发出其意者；有双起两句，而分作两股以发其意者；有一意作出者；有前六句俱若散缓，而收拾在后两句者。

There are various theories about rules (法 *) in poetry: exposition (赋), comparison (比 *), and affective image (兴 *) are all rules in the construction of poetry. There may be an expository beginning, a beginning with a comparison, and a beginning with *xing**. There are cases when the dominant concept (意 *) is in the first line; next will come a line that keeps closely to the first line; and only thereafter does one develop the concept. In other cases, there is a double beginning with a matched pair of lines that divide into two legs which develop the concept. In still other cases, a single concept is developed all the way through. And in still other cases, the first six lines will seem wandering and disparate, but they will be drawn together in the last two lines.

第九章　通俗诗学：南宋和元

这里讨论了诗句的排列结构。有关"赋比兴"的问题可以参见本书第二章。上文描述的第一种情况似乎是：主题在第一句就表露无遗，然后在第二句受到限制，到第三句开始正式展开。第二种结构类型比较有趣，它是散文与诗歌展开主题的最古老形式：如果A、B两种因素构成了一对复合主题AB（例如"山水"），那么诗歌就可以按下列结构展开：AB，AA，BB……或AB，AB，AB……

* * *

诗之为体有六：曰雄浑，曰悲壮，曰平淡，曰苍古，曰沉着痛快，曰优游不迫。

Poetry has six normative forms (体 *): 1) potent and undifferentiated; 2) resolute melancholy (悲—壮); 3) limpidity (平—淡); 4) hoary antiquity (苍—古); 5) firm, self-possessed, and utterly comfortable; 6) straightward and carefree.

第一体"雄浑"在司空图《二十四诗品》中也是第一品。最后两体即《沧浪诗话》所说的"其大概有二"。

* * *

诗之忌有四：曰俗意，曰俗字，曰俗语，曰俗韵。

The things to be shunned in poetry are four: 1) uncouth concepts, 2) uncouth words, 3) uncouth diction, 4) uncouth rhymes.

参见《沧浪诗话》第三章第一部分。

* * *

诗之戒有十：曰不可硬礤人口，曰陈烂不新，曰差错不贯串，曰直置不宛转，曰妄诞事不实，曰绮靡不典重，曰蹈袭不识使，曰秽浊不清新，曰砌合不纯粹，曰徘徊而劣弱。诗之为难有十：曰造理，曰精神，曰高古，曰风流，曰典丽，曰质干，曰体裁，曰劲健，曰耿介，曰凄切。

Ten things are to be warned against in poetry. One may not 1) block up the mouth [i.e., cacophony?]; 2) be overripe and lack freshness; 3) be all topsy-turvy with no continuity; 4) proceed on too straight a course with no graceful swerves; 5) talk wildly about matters that are not factual (事 *); 6) write with a sensual delicacy that classical gravity; 7) imitate without knowing how to make good use [of an earlier work]; 8) be all with no clarity; 9) pile things up, missing the true essence; 10) be weak, uncertain, and full of hesitation.

Poetry has ten areas of difficulty: 1) informing principle (理 *); 2) spirit (精—神 *); 3) lofty antiquity; 4) gallantry (风 *—流 *, a quality combining sensibility, amorousness, and hot-ended belligerence); 5) canonical richness (典—丽 *); 6) a substantial trunk (质 *—干); 7) constructing normative form (体 *—裁); 8)sturdiness; 9) resoluteness and magnanimity; 10) piercing desolation.

请注意，性质完全不同的问题在这里被不加区分地混合在一起，比如一般性问题（1—2），类型问题（3—5，8—10）以及纯粹的技法问题（6—7）。

* * *

大抵诗之作法有八：曰起句要高远，曰结句要不着迹；曰承句要稳健；曰下字要有金石声；曰上下相生；曰首尾相应；曰转折要不着力；曰占地步，盖首两句先须阔占地步，然后六句若有本之泉，源源而来矣。地步一狭，譬犹无根之潦，可立而竭也。今之学者，倘有志乎诗，须先将汉魏盛唐

第九章 通俗诗学：南宋和元

诸诗，日夕沉潜讽咏，熟其词，究其旨，则又访诸善诗之士，以讲明之。若今人之治经，日就月将，而自然有得，则取之左右逢其源。苟为不然，我见其能诗者鲜矣！是犹孩提之童，未能行者而欲行，鲜不仆也。

There are eight general rules to consider in composition: 1) the beginning lines should be lofty and far-reaching; 2) the closing lines should not get stuck in their tracks [i.e., should allow for continuing associations]; 3) the second couplet (承) should be stable and sturdy; 4) you should have the sound of metal and stone in your use of words; 5) what precedes must generate what follows; 6) head and tail should respond to one another; 7) the turning [转, the third couplet] should not show effort; 8) you should have secure mastery of the area through which you move. We may say that the first two lines should first secure a broad area through which to move, and only then will the next six lines be like a spring with a source, pouring from its fountainhead. If the area through which you move is too narrow, it will be like a trickle without any origin; it can dry up in a moment.

Should some modern student set his mind (志*) on poetry, he should first take all the poetry of the Han, Wei, and High Tang, then chant those poems thoughtfully both day and night. When he is thoroughly familiar with their words and has thought seriously about their implications, he may seek out experts in poetry with whom to discuss and elucidate the poems, just as today people study the Classics. As he progresses from day to day and from month to month, if something comes to him naturally then he should use it. If he does not do this, then rarely, I think, will he succeed in becoming adept at poetry. Such a person is just like a babe in arms who wants to walk but is not yet able: rarely will that babe avoid falling flat on his face.

第二段的前面部分其实只是重新表述了《沧浪诗话》中的学诗程序。

* * *

余于诗之一事，用工凡二十余年，乃能会诸法，而得其一二。然于盛唐大家数，抑亦未敢望其有所似焉。

For more than twenty years I have devoted my single-minded efforts to poetry, and now I comprehend all the rules and succeed in one or two. Nevertheless, I still dare not even hope to reach anything even close to the masters of the High Tang.

诗学正源
The True Source of the Study of Poetry

风雅颂赋比兴

诗之六义，而实则三体。风雅颂者，诗之体。赋比兴者，诗之法。故赋比兴者，又所以制作乎风雅颂者也。凡诗中有赋起，有比起，有兴起。然风之中有赋比兴。雅颂之中亦有赋比兴。此诗学之正源，法度之准则。凡有所作，而能备尽其义，则古人不难到矣。若真赋其事，而无优游不迫之趣，沉着痛快之功，首尾率直而已，夫何取焉？

Airs Odes Hymns Exposition Comparison Stirring (affective image)

These are the "Six Principles", but in fact three are normative forms (体*) of poems: Airs, Odes and Hymns are the normative forms of poetry; Exposition, comparison, and *Xing** are also means by which one can compose in the forms Airs, Odes, and Hymns. In all poems, there can be an opening with exposition, an opening with comparison, or an opening with *Xing**. All three occur in the Airs; all three occur likewise in the Odes and Hymns. This is the

第九章　通俗诗学：南宋和元

true source for the study of poetry and standard for all rules and regulations. If you can fulfill these principles (义 *) anywhere in your writing, then the ancients are not hard to reach. If you just give straight exposition of some matter, you will lack the excitement (趣 *) of being "firm, self-possessed, and utterly comfortable"—if all it does is go straight through from beginning to end, what is worth considering in it?

下面的部分才让我们看到了通俗诗学手册的真正风貌。它们既不是文学理论也不是文学批评，只是文学教学。一系列标题都涉及传统诗歌写作领域。在这些标题之下，我们可以看到一个松散的大杂烩：各种类型、箴言与告诫，以及在恰当的地方随手增添的评论。虽然译文很粗，但仍比原文通顺；在原文中，所有的句子都混杂在标题里。你可以想象一个老师为学生列出需要记住的东西，时不时在某处补充一句："尤其要注意这一点！"

作诗准绳
The Measuring Tape for Writing Poetry

立意
要高古浑厚，要气概，要沉着。忌卑弱浅陋。
Establishing the Concept
It must be lofty and ancient, rich and undifferentiated, with a standard of *qi**; it must be firm and self-possessed, shunning weakness, shallowness, and baseness.

炼句
要雄伟清健，有金石声。

Refining Lines

It must be potent and grand, clear and sturdy, having the sound of metal and stone.

琢对

要宁精毋弱，宁拙毋巧，宁朴毋华。忌俗野。

Polishing Parallelism

It is better coarse than weak, better [honestly] clumsy than artful, better plain than flowery; but shun uncouthness and rusticity.

写景

景中含意，事中瞰景，要细密清淡。忌庸腐雕朽。

Describing Scene

Concept held in reserve within the scene; peering at the scene through some event (事 *). It must be fine and dense, clear and limpid; shun the commonplace and overwrought.

写意

要意中带景，议论发明。

Describing Concept

It must be so that concept bears the scene (景 *) within it; discursiveness clarifies.

书事

大而国事，小而家事，身事，心事。

Writing of an Event

On a large scale, there are national affairs (事 *); on a small scale, there are family affairs, affairs pertaining to oneself, affairs pertaining to the heart /mind.

用事

陈古讽今，因彼证此，不可着迹，只使影子可也。虽死事亦当活用。

Use of Reference[5]

Set forth antiquity to criticize (风*) the present; use one thing to prove another; don't show your tracks—it's all right if you give a shadow; though it be a dead reference, it can be used in a lively way.

押韵

押韵稳健，则一句有精神，如柱磉欲其坚牢也。

Choice of Rhymes

If the choice of rhyme is stable and sturdy, the whole line will have spirit (精—神*)—like the base of a column, you want it to be firm.

下字

或在腰，或在膝，在足，最要精思，宜的当。

Placing Words

It may be in the waist, in the knee, or in the foot [position within a single line]; most of all think carefully here; it must be just right.

律诗要法

The Essential Rules of Regulated Verse

起承转合

Opening, Continuing, Turning, Drawing Together

"起承转合"指律诗的四联或绝句的四句,这是根据各句的功能来命名的。

破题

或对景兴起,或比起,或引事起,或就题起。要突兀高起,如狂风卷浪,势欲滔天。

Broaching the Topic (first couplet)

It may begin with a *Xing** facing a scene; it may begin with a comparison (比*); it may begin with a reference (事*, or "an event", something happening); it may begin by taking up the title. It must heave up high and far, like a hurricane rolling up the weave, its momentum (势*) ready to sweep over the heavens.

颔联

或写意,或写景,或书事、用事引证。此联要接破题,要如骊龙之珠,抱而不脱。

Jaw Couplet (the second couplet)

It may describe a concept (意*), or a scene, or an event, or make a reference, or prove something. This couplet should connect to broaching the topic [i.e., the first couplet]. It should be like the pearl of a black dragon, held tight and not allowed to slip away.

颈联

或写意、写景、书事、用事引证,与前联之意相应相避。要变化,如疾雷破山,观者惊愕。

Neck Couplet (third couplet)

It may describe a concept, or a scene, or an event, or make a reference, or prove something. It responds to but swerves away from the concept of preceding couplet. It should be a transformation, like a sudden peal of thunder breaking over the mountains—all onlookers are startled and terrified.

结句

或就题结，或开一步，或缴前联之意，或用事，必放一句作散场，如剡溪之棹，自去自回，言有尽而意无穷。

Concluding Lines

It may tie up the topic, may step off in a new direction, may shoot like a stringed arrow back into the concepts of the preceding couplets, or may make a reference. One must set at least one line free as a place for dispersal: like a rowboat on Shan Creek, going off on its own or turning around on its own—the words are over, but the meaning (意 *) is endless.

七言

声响，雄浑，铿锵，伟健，高远。

The Seven-Character Line

Resonance potent, undifferentiated, ringing, grand and sturdy, lofty and far-reaching.

五言

沉静，深远，细嫩。

The Five- Character Line

Brooding and still, deep and far-reaching, delicate and tender.

最常见的诗句长度就是五言与七言，杨载这里只简单地列举了它们的传统特性。这些特性有些互补，有些则互相排斥。它们大概是一个学生应该追求的品质。列过这些条目之后，杨载简单讨论了一般性的诗歌结构问题。

* * *

  五言七言，句语悬殊，法律则一。起句尤难，起句先须阔占地步，要高远，不可苟且。中间两联，句法或四字截，或两字截，须要血脉贯通，音韵相应，对偶相停，上下匀称。有两句共一意者，有各意者。若上联已共意，则下联须各意。前联既咏状，后联须说人事。两联最忌同律，颈联转意要变化，须多下实字。字实则自然响亮，而句法健。其尾联要能开一步，别运生意结之，然亦有合起意者，亦妙。

  诗句中有字眼，两眼者妙，三眼者非，且二联用连绵字，不可一般。中腰虚活字，亦须回避。五言字眼多在第三，或第二字，或第四字，或第五字。

  Although lines of five and seven characters have different numbers of words in a line, the same rules apply it both. The opening lines are the hardest, for in the opening line one must secure a broad area through which to move: it must be lofty and far-reaching, and one cannot achieve this improperly. As for the two middle couplets, one may group the characters in twos or fours, but what is essential is that the blood vessels run through them [i.e., it should have animate continuity], that the sounds respond to one another [i.e., it should achieve tonal balancing and general euphony], that parallel constructions hold one another steady, and that what precedes and what follows be in balance. Sometimes two lines share a single concept (意 *); sometimes each line has its own concept. But if the first of the middle couplets shares a concept between its two lines, then the second of the middle couplets must allot a separate concept for each of its lines. If the first of the middle couplets sings of the manner of things, then the second of the middle couplets must speak of some matter (事 *) involving humanity. What should most be shunned is both of the middle couplets' being of the same mold. What the "neck couplet" [third couplet] turns the concept (转—意 *) and brings about a metamorphosis (变 *—化 *), one should use many solid (实 *) words: if the words are solid, it will be naturally resonant, and the line construction (句—法) will be sturdy. The final couplet ought to set off in another direction and conclude the piece by infusing it with the opening couplet, then this is finesse (妙 *).

In a line of poetry there are "eye-words"(字—眼) [strong words, usually verbs, that carry a special stylistic force]. To have a pair of eye words is finesse; but three eye words won't do. And one cannot use binomes in the same way in two couplets; there one should also avoid empty words (虚—字) [i.e., particles] and "active" words (活—字). In a five-syllable line, the eye is usually in the third position, but it may also occur in the second, fourth and fifth position.

杨载列举了许多诗句，其中的"诗眼"在一句诗中的不同位置。我这里省略了。

* * *

杜诗法多在首联两句，上句为颔联之主，下句为颈联之主。

The rule (法 *) in Du Fu's poetry is that the first line of the first couplet governs the second couplet, while the second line of the first couplet governs the third couplet.

就杨载之前的唐诗语境而言，这一段标志着杜诗的正规训练与保守主义。其结构为：AB, AA, BB……

* * *

七言律难于五言律，七言下字较粗实，五言下字较细嫩。七言若可截作五言，便不成诗，须字字去不得方是。所以句要藏字，字要藏意，如联珠不断，方妙。

Regulated verse in the seven-character line is more difficult than regulated verse in the five-character line. In the seven-character line, the choice of words tend to be rough and substantial (诗 *); in the five-character line, the choice of words tends to be fine and delicate. If a part of a seven-character line can be cut out to make a five-character line, then the poem is imperfect. A poem is just right only when no word can be deleted. Thus a line should hide its words, and the words should hide their concept (意 *). It has the greatest finesse (妙 *) when it is like and an unbroken string of pearls.

古诗要法
The Essential of Old-Style Verse

凡作古诗，体格、句法俱要苍古，且先立大意，铺叙既定，然后下笔，则文脉贯通，意无断续，整然可观。

Whenever one writes old-style verse, both the structure of the form (体 *— 格 *) and the construction of lines (句 *— 法 *) must be in the ancient manner. First of all, one establish the overall concept (大—意 *); then, only after one has determined how it should be developed, should one set one's brush to paper: then the veins of the writing will be unified (贯一通), there will be no discontinuities in the concept; and in its correctness, it will be worth consideration.

五言古诗
Old-Style Poetry in the Five-Character Line

> 五言古诗，或兴起，或比起，或赋起。须要寓意深远，托词温厚，反复优游，雍容不迫。或感古怀今，或怀人伤己，或潇洒闲适。写景要雅淡，推人心之至情，写感慨之微意，悲欢含蓄而不伤，美刺婉曲而不露，要有三百篇之遗意方是。观汉魏古诗，蔼然有感动人处，如古诗十九首，皆当熟读玩味，自见其趣。

Old-style poetry in the five-character line may begin with a *Xing**, a comparison (比*), or with straight exposition (赋). It is necessary that the concepts be lodged deep and far, and that the diction (词*) be gentle and gracious; it moves back and forth with ease, stately and never pressed. One may be stirred by antiquity and thus think on the present; one may think on others and fell pain for oneself; one may be cool, aloof, and self-content. Description of the scene must be graceful (雅*) and limpid; one investigate the ultimate affections (情*) of the human mind; one describes the subtle thought (意*) in strong emotions. Sorrow and grief are held in reserve (含—蓄) and no pain is expressed; praise and attack are indirect and not obvious; it is correct when one has the concepts that have come down to us from the *Book of Songs*. Consider those places in the old-style poems of the Han and Wei that stir people to swelling emotion. Works like the "Nineteen Old Poems" [a group of anonymous works probably dating from the second century] should be read thoroughly and their flavor enjoyed-you will perceive the flair (趣 *) in them quite naturally.

七言古诗
Old-Style Poetry in the Seven-Character Line

七言古诗，要铺叙，要有开合，有风度，有迢递险怪，雄俊铿锵，忌庸俗软腐。须是波澜开合，如江海之波，一波未平，一波复起。又如兵家之阵，方以为正，又复为奇，方以为奇，忽复是正。出入变化，不可纪极。备此法者，惟李杜也。

Old-style poetry in the seven-character line should unroll [a term for linear exposition related to *fu*]; it should have its opening and its drawing together; it should have style; it should pass far into the distance, be daring and strange, potent and grand in its ringing. Shun the commonplace, weak, and worn out. It should have wavelike opening and comings together, just like the waves of the rivers and the sea: before one wave is stilled, another rises. Also it is like military formations: first it is normal (正 *), then unconventional; and no sooner has it become unconventional than it is normal again. Emerging from and entering again into transformation (变 *—化 *), its limits cannot be reckoned. Only Li Bai and Du Fu have achieved the fullness of this rule. [The opening and drawing together are dazzling; the tones and rhymes are singing; the rules are dark and mysterious; spirit-thought goes far; learning is full; the argument is transcendent.] [6]

第九章　通俗诗学：南宋和元

绝句
Quartrains

绝句之法，要婉曲回环，删芜就简，句绝而意不绝，多以第三句为主，而第四句发之。有实接，有虚接，承接之间，开与合相关，反与正相依，顺与逆相应，一呼一吸，宫商自谐。大抵起承二句固难，然不过平直叙起为佳，从容承之为是。至如宛转变化工夫，全在第三句，至于此转变得好，则第四句如顺流之舟矣。

The rules of the quatrain demand sinuousness and circling, cutting away all unnecessary growth for the sake of concision, with the result that the lines break off [句—绝, inverting the generic name *jue-ju*], but the meaning (意*) does not break off. Usually the third line is the dominant, and the fourth line develops it. There is a distinction between the "solid continuation" (实*—接) and the "empty continuation" (虚*—接), and in the relation between with drawings together, forward motions and reversals depend on one another, sequential movement and retrograde movement respond to one another, one calls out while another draw in, the notes *gong* and *shang* are in harmony. Generally speaking, the first and second lines are the hardest; nevertheless, excellence may be attained by nothing more than opening with a straightforward exposition, after which a relaxed second line is correct. The skill of sinuousness and transformation resides entirely in the third line. If the turn or transformation (转—变*) is well executed, then the fourth line will like a boat following the current.

参见周弼在"绝句"部分对"虚接"的讨论。

论过绝句之后，杨载用了很长的篇幅讨论各类场景的写作规范和处理方式。下面这一段就是其中一例。

登临
Climbing a High Place and Looking Out

登临之诗，不过感今怀古，写景叹时，思国怀乡，潇洒游适，或讽刺归美，有一定之法律也。中间宜写四面所见山川之景，庶几移不动。第一联指所提之处，宜叙说起。第二联合用景物实说。第三联合说人事，或感叹古今，或议论，却不可用硬事。或前联先说事感叹，则此联写景亦可，但不可两联相同。第四联就题主意发感慨，缴前二句，或说何时再来。

Poems on climbing high places and looking out confine themselves to being stirred by the present while thinking on the past, describing the scene and reacting to the scene, thinking of the state and longing for one's home, the dispassionate contentment of rambling, or perhaps criticism to reform a person's behavior—this form has determinate rules (法 *—律). In such a poem, the poet should describe the scene (景 *) of the mountains and rivers all around him, virtually to the point that nothing in the scene could be moved. The first couplet makes reference to the places stated in the title, and one should begin by saying something about that. The second couplet uses the things of the scene (景 *—物 *), drawing them together in solid (实 *) discourse. The third couplet draws the above together with discourse in human affairs, or with an emotional reaction to past and present, or with some discursive proposition; one cannot, however, get into strident moralizing. If the second couplet has already treated the emotional reaction to events, then it is all right to describe the scene in the third couplet; but the two middle couplets must not be the same. The fourth couplet gives an emotional response to the dominant concept (主—意 *) of the title, at the same time shooting a connection back into the two preceding lines—or you can say simply "When will I come again?"

杨载毫不尴尬、直截了当地道出了一种亚文类即"登临诗"的常规组成部分。初学者需要知道在特定情境中该说什么（或不该说什么），这一段刚好满足了这种需要。

最后的《总论》把各种观点汇集在一起，其中许多内容流传一时。

总论（选）
General Discussion [Selections]

诗"要有天趣"，不可凿空强作，待境而生自工。或感古怀今，或伤今思古，或因事说景，或因物寄意，一篇之中，先立大意，起承转结，三致意焉，则工致矣。结体、命意、炼句、用字，此作者之四事也。体者，如作一题，须自斟酌，或骚，或选，或唐，或江西。骚不可杂以选，选不可杂以唐，唐不可杂以江西，须要首尾浑全，不可一句似骚，一句似选。

Poetry [should have a natural excitement (趣 *), It] cannot be forced out of pure speculation: it becomes spontaneously well-wrought if one waits for it to arise out of the world at hand (境 *)[7]. One may be stirred by the past and think on the present; one may be distressed by the present and long for the past; one may speak of a scene (景 *) through some event (事 *); one may lodge one's concepts (意 *) in some thing (物 *). In a single work, first establish the general idea (意 *), and bring in the concept again and again through all four couplets; if you do this, the work will be finely done. The four tasks of a writers are: 1) constructing form, 2) commissioning concept, 3) refining lines, and 4) choosing words. As for form (体 *), when you take a topic, you must determine whether it is to be in the Sao mode, or in the *Wen xuan* mode, or in the Tang mode, or in the Jiang-xi mode. But the Sao mode cannot be mixed with the *Wen xuan* mode; the *Wen xuan* mode cannot be mixed with the Tang ; and the Tang cannot be mixed with the Jiang-xi. It must be fused as a whole from beginning to end: you cannot have one line here like the Sao and another line there like the *Wen xuan*.

"骚体"指楚辞体；《文选》是最著名的唐前诗歌选集。江西诗派是12世纪最重要的诗歌团体，其诗人的创作实践大致遵循黄庭坚的模式。具有讽刺意味的是，黄庭坚自己的创作就是巧妙混合了上述各种模式——而这恰恰是杨载所禁止的。

* * *

诗要铺叙正，波澜阔，用意深，琢句雅，使字当，下字响。观诗之法，亦当如此求之。

In poetry it is necessary that the exposition be normative [正 *, straight as opposed to inverse], the waves must stretch broadly, the concept must be deep, the refinement of lines must stretch broadly, the use of words must be apt, and the positioning of words must be resonant. In this manner the rules of poetry should be sought.

凡作诗，气象欲其浑厚，体面欲其宏阔，血脉欲其贯串，风度欲其飘逸，音韵欲其铿锵，若雕刻伤气，敷演露骨，此涵养之未至也，当益以学。

第九章　通俗诗学：南宋和元

In all writing of poetry, the atmosphere (气—象*) should be rich and undifferentiated, the face of the form should be vast, the veins and arteries should be continuous all the way through, the style (风*—度) should drift along calmly without anxiety, the tones and rhymes should ring. If you harm the *qi** by excessive craft or expose the bone (骨*) by blatant exposition, this is because you have not reached the final stage of careful nurturing—it must be ameliorated.

诗要首尾相应，多见人中间一联，仅有奇特，全篇凑合，如出二手，便不成家数。此一句一字，必须着意联合也，大概要沉着痛快优游不迫而已。

In poetry the beginning and the end must respond to one another. One will often see an absolutely marvelous couplet being circulated; but if we consider the coherence of the work as a whole, it seems to come from two different hands. This will not make a master. In every word and in every line, one must pay close attention to unifying—that overall principle that one must be either "firm, self-possessed, and utterly comfortable" or "straightforward and carefree".

语贵含蓄。言有尽而意无穷者，天下之至言也。如《清庙》之瑟，一唱三叹，而有遗音者也。

In diction value "holding in reserve" (含—蓄). "The words are used up, but the concept never ends" is the most perfect saying in the world. Like the zither in the "Pure Temple" [of the *Book of Songs*], "one person sings, and three sigh in response—there are tones that are omitted".

本段前半部分是诗歌理论的一个套话，其源头是著名的《沧浪诗话》；后半部分则摘自《乐记》。

* * *

诗有意格。意出于格，先得格也；格出于意，先得意也。意格欲高，句法欲响，只求句字末矣。

Poetry has concept (意*) and manner (格* or "fixed manner"). When the concept emerges from ge*, one first of all attains the ge*. When ge* emerges from concept, then first of all one attains the concept. Both concept and ge* should be lofty; the construction of lines (句—法*) should be resonant; the least important thing to do is to seek the words for the line.[8]

诗有内外意，内意欲尽其理，外意欲尽其象，方妙。

Poetry has internal and external meaning (意*, concepts). The internal meaning should exhaust principle (理*); the external meaning should exhaust image (象*). The greatest finesse (妙*) is shown when both inner and outer meaning are kept in reserve (含—蓄).

"内意"似乎指意思上的连贯；"外意"指实际景物的连贯。

* * *

诗结尤难，无好结句，可见其人终无成也。诗中用事，僻事实用，熟事虚用。说理要简易，说意要圆活，说景要微妙。讥人不可露，使人不觉。

The closing of a poem is particularly hard: if the closing is not good, then we see that the person has accomplished nothing. In using references in poetry, recondite references may be used "solidly" (实*), but familiar references should be used "emptily" (虚; i.e., touched on lightly and related to a person's thoughts). When principle (理 *) is presented, it should be done simply; concepts (意 *) should be presented in a round [i.e., perfect] and lively manner; scene (景 *) should be presented subtly. Mockery of someone shouldn't be obvious, so that the person will not be aware of it.

> 人所多言，我寡言之；人所难言，我易言之，则自不俗。

What others say in many words, I should say in few words; what others find hard to say, I find easy to say—if this is the case then I will avoid uncouthness (俗).

> 诗有三多：读多，记多，作多。

Three aspects of poetry should be "much": read much, remember much, write much.

> 句中要有字眼，或腰，或膝，或足，无一定之处。

In a line, one word should be the eye: it may be in the waist, in the knee, or in the foot of the line [positions within the line]—there is no fixed place.

> 诗要苦思，诗之不工，只是不精思耳。不思而作，虽多亦奚以为？古人苦心终身，日炼月锻，不曰"语不惊人死不休"，则曰"一生精力尽于诗"。今人未尝学诗，往往便称能诗，诗岂不学而能哉。

Poetry demands painstaking reflection: if a poem is no good, it's only because the writer didn't give it enough reflection, if you write without reflection, what good does it do to write in quantity? The older poets spent their whole lives in such painstaking reflection, honing and refining their poems for days and months. If it wasn't,

 If my lines don't startle others, I'll find no peace in death.

then it was,

 For a lifetime the core of my strength has been used up in poetry.

The moderns never study poetry, yet they are always claiming to know about poetry. How can a person be good at poetry without studying it?

第九章　通俗诗学：南宋和元

注 释

这里使用的《三体诗》是村上哲见的本子；杨载的《诗法家数》辑自《历代诗话》和朱绂《名家诗法汇编》本。

〔1〕《三体诗》也叫《唐三体诗》《唐诗三体家法》和《唐贤三体诗法》。

〔2〕欧阳修曾批评这首诗的第二联犯了经验性错误（见第七章），寒山寺的钟声究竟会不会在半夜响起，遂成为后世诗话作品特别喜爱的一个话题。周弼和欧阳修引用的这组对句在版本上有差异。这里以及后文《三体诗》所引用的诗作，我皆以周弼的版本为准，虽然它们经常不是各种版本中最好的。

〔3〕在（五言）绝句发展的第一阶段，从5世纪晚期到6世纪，以对偶句作结的情况并不少见（这可能跟绝句本来就是联句中的一个单位有关）。

〔4〕村上哲见《三体诗》，第2卷，第427页。

〔5〕这里的"事"与前面"书事"中的"事"是一个字。"书事"指以眼前的"事"为诗歌主题，而"用事"则是一个更常见的技术词，指诗中提到过去发生的事情。

〔6〕括号里这段文字，标准的《历代诗话》本无，但见于《名家诗法汇编》本（序言作于1577年；重印本，台湾，1973年），第92页。

〔7〕前两句括号里的文字也见于《名家诗法汇编》本，《历代诗话》本无。

〔8〕《历代诗话》本遗漏了这一段文字，它见于《名家诗法汇编》本。

CHAPTER TEN

The "Discussions to while Away the Days at Evening Hall" and "Interpretations of Poetry" of Wang Fu-chih

第十章

王夫之《夕堂永日绪论》与《诗绎》

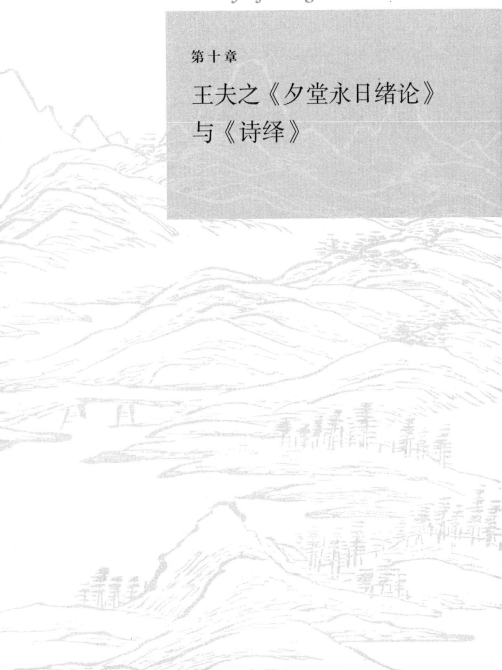

王夫之（1619—1692）的批评著作极为丰富，有序言和书信这种正式的散文形式，也有对《诗经》和《楚辞》的评论著述，有诗歌评选，也有传统的诗话类型如《诗绎》和《夕堂永日绪论》（以下简称《绪论》，序言标明此书作于1690年）。王夫之是一位经学家、史学家和哲学家，这些文论与批评著述仅仅是他众多学术著述的一部分，所以应当放到他的全部著述中来考察。他的著作生前无人赏识，甚至直到晚清才被人知晓，可是，在那个以天赋、学识和多产而闻名的世纪，他堪称一位集天赋、学识和多产于一身的顶尖人物。

王夫之最犀利的批评和理论文字大多见于他的《诗广传》《古诗评选》（唐前诗歌的评选）、《唐诗评选》和《明诗评选》。遗憾的是，这些作品不容易展示给英语读者。《诗广传》深深地植根于悠久而复杂的《诗经》学术传统，脱离了这个传统，它所讨论的问题就无法理解（在下文第一条的讨论里，读者对该传统的复杂性可窥知一二）。另一方面，王夫之见于这类作品的评论文字都是针对具体诗篇而发的，不熟悉这些诗篇，很难看出其真正价值所在。[1]跟这些作品相比，《绪论》在思想上有些离经叛道，然而，它不失为"诗话"传统的优秀之作。

王夫之极端忠于亡明，他僻居幽处，潜心著述，与同时代的学者交流很少；他自视甚高，常发过激之论。他是一位杰出的思想家，却又是颇有偏见之人。他是一位孤独的修正主义者，试图将世俗诗歌的价值统一到他个人对《诗经》所蕴涵价值的理解之中；像所有孤独的修正主义者一样，他的孤独给予他表达个人立场的权利，在社交气氛更浓的清代学术圈子里，这种个人立场越来越难以保持了。

虽然像大多数"诗话"一样，《绪论》也是松散的，但有若干相同的价值和关注始终贯穿其中。王夫之首先把《诗三百》情感和意味的不确定性与后世诗歌传统区别开来（同时承认在后世传统中有那么几个特殊的点，尚保持着古诗的某些东西）。《诗三百》被推崇的原因在于它不存在任何单一的确定意旨，相反，后世诗歌被看重的原因在于它的历史可信性——由经验决定的内心、情境和时机的单一统一体。

第十章 王夫之《夕堂永日绪论》与《诗绎》

在后世的最佳诗作中，我们应当寻求"那时的真实情况大概是什么样子"。像他的同代人叶燮一样，只是不如前者那么精细，王夫之拿起武器反对脱胎于《沧浪诗话》的美学价值，他反对把诗歌说成是玄思的艺术，或是脱离于具体经验的直接表现。在整个《绪论》之中，王夫之不断重申这样一个前提：美学效果离不开经验事件，也就是诗人的真正所知和所感。

《夕堂永日绪论》

> 子曰："小子，何莫学夫诗？诗，可以兴，可以观，可以群，可以怨。"
>
> He said: "My little ones, why don't you study the *Book of Songs*? By the *Songs* you can stir, you can consider, you can express fellowship, you can show resentment."
>
> ——《论语·阳货》

第一条

兴、观、群、怨，诗尽于是矣。经生家析《鹿鸣》《嘉鱼》为群，《柏舟》《小弁》为怨，小人一往之喜怨耳，何足以言诗？可以云者，随所以而皆可也。《诗》三百篇而下，唯十九首能然。李杜亦仿佛遇之，然其能俾人随触而皆可，亦不数数也。又下或一可焉，或无一可者。故许浑允为恶诗，王僧孺、庾肩吾及宋人皆尔。

"Stir" "consider" "express fellowship" "show resentment": this says everything there is to say in regard to poetry. Classical scholars interpret "The Deer Cry Out" [of the *Book of Songs*] as expressing fellowship; they take "Cypress Boat" and "The Small Cap" [of the *Songs*] as showing resentment—as if these were nothing more than some small-minded person losing himself in joy or rage. How can you talk about the *Songs* with such a person? In saying "can by" [Confucius means that] "by" any one [of the *Songs*] all [four functions] "can" be realized. After the *Book of Songs* only the "Nineteen Old Poems" were able to achieve this. [2] Li Bai and Du Fu will also hit upon something vaguely like this, but it is not all that common that one of their poems is able to produce any of the four [functions] depending on what [situation] a person encounters. On the level beneath Li Bai and Du Fu, sometimes one [of the four] can occur; sometimes none can occur. Thus Xu Hun must be considered a dreadful poet; Wang Seng-ru and Yu Jian-wu [Southern dynasties poets] and the Song writers are all the same.

这段话提出，《诗经》中的每一首诗都可以读出诗歌四大功能"兴观群怨"中的任何一个，阅读这一段，我们可以比照一个类似段落，也就是《诗绎》中的第二条：

> "诗可以兴，可以观，可以群，可以怨。"尽矣。辨汉、魏、唐、宋之雅俗得失以此，读《三百篇》者必此也。"可以"云者，随所"以"而皆"可"也。于所兴而可观，其兴也深；于所观而可兴，其观也审。以其群者而怨，怨愈不忘；以其怨者而群，群乃益挚。出于四情之外，以生起四情；游于四情之中，情无所窒。作者用一致之思，读者各以其情而自得。❶ 人情之游也无涯，而各以其情遇，斯所贵于有时。[该段以此作结，作为判断诗人、时代和批评家的标准。][3]

---

❶ 这里，王夫之列举了两个复杂例子，关于《诗经》之"情"在新语境中被转换成另一种"情"。

第十章 王夫之《夕堂永日绪论》与《诗绎》

像以前的许多批评家一样，王夫之这里也想采用孔子的权威声音。孔子说《诗经》可以"一言以蔽之——思无邪"（《论语·为政》）。虽然措辞不同，王夫之也摆出了同样的本质主义的（essentialist）姿态，他把诗歌教育精练为一句话："诗尽于是矣。"孔子有好几次用"始可与言诗"的话表示他对学生的赞许；王夫之这里反用其词，他说那些平庸的经学家不具备谈论诗歌的资格（"何足以言诗"）。

如果一个立场有偏激之嫌，搬出孔子的声音自然可以增加它的权威性。孔子认为《诗经》中的每一首诗都有四个功能，即兴、观、群、怨。[4] 王夫之承认每一首诗都有某种内在的原初情感（上引《诗绎》那段文字所省略的两个例子就清楚地说明了这一点）；可是，一旦与读者眼前的情境建立联系，最初的那种"情"就可能转化为四"情"中的任何一种。在王夫之看来，这种可以转化的能力是《诗三百》的本质特征。

王夫之的解释方法并没有脱离漫长的《诗经》解释史，按照那个解释史的说法，对一首诗的解释如果出现矛盾，那是因为它被运用到不同情境之中的缘故。例如，每当注家不能确定一首诗是批评还是赞美，他们会解释说，该诗本来为赞美 X 王而作，当 Y 王衰败之世，人们吟诵它是为了表达批评之意（拿 Y 王统治时期的情况与 X 王时代对比）。

王夫之的这个立场处在《诗经》解释学史的倒数第二阶段。[5] 按照从汉代到唐代的《诗经》解释学的说法，《诗经》中的每一首诗都有一个权威的或删定者（也就是孔子）的意图，这种意图必然引发读者的某种反应。也就是说，如果该诗表达了怨情（根据假定的语境，或直接或反讽），那么，读者的感情就往怨情方向塑造，合乎规范的怨情以及符合其反应的那种情境就会在读者心上留下烙印。[6] 正是基于这样一种假定，把《诗经》视为情感伦理教育的观点才得以建立。自信地假定《诗三百》具有确定的"情"，这样的自信到宋代渐渐走向崩溃，到朱熹那里彻底瓦解，因为他试图把《诗三百》那些不确定的伦理内容与孔子关于"无邪"的训诫调和起来，他提供了一个危险的解决办法：诗篇中所包含的美德寄居在读者的美德之中（因此，一个有美德的读者应当能识别出诗篇违背伦理之处，并通过阅读体验强化自己的伦理意识）。读者不再被《诗三百》留下烙印；在《诗三百》内在特质和读者的本性之间存在一种平衡的、相辅相成的关系。

王夫之的步子迈得更远。按照他的观点，一首诗所具有的兴观群怨之情发生在阅读之中，它不是等待读者去发现的原有特性，而是原有特性与读者所在情境的关系。这个立场与伽达默尔（Gadamer）的立场何其相似，在《真理与方法》(Truth and Method) 中伽达默尔认同读者的"偏见"（prejudice），拒绝施莱尔马赫（Schleiermacher）试图恢复文本的原有意图的解释学目标。按照王夫之的看法，我们不必热衷于《诗经》所蕴涵的过去的世界或《诗经》自身的伦理规范设计；其实，过去的世界总是被塑造着，并被引回到目前的情境之中。如果说一首诗确实具有与生俱来的特性，那些特性也只有在与目前情境的关系中才"表现"给我们。而且，正如王夫之在《诗绎》中所说，一种阅读反应总是融合到另一种反应之中：观成了兴，兴成了观，怨和群相互替换。在上引《诗绎》一段的后半部分，诗甚至变成了伦理之"情"的游戏。❶

在《绪论》第一条的最后部分，王夫之讨论了一个严肃问题：蕴涵在《诗经》里的这些终极价值怎样与后世的"世俗"（secular）诗歌传统联系起来。[7] 问题在于诗歌文本的含义最终取决于作者的情境（或其他原初情景）还是读者的情境。即使我们认为含义来自二者，但真正有趣的不是这个事实，而是读者怎样看待自己的角色：是倾听他者，还是迅速把诗中的语言运用到自己身上。传统的文学解释（与朱熹以后的《诗经》解释相反）总是强调作者是最重要的，读者的主要功能是去倾听、去理解他者，去分享。因此，如果一首唐诗是表达"怨"的，那么一个清代读者就应当完全从"怨"的方面去理解它。严羽虽提出"诗的意象"（poetic image），但他仍然没有把阅读体验的重心转移到读者方面，让读者根据自己的情况占用诗歌。如果把含义的重心放到读者根据自己的情

---

❶ 这里大概指"人情之游也无涯"。

第十章　王夫之《夕堂永日绪论》与《诗绎》

况所确定的反应上,就会严重破坏《诗经》以来的诗歌的基础;为避免这种情况,王夫之断言,以读者为中心的诗歌模式到"古诗十九首"之后就几乎不存在了。因此,以读者为中心的文本虽然一直是诗歌的最高价值所在,但它们始终被完好无损地保留在古董的位置,这使王夫之得以继续用熟悉的语汇来讨论"世俗"诗歌。例如在下一段,他告诉我们诗歌"以意为主"。

我上文提到这里描述的立场代表《诗经》解释传统的倒数第二阶段。王夫之在《诗广传》里迈出的最后步伐相当激进,其现代色彩十分明显。王夫之提出了这样的观点:一首诗的特性是它的原有特性和目前情境的关系,情感在阅读过程中来回移动;在《诗广传》里他甚至提出,这种不断变换的特性不仅仅是发生在阅读过程之中的,其实它就是原诗所固有的:一首诗可以既表现"群"也表现"怨",二者相反相成。一个占据中心,另一个就"旁寓",也就是作为潜在的替代者藏在那里,以加强其主要特性。当然,这种具有潜在替代者的多样性特征仅限于《诗经》中的那些古老诗歌。

> 方其群而不忘夫怨,而其怨也旁寓而不触,则方怨而固不失其群,于是其群也深植也不昧。夫怨而可以群,群而可以怨,唯三代之诗人为能,无他,君子辞焉耳。[8]

现代读者大概多多少少会因为这样一个事实而感到气馁:如此深奥的理论立场非要用"群""怨"等表达具体范例的术语来表达。一部分原因在于那些术语在《诗经》注疏学传统中获得了丰富意义;另一部分原因在于文言文往往用一个有特权的对偶来囊括某一类概念的各种变体。让我们尝试把王夫之的上段表述翻译成概念化的英文:

If, in presenting one emotion, the writer does not forget other contradictory emotions and, further, if those contradictory emotions are submerged and not set in conflict with the first, then they can be present without disrupting the presentation of the primary emotion. (In contrast, if both are overt, then one has a state of conflict rather than one emotion shadowed by latent alternatives.) In this way the primary emotion has a firm ground in not suppressing the contradictions that attend it. ❶

这听起来仍然不太像西方表述,但它的陈述是有说服力的,情感或情绪在该陈述中得到了可信的表现:没有什么情感是一元的,它是各种选择和替代(或欲望或恐惧)的复杂平衡。这些选择并非必然与第一情感构成公开冲突,它们可能"旁寓"在那里。

第二条

> 无论诗歌与长行文字,俱以意为主。意犹帅也。无帅之兵,谓之乌合。李杜所以称大家者,无意之诗十不得一二也。烟云泉石,花鸟苔林,金铺锦帐,寓意则灵。若齐梁绮语,宋人拚合成句之出处,役心向彼搜索,而不恤己情之所自发,此之谓小家数,总在圈缋中求活计也。

No matter whether it is in poetry, song, or writing in long lines [prose], concept (意 *) is always the dominant factor. Concept is like a leader, and troops without a leader are called a mob. The reason Li Bai and Du Fu are acclaimed as great masters is that such [governing] concept is absent in less than ten or twenty percent of their poems. If such concept is lodged in mists, clouds, streams, stones, flowers,

---

❶ 这段话的意思是:"如果在表现一种情感的时候,作家没有忘记其他的矛盾情感,而且,如果那些矛盾情感与第一种情感构不成冲突,那么,它们就可以被表现出来,而不会干扰第一种情感的表现。(如果情况相反,二者都是明显的,那么就出现了冲突状态,而不是一种情感被潜在的替代情感所遮掩的状态。)因此,首要情感有一个稳定的根基,而不压抑与之相伴的矛盾。"

第十章 王夫之《夕堂永日绪论》与《诗绎》

> birds, mosses, forests, gilded spreads or tents of brocade, then any of these can become numinous (灵). But when it comes to the florid diction of the Qi and Liang poets or to the "source texts" [from earlier poets] which Song writers compounded to make their own poetic lines — when Song writers discuss poems they always look for "sources" for every word—then one's mind (心*) is made a servant in the task of gathering from others and no heed is paid to what one's own affections (情*) bring forth spontaneously. This makes a person a "minor master"— something like trying to make your living while a prisoner in the stocks.

自从曹丕在《论文》里提出"文以气为主",又诞生了各种类似说法,每一种说法都自成谱系。"以意为主"的说法最早由史家范晔(398—445)提出,但王夫之在本段开头所使用的兵家隐喻是由诗人杜牧(803—853)最先引入的,杜牧曾为《孙子兵法》作注,并最先警告人们,如果等级秩序得不到维护,就会导致混乱。

这种主从模式本身比决定哪个因素是"主宰"(或宾主之"主",王夫之在第六条取用了"主"的那层意思)更耐人寻味。中国文学思想往往不是把文本各要素视为一个等级秩序,而是把这些要素视为有机整体,即一个过程中的各个方面或阶段:它钟爱有机模式。可是,正如我们所看到的,这种有机模式(与"自然的",即非自觉的自我展现联系到一起)往往倾向于放弃作者控制权;相反,那种坚决主张控制的要求则促成了主从模式的诞生。对写作过程的本质主义的(essentialist)或本原性的描述总是要确定一个根基(其余部分就从这个根基生长出来),其实,主从结构只是这类说法的一个变体。二者都声称,只要作家驾驭了一个主导因素,其他因素就会各就其位(王夫之在下一条就是这么做的);正是相信这种对特有权威的自动驯服,使这一类理论与"低级的"技法诗学和西方修辞理论拉开了距离,后两者皆属于作家完全控制文本的模式。

王夫之这里所使用的"意"是某种打算好的意义或目的。"烟云泉石"等非人的事物本身没什么价值，但它们应当携带诗人自己的关注。用不着以隐喻的形式，它们只要出场就应当载满诗人的意趣。这里也是一个主从关系：它们作为心的一种功能在诗中露面。它们所获得的"灵"恰恰是人类不同于其他万事万物的特性（"惟人最灵"）：让景物充满灵就是把景物人化了。

在王夫之眼中，这些价值与南朝晚期（齐梁）的浮艳诗风和宋诗的互文游戏构成了鲜明对比。但是，这段文字下面掩藏着某种好辩冲动，这使王夫之的措辞未免夸张，其观点也有点太绝对了，按照他的说法，写作差不多完全由公开的概念意图所决定。所以在下一段文字中，他尝试避开这个局面。他的真正意思并不像他自己所说的那样，我们从他的诗歌评选中可以找到若干段落证实这一点，在那些段落里，他攻击了诗歌"以意为主"的观点。❶ 例如在评论5世纪诗人鲍照的一首诗时，他对宋诗展开攻势，而他那里所攻击的正是他这里所提倡的立场：

全以声情生色。宋人论诗以意为主，如此类直用意相标榜，则与村黄冠、盲女子所弹唱亦何异哉！〔9〕

更极端的例子见他的《明诗评选》：

诗之深远广大，与夫舍旧趋新也，俱不在意。唐人以意为古诗，宋人以意为律诗绝句，而诗遂亡。如以意，则直须赞《易》陈《书》，无待《诗》也。〔10〕

---

❶ 戴鸿森辨析了"意"字的不同内涵，认为王夫之在这样原则性的见解上不存在矛盾，见戴鸿森《姜斋诗话笺注》，人民文学出版社，1981年，第47页。

第十章 王夫之《夕堂永日绪论》与《诗绎》

第三条

把定一题、一人、一事、一物，于其上求形模，求比似，求词采，求故实，如钝斧子劈栎柞，皮屑纷霏，何尝动得一丝纹理？以意为主，势次之。势者，意中之神理也。唯谢康乐为能取势，宛转屈伸，以求尽其意；意已尽则止，殆无剩语：夭矫连蜷，烟云缭绕，乃真龙，非画龙也。

If a person decides on a certain topic, or person, or event, and then first of all seeks to describe its appearance, or seeks some similitude, or seeks flashy rhetoric, or anecdotes and relevant facts, it resembles nothing so much as hacking at an oak tree with a blunt ax—fragments of the bark scatter all over the place, but you never get even the least sliver of the grain. As concept (意*) is the dominant factor, momentum (势*) follows from it. Momentum is the principle of spirit (神*—理*) within concept. Only Xie Ling-yun was able to grasp momentum so that it wound sinuously, contracting and stretching in such a way that the concept was completely fulfilled. When concept was completely fulfilled, it stopped without any excess of words. It winds and coils, like clouds and vapors intertwining—a true dragon this, and no painted dragon.

钝斧子砍硬木，不过得些皮屑：只到得其外，未入得其"心"（一棵树的"硬木"部位也是"心"）。"心"字暗含双层所指，"纹理"跟"文理"本质上也没有什么不同。这个隐喻一方面继续了第二条集中讨论的内在之"意"，另一方面也起到调节作用，使后面可以更有机地描述那个不断打开的文本。要寻求的不是外表，而是"心"（"硬木"/"人心"）；即使这个隐喻似乎在这里把"心"放到诗的标题上了，但读者很快就会看到，它是作家的真"心"。

在《文心雕龙》里，"势"有机地跟随在"体"后面。在这里，势自然而然地跟随在更具体和更内在的"意"后面。每一意都有它自己的势，表现为文本的意在势里展开，直到彻底完成。内在力量从意里自然冒出，文本似乎具有活生生的有机生命即"神理"。第二条里的那个主宰和控制意象到这里变成了一个有机中心，它携带着所有的外在之物。意是一个被实体化了的整体；借助势，它在此时此刻的文本中呈现出时空上的广度。

"画龙"是专务外在的结果，正如开头那个隐喻所描述的，它不能有机地运动。真龙意象代表宛转变化和内在力量；而且真龙游动，带动着变化万端的烟云，同理，一首诗的决定性因素（"意"及其"实"）也牵动着文本外在的那些易于被决定的因素随之宛转。

关于龙的意象，一个非常有名的描述见赵执信（1662—1744）的诗话《谈龙录》的第一条（该诗话的序言作于 1709 年，但此段是对从前的一次谈话的回忆）。赵执信很可能不知道王夫之的评论：

> 钱塘洪昉思（升，1646？—1704），久于新城之门矣，与余友。一日，并在司寇宅论诗。昉思嫉时俗之无章也，曰："诗如龙然，首尾爪角鳞鬣，一不具，非龙也。"司寇哂之，曰："诗如神龙，见其首不见其尾，或云中露一爪一鳞而已，安得全体！是雕塑绘画者耳。"余曰："神龙者屈伸变化，固无定体，恍惚望见者，第指其一鳞一爪，而龙之首尾完好，故宛然在也。"[11]

这一连串隐喻囊括了三种认识，关于形式以及形式与诗"所表现之物"的关系，这些认识一个比一个深奥。洪升的观点常见于通俗诗学（它是像王士禛和赵执信这样的深奥文人嘲笑的对象），该观点认为，存在一个固定的形式，由各部分组成，配合着整个"所表现之物"。一首好诗应当把那些"部分"依顺序表现出来。这种诗歌观念的问题在于，这样的诗死气沉沉，因此必然是不完善的，所以才被说成雕塑和绘画（"绘"带一点"图示"的性质，"画"更高级一些）。这种静止的表现无法把

第十章　王夫之《夕堂永日绪论》与《诗绎》

活生生的精神贯注到文本之中，针对这种不完善，王士祯的回答是，诗人应当有意识地让诗歌保持不完整状态，也就是采用以点带面的提喻法（synecdoche），让表露在外的部分始终引向那个表面之外的整体。赵执信把这个观点又推进了一步，他提出一种"屈伸变化"的形式，其中，文本的外面部分不断变动，透露出"所表现之物"的千变万化之姿。我们知道古典诗歌关心"心"的活动或心对世界的把握，与这种关心联系起来考虑，上面所描述的那些价值就更清楚明白了。王夫之很可能会同意赵执信的观点，同时还会提醒他，诗文不仅仅变化不定，而且还是那些变化所围绕的中心（"意"）。

第四条

"池塘生春草"，"蝴蝶飞南园"，"明月照积雪"，皆心中目中与相融浃。一出语时，即得珠圆玉润，要亦各视其所怀来而与景相迎者也。"日暮天无云，春风散微和"，想见陶令当时胸次，岂夹杂铅汞人能作此语？程子谓见濂溪一月坐春风中。非程子不能知濂溪如此，非陶令不能自知如此也。

> Pool and Pond grow with springtime plants (Xie Ling-yun)
> Butterflies flutter in the southern gardens (Zhang Xie)
> The bright moon shines on drifts of snow (Xie Ling-yun)

In each of these, what is in the mind and what is in the eye are fused together. Once they come out in language, we get a perfect sphere of pearl and the moist sensation of jade: what is essential is that in each case the poet looks to what comes from his own heart and to what meets the scene (情 *) at hand.

> At the evening of the day no clouds are in the sky,
> And springtime breezes spread faint balminess.

In your imagination you can see Tao Qian's state of mind at the moment. One of those alchemists, with his concoctions of mercury

> and lead, could never write lines like these. Cheng Hao (Neo-Confucian philosopher) claimed to have seen Zhou Dun-yi (also a Neo-Confucian philosopher) "sit a whole month in the spring breeze". No one but Cheng Hao could have understood Zhou Dun-yi so well; no one but Tao Qian could have understood himself so well.

戴鸿森指出,"船山似乎将朱光庭称美程颢的话误记成程颢称美周敦颐的了"。[12]戴鸿森还暗示说,王夫之以轻蔑的语气提到炼丹术士是为了肯定陶潜的儒家价值观,而非人们通常所说的陶潜身上的道家价值观;❶可是,"夹杂铅汞"一词更像是指陶潜同时代的东晋诗人的诗歌,新道家的炼丹术和精神修炼内容在那些诗歌里扮演了重要角色。

王夫之诗话的核心关注是情和景的完美交融问题,这个问题到这一段才被论及。他开头所列举的三个例子十分有名(那两句谢灵运的诗比张协那一句名气大得多),也十分简单。在王夫之看来,这种简单性是它们的自然性不可缺少的部分:句子过于精致就意味着感知被反思扭曲了。更令人难以捉摸的问题是情究竟怎样参与到景之中:它需要读者方面具备某种素质,能透过不动声色的描写,看出诗句之中所蕴涵的更深的意味;或许是那些景太动人了,让我们禁不住觉得它们一定包含着某种同样感染诗人的力量。那种感染诗人的力量藏而不露,无声无息,就好像与景色"融"在一起了。同理,陶潜的那个对句所表现的也不仅仅是景色本身,还有陶潜当时的情;那种情在眼前的景中找到了与之相符的性质,内与外的完美结合就这样造就了我们所看到的对句。

《绪论》第五条是从那个有名的"推敲"故事生发出来的。唐代诗人贾岛得到一个诗句"僧推/敲月下门",在"推"和"敲"这两个动词之间,他拿不定主意,应当使用哪一个好。他一边吟诵一边掂量着,路

---

❶ 戴鸿森的意思似乎与作者的引申略有差距,参考戴鸿森,第 51—52 页。

第十章 王夫之《夕堂永日绪论》与《诗绎》

上遇到一个文官，他刚巧是大名鼎鼎的韩愈，贾岛向对方讨教，韩愈说"敲"比"推"好。久而久之，"推敲"就成了一个表示仔细斟酌的标准复合词。

第五条

"僧敲月下门"，只是妄想揣摩，如说他人梦，纵令形容酷似，何尝毫发关心？知然者，以其沉吟"推""敲"二字，就他作想也。若即景会心，则或推或敲，必居其一，因景因情，自然灵妙，何劳拟议哉？"长河落日圆"，初无定景；"隔水问樵夫"，初非想得：则禅家所谓现量也。

"The monk knocks at the gate beneath the moon" is nothing more than mere guessing, false speculation (想), as if trying to describe someone else's dream. Even if the description seems very lifelike, it doesn't truly touch the heart in the least. Those who understand this will recognize that brooding over the choice between "push" and "knock" is mere speculation on behalf of some other. But if the scene (景*) meets mind (心*), then it may be "push" or it may be "knock", but it will have to be one or the other: since it will follow from scene and follow from state of mind (情*), the line will be naturally (自一然*) numinous and subtle (灵一妙*). There will be none of the bother of debating the right choice.

"Over the long rivers sinks the circle of sun" [a line by Wang Wei] did not start out as a predetermined scene. "Ask the woodcutter on the other side of the river" [Wang Wei] did not start out as something thought up (想—得). This is what the Chan masters call "Presence".

在《绪论》的这一条和第七条，我们看到了一种非虚构诗学的全部力度。"推敲"诗学是一种建立在咬文嚼字基础上的工匠诗学，许多

607

早于王夫之的批评家都表达过对这种"推敲"诗学的不满；但王夫之第一个尖锐地指出，这个故事与传统文学思想中的一个观点极不协调。为选择一个字如此费神，说明贾岛对当时的情景或者没有真正体会；或者有体会，却纵容自己和他人随意歪曲对它的表现。这样的选择等于纵容不真和惟"文学"标准是从。这种文辞上的优柔寡断说明出现在诗中的景是造作的。王夫之提出的第二个假定是，这样的景根本不会有诗的感染力，因为好诗只有在心境刚好与它的外在对应物相遇的时刻才会诞生。这样的观点不但不能接纳传统西方诗学的虚构性，也排除了浪漫主义对这种虚构性的改造，前者允许诗人为他没有体会到的情而造景，后者允许诗人为真情而造景。按照王夫之的看法，如果贾岛在现场，他就应当知道那个僧人（很可能就是贾岛本人，因为他来京城之前一度做过僧人）是"推"还是"敲"，无论僧人是推是敲，倘若他对该动作没有真切体会，它就不能有效地出现在诗里。对这种经验事实的要求，既包括内在的也包括外在的，就产生了诗歌意义上的"现量"。

第六条

　　诗文俱有主宾，无主之宾，谓之乌合。俗论以比为宾，以赋为主；以反为宾，以正为主，皆塾师赚童子死法耳。立一主以待宾，宾无非主之宾者，乃俱有情而相浃洽。若夫"秋风吹渭水，落叶满长安"。于贾岛何与？"湘潭云尽暮烟出，巴蜀雪消春水来"，于许浑奚涉？皆乌合也。"影静千官里，心苏七校前"，得主矣，尚有痕迹；"花迎剑佩星初落"，则宾主历然，镕合一片。

　　In both poetry and prose there is a host (主 , translated earlier as "dominant factor") and there are guests. Guests without a host are know as a "mob". In popular poetics, writers may take comparison (比 *) as the guest and unfigured exposition (赋) as the host; or

第十章　王夫之《夕堂永日绪论》与《诗绎》

they may take movements of reversal as the guest and straightforward movement as the host. All of these are "dead rules" (死一法*) by which village schoolmasters hoodwink little boys. When there is a host to attend to the guests, and when all the guests are indeed guests of that host, then for everyone the states of mind (情*) [proper to each member in the relation] are fused together [i.e., the state of mind of being a guest or host exists only in that reciprocal relation]. Consider a couplet like [Jia Dao]

　　Autumn winds blow over the Wei,

　　And falling leaves fill Chang-an.

What does that have to do with Jia Dao?!

　　The clouds are gone from the pools of the Xiang, the evening mists emerge,

　　When the snow melts to the west in Sichuan, springs floods come down.

How is that involved with Xu Hun? Both couplets are "mobs". But [Du Fu's]

　　This shadow calms among the thousand officers,

　　The heart revives before the seven ranks.

There is indeed a host here, but it still shows the traces [of conscious craftsmanship]. [Consider Cen Shen's]

　　Flowers greet the sword-hung sash just as the stars are setting.

Here the relation between guest and host is perfectly clear, fused into a single piece.

　　王夫之大概感到他上文关于"意"的说法（既是"主导"也是主宾之"主"）有可能被滥用。在关于"势"那一段里，他试图调整他的观点，从一个更有机的观点来看待诗里的各个因素。这里，他又提出

609

了一种新形式的"主",它不同于军官的"统帅"。在这里,主人为宾客着想,宾客服从主人的意志:两个角色相互依存,或按王夫之的说法,二者"相浃洽"(融为一体)。从他所列举的例子里,我们可以清楚地看出,在恰当的主宾关系之中,"主"也就是"意"不是抽象概念而是诗人内心之物。"意"不仅确保真实性,它还提供一种身份意识,告诉我们"谁是诗人"。下面这段出自王夫之《唐诗选评》中的文字说的就是这个意思:

> 诗之为道,必当立主御宾,顺写现景。彼疆此界,则宾主杂沓,皆不知作者为谁。意外设景,景外起意,亦如赘疣上生眼鼻,怪而不恒矣。[13]

一个缺少"主"的对句就是不含诗人的对句。显然,它在很大程度上取决于读者对一句诗读进去多少:第四条开头提到的例子树立了一个情景交融的完美榜样,表面看来,再也没有什么句子比"秋风吹渭水,落叶满长安"更直接地关注其诗人了,的确有许多传统批评家觉得贾岛这个对句非常美,而且个性色彩极强。

只有一个标准可以怀疑贾岛和许浑的对句,那就是二者都提到了当时感知经验之外的事物(参考《绪论》第五、第七和第八条)。虚构的"谎言"(甚至包括贾岛在心里遍览长安而后做出的小小推断)使诗中的一个对句或一行成了"艺术产品",因此是不可信的。最奇怪的是,岑参的那个如此矫饰的句子却成了最可信的诗句的代表。虽然王夫之的判断和他所举的例子经常是成问题的,可是,凭着一股难得的勇气和思想上的激进,他常常把传统诗学的某些核心假定引向它难以逃避的结论。这一点在下一段表现得淋漓尽致。

第七条

身之所历,目之所见,是铁门限。即极写大景,如"阴

第十章　王夫之《夕堂永日绪论》与《诗绎》

晴众壑殊"，"乾坤日夜浮"，亦必不逾此限。非按舆地图便可云"平野入青徐"也，抑登楼所得见者耳。隔垣听演杂剧，可闻其歌，不见其舞；更远则但闻鼓声，而可云所演何出乎？前有齐梁，后有晚唐及宋人，皆欺心以炫巧。

What one has passed through with one's own body, what one has seen with one's own eyes—these are iron-gated limits. Even when describing scenes of the greatest magnitude, such as [Wang Wei's description of the vista of a mountain range], "Some in shadow, some in sun—its many valleys differ", or [Du Fu looking over the vastness of Lake Dong-ting], "Heaven and Earth float day and night", one still must not transgress these limits. It was not by examining some map that Du Fu could write, "The level wilderness goes off into Qing and Xu"; rather, this is simply what he saw when climbing high in a building. If one listens to an opera being performed on the other side of a wall, one can hear the songs but cannot see the dances. If one is still further away, one can hear the sound of the drums, but can't even tell what play is being performed. The first case describes the poetry of the Qi and Liang; the second case describes the late-Tang and Song poets. But both deceive the mind with their dazzling cleverness.

如果真情和真景确实互为条件，谁也离不开对方，如果换句话说，二者确实是相互界定的关系，那么本段提出的激进观点就是必然的了。一个造景完全依附于诗人的"情"：既然不能独立存在，它也就不可能产生出那个"情"来（见《绪论》第八条）。这样的造景会让读者看出，它是有意为之而非不期而遇。一首诗能让我们感怀之处在于诗人在实际的和历史的体验中的偶然遭遇，这是古典中国诗歌的一个核心主张，这个主张在情景相互依存的关系里看得最清楚不过了。这个假说与西方传统那些深藏而不露的关于情感的假定十分不同,但前者或许可以给后者提供某些真知灼见:没有真情就没有真景;可信的内在现实和对外在世界的遭遇是水乳交融的。

我们应当首先注意到,这是对诗歌价值的理论建构,而不是对诗歌常态的描述;而且这个主张表达得如此直白(早期理论中那些未明说的假定所享有的至尊地位与之形成了鲜明对照),这表明诗歌确实在朝另一个方向发展,对"艺术"的追求可能胜过了实际的和历史的体验。若不是不真实、不可信在威胁着诗歌,就不能如此直白地诉求真实可信。虽然它是在诗歌蜕变为不可信的艺术之际产生的,但作为一种价值观,它仍是十分重要的。

王夫之居然选择戏剧来比喻直接或间接体验,他这个十分不恰当的选择就是诗歌蜕变的一个标记。像西方的情况一样,中国的戏剧也假造情绪和体验;如果说中国诗歌是真实艺术,那么中国京剧的唱腔几乎就是与之相对照的不真实或虚拟艺术,其中的人物面对不真实的情景抒情歌唱。用隔墙听戏或在远处听戏来比喻反思性的或间接的体验或许是恰当的,可是,如果我们以此来类推某人直接看戏的情况,结果就变成了对某种假造物的直接体验和真实反应了,而这个结果正是王夫之所说的不可能的事情。在西方文学传统中,很早以来,戏剧就十分重要,所以才产生出以虚构为基础的文学理论;而戏剧在中国的诞生要晚得多,它的通俗普及性以及它不可否认的感染力,给传统诗歌理论及其非虚构价值提出了严峻挑战。大概主要是因为它们的虚构性,戏剧或叙事虚构作品才不被纳入"文学"名下。

王夫之这里的敌人是一位晚唐诗人,他先写出了一个好对子,然后等作出一首诗,再把对子放进去(参考欧阳修的《诗话》第十一条)。令王夫之担心的是,这样的诗歌会像戏剧一样打动读者,我们明白戏剧里的情感是假的,可一首抒情诗里的虚假句子却被我们当真了。为克服这个忧虑,王夫之必然要重复《孟子·公孙丑下》里的说法:"诐辞,知其所蔽。"也就是说,如果我们知道怎么阅读,不真实的诗

第十章 王夫之《夕堂永日绪论》与《诗绎》

歌（例如贾岛和许浑的诗）就会暴露其不真实性；不真实被暴露了，就无法真正感动人心了。

第八条

一诗止于一时一事，自十九首至陶谢皆然。"夔府孤城落日斜"，继以"月映荻花"，亦自日斜至月出诗乃成耳。若杜陵长篇，有历数月日事者，合为一章。《大雅》有此体，后唯《焦仲卿》《木兰》二诗为然。要以从旁追叙，非言情之章也。为歌行则合，五言固不宜尔。

A single poem is limited to one time and to one event (事*). From the "Nineteen Old Poems" to Tao Xie, it was always that way. When Du Fu wrote, "On Kui-zhou's solitary walls the setting sun slants", and followed it by the line "The moon shines on the reed blossoms", the poem was completed between the time that the sun set and the time when the moon came out. But in Du Fu's longer poems, there are some events (事*) that occur within the space of several days or months, joined within a single work. Such a form can also be found in the "Great Odes" [of the *Book of Songs*]. Thereafter only "Southeast Flies the Peacock" and the "Ballad of Mu-lan" are in this mode. It is essential that such poems be related from the outside; they are not works which articulate the affections (情*). This works well in songs, but it is not at all acceptable in poetry in pentasyllabic lines.

王夫之抓住"现量"和真实性问题不放，在这一段他谈起了叙事诗，而叙事诗这种诗体自然要超出他所谓的"一时"。对真实而非对逼真的追求使他要求统一的时间和事件，这是准亚里士多德的要求。可是，存在一种超越统一时间的叙事诗。一个不太长的时间跨度，比如王夫之所引杜甫《秋兴》之第二首的诗行,按照创作时间或统一体验(从日落到月出)的观点,也可以说符合"一时"的要求。面对时间跨度更长的诗歌,王夫之只好求助于《诗经》"大雅"中的先例作为权威。这使他不得不坚持分类原则:不同的类有不同的约定,也就是说,在有些诗歌形式中,说话人跟被说的不直接的事物可以具有某种"从旁追叙"的关系。请注意,他所说的类的约定是有严格限制的:一种再现模式在一种形式中是可行的,但它绝不可以僭越到其他形式里。王夫之的真正兴趣在于那种直接性诗歌,他想保护它,以免距离的不真实威胁它的安全。

第九条

古诗无定体,似可任笔为之,不知自有天然不可越之矩矱。故李于鳞谓唐无五古诗,言亦近是;无即不无,但百不得一二而已。所谓矩矱者,意不枝,词不荡,曲折而无痕,戍削而不竟之谓。若于鳞所云无古诗,又唯无其形埒字句与其粗豪之气耳。不尔,则"子房未虎啸"及《玉华宫》二诗,乃李杜集中霸气灭尽和平温厚之气耳,何以独入其选中。

Since old-style poetry has no predetermined form (体 *; i.e., no tonal restrictions, no demands for parallelism, and no set length), it seems that it is something one can write however one pleases. Such an attitude fails to understand that the form has its own restrictions which are natural to it and cannot be transgressed. It was for this reason that Li Pan-long said that there were no [true] old-style poems written in the Tang—and what he said is close to the truth. It is not that there weren't any at all but rather that scarcely one or two in a hundred [were worthy of the category "old-style"]. The restrictions that I referred to are as follows: that [the development of] the concept (意 *) not divide

第十章　王夫之《夕堂永日绪论》与《诗绎》

into branches, that the diction (辞*) not get swept away, that the twists show no traces [of conscious craftsmanship], and that there be no struggle in the construction. When Li Pan-long said that the Tang lacked old-styled poetry, he was referring only to its not having the form and line construction [of earlier old-style poetry] and to its lack of the rough and bold qi*. If this were not the case, why would Li Bai's [poem with the line] "Zi-fang has not yet given his tiger's roar" and Du Fu's "Yu-hua Palace"—poems which, in the collected works of both poets, have an attitude (意*) that involves overweening qi*, obliterating all harmonious calm and gentleness.

尽管古诗的诗行有固定的长度,在一行的固定位置有停顿,对句讲押韵,但跟清规戒律甚多的律诗相比,古诗显得无比自由。王夫之所考虑的不是古诗仍保留的那些形式上的限制,但他确实感觉古诗具有一些不应侵犯的内在标准。王夫之采取了批评家通常的做法,他从最早具备这种形式的作品中寻找到一种类型特征的意识,古诗之规范或"体"似乎是被唐以前的古诗确定的;唐代的古诗难免要体现出在唐代过程中发生的巨大变化,因此,它们似乎总是缺乏这一类所具有的那些"体"。

王夫之对古体诗的描述很有意思,我们尤其要注意它怎样关系到唐人对诗技的认识,也就是"词不枝"的要求。唐代律诗的形式允许"划分"(技术修辞学意义上的),也就是说,一个题目可以被划分为各个组成部分,那些构成对比的要素在对偶句中被同时展现,对题目的这种划分就是"枝"。由于古体诗较长,还由于该诗体早期的一些特点,它的时间跨度更长。但是,按照唐代诗人的修辞训练,诗人作古体诗经常追随成对的枝杈。这些枝杈可能会分散诗人的力气,而真正的古体诗应当具有统一的和线性的气势。

第十一条

以神理相取，在远近之间。才着手便煞，一放手又飘忽去：如"物在人亡无见期"，捉煞了也；如宋人咏河鲀云："春洲生荻芽，春岸飞杨花。"饶他有理，终是于河鲀没交涉。"青青河畔草"与"绵绵思远道"，何以相因依，相含吐？神理凑合时，自然恰得。

When something is achieved with the principle of spirit (神 *—理 *), it lies in the space between what is remote and what is close at hand. No sooner does one put one's hand to it than it is finished; but if one lets it loose, it fleets away. For example, the line "The things remain, the person has perished, never to be seen again" [Li Qi] has tried to grasp [the topic] too tightly. In contrast, when the Song poet [Mei Yao-chen] writes of the blowfish.

On springtime sandbars the sprouts of reeds appear,

The springtime shores fly with willow blossoms,

The couplet touches natural principle (理 *) abundantly, but ultimately has nothing to do with blowfish. When [in the folk ballad "Watering My Horse by the Great Wall", the opening line] "Green, green the grass by the river" is joined with "Continuing on and on, I think of the one on a far road", how is it that they so depend on one another, each holding the other within and producing the other? When they are fused by the principle of spirit (神 *—理 *), then the poet has it just right naturally (自一然 *).

在前两个例子里，王夫之关注的是词语和诗人所写对象的关系。在第三个例子里，也就是《饮马长城窟行》开头两行里，他基本上关注的是这两行之间的关系。在中国文学理论里经常遇到参考框架随意变动的情况，这里的关注中心不是具体关系而是关系自身，它从一个相对抽象

第十章 王夫之《夕堂永日绪论》与《诗绎》

的层面上着眼。一个好的关系介于远近之间，王夫之所谓"远"指没有什么关系是一目了然的，而"近"则是明显的，近在手边的。我们似乎听到了司空图"冲淡"品（见第六章）的声音："握手已违"，当诗人试图给某个情景一个过于确定的表达，它反而飘忽而去了。唐诗人李顾这句十分呆板的诗曾被王夫之作为优秀范例使用过。梅尧臣河豚诗的开头两句也不是一个恰当的例子，它与论题根本无"交涉"。王夫之显然没读过或没想起欧阳修的《诗话》（见第七章），否则他不会不知道那些诗句其实与河豚有"交涉"。话说回来，即便如此，王夫之也会驳斥梅尧臣的诗句，因为它们与题目的关系涉及的是当地的菜肴，而不是"神理"。

王夫之在寻找一种看似自然和必然的关系，但它逃避过于确定的定义。关于《饮马长城窟行》开头两行之间的关系，你可以提出许多选择：例如，绵绵青草就像说话人的绵绵思念；又如目光随绵绵草地投向远方杳无踪迹的旅人；或者自然生机再次回归，而说话人与爱人的隔离却是一片荒芜；没有一种解释可以穷尽二者无尽的关系。一种必然但不确定的关系是有"神理"的，因为一目了然的必然性超越了人的理解力：它让人觉得这关系是此情此景所固有的，而不是诗人有意加给它的。

第十二条

太白胸中浩渺之致，汉人皆有之，特以微言点出，包举自宏。太白乐府歌行，则倾囊而出耳。如射者引弓极满，或即发矢，或迟审久之：能忍不能忍，其力之大小可知已。要至于太白止矣。一失而为白乐天，本无浩渺之才，如决池水，旋踵而涸；再失而为苏子瞻，菱花败叶，随流而漾，胸次局促，乱节狂兴，所必然也。

All the Han poets had the kind of vast and far-reaching sentiments that we find in Li Bai's breast; what is remarkable in their work is the way in which they indicate those sentiments with subtle words, thus making them grand and all-encompassing. In Li Bai's Yue-fu [imitation folk ballads] and songs, the words pour forth as if emptied out of a bag. For example, when an archer draws his bow to the fullest extent, he may either shoot at once or he may wait a long time, giving [the shot] slow consideration: by his ability to hold back and maintain his position, one can tell whether he has great strength or not. That capacity reached its ultimate with Li Bai. It then fell a level and became Bo Ju-yi, who showed an essential lack of that vast and far-reaching talent: just as when you block water to form a pool, you find that in a short space it dries up. It then fell another level and became Su Dong-po, fallen flowers and broken leaves rippling in the current: his feelings were so constrained that it was inevitable [he would become a person of] erratic principles and mad excitements (兴 *).

诗人的情怀在诗里要有所节制，这一直是中国诗学传统所推崇的价值观。可这里所说的节制既不是因过苦而压抑的标志，也不表明尊严或羞涩；毋宁说它显示了力量，也就是节制力量的释放，让它在最合适、最有效果的时刻爆发。用射箭比作诗是一个老调（宋代诗人和批评家黄庭坚、清代批评家金圣叹等都使用过），箭在弦上张力极大，但容易控制，它不是那种明显表现在语言中的张力，而是一种推断，来自于假定的紧张和实际上的松弛所构成的反差。白居易的情况是，力量被用尽了；而苏东坡的情况是，弓箭手的胳臂撑不住，开始发抖了。

第十三条

不择南州尉，高堂有老亲。

第十章 王夫之《夕堂永日绪论》与《诗绎》

楼台重蜃气，邑里杂鲛人。
海暗三山雨，花明五岭春。
此乡多宝玉，慎莫厌清贫。
——岑参《送张子野尉南海》❶

* * *

"海暗三山雨"接"此乡多宝玉"不得，迤逦说到"花明五岭春"，然后彼句可来，又岂尝无法哉？非皎然、高棅之法耳。若果足为法，乌容破之？非法之法，则破之不尽，终不得法。诗之有皎然、虞伯生，经义之有茅鹿门、汤宾尹、袁了凡，皆画地成牢以陷人者：有死法也。死法之立，总缘识量狭小。如演杂剧，在方丈台上，故有花样步位，稍移一步则错乱。若驰骋康庄，取途千里，而用此步法，虽至愚者不为也。

You made no objection to this far southern post:

In your high hall you have aged kin.

Its towers and terraces, layered vapors, mirages

In its towns and hamlets mermen mix with men.

The ocean is dark with rain from Triple Mountain,

But blossoms are bright when spring comes to the Five Ridges.

This land is rich in precious jade,

So take care not to resent your pure poverty

     Cen Shen, "Sending Master Zhang on his Way to the Post of Chief Clerk in South Seas Country"

"The ocean is dark with rain from Triple Mountain" could not succeeded directly by "This land is rich in precious jade". Only

---

❶ 此诗不见《夕堂永日绪论》，为作者所加。

after bending away by saying "But blossoms are bright when spring comes to the Five Ridges", can he bring in the latter line. Of course there is a rule (法*) here, but it is not at all "rule" the sense that the term is used by Jiao-ran [late-eighth-century critic] or by Gao Bing [fifteenth-century anthologist of Tang poetry]. If we took such things as our "rules", they would not allow us to freely develop a poem. A rule of no rules lets us develop a poem. A rule of no rules lets us develop a poem inexhaustibly, and finally we can find no rule. Jiao-ran and Yu Ji in poetry, Mao Kun, Tang Bin-yin, and Yuan Huang in classical studies—all these men mark off a space as a corral in which to trap people: these are "dead rules" (死一法*). The establishment of dead rules generally derives from narrow capacity for understanding. As when a play is performed, since one is on a small stage, there are all kinds of [formalized] foot movements; if a foot movement is just a little off, everything is thrown into confusion. But for hurrying along a busy highway on a journey of a thousand leagues, not even the biggest fool in the world would use [stage] rules of foot movement.

虽然文学精英们经常提出一些写作的一般性原则，并无情批判诗歌批评的堕落（与17世纪晚期和18世纪的一些英国批评家十分相似），但深奥的批评家通常蔑视通俗诗歌教育所标榜的这个"法"或那个"法"。王夫之从岑参的一首诗入手，指出需要从海上风暴的场景先过渡到明丽春光的场景，然后才能在诗的最后表达安慰之情。既然王夫之觉得这首诗里的这个过渡是必要的，所以他承认在某种意义上诗歌的发展脉络确实受制于"法"。可是，这样的"法"是从该诗的具体情况中产生的，它不能被普遍化，成为作诗的法则或律令。关于一般的"法"需要量体裁衣地运用到一首具体诗作的具体情况之中，王夫之的同代人叶燮提出了一些真知灼见。王夫之的主要目标是攻击作诗法的俗见，在这么做的时

第十章　王夫之《夕堂永日绪论》与《诗绎》

候，他已经背离了他最初的直觉认识——"法"的概念与指导作诗的通俗之"法"不是一回事。他自相矛盾，以打倒一切法则的轻率论调把问题给打发了。

第十四条

情景名为二，而实不可离。神于诗者，妙合无垠。巧者则有情中景，景中情。景中情者，如"长安一片月"，自然是孤凄忆远之情；"影静千官里"，自然是喜达行在之情。情中景尤难曲写，如"诗成珠玉在挥毫"，写出才人翰墨淋漓，自心欣赏之景。凡此类，知者遇之；非然，亦鹘突看过，作等闲语耳。

Affection（情 *）and scene（景 *）have two distinct names, but in substance they cannot be separated. Spirit（神 *）in poetry compounds them limitlessly and with wondrous subtlety（妙 *）. At the most artful there is scene-within-affections and affections-within-scene. An example of affections-within-scene is [Li Bai's] "A sheet of moonlight in Chang-an". This is naturally（自 一 然 *）the sentiment（情 *）of lodging alone and recalling someone far away. [Du Fu's] "My shadow calms among the thousand officers" is naturally the sentiment of delight on reaching the provisional capital [after escaping the territory held by the rebel forces of An Lu-shan]. Scene-within-affections is particularly hard to describe precisely; for example [Du Fu's] "The poem completed, pearls and jade lie in the flourished brush" describes the scene of a free-flowing manner in the brushwork of a person of talent and the poet's appreciation of it. All cases of this sort will be encountered only by those who truly understand; otherwise a person will read over [such passages] carelessly, taking the words as if written unthinkingly.

关于情景合一，最充分和最佳表述见《绪论》第十七条。虽然王夫之想维护这两个概念的不可分割性（《绪论》第十七条对此作了很好的论证），但在这里，二者的合一是一个目标而不是已实现的事实。即便作为目标，二者也保留了区别，或者是"情中景"或者是"景中情"，这两个复合词已经有一段不短的历史了。[14] 传统批评经常提到景中情，王夫之前面所赞美的诗句差不多都具有这个特性，也就是说，对景物所作的具体的语言描述似乎完美体现了诗人面对此景之情。多数西方读者可能看不出那些诗句本身体现着这样的情感；但在中国阅读传统中，读那些诗句不能不同时考虑情感，不能脱离那些意象所引发的公认联想，也不能脱离那些诗句所寄身的诗篇以及围绕在那些诗篇周围的情境。因此，李白那句诗要放在整个诗篇《子夜歌》之中来听，《子夜歌》本来是一个古老的民谣，这是李白的版本：

　　　　长安一片月，万户捣衣声。
　　　　秋风吹不尽，总是玉关情。
　　　　何日平胡虏，良人罢远征。

不幸的是，为了与景中情对称，王夫之还得拿出情中景。究竟什么是情中景，有不少人试图把它解释清楚，可王夫之的解释十分独特，虽然这个解释迫使他不得不赞同虚构意象，而那是他在其他地方所激烈反对的。情中景变成了一个隐喻之景，它来自诗人的真实情感；可它几乎违背了王夫之的信条："身之所历，目之所见。"例如杜甫那句诗就是隐喻之景，要证明它没有违背经验真实的原则，王夫之可以说：它是一首应景诗中的一句，它有环境的支持。另一个因素是它不假装自己是真景：以"珠玉"比写作，这是一个已被用滥了的隐喻，以至王夫之不得不警告他的读者不要"看过"，要细心读，要把它们看成可见之景。但值得注意的是，王夫之在《绪论》第十六条提供了一个非隐喻的景中情的例子，它也是杜甫的诗句："亲朋无一字，老病有孤舟。"请看王夫之的

第十章 王夫之《夕堂永日绪论》与《诗绎》

解释:"自然是登岳阳楼诗。尝试设身作杜陵,凭轩远望观,则心目中二语,居然出现,此亦情中景也。"

王夫之在他的批评选集中经常提到情和景二者的关系。例如:

> 语有全不及情而情自无限者,心目为政,不恃外物故也。"天际识归舟,云间辨江树。"隐然一含情凝眺之人呼之欲出。从此写景,乃为活景。故人胸中无丘壑,眼底无性情,虽读尽天下书,不能道一句。司马长卿谓读千首赋便能作赋,自是英雄欺人。〔15〕

"心目"一词通常用法与英文中的"the mind's eye"类似,它基本上是虚拟的。但在这里,王夫之显然用它指那种关注结构:人所看到的东西和他观看的方式都取决于与境遇相关的兴趣。

第十七条

近体中二联,一情一景,一法也。"云霞出海曙,梅柳渡江春。淑气催黄鸟,晴光转绿苹","云飞北阙轻阴散,雨歇南山积翠来。御柳已争梅信发,林花不待晓风开",皆景也。何者为情?若四句俱情,而无景语者,尤不可胜数。其得谓之非法乎?夫景以情合,情以景生,初不相离,唯意所适,截分两橛,则情不足兴,而景非其景。且如"九月寒砧催木叶",二句之中,情景作对。"片石孤云窥色相"四句,情景双收:更从何处分析?陋人标陋格,乃谓"吴楚东南坼"四句,上景下情,为律诗宪典,不顾杜陵九原大笑。愚不可瘳,亦孰与疗之?

To have one couplet of affections (情*) and one couplet of scene (景*) in the middle couplets of a regulated verse is one rule (法*). [But consider middle couplets such as Du Shen-yan's]:

Dawn with white and rose clouds emerging from the lake,

Spring with plums and willows crosssing the river.

The pristine air hastens the orioles,

And the clear light makes the green duckweed coil.

Or [Li Teng's heptasyllabic quatrain]:

Clouds fly from the northern palace gates, their pale shadows dispersing,

And the rain ends on South Mountain, a mass of foliage comes forth.

Already willows by the royal moat race the first plums to come forth,

And flowers in groves do not wait on the wind of dawn to blossom.

All of these are lines of scene (景*); not one of them could be called a line of the affections (情*). And other cases in which the middle four lines are all lines of the affections with no scene phrases are particularly numerous. Yet can any of these be called contrary to the rules?

Scene is put together (和) by the affections, and the affections are generated by the scene. Initially they are not distinguished and are nothing more than what coincides (适) with one's thoughts (意*). If you separate them into two independent categories, then the affections will not be adequate to stir (兴*), and the scene will not be one's own scene. Take, for example, the two lines [of shen Quan-qi, beginning]:

The cold pounding blocks of late autumn hasten the leaves on the trees,

[Ten years of campaign and garrison—she remembers the man

in Liao-Yang.]

In these lines [the statement of] the affections (情 *) and the scene are set in opposition. Or the four lines [of Li Qi', beginning:]

In the single stone, in the lone cloud, glimpse the color of his face,
[Moon gleaming on the clear pool reflects his heart of Chan.
At the commanding wave of his monk's staff, flowers fall from heaven;
He sits and reclines in his peaceful cell, and springtime plants grow deep.]

Here the affections and the scene each gather the other in. And at what point could they be analyzed separately? If a dolt wanted to set up a doltish structural model (格) as his standard, then he would claim that the four lines [of Du Fu],

Wu and Chu split to the southeast,
[Qian and Kun float day and night.
From friends and kin not a single word,
Old and sick now, I have this lonely boat,]

with their first couplet of scene and with their second couplet [stating] the affections set the canonical standard for all regulated verse;[16] and such a person would not pay any attention to the gales of laughter that would come from the grave of Du-ling [i.e., Du Fu]. Such stupidity cannot be cured, and no one would even try to cure it.

某些中国批评家十分留意上述例子的先后顺序，王夫之或许比较明智地避开了任何顺序上的考虑。他列举的例子经常使他的理论观点受到质疑，或者使本来精细的观点变得粗糙了，本条的例子属后一情况。不管怎样，藏在本条深处的内核是关于情景关系的理论陈述，它的表述十分充分。

我们这里看到的是对场合和境遇模式中的主客二分观点的批评。主体和客体取决于它们的相互关系：我的情借助于决定性媒介也就是景而产生，与此同时，我所感知到的景的形成是我的心理的产物。这并不是说自我和世界缺乏实存、确定性以及不以二者的相遇为前提的既有的特性；但自我和世界总是在与环境有关的相遇之中实现。

按照王夫之的说法，情与景"合"。"合"暗示合成一体，甚至融在一起：景是外在世界，由情而"作"。或者按照他前面的说法即"心目为政"：感知根据具体的情来组织外在世界。像中国文学批评通常的情况一样，王夫之并不区分诗里的景和作为经验世界之一部分的景，这样，他就等于说二者本质上是同一的。景暗示着视点，既是内部的也是外部的：它是一个特定的人所理解的世界的一个特定方面。因此，一个景的一个特定之整体就是一个特定之人的"境"或"心理"（二者都是情）的产物。

与此同时，一个特定的心理是由人对世界的感知生发出来的；它作为它自己所"作"的那个景的产物而存在。相互界定的"情"和"景"同时发生。为追本溯源，王夫之确实把一种优先性赋予心：这二者"唯意所适"，"意"就是思想或概念，我们不会忘记前文说"以意为主"。在王夫之的设计中，"意"的功能与《诗大序》里的"志"的功能十分相像。"意"兼有"心思"和"看待事物的方式"这两层意思；但在这里，最重要的事实是，"意"是某种超越了情的场合和环境层面，也超越了即刻的巧合也就是"情—景活动"的东西。在王夫之的表述背后藏着一个常用的复合词"适意"，也就是"顺着某人"，"符合某人的想法/打算"。因此，情景相合就是"顺着"人的心思，它是一种带方向的注意力，它的方向和力度取自"意"的癖好，超越了一时一地的癖好。

一旦情景二者完全自立，那么情就不足以"兴"了，可王夫之的说法让人吃惊。我们本以为他会说，假如二者分离，情就再不能激发读者的反应了；可他的说法比这有趣得多。假如缺少与外在世界的相互界定，一个关于情绪、心理或情感的陈述就成了景，一个纯粹的客体。[17] 王夫之在这里触及一个有关读者的本质问题（既然这里的"兴"就是诗歌应

第十章 王夫之《夕堂永日绪论》与《诗绎》

当对读者产生的作用）。情必然在自我之中，一个真实的情总是自己的情。如果说情是纯粹的客体，它就不是它自己了；它只能存在于恰当的领地，也就是"内"。因此，他人（即诗人）之情只能以一种特殊的方式存在于诗中，也就是说，它既是"自家所有"，又要被"认作他人"：被同时分享。既为自家所有又把它视作他人，支撑这种情的那个内在根基只能发生在情的再生之中；而这种再生离不开特定的景。因此，能充分分享他人之情的惟一方式就是体验诗中所表现的相同的景。诗中的景是一种相互界定关系的固定形式；遭遇它，读者就可以"站"在诗人曾经站立的地方。所以说，王夫之的观点十分精确：只有依附于景，他人之情才能够激发我。

划分情和景的第二个结果不像第一个那么难懂。"自景"中的"自"作为第三人称代词的所有格形式，经常带有显示性力量。无情之景，也就是在景的构成中缺乏适当的个体心境的参与，此景疏远了经验的具体性：它变成了一个不真实的景的幻影，它无法显示那时或现在的世界的样子，因为它无法显示任何一个具体的个人所认识的世界。

现代诗歌理论家或许要指责王夫之未能适当考虑规范性语言和既成性语言的中介作用，指责他认识不到诗歌是在部族（tribe）的公用词语之内对私人经验的修改。而且，中国传统诗人通常不像西方诗人那样，用极端扭曲部族词语的方式来表明其经验的私人性。对这样的批评，王夫之或许能明白，因为他毕竟意识到以往诗歌的力量以及"发前人之所未发"等问题。站在17世纪中国理论家的角度，假设他如何回答20世纪西方文学理论家的质疑，这实在是一个靠不住的工作，我们不如做这样的推测：王夫之很可能坚持着传统中国文学理论家的一个共同的堂吉诃德式的信念：一个强烈、真实的个人之所见会把它的个性特征永不磨灭地印在公共语言上，正如说话人的个性也会印在口头语言上。

王夫之所列举的那些例子关注作为诗歌话语模式的情和景的表现问题，虽然它们常常让他远离了核心理论，而不是说明了那些理论。你不需要机械替换这两种模式，因为只要它们是真实表现，它们就是一个有机整体。无论按惯例人们会把这句诗归入情类还是景类，在真实的诗作中，它们必定既是情也是景。

第十八条

起承转收，一法也。试取初盛唐律验之，谁必株守此法者？法莫要于成章；立此四法，则不成章矣。且道"鲁家少妇"一诗作何解？是何章法？又如"火数银花合"，浑然一气；"亦知戍不返"，曲折无端。其他或平铺六句，以二语括之；或六七句意已无余，末句用飞白法飏开，义趣超远：起不必起，收不必收，仍使生气灵通，成章而达。至若"故国平居有所思"，"有所"二字虚笼喝起，以下曲江、蓬莱、昆明、紫阁，皆所思者，此自《大雅》来；谢客五言长篇，用为章法；杜更藏锋不露，拚合无垠：何起何收？何承何转？陋人之法，乌足展骐骥之足哉！近世唯杨用修辩之甚悉。用修工于用法，唯其能破陋人之法也。

Opening (起), continuing (承), turning (转), and closing (收)—that is one rule (法 *). But if you try testing this out against the regulated verse of the early Tang and High Tang, you won't find any poet who feels he must adhere rigidly to this rule.

Nothing is more important in rules than giving a complete [structure to the] unit (章 *). If you set up this rule of four-part structure, you won't have a complete unit. How are we to understand a poem like [Shen Quan-qi's "Alone Not Seeing", which begins] "Young wife of the house of Lu"? What is the "rule of unit composition" (章 *—法 *) here? A poem like [Su Wei-dao's "On the Fifteen Day of the First Month", which begins] "On firetrees [fire-works] silver blossom/sparks merge" is a single, undifferentiated breath (气 *). [Du Fu's "Preparing Winter Clothes", which begins]

第十章 王夫之《夕堂永日绪论》与《诗绎》

"I understand that the man on frontier duty does not turn home" has find turnings with no definite origin or end. In other poems there may be straightforward exposition for six lines, with everything drawn together in the last two lines; or in the sixth or seventh line the concept (意 *) may be [finished] with nothing remaining, but then the last line or lines may use the "flying white" rule [of calligraphy] to soar off again, so that the principle (义 *) and interest (趣 *) in the lines are carried afar.

When the opening does not necessarily open and the conclusion does not necessarily conclude, then the *qi** of life will get through magically (灵一通 *); the unit (章 *) will be complete and attain its ends. [When in the fourth of his "Autumn Meditations" Du Fu writes,] "There is something on my mind, of homeland and the life I knew", those words "there is something" speculatively (虚 *, literally "emptily") encompasses things and calls them up, so that reference later [in the sequence] to the Twisting River, to Peng-lai Palace, to Kun-ming pool, and to Purple Tower Mountain are all "what was on his mind". This comes from the "Greater Odes" [of the *Book of Songs*]. In his longer poems, Xie Ling-yun had used this same form as his "rule for unit composition" (章 *一 法 *), but Du Fu did the sharp point even more effectively [than Xie] and did not let it become obvious, gathering things together limitlessly.[18] Where is the "opening"? where the "closing"? where does it "continue"? where does it "turn"? The notion of "rules" held by jackasses will never permit a famous steed like Qi-ji to let his hooves run free. In recent times only Yang Shen has given a thorough analysis of this, and his skill in the use of the rules lay entirely in his ability to break free of "rules" as they have been conceived by jackasses.

本条再现出 17 世纪那些比较优秀的批评家对通俗诗学的条条框框的标准反应，所谓通俗诗学就是那些在地方学校教授并在诗歌手册中流传的诗学。通俗选集经常选择那些符合"法"所规定的条条框框的例子，它加固了这样一个假象——唐代诗人严格遵循那些法。王夫之从那些选集里小心谨慎地挑选出一些片段，以攻击那些陈腐僵硬之见。

第二十三条

　　王子敬作一笔草书，遂欲跨右军而上。字各有形埒，不相因仍，尚以一笔为妙境，何况诗文本相承递邪？一时一事一意，约之止一两句；长言永叹，以写缠绵悱恻之情，诗本教也。《十九首》及《上山采蘼芜》等篇，止以一笔入圣证。自潘岳以凌杂之心作芜乱之调，而后元声几熄。唐以后间有能此者，多得之绝句耳。一意中但取一句，"松下问童子"是已。入"怪来妆阁闭"。又止半句。愈入化境。近世郭奎"多病文园渴未消"一绝，仿佛得之。刘伯温、杨用修、汤义仍、徐文长有纯净者，亦无歇笔。至若晚唐馆凑、宋人支离、俱令生气顿绝。"承恩不在貌，教妾若为容。风暖鸟声碎，日高花影重。"医家名物关格，死不治。

　　Wang Xian-zhi wrote calligraphic pieces in "grass script" without ever lifting his brush from the paper (一一笔), thus hoping to excel [his father] Wang Xi-zhi [generally considered the greatest calligrapher of all time]. Every character had its proper form and its own boundaries, and none pressed on any of the others; yet still he was able to make a wondrously subtle world (妙*— 境*) without ever lifting his brush from the paper—to be able to do this is even more applicable to the basic processes of continuation and succession in poetry and prose. A single moment, a single event, or a single idea (意*) should be kept within no more than one or two

第十章　王夫之《夕堂永日绪论》与《诗绎》

lines; yet the essential lesson of poetry is to make words last long and extend sighs in order to describe brooding feelings (情*) all wound up inside a person. Poems like the "Nineteen Old Poems", "I Climbed the Mountain to Pick Greens", and some others manage to show perfection precisely by "never lifting the brush from the paper". Those primordial sounds have become virtually extinct ever since Pan Yue produced his turbulent melodies out of the tumult of his heart. Since the beginning of the Tang, there have occasionally been poets capable of this, and they usually achieve it in quatrains. [Jia Dao's]

　　Beneath the pines I asked his servant boy;
　　[He said the master's gone off to pick hers.
　　He's right here on this mountain,
　　But the clouds are so deep I can't tell where]

is an example of using only one line for each idea (意*). [In a quatrain on the cast-off consort Ban Jie-yu,]

　　Strange—how her dressing chamber is closed
　　[When the women leave court, they don't greet her,
　　But all go off to within the spring gardens—
　　Among the flowers, sounds of talk and laughter],

[Wang Wei] manages it in half lines, and moves into a world of transformation (化*—境*), even more than in the preceding poem.

　　In more recent ages Guo Kui's quatrain that begins, "So sick now in the Wen Garden, my thirst not yet gone" catches some semblance of it. There are some pure moments of it in the work of Liu Ji, Yang Shen, Tang Xian-zu, and Xu Wei; the brush does not stop on the paper. But when it comes to something like the decorative glitter of the late Tang or the incoherence of the Song writers, both cause the breath of life to stop

631

instantly. [Consider Du Xun-he's "Resentment in the Spring Palace":]

> Royal favor is not on the face,
> Which makes me unable to adorn myself.
> The wind is warm, voices of birds shatter,
> The sun is high, the shadows of flowers heavy.
> Doctors call this a "closed case"—death beyond cure.

这里，王夫之的注意力集中到动力的和有机的整体感上，它是一种连贯整一的运动，其中，所有组成部分（书法里的字或诗歌中的一时、一事、一意）都保持独立。在诗歌和散文批评中，它经常被称作"一气"。正像王夫之在他的批评中不断重申的一样，这种理想状态见于最早的诗歌，后来则每况愈下。

第二十四条

不能作景语，又何能作情语邪？古人绝唱句多景语，如"高台多悲风"，"蝴蝶飞南园"，"池塘生春草"，"亭皋木叶下"，"芙蓉露下落"，皆是也。而情寓其中矣，以写景之心理言情，则身心中独喻之微，轻安拈出。谢太傅于《毛诗》取"訏谟定命，远猷辰告"，以此八字如一串珠，将大臣经营国事之心曲，写出次第；故与"昔我往矣，杨柳依依；今我来思，雨雪霏霏"，同一达情之妙。

If one cannot write the language of scene, how then can one write the language of the affections? The finest lines of the older poets are the lovely language of scene. For example,

> On high terraces the melancholy winds are strong (Cao Zhi)
> Butterflies flutter in the southern gardens (Zhang Xie)
> Pool and pond grow with springtime plants (Xie Ling-yun)
> On the flood plain, leave fall from the trees (Liu Yun)

第十章 王夫之《夕堂永日绪论》与《诗绎》

> The lotus collapses beneath the dew (Xiao Que)
>
> Are all examples of this, and the affections are lodged within them. When one articulates the affections through the principle (心 *—理 *), [literally "mind-principle"] of describing scenes, then the most elusive and singular figurings of what lies in mind and body are lightly drawn out. The Grand Tutor Xie An chose these lines from the *Book of Songs* [256]:
>
> > With grand counsels he makes mandates mixed,
> > With far-reaching plants, makes propitious declarations.
>
> He considered these eight words to be a strong of pearls, describing the fine turns of mind (心 *—曲) of a great officer managing state affairs. For this reason it was the same in communicating the affections as *Book of Songs* [157]:
>
> > Long ago when we left
> > The willows were light and waving;
> > Now when we return
> > The snow is thickly falling.

王夫之提到《世说新语》中的一个著名故事：谢安问他的侄子谢玄，《诗经》最好的句子是哪几句，谢玄提出"昔我往矣……"一段，而谢安以"訏谟定命……"句反驳之。[19]

第二十五条

有大景，有小景，有大景中小景。"柳叶开时任好风"，"花覆千官淑景移"，及"风正一帆悬"，"青蔼入看无"，皆以小景传大景之神。若"江流天地外，山色有无中"。"江山如有待，花柳更无私"，张皇使大，反令落拓不亲。宋人所喜，偏在此而不在彼。近唯文徵仲《齐宿》等诗，能解此妙。

There are scenes on a large scale; there are scenes on a small scale; and these are scenes on a small scale within scenes on a large scale. [The lines]

As willow leaves open, they give themselves to the fine breeze. (Du Shen-yan)

Flowers cover the thousand officers, the pure light shifts. (Du Fu)

The wind bears straight on, a single sail hung far. (Wang Wan)

and

Blue haze—look in and [the mountain is] not there. (Wang Wei)

are all scenes on a small scale that convey the spirit of a scene on a large scale.

The river flows out beyond Heaven and Earth,

The color of the mountain between presence and absence. (Wang Wei)

Mountains and rivers as if awaiting someone,

But flowers and willows show no private favors.(Du Fu)

Couples like these are grandiose; and in contrast [to the previously cited examples] their unrestrained self-sufficiency is achieved at the cost of intimacy. Song writers were particularly fond of the latter type rather than the former, whose subtleties (妙 *) have been understood in recent times only by Wen Zheng-ming in "Spending the Night in My Library" and other poems.

第二十六条

情语能以转折为含蓄者，唯杜陵居胜，"清渭无情极，愁时独向东"，"柔舻轻鸥外，含凄觉汝贤"之类是也。次又与"忽闻歌古调，归思欲沾巾"更进一格，益使风力遒上。

Du Fu alone holds supreme mastery in his ability to have the language of the affection (情 *) twist into a reserve of feeling (含—

蓄). Examples of this kind of writing are

> The clear Wei lacks any feeling at all—
> It heads east on its own, in spite of my sorrow.

and

> The agile prows lie beyond the light gulls,
> Restraining my gloom, I recognize their nobility.

A couplet like

> Suddenly I hear an old tune sung,
> Longing for home makes me want to soak my kerchief with tears.

take this mode (格 *) one level further, making its affective force (风 *—力) even stronger.

第二十七条

含情而能达，会景而生心，体物而得神，则自有灵通之句，参化工之妙。若但于句求巧，则性情先为外荡，生意索然矣。松陵体永堕小乘者，以无句不巧也。然皮陆二子差有兴会，犹堪讽咏。若韩推之以险韵、奇字、古句、方言，矜其饾锤之巧；巧诚巧矣，而于心情兴会一无所涉，适可为酒令而已。黄鲁直、米元章益堕次障中。近则王谑庵承其下游，不恤才情，别寻蹊径，良可惜也。

If the affections kept in reserve (含一情 *) can be effectively communicated; if one meets the scene (会一兴 *; i.e., if one discovers in the scene the counterpart of one's own concerns) and this gives rise to mind (生一心 *; i.e., generates thoughts and feelings); and if further one embodies things (体 *—物 *) and attains their spirit (神 *)—then there will be lines that communicate magically (灵 *—通 *) and that participate in the wondrous subtlety (妙) of the work of transformation (化 *). But if one seeks only artfulness (巧) in a line, then one's nature and affections (性 *—情 *) will be swept along beforehand [i.e., before they can emerge spontaneously] by [mere] externals, and the concepts (意 *) generated will be dull and lifeless. The Song-ling style (体 *) [of the late-Tang poets Pi Ri-xiu and Lu Gui-meng] always falls into the secondary tradition [literally the "lesser Vehicle" of Buddhism] because every line is artful. Nevertheless Pi Ri-xiu and Lu Gui-meng have occasions of [genuine] stirring (兴 *—会) and one can still chant their works. But in case like that of Han Yu, who vaunts his artfulness with a flashy variety of difficult rhymes, strange words, archaic lines, and regional expressions—artful it may be, but it does not have the least thing to do with the human affections (心 *—情 *) and occasions of being stirred (兴 *—会). Such writing is appropriate only for compositions at drinking bouts. Huang Ting-jian and Mi Fu succumbed to this failing even more, and in recent times Wang Si-ren has continued its worst aspects. It is truly a pity that such writers care nothing for talent and feeling (才 *—情 *) and seek an entirely separate path.

第三十五条

"落日照大旗，马鸣风萧萧"，岂以"萧萧马鸣，悠悠旆旌"为出处邪？用意别，则悲愉之景原不相贷，出语时偶然凑合耳。必求出处，宋人之陋也。其尤酸迂不通者，既于诗求出处，抑以诗为出处考证事理。杜诗"我欲相就沽斗酒，恰有三百青铜钱"，遂据以为唐时酒价。崔国辅诗"与沽一斗酒，恰用十千钱"，就杜陵沽处贩酒，向崔国辅卖，岂不三十倍获息钱邪？求出处者，其可笑类如此。

    Setting sunlight shines on the great banners,
        Horses whinny in the shrill wind. (Du Fu)

The source for this should not be sought in the lines [from the *Book of Songs*]:

Horses cry out, shrill,

Far, far go the pennons and standards.

Since the concepts (意 *) operating in these two cases are distinct, these two scenes—one of sorrow and one of exultation—do not involve any borrowing whatsoever; Du Fu's lines represent only a chance coincidence of phrasing. The need to find a source for everything is the stupidity of Song writers. But the most painfully absurd and incomprehensible situations are when, having looked for sources in a poem, one then uses the poem itself as a historical source to investigate the way things really were (事 *—理 *, "the principle behind events"). There is Du Fu's couplet:

I want to go there to buy a gallon of wine:

I have just three hundred coins of green bronze.

Then one takes that as evidence of the cost of wine in the Tang. Next we read Cui Guo-fu's poem:

I want to buy a gallon of wine,

And use exactly ten thousand coins.

If we went to Du Fu's wineshop to buy wine, then sold it to Cui Guo-fu, we could make a three thousand percent profit. This is a good example of how ridiculous it is to go hunting sources.

借用旧诗文里的词语表达新意思，这种诗文之间的借用被时人视为标准做法，但王夫之这里采取了攻击的立场。我们知道，王夫之的一个最独特、最坚定的立场是：同样的诗句可以用来表达不同的甚至相反的情感，本条最值得注意的地方正在于它与这个立场相抵触的方式。

《诗绎》

第三条

"采采芣苢",意在言先,亦在言后,从容涵泳,自然生其气象。即五言中,《十九首》犹有得次意者,陶令差能仿佛,下此绝矣。"采菊东篱下,悠然见南山","众鸟欣有托,吾亦爱吾庐",非韦应物"兵卫森画戟,燕寝凝清香"所得而问津也。

[In the poem from the *Book of Songs* that begins] "We keep gathering the plantain", the concept (意 *) is there before the words, and it is there after the words; it moves leisurely and soaks through the words, so that it naturally (自—然 *) generates the atmosphere (气 *—象 *) of the poem. Among poems in five-character lines, the "Nineteen Old Poems" still were able to use concept this way; and Tao Qian catches a bit of the semblance; but afterwards it is gone. [Couplets by Tao Qian like]

 I pick chrysanthemums beneath the eastern hedge,
 Then, far in the distance, catch sight of South Mountain

or

 The flock of birds rejoice in having a place to lodge,
 And I, too, love my own cottage

—these are not lines that a poet like Wei Ying-wu, with lines like

 The guards, a dark mass of painted pikes,
 As we feast reclining, a clear scent hangs in air,

could ever grasp and ask the way to proceed.

不太清楚王夫之所谓"意在言先,亦在言后"究竟是什么意思。它的意思似乎是说,诗自然而然地从某种"意"中冒出来,读者吟诵这首诗之后，那种"意"仍在继续；诗文只是二者的纽带和交流的工具。韦应物的名联差强人意，它破坏了那个感觉：诗是诗人从意里自然生出的。如果诗句看上去不是自然产生的，它们就不会对读者产生自然效果。

第四条

"昔我往矣，杨柳依依；今我来思，雨雪霏霏。"以乐景写哀，以哀景写乐，一倍增其哀乐。知此，则"影静千官里，心苏七校前"，与"唯有终南山色在，晴明依旧满长安"，情之深浅宏隘可见矣。况孟郊之乍笑而心迷，乍啼而魂丧者乎？

> Long ago when we left
> The willows were light and waving;
> Now when we return
> The snow is thickly falling.

To writer of one's misery in a scene of joy, or to write of one's joy in a scene of misery doubles the misery and doubles the joy. [Du Fu's]

> This shadow calms among the thousand officers,
> The heart revives before the seven ranks

And [Li Zheng's]

> All that remains is the color of Zhong-nan Mountains,
> As ever clear brightness fills Chang-an

here the depth or shallowness of feeling (情*), the expansiveness of narrowness of feeling is obvious. Even more consider Meng Jiao who at one moment laughed, his heart led astray, and at another moment cried out, his spirit vanishing.

出自《诗经》的那几句诗描写征战，征战之人回忆在本该欢乐的春天时节离别时的悲苦，如今在阴沉的冬季又体验着归家的欢欣。杜甫的诗句谈的是他到达皇帝临时寝宫的感受，此前，他绝望地逃离京城，而后又被安禄山的叛军俘虏。李拯的诗句描绘了黄巢叛乱洗劫之后的长安周围的景象。在所有这些例子里，诗句的力量都因作诗背景而加强了。这种反衬鲜明的诗歌与孟郊的诗作恰相对照，后者进士不第，则有绝望悲苦之作，终于及第之后，则有狂喜之作。王夫之之所以对这种反衬的张力感兴趣，与他关于"群"和"怨"的理论有密切关系，关于后者，请参考我对《绪论》第一条的解说的最后部分。

第五条

唐人《少年行》云："白马金鞍从武皇，旌旗十万猎长杨。楼头少妇鸣筝坐，遥见飞尘入建章。"想知少妇遥望之情，以自矜得意，此善于取影者也。"春日迟迟，卉木萋萋；仓庚喈喈，采蘩祁祁。执讯获丑，薄言还归。赫赫南仲，狝狁于夷。"其妙正在此。训诂家不能领悟，谓妇方采蘩而见归师，旨趣索然矣。建旌旗，举矛戟，车马喧阗，凯乐竞奏之下，仓庚何能不惊飞，而尚闻其喈喈？六师在道，虽曰勿扰，采蘩之妇亦何事暴面于三军之侧邪？征人归矣，度其妇方采蘩，而闻归师之凯旋，故迟迟之日，萋萋之草，鸟鸣之和，皆为助喜；而南仲之功，震于闺阁。室家之欣幸，遥想其然，而征人之意得可知矣。乃以此而称"南仲"，又影中取影，曲尽人情之极至者也。

A "Ballad of Youth" by the Tang poet [Wang Chang-ling] goes:

On white horse with gilded saddle, he's gone off with Emperor Wu,

Banners and flags in the tens of thousands, they hunt at Chang-yang.

High in the building his youthful wife sits playing her zither,

She sees the dust flying far away, entering Jian-zhang.

We can imagine the feeling (情 *) of the youthful wife as she gazes into the distance, and this shows mastery in catching the shadow of her pride and satisfaction. The subtlety of the following [stanza from the *Book of Songs*] lies in exactly the same thing:

The days of spring are lengthening,

The grass and the trees flourish,

The orioles are warbling,

Women pick artemisia in crowds.

With captive warbands to be tried,

We make our way homeward.

Glorious is Lord Nan-zhong—

The Xian-yun tribes are quelled.

The exegetes of the Classics could not fully understand these lines, claiming that the wives saw the returning army as they were picking artemisia: this makes the import and interest (旨—趣 *) of the lines dreary. With pennons and banners flying, with halberds and pikes raised, with the din of horses and chariots, and with the victory music played everywhere, how is it that the orioles don't fly up and away, and much less how could one still hear their warbling? When the grand army is on the march—and let us grant that they were not causing trouble—why would these women picking artemisia boldly show their faces right next to the columns? The troops are on their way home, and they guess that their wives will be picking artemisia and will hear the victory songs of the returning army; thus the lengthening daylight, the flourishing of the grasses, and the harmony of the birds singing all add to their delight; and the achievements of Lord Nan-zhong will resound in the women's chambers. From afar they imagine how it will be, with delight in good fortune in the houses. And we can understand the satisfaction of the troops on the march. Then, in all this, to [imagine the women] praising Lord Nanzhong is to catch a shadow in a shadow and treat in the finest detail the limits of the human affections.

"影"暗示那种靠间接证据而被认出的东西。王昌龄不必直说那个少妇为她丈夫置身皇家队伍而感到自豪；有了远景的描写，那意思就暗含其中了。她看不见远处的队伍，但她看得见马蹄扬起的灰尘，那是他们走近建章宫的影，也是她急切关注该景象的影。出自《诗经》的那些诗句更极端地发挥了这种通过写景以暗示心理的手法：那些诗句描写的是推测之景，征人想象他们归家的情景。值得注意的是王夫之怎样以经验为根据来驳倒标准解释：队伍归来的喧闹必然搅扰了诗开头的宁静。王夫之首先把该诗确定为归家将士的内心活动，然后他又进了一层：本来由士兵自己来歌颂南仲是更合理的，可王夫之说，对南仲的赞美是妻子唱出来的，因为他觉得那是士兵在想象妻子们将以什么方式迎接他们——她们会称颂他们的领主。他简直被这个念头迷住了。

这里的推测是好的，而《绪论》第五条所说的贾岛那个推测则是糟糕的，比较一下二者的不同一定很有意思。贾岛的推测是纯粹的作诗行为，而这里的推测发自真情实感，虽然景是"空的"、想象中的，但景与情的关系是真实关系。僧人应当"推"还是"敲"可以根据实际情况来确定，也就是说在实际情景中到底发出了哪个动作，这是一种方法；还有一种方法就是让景在内心自动浮现出来，这里的推测之景就属于后一种情况。这种来自推测的景仍然可以说是自然现实；只不过它是内心现实。跟《绪论》第十四条的那些例子不一样，这种推测之景可以恰当地称之为"情中景"。

第十章 王夫之《夕堂永日绪论》与《诗绎》

第七条

"庭燎有辉",乡晨之景,莫妙于此。晨色渐明,赤光杂烟而暧曃,但以"有辉"二字写之。唐人《除夕》诗"殿庭银烛上熏天"之句,写除夜之景,与此仿佛,而简至不逮远矣。"花迎剑佩"四字,差为晓色朦胧传神;而又云"星初落",则痕迹露尽,益叹《三百篇》之不可及。

There is no more subtle description of the scene before dawn than the line [from the *Book of Songs*], "From troches in courtyard there is a glow". The colors of the dawn sky are gradually brightening, and the reddish light mixes with smoke and darkens in flashes; but it is described with no more than the words, "there is a glow".

The line from a New Year's Eve poem by a Tang poet [Du Shenyan], "In the palace courtyard the silver candles scent the heavens above", describes the scene of New Year's Eve somewhat like the line from the *Book of Songs*, but it falls far short in the perfection of simplicity. The first four characters of Cen Shen's line, "Flowers greet the sword-hung sash", pretty much convey the spirit (神*) of the first pale glimmering of dawn; but when he finishes that line with "the stars begin to set", the traces [of his craftsmanship] are completely exposed. This makes us reflect all the more on the fact that the *Book of Songs* cannot be equaled.

第十四条

谢灵运一意回旋往复,以尽思理,吟之使人下躁之意消。《小宛》抑不仅此,情相若,理尤居胜也。王敬美谓"诗有妙语,非关理也",非理抑将何悟?

In the poetry of Xie Ling-yun one idea (意*) will circle around and go back and forth until his train of thought (思*—理*) is

643

exhausted. Chanting it will cause all nervous and reckless notions (意*) to melt away. But not only is the "Small Dove" [from the *Book of Songs*] the same in this respect, the feeling (情*) in it is also comparable, and natural principle (理*) resides in it particularly strongly. Wang Shi-mou said that poetry involves a perfect enlightenment (妙*—悟) that has nothing to do with natural principle (理*). If there's no natural principle, what's there to become enlightened of?

王世懋那句话是《沧浪诗话》中严羽的话的翻版；戴鸿森指出，引述它的人其实是王世懋的哥哥王士祯。王夫之不会有这种玄而又玄的美学，在他看来，诗歌来自自然之理，它不是那种死板的哲学之理，而是大千世界在其中流转不息的经验事实。

第十六条

兴在有意无意之间，比亦不容雕刻。关情者景，自与情相为珀芥也。情景虽有在心在物之分，而景生情，情生景，哀乐之触，荣悴之迎，互藏其宅。天情物理，可哀而可乐，用之无穷，流而不滞；穷且滞者不知尔。"吴楚东南坼，乾坤日夜浮。"乍读之若雄豪，然而适与"亲朋无一字，老病有孤舟"相为融浃。当如"倬彼云汉"，颂作人者增其辉光，忧旱甚者益其炎赫，无适而无不适也。唐末人不能及此，为玉台合底盖之说，孟郊、温庭筠分为二垒。天与物其能为尔阃分乎。

Affective image (兴*) lies between the intended and the unintended; comparison (比*) also does not permit minute [intentionally artistic] craft. What concerns the affections (情*) is scene, which forms "amber and seed" [fusion?] together with the affections. Even though the affections are distinguished from scene by the one's belonging to the self, and the other's belonging in things (物 *), still with scene giving rise to the affections and affections giving rise to scene, with the conflict of misery and joy, with the encounter of splendor and despair, they take secret lodging in one another. The natural affections (天一情 *) and the principles in things can bring misery and can bring joy; and their functioning is endless, moving in their courses without getting bogged down. One who is exhausted and bogged down cannot understand them. [When Du Fu writes],

> Wu and Chu split to the southeast,
>
> Heaven and Earth float day and night,

All at once we read a daring grandeur in the lines; but they happen to become fused with

> From friends and kin not a single word,
>
> Old now and sick, I have this lonely boat.

Note that "Great is the River of Stars" is used [in one of the *Songs*] to praise [the Zhou king's] influence on the people, and the line magnifies the king's glory; but the same line is used [in another of the songs] to express anxiety about a severe drought and magnifies the sense of blazing heat [by suggesting that there were no clouds in the sky]: it applies to no particular situation, and yet there is no situation to which it may not apply. That man from the end of the Tang [Liu Zhao-yu did not reach this level of understanding when he put forward his theory about a jade box's needing a base and lid [that fit together perfectly, a metaphor for parallel couplets]; Meng Jiao and Wen Ting-yun divided things into two piles. Can Heaven and the things of the world be divided up by drawing lots as in distributing household property?

注 释

这里使用的版本是戴鸿森所著《姜斋诗话笺注》。

[1] 戴鸿森《姜斋诗话笺注》是一个不错的现代注本。它收录了王夫之的《夕堂永日绪论》、评论《诗经》的诗话《诗绎》和另一部散评《南窗漫记》。为了把王夫之散在他处的评论文字辑录在一起,作者常常把选自王集中的一些段落和评论文字附在"诗话"各条目之后。其中一些会在我后面的讨论中出现。

[2] "古诗十九首"中的第三首就是一个极好的例子。诗中的说话人离开了东汉的大都市,向人们讲述那些有权势的人和富人的宴会与奢华。传统注家无法确定这个说话人的心态:他在抱怨自己被排除在那些宴饮活动之外,还是批评这种奢华生活,或是以忘我的热情参与其中。只要稍微调整一下语气,假设出代词的具体所指(在中文里,这些是不明说的),就可以十分自然地读出上述任何一种心态。想要它表现这些矛盾心态的哪一个,取决于在什么情况下演唱它。

[3] 见戴鸿森,第4页。

[4] 《论语》那段话接着说,《诗经》还可以事父、事君,多识鸟兽草木之名。

[5] 在以下段落里,我从 Steven Van Zoeren 所著《诗歌和个性:传统中国的阅读、注疏和解释学》(Poetry and Personality: Reading, Exegesis, and Hermeneutics in Traditional China)一书中摘引了一些结论,并追溯了朱熹以来的《诗经》解释学历史。

[6] 但应当注意的是,那种确定的感染性并非必然是该诗语言的直接"意义":据说,被假定的"变风"的作者,也就是"国史"(《诗大序》)希望读者从那些诗里读出反讽意味,希望读者拿它跟读者自己所处的时代环境所激发的理想对比。据说,孔子编诗也是为了产生类似的反讽效果。

[7] "世俗"用在这里不太恰当;我只是用它来指代一切未获批准进入儒家经典的诗歌。应当注意的是,既然诗歌确实是后来发生的,因此它们对《诗经》模式的背离在某种程度上看也是对完美的背离。

[8] 见戴鸿森,第8页。

[9] 见戴鸿森,第46页。

[10] 见戴鸿森,第46页。

[11] 赵执信《谈龙录注释》,第6—7页。

[12] 见戴鸿森,第51页。

[13] 见戴鸿森,第55页。

[14] 一般认为,本段文字的原始出处见宋末范晞文所作《对床夜语》卷二。他以杜诗为例,指出诗中的情、景、景中情、情中景、情景交融交替的情况,并因此证明它们是无法区分的。

[15] 见戴鸿森,第72—73页。

[16] 所引这两联只是八行律诗的中间两联。

[17] "可是,必须注意的是,代表激情的词语,在极大程度上,不能给我们激发出任

第十章 王夫之《夕堂永日绪论》与《诗绎》

何程度上的激情，它所激发的只是对相关环境的想法。"见 David Hartley《谈谈人，他的名声、义务和他的期望》(*Observations on Man, His Fame, His Duty, and His Expectations*)，第 276 页。

[18] 古汉语所使用的武器之"锋"的隐喻类似英文中的"making a point"（虽然后者来自剑术用语）。"杜更藏锋不露，搏合无垠"一句，王夫之的意思是说，杜甫在诗里不显露他的用意、他的所指，而是容纳各色事物，以隐约传递那个"锋"即要点。

[19] 刘义庆《世说新语》，Richard Mather 译，第 118 页。

CHAPTER ELEVEN
"The Origins of Poetry"

第十一章

叶燮《原诗》

叶燮（1627—1703）的《原诗》完成于1686年，它是继《文心雕龙》之后对全面和系统诗学的第一次严肃尝试。[1]确实，《原诗》全面深入地关注诗歌理论的根基，这使它比《文心雕龙》更配得上"诗学"这个称谓。与西方和印度诗学形成对照的是，这种诗学写作不是为了表述那些在中国传统中已根深蒂固的价值观念。它探询诗的根基（"原"）实出于一种危机意识，因此，它不是无动于衷地表述某种认识，而是希望救诗歌于危亡。正如《原诗》"外篇"下所说："诗道之不能长振也，由于古今人之诗评杂而无章，纷而不一。"

只有把这句话放到传统中国文学理论的语境之中，你才能体会到它有多么大胆惊人。批评家经常希望借助一些清规戒律和不同凡响的观点来引导艺术的发展，以恢复它往日的荣光；确实有不少人谴责其对手的观点走错了方向，以至把诗歌引入歧途；但没有人把这个罪责算在前人概念混乱的账上。而在叶燮看来，问题的症结确实在于"诗评杂而无章"；惟一的出路就是提出一套全面统一的基本的艺术原则，有了这些原则性观点，就可以一劳永逸地避免种种个别看法所导致的错误和偏见。

因此，此话一出，叶燮便打出了一张不同凡响的牌：他全盘清理以往的文学理论传统，他的兴趣不仅仅在于赞同或反对前人的立场，而是评判它们在方法论上是否正确或彻底。叶燮谴责他的最大竞争对手刘勰——一个像他一样潜心构造整体诗学的理论家——不能"持论"。[2]对严羽的指控是他未能充分展开他的一个观点：判断力是诗学研究的必要前提。[3]叶燮对其前辈的批评大体是站得住脚的，他们确实没有发展和捍卫一种理论，而叶燮做到了。可是，这种创立统一系统的冲动使叶燮的文章成了该传统中的一个异己分子；虽然有人读，也得到了赞美，但与同代人那些零零碎碎的文字相比，叶燮的文字显得缺乏影响力。

像《文心雕龙》的情况一样，20世纪以来，随着西方诗学——它更为推崇全面系统的批评论著——的引进，人们对《原诗》的兴趣与日俱增。虽然这种进口的价值观妨碍和扭曲了我们对中国文学思想的整体理解，但《原诗》自有其内在优点，所以人们对叶燮的著作产生新的兴趣，

第十一章 叶燮《原诗》

我们自然欢迎。《原诗》引导西方读者认识传统中国诗学最后和最深奥的发展阶段，并让他们得以观察：如果该传统把兴趣主要集中到对诗歌理论基础的考察上，那么它的关注中心和传统术语将会怎样协调起来。

《原诗》分内篇和外篇，每篇由两部分组成。对诗学理论的最系统的表述见内篇部分。外篇的前一部分谈到各色各样的理论观点，后一部分则依时代顺序粗略勾勒诗歌史的发展脉络。在主要选段部分，我选译了内篇的大部分内容，省略了开头和结尾那些讨论文学史的文字。内篇的其余内容和外篇的一些文字见本章的补充部分。❶

从13世纪以来，批评家越来越倾向于把诗歌视为一种相对自治的活动，这种倾向集中表现在对以下一些事物发生浓厚兴趣：技术诗学，对师法前辈诗人提出质疑，开创和发展一些新的话语以谈论那些纯而又纯的"诗的"特性。对诗的神秘效果的关注主要是严羽《沧浪诗话》的遗产，《沧浪诗话》是通俗诗学和诗歌教学的最早文本，后来逐渐成长为高级诗学中的强大力量。起初，《沧浪诗话》代表强烈的反传统力量，到了17世纪中期，当叶燮的诗学走上舞台，它已经变成当之无愧的"正统"了，当时那么强烈地激发它选择这个立场的正是"正统"。仍有一些批评家对诗歌作为社会档案或个人历史档案的方面感兴趣；但从总体上看，这种兴趣变弱了，人们以更高的热情，以各种各样的方式关注艺术及其效果。[4]从许多方面看，叶燮的《原诗》试图打破那个以诗歌为神秘自治体的认识，它试图向读者证明诗歌如何参与到万事万物的运作之中。在一个诗和哲学被视为两个畛域分明的学科的时代，叶燮断言诗的和哲学的关注是统一的，他坚持认为诗歌的基本问题为人类和自然世界所共有。叶燮经常使用哲学话语来谈诗，而且经常提醒他的读者，他所说的东西不仅仅适用于诗歌。叶燮经常使用哲学术语，这肯定令他的许多同代人反感；他试图把诗歌与至高无上的理重新整合起来（这是中国思想传统的最佳部分），这种努力很有英雄气概，即使成效甚微。正是因

---

❶ 关于选译段落的顺序，见后文"补充部分"开头的说明文字。

为这一点，而不仅因为他所使用的论文体裁，叶燮让我们想到了刘勰。

在以下选译段落的第一部分，❶ 叶燮描述了事物在诗歌中的存在方式或道，它就像事物在世界中的存在方式或道一样。这个"道"有三个层次，即理、事、情。维系这个过程的力量是"气"，反过来理解，事物之道的必然性即是"法"。在这个说法背后潜藏着这样一个观念：构成诗歌的东西和读一首诗所理解的东西与构成世界的东西和在经验世界中所理解的东西是*一致的*。如果说有*可能*把诗歌区别出来（把最好的诗歌区别出来），那么是什么使它得以区别出来呢？❷ 选译段落的后半部分对此作了说明：它是一种能力，它能够洞察到普通人洞察不到的理、事、情的最难以捉摸的运作，并把它传达出来。理、事、情那些最隐秘的运作与《沧浪诗话》推崇备至的那种仅属于"诗的"神秘特性其实是一回事儿。这样一来，叶燮把严羽所谓的"诗的意象"（poetic image）从诗歌的自治领域里赶出去，然后又在诗歌之外的那个经验世界给它找回了一个位置，虽然只有有特权的少数人才能享有它。诗歌与其他语言的区别在于它能够传递一种特殊的世界意识，它在极大程度上不同于他种意识。

讲完世界之道，叶燮转入以"识"即洞察事物的能力为基础的认识论问题。虽然"识"这个词很可能取自《沧浪诗话》，但叶燮从一个完全不同的意思来使用它。严羽关心新诗人能不能"识"出前辈诗作的真正价值；叶燮要求诗人洞察或认识理、事、情的一般运作规律，它的对象既包括前辈诗作，也包括创作活动，还包括对世界的洞察。在"识"的名下还列举了三种能力：才、胆、力，没有它们，自己的认识就不能为他人所知。"胆"是其中最有意思的一个，在前辈大师和"法"面前，如今的作家感到望而却步，所以才需要"胆"。

虽然大力反驳明代复古派，可叶燮并没有逃脱他们的谱系，他关注的许多问题跟复古派没有什么两样，他们所使用的许多核心语汇他都试

---

❶ 选译段落的第一部分从霍松林校注本（人民文学出版社，1979 年）第 19 页开始，至第 32 页止。
❷ 这里的斜体为原作者所加。

第十一章 叶燮《原诗》

图重新加以界定。这一点再清楚不过地体现在他关于"法"的说法上。"法"既是明代复古派的核心术语,也是叶燮时代的通俗诗学的核心术语(虽然当叶燮完成了对它的重新界定,复古派和通俗诗学就认不出它的本来面目了)。叶燮的文字捎带提到一大批当代理论家和所谓的"格调派"作家,"格调派"作家虽然对明代复古派大力攻击,并因此大幅度地修改了复古派的理论,但他们在许多方面仍然没有摆脱复古派的强大影响。

《内篇》选

《内篇》上(主要选段)

> 或曰:"今之称诗者,高言法矣,作诗者果有法乎哉?且无法乎哉?"余曰:"法者虚名也,非所论于有也;又法者定位也,非所论于无也。"

Someone said to me: those who claim to know about poetry nowadays make much of "rules" (法*). Are they really rules in writing poetry, or is poetry something without rules?

I answered: rules are an empty name and thus not to be considered as if existing actually. On the other hand, rules are determinate positions and thus not to be considered as non-existent.

为了弄清叶燮对"虚名"和"定位"的区别,我们可以拿驾驶汽车打比方。实际上不存在什么"驾车之法";虽然有许多驾驶手册(正如在叶燮的时代有不少诗歌手册),但所有驾车者都知道从驾驶手册里根本找不到"驾车的方法"。因此,"法"在这里就是一个"虚名";所谓"驾车方法"指的是在实际操作之前无法充分确定或充分描述的东西。可是,一旦你真的开车,你就得知道在什么时候必须做这个,在什么时候必须做那个:这个"必须"就是所谓"定位"之"法"或"方法"。既然法是实际的(virtual),它们就确实存在,可是,如果不在具体情况中被引发出来,法的具体确定性就不会出现。像在《原诗》其他地方一样,叶燮摆出两种常见的对立立场(一方相信"法"具有决定性作用,另一方则反对"法"),并高居它们之上;他以此向世人表明,这样一些概念远比那些传统上的文学派别所选择的粗糙立场复杂得多,无论是正方还是反方。

* * *

子无以余言为惝恍河汉,当细为子析之:自开辟以来,天地之大,古今之变,万汇之赜,日星河岳,赋物象形,兵刑礼乐,饮食男女,于以发为文章,形为诗赋,其道万千,余得以三语蔽之,曰理、曰事、曰情,不出乎此而已。然则诗文一道,岂有定法哉?先揆乎其理,揆之于理而不谬,则理得。次征诸事,征之于事而不悖,则事得。终絜诸情,絜之于情而可通,则情得。三者得而不可易,则自然之法立。故法者当乎理,确乎事,酌乎情,为三者之平准,而无所自为法也。故谓之曰虚名。

So that you won't think what I have just said is as vague and hazy as the Milky Way, I should clarify the fine points for you. Since the beginning of the universe, the magnitude of Heaven and Earth, the mutations of past and present, all the mysteries of the millions of things, the sun and stars, the rivers and mountains, the images and forms (象*—形*) in which things unfold, war and punishments, rites and music, food and drink, the relations between men and women—all of these have come forth as literary works (文*—章*) and have taken shape (形*) as poems and poetic expositions (赋). The Way is infinitely varied, but I can cover it in three words,

第十一章　叶燮《原诗》

"natural principle" (理 *), "event" (事 *), and "circumstance" (情 *, the affections, a "state of mind"). Nothing lies outside of the scope of the three words. If this is the case, then how can there be determinate rules covering the entire Way of poetry and prose? First, reflect on natural principle in something; and if your reflection in regard to natural principle is not in error, then you have grasped the natural principle. Then find evidence of that principle in an event; and if the evidence found in event does not contradict the principle, then you have grasped event. Finally assess it in regard to circumstance (情 *); if, assessed according to circumstance, it still comes through (通 *), then you have grasped circumstance. When all three have been grasped and cannot be altered, then natural (自然 *, or "so-of-themselves") rules are established. Thus rules are the even balance of what is right according to principle, what is made actual in event, and what is infused in circumstance; but there is nothing by which rules can have subsistence in there own right. For this reason I have said that rules are an empty name.

什么是好的文学理论？它的一个重要特征是能表明一个乍看起来非常简单的重要问题的深度。这里的问题是一首诗"应该"怎么写？或者说，作诗是否有什么"应该"？叶燮从理论高度上考察这个"应该"即"法"的本质。如果说这个考察在汉语里不太容易说清楚，那么在英文翻译里就难上加难了，译成英文以后，只剩下一堆概念名词，既丢掉了原文的味道，也失去了原文的精确。

虽然在一些领域里叶燮把界限划得十分清楚，但他却避开了对以下一些方面的区分：1）自然的运作，2）一首诗的创作过程，3）他人对一首诗的评判。有时他特指三者中的一个，有时则别有所指。这里面似乎潜藏着这样一种被默许的意识形态：既然自然的运作是诗歌所表现的"内容"（matter），那么对自然的观察和写作活动就是一回事儿，对前人的一首诗作的认识大概也是如此。刘勰在《原道》篇提出,文学创作活动的根据是那个更高的理,也就是自然成"文"之理。叶燮甚至不提文学是自然过程的重演的说法,他干脆认为二者就是一回事儿。

叶燮所使用的那种自然模式是朱熹新儒家的正统模式:自然过程始于"理",它向外发展,演化成大千世界。这个西方哲学并不陌生的从普遍之理向个别现象的发展过程,既是世界的运作方式(从内到外),也是哲学反思的运作方式。以反思个别对象开始("格物",后来又被叶燮说成是反思前辈诗作的明确模式);在个别之内理解普遍之理;然后,随着理的展开,你又回到个别之中。既然它适用于自然,它也就适用于创作过程和对他人诗作的领会。

叶燮同时代那些"高言法"者从一个狭窄的意义上谈论"诗法"。而叶燮则不同,他不但提供了一个更高的哲学模式来包容那个"法"的观念,而且他的模式还把诗歌的运作与诗歌之外的自然世界的运作整合在一起。

这里需要澄清一个容易混淆的问题。西方神学和哲学的漫长思维习惯产生出作为"law"(法)的自然原则观念;而"law"也是汉语中"法"的意思之一。这两个概念互有重合的假象容易导致对这一段文字的误解,似乎这一段的意思是说:一首诗诞生于自然原则之法("理"),但它没有预先确定之法("法")。虽然法和理都涉及必然性,但二者的区别是明显的。纯粹的理是一般意义上的理,它发生在一个很高的层面,因此它不包含任何个别规定。例如"这是一棵松树"就是最一般意义上的理。"理"允许不调和之处,甚至允许个别内部随不同情况而出现的明显矛盾的表现,例如一棵松树可能发生许多情况,但所有情况都是通过"它是一棵松树"发生的。只有仔细观察理怎样化为事和情的个别性,才能弄清那些不同表现在根本上的统一。"法"是必然性或正确性,它是自然原则化为个别情况的依据。例如,我们见到此时此刻的一棵松树,我们明白它目前的状态是地形、光线、气候等的一个特殊组合;我们还要认识到,它因其是一棵松树而必然是现在的样子;这种必然性或正确性就

第十一章　叶燮《原诗》

是"法"。

如果诗歌所表现的"内容"是如此，那么诗歌本身也是如此：一首诗之所以为一首诗（包括它的"内容"、创作和它在文本中的展开）是"理"的有机展开。"法"是具体时刻必须要做的事（或已经做的事），因此它是各阶段的平衡。但"法"是虚名，不存在法的一般范畴，存在的只是具体时刻的具体规定，而那些规定是不能提前给出的。

下面，叶燮转入到"定位"问题，也就是"法"运作的恰当方式。

*　　*　　*

> 又法者国家之所谓律也，自古之五刑宅就以至于今，法亦密矣，然岂无所凭而为法哉？不过揆度于事、理、情三者之轻重、大小、上下，以为五服五章，刑赏生杀之等威差别，于是事、理、情当于法之中。人见法而适惬其事、理、情之用，故又谓之曰定位。

Furthermore, rules are what the state calls "law" (律, or "regulation"). Since that time in antiquity when the conditions for the five punishments were set, on up to the present, such rules have been very comprehensive. But how could there be rules without anything to base them on? In fact these "rules" are nothing more than an evaluation of the gravity, magnitude, and elevation of the event, the principle, and the circumstance. Out of this are ascertained distinctions of degree in regard to the various kinds of official uniforms, punishments and rewards, life and death. Thus event, principle, and circumstance are present in these rules. When someone looks upon the rules, he may feel satisfaction in the functioning of the particular event, principle, and circumstance. Thus we may say that rules are a determinate position.

叶燮这里使用行政事务的奖惩和约束等法律法规作为"法"的例

子。关键句子是"人见法而适惬……",对国家来说,外在规定是根据对事、理、情的至上裁断引申出来的。但这种法的本体不是那个至上标准的任何自治存在,而是在某个具体时刻,一个人根据具体情况对自己说"就应当这样"的那个"这样"。说得简单一点,只有在事发之后,在对具体情况的判断中,才能正确认识法的必然性。叶燮在创建一个中文版的康德的"自由合律"说(free conformity to law)。

* * *

> 及称诗者,不能言法所以然之故,而哓哓曰法,吾不知其离一切以为法乎?将有所缘以为法乎?离一切以为法,则法不能凭虚而立;有所缘以为法,则法仍托他物以见矣。
>
> In fact, those who claim to know about poetry are unable to say why rules are established the way they are; and as they babble on about the "rules", I cannot tell whether they conceive of rules as something separated from the whole or whether they conceive of rules as contingent on a particular something. If one conceives of rules as something separate from the whole, then one should reflect on the fact that rules cannot be established on emptiness (虚 *). If one conceives of rules as contingent on a particular something, then rules would be dependent on some alien entity in order to be manifest.

叶燮认为"法"是处在发展变化之中的规定,它诞生于诗歌各发展阶段之间的关系。因此,他不得不丢开这样一个看法:离开个别文本,法还能独立存在。更有意思的是,他也不得不丢开法的有缘性。法发生在个别之中,但并不受制于它,换句话说,没有什么个别之法受制于文本中的任何个别时刻,因此,"只要存在X,就必须有Y"的说法是对法的误用。可是,如果见到恰当的事发生在文本之中,我们可以肯定地说"它必须是这个样子"。法发生在虚和实、一般和个别的

第十一章　叶燮《原诗》

有机关系之中。

　　　　＊　　＊　　＊

　　吾不知统提法者之于何属也？彼曰："凡事凡物皆有法，何独于诗而不然？"是也。然法有死法，有活法。若以死法论，今誉一人之美，当问之曰："若固眉在眼上乎？鼻口居中乎？若固手操作而足循履乎？"夫妍媸万态，而此数者必不渝，此死法也；彼美之绝世独立，不在是也。又朝庙享燕，以及士庶宴会，揖让升降，叙坐献酬，无不然也，此亦死法也。而格鬼神，通爱敬，不在是也。然则彼美之绝世独立，果有法乎？不过即耳目口鼻之常而神明之，而神明之法，果可言乎？彼享宴之格鬼神，合爱敬，果有法乎？不过揖让献酬而感通之，而感通之法，又可言乎？死法则执涂之人能言之，若曰活法，法既活而不可执矣，又焉得泥于法？

And I do not know in which class to put those who bring up rules in a general way; these are the ones who say: "Every event and every thing (物*) has its rules. Why should poetry alone be different?" This may be so, but there are "dead rules" and "animate rules". If I were going to praise a person's beauty according to dead rules, I would ask, "Are there brow over the eyes? Are a nose and a mouth located the middle? Do the hands take hold of things and do the feet walk along"? There are countless postures (态) conveying grace or ugliness, yet I would never be able to get beyond the scope of questions such as those—these are "dead rules". Such beauty as stands unique, preeminent in all the world, is not to be found through them. Or take the case of sacrificial banquets at court ceremonies and the parties of scholars and commoners—all the bowing and yielding place, the precedences and deferences, the order of seating, the toasts and answering toasts—all are the same: dead rules. Contact with the gods and ghosts, the communication of love and respect are not to be found in them.

If this is so, then are there any rules at all in such beauty as stands unique, preeminent in all the world? Such rules are nothing less than some spirit (神*) that illuminates (明) precisely those same constants: ears, eyes, mouth, and nose. And, finally, can rules for the way spirit illuminates things be spoken of? Are there any rules at all for contacting the gods and ghosts or for the union of love and respect at a party? They are nothing less than what is felt and conveyed (感*—通*) in those bowings and yieldings, toasts and answering toasts. And can one speak of the rules for what is felt and conveyed? Dead rules can be spoken of by the sort of person who takes a firm grasp of things. But if we are considering animate rules, then the rules are truly animated and absolutely cannot be "grasped" firmly. And in that case how could a person become bogged down in the rules?

"活法"和"死法"的区别是诗学里的老话题（先是出现在禅宗派系里，到叶燮的时代，二者的禅宗源头已经变成了背景），本段这些例子把二者的区别说得再清楚不过了。"死法"掌管的是实体化了的标准或"常"；而"活法"则仅仅发生在具体过程之中（应当指出的是，虽然叶燮也承认"死法"，但只有"活法"符合他上文关于"法"的说法）。与"死"相对的"活"不仅仅是"活着的"，它还是"活跃的""有生机的"或"生气勃勃的"，它充满能量和活力。你不可能拘泥于这样的法，因为它们就是运动，而不是运动用以衡量自己的法则。显然，"活法"必须是反思之前的。在被实施以前，你可以从理论上合理谈论"活法"，叶燮这里就是这样做的（虽然"活法"被统一到个别之中，这样一来，就使得

第十一章 叶燮《原诗》

理论话语与实际层面的活法各行其道了);你也可以在它实施之后再思考它,在后文分析杜甫的诗句时,叶燮就是这么做的。到了实际出现的时候,"活法"只能内含在个别动作之中。

简言之,就像欧洲18世纪哲学美学的情况一样,叶燮不得不诉诸元话语(metadiscourse)。康德非常清楚,拿不出任何可用来判断个别事物之美丑的法则;他只能描绘出一个可以判断美丑的基本范围以及判断方式。叶燮关心的是过程,他知道没有什么法或一套法可以事先决定一个自然过程的全貌和一个行动随时出现的情况,因为一个自然过程或行动之所以是自然的就在于它可以自由应对随时出现的情况。可在康德看来,这样的过程或行动的基本范围是可以描述的。叶燮的观点是诚恳的,但他的"形而上学"立场很特别,特别之处在于它试图把一切"形而下"的东西排除在外,换句话说,包含在自然里的固定的和可重复的("常")"法"绝不可能被充分描述出来,能被充分描述出来的只是最低层面的"死法"。

* * *

> 而所谓诗之法,得毋平平仄仄之拈乎?村塾曾读《千家诗》者,亦不屑言之。若更有进,必将曰:律诗必首句如何起,三四如何承,五六如何接,末句如何结,古诗要照应,要起伏,析之为句法,总之为章法。此三家村词伯相传久矣,不可谓称诗者独得之秘也。

Can what we call the "rules of poetry" do without choices of level and deflected tones [the basis of versification in classical poetry]? Even those who have read the *Poems of a Thousand Poets* at some village school don't think it worth the effort to mention tonal regulations. When a person reaches a more advanced level, the teacher will have to tell him how the opening couplet must begin a regulated poem, how the third and fourth lines must carry it on, how the fifth and sixth lines must connect, and how the last couplet must bring things to a conclusion. He will be told that "reflecting and responding" (照—应) is essential in old-style poetry, how such poems must "rise up" and "sink down". He will analyze a poem in terms of the rules of couplet construction (句—法*) and bring it all together in "rules of the piece as a whole" (章*—法*). This sort of thing has long been taught by old schoolmasters in little villages; we can hardly claim that these are the unique mysteries of those who claim to know about poetry.

这就是叶燮所批评的通俗诗学教育中的"法"。他所讥讽的那几种"法"恰好是叶燮的同时代人所津津乐道的。我们要注意这些"死法"有一个共同特点，它们都是在写作之前就规定好了的戒条。叶燮接下来要攻击另一种法的观念，它的技术色彩较弱。

*　　*　　*

若舍此两端，而谓作诗另有法，法在神明之中，巧力之外，是谓变化生心，变化生心之法，又何若乎？则死法为定位，活法为虚名；虚名不可以为有，定位不可以为无；不可为无者，初学能言之；不可为有者，作者之匠心变化，不可言也。夫识辨不精，挥霍无具，徒倚法之一语，以牢笼一切，譬之国家有法，所以儆愚夫愚妇之不肖，而使之不犯，未闻与道德仁义之人讲论习肆，而时以五刑五罚之法恐惧之而迫胁之者也。

Setting aside the two cases above [rules as separate from the whole and rules as contingent upon particulars], we find the claim that there is yet another kind of rule in writing poetry. Here rule is to be found in spiritual illumination (神*—明*) and is beyond the power of

第十一章 叶燮《原诗》

mere craft. This is what is called "transformation (变 *—化 *) giving rise to mind". What is it like—this rule of "transformation giving rise to mind"? In this case, dead rules are the determinate position and animate rules are the empty name. Whatever is empty name cannot be considered to exist actually, and whatever is determinate position cannot be considered non-existent. Any beginning student can talk about what cannot be considered non-existent. And since it cannot be considered to exist actually, no one can talk about the artistic mind of the writer amid its transformation. In this case, the powers of judgement and discrimination are not getting what is essential; things are left vague, fuzzy, and incomplete; such people pointlessly depend on the word "rule" to embrace everything. This can be compared to the state's having rules [or "laws"] by which they warn against misconduct on the part of foolish men and women to keep them from committing crimes, all the while these people have never heard of the discourses or practices of people of virtue, kindness, and righteousness; nevertheless the five punishments are used to terrify them and to intimidate them.❶

关于"法"的技术层面的清规戒律，通俗诗学里不乏各种陈词滥调，叶燮先把它们扫清，然后才开始攻击那种更玄奥的说法，按照那种说法，"活法"运作过程中的随时变化是神秘的、不可言说的。这一类说法让人们想起当时的诗人王士禛（1634—1711）的理论，它来自于对《沧浪诗话》所谓不可言说的纯诗的迷恋。既然这类理论家还坚持"法"

---

❶ 本段最后一句的译文与原文不符。译文的大概意思是："那些人（即愚夫愚妇）从未听说过道德仁义之人的言论或行为；可五刑五罚之法却用来使他们恐惧，让他们害怕。"显然，译文忽略了原文里的一个关键字即"与"字，于是，"未闻与道德仁义之人讲论习肆"被误解为"未闻道德仁义之人之讲论、习肆"。此外，译文还忽略了下一分句里的"时"字。译文里的"他们"指代不明，既可以指愚夫愚妇，也可以指道德仁义之人。本段的解说文字（尤其是最后一段）大大引申了原文的意思，这与译者对最后一句的误读有关，虽然这是一个创造性的误读。

的观念，他们自然坚持决定论，也就是说，一首成功的诗作必然有它的道理。可是，该诗的成功究竟靠的是什么？他们不允许对此作任何反思，因为在他们看来，那是一个谜。

在前面部分，叶燮拒绝承认诗歌的形而下层面是充分的，也就是说，不可能给出什么预定法则，以决定一首诗的具体写作步骤。可是，有一种虚假的形而上学论，它甚至拒绝描述一首诗的具体写作步骤的大致基础，对这种玄虚之论，叶燮这里也表示反对。按照那种玄虚之论，即使承认"死法"是预先的决定因素，但它们不是那种本质性的诗的东西，也就是可以作为定位被提出来的东西。一方面，叶燮不能接受对"死法"的默许，因为他坚持认为，每一个具体步骤或确定性都必须是在过程中被发现的，而不是预先给定的；另一方面，按照这样一种理论，"活法"就被排除在言说之外了。既然这种不可言说性已成为当代诗学的一个定见被反复提出，那么，叶燮的读者很容易误解他前面的说法，他上文以女性之美和宴会来说明"活法"和"死法"的关系，读者很容易把它误解为他也在谈论某种不可言说的东西。叶燮发现对"法"的第二种解释特别有害，这表现在它允许把具体步骤或确定因素与真正本质的东西割裂为二。美的东西就发生在具体言语之中或通过具体言语而发生，而不是在它之外。在他看来，一旦具体步骤完成，那么它所依据的基本法则也就明朗了。他试图把形而上的层面和经验层面结合起来，以表明一个大致范围，使具体步骤的发生得以理解。

叶燮以国家的法律作类比，虽然它不能证明什么，但其修辞效果是明显的。例如关于"死法"，一个人可以遵守法律条文，而不必明白它们何以是这个样子，也就是说，不必明白法律所依据的伦理原则。通俗诗学所讲的"死法"就好比是"法律文件"，它们产生的是守法行为，但守法的并不必然是"善"的。相反，不可言说的"活法"就好比一个关于"善"的观念，它与法律条文没有关系，也不允许具体化、确定化。法律方面的另一个类比是"未闻与道德仁义之人讲论习肄"。从这方面看，一个法律条款不足以让人学会以伦理行事，但一个有道德的行

第十一章　叶燮《原诗》

为却可以通过它的表现被认识。伦理教育自然而然地产生守法行为，而更高的伦理原则就内含于那些行为之中。因此，诗歌中"活法"也表现出它们的明显的确定性（"定位"）：你可以观察一个文本，并知道某一个步骤何以会发生。

* * *

> 惟理、事、情三语，无处不然。三者得，则胸中通达无阻，出而敷为辞，则夫子所云辞达。达者通也，通乎理，通乎事，通乎情之谓。而必泥于法，则反有不通矣。辞且不通，法更于何有乎？

> These three words—principle, event, circumstance—are the same everywhere. If these three can be grasped, then what is in one's heart can be communicated (通 *—达) without obstruction. If, as they emerge, they unfold in words (辞 *), then we have what Confucius meant by "language attaining its ends (达)". "Attaining ends" is communicating, which is to say communication in principle, communication in event, and communication in circumstance. But if one is bogged down in the rules, then on the contrary there will be something not communicated. And if the language does not communicate, what point is there to rule?

本段以"通"的概念为基础，"通"这里译为"communicate"（交通或交流），它的意思是畅通，或者从读者方面说，即"理解"。"达"指"通达"。这是对那些相信"活法"不可言说者的最生动的批评：什么也没通，只是感觉到超出读者之外。按照叶燮的理解，"活法"运转正常，则"理""事""情"皆内含其中，并可以被知晓。所谓"法"只是它们三者出现的有机顺序，如果按照通俗诗学的说法，"法"成了不透明的东西，那么"通"就被阻塞了。

* * *

曰理、曰事、曰情三语，大而乾坤以之定位，日月以之运行，以至一草一木一飞一走。三者缺一，则不成物。文章者，所以表天地万物之情状也；然具是三者，又有总而持之、条而贯之者，曰气。事、理、情之所为用，气为之用也。譬之一木一草，其能发生者，理也。其既发生，则事也。既发生之后，夭乔滋植，情状万千，咸有自得之趣，则情也。苟无气以行之，能若是乎？又如合抱之木，百尺千霄，纤叶微柯以万计，同时而发，无有丝毫异同，是气之为也。苟断其根，则气尽而立萎，此时理、事、情俱无从施矣。吾故曰：三者藉气而行者也。得是三者，而气鼓行于其间，氤氲磅礴，随其自然，所至即为法，此天地万象之至文也。岂先有法以御是气者哉？不然，天地之生万物，舍其自然流行之气，一切以法绳之，夭乔飞走，纷纷于形体之万殊，不敢过于法，不敢不及于法，将不胜其劳，乾坤亦几乎息矣。

In their largest sense, these three terms—principle, event, and circumstance—are how the positions of *Qian* and *Kun* are determined, how the sun and moon move in their course. Even down to every plant, tree, bird, and beast, if even one of these is missing, then the thing (物*) is not complete. Literary works (文*—章*) are the means by which the circumstances and the manner (情*—状) of Heaven and Earth, and all things are manifested (表, "externalized").

To complete these three, however, there is something else which unites and sustains, which orders and threads through them: this is *qi**. Insofar as principle, event, and circumstance function, it is *qi** that makes them function. Take as an example a plant or tree. Its potential for coming to life is principle (理*). That it comes to life

第十一章 叶燮《原诗》

is "event" (事 *). Having once come to life, it burgeons and twines, is nurtured and takes root in countless manners (情 *—状), in all of which there is the delight (趣 *) of the thing being itself—this is "circumstance" (情 *, "mood"). But this cannot happen unless there is *qi** to carry it along.

Or consider some tree an arm span in girth, rising a hundred feet into the upper air, with delicate leaves and slender branches to be counted in the tens of thousands; all came forth at the same time, but none are identical to any of the others—this is the action of *qi**. But if you should cut its roots, the *qi** will be exhausted, and it will immediately begin to wither. In such a case, neither principle, nor event, nor circumstance would have any way to carry through. For this reason we say that all three depend upon *qi** to be carried along. When all three are present with *qi** driving along through them, the thing swells out in profusion; the way in which it follows its natural course (自—然 *) wherever it leads is "rule". This is the supreme pattern (文 *) in Heaven and Earth and all things. How could anyone think that "rule" comes first and drives this *qi**? If it were otherwise, then when Heaven and Earth generated all things, they would be set aside their naturally (自—然 *) flowing *qi** and the whole thing would be regulated according to rules; the burgeoning plants, the birds and beasts in their dazzling multitude of forms (形 *— 体 *) would never dare transgress the rules and would likewise never fail to live up to the rules. This would be unbearably oppressive; and Heaven and Earth would probably be ready simply to cease.

本段引发了很多问题，它是《原诗》理论的核心部分。首先，读者一定想知道这些对自然宇宙的长篇大论与诗歌到底有什么关系。在前面部分，"理""事""情"是诗歌中的所"通"之物；而本段开头说，诗歌是天地万物之情态外化的方式。叶燮确实强调诗歌是显现手段。可在这里，他似乎把文学之"法"与世界运行之"法"作等同观。起初的"法"指文学显现世界的过程，后来变成了世界自身的外化过程。二者的混淆是耐人寻味的。我们上文已经说过，叶燮不想区别这两种情况；他愿意把诗歌看成自然生成过程的延伸或重复。一首诗里的"理""事""情"同时也是诗歌之为诗歌的"理""事""情"。

"理"和"事"这两个范畴比较容易理解，"情"不太容易理解，把它译为"circumstance"只表达了它的一部分意思。"情"是事物在某一特定时刻的样态，"情"也是情感或感受，因此，事物的"情"传达出或似乎就体现着一种情绪，它最终"通"到观者和读者那里。"情"是显现过程之三阶段的最后阶段，它是世界表现在我们面前的样态。叶燮强调"气"，也就是强调该过程的活生生的自我推动的特点。

一是由"气"驾驭的过程，一是由"法"驾驭的过程，通过二者的对照，叶燮揭示了他反对那种常识意义上的"法"的主要原因："岂先有法？"当"法"在南宋开始成为关注中心，人们对它感兴趣主要在于它可以成为作诗的手段。直到叶燮的时代，这种用于指导创作的预先存在的手法，仍然是人们所讨论的"法"的核心内容，换句话说，人们研究杜甫诗歌之法，以便像杜甫那样写诗。叶燮的解释对它作了大幅度的修改，按照他的解释，这种作诗法意义上的"法"已不再合理。在他看来，只有作诗过程完成之后，才谈得上"法"的存在和对"法"的思考。如果事先就完整地摆在那里，"法"就成了作诗过程之外的东西，就破坏了该过程。

说"法"是文本创作之前就设定好了的东西，这是一个不可接受的观念，在谈论这个观念时，叶燮所使用的语言充满专制和高压，它让我们想起了那个古老的创作自觉论和不自觉论的对立。相反，在谈论文本渴望重演自然的自动生产，他使用了"自得之趣"一词。这里的"趣"即兴趣，资质，一副快乐的姿态；"自得"的字面意思即"获得自己"，也就是该是什么样子就得到和保持了什么样子。按照这种创作观

第十一章 叶燮《原诗》

念,"法"仍然保持它基本的决定性,但叶燮认为这种决定性必须在诗歌自身、在它的生成过程之中被"发现",虽然它是存在的而且允许反思。一个是预先设定、压制人的"法",一个是在展开过程中被发现的"法",二者的区别不仅表现在方式上:它成了表现在事物自身之中的特性,因此,它也就直接通向每一个读者或观者。

* * *

> 草木气断则立萎,理、事、情俱随之而尽,固也。虽然,气断则气无矣,而理、事、情依然在也。何也?草木气断则立萎,是理也。萎则成枯木,其事也。枯木岂无形状、向背、高低、上下?则其情也。由是言之,气有时而或离,理、事、情无之而不在。向枯木而言法,法于何施?必将曰,法将析之以为薪,法将斫之而为器。若果以为薪为器,吾恐仍属之事、理、情矣。而法又将遁而之他矣。

It is certainly true that when the *qi** of a plant or tree is cut off, it instantly begins to wither: principle, event, and circumstance are exhausted along with the *qi**. Nevertheless, when the *qi** is cut off, the *qi** no longer exists; but principle, event, and circumstance are still present. Why do I say this? The fact that a plant or tree begins to wither when its *qi** is cut off is itself a principle. When it withers, it turns into a bare, dried-up tree, and that is an event. And who would claim that there is no special manner in a bare, dried-up tree—front and back, high and low—this is its circumstantial quality.

Considered from this point of view, we may say that *qi** may sometimes be separated form a thing; but if principle, event, and circumstance are lacking, then the thing is not there. And if someone should want to speak of rules in regard to a bare, dried-up tree, how would rules be applied? The answer is that rules would cut up and make firewood out of it; rules would carve it up and make a vessel out of it. Even when it is finally transformed into firewood or a vessel, I believe that event, principle, and circumstance would still inhere in it. But rules would have hidden these away and made it into something else.

这里叶燮把话题又转到作诗手段或工具意义上的"法"。按照他的措辞，把预先定好的"法"加之于某物就等于假定该物是没有生气的、僵死的、已经断了气的。本质的区别在于作为有机生长起来的诗和作为人工制品的诗。即使在人工制品里"理""事""情"也是存在的（叶燮这里似乎指已经断了气的事物的第一或自然状态之外所残存的"理""事""情"，而不是在人工制品里重构的"理""事""情"）。对于诗歌来说，二者的区别将这样表现出来：正如《诗大序》所说的，一首真实、自然的诗就应当自动产生，它来自诗人的特性，来自诗人与世界遭遇的情况。一旦人们把这个过程理解为"使用"经验或知识来作诗，就产生了一种由意图造成的隔膜，文本就成了一个僵死的人工制品，总是暴露它与活生生的世界的格格不入。叶燮的这个区别是成问题的，但它道出了阅读和写作诗歌的基本价值，这些价值与该传统一样古老。

* * *

　　天地之大文，风云雨雷是也。风云雨雷变化不测，不可端倪，天地之至神也，即至文也。试以一端论：泰山之云，起于肤寸，不崇朝而遍天下。吾尝居泰山之下者半载，熟悉云之情状；或起于肤寸，弥沦六合；或诸峰竞出，升顶即灭；或连阴数月，或食时即散；或黑如漆，或白如雪；或大如鹏翼，或乱如散发；或块然垂天，后无继者；或连绵纤微，相续不绝；又忽而黑云兴，土人以法占之曰将雨，竟不雨；又晴云出，法占者曰将晴，乃竟雨，云之态以万计，无一同

第十一章 叶燮《原诗》

也。以至云之色相,云之性情,无一同也。云或有时归,或有时竟一去不归,或有时全归,或有时半归,无一同也。此天地自然之文,至工也。若以法绳天地之文,则泰山之将出云也,必先聚云族而谋之曰:吾将出云,而为天地之文矣;先之以某云,继之以某云,以某云为起,以某云为伏,以某云为照应,为波澜,以某云为逆入,以某云为空翻,以某云为开,以某云为阖,以某云为掉尾。如是以出之,如是以归之,一一使无爽,而天地之文成焉。无乃天地之劳于有泰山?泰山且劳于有是云?而出云且无日矣。苏轼有言:"我文如万斛源泉,随地而出。"亦可与相发明也。

The greatest patterns (文*) of Heaven and Earth are the winds and clouds, rain and thunder. Their transformation cannot be fathomed, their origins and ends cannot be known. They are the supreme divinity of Heaven and Earth, the supreme pattern. But if I may treat them form one point of view, then consider the clouds of Mount Tai. I spent half a year by Mount Tai, and I am thoroughly familiar with the manner of its clouds. They rise from the tiniest sliver and spread flooding over the ends of the earth. Sometimes peaks will struggle to emerge, and the clouds will rise up over the summits and obliterate them. Sometimes they will bring several months of continuous darkness; sometimes they will disperse in a brief interval. Sometimes they are as black as lacquer, sometimes white as snow, sometimes as huge as the wings of the Peng bird [words wingspan stretches across the whole sky to both horizons], sometimes as disorderly as tangled tresses. At times, they hang lumplike in the heavens with nothing following upon them; at other times, they are continuous, delicate, faint—moving on and never ceasing.

Black clouds may suddenly arise, and the natives of the region will make predictions according to the rules: "It's going to rain." And it never does rain. Or sunlit clouds may come out and they predict, "It's going to be a nice day". And it rains. The forms of the clouds are countless: no two are the same. And likewise in their colors and countenances, in their natures and circumstantial manners, no two are the same. Sometimes the clouds turn back; sometimes they go off and do not turn back; sometimes they turn back completely; sometimes only half turn back—it is never the same. This is the pattern of Heaven and Earth, the supreme achievement.

But let us suppose that the pattern of Heaven and Earth were to be regulated by rules. Then when Mount Tai was going to send out its clouds, it would first muster the tribes of clouds and give them their orders: "I am now going to send you clouds out to make 'the pattern of Heaven and Earth'. You , go first; you, follow; you, go up; and you, you there, lie low. You, cloud, shine; you, make ripples like waves; you, double back in; you, spread out in the sky; you, open up wide; and you, lock your gates fast. And you over there, you shake your tail." If Mount Tai sent them out like this and brought them back like this, then there wouldn't be the least vitality in any of them. And this would be the formation of the pattern of Heaven and Earth!? The result of such a situation would be that Heaven and Earth would feel that the presence of Mount Tai was a burden; and Mount Tai in turn would feel that having clouds was a burden. And those clouds would still have to be sent out every single day!

Su Dong-po had a saying: "My writing is like a million-gallon stream: it pours forth according to the lay of the land." This can illustrate what I mean.

第十一章 叶燮《原诗》

泰山之云一段语言优美，富有戏剧性，它虽然没有发展叶燮的论点，但雄辩地说明了该传统的深层价值：诗之"情"（情感、情绪、情态）如泰山之云，活跃、变幻、不可预测，这是诗歌的一个最高目标。从这里我们可以清楚地看出，在正面的文学价值里何以找不到意图论的位置：把打算或旨意施加到文本身上的诗人就好比泰山的云师，他是一个压迫者，他剥夺了灵动之心的生命力。

* * *

或曰："先生言作诗，法非所先，言固辨矣。然古帝王治天下，必曰大经大法，然则法且后乎哉？"余曰：帝王之法，即政也。夫子言："文武之政，布在方策。"此一定章程，后人守之，苟有毫发出入，则失之矣。修德贵日新，而法者旧章，断不可使有毫发之新；法一新，此王安石之所以亡宋也。若夫诗，古人作之，我亦作之；自我所诗，而非述诗也。故凡有诗，谓之新诗。若有法，如教条政令而遵之，必如李攀龙之拟古乐府然后可，诗末技耳。必言前人所未言，发前人所未发，而后为我之诗。若徒以效颦效步为能事，曰此法也，不但诗亡，而法亦且亡矣。余之后法，非废法也，正所以存法也。夫古今时会不同，即政令尚有因时而变通之，若胶固不变，则新莽之行周礼矣。奈何风雅一道，而蹈其谬戾哉！

Someone then said, What you have just said about rules not being given as prior in composition is lucidly argued. But the way in which the ancient emperors and kings managed the world must be called the greatest cannon and the greatest rules—in this case, can one say that the rules are posterior?

I answered, The rules of the emperors and kings were their governance. And Confucius said: "The governance of Kings Wen and Wu is set forth in documents." This is indeed a set program, and people of later times hold to it. If they diverge from it by the least measure, then they fail it altogether. "In the cultivation of virtue, it is important to make it new every day"; but these rules, set forth in earlier writing, do not permit even the least measure of "making new". By making new rules ("laws"), Wang An-shi destroyed the Song dynasty.

On the other hand, when it comes to poetry, the ancients wrote it, and I also write it. We are speaking here of poems written of the self and not the transmission of the Poems [i.e., the *Book of Songs*, where there is a responsibility to maintain the old unchanged]. Whatever poems we have can be considered new poems. If we are speaking here of rules that must be followed like instructions and government edicts, it will only work if we end up writing something like Li Pan-long's "Imitations of the Old Ballads".

Poetry is a "final" art: it must say what no one before has ever said and bring out what no one before has ever brought out. Only then can it be "my" poem. If a person thinks it is real mastery to ape the expressions and gait of others and call this "rules", then not only will poetry be destroyed, [a legitimate concept of] rules will also be destroyed. If I have made rules into something posterior, it does not mean that I have abandoned rules; rather this is the way to preserve rules.

The situations of ancient and modern times are not the same. Even government edicts are promulgated and changed according to the times. If a person is rigid and will not change, then we end up with something like the use of the *Rites of Chou* in Wang Mang's New dynasty. Why should the Way of Poetry (风 *—雅 *) follow in the footsteps of such folly?

"末技" 被蹩脚地译为 "final art"。其实, "末" 是树枝的末梢, 与

第十一章 叶燮《原诗》

它相对的是"本"即树根。末是一个过程的最后阶段，它经常是前面部分的"后续"或"结果"，因此也就是"当下"（present）的"后续"或"结果"；虽然叶燮给该词赋予肯定色彩，可是"末"暗示"小的"或"不重要的"，它让人想起曹植以来的批评家称文学为"小道"。或许最重要的是，叶燮这里所谓"末"指不同的和个别的，而"本"则包容和统一了差别。因此要达到"末"，诗歌就必须是原创的，即"独一无二的"和"自己的"。我们或许注意到，18世纪以来西方思想的一个老生常谈的假定与此刚好相反：西方所谓"原创性"把个性定位在"本"上，即"根"上的或"原初"意义上的，而"末"则是一个普泛范畴，它是社会化过程的结果。

其实叶燮关于诗歌是"末技"的观点并不新鲜，某些儒家哲学家和国家政务及政治伦理的倡导者动辄用它来鄙薄诗歌；叶燮接受了"末"这个词，但赋予它以新的意义，就像他对"法"的重新解释一样。

按照这里的说法，诗歌诞生于当下和自我：它本质上是直接的和个性化的。这个立场其实可以在《诗大序》这样的经典里找到权威论据："一国之事，系一人之本，谓之风。"这并不是说诗歌里不能出现普遍的和规范性的东西，而是说它们需要以一个特定时刻的特定个体为中介。

这里我们或许应当补充一点，尽管对传统儒家的虔敬要求叶燮承认先圣之法的权威性，但叶燮试图巧妙地把"本法"和"末法"区别开来，即便是当下情境也不能使"本法"免予压制的指控，因为它剥夺了诗人自发行动的自由。像古代的圣人一样，现代诗人在他们的写作中"定法"，但诗人所要求的顺从不过是这样一声感叹而已："啊，它本来就该是这样的。"

《内篇》下（开始部分）

> 曰理、曰事、曰情，此三言者足以穷尽万有之变态。凡

形形色色，音聲狀貌，舉不能越乎此，此舉在物者而為言，而無一物之或能去此者也。曰才、曰膽、曰識、曰力，此四言者所以窮盡此心之神明。凡形形色色，音聲狀貌，無不待於此而為之發宣昭著；此舉在我者而為言，而無一不如此心以出之者也。

Our three terms—principle, event, and circumstance—are adequate to encompass the changing manners of everything that exists. There is no shape, color, sound, or appearance that lies beyond their scope. All of these are spoken of as being present in a thing, and there is not single thing that can do without them.

There are four other terms—talent, courage (胆, "gall"), judgment, and force—these are adequate to encompass the spiritual illumination (神*—明*) of a particular mind. Each shape and color, sound and appearance depends on these four qualities to become bright and manifest. All four of these are spoken of as being present in the self, and there is not a one that comes forth except through the particular mind.

剖析了外在世界的生成之后，叶燮开始剖析意识，也就是产生一首好诗的心理前提。从传统文学思想的语境看，叶燮诗学的最大弱点或许表现在他对写作中的内心作用的看法。在他看来，作家的个别心理特性不是阅读一首诗所了解的东西，心理的价值仅仅在于它是否有能力了解和传递关于外在世界的认识。从后文讨论杜甫的情况看，叶燮之所以看重杜甫的诗句不是因为它们让我们了解了杜甫的内心，而是因为它们向我们显示了外在世界的微妙之理，那是只有杜甫才能体察得到的"理"。

"才"就是能力，才的多少是可以衡量的，它潜藏在人的身上，"识"是一个比较老的范畴，《沧浪诗话》对这个范畴格外垂青。"力"是"气"的搭档，比气更神秘，它是使作品得以延展和持久的力量。

第十一章　叶燮《原诗》

"胆"是最有意思的，在这些诗的意识基质当中增加"胆"这一项有点出乎意料。表面上看，它好像默默承认了胆怯：在写作中，自我不得不亮出来，跟他人相比，尤其是跟前辈相比。写出好作品就等于在群体中表明个人身份，这样的举动自然焦虑重重。"胆"暗示着危险，有失败的可能，可我们也将看到，最后的希望在于解除焦虑，乐在其中。

* * *

> 以在我之四，衡在物之三，合而为作者之文章。大之经纬天地，细而一动一植，咏叹讴吟，俱不能离是而为言矣。在物者前已论悉之，在我者虽有天分之不齐，要无不可以人力充之。其优于天者，四者具足，而才独外见，则群称其才，而不知其才之不能无所凭而独见也。其歉乎天者，才见不足，人皆曰才之歉也，不可勉强也。不知有识以居乎才之先，识为体而才为用，若不足于才，当先研精推求乎其识。人惟中藏无识，则理、事、情错陈于前，而浑然茫然，是非可否，妍媸黑白。悉眩惑而不能辨，安望其敷而出之为才乎？文章之能事，实始乎此。

> If one has these four considerations in the self and the three combined aspects of outer things, and thereby produces an innovative (作—者, "by a maker") work of literature, then nothing in song, effusion, or ballad can be articulated apart from these [constituent elements]—whether it is in the largest scope of the warp and woof in the loom of Heaven and Earth, or in the more minute sense that involves every moving thing and growing thing. I have already discussed in great detail the three which are in outer things (物*). As for the four that are in the self, even though there are disparities in natural endowment, there is not a one of them whose shortcomings cannot be compensated for by human effort. When someone is given

excellence by Nature (天), all four are ample within him; but only talent is outwardly visible. Then everyone will praise that person's talent, without realizing that talent cannot be visible by itself, without being dependent on something. In those who have been left deficient by Nature, it is talent that appears insufficient, and everyone says "Deficient in talent—can't be made up for by effort". Such people do not understand that judgment occupies a position prior to talent: judgment is the form (体*), and talent is only its functioning (用). If someone has insufficient talent, he must first investigate thoroughly and search in his [capacity for] judgment. If a person lacks [the capacity for] judgment within himself, then principle, event, and circumstance are set forth in confusion before him: they are all mixed together and indistinct—true and false, acceptable and unacceptable, beauty and ugliness, black and white are all in a blur and cannot be discriminated. In such a situation, how can a person hope that everything will unfold and emerge in such a way that shows talent? It is in this that the mastery of literature truly begins.

今夫诗，彼无识者既不能知古来作者之意，并不自知其何所兴感触发而为诗；或亦闻古今诗家之论，所谓体裁格力、声调兴会等语，不过影响于耳，含糊于心，附会于口，而眼光从无着处，腕力从无措处，即历代之诗陈于前，何所抉择？何所适从？人言是则是之，人言非则非之。夫非必谓人言之不可凭也，而彼先不能得我心之是非而是非之，又安能知人言之是非而是非之也？有人曰，诗必学汉、魏，学盛唐，彼亦学汉、魏，学盛唐，从而然之；而学汉、魏与盛唐所以然之故，彼不能知，不能言也；即能效而言之，而终不能知也。又有人曰，诗当学晚唐，学宋，学元，彼亦曰学晚唐，学宋，学元，又从而然之；而置汉、魏与盛唐所以然之故，彼又终不能知也。或闻诗家有宗刘长卿者矣，于是群然而称刘随州矣。又或闻有崇尚陆游者矣，于是人人案头无不有《剑南集》以为秘本，而遂不敢他及矣。如此等类不可枚举一概，人云亦云，人否亦否，何为者耶？夫人以著作自命，将进退古人，次第前哲，必具有只眼，而后泰然有自居之地。倘议论是非，聋瞀于中心，而随世人之影响而附会之，终日以其言语笔墨为人使令驱役，不亦愚乎？且有不自以为愚，旋愚成妄，妄以生骄，而愚益甚焉。原其患，始于无识不能取舍之故也，是即吟咏不辍，累牍连章，任其涂抹，全无生气，其为才耶，为不才耶？

In poetry a person who lacks judgment cannot know what was on the mind (意*) of writers of ancient times, nor can he even know what touched and stirred such writers to make poems. On the other hand, that sort of person may well have heard the discussions of past and present poets. But concepts such as "formal construction" (体*—裁), "force of structure" (格*—力). "musicality" (声*—调), "occasioning stimulus" (兴*—会) and other such terms, are nothing more than an echo in the ear, a blur in the mind, something that hung by chance once in the mouth; his clarity of vision still has nothing to see, and the strength of his wrist [essential in calligraphy] still has nothing to which to apply itself. If you set the poems of all ages before him, how will he make a choice among them? What will suit him? If someone tells him it's good, then it's good; if someone tells him it's not good, then it's not good. This is not to say that what the other tells him is necessarily unreliable—only that such a person is incapable of first judging the work of himself, in his own mind.

How then can he judge the judgement of others?

Someone tells him, "In poetry you must study the Han, Wei, and High Tang". Then that sort of person obligingly agrees and says, "Study the Han, Wei, and High Tang". But that sort of person can never know or tell you why he should agree about the Han, Wei, and High Tang. Or he may copy someone else and tell you why, but he can never know why. Then somebody tells him that in poetry he should study the late Tang or the Song or the Yuan. He will again agree and say, "Study the late Tang, Song, and Yuan". But he will never know why he should set aside his previous agreement about the Han, Wei, and High Tang. [5] Persons of this sort may have heard that there are poets who particularly revere Liu Chang-qing, whereupon they will all sing the praises of Liu Chang-qing with one voice. Or they may have heard that there are those who hold Lu You in the hignest honor; whereupon Lu You's *Jian-nan Collection* will sit on everyone's desk as a secret treasure, nor will they dare concern themselves with any other poet. Examples of this are too numerous to mention. What others assert, they, too, assert; what others deny, they, too, deny. Why does this happen? A person who would be self-reliant in his writing, who would elevate the status of some of the older writers while lowering the status of others, who would give some sort of ranking to the masters of the past, must have achieved a fresh and discerning eye; only then can he have a secure place to stand. Supposing one debates the value of something but is deaf and blind in the heart, simply adhering to the general opinion of the age and being driven along all day by the words and writings of others—is that not foolish? But it so happens that such people do not consider themselves foolish at all, whereupon their foolishness becomes error,

第十一章 叶燮《原诗》

and their error breeds arrogance, and there folly gets even worse.

If we consider the source of this problem, it originates in the inability to make choices because of a lack of [the capacity for] judgment. Yet they recite their poems ceaselessly, page upon page, work upon work, scribbling what ever they please, with no life in it at all—should we call this talent or lack of talent?[6]

尽管叶燮主要关注诗的独立创作，可是，在批评传统中浸染太深，他禁不住把对创作的独立判断和对前人诗作的独立判断相提并论。有胆量克服写作中的怯弱与敢于对抗关于传统诗作的时尚观念被混为一谈了。

他攻击"法"的陈旧观念的原因也是他攻击文学时尚的原因：它是预先定好的条条框框，而不是在一个大致根据之下自动产生于自我的东西。像严羽一样，叶燮也使用了一种尴尬的修辞，那些精巧的冷嘲热讽使他不得不费尽周折地附和他在其他地方论述得颇有说服力的立场。糟糕的是，叶燮的修辞往往与其立场背道而驰：他的修辞要求人们赞同这样的立场，即不该迫于社会压力去赞同一个立场，应当在自己身上去发现它。

* * *

惟有识则是非明，是非明则取舍定，不但不随世人脚跟，并亦不随古人脚跟。非薄古人为不足学也；盖天地有自然之文章，随我之所触而发宣之，必有克肖其自然者，为至文以立极；我之命意发言，自当求其至极者。

Only when there is [the capacity for] judgment are the values of things clear; and when the values of things are clear, choices can be made decisively. Not only does one avoid following on the heels of the opinion of the age, one also avoids following on the heels of the older writers—nor is this denigrating the older writers as not being worth study. In Heaven and Earth there are Nature's (自一然*) literary works (文*一章*) which appear according to what I myself encounter. One must be able to catch the semblance of that naturalness (自一然*) to make the perfection of pattern (文*, "writing") as one's ultimate value. In the concepts (意*) that I form and in the words (言) that I utter, I must seek that ultimate value.

本段的突出之处在于它以自然为写作的最终标准，并以它为作家所追求的惟一目标。中国文学处处是歧义（ambiguities），这里也有很多歧义："自然之文章"一词既可以指"自然中的文学作品"，也就是已经存在于世界（天地）之中的"文"，因为与我们偶然谋面才得以显现出来；该词也可以指"自动产生的文学作品"，其中的"自然"指创作过程是自然的，而不是指大自然的运作过程，而且它的意思并不必然假定文本是先在的，是现实中的实际存在物。无论叶燮的这个观点与中国传统有多么深刻的联系，至少其中的文学艺术观念有一部分不免让我们想到"*mimêsis*"（模仿论）。"*Mimêsis*"就藏在那个似乎无关痛痒的"克肖"一词里，该词还含有"符合某物"之意。

叶燮提出，妨碍我们正确识别事物的是时尚，也就是他人强迫我们接受的价值观念。一是批评之"识"（"随世人之脚跟"），一是创造之"识"（"随古人之脚跟"），我们应当注意他怎样在二者之间轻易游移。像严羽一样，叶燮也认为关于批评的判断应当是自明的，可他似乎并不像严羽那样，总是认为创造之"识"必须要以批评之"识"为中介，也就是说，为了自己写出好诗，诗人必须阅读和领会前人的佳作。在叶燮看来，透彻的识见是一个基本功，有了它，诗人和他在作品中所显现的世界才能直接相遇。但应当指出的是，叶燮在其他地方也像严羽那样，认为读前人诗作是必要的。

在本段和下一段，叶燮使用了一些表示自我的词语，而且他流露出拒绝承认诗歌传统是必要的中介，这些说明他受到了晚明袁氏兄弟的性

第十一章 叶燮《原诗》

灵派诗学的影响。面对理论传统的张力，叶燮先是改造那些已被接受的因素，然后让它们与它们曾一度似乎反对的立场相妥协。袁宏道对传统的拒绝纯粹是一种张扬自我的手段，而叶燮对传统偏见和时尚的摆脱不仅仅是张扬自我，与之密不可分的是对识见的澄清，有了识见，诗人才能在他的诗里"肖"世界。

* * *

> 昔人有言："不恨我不见古人，恨古人不见我。"又云："不恨臣无二王法，但恨二王无臣法。"斯言特论书法耳，而其人自命如此。等而上之，可以推矣。譬之学射者，尽其目力臂力，审而后发，苟能百发百中，即不必学古人，而古有后羿、养由基其人者，自然来合我矣。我能是，古人先我而能是，未知我合古人欤？古人合我欤？高适有云："乃知古时人，亦有如我者。"岂不然哉？故我之著作与古人同，所谓其揆之一；即有与古人异，乃补古人之所未足，亦可言古人补我之所未足，而后我与古人交为知己也。惟如是，我之命意发言，一一皆从识见中流布，识明则胆张，任其发宣而无所于怯，横说竖说，左宜而右有，直造化在手，无有一之不肖乎物也。

There is an old saying, "I don't regret that I cannot see the people of former times; I regret that the people of former times could not see me". Another goes, "I don't regret that I lack the [calligraphic] method (法 *) of Wang Xi-zhi and Wang Xian-zhi; I regret rather that they lacked my method". Even though this saying refers specifically to calligraphy, it shows remarkable self-confidence, and it can be extended to other levels.

Let me make a comparison to archery: if I exercise the full force of my eye and arm, shooting only after due consideration; and if then I hit the center a hundred times in a hundred shots, I need not study former masters. But in former times there were archers, such as Hou Yi and Yang You-ji, who quite naturally matched my accomplishments. I am capable of this; there were people of former times before me who were also capable of this. And I can't say whether I match the people of former times or the people of former times matched me. Gao Shi once wrote, "Now I understand that among the people of former times there were those who were as I am". Of course this is true. So when what I write is the same as what a former master wrote, it means that we were one in our reflections. And when I write something different from former masters, I may be filling in something missing in their work; or it is possible that the former masters will be filling in something missing in my work. Only then can I form a bond of close and understanding friendship (知一己, one who "knows the self") with the people of former times.

If it goes on like this, then every single concept I form and every word I utter will flow out from judgment and perception. When judgment is clear [明, or "bright"], one's courage expands: I let it manifest itself with no trembling anxieties. You can say things however you please, and whatever you do turns out just right. The process of creation (造一化 *) is in my hand, and there is nothing that fails to do justice to the things of the world (物 *).

叶燮大力倡导自信，这说明后辈作家面对前辈的成就是多么地胆怯。爱德华·扬格（Edward Young）在 1759 年《论独创性的作品》（"Conjectures on Original Composition"）一文中也有一段话，激发诗人的信心，并描画了缩手缩脚、一味羡慕前人的危险。我禁不住把这段话抄录在这里：

第十一章 叶燮《原诗》

> 可是，独创之作为何如此少见？并不是因为作家已经收割完毕，古代的收割大师没有为后人留下什么可拾的麦穗；也不是因为人类心智的丰收时代已成过去，或再无力产生出前所未有的产品；而是因为杰出的范例占据了我们的心思，弄偏了我们的识见，吓破了我们的胆。它们把我们的全部注意力都吸走了，以至我们无法恰当审视自己；它们引我们走向偏见，一味欣赏它们的能力，而挫钝了我们自己的感觉；它们用它们的赫赫声名恫吓我们，让我们因缺乏自信而埋没了自己的力量。生来就做不到与缺乏自信根本不是一回事儿。[7]

叶燮提倡一种不以任何历史化身为转移的价值标准，是为了用它来摆脱对前辈大师的畏惧。

必须强调的是，叶燮关注的焦点是艺术创造的自主性，而不仅仅是与前人不同。如果诗人自行其是，跟前辈大师雷同了，他认为这是让人高兴的巧合；因为双方都是独立产生的，这说明后人之作大概与前人之作有同样的价值。如果自行其是而与前人不同，它就成了一种补充，其价值既不比前人多也不比前人少。[8]

* * *

> 且夫胸中无识之人，即终日勤于学，而亦无益。俗谚谓为两脚书橱，记诵日多，多益为累。及伸纸落笔时，胸如乱丝，头绪既纷，无从割择，中且馁而胆愈怯，欲言而不能言，或能言而不敢言，矜持于铢两尺矱之中，既恐不合于古人，又恐贻讥于今人。如三日新妇，动恐失体；又如跛者登临，举恐失足。文章一道，本摅写挥洒乐事，反若有物焉以桎梏之，无处非碍矣。于是强者必曰：古人某某之作如是，非我则不能得其法也。弱者亦曰：古人某某之作如是，今人闻之某某传其法如是，而我亦如是也。其黠者心则然而秘而不言；

愚者心不能知其然，徒夸而张于人，以为我自有所本也。更或谋篇时，有言已尽本无可赘矣，恐方幅不足而不合于格，于是多方拖沓以扩之，是蛇添足也。又有言尚未尽，正堪抒写，恐逾于格而失矩度，亟阖而已焉，是生割活剥也。

Those with no capacity for judgment in their hearts may be diligent in study the whole day through and still derive no benefit from it. In the words of the popular phrase, they are "two-footed bookcases". Every day they memorize and recite more; and the more they do this, the more they become entangled in it. Then when it comes to spreading out their paper and setting their brushes to it, their hearts are as if filled with tangled threads; what comes to their minds is in such confusion that they have no way to choose. Midway they lose heart, and their courage steadily fails them. Either they want to speak and cannot, or they can speak but dare not. They take pride in spending time in the most careful adjudications, fearful lest what they write not be in accord with former masters and also fearful lest they be mocked by their contemporaries. They are just like new brides, constantly afraid of committing some breach of etiquette; or like climbers to some high prospect, at every moment afraid of losing their footing.

The Way of literature (文 *—章 *) is based on the free, unfettered joy of expressing oneself. If instead there is something in it that puts a person in shackles, then obstacles appear everywhere. In such a case the stronger writer will say, "The word of such and such an older writer was thus and so, and I am the only one who has grasped his method (法 *)". The weaker writer will say, "The work of such and such an older writer was thus and so, and I have heard that such and such a contemporary writer transmits his method thus and so, and I, too, do it thus and so". The crafty types agree in their hearts but keep it secret and say nothing; the ignorant types don't understand how it is, but make hollow boasts to others, thinking they have some true basis in themselves. Moreover, it sometimes happens that when organizing a whole work, a person will have said everything he could and can't come up with anything else; but afraid that the piece won't be long enough and that it won't fit the formal structure (格 *), he extends it haphazardly in many directions: this is called "adding feet to a snake". In other cases, there is still more to say and the person could easily keep on writing, but in his fear of transgressing the formal structure (格 *) and missing the measure, he brings it abruptly to a conclusion: this is "cutting something off in the bloom of life".

之敊者，因无识，故无胆，使笔墨不能自由，是为操觚家之苦趣，不可不察也。昔贤有言："成事在胆。"文章千古事，苟无胆，何以能千古乎？吾故曰：无胆则笔墨畏缩。胆既诎矣，才何由而得伸乎？惟胆能生才，但知才受于天，而抑知必待扩充于胆耶？吾见世有称人之才，而归美之曰，能敛才就法。斯言也，非能知才之所由然者也。夫才者，诸法之蕴隆发现处也。若有所敛而为就，则未敛未就以前之才，尚未有法也。其所为才，皆不从理、事、情而得，为拂道悖德之言，与才之义相背而驰者，尚得谓之才乎？

Cases of this sort come from a lack of courage which follows from a lack of the capacity for judgment; this causes the brush to be unable to act freely. One cannot help but observe that this is a tribulation for writers. Long ago a wise man [Han Qi] said, "Completion depends on courage". Another [Du Fu] said, "Literature is a deed of eternity"; but if one lacks courage, it is impossible to attain eternity. For this reason I assert that if courage is lacking, brush and ink will shrivel up [in fear]. And if a person's courage is humiliated, how can talent extend itself? Only courage can engender talent. It is commonly understood that talent is only received from Heaven, but do people realize that talent also depends on being extended and made full by courage?

I have seen how popular opinion praises a man's talent, making the point of its approbation the fact that such a person can restrain his talent and make it conform to the rules (法*). To say this is to misunderstand how talent develops as it does. Talent is that point from which all the rules emerge in abundance.

If there is something that restrains talent and makes it conform, then there can have been no rules [already inherent] in the talent before it was restrained and made to conform. "Talent" of this sort is not something achieved through principle, even, and circumstance: its words run counter to morality and the Way. Since it rushes off in the opposite direction from the true significance (义*) of talent. Therefore, how can we still even call it talent?

叶燮已经论证了"法"是个别创作之后的事情，这把他引向康德的立场：天才（ingenium，即天生的；参考"才"）是定法者而不是守法者。[9] 在叶燮看来，惟一有效的法是"才"所产生的法，因此它在"才"那里存在。他的论证非常巧妙，他说符合外在之法说明在这样的人身上本来没有什么法存在，这种从内在产生的法，也就是才的运作中所固有的法，大概把前人带到了外在法一边。虽然康德和叶燮的观点听起来很抽象，其实它既符合实际情况也很简朴：一个成功超越了规范的天才之作，恰因其成功而创造了一种关于如何写作的新认识；它使预想不到的东西看起来（或把预想不到的东西表现得）既自然又必然。

第十一章　叶燮《原诗》

虽然叶燮在此前允许现代作家和他的前辈在表达上产生愉快的偶合，可是，艺术产品自治的首要价值很容易把"独创"本身转化为一种价值：我们认为从自我之中自动产生的东西一定是独一无二的，这恰恰因为自我是独一无二的。可是，在中国传统中还有一种思想，它假设自动运作的清晰的内心所感受到的必然是合乎规范的。西方关于天才的观点调和了这个明显的矛盾：它既是独一无二的也是"自然的"或合乎规范的。在下一段的第一部分，叶燮似乎也把独一无二和合乎规范统一起来。

* * *

夫于人之所不能知，而惟我有才能知之；于人之所不能言，而惟我有才能言之，纵其心思之氤氲磅礴，上下纵横，凡六合以内外，皆不得而囿之。以是措而为文辞，而至理存焉，万事准焉，深情托焉，是之谓有才。若欲其敛以就法，彼固掉臂游行于法中久矣，不知其所就者又何物也？必将曰，所就者乃一定不迁之规矩，此千万庸众人皆可共趋之而由之，又何待于才之敛耶？故文章家止有以才御法而驱使之，决无就法而为法之所役，而犹欲诩其才者也。吾故曰：无才则心思不出，亦可曰：无心思则才不出，而所谓规矩者，即心思之肆应各当之所为也。盖言心思，则主乎内以言才；言法，则主乎外以言才；主乎内，心思无处不可通，吐而为辞，无物不可通也。夫孰得而范围其心，又孰得而范围其言乎？主乎外，则囿于物而反有所不得于我心，心思不灵，而才销铄矣。吾尝观古之才人，合诗与文而论之，如左丘明、司马迁、贾谊、李白、杜甫、韩愈、苏轼之徒，天地万物皆递开辟于其笔端，无有不可举，无有不能胜，前不必有所承，后不必有所继，而各有其愉快。如是之才，必有其力以载之；惟力大而才能坚，故至坚而不可摧也，历千百代而不朽者以此，昔人有云：掷地须作金石声。六朝人非能知此义者，而言金石，喻其坚也。此可以见文家之力。力之分量，即一句一言，如植之则不可仆，横之则不可断，行则不可遏，住则不可迁。易曰："独立不惧。"此言其人，而其人之文当亦如是也。譬之两人焉，共适于途，而值羊肠蚕丛、峻栈危梁之险：其一弱者，精疲于中，形战于外，将裹足而不前；又必不可已而进焉，于是步步有所凭藉，以为依傍，或藉人之推之、挽之，或手有所持而扣，或足有所缘而践；即能前达，皆非其人自有之力，仅愈于木偶为人舁之而行耳。其一为有力者，神旺而气足，径往直前，不待有所攀援假借，奋然投足，反趋弱者扶掖之前；此直以神行而形随之，岂待外求而能者？故有境必能造，有造必能成。

What others cannot know, only the self, in possessing talent, can know. What others cannot say, only the self, in possessing talent, can say. Let one's thoughts (心 *—思 *) generate and swell boundlessly, high and low in every direction, and not one of the six limits of the universe, inside or out, can confine it. Put this down in writing (文 *—辞 *) and the perfection of principle will reside therein, thousands of events will be balanced therein, deep affections (情 *, "circumstance") will be lodged therein—this can be called "having talent".

But if a person would restrain talent and make it conform to rules, that person will certainly wander blissfully for a long time within those rules without knowing exactly what it is he is conforming to. [If asked], such a person will, of course, say "I am conforming to a determinate, immutable standard". But since millions of utterly ordinary people can all follow the same course, why should doing so depend upon restraining one's talent? Therefore only through talent may a man of letters harness rule and make it gallop to this will; there is absolutely no case where someone conforms to rules and makes himself a servant of the rules yet still is able to boast of his talent.

For this reason I say that without talent one's thoughts (心 *—思 *) cannot emerge. But one can also say that if there are no thoughts, talent cannot emerge. What are called the "standards" are simply what thoughts do in responding immediately and in each case appropriately.

In speaking of talent, when we treat it in terms of thought (心 *—思 *), we make what is interior (内) dominant; when we treat it in terms of "rules", we make what is exterior (外) dominant. If we make what is interior dominant, there is no place to which thought cannot communicate (通 *) [i.e. thought can conceive of anything]; brought forth in words (辞 *), there is nothing it cannot communicate [playing here on the double sense of *tong** both as to "understand" and to "make understand"]. In these circumstances who could put an encircling boundary around mind (心 *); and in such circumstances who could put an encircling boundary around the words (言 *)? But if one makes what is external dominant, then one will be circumscribed by things (物 *; i.e. the external rules) and there will be something in one's own mind that cannot be attained. One's thoughts (心 *—思 *) will lack the spark of magic (灵) and one's talent will dissolve.

I have considered men of talent in the past—men like Zuo Qiuming, Si-ma Qian, Jia Yi, Li Bai, Du Fu, Han Yu, and Su Shi—and regardless of whether they worked in poetry of prose, all the things of Heaven and Earth were brought into being in succession on the tips of their brushes: there was nothing they could not bring up; there was nothing they could not master; there need have been no antecedents before them for them to carry on, nor did there need to be anyone after them to continue what they did; each had his own delight. For talent like this there must be force (力) to carry it. Only when the force is great can talent be firm, and a perfect firmness cannot be broken. This is the way they have managed to pass through a thousand ages without decay. Someone [Sun Chuo] said long ago: "When cast to the ground, it must have the sound of metal and stone." In the period of the Six Dynasties, they were unable fully to comprehend this truth (义 *). Yet they spoke of metal and stone as a metaphor for such firmness. In this, one can see force in prose writers.

The measure of force can be seen in a line or in a word: planted upright, it cannot be laid flat; stretched horizontally, it cannot be broken; in motion, it cannot be halted; stopping in one place, it cannot be shifted. The *Book of Changes* says, "Stand alone without fear". Though this applies to persons, a person's writing also ought to be like this.

Take the example of two men, both proceeding along a road when they come upon the kind of dangerous, winding mountain paths one finds in Sichuan. with plank walkways along mountainsides and perilous bridges. The weaker one's spirit flags within him and his form trembles, to the point where he is almost unwilling to proceed; but compelled by the necessity of continuing, he leans on something for support at every step. He may depend on the other to push and drag him along, or he may grasp something in his hand and hold tight, or he may carefully walk along following the course of someone else. He may eventually reach the place that lies ahead of him, but it is never because of the force he himself possesses: he is worse than a wooden stature that moves by being carried by others.

第十一章 叶燮《原诗》

> The other one is a person with force: his spirit is vigorous and his *qi** ample. He goes straight off ahead, placing his feet boldly and decisively, without depending on anything to hang onto or make use of, but instead hurries to help the weaker one forward. This is having the spirit (神*) go and the body (形*) follow it. It is not a capability that depends on looking for something external. Thus if there is a world (境*, a "mind-world"), one is necessarily able to create (造) it; and if the creation occurs, one is necessarily able to complete it.

叶燮一再呼吁行动要果断、自信,这说明前人诗歌的威慑力让他感到十分焦虑。他提出"主乎内"的强烈要求,以告戒作家不要顾虑其他诗歌和各种写作规矩、律令。强烈的要求显示了强烈的欲望:一种摆脱"过去的负担"、至少也要摆脱当代舆论束缚的欲望,一种以自己为权威的欲望。他希望在"神"里找到解脱之法和自由创作的境界,他向我们保证,有了这种自由精神,词语就会自然而然地、自动地涌现。

一个字词、一个句子或一个场景所表现出的"力"并不是咄咄逼人的外表。它是语言的确定性,一是一、二是二,绝不能更改,它是作家遣词造句的决断力,它是语句表达之后那种吸引读者注意的力量。最重要的是,力不仅仅"存留"在语句之中,它关涉诗人和他的语句之间的关系。因此,同样的语言被别人偷走了,它的力量也就丧失了。

* * *

> 故吾曰:立言者,无力则不能自成一家。夫家者,吾固有之家也;人各自有家,在己力而成之耳,岂有依傍想象他人之家以为我之家乎?是犹不能自求家珍,穿窬邻人之物以为己有,即使尽窃其连城之璧,终是邻人之宝,不可为我家珍,而识者窥见其里,适供其哑然一笑而已。故本其所自有

者而益充而广大之以成家，非其力之所自致乎？

In my opinion, the man who lacks force in "establishing words" (立一言*) cannot found his own household [i.e., become a distinct master]. My "household" is one I have absolutely as my own. Each person may have his own household, and its establishment depends upon his own force. He cannot simply indulge in a fantasy of someone else's household and consider it his own. This would be like being unable to get treasures for your household on your own and therefore stealing a neighbor's possessions and considering them yours; but even if a man steals all his neighbor's jade disks worth a string of cities [i.e., his most precious possessions], they are still the valuables of his neighbor and cannot be considered his own household's possessions. And when someone with the capacity for judgment looks into the matter thoroughly, it will appropriately provide him with a good laugh. To take what one has oneself as the basis, to amplify and extend that in order to establish one's own household—is that not something that can be accomplished by one's own force?

显然，被比喻的事物（喻旨）比用来比喻的事物（喻体）还要滑稽（拥有所有权的主人和权威一旦成了窃贼，就因缺乏幽默而名誉扫地）：偷窃他人的诗风，冒充自己的，就成了大家的笑料。叶燮这里把固守一种艺术风格或学派者所谓的"求自家珍"的说法作了引申；可是，这个比喻并不恰当。把"求自家珍"的说法运用到文学上通常指仿效者和被仿效者的循环关系，这恰恰是叶燮要攻击的对象。

* * *

然力有大小，家有巨细，吾又观古之才人，力足以盖一乡，则为一乡之才；力足以盖一国，则为一国之才；力足以盖天下，则为天下之才。更进乎此，其力足以十世，足以百世，足以终古，则其立言不朽之业，亦垂十世，垂百世，垂终古。悉如其力以报之。

> Nevertheless there are varying degrees of force, as there are grand and minor households. Consider the talented men of former times: those whose force was adequate to cover an entire county became the talents of the country; those whose force was adequate to cover a region became the talents of the region; those whose force was adequate to cover the whole world became talents of the world. And when we go beyond this to those whose force was adequate for ten generations or for a hundred generations or for all time, then their establishment of words (立一言 *) was an undecaying patrimony that lasted ten generations or a hundred generations or for all time—in each case their capacity to endure depended on their force.

本段回响着《孟子·万章下》和曹丕《论文》的声音。虽然叶燮否认"才"是一种固有的能力，可是，按他的说法，"力"就是力，似乎没有任何努力可以改变每个人所具有的力的大小、强弱。力是一种使动性力量，它的作用很像"气"对于"理""事""情"三者的作用。"力"给作品以广度和持久力。

* * *

试合古今之才，一一较其成就，视其力之大小远近，如分寸铢两之悉称焉。又观近代著作之家，其诗文初出，一时非不纸贵，后生小子，以耳为目，互相传诵，取为楷模；及身没之后，声问即泯，渐有起而议之者；或间能及其身后，而一世再世渐远而无闻焉；甚且诋毁丛生，是非竞起，昔日所称其人之长，即为今日所指之短，可胜叹哉！即如明三百年间，王世贞、李攀龙辈盛鸣于嘉隆时，终不如明初之高、杨、张、徐，犹得无毁于今日人之口也。钟惺、谭元春之矫异于末季，又不如王、李之犹可及于再世之余也。是皆其力所至远近之分量也。

Try placing side by side the talents of ancient and modern times: compare each one in regard to his accomplishments and then consider the magnitude and extent of each person's force: you will find that these two considerations correspond in the tiniest measure. Then again reflect on the writers of recent times: when their poetry or prose first appears, their work is extremely popular in the age, and their younger followers and disciples think of the ear as the eye; they recite it to one another and transmit it, taking it as their model. But after such a writer dies, his reputation fades away, and critics of his work gradually appear. Among such, there are a few whose works endure after them, but after one or two generations, they become increasing remote and no longer heard of it. In the worst cases, harsh attacks spring up everywhere; everyone wants to discuss their merits and failings; and those very points once praised as their strengths are now pointed out as their weaknesses. What a pity. Consider how in the three centuries of the Ming the group around Wang Shi-zhen and Li Pan-long were so famous in the Jia-jing and Long-qing reigns; ultimately, however, they have not escaped being and attacked by our modern writers as much as have [early Ming writers such as] Gao Qi, Yang Ji, Zhang Yu, and Xu Ben. The extravagance of Zhong Xing and Tan Yuan-chun at the end of the Ming did not succeed in matching even Wang Shi-zhen's and Li Pan-long's survival for over two generations. Each of these cases shows the measure and extent of their force.

第十一章　叶燮《原诗》

时尚的反复无常以及新近诗人的地位永远赶不上古人，这两件事让明清人伤透脑筋。随着历史的发展，伟大之作渐趋泯灭，这个观点叶燮在其他地方已经攻击过了，可是，他这里所列举的例子却暗地里支持了这种忧虑：14世纪的诗人（虽然其地位已远不及古人）还没有完全被后人抛之脑后；16世纪诗人的声誉只维持了两代；而17世纪早期的诗人则被攻击得体无完肤。可是，叶燮没有留意到，这个声誉一代不如一代的事实所包含的合理性，有反讽意味的合理性：16世纪复古派诗人的声誉就是靠攻击前代诗人树立起来的，他们开启了诋毁前人的风气，而他们自己很快就成了这种风气的牺牲品。

*　*　*

统百代而论诗，自《三百篇》而后，惟杜甫之诗，其力能与天地相终始，与《三百篇》等。自此以外，后世不能无入者主之，出者奴之，诸说之异同，操戈之不一矣。其间又有力可以百世，而百世之内，互有兴衰者，或中湮而复兴，或昔非而今是，又似世会使之然；生前或未有推重之，而后世忽崇尚之。如韩愈之文，当愈之时，举世未有深知而尚之者；二百余年后，欧阳修方大表章之，天下遂翕然宗韩愈之文，以至于今不衰。信乎文章之力有大小远近，而又盛衰乘时之不同如是，欲成一家言，断宜奋其力矣。夫内得之于识而出之而为才，惟胆以张其才，惟力以克荷之，得全者其才见全，得半者其才见半，而又非可矫揉蹴至之者也，盖有自然之候焉。千古才力之大者，莫有及于神禹，神禹平成天地之功，此何等事？而孟子以为行所无事，不过顺水流行坎止自然之理，而行疏瀹排决之事，岂别有治水之法，有所矫揉以行之者乎？不然者，是行其所有事矣。大禹之神力，远及万万世，以文辞立言者，虽不敢几此。然异道同归，勿以篇章为细务自逊，处于没世无闻已也。

Considering the poetry of all the ages since the *Book of Songs*, only the poetry of Du Fu has the force to last the full span of Heaven and Earth and thus is equal to the *Book of Songs*. Beyond these there have always been some in later generations who will give precedence to some particular work, while others will place that work's status lower: opinions differ, and people will take up arms in different causes. There are some works whose force is adequate to let them last a hundred generations, but within those hundred generations there are different periods of flourishing and decline: sometimes a reputation will be buried midway and rise again; sometimes what was rejected earlier is valued now; and it seems that the conditions of the moment are responsible for this. Sometimes a person will not be highly thought of in his own lifetime, but later generations will all at once begin to honor him. Consider Han Yu's prose: in Han Yu's own time there was no one in the world who understood him profoundly and esteemed him; but over two centuries later, after Ou-yang Xiu made him widely known, all the world came unanimously to honor Han Yu's prose, honor which has never diminished up until the present. Truly force in literature has different degrees of magnitude and extent, but also it may rise and fall along with the differences of the times. If one wants to establish oneself as a master, one must exert force decisively.

What is attained within as judgment is brought out as talent; only courage can spread that talent; and only force can sustain it. Those who attain it completely will reveal their talent completely; those who attain only half will reveal only half their talent. Moreover, it is not something that can be pretended or forced: it can be anticipated only in the natural course of things.

第十一章 叶燮《原诗》

No example of force and talent in all time equals that of Holy Yu [the Sage-king who controlled the floods by dredging the rivers of China]. What effort can equal that of Holy Yu in making the world secure? Yet Mencius considered that he did what he did without effort, simply following the natural (自一然 *) principle (理 *) of the way water flows and collects in depressions. Of course, there is no other method (法 *) for managing water to carry out this task of dredging channels and redirecting currents. Do you think this could have been carried out by pretending? Were it otherwise than the way it was, he would have encountered every sort of problem.

The holy force of Great Yu has reached afar to millions of generations; even though no establishment of words (立一言) in writing (文 *一辞 *) can hope to equal this. Still, different ways may go to the same end, and one should not resign oneself to the notion that composition is a minor vocation that will leave a person unknown in future ages.

把诗歌成就和大禹治水之功相提并论并不始于叶燮,韩愈曾用它赞美李白和杜甫的伟大。叶燮给这个类比以新的意思,他强调这巨大的力量必然发自天然,所以也就是轻松自如的。如果有丝毫的强迫或紧张,就会遭受失败。

* * *

大约才、胆、识、力,四者交相为济,苟一有所歉,则不可登作者之坛。四者无缓急,而要在先之以识,使无识,则三者俱无所托。无识而有胆,则为妄,为卤莽,为无知,其言背理叛道,蔑如也。无识而有才,虽议论纵横,思致挥霍,而是非淆乱,黑白颠倒,才反为累矣。无识而有力,则坚僻妄诞之辞，足以误人而惑世，为害甚烈。若在骚坛，均为风雅之罪人。惟有识则能知所从，知所奋，知所决，而后才与胆力，皆确然有以自信，举世非之，举世誉之，而不为其所摇，安有随人之是非以为是非者哉？其胸中之愉快自足，宁独在诗文一道已也？然人安能尽生而具绝人之姿，何得易言有识？其道宜如《大学》之始于格物；诵读古人诗书，一一以理、事、情格之，则前后中边，左右向背，形形色色，殊类万态，无不可得，不使有毫发之罅，而物得以乘我焉，如以文为战，而进无坚城，退无横阵矣。若舍其在我者，而徒日劳于章句诵读，不过剽袭依傍，摹拟窥伺之术，以自跻于作者之林，则吾不得而知之矣。

In short, talent, judgment, courage, and force support one another: if one is lacking, a person cannot achieve the status of a major writer. None of the four is more urgent than any of the others, but it is essential to begin with judgment. If a person lacks [the capacity for] judgment, then none of the other three will have anything to rely on. Courage without judgement leads to error, rashness, and ignorance: such words turn their back on principle, rebel against the Way, and are worthless. Talent without the power of judgment may yield a deftness and skill in dispute and quickness of thought, but values will be all mixed up, black and white inverted, and one's talent will catch a person up in problems. Force without the power of judgment leads to writing that is opinionated and misleading—writing that can mislead people and deceive that people of the age—the harm it can do is extensive. These are all equally criminals in the world of poetry.

Only the man who possesses the capacity for judgment will know which course to follow, where to exert energy, what must be decided: thereafter talent, courage, and force all have something on which they can depend with confidence. Whether criticized or praised by the entire world, such a person is not swayed from his course; neither do his judgments depend on the judgments of others. The joy and satisfaction that come from this do not apply only to the Way of poetry and prose.

Nevertheless how can a person fully achieve such a manner above all others for his whole life? To say it another way, how can a person attain the power of judgment? The Way to do so should be just as the *Great Learning* would have us begin—in the "investigation of things" (格 *—物 *).

When one reads the poems and books of former masters, investigate (格 *, "take the measure of", "look into the informing structure of") each one in regard to principle, even, and circumstance. If you do so, then there is nothing you will fail to grasp—what lies ahead and what lies behind, what is in the center and what is on the sides, right and left, what the poets faces and what he turns his back to, every shape (形 *) and every color (色 *), the thousands of stances of all the different categories of things. By not allowing the most minute aspect to be missing, the thing (物 *) is grasped, whereby the self is carried. If we take battle as a metaphor, there is no firm wall in the line of advance, and no blocking formations in the withdrawal.

Among those who rose to a place among the great writers, I have never known anyone who set aside what is in the self and spent days in pointless labor on philology and reading, who went no further than the techniques of plagiarism and dependence on others, imitation and surveying things with the intention to plunder them.

这一段表明叶燮忠实于朱熹正统儒学。"格物"是朱熹哲学的一个核心概念，这个概念太复杂，在这里恐怕说不清楚。简单地说，它关系到通过有引导的实际观察来发现普遍之理。叶燮在前文以强烈的语气提出，诗人直接与世界相遇，不需要诗歌传统的中介。可是，在谈到如何养"识"的时候，他又重新回到那个贴近严羽所倡导的作诗之法的立场上了，也就是说，我们要接受这个把儒家格物原则运用到阅读之中的指令。

叶燮把朱熹新儒学的承诺交给诗歌读者：在一定的教养和引导之下，通过反思，你就能够对"理"有一个整体把握，有了"理"，事物的各种关系——开头、后续、否定和中心，也就可以明了了。文本是各种态势和关系的一个联结点，它们暗含其中，通过观察（"格"）其"理""事""情"，它们就明朗起来。在"乘我焉"的过程中有一个最为神秘的层面，那就是"得物"。它也可以在新儒家里找到源头：在理解事物之时，自我可以既不失其真实，又符合自然秩序。自我在真实状态中的出之自然或自动的行为也是普遍的。从叶燮的措辞里，我们可以感觉到，16世纪和17世纪那些认为自我是与世界对立的作家，对他产生了一些影响。可是，叶燮的理论立场依据的是这样一个观念：写作中意念的自动和自然活动参与到那个普遍的自然而不仅仅是个别的世界之中。自我对世界的把握或许是独一无二的，但外在世界中确有一些真实的方面需要去把握。

* * *

或曰："先生发挥理、事、情三言，可谓详且至矣。然此三言，固文家之切要关键；而语于诗，则情之一言，义固不易，而理与事，似于诗之义未为切要也。先儒云：'天下之物，莫不有理。'若夫诗似未可以物物也。诗之至处，妙在含蓄无垠，思致微渺，其寄托在可言不可言之间，其指归在可解不可解之会；言在此而意在彼，泯端倪而离形象，绝议论而穷思维，引人于冥漠恍惚之境，所以为至也。若一切以理概之，理者，一定之衡，则能实而不能虚，为执而不为化，非板则腐，如学究之说书，问师之读律；又如禅家之参死句，不参活句，窃恐有乖于风人之旨。以言乎事，天下固有有其理而不可见诸事者，若夫诗，则理尚不可执，又焉能一一征之实事者乎？而先生绳绳焉必以理、事二者与情同律乎诗，不使有毫发之或离，愚窃惑焉，此何也？"

Someone answered, "It may well be said that your exposition of these three terms—principle, event, and circumstances—is detailed and complete. But even though these three terms are unquestionably the essential keys for prose masters, if we are speaking of poetry, only the term 'circumstance', (情 *, 'mood', 'emotion') has an unalterable significance (义 *), while 'principle' and 'event' would seem not to be essential to the real significance (义 *) of poetry. Long ago a Confucian scholar said that all the things of the world have natural principle. And yet it would seem that poetry is a thing not like other things. Where poetry is at its most perfect, its subtlety (妙 *) lies in a boundless reserve of the implicit (含—蓄 *) and in the thought reaching what is faint and indistinct; what is implicit in poetry lies between what can be said and what cannot be said; what it refers to lies at the conjunction between the explicable and the inexplicable; the words seem to be about one thing, while the meaning (意 *) lies in something else. All points of reference are blotted out, and it takes leave of visible form (形 *—象 *); linear argument and discursiveness are broken, and the process of reflection reaches its limit, leading a person into a murky and hazy realm (境 *)—and this is how it attains perfection. Natural principle (理 *) is a determinate balance; and if we try to frame the totality [of poetry] with natural principle, then it will be capable only of the concrete (实 *), and it will not be capable of the empty/plastic (虚 *); it will be something that holds fast, but not something that undergoes transformations (化 *); at the least it would be inflexible, and at the worst it would have a conventional rigidity (腐, literally 'rotten')—just like a student's paraphrase of what he has read, like a village schoolmaster's rules of recitation, like a Chan master's using dead lines and not lively lines. I suspect that this sort of thing would be contrary to the precepts of true poets.

"Now in regard to 'event', certainly there are cases in this world where there is a principle that does not become manifest in event. If in poetry even principle cannot be held fast, how can every single case be realized in a concrete event (实 *—事 *)? Yet you maintain insistently that principle and event have the same normative authority as circumstance (mood) in poetry, and you will not allow even the least distinction [in relative importance] between them. I confess that I have my doubts. What do you say to this?"

这个对话者的反对意见十分雄辩地申述了一个关于诗歌价值的老生常谈：把"情"奉为至尊。虽然为了保持"情"字的统一，我们仍把它译作"circumstance"（情况），可是，对话者显然转化了"情"的语义中心，使它更接近它在诗学里的通常用法即"情绪"或"心理"。此前，叶燮曾把"情"说成是"在物"范畴；而对话者以该词表示诗歌的感染力以及阅读诗歌所领悟的东西——更贴近"情绪"而不是"情况"。对话者主张给予"情"的那种特权与《沧浪诗话》的观点是一脉相承的，后者宣称诗歌有自己的特性，它不同于任何其他范畴，如议论、才学和经验等。二者的一脉相承尤其明显地表现在对话者强调诗歌的微妙和难以捉摸的特点。即使早在严羽的时代，"理"已经与诗歌之外的哲学话语联系到一起（参考《沧浪诗话》："诗有别趣，非关理也"）。"理"的确定性和一般所说的诗歌的非确定性价值在这里构成了对照，这种对照来自严

第十一章 叶燮《原诗》

羽的美学。由于这些原因,对话者不能接受"理"是诗歌的本质部分的说法。这是《原诗》一文的关键之处,叶燮试图打破严羽在诗的体验和诗之外的体验之间所树立的界限。在后面的段落里,叶燮承认诗歌的价值在于它的微妙和不可捉摸性,可是,他试图把它们与理和事统一起来,在世界的普遍运作之内而不是之外给诗歌一个位置。

我们应当思考一下叶燮所接受和重新界定的那些价值。那个对话者提出了一个老生常谈的说法:"诗之至处,妙在含蓄无垠。""至处"大概指诗歌体裁的固有价值得到实现的情况;但更重要的是,它也可能指那些阅读的时刻,当诗歌实现了它的美学潜能,使读者不禁赞叹"啊,这才是诗"。到了叶燮的时代,"妙"这个范畴已经成了表示"优秀"的一般性词汇,虽然它所代表的优秀与其词根的关系还没有被完全遗忘,也就是说,它是在理解的边缘所体会到的一种精致的完美,既是本质的也是难以捉摸的。"含蓄"是司空图《二十四诗品》中的第十一品。它是一个十分重要的美学范畴,它不但暗示某种意义的深度——有更多的价值在表面文字之下,而且还暗示某种长久的感染力——"含蓄"使一个文本在结尾之后仍存留在读者的心上。它不是朝"理解"迈进的直线运动,而是构成一个完整之"境"的难以捉摸的特性的一种展开过程。

因此,对于这个对话者来说,诗歌的本质不在于通常意义上的可"解"的固定层面;它也不超出有限域和物质域。毋宁说,真正的诗歌就发生在对有限之外的某物的直觉,以及读者的注意力朝那个"之外"迈进的时刻。当他说"言在此而意在彼"的时候,他的意思不是隐喻的,而是指:言是具体现实的言,但它被聚集起来,以创造一种具体现实之外的"情"或灵视(vision),而它们多多少少是独立于言之外的。诗的景象必须是"虚"的,它不能被简化为确定的和具体的景象,否则就变成"实"的了,因此它体现着一种个别之"理"。

叶燮和那个对话者都会同意,一个糟糕的具体描写会给我们提供一个情景的物质存在的印象,它是一种简单的、感官上的确定性;19世纪的"现实主义"小说中的描写就经常给我们这样一种切实的现实印象。

705

诗的"虚"的描写能捕捉到那种"置身其中"的难以捉摸的特性，其中，个别的情绪或心理被统一到围绕在内心周围的具体现实之中，在这里，关系的那种照相式的确定性消失了，而那个景象依然是可感的，而不必清晰地限制其形式和它们的关系。这种关于诗的观念叶燮是会接受的，但他得给它增加这样一个限定：这样的"诗的"世界确实以"理"为根基。他以杜甫的诗歌为例对此做了说明。

*　*　*

予曰：子之言诚是也，子所以称诗者，深有得乎诗之旨者也。然子但知可言、可执之理之为理，而抑知名言所绝之理之为至理乎？子但知有是事之为事，而抑知无是事之为凡事之所出乎？可言之理，人人能言之，又安在诗人之言之？可征之事，人人能述之，又安在诗人之述之？必有不可言之理，不可述之事，遇之于默会意象之表，而理与事无不灿然于前者也。

I answered: What you have said is quite correct, and what you claim shows you have a deep understanding of the precepts of poetry. But by natural principle you understand only that which can be firmly taken hold of and articulated as natural principle; I think you fail to understand that the ultimate natural principle is cut off from definite, denotative language（名—言）. You understand event only in the sense of "there was that event", but I think you fail to understand "there was no such event" as something from which ordinary events emerge. Everyone can speak of natural principle that can be spoken of, so why should the poet speak of it? Everyone can relate an event that has verifiably occurred, so why should a poet relate it? There must be principle that cannot be articulated and events that cannot be related; one encounters them beyond a silent comprehension of

第十一章 叶燮《原诗》

the image in the mind（意 *—象 *）and never do principle and event fail to gleam before it.

作为回答，叶燮主要肯定了诗景（poetic vision）的"现实性"，这样，他就反驳了对话者对"诗"的看法，把诗歌恢复为对诗歌之外的世界的整体理解的一部分。难以捉摸的诗的景象（vision）不是纯粹的幻象（fantasy），也不仅仅是艺术效果；它是接近"那个事物"（"what is"）的最难以捉摸的方面的一个入口。不是所有的理都可以直说，确实有一种理，它超出确定的和具体的领域之外，只能通过"诗"来接近。你首先捕捉到诗人的"意象"，然后再通过这个意象，对那个"理"产生直觉。正如我们在西方诗学术语中所见到的，对于一个新名词，人们起初只半懂不懂地知道它是一个新名词，经过一些时间和反思之后，它才能证明自己可以有效地描述艺术作品，或被我们所理解。

* * *

今试举杜甫集中一二名句。为子晰而剖之，以见其概。可乎？如《玄云皇帝庙》作"碧瓦初寒外"句，❶逐字论之。言乎外，与内为界也，初寒何物，可以内外界乎？将碧瓦之外，无初寒乎？寒者，天地之气也，是气也，尽宇宙之内，无处不充塞，而碧瓦独居其外，寒气独盘踞于碧瓦之内乎？寒而曰初，将严寒或不如是乎？初寒无象无形，碧瓦有物有质，合虚实而分内外，吾不知其写碧瓦乎？写初寒乎？写近乎？写远乎？使必以理而实诸事以解之，虽稷下谈天之辨，恐至此亦穷矣。然设身而处当时之境会，觉此五字之情景，恍如天造地设，呈于象，感于目，会于心。意中之言，而口不能言；口能言之，而意又不可解。划然示我以默会相象之

---

❶ 诗题全称《冬日洛城北谒玄元皇帝庙》。

表，竟若有内有外，有寒有初寒，特借碧瓦一实相发之。有中间，有边际，虚实相成，有无互立，取之当前而自得，其理昭然，其事的然也。昔人云：王维诗中有画。凡诗可入画者，为诗家能事，如风云雨雪景象之至虚者，画家无不可绘之于笔，若初寒、内外之景色，即董、巨复生，恐亦束手搁笔矣。天下惟理、事之入神境者，固非庸凡人可模拟而得也。

Now would it be all right if I took a few famous lines from Du Fu's works to shed some light on the question for you, so that you can see the general outline? Let's take as an example the line in "The Temple of the Primal Mysterious Emperor": "The first chill, outside of its emerald [roof] tiles." If we consider the exact wording, it speaks of an "outside", which in turn makes a boundary with an "inside". What sort of thing is the "first chill" that there can be a boundary of inside and outside with it? Is it that outside the emerald tiles there is no first chill?[10] Chill is a form of the *qi** of Heaven and Earth. And this *qi** covers all the cosmos, leaving no place unfilled. Yet do these emerald tiles alone reside outside of it? Does the *qi** coil up and concentrate within those emerald tiles alone?[11] Does speaking of the "first" of the chill imply that this might not be the case in a severe chill? "First chill" is without image (象*) or form (形*); in "emerald tiles" there is a thing (物*), and there is material (质*). Here he joins the empty and solid, yet makes a distinction between inside and outside; and we cannot tell whether he is describing the emerald tiles or the first chill, whether he is describing what is close at hand or what is far away. If one had to explain it in terms of natural principle and make it solid (实*) in event, then I fear that even the finely argued discussions of heaven by the Ji-xia scholars [famous in antiquity] would reach their limits before they could treat something

第十一章 叶燮《原诗》

like this. However, putting oneself right there in the world of that moment (境*—会, the "scene-occasion"), we realize that the mood (情*) and scene (景*) of these five words are as indistinct as if created by Heaven or given by Earth; yet they are manifest in image (象*), are stirring to the eyes, and are understood by the mind. The mouth cannot put into words those words that are in the concept (意*); or the mouth can put them into words, but then concept cannot explain them. There, delineated clearly, it shows us what lies beyond a silent comprehension of image in the mind; finally it is as if there *is* an inside and an outside, as if there *is* a chill and a first chill, all depending on this one solid things, "emerald tiles", to be brought out. A space within is defined; there are boundaries; solid and empty complete one another; presence and absence are mutually established. There it is, right before you and self-subsistent, its natural principle shinning out, its event pellucid. Long ago someone said that in Wang Wei's poetry there is painting. Any poem that "enters a painting", as they say, shows that the poet is considered a master. And there is scarcely a painter unable to depict with his brush the most plastic (虚*) images of a scene (景*—象*), such as wind and clouds or rain and snow. But facing a scene like this, a scene of the first chill's inside and outside, even a Dong Yuan and Ju Ran reborn would, I suspect, fold his hands and lay aside his brush. In all the world, it is only the movement of natural principle and event into a divine realm (神*—境*) that absolutely no ordinary person can achieve by imitation.

叶燮的任务是要表明,那种难以捉摸的"诗"的景并不是完全不可言说的特性或印象,毋宁说它可以被理解为一种对真实范畴或关系的独一无二的感知。而且,这种感知不可能被简化为通常的范畴和解释("人人能言之，又安在诗人之言之"）。叶燮宣称，景中之理是自明的，但它不能在散文的理性语言之中被言说。那么，他自己的文论何以能指明那个清晰、自明的"理"的显现呢？他的办法是提供一个批评实例，一个奇怪的、让人沮丧但又让人好奇的批评，用一连串问题来标明杜诗的景象和散文式理解的区别。尽管效果不佳，可叶燮很希望把一段诗的独一无二性解释清楚，而不是像当时的一些批评家那样，用一个老掉牙的说法把它打发了事。

不幸的是，叶燮的解释也需要解释，我们得把这个评论者放到上文所提到的"稷下"学派的那个不太舒服的位置上，尽量把处在边缘的语言拉回来，让它贴近我们的散文式理解的世界。应当注意，杜甫的诗是一首冬天的诗，虽然"初寒"一词似乎说明严峻的冬天尚未来临。叶燮看出"外"这个空间词给寒划定了奇怪的界限，就好像那些瓦位于一个特殊的空间，对冬天的气候有免疫力。对该诗我们没有任何固定看法，正如叶燮所说，我们不知道它是近还是远。我们或许在庙的院子里，那些瓦在里面，所以也就在寒冷之外；我们也可能从远处望庙，远处的屋顶上的瓦似乎在我们周遭所感到的寒冷之外。所有这些可能性共同创造了被寒冷包围的瓦的感觉；虽然被寒冷包围，可那些瓦，不知怎么回事，似乎在寒冷之外而不是之内。可是，最令人惊叹的还不是这一层，最令人称奇的是，我们在空间关系里看出了气候的差别，而那本来是不可见的。

叶燮注意到寒是"虚"的，像液体一样，没有差别、没有界限地弥漫到各处。可是，处在寒之"外"的那些瓦的坚实形状，却通过划界，给它一种形状和界限。虽然寒冷无处不在，遍及整个世界，可是，有了那些留在寒冷之"外"的瓦，寒冷因此而像实体一样具有了界限。

叶燮看出，庙顶上的瓦对无处不在的天气的抵制或许只限于这个时刻，那些瓦只在"初寒"时节才把形状强加给寒冷；当严寒降临，这个内外界限大概就消失了。因此，它不仅仅是诗人所见的一个特殊空间，而且也是一个特殊时刻。

第十一章 叶燮《原诗》

杜甫这句诗创造了一种独特的感官现实,一个可以从"理"和"事"的角度来理解的现实,可它也是一个十分不同于日常理解的现实,不同于对感官体验的日常描写。在西方诗学里,我们可能会说这句诗创造了对关系的一种新的感知,它塑造了我们构想这类场景的方式;在叶燮看来,杜甫发现了一种关系,虽然它本来就在那里,可它超出了通常感知的范围。

* * *

又《宿左省》做"月傍九霄多"句,从来言月者,只有言圆缺,言明暗,言升沉,言高下,未有言多少者。若俗儒不曰"月傍九霄明",则曰"月傍九霄高",以为景象真而使字切矣。今日多,不知月本来多乎?抑傍九霄而始多乎?不知月多乎?月所照之境多乎?有不可名言者。试想当时之情景,非言明、言高、言升可得,而惟此多字可以尽括此夜宫殿当前之景象。他人共见之,而不能知、不能言,惟甫见而知之,而能言之,其事如是,其理不能不如是也。又《夔州雨湿不得上岸》作"晨钟云外湿"句,以晨钟为物而湿乎?云外之物,何啻以万万计?且钟必于寺观,即寺观中,钟之外,物亦无算,何独湿钟乎?然为此语者,因闻钟声有触而云然也。声无形,安能湿,钟声入耳而有闻,闻在耳,止能辨其声,安能辨其湿?曰云外,是又以目始见云,不见钟,故云云外。然此诗为雨湿而作,有云然后有雨,钟为雨湿,则钟在云内,不应云外也。斯语也,吾不知其为耳闻耶?为目见耶?为意揣耶?俗儒于此,必曰"晨钟云外度",又必曰"晨钟云外发",决无下湿字者。不知其于隔云见钟,声中闻湿,妙悟天开,从至理实事中领悟,乃得此境界也。又《摩诃池泛舟》作"高城秋自落"句,夫秋何物?若何而落乎?时序有代谢,未闻云落也;即秋能落,何系之以高城乎?而日高城落,则秋实自高城而落,理与事俱不可易也。以上偶举杜集四语,若以俗儒之眼观之,以言乎理,理于何通?以言乎事,事于何有?所谓言语道断,思维路绝。然其中之理,至虚而实,至渺而近,灼然心目之间,殆如鸢飞鱼跃之昭著也。理既昭矣,尚得无其事乎?古人妙于事理之句,如此极多,姑举此四语以例其余耳。其更有事所必无者,偶举唐人一二语,如"蜀道之难难于上青天""似将海水添宫漏""春风不度玉门关""天若有情天亦老""玉颜不及寒鸦色"等句。如此者,何止盈千累万?决不能有其事,实为情至之语。夫情必依乎理,情得然后理真,情理交至,事尚不得耶?

  Another case is the line in "Written While Spending the Night at the Ministry": "Much moon beside the highest wisps of clouds."[12] Those who had written of the moon in the past had written of it only as full or waxing and waning, as dark or bright, as ascending or sinking, as high in the sky or low. No one has ever written of it in terms of "much" or "little". Some ordinary scholar might have written, "Bright, the moon beside the highest wisps of clouds". If not that, then, "Lofty, the moon beside the highest wisps of clouds". He would have considered that to be the true image of the scene (景 *—象 *) and his own words to have been used so as to get it just right. But Du Fu says "much", and we don't know whether the moon is always "much" in its own right, or becomes so only by being beside the highest wisps of cloud. We don't know whether the moon itself is "much", or the realm illuminated by the moonlight is "much". There is something that cannot be put into definite, denotative language. But if you try to imagine the scene and the mood of that moment, then [you realize] it cannot be grasped by "bright" or "lofty" or "ascending". And only this word "much" can completely encompass the image of the scene (景*—象*), this night in front of the halls of the palace. Others saw it, but they could neither understand it nor put it into words. Only Du Fu saw and understood it and was able to put it into words. The event [what really happened] was like this, and thus its natural principle could not help being like this.

Another example can be found in the line from "Written in Kui-zhou, When it Was So Wet from Rain that I Could Not Climb the Bank": "The early morning bell is wet beyond the clouds." Is he taking the early morning bell as a physical object [rather than a sound] and thus "wet"? At a modest estimate the objects that then lay beyond the clouds could be counted in the millions; furthermore, the bell must have been in a temple, and in that temple apart from the bell, there would have been innumerable objects, so why is it only the bell that is "wet"? When he wrote these words, however, he wrote as he did because he was struck by something unique and singular on hearing the sound of the bell. Yet sound has no form, so how can it be "wet"? The sound of the bell entered his ears and he heard something; hearing is a faculty of the ear and can only distinguish sound, so how could the ear distinguish wetness? And he wrote "beyond the clouds": because his eyes at first saw clouds and not the bell, he said, "beyond the clouds". This poem, however, was written on the wetness of a rain; there is rain only after there are clouds. If the bell is being made wet by the rain; then the bell is "within" the clouds, and he should not say "beyond" [i.e., by saying "beyond" he implies that the rain has already passed the temple he does not see]. I cannot tell whether this is an account of what his ears heard, or what his eyes saw, or what his mind (意*) conceived. In this situation, a common scholar would surely have written "The early morning bell passes beyond the clouds", or "The early morning bell comes out beyond the clouds"; but under no circumstances would he have used the word "wet". They could not have understood that he saw the bell on the other side of the clouds and heard wetness in its sound: one can attain a visionary world (境 *—界 *) like this only with full enlightenment from Heaven and an understanding that comes from the ultimate in principle and concrete event.

Another example is the line in "Boating on Mo-he Pond": "The high wall, autumn sinks down". What sort of thing is this "autumn" that it can "sink down"? The seasons do alternate in succession, but I have never heard that they "sink down". And even if autumn were able to "sink down", why link it to a high wall? Yet when one says "high wall...sinking down", then autumn truly does "sink down" [or "fall"] from the high wall. Here neither principle nor event can be altered.

Considering the four preceding examples from Du Fu's works with the eyes of a common scholar, if we were speaking of them in terms of principle, wherein does principle get through (通 *) here? If we are speaking of them in terms of event, in what does the event reside? Here one might say "the Way of language breaks off", the path of thought comes to an end. Nevertheless, the principle contained in these lines is something that becomes solid (实 *) in the extreme of emptiness (虚 *), something that becomes close at hand in the extreme of being remote and indistinct. They are fresh and radiant in the mind and eye, just as luminously present to us as the kite on the wing or a fish jumping. And when the principle is so manifest, can the event be lacking?

There are very many lines of the ancients which, like these, are subtle (妙 *) in event and principle; but I have taken these four lines of Du Fu as examples of the rest. Among those in which event has even less reality, I might give a few lines of Tang poets as examples:

The hardships of the road to Shu are more difficult than climbing the blue sky. (Li Bai)

It seems all the sea's water fills the palace waterclock. (Li Yi)

The spring wind does not pass Yu-men barrier fort. (Wang Zhi-huan)

If Heaven had feelings, Heaven, too, would grow old. (Li He)

Her face, white as jade, is not so lovely as winter's crows. (Wang Chang-ling)

Lines like these can be counted in the thousands: and even though there is no possibility that such things occurred as "events", they are truly lines in which the affections (情 *) are at their most intense.

The affections/circumstance (情 *) must depend on natural principle; and only when the affections/circumstance are fully attained is natural principle genuine.

And when the affections/circumstance and natural principle reach perfection jointly, is it possible that event will not be attained as well?

尽管"情"在"理"先，如果"情"在诗里得到完美显现，那就说明"理"被完美地捕捉到了，那时的"理"就内在于诗句之中。

* * *

要之：作诗者，实写理、事、情，可以言，言可以解，解即为俗儒之作。惟不可名言之理，不可施见之事，不可径达之情，则幽眇以为理，想象以为事，恍惚以为情，方为理至、事至、情至之语，此岂俗儒耳目心思界分中所有哉？则余之为此三语者，非腐也，非僻也，非锢也，得此意而通之，宁独学诗？无适而不可矣。

In essence, when the writer of a poem describes actual (实*) principle, event, and circumstance which can be put into words, and those words can be fully understood, then we fully understand that this is the work of and ordinary scholar. But if it is that natural principle which cannot be given in definite, denotative language, if it is the kind of event that cannot be set out before the physical eye, if it is the kind of affections/circumstance that cannot be instantly communicated, then the principle under consideration is hidden and elusive, the event is an image in the fantasy (想—象*), and the affection/circumstance is vague and indistinct. Only then do you have words that are the perfection of principle, the perfection of event, and the perfection of affection/circumstance. Qualities such as these are not contained within the boundaries of ears, eyes, and thoughts of common scholars. If this is the case, then these terms I have used are not dead letter, not one-sided shackles. To understand these concepts (意*) and put them into action (通*) goes beyond the study of poetry alone. There is nothing for which they are inappropriate.

《内篇》补选

加上以下"补选"的这两部分，整个《内篇》的内容就完整了。选自《内篇》第一部分的第一段是全书的开头，最后一段刚好与"主要选段"的开始段相接。《内篇》第二部分续接"主要选段"。最后还从《外篇》选译了一些段落。

第十一章 叶燮《原诗》

《原诗》的许多文字关涉的那些激烈论争基本上都是"地方性的"（local），这让我们联想到现代的学术批评状况。根据这三个世纪的情况看，叶燮算得上一位相当好辩的作家，他以家常的对比和大量修辞问题尽情嘲弄他的对手。因为"补充选段"没有多少解说文字，为了方便读者的阅读，我的译文将更随意一些。

《内篇》上（开头）

诗始于《三百篇》，而规模体具于汉。自是而魏，而六朝、三唐历宋、元、明以至昭代，上下三千余年间，诗之质文、体裁、格律、声调、辞句，递嬗升降不同，而要之诗有源必有流，有本必达末；又有因流而溯源，循末而返本，其学无穷，其理日出。乃知诗之为道，未有一日不相续相禅而或息者也。

Poetry began with the three hundred poems of the *Book of Songs*, and its forms were structurally complete by the end of the Han. During the more than three millennia from that time until the present (passing through the Wei to the Six Dynasties, to the Tang, on through the Song, Yuan, Ming, and into our present dynasty), there have alternations and variations in all aspects of poetry: in the ratios of plainness and ornament (质 *— 文 *), generic structures (体 *— 裁 *), formal rules (格 *— 律 *), sound patterns, and diction. What is essential in such variation is this: insofar as poetry has a source, it must also have streams that flow from it, in so far as it has roots, it must develop into branches. Furthermore, it is possible to follow the streams back to their source or to revert to the roots by following back along the branches: the material for study here is infinite and the natural principles (理 *) involved constantly emerge.

From this we realize that the course of poetry has never ceased in its continuity even for a single day.

河流（源流）和树（本末）的隐喻被叶燮信手拈来，自如运用；读者自当明白，这两个隐喻在中文里比它们在英文里抽象得多，它们大致相当于本原及其有机扩展。有些论诗家认为诗歌的历史已经走到了尽头，诗歌已发展为若干固定不变的规范，从那以后，所有谙熟它们的人就可以自由取用了。正是为了回应这个观点，叶燮才强调诗歌生生不息的有机发展。请注意，叶燮所说的"其学"指学习怎样写诗，而不是对诗歌做学术研究。

* * *

但就一时而论，有盛必有衰；综千古而论，则盛而必至于衰，有必自衰而复盛；非在前者之必居于盛，后者之必居于衰也。乃近代论诗者，则曰：《三百篇》尚矣，五言必建安、黄初，其余诸体，必唐之"初""盛"而后可。非是者必斥焉，如明李梦阳不读唐以后书，李攀龙谓唐无古诗，又谓陈子昂以其古诗为古诗，弗取也。

If we consider it from the perspective of only a single period, then whenever there is a time of flourishing, there must also be decline. When we consider it from the perspective of all literary history, then we see that a period of flourishing must pass into decline, but at the same time it must go from decline to flourishing again. It is not true that the earlier writer is always in the position of a time of flourishing and that the later writer is always in a position of decline.

But there are recent theorists of poetry who have declared that while the *Book of Songs* is the noblest [poetic creation], poetry in the

第十一章　叶燮《原诗》

five-character line must follow the style of the Jian-an [196-220] and Huang-chu [220-227] reigns; other forms are all right only if they follow the early Tang and High Tang. They feel it necessary to attack anyone who disagrees. Examples of this are Li Meng-yang's injunction not to read anything after the Tang and Li Pan-long claim that there was no true old-style verse in the Tang, or his further claim that there is nothing worthwhile in Chen Zi-ang's old-style verse considered purely as old-style verse.

叶燮引用了明代复古派的一些最时髦的说法。概言之，他们认为，古诗（长度不固定、不讲合辙押韵）在公元 3 世纪的前几十年就达到极致了，从那之后，古诗在形式上的任何演化都是衰退。唐代的古诗问题确实是理论的一个试金石。初唐和盛唐为律诗树立了典范，可它们的古诗，例如陈子昂的古诗，却不被认可。如果文学史严格依附于历史阶段的发展，那么初唐和盛唐的诗就应当是好的，无论是古体诗还是律诗；但是，在明代复古派看来，一切价值都以文类为中介。因此，不是唐代自身繁盛了，而是律诗繁盛了，按照他自身的内在发展理路，律诗到唐代刚好达到极致。

* * *

自若辈之论出，天下从而和之，推为诗家正宗，家弦而户习。习之既久，乃有起而掊之，矫而反之者，诚是也。然又往往溺于偏畸之私说。其说胜，则出乎陈腐而入乎颇僻；不胜，则两敝，而诗道遂沦而不可救。

Once these positions had been taken, it seemed that everyone in the world went along with them and set them up as an orthodoxy (正*—统) for poets. As they say, everyone in the household has to practice the family songs. When this practice had continued for a long time, it was right and even inevitable that some would rise and attack the old positions, and the attackers would go to extremes in opposing them. Yet they, too, became everywhere immersed in one-side and private theories. Whenever one of these theories of the antagonists of the old positions gained the upper hand, we passed over from conformist commonplaces into outlandishness. When neither gained the upper hand, we had a pair of bad theories. In this way, the course of poetry seemed to be going downhill without hope of being saved.

叶燮这里提到明末出现的复古派的各种反对派，例如袁氏兄弟的性灵说等。文学宗派往往在理论上各执一端，社会话语环境往往影响人们对诗歌的判断，叶燮对此深有感触，深表关注。

*　*　*

由称诗之人，才短力弱，识又朦焉而不知所衷；既不能知诗之源流、本末、正变、盛衰互为循环，并不能辨古今作者之心思、才力、深浅、高下、长短；孰为沿为革？孰为创为因？孰为流弊而衰？孰为救衰而盛？——剖析而缕分之，兼综而条贯之；徒自诩矜张，为郛廓隔膜之谈，以欺人而自欺也。于是百喙争鸣，互自标榜，胶固一偏，剿猎成说；后生小子，耳食者多，是非淆而性情汩，不能不三叹于风雅之日衰也。

Because those who claim to know about poetry are short on talent and lack energy, their judgment is also blinded and they lack intuitive sense. Since they are incapable of understanding how the source and streams, the roots and branches, the normative (正*) and mutated (变*), and flourishing and decline all operate in cycles, they are further incapable of discerning the thought (心*—思*) of either ancient or modern authors—not their thought, nor the energy of their talents, nor the relative depth of their work, nor their relative levels, nor their strengths and weaknesses. They cannot tell which ones were followers and which ones made a break with the past; they can't tell which were innovators and which were derivative; they can't tell which ones sank into decline and which ones saved literature from decline and made it flourish again. They make analyses in minute detail and combine them with unifying syntheses, followed by vain boasts about what they have achieved: their discourses are a barrier to understanding; and in deceiving others, they are themselves deceived. Thus we have a hundred voices all talking at once, each setting up its catch-phrases against the others, each stuck in some one-sided position which is rounded out by plundering others. Their younger followers have swallowed most of it, with the result that their sense of what is right is confused and their natural responses (性 *—情 *) are hampered. And we cannot help feeling discouraged at how the art of poetry (风 *—雅 *) continually sinks lower and lower.

叶燮猛烈谴责当时的文学理论，在他的谴责之下潜藏着一个不可忽视的信念：对文学史的清醒认识是挽救诗歌于衰亡的一条途径。正像他强烈反对的理论家如严羽和复古派一样，叶燮也相信好诗来自于对诗歌史的"正与变"的认识。

* * *

盖自天地以来，古今世运气数，递变迁以相禅。古云："天道十年一变。"此理也，亦势也，无事无物不然，宁独诗之一道胶固而不变乎。

Since the beginning of the universe, the qualities of *qi** in the operations of history have moved through transformations and shifts, each quality yielding to the next. An old saying goes, "In the natural course of things, one mutation occurs each decade": this is natural principle (理 *), and this is also the inherent momentum (势 *). Since this is true of every event (事 *) and every thing (物 *), it is most unlikely that the way of poetry alone be hard and fast, and never undergo mutation.

这里所说的"变"不像是那种逐渐的演化,而更像是那种发生在特定历史时刻的方向性的剧变。而且,叶燮并没有把文学史的发展放到政治和社会史的背景中来考虑,文学史的发展过程似乎是独立的,和其他世界一样,它也遵循着同样的变化规律即"十年一变"。

* * *

今就《三百篇》言之:《风》有正风,有变风;《雅》有正雅,有变雅。《风》《雅》已不能不由正而变,吾夫子亦不能存正而删变也。则后此为风雅之流者,其不能伸正而诎变也明矣。

If we look at the case of the *Book of Songs*, we note that the "Airs" section contains *both* "normative" (正 *) and "mutated" (变 *) "Airs"; in the same way the section of "Odes" (雅 *) consists of both normative and mutated "Odes". Since even the "Airs" and "Odes" necessarily passed from norm into mutation, and since Confucius [in editing the *Book of Songs*] could not permit himself to retain only the norm while taking out the mutated phases, it should be obvious that it is impossible to sustain the normative and suppress mutation in the later poetic (风 *—雅 *) tradition.

《诗大序》对"正变"的讨论见本书第三章。关于"变"究竟只是

第十一章 叶燮《原诗》

变化还是衰变,论争由来已久。叶燮的立场很坚定,他认为变并不必然是衰落,《诗经》里就有"变"体,他以此支持自己的观点。当然,这样一来,他就避开了《诗经》传统解释中的真正问题之所在:所谓"好诗"之"好",是因为它揭示了社会和伦理状况的变化。到了后面他才直接面对这个问题,并把《诗经》的历史与后来的文学史区别对待,前者根据时代的发展发生"正变",后者则按照诗歌自身的内在理路发生"正变"。

* * *

> 汉苏、李始创为五言,其时又有亡名氏之《十九首》。皆因乎《三百篇》者也;然不可谓即无异于《三百篇》,而实苏、李创之也。建安黄初之诗,因于苏、李与《十九首》者也;然《十九首》止自言其情,建安黄初之诗,乃有献酬、纪行、颂德诸体,遂开后世种种应酬等类,则因而实为创,此变之始也。《三百篇》一变而为苏、李,再变而为建安、黄初。建安、黄初之诗,大约敦厚而浑朴,中正而达情;一变而为晋,如陆机之缠绵铺丽,左思之卓荦磅礴,各不同也。期间屡变而为鲍照之逸俊,谢灵运之警秀,陶潜之淡远;又如颜延之之藻绘,谢朓之高华,江淹之韶妩,庾信之清新;此数子者,各不相师,咸矫然自成一家,不肯沿袭前人以为依傍,盖自六朝而已然矣。期间健者,如何逊,如阴铿,如沈炯,如薛道衡,差能自立。此外繁辞缛节,随波日下,历梁陈、隋以迄唐之垂拱,踵其习而益甚,势不能不变。

> During the Han Dynasty, Su Wu and Li Ling originated poetry in the five-character line, and their work, along with the anonymous "Nineteen Old Poems", all follow from the *Book of Songs*. Despite the continuity, one cannot say that there are no differences between the Han poets and the *Book of Songs*: Su Wu and Li Ling really did originate it. In

the same way, the poetry of the Jian-an and Huang-chu periods follows from Li Ling, Su Wu, and the "Nineteen Old Poems". In the "Nineteen Old Poems", however, the poet simply states what he feels (情 *), whereas in Jian-an and Huang-chu poetry, there are already a whole variety of forms (体 *), including dedications, answering poems, travel poems, praises of virtue, and the like. These opened the way for all kinds of social exchanges in the poetry of later ages. Thus we can see that the poetry of the Jian-an and Huang-chu followed from earlier poetry but truly originated, and this is the beginning of mutation. The tradition of the *Book of Songs* underwent a mutation and became the poetry of Li Ling and Su Wu; there was a second mutation and it became the poetry of the Jian-an and Huang-chu. The poetry of the Jian-an and Huang-chu is, as a whole, naive and genuine, balanced and expressive. There was another mutation in the poetry of the Jin, whose authors differ from one another; for example, the continuous ornamental amplification in the poetry of Lu Ji, and splendid unity in variety of Zuo Si's poetry. Then, in the course of time, there were frequent mutations—the noble aloofness of Bao Zhao, the salient and surprising qualities of Xie Ling-yun, and the calm remoteness of Tao Qian. In addition there was the floridity of Yan Yan-zhi, the lofty splendor of Xie Tiao, the seductive allure of Jiang Yan, and the clear freshness of Yu Xin. Already, here in the Six Dynasties, we have reached the stage where none of these various poets took any of the others as a teacher, and every single one of them stood out as an independent figure in his own right(自成一家), unwilling to be merely a follower by close imitation of some predecessor. Even some of the other stronger poets of the periods, such as He Xun, Yin Keng, Shen Jiong, and Xue Dao-heng, were almost able to establish their independence. Apart from these writers, the fashion of elaborate

第十一章 叶燮《原诗》

diction and stylistic lushness produced continually poorer work through the Liang, Chen, Sui and on until the Chui-gong reign [685-688] of the Tang. Poets followed established practice ever more closely until the momentum (势 *) was such that change was inevitable.

叶燮赞叹六朝诗歌各有千秋，这在他那个时代是不同寻常的。他追溯了诗歌从诞生到 8 世纪早期的历史，其中一个十分有意思的理论点是："变"的概念从时代风格的不同转换为个人风格的不同。"变"不是靠文学史的某种神秘力量推动的，它靠的是个人的自发追求：希望自己不同于前人。在早期阶段，"变"是集体性的，建安和黄初作家希望自己不同于汉代的前人，可他们的作品被视为一种集体性变化，反映了那个时代强烈的统一风格。入晋以后，"变"开始成为一种个人行为，每个诗人都追求自成一家，既不同于前人也不同于当代人（同时也带动了诗歌的进程）。如今的情况跟汉代、建安和黄初的情况不同了，任何集体性的时代风格都被视为一位特立独行的人物与一群虚弱的追随者的合体。

* * *

小变于沈、宋、云、龙之间，而大变于开元、天宝，高、岑、王、孟、李；此数人者，虽各有所因，而实一一能为创。而集大成如杜甫，杰出如韩愈，专家如柳宗元，如刘禹锡，如李贺，如李商隐，如杜牧，如陆龟蒙诸子，一一皆特立兴起；其他弱者，则因循世运，随乎波流，不能振拔，所谓唐人本色也。

宋初诗袭唐人之旧，如徐铉、王禹偁辈，纯是唐音。苏舜钦、梅尧臣出，始一大变，欧阳修亟称二人不置。自后诸大家迭兴，所造各有至极，今人一概称为宋诗者也。自是南宋、金、元作者不一，大家如陆游、范成大、元好问为最，各能自见其才。有明之初，高启为冠，兼唐、宋、元人之长，初不于唐、宋、元人之诗有所为轩轾也。

There was a lesser mutation in the Jing-long and Jing-yun reigns [708-712], which can be seen in the poetry of Song Zhi-wen and Shen Quan-qi. Then a major mutation occurred in the Kai-yuan [713-742] and Tian-bao [712-756] reigns in the poetry of Gao Shi, Cen Shen, Wang Wei, Meng Hao-ran, and Li Bai. Although the work of each of these poets has aspects that were developed from earlier poetry, every one of them was able to originate something in his own right. In the succeeding generations, there were a number of poets who established some distinct quality of affect: foremost among these were Du Fu, who achieved the supreme synthesis, and Han Yu, the most striking; in addition there were those who were masters of some single quality, such as Liu Zong-yuan, Liu Yu-xi, Li He, Li Shang-yin, Du Mu, and Lu Gui-meng. Weaker poets simply went along with the historical forces of the age and followed what was current, unable to lift themselves above it: these constitute what is known as the "basic color" (本*一色*) of Tang poetry.

At the beginning of the Song, poets followed closely the former Tang manner, and the generation of Xu Xuan and Wang Yu-cheng represented pure music of the Tang. A major mutation did not occur until the appearance of Su Shun-qin and Mei Yao-chen, both of whom Ou Yang-xiu tirelessly praise in the highest terms. Afterwards various authors appeared in succession, each of whom achieved supremacy in some particular quality. Modern critics simply lump them all together as "Song poetry". Nor is there uniformity in the poetry of the Southern Song, Jin, and Yuan writers. Each of the major poets, such as Lu You, Fan Cheng-da, and Yuan Hao-wen, was able to show his own distinct talent. Of the early Ming writers,

第十一章 叶燮《原诗》

Gao Qi was the most outstanding; his work integrated the various strengths of Tang, Song, and Yuan poetry, and cannot be ranked at a disadvantage in comparison to Tang, Song, and Yuan poetry simply on the grounds that he is a Ming poet.

叶燮总结了中国诗歌的历史,当话题进入明代中叶,诗学理论史的讨论代替了诗歌史的讨论。虽然到了叶燮的时代,最深奥的诗歌爱好者对复古派独尊盛唐的要求已不那么买账了,可是给诗歌史按时代排列等级秩序的势头在当时仍很强大。叶燮彻底否定一个时代具有任何固有价值(至少在明代中叶以前),这说明他的思想确实很自由,简直到了令人震惊的地步。虽然他的观点仍然是文学史的观点,可这是一个完全由个体诗人构成的文学史。

* * *

自不读唐以后书之论出,于是称诗者必曰盛唐,苟称其人之诗为宋诗,无异于唾骂;谓唐无古诗,并谓唐"中""晚"且无诗也。噫!亦可怪矣!今之人岂无有能知其非者?然建安、盛唐之说,锢习沁入于中心,而时发于口吻,弊流而不可挽,则其说之为害烈也。原夫作诗者之肇端,而有事乎此也,必先有所触以兴起其意,而后措诸辞,属为句,敷之而成章。当其有所触而兴起也,其意、其辞、其句劈空而起,皆自无而有,随在取之于心;出而为情、为景、为事,人未尝言之,而自我始言之。故言者与闻其言者,诚可悦而永也。使即此意、此辞、此句虽有小异,再见焉,讽咏者已不击节;数见则益不鲜;陈陈踵见,齿牙余唾,有掩鼻而过耳。譬之上古之世,饭土簋,啜土铏,当饮食未具时,进以一脔,必为惊喜;逮后世膻腼煲烩之法兴,罗珍搜错,无所不至,而犹以土簋土铏之庖进,可乎?

Ever since the appearance of Li Meng-yang's position—that a person shouldn't read anything after the Tang—whoever is good at poetry will inevitably have his work described as "Tang poetry"; and if someone's poetry is described as being "Song poetry", it's just like spitting on him. They [the Ming archaists] claimed that there was no true old-style verse written in the Tang, and further claimed that there was no poetry worth mentioning from the mid Tang and late Tang. This should not be allowed to go unchallenged. It is impossible that our contemporaries are incapable of understanding how wrong this is; rather I think that the theory of the exclusive preeminence of Jian-an and High Tang poetry has become so habitual and firmly entrenched that people simply take it for granted. People repeat it without thinking and cannot be rescued form sinking into such mindless commonplaces, the result being that the harm done by such theories is very severe.

Basically, when a person sets out to write poetry seriously, it is necessary that there first be some experience that stirs his thoughts (意*); only then does he find words for them, join those words into lines, and allow those lines to unfold into a complete poem. When it does happen that he experiences something and is stirred, then his thoughts, his words, and his lines appear out of thin air; and every one of them moves from non-existence into existence, and he takes them from his mind as he finds them there. These emerge as statements of the affections (情*), of scene (景*), and of event (事*). What no one else has ever said before, I can say for the first time from my own self. For this reason both the person who speaks such words and the person who hears such words can truly delight in them and preserve them. But if you bring out the same thoughts, words,

第十一章 叶燮《原诗》

and lines a second time—even if there are minor differences in the new version—then the person who recites them will not be caught up enthusiastically by the poetry. As they are brought out again and again, they increasingly lose their freshness until they become commonplaces that are "overripe", leading others to hold their noses as they pass by.

We may compare the situation to the culinary arts: in earliest antiquity people ate from earthenware plates and drank from earthenware jugs; and since at this time the full range of cuisine had not yet been developed, people would always be delighted whenever a single dish of meat was served. But in later ages, the various techniques of dry-roasting, braising, and broiling fillets developed; delicacies were varied and different combinations were tried until all the possibilities had been explored. Would it still be all right to serve them from the kitchen on earthenware plates and in earthenware jugs?

这个类比和紧跟其后的类比比较接近西方的发展观，但二者的方式大为不同；而且，它们并没有把叶燮上文关于文学史之演进的说法表达清楚。按照他上文的说法，由于那种既非有目的也非积累的不停歇的变化，由于那种只受一种法则控制的变化，文学史避免重复过去（虽然一再发生偶然重复的情况，但它自有其合理性）。这里的烹饪类比把话题转到传统文学史的另一个常见模式：从简单到多样，最后一应俱全。与发展论不一样（而且确实不同于叶燮自己上文所说的那种线性变化观念），这不是一个个相互取代的分散的点，而是一个逐渐积累的变化。事过境迁仍继续使用陶土工具就好比是复古派诗学：当历史已推陈出新，诞生了各种各样的"内容"和与之相应的形式，却仍保留原始形式（容器）。讽刺餐具的装腔作势还在其次，重要的是它击中了对方的要害：明代复古派诗论家承担不了历史的重负，他们的复古形式是虚假的，它永远逃不过明眼人的目光。

* * *

　　上古之音乐，击土鼓而歌"康衢"；其后乃有丝竹匏革之制，流至于今，极于九宫南谱，声律之妙，日异月新，若必返古而听"击壤"之歌。斯乃乐乎？古者穴居而巢处，乃制为宫室，不过卫风雨耳；后世遂有璇题瑶室，土文绣而木绨锦。古者俪皮为礼，后世易之以玉帛，遂有千纯百璧之侈，使今日告人居以巢穴，行礼以俪皮，孰不嗤之者乎？大凡物之踵事增华，以渐而进，以至于极。故人之智慧心思，在古人始用之，又渐出之，而未穷未尽者，得后人精求之而益用之出之。乾坤一日不息，则人之智慧心思，必无尽与穷之日。惟叛于道，戾于经，乖于事理，则为反古之愚贱耳。苟于此数者无尤焉，此如治器然，切磋琢磨，屡治而益精，不可谓后此者不有加乎其前也。彼虞廷喜起之歌。诗之土簋、击壤、穴居、俪皮耳。一增华于《三百篇》，再增华于汉，又增于魏，自后尽态极妍，争新竞异，千状万态，差别井然。苟于情、于事、于景、于理，随在有得，而不戾乎风人永言之旨，则就其诗论工拙可耳，何得以一定之程格之，而抗言《风》《雅》哉？如人适千里者，唐、虞之诗如第一步，三代之诗如第二步，彼汉、魏之诗，以渐而及，如第三第四步耳。作诗者如此数步为道途发始之所必经，而不可谓行路者之必于此数步焉为归宿，遂弃前途而弗迈也。

　　In the music of early antiquity, people beat on earthenware drums and sang "The Crossroads". But later there developed musical instruments using silk, bamboo, gourds, and leather, which have continued in use down to the present, reaching the ultimate sophistication in the repertoire of southern melodies. Every musical subtlety has been explored, with new and different things appearing constantly. If now we had to return to antiquity and listen to the ancient "Stick-toss Song", would we even consider it music?

In antiquity people lived in caves and in trees. When they built any kind of shelter, it was only to protect themselves against storms. Later ages developed porphyry capitals for their columns and chambers of malachite, stucco walls with intricate decoration and brocaded timbers. In antiquity folded deerhide was used in ceremonies; later ages replaced this with silks and jade, until finally there were extravagant displays of silk work and jade disks by the thousands. If you announced to someone in modern times that a person should live in caves or in the trees and should carry out ceremonies with deerhide, everyone would laugh at you.

There is a general tendency in things to become increasingly elaborate, always going a little bit farther until they reach an extreme. The wisest and most brilliant thoughts of human beings were first put into practice and gradually developed by the ancients; but some thoughts were not followed to their fullest extent, so that these remained available for later people to give them careful examination and to use and develop more fully. As the processes of the universe never rest, not even for a single day, so wise and brilliant human thoughts are never exhausted. [When we speak of how human thought always discovers something new, we do not mean] opposition to the Way, violence to constant truths, or running contrary to the principles behind how things operate (事 *— 理 *): these are nothing more than the base stupidity of merely negating the past. If one can avoid making these mistakes, then one's thought becomes like the fashioning of a vessel: cutting, grinding, polishing, so that the more you work on it the finer it becomes. Nor can we claim that after us there will be nothing more to add to what we ourselves have done.

That song of earliest antiquity in which Yu expressed his happiness is the poetic equivalent of the earthenware plate, the music called "Stick-toss Song", Living in a cave, or using double folds of deerhide in ceremonies. One lever of elaboration was added to it in the *Book of Songs*, and another level of elaboration was added in the Han; then another level was added in the Wei, and after that every stance of beauty was explored, each person trying to be more novel than the rest, with a clear structure of differences in all those thousands of stances and manners. It is perfectly all right to consider the relative qualities of a person's poem, so long as that consideration focuses on whether the person achieved what he achieved by the disposition of his affections (情 *), events (事 *), the scene (景 *), and natural principle (理 *), and in doing so did not do violence to the precept of the poets of the *Book of Songs*, to "make words last long" (永一言); but the poem cannot be properly measured by some fixed and determinate form, with the "Airs" and "Odes" used as weapons against it.

To use the comparison of a person going on a journey of a thousand leagues, the poems of earliest antiquity by Kings Tang and Yu are like the very first step; the poems of the Xia, Shang, and Zhou dynasties are like the second step. And with the third and fourth steps. Someone who writes poetry understands that these few steps must be passed through at the outset of the journey. But it is not right to claim that these few steps are the final destination of the traveler, that he should abandon the road ahead and go no farther.

第十一章　叶燮《原诗》

在旅途的类比后面藏着一个假定，它是叶燮文学思想的核心，像严羽一样，叶燮相信只要跟随诗歌史的步伐就可以把诗写好；可是，在叶燮看来，诗歌史的终点被无限地延迟了，至少，这个终点尚未到达。严羽认为对诗歌史的研究可以揭示出自明的规范，这些规范时刻面临被腐蚀和败落的危险；因此诗歌史应当在某个时刻终止。明代复古派接受并夸大了这个立场。而在叶燮看来，诗歌的价值超越于个别的历史表现之上，历史不过是变化和差异或积累和扩充。可是，仔细阅读叶燮的说法，我们发现在他所描述的历史里，虽然找不到绝对完美的时刻，但可以找到衰落的时刻，诗歌史不幸从那个时刻终止，那个历史性时刻就是明代中叶，复古派理论主宰了诗歌世界，历史在那一时刻发生逆转。叶燮几次描述诗歌史不断变化的进程，可是，它的下限没有一次突破明代初期，他的诗歌史从来没有走到当今的时代。叶燮以他自己的方式直面多元主义和相对主义的悖论，二者皆因包括了它们自己的否定面而难以站稳脚跟。当然，叶燮排除了那个否定因素，他不承认明代人对变化的拒绝也是某种形式的变化；所以他的行文充满一股刺鼻的火药味：把一切不容异说者毫不宽容地拒之门外。

*　　*　　*

　　且今之称诗者，祧唐、虞而祔商、周。宗祀汉、魏而明堂是也；何以汉、魏以后之诗，遂皆为不得入庙之主？此大不可解也。譬之井田封建，未尝非治天下之大经，今时必欲复古而行之，不亦天下之大愚也哉？且苏、李五言与亡名氏《十九首》，至建安、黄初，作者既已增华矣；如必取法乎初，当以苏、李与《十九首》为宗，则亦吐弃建安、黄初之诗可也。

Those who claim mastery of poetry these days take the ancient Kings Tang and Yu as their earliest ancestors and do obeisance to the Shang and Zhou dynasties as the next level of their ancestry. The sacrifices to their immediate ancestors are performed in the temples of Han and Wei. But why is it that none of the poems after the Han and the Wei ever get to the objects of worship in their chapels? It is utterly incomprehensible. Take the analogy of the ancient feudal liege system and the well-field system [by which land was divided into nine parts, farmed by eight peasant families, the ninth part going to the state]: these have always been the permanent principle for good government of the whole world; but at the same time if one had to return to ancient ways and tried to put them into practice, it would also be the biggest stupidity in the world.

When we reach the Jian-an and Huang-chu reigns, we find that the writers have added a new level of elaboration to the five-character-line poems of Li Ling, Su Wu, and the anonymous "Nineteen Old Poems". If we must always take our rule (法*) from the earliest examples, then we should make Li Ling, Su Wu, and the "Nineteen Old Poems" the ancestor or our lineage—in which case, it is quite proper to reject the poetry of the Jian-an and Huang-chu.

这里被攻击的对象是复古派对建安和黄初诗歌的仰慕。在辩论和反驳之时，人们往往误解或简化对手的意思，这里的情况就是如此。复古派并非一味崇古，认为最早的就是最好的；他们的意思是说，每一种形式，比如古诗，都会在某个时刻走向极致，继而盛极必衰。虽然叶燮也提到各种形式，但他倾向于把诗歌视为一个整体。

* * *

诗盛于邺下，然苏、李《十九首》之意，则浸衰矣。使邺中诸子，欲其一一摹仿苏、李，尚且不能，且亦不欲；乃于数千载之后，胥天下而尽仿曹、刘之口吻，得乎哉？或

第十一章 叶燮《原诗》

曰:"温柔敦厚,诗教也,汉魏去古未远,此意犹存,后此者不及也。"不知温柔敦厚,其意也,所以为体也,措之于用则不同;辞者,其文也,所以为用也,返之于体则不异。汉、魏之辞,有汉、魏之温柔敦厚,唐、宋、元之辞,有唐、宋、元之温柔敦厚。譬之一草一木,无不得天地之阳春以发生,草木以亿万计,其发生之情状,亦以亿万计,而未尝有相同一定之形,无不盎然皆具阳春之意,岂得曰:若者得天地之阳春,而若者为不得者哉?且温柔敦厚之旨,亦在作者神而明之;如必执而泥之,则《巷伯》"投畀"之章,亦难合于斯言矣。

Poetry flourished in Ye [the capital of the Cao during the Jian-an], but at the same time the mode of thought (意*) found in the poetry of Li Ling, Su Wu, and "Nineteen Old Poems" sank into decline. Had the writers of Ye been forced to imitate Li Ling and Su Wu in every detail, not only would they have been unable to do so, they furthermore would not have wanted to do so. Now, several thousands years later, can we get everyone in the whole world to imitate every one of the accents of the Cao's and Liu Chen [Jian-an poets]?

Some say that what is to be learned through poetry is "gentleness and genuineness" and that since the Han and Wei were still not far from antiquity, this intent (意*) still endured then in ways that no later period could match. What they fail to understand is that "gentleness and genuineness" is the intent (意*)—that is, how the embodiment (体*) is constituted—and that the realization (用) of this intent will not be always the same. Wording (辞*) is the patterning (文*), which is the way in which it [the intent or embodiment] is realized; [and though the wording may differ,] if we go back to the embodiment, there is no difference. The Wording of

Han and Wei poetry contains the Han and Wei version of gentleness and genuineness, but the wording of Tang, Song, or Yuan poetry has the Tang, Song, or Yuan version of gentleness and genuineness.

Take, for example, every single plant and tree, all of which are brought to life by receiving the bright forces of the spring. These plants and trees can be reckoned in the billions, and the circumstantial manners (情*—状) in which they come to life can also be reckoned in the billions. Never among all these is there a single predetermined, identical shape (形*), yet all alike are replete with the will (intent, 意*) of the bright forces of spring. No one can say that some of these have received the bright springtime forces of the world, while others have not.

In the same way, this principle of genuineness and gentleness is to be found in the writer's spirit (神*) and is made manifest there. If you try to grasp it too tightly and tie it down. Then a case like the stanza of the "The Officer of the Inner Palace" [*Book of Songs* 200] which speaks of "throwing them [slanderers] to the wolves and tigers" will be rather hard to reconcile with the statement on "gentleness and genuineness".

解释《诗经》应当拘泥于字面还是更自由一些，类似讨论又见《孟子·万章上》一段（见第二章）。叶燮接受了儒家所谓"温柔敦厚"的教条（关于该教条的清晰表述见《礼记》）：《诗经》教导人们要"温柔敦厚"，后世诗歌皆奉之为圭臬。可是，那个千姿百态的大自然的类比——叶燮最喜欢的类比——却允诺"理"以各种各样的方式显现。即便是《巷伯》篇那种公然的敌意也不过是"温柔敦厚"的一种表现形式（虽然叶燮并没有直白地尝试把"理"与该段的语气调和起来）。翻译"温柔敦厚"这样的词让人不免战战兢兢，该词传统之长使它承载了太多的言外

第十一章　叶燮《原诗》

之意：深层的诚和善、真情实感、宽容大度等。

* * *

从来豪杰之士，未尝不随风会而出，而其力则尝能转风会。人见其随乎风会也，则曰其所作者，真古人也；见能转风会者，以其不袭古人也，则曰今人不及古人也。无论居古人千年之后，即如左思去魏未远，其才岂不能为建安诗耶？观其纵横踔踏，睥睨千古，绝无丝毫曹、刘余习。鲍照之才，迥出侪偶，而杜甫称其俊逸。夫俊逸则非建安本色矣，千载后无不击节此两人之诗者，正以其不袭建安也。奈何去古益远，翻以此绳人耶？且夫《风》《雅》之有正有变，其正变系乎时，谓政治风俗之由得得失，由隆而污，此以时言诗，时有变而诗因之，时变而失正，诗变而仍不失其正，故有盛无衰，诗之源也。

In the past, bold and outstanding men have always emerged, moving along with the currents of the times (风 *—会; lit., "the conjunction of 风 *"), and their force has been capable of bending those currents (风 *—会). When people see that such men move with the currents of the time, then they say that their writings are the authentic work of the ancients. But when they see that such men are capable of bending the currents, they will say that the modern writer is unequal to the ancients because he does not follow them closely. We don't have to go a thousand years after the ancients in order to observe this phenomenon. Take the case of Zuo Si, who was not far removed from the Wei Period. Of course his talent was capable of producing poetry in the Jian-an manner. But when we observe both this grand sweep and his anxious falterings, his proud gaze that looked down on all the past, we find not the least trace of the lingering poetic habits of writers like Cao Zhi and Liu Zhen. The talent of Bao Zhao rose far above his contemporaries, and Du Fu praised Bao Zhao's "dashing aloofness". A quality like "dashing aloofness" is hardly the basic color (本一色*) of Jian-an poetry. The reason why a thousand years after these poets everyone still responds instinctively to their work is that they did not follow the Jian-an closely. Why is it then that the farther we go from antiquity, the more we find this kind of criterion used to restrict writers?

In the "Airs" and "Odes" of the *Book of Songs* there is both norm (正*) and mutation (变*). When they speak of norm and mutation as being contingent on the times, they are referring to the way in which government and customs pass from success to failure, from splendor to corruption. This is speaking of poetry in terms of the times: there are (social and political) mutations in the times, and poetry goes along with these. When the times undergo a mutation and fall from the norm, poetry undergoes a mutation and yet does not fall from its norm. Thus flourishing without decline is the source of poetry.

这里，叶燮接过了《诗大序》所表达的一个经典立场：诗歌显示了它周围社会的变化。如果说诗歌之"正"表达的是时代状况，那么当时代发生变化，诗歌也要随之变化以保持其"正"。这个观点比较接近柏拉图和亚里士多德的模仿论，一个模仿的"善"（good）对被模仿物的"善性"（goodness）是无动于衷的（虽然像《诗大序》一样，叶燮很可能坚持认为，对坏时代的反应一定包含悲伤，而不仅仅是像镜子一样把那个坏时代照出来而已）。因此，无论就其本质还是就其本原，诗歌在变化中也始终是合乎规范的，即使在社会衰败之际，它仍然繁盛不衰。相反，拒绝随时变化的诗歌则会失其"正"。说到"源"就不能不说"流"，试看叶燮下一段的表述。

第十一章　叶燮《原诗》

* * *

> 吾言后代之诗，有正有变，其正变系乎诗，谓体格、声调、命意、措辞、新故、升降之不同，此以诗言时，诗递变而时随之，故有汉、魏、六朝、唐、宋、元、明之互为盛衰，惟变以救正之衰，故递衰盛，诗之流也。

I would say that in the poetry of later ages there is both norm and mutation; but in this case, the way in which norm and mutation are linked to poetry is in differences in formal models (体 *—格 *), in tone (声—调), in the ways in which concepts are formed (命—意 *), in diction (辞 *), in novelty versus archaism, in movements upward and downward. Here we are discussing the times in terms of their poetry: poetry undergoes a mutation and the times in the Han, Wei, Six Dynasties, Tang, Song, Yuan, and Ming; and only by a mutation were people able to redeem the decline of the norm. Thus an alternation of flourishing and decline occurs in the streams (流) of poetry.

这里的难题部分归之于叶燮把"时"的概念从文化和政治史转到文学史。于是，盛衰之间的递变发生在"唐诗"或"宋诗"，而不是更大范围的文化进程。因此，他可以说"诗递变而时随之"，这样一来，话题又回到了时代风格，而不是那句响铮铮的豪言壮语——"诗歌有能力改造世界"。它的基本意思是说，诗歌已拥有它自己的历史，至少从他所提到的那些方面看，诗歌已不再像《诗经》那样依附于社会史了。

就其"源"或"本"而言之（与早期的诗歌相关），诗歌被放到整个文明的语境之中：由于诗歌在由"正"而"变"的历程中完美显现了文明的状况，它始终是长盛不衰的。就其"流"或"末"而言之（与后来的诗歌相关），既有盛又有衰：诗歌的一些纯外在的方面（体格、声调、措辞等，也就是"流"或"末"的方面）走向衰亡，需要一次新变，以挽救这个局面，这个新变将宣布一个新时代的到来，并恢复诗歌的盛况。

* * *

从其源而论之，如百川之发源，各异其所从出，虽万派而皆朝宗于海，无弗同也。从其流而论，如河流之经行天下，而忽播为九河，河分九而俱朝宗于海，则亦无弗同也。

To consider poetry in terms of its source, it resembles the way in which all rivers spring from their source; and though each differs in the way it goes, even branching into thousands of tributaries, still all make their way together to the sea. In this aspect they are all the same. But if we consider poetry in terms of its streams, it is like the way in which the stream of Yellow River passes through the whole world and then suddenly divides into the Nine Courses; and yet, though the Yellow River divides into nine parts, all make their way together to the tea. And in this case, too, all are the same.

叶燮所使用的类比有时不是说明了而是模糊了他的意思。例如在这里，他的修辞强调诗歌表面上的差异不能掩盖它们根本上的统一，他本要表达相反的意思，却被这股修辞的力量压制了。结果，前后两个类比变得大同小异。按照它的假定，诗歌有一个统一的"源"和统一的"归"（百川归海），只不过它以不同的面貌展现在人类历史和人类空间。

* * *

历考汉、魏以来之诗，循其源流升降，不得谓正为源而长盛，变为流而始衰；惟正有渐衰，故变能启盛。如建安之诗，正矣盛矣，相沿久而流于衰。后之人力大者大变，力小者小变。

第十一章 叶燮《原诗》

If we make a historical survey of poetry since the Han and Wei, tracing the movement from source to stream, along with poetry's periods of rise and fall, we cannot correlate the two antithetical movements, claiming that norm is the source and always flourishing, while mutation is the stream and the point where poetry passes into decline. Rather there are times when the norm suffers a gradual decline, at which point a mutation is able to reinitiate flourishing. Take for an example the poetry of the Jian-an, which was both normative and flourishing in the highest degree: after following along its course for a long time, its streams passed into decline. Afterward, those with great power produced great mutations, while those with less power produced lesser mutations.

按照叶燮的理解，历史的集体性力量似乎是大体均衡的。面对这个历史的平均值，伟大个体的文学价值取决于他们的作品对抗这个平均值的力度。文学的一切变化都来自于这样的个体。

* * *

六朝诸诗人，间其小变，而不能独开生面。唐初沿其卑靡浮艳之习，句梳字比，非古非律，诗之极衰也。而陋者必曰：此诗之相沿至正也。不知实正之积弊而衰也。迨开、宝诸诗人，始一大变，彼陋者亦曰：此诗之至正也。不知实因正之至衰，变而为至盛也。盛唐诸诗人，惟能不为建安之古诗，吾乃谓唐有古诗；若必摹汉、魏之声调字句，此汉、魏有诗，而唐无古诗矣。且彼所谓陈子昂以其古诗为古诗，正惟子昂能自为古诗，所以为子昂之诗耳。然吾犹谓子昂古诗，尚蹈袭汉、魏蹊径，竟有全似阮籍《咏怀》之作者，失自家体段；犹訾子昂不能以其古诗为古诗，乃翻勿取其自为古诗，不亦异乎？杜甫之诗，包源流，综正变，自甫以前，如汉、魏之浑朴古雅，六朝之藻丽纤浓，淡远韶秀，甫诗无一不备。然出于甫，皆甫之诗，无一字句为前人之诗也。自甫以后，在唐如韩愈、李贺之奇崛，刘禹锡、杜牧之雄杰，刘长卿之流利，温庭筠、李商隐之轻艳；以至宋、金、元、明之诗家，称巨擘者无虑数十百人，各自炫奇翻异，而甫无一不为之开先。此其巧无不到，力无不举，长盛于千古，不能衰，不可衰者也。今之人固群然宗杜矣，亦知杜之为杜，乃合汉、魏六朝并后代千百年之诗人而陶铸之者乎。

Here and there among the poets of the Six Dynasties, there were some who were capable of producing lesser mutations, yet they were not capable of showing us a fully individual and living face. Early in the Tang, poets followed that tradition of clever playfulness and sensuality, with a mechanical parallelism of words and lines that was neither old-style verse nor regulated verse: this was poetry in the extreme of decline. Yet there are blockheads who always say that the early Tang is poetry in its most perfect norm because it continues the traditions of predecessors. They do not recognize that here the norm has in fact reached its nadir of decline. A major mutation first occurs with the poets of the High Tang, of the Kan-yuan and Tian-bao reigns. And here again those blockheads say that this, too, is poetry in its most perfect norm, not recognizing that in this case poetry had come to the ultimate in decline by following the norm and that now it had come to flourishing once again precisely by a mutation away from that norm.

In regard to the question of whether the poets of the High Tang were or were not capable of writing old-style verse in the Jian-an manner, my opinion is that the Tang did indeed produce old-

第十一章　叶燮《原诗》

style verse worthy of the name. If this is taken to mean imitating the tone and lines of Han and Wei poetry, then the Tang did not have that kind of old-style verse—that belonged to the Han and Wei. Moreover, when such critics claim that Chen Zi-ang [mistakenly] considered his old-style verse to be authentic old-style verse, what they really mean is that Chen Zi-ang was capable of producing his own old-style verse and thus it is Chen Zi-ang poetry [rather than a generic old-style verse]. I, on the other hand, would go so far as to say that Chen Zi-ang's poetry followed so closely in the tracks of the Han and Wei poets that he produced some works which are exactly like Ruan Ji's "Singing My Feelings", and that, in doing do, he lost his individual style. Under the circumstances, isn't it strange for those critics to swear that Chen Zi-ang's old-style verse cannot be considered real old-style verse, and then not to accept the old-style verse he wrote in his own manner?

The poetry of Du Fu encompasses both source and stream, includes both norm and mutation, and nothing that went before his is left out of the scope of his poetry—from the simplicity and ancient dignity of Han and Wei poetry to the lushly ornamental texture of Six Dynasties poetry, or the limpid serenity that is also found in the poetry of that period. However, whatever Du Fu produced was Du Fu's own: there was not a word or a line that was not his poetry but the poetry of some predecessor.

After Du Fu, without even putting our minds to it, we can reckon in the hundreds the number of poets with powerful and shaping talents, the daring strangeness of Han Yu and Du Mu, the smooth fluency of Liu Chang-qing, the playful sensuality of Wen Ting-yun and Li Shang-yin, and from those poets on through the

Song, Jin, Yuan, and Ming. Each was a rare and unique wonder, and yet Du Fu was the precursor of every single one of them. There was nothing to which his skill could not reach, nothing that his strength could not lift; he flourishes forever, and can neither pass into decline nor be allowed to pass into decline. It do people realize that what makes Du Fu unique is his capacity to fuse and shape all the poets of the Han, Wei, and Six Dynasties, along with the poets for a millennium after him?

尽管叶燮对当代人对杜甫的理解不无怀疑,可是,对于杜甫的天才,他的这番说法跟历代对杜甫的评价基本不离左右:一方面,杜甫之前的所有诗歌就像百川归海,最后都归结到杜甫这里,并被他重新塑造;另一方面,杜甫作品的多样性也是后世诗歌走向多样性的源头和动力。

*　　*　　*

唐诗为八代以来一大变,韩愈为唐诗之一大变,其力大,其思雄,崛起特为鼻祖。宋之苏、梅、欧、苏、王、黄,皆愈为之发其端,可谓极盛;而俗儒且谓愈诗大变汉、魏,大变盛唐,格格而不许,何异居蚯蚓之穴,习闻其长鸣,听洪钟之响而怪之,窃窃然议之也!且愈岂不能拥其鼻,肖其吻,而效俗儒为建安、开、宝之诗乎哉?开、宝之诗,一时非不盛,递至大历、贞元、元和之间,沿其影响字句者且百年,此百余年之诗,其传者已少殊尤出类之作,不传者更可知矣。必待有人焉而拨正之,则不得不改弦而更张之。愈尝自谓陈言之务去,想其时陈言之为祸,必有出于目不忍见,耳不堪闻者,使天下人之心思智慧,日腐烂埋没于陈言中,排之者比于救焚拯溺,可不力乎?而俗儒且栩栩然俎豆愈所斥之陈

第十一章　叶燮《原诗》

言，以为秘异，而相授受，可不哀耶！

Tang poetry was the single greatest mutation in eight dynasties, and the poetry of Han Yu was the single greatest mutation in Tang poetry. His strength was great; his thought had a manly vigor; and he stands out sharply as an important founder. Song poets such as Su Shun-qin, Mei Yao-chen, Ou-yang Xiu, Su Shi, Wang An-shi, and Huang Ting-jian all had their beginnings from Han Yu; and this can well be said to be flourishing in the high-beginnings from Han Yu; and this can well be said to be flourishing in the highest degree. Conventional scholars, however, think that since Han's poetry represents a major mutation of the Han and Wei legacy, as well as of the High Tang, his work is totally unacceptable. Such an opinion is no different from living in some insect's hole and growing accustomed to the sounds made there, to think the resonant tones of a great bell are bizarre and mutter criticisms of it. There is no question that Han Yu, had he wanted, could have made himself imitate the accents of the "Jian-an" or "Kai-yuan and Tian-bao" poetry that conventional scholars wrote. This is not to say that Kai-yuan and Tian-bao poetry did not flourish each in its own time; but by the time of the Da-li, Zhen-yuan, and Yuan-he reigns [the latter part of the eighth and early ninth centuries] people had been going along with its influence and diction for a century. And of the poems that have been preserved from this period of more than a century, there are very few works that are truly outstanding—we can well imagine the quality of the works that were not preserved! If they had to wait until someone appeared who would prod them back onto the right course (正 *), it is obvious that this person would have to play in a new key. Han Yu himself said that he should do his utmost to rid himself of commonplace language; when we imagine the harm done by commonplace language at the time, therefore, we realize this statement must have arisen from something he could not bear to see or hear. If the sharpness of mind of everyone in the world is progressively rotting away and sinking into commonplace language, then getting rid of such language can be compared to putting out a fire or rescuing someone from drowning. Isn't it right in such a case to use force? It is indeed a pity that conventional scholars have gleefully taken those very commonplace denounced by Han Yu as their most treasured antiquities, rare mysteries to be kept close and passed on from one fool to the next.

叶燮对杜甫的敬畏与当代批评保持一致，可他对韩愈的赞誉却是个人性的。在最优秀的文人群体里，始终有一小撮人把韩愈视为最伟大的唐代诗人之一，但几乎没有谁像叶燮这样把韩愈捧得这么高。韩愈那些最优秀的诗作往往无拘无束、东拉西扯，这与人们通常所看重的所谓"诗的"特点——审慎、精微——大相径庭。而叶燮正是为了这一点才为韩愈的诗作辩护：要打破习惯和惰性，非有这股力量不可。

* * *

故晚唐诗人，亦以陈言为病；但无愈之才力，故日趋于尖新纤巧，俗儒即以此为晚唐诟厉，呜呼！以可谓愚矣！至于宋人之心手，日益以启，纵横钩致，发挥无余蕴，非故好为穿凿也。譬之石中有宝，不穿之凿之，则宝不出；且未穿未凿以前，人人皆作模棱皮相之语，何如穿之凿之之实有得也？如苏轼之诗，其境界皆开辟古今之所未有，天地万物，嬉笑怒骂，无不鼓舞于笔端，而适如其意之所欲出，此韩愈后之一大变也，而盛极矣。自后或数十年而一变，或百余年

第十一章 叶燮《原诗》

而一变，或一人独自为变，或数人而共为变，皆变之小者也。或间或有因变而得盛者，然亦不能无因变而益衰者。大抵古今作者，卓然自命，必以其才智与古人相衡，不肯稍为依傍，寄人篱下，以窃其余唾。窃之而似，则优孟衣冠；窃之而不似，则画虎不成矣。故宁甘作偏裨，自领一队，如皮、陆诸人是也。乃才不及健儿，假他人余焰，妄自僭王称霸，实则一土偶耳。生机既无，面目涂饰，洪潦一至，皮骨不存；而犹侈口而谈，亦何谓耶？惟有明末造，诸称诗者，专以依傍临摹为事，不能得古人之兴会神理，句剽字窃，依样葫芦，小儿学语，徒有喔咿，声音虽似，都无成说，令人月唠而却走耳。乃妄自称许曰：此得古人某某之法。尊盛唐者，盛唐以后，俱不挂齿。近或有以钱、刘为标榜者，举世从风，以刘长卿为正派。究其实不过以钱、刘浅利轻圆，易于摹仿，遂呵宋斥元。

The poets of the late Tang also held commonplace language to be a serious problem; but they lacked the strenghth of Han Yu's talent and thus spent their days pursuing clever novelty and fine points of craft. It is this that conventional scholars consider to be the most reprehensible aspect of late Tang poetry, and in this again they show their stupidity.

When we reach the style of the Song poets, we find that they progressively brought more and more into the open; they probed everywhere they could and held everything up for scrutiny so that nothing was kept hidden or in reserve; and they objected to purposeful craft, carving and cutting. One may make an analogy to a jewel in rock: if you don't cut and carve at it, the jewel won't be brought out. Furthermore, the unclear and superficial words that everyone produces before they engage in the craft of cutting and carving cannot compare with the real achievement that comes when a piece is worked on thoroughly.

In the case of Su Shi's poetry, the worlds (境 *—界) brought to light in his poetry had never existed before: everything that is in Heaven and Earth, the delights, the laughter, the scorn, and the rage, are all driven to dance on the tip of his brush. And the way his poetry follows his mood wherever it takes his is the single greatest mutation in poetry after Han Yu; it is a flourishing of poetry in the highest degree.

Afterwards a mutation in poetry occurred in intervals ranging from twenty years or so to more than a century. Sometimes a single person produced a mutation all by himself; sometimes several writers joined forces to produce a mutation; but all were minor as far as mutations were concerned. Among these poets there were some who reached the state of flourishing by going along with these mutations; however, there were, of course, some who went along with the mutation and sank even more deeply into decline.

On the whole, when writers of past and present have acted with independence and self-assurance, they have felt it necessary to weigh their intelligence and talents against the greatest older writers; they have been unwilling, even in the slightest way, to be another person's follower of to accept the shelter of another's eminence, to glean the droppings of greatness. If you plunder another writer's work and end up resembling him, then you are like You Meng in the borrowed robes of Shu-sun Ao [roughly equivalent to Patroclus in the armor of Achilles]; but if you plunder another writer's work and don't end up resembling your source, then you have the proverbial paper tiger. Such writers are quite happy to be a member of an entourage and lead a regiment: Pi Ri-xiu and Lu Gui-meng are examples. But if his talent is not equal to a true warrior's and the writer merely borrows the dying flame of another, falsely usurping the throne and declaring himself overlord, then he is nothing more than a clay statue. Since there is no real life in him, just a painted appearance, once the floods of a heavy rain come, neither flesh nor bone will remain. Even if they make grand and extravagant claims, what does it finally matter?

At last we have the final phase of the Ming dynasty, when everyone who claimed to understand poetry gave their exclusive attention to copying earlier works. Unable to achieve either the intuitive understanding (兴*一会) or the principle of spirit (神*一理*) of the early writers, they tried to mimic them as closely as possible by stolen lines and plundered phrases, like the senseless babbling of a very young child learning to speak: even though the sounds resemble adult speech, they don't mean anything. Such poets make us groan and flee. But they themselves declare in their blind self-admiration, "This work has achieved such and such a method (法*) of the older writers".

Nothing later than the High Tang ever passes the lips of those who revere it. Some recent critics have even elevated the poetry of Qian Qi and Liu Chang-qing as their standard, and an entire generation has been swayed by their influence (风*) to take Liu Chang-qing as the normative (正*) tradition. But the real fact of the matter is that the fluency and facile perfection of Qian Qi's and Liu Chang-qing's poetry makes them easy to imitate. And on no better grounds than this, these recent critics will scoff at Song poetry and dismiss Yuan poetry.

刘长卿和钱起不过"小"诗人而已,叶燮洞察到他们受欢迎的原因,这个原因刚好可以解释某些明清人的诗歌品位何以如此拙劣:因为诗歌研究与诗歌创作关系密切,当时有一种暗地里以技巧论诗歌高下的倾向。类似的情况也见于时人对9世纪南宋一些小诗人的仰慕。

*　*　*

又推崇宋诗者,窃陆游、范成大与元之元好问诸人婉秀便丽之句,以为秘本。昔李攀龙袭汉、魏古诗乐府,易一二字便居为己作;今有用陆、范及元诗句,或颠倒一二字,或全窃其面目,以盛夸于世,俨主骚坛,傲睨今古;岂惟风雅道衰,抑可窥其术智矣。大凡人无才则心思不出,无胆则笔墨畏缩,无识则不能取舍,无力则不能自成一家。而且谓古人可罔,世人可欺,称格称律,推求字句,动以法度紧严,扳驳铢两。内既无具,援一古人为门户,藉以压倒众口。究之何尝见古人之真面目,而辨其诗之源流、本末、正变、盛衰之相因哉?更有窃其腐余,高自论说,互相祖述,此真诗运之厄。故窃不揣,谨以书千年诗之正变、盛衰之所以然,略为发明,以俟古人之复起。更列数端于左。

或问于余曰:"诗可学而能乎?"曰:"可。"曰:"多读古人之诗,而求工于诗而传焉,可乎?"曰:"否。"曰:"诗既可学而能,而又谓读古人之诗以求工为未可,窃惑焉,其义安在?"余应之曰:"诗之可学而能者,尽天下之人皆能读古人之诗而能诗,今天下之称诗者是也;而求诗之工而可传者,则不在是。何则?大凡天姿人力,次叙先后,虽有生学困知之不同,而欲其诗之工而可传,则非就诗以求诗者也。我今与子以诗言诗,子固未能知也,不若借事物以譬之,而可晓然矣。"

But there have also been some who advocate reverence for Song poetry and who steal the gentle, comfortably beautiful lines of Lu You, Fan Cheng-da, and Yuan Hao-wen of the Yuan, taking these poets as their secret treasures. Earlier Li Pan-long imitated the old-style poetry and Yue-fu [folk ballads] of the Han and Wei by changing one or two words and then giving it out as his own work. Today we have people who use Lu You, Fan Cheng-da, and Yuan Hao-wen by turning a phrase around here and there or stealing the overall appearance of one of their poems; for this thus writers have become the talk of the age and lord it over the world of poetry, casting haughty glances at everyone else, past and present. Not only is this a decline in the Way of poetry (风 *—雅 *), I don't even see any particular skill in it.

It is generally true that if a person lacks talent (才 *), his thoughts (思 *) don't come out readily; if the person lacks courage, then pen and ink shrink back in anxiety; if the person lacks judgment, then he doesn't know what to keep and what to discard; if the person lacks force, he can't establish himself as a fully independent figure. Some people think, however, that the older writers can be feigned and the present deceived: such people make much of formal structures (格 *) and regulations (律); and in trying to get good lines and phrases, they always apply the most rigidly strict rules and weigh them by the most minute measures. Lacking what is necessary within themselves, they put themselves under the protective authority of one of the older writers and use that writer to impress the crowd to awed silence. But if we look a little more deeply, we realize that such poets have never really seen the true appearance of the older writers, nor do they understand the relation between source and stream, roots and branches. Or flourishing and decline. But to go further and rob the last tatters of flesh from those older writers, to discuss poetic theory in grandiloquent tones, and to set up these lineages of master and transmitter—these things suggest that the fate of poetry is in great danger. We must scrupulously examine how norm and mutation and flourishing and decline have taken place in the past few millennia; by clarifying this in general terms, we may hope that the kind of poetry produced by the older writers will rise again. I have set forth a few points regarding this in the following sections.

Someone put the question to me whether an ability for poetry might be developed by study, and I responded that it could. But that person went on to ask, "May a person then seek success in poetry and a literary oeuvre worth sharing and preserving by reading much in the poetry of the older writers"? This time I told him "No"! He again: "I'm afraid I don't quite understand what sense there is in admitting that an ability for poetry can be developed by study, but further maintaining that success in poetry cannot be achieved by reading much in the poetry of the older writers."

I answered him thus: You ask why it is that an ability for poetry can be developed by study, so that everyone in the world can read the poetry of the older writers and, by doing so, themselves develop an ability for poetry, such people being the sort who nowadays claim expertise in poetry all over the world. And yet when it comes to the question of seeking success in poetry and something worth sharing and preserving, then the case is different and is not to be accomplished in the same way. In this general question of relative precedence and degree in the relation between natural endowment and what can be accomplished by individual effort, even though innate knowledge and hard-won effort are quite different, the real issue is that if you want true success and

something worth preserving, then you cannot seek poetry in
poetry. If I were to speak to you right now about poetry in its own
terms, there would be no way you could understand; it is better to
take some event or object as an example, and then it will be clear.

本段的文体风格非常典型，几乎可以作为一个试金石，以考察叶燮的思维结构以及他个人立场的表述。叶燮希望改变立脚点，他想抄一条近路，以越过中国文学思想的通常论题。可这不是一件容易的事，无论你使用哪一种语言。情况往往如此：人们本想思考出一个答案，却常常迷恋于问题本身，在问题上喋喋不休。在古代中国话语传统中另辟蹊径，重新界定问题，可谓任务艰巨。

叶燮的对话者搬出那个久负盛名的天赋论：与天赋相比，后天的学习并不重要。支撑该论调的一个假定是，诗之"学"不同于其他学习，它专指诗歌自身的独立领域。看来，严羽的遗产已开花结果了，严羽当时为反驳对方而发的偏激之论已被今人视为当然——诗歌是一个完全自治的领域。叶燮想回答对方说，诗歌可以通过学习臻于完美，因为每个人都在成长、学习，随着阅历的增长、对世界领悟的加深，作诗水平自然会提高；可是，诗歌学习的多与寡根本无助于伟大诗作的诞生。总之，对于严羽的遗产，叶燮不断表示抗拒，而这种对抗的一个棘手之处在于，他不得不把那些以《沧浪诗话》的立场为起点的愈演愈烈的批评论题整个儿抛到一边。而他居然做到了，他摆出了一个明显的悖论，并证明它是似是而非的，他不过运用了几个小小的假定，有了这些假定，他就能质疑它的合理性。这些关注点在下一段表现得更清楚，它直接关注自身之"基"即地基。

*　　*　　*

今有人焉，拥数万金而谋起一大宅，门堂楼庑，将无一不极轮奂之美。是宅也，必非凭空结撰，如海上之蜃，如三山之云气，以为楼台，将必有所托基焉；而其基必不于荒江穷壑，负郭僻巷，湫隘卑湿之地，将必于平直高敞，水可舟楫，陆可车马者，然后始基而经营之，大厦乃可次第而成。我谓作诗者，亦必先有诗之基焉。诗之基，其人之胸襟是也。有胸襟，然后能载其性情智慧，聪明才辨以出，随遇发生，随生即盛。

Let us say there is a person with a vast fortune who plans to erect a huge mansion, whose gates and halls and buildings and corridors will all be the ultimate in beauty in height and many chambers. Now such a mansion cannot be constructed on emptiness, like a mirage over the sea of like cumulus clouds resembling mountains. There must be a foundation for the terraces and tall buildings to rest on. Moreover, that foundation cannot be in the flood plain of a river, or in a narrow ravine, or backed up against the outer ramparts of a city wall, or in some back alley, or on low and soggy ground. It must be set on some level, high, and spacious ground, near waters so that it can be reached by boat, and with flatlands for the movement of horse and carriage: only in these circumstances can you begin the foundation and carry out the construction, completing the great hall in its proper order.

I would say that anyone who would write poetry must first have the foundation for poetry. And the foundation for poetry is in that person's capacity for feeling. Only after there is a capacity for feeling can the person's nature (性 *—情 *), his intelligence, his sharpness of wit, and analytical talents be brought forth, coming into being according to what he has experienced (遇), and flourishing as they come into being.

第十一章 叶燮《原诗》

"胸襟"可以跟18世纪晚期英国和欧洲的"sensibility"(感性,感受力)相比。它是一种被培养起来的能力,一种让自己被感动的能力。它假定(一个成问题的假定)这种反应能力是"自然的",与之相对的是社会习俗对人的情感造成的人为障碍。

* * *

> 千古诗人推杜甫,其诗随所遇之人、之境、之事、之物,无处不发其思君王、忧祸乱、悲时日、念友朋、吊古人、怀远道,凡欢愉、幽愁、离合、今昔之感,一一触类而起;因遇得题,因题达情,因情敷句,皆因甫有其胸襟以为基。如星宿之海,万源从出;如钻燧之火,无处不发;如肥土沃壤,时雨一过,夭乔百物,随类而兴,生意各别,而无不具足。即如甫集中《乐游园》七古一篇,时甫年才三十余。当开、宝盛时,使今人为此,必铺陈扬颂,藻丽雕缋,无所不极,身在少年场中,功名事业,来日未苦短也,何有乎身世之感?乃甫此诗,前半即景事无多排场,忽转"年年人醉"一段,悲白发,荷皇天,而终之以"独立苍茫"。此其胸襟之所寄托何如也!余又尝谓晋王羲之独以法书立极,非文辞作手也。兰亭之集,时贵名流毕会。使时手为序,必极力铺写,谀美万端,决无一语稍涉荒凉者;而羲之此序,寥寥数语,托意于仰观俯察宇宙万汇,系之感慨,而极于死生之痛,则羲之之胸襟,又何如也!

Du Fu is the most admired poet of all time, and his poems follow directly from the people, scenes, events, and things he experienced(遇); and through these everywhere there appeared his concern for the ruler, his worries about the horrors of war and rebellion, his sadness at time's passage, his longing for his friends, his lament for people of former times, and his thoughts on his far travels.

Everything that touched (感*) him—whether delight or melancholy or separation or reunion or the contrast between past and present—every single one of these arose through an encounter with something of the same kind (类*) [i.e., an encounter with something that produced a categorical association with those different kinds of feelings]. He found his topics according to what he experienced and communicated what he felt (情*) according to the topic. All this occurred because Du Fu had for a foundation [of his poetry] his own unique capacity for feeling. Like the Sea of Constellations [the source of the Yellow River] from which ten thousand springs flow; like a fire started by flint and tinder that breaks out everywhere; like rich soil and loam which, once the seasonal rains pass over, burgeons with life, each thing arising (兴*) according to its kind (类*), and the life in each of those things different, but every one of them adequate and complete.

From Du Fu's collected poems take the old-style poem in seven-character lines, "Le-you Park": when Du Fu wrote it, he was only just over thirty, and it was the full splendor of the Kai-yuan and Tian-bao reigns. Had one of our modern poets written it, the poem would have been a rhetorical celebration in the highest degree, with every intricate ornament imaginable. How could such a writer, finding himself in a world of young men, with an ambition for great accomplishments and fame, not yet disturbed by the shortness of the days ahead of him, be stirred (感*) by the precarious relation between self and world? But Du Fu, in the first half of the poem, describes the scene and the occasion without great elaboration, then suddenly shifts into the section beginning "every year the person is drunk", where he worries about white-haired old age, feels his debt to Heaven, and ends up "standing all alone in a bleak expanse". The

第十一章 叶燮《原诗》

Way in which Du Fu's capacity for feeling is invested (寄―托) in this is incomparable.

I would also suggest that Wang Xi-zhi of the Jin dynasty set the highest standard in calligraphy, but was not a master of literary composition. The gathering at Orchid Pavilion was an assembly of all the famous and noble men of the age; and when they had Wang Xi-zhi, the greatest master of the age, write the preface for the poems composed at the gathering, surely he would do his utmost to describe the assembly with a thousand points of flattery and praise, and without a single word that touched on anything in the lest dark and desolate. Yet in his preface Wang Xi-zhi, with just a few words of somber melancholy, invested that attitude (托―意 *) in the objects of the universe, seen above and below; he continued with the unhappiness that this stirred in him, and concluded with the pain of thoughts of death. Wang Xi-zhi's capacity for feeling was also incomparable.

杜甫的诗和王羲之的《兰亭集序》让叶燮感触最深之处不在于自然感情（社会群体的热情也是自然的），而在于它们破坏了读者对文学和社会的期待，只有打破这些期待，读者才能体察到该作品到底说了些什么。在叶燮看来，验证作家是否独树一帜就看他是否有能力打破读者的期待，作家的独立性是叶燮最看重的东西。一是对立于社会要求的自然反应，一是符合社会要求的自然反应，在叶燮看来，二者相比，前者似乎更自然一些，而后者总是有点可疑。

* * *

由是言之，有是胸襟以为基，而后可以为诗文。不然，虽日诵万言，吟千首，浮响肤辞，不从中出，如剪彩之花，根蒂既无，生意自绝，何异乎凭虚而作室也？乃作室者，既有其基矣，必将取材。而材非培塿之木，拱把之桐梓，取之近地阛阓村市之间而能胜也。当不惮远且劳，求荆、湘之楩楠，江、汉之豫章，若者可以为栋为榱，若者可以为楹为柱，方胜任而愉快，乃免支离屈曲之病。则夫作诗者，既有胸襟，必取材于古人，原本于《三百篇》、楚《骚》，侵淫于汉、魏、六朝、唐、宋诸大家，皆能会其指归，得其神理。以是为诗，正不伤庸，奇不伤怪，丽不伤浮，博不伤僻，决无剽窃吞剥之病。乃时手每每取捷径于近代当世之闻人，或以高位，或以虚名，窃其体裁字句，以为秘本，谓既得所宗主，即可以得其人之赞扬奖借；生平未尝见古人，而才名已早成矣。何异方寸之木，而遽高于岑楼耶？若此等之材，无论不可为大厦；即数椽茅把之居，用之亦不胜任，将见一朝堕地，腐烂而不可支。故有基之后，以善取材为急急耶。既有材矣，将用其材，必善用之而后可。得工师大匠指挥之，材乃不枉。为栋为梁，为榱为楹，悉当而无丝毫之憾。非然者，宜方者圆，宜圆者方，枉栋之材而为楠，枉柱之材而为楹，天下斫小之匠人宁少耶？世固有成诵古人之诗数万首，涉略经史集亦不下数十万言，逮落笔则有俚俗庸腐，室板拘牵，隘小肤冗种种诸习；此亦不足于材，有其材而无匠心，不能用而枉之之故也。夫作诗者，要见古人之自命处、着眼处、作意处、命辞处、出手处，无一可苟，而痛去其自己本来面目；如医者之治结疾，先尽荡其宿垢，以理其清虚，而徐以古人之学识神理充之；久之而又能去古人面目，然后匠心而出，我未尝摹仿古人，而古人且为我所役。

    Considering the question in the light of these two writers, a person can produce poetry and prose worthy of the name only when the capacity for feeling is present to serve as the foundation [of a writer's work]. Otherwise, even if you compose ten thousand words a day and chant a thousand poems, they will be insubstantial echoes and shallow rhetoric that do not come from within; like flowers cut from colored silk, since they have no roots, there will be no life in them. Is this any different from building a house in empty space?

When building a house, once you have laid the foundation, then you must get timber (材*, "material", "talent"). Timber that comes from a tree that grows on a tiny tomb-mound[13] or from some catalpa or pawlonia whose trunk can be encircled with two hands, the sort of wood that can be had close by at gates and village markets, can never bear their weight. Your should not shrink from seeking your timber in far places nor from going to great trouble, but rather try to get teak and ebony[14] from the lands of Jing and Xiang and camphor from the region where the Yangtze meets the Han. Some of this wood can be used for the beams and timbers; the rest can be made into pillars and columns; when you have something that can bear the strain comfortably, then you can avoid the problems of splitting and warping.

In writing poetry, once you have the capacity for feeling, then you should get your materials (材*) from the older writers: take the *Book of Songs* and the Li Sao as your source, and steep yourself in the currents of the great writers of the Han, Wei, Six Dynasties, Tang, and Song. Be able to understand the implications in the work of every one of them, and grasp their spiritual principles (神*—理*). If you write your poetry in this way, it won't be commonplace when it is normative (正*); and when it is unusual, you won't run the risk of having it turn out to be merely bizarre; your beauty won't slip into vapid prettiness, and your erudition will avoid obscurity; finally, you will completely escape the problem of plagiarism.

In contrast, the so-called masters of this age always take short-cuts by going to well-known contemporary writers or to writers of recent times, either because of their high social position or because of their baseless reputation. From these they steal the formal structures (体*—裁*) of poems along with lines and phrases, making those works their secret treasures.[15] Their intention is that, having taken a certain person as an authority, they can obtain that person's praise and encouragement. In their whole lives, they may never have seen the poetry of the older writers; but still they can develop a reputation for talent (才*) very young. There seems little difference between this and a sapling of an inch in diameter all at once finding itself higher than the pinnacle on which it grows. It goes without saying that material (材*) of this sort can't be used to make a great hall; it could not even take the weight of a few rafters and a thatched roof. A day will come when it will collapse to the ground, rotten inside and unable to support anything. Therefore, after laying the foundation, it is of the greatest importance to be good at selecting the right materials.

When you have the material, you must be able to make use of it; for it will be successful only if well used. If you get a master architect to direct the work, the material won't be wasted. The beams, rafters, columns, and pillars will all be exactly right, and there won't be the least cause for dissatisfaction. Otherwise you will find that there are not a few inferior carpenters in the world who round what should be squared and square off what should be rounded, who waste the timbers for making roof beams by making of them rafters for the eaves, and who waste the timber for the upright supports by making them into decorative pillars. In the same way it really does happen in our age that someone will have thoroughly read through tens of thousands of poems by the older writers and will have made his way through hundreds of thousands of words in the Classics, histories, and literary collections, but still when he sets his own brush to paper, he will come out with colloquialisms, weary commonplaces, woodenness, crampedness, narrowness, shallowness, and every kind of bad habit that you can imagine. In this case, it is not that material was somehow inadequate; the reason is rather that he lacks the master craftsman's mind and, unable to make use of it, wastes the good material he has.

In writing poetry, it is essential to see the projects that the older writers set for themselves, where they focused their attention, where they formed concepts (意), where they determined how to phrase things (命—辞*), and where they put their intentions into practice. A person who wants to learn to write poetry can't be haphazard in any of these matters, and must painfully get rid of his own original appearance in the work. This is like when a doctor sets out to cure a case of boils, he first washes away the dirt that has collected to make it clean and clear.[16] Gradually that space will be filled with the learning, judgment, and spiritual principles(神*—理*) of the older writers. Then, after a long time, he can again get rid of the appearance of the older writers, and only at this point does the mind of the master craftsman emerge. Then the self never imitates the older writers are always at the service of the self.

关于传统中国怎样认识作家的形成和教养，这里提供了一个十分直白的表述：自我在文学中的成功再现总是向自我的回归，这个自我总是从做他人开始，然后再走向完美。第一步是吸收传统，直到那个原始的未经教化的自我被取代，最后，当传统被第二自我消化融合，一个新的自我才重新出现。过去曾有一些理论家坚定地相信，人绝不应当放弃那个原始自我；可是，所有信奉教育的人都会相信叶燮这里提出的模式。这种回归自我的因素到底是什么，有些理论家（例如明代复古派）说不清楚，但没有人相信作家为了亲近过去的作家而彻底压抑自我。

* * *

  彼作室者，既善用其材而不枉，宅乃成矣。宅成不可无丹臒赭垩之功，一经俗工绚染，徒为有识所嗤。夫诗纯淡则无味，纯朴则近俚，势不能如画家之有不设色。古称非文辞不为功，文辞者，斐然之章采也。必本之前人，择其丽而则、典而古者从事焉，则华实并茂，无夸缛斗炫之态，乃可贵也。若徒以富丽为工，本无奇意，而饰以奇字；本非异物，而加以异名别号。味同嚼蜡，展诵未竟，但觉不堪，此乡里小儿之技，有识者不屑为也。故能事以设色布采终焉。然余更有进此：作室者，自始基以至设色，其为宅也，既成而无余事矣；然自康衢而登其门，于是而堂，而中门，又于是而中堂，而后堂，而闺闼，而曲房，而宾席东厨之室，非不井然秩然也。然使今日造一宅焉如是，明日易一地而造一宅焉，而亦如是，将百十其宅而无不皆如是，则亦可厌极矣。其道在于善变化。变化岂易语哉？终不可易曲房于堂前，易中堂于楼之后，入门即见厨，而联宾坐于闺闼也。惟数者一一各得其所，而悉出于天然位置，终无相踵沓出之病，是之谓变化。变化而不失其正，千古诗人，惟杜甫为能。高、岑、王、孟诸子，设色止矣，皆未可语以变化也。夫作诗者，至能成一家之言足矣。此独清任和三子之圣，各极其至，而集大成、圣而不可知之谓神，惟夫子。杜甫，诗之神者也，夫惟神乃能变化。子言多读古人之诗而求工于诗者，乃囿于今之称

第十一章 叶燮《原诗》

诗者论也。

Able to make good use of his material and not waste it, this person who would build a house can now complete the dwelling. But the dwelling, once completed, must now be painted.[17] If it suffers the tawdry decoration of tasteless workmen, it's going to be sneered at by anyone with judgement. In poetry, a pure blandness will lack any flavor (味 *); a pure simplicity will come close to being too rustic; and this disposition (势 *) in poetry does not bear comparison to the way some painters avoid color. In the old days, they said that a work could be considered successful only if it had literary patterning in the language (文 *— 辞 *); and literary patterning in the language means some overt coloration (章 *—采 *).

If you always take your predecessors as the basic, while selecting what is beautiful and normatively standard in their work, taking what is canonical and ancient as your task, then your work will be rich with both fruit and flower, but only truly to be valued if you avoid a gaudy, overwrought manner. If you take mere opulence as skill and achievement, merely with unusual words and nothing unusual in the ideas (意 *) lying at the basis of the work, then the thing itself will not be distinctive, only its name. Its flavor will be like chewing wax: before you finish reciting it, you feel like you simply can't stand it any more. This is the technique of village children; a person of judgement should be embarrassed to do it. Thus a real master knows when to stop when adding color (色 *) and glitter (采 *).

I would, moreover, like to extend my analogy a bit further. The person who would build a house has now progressed from laying the foundation to the painting; as a dwelling, it is complete, and there is nothing left to be done. From the street, we enter the gate and there is the hall, then the middle gate, and then the middle hall, the rear hall, and on to the women's apartments and small chambers and rooms for guests and the kitchen: everything is laid out in perfect order. However, if I construct a dwelling on this plan today, and tomorrow construct yet another dwelling in a different place on the same plan, and then construct over a hundred dwellings, every one of which is on exactly the same plan, in that case it would be exceedingly boring. The way here lies in a skill in transformation (变 *—化 *). Transformation is not something that is easy to talk about. After all, you can't put the small chambers in front of the halls, or move the middle hall to a place behind the storied buildings, or come into the kitchen when you enter the main gate, with all your guests seated in the women's chambers. [18] What you would call transformation is to have every one of the necessary number of rooms and buildings each in its proper place, all occupying a natural position, yet still to avoid the problem of sameness and repetitiousness. Of all the poems of history, only Du Fu was really able to achieve transformation without falling away from the normative (正 *). Poets such as Gao Shi, Cen Shen, Wang Wei, and Meng Hao-ran got no further than the painting; we cannot really talk of transformation in any of them. In writing poetry, it is enough if one reaches the stage of autonomy and distinctive identity. [19] This is like the three disciples who displayed the different sagely qualities of purity, responsibility, and harmony, each reaching the fullest development of his own quality; yet to combine all qualities in a sageliness that cannot be comprehended is what is referred to as divinity or spirit (神 *), and that was Confucius alone. In the realm of poetry, Du Fu has that quality of spirit or divinity; and only spirit is capable of transformation. So when you speak of trying to be successful in poetry by reading much in the older writers, you are really just confined within the theories of our contemporaries who claim to understand poetry.

《内篇》下（其余部分）

或曰："先生之论诗，深源于正变、盛衰之所以然，不定指在前者为盛，在后者为衰；而谓明二李之论为非是，又以时人之模棱汉、魏，貌似盛唐者，熟调陈言，千首一律，为之反覆以开其锢习，发其愦蒙。乍闻之，似乎矫枉而过正，徐思之，真膏肓之针砭也。然则学诗者，且置汉、魏、初盛唐诗勿即寓目，恐从是入手，未免熟调陈言相因而至，我之心思终于不出也。不若即于唐以后之诗而从事焉，可以发其心思，启其神明，庶不堕蹈袭相似之故辙，可乎？"

Someone said: "Your discussion of poetry has really examined the fundamental questions of norm (正*) and mutation (变*), and how flourishing and decline occur. I see now that we cannot with certainty single out earlier writing as flourishing and later writing as decline. Moreover, you say that the theories of Li Meng-yang and Li Pan-long of the Ming are incorrect; and you would reverse the trend by which people these days try to duplicate the Han and Wei or ape the High Tang with tired commonplaces that make a thousand poems all sound alike. By reversing this trend, you hope to open a space in which poets can move freely and bring them out of confusion and ignorance.

"When I first heard what you were saying, it seemed to me that you were being rash and going too far; but when I reflected on it at leisure, I could see that this was really surgery performed on just the right spot. But then when we study poetry, we should perhaps put away our books of Han, Wei, early and High Tang poetry for the time being and not even set eyes on them, lest we not be able to avoid the tired commonplaces that come from reading them, commonplaces that will keep our won thoughts from ever emerging. What would you say to the notion that it would be better to work with the poetry after the Tang, which may bring out our thoughts and open our intuitive understanding (神 *—明) so that we can avoid falling into the old rut of imitation?"

如果你没有尝试过向别人解释一个复杂的立场——它要求听者必须抛开习惯性反应——你就不会知道, 任何稀奇古怪的误解都是意料中事, 就像这个想象中的对话者一样。

* * *

余曰: 吁! 是何言也? 余之论诗, 谓近代之习, 大概斥近而宗远, 排变而崇正, 为失其中而过其实, 故言非在前者之必盛, 在后者之必衰。若子之言, 将谓后者之居于盛, 而前者反居于衰乎? 吾见历来之论诗者, 必曰苏、李不如《三百篇》, 建安、黄初不如苏、李, 六朝不如建安、黄初, 唐不如六朝; 而斥宋者, 至谓不仅不如唐, 而元又不如宋; 惟有明二三作者, 高自位置, 惟不敢自居于《三百篇》。而汉、魏、初盛唐居然兼总而有之而不少让。平心而论, 斯人也, 实汉、魏、唐人之优孟耳。窃以为相似而伪, 无宁相异而真, 故不必泥前盛后衰为论也。夫自《三百篇》而下, 三千余年之作者, 期间节节相生, 如环之不断, 如四时之序, 衰旺相循而生物而成物, 息息不停, 无可或间也。吾前言踵事增华, 因时递变, 此之谓也。故不读明良击壤之歌, 不知

第十一章 叶燮《原诗》

《三百篇》之工也。不读《三百篇》，不知汉魏诗之工也。不读汉魏诗，不知六朝诗之工也。不读六朝诗，不知唐诗之工也。不读唐诗，不知宋与元诗之工也。夫惟前者启之，而后者承之而益之；前者创之，而后者因之而广大之。使前者未有是言，则后者亦能如前者之初有是言；前者已有是言，则后者乃能因前者之言而另为他言。总之，后人无前人，何以有其端绪？前人无后人，何以竟其引申乎？譬诸地之生木然，《三百篇》则其根，苏、李诗则其萌芽由蘖，建安诗则生长至于拱把，六朝诗则有枝叶，唐诗则枝叶垂荫，宋诗则能开花，而木之能事方毕。自宋以后之诗，不过花开花谢，花谢而复开，其节次虽层层积累，变换而出，而必不能不从根柢而生者也。故无根则由蘖何由生？无由蘖则拱把何由长？不由拱把则何自有枝叶垂荫而花开谢乎？

I replied, What are you saying!? In my discussion of poetry I said that it has become a modern habit generally to dismiss what is recent and revere what is remote from us, to set aside all mutation and exalt what is normative. And since I found this view unbalanced and wrong, I said that earlier writing is not *necessarily* in a state of flourishing and that later writing is not *necessary* in a state of decline. But what you have just suggested amounts to saying that later writing is in a constant state of flourishing, while earlier writing is, conversely, the one in the state of decline!

Virtually everyone I've read who has written about the theory of poetry says that the *Book of Songs* is superior to the poetry of Li Ling and Su Wu, and that Li Ling and Su Wu in turn are superior to the poetry of the Jian-an and Huang-chu reigns; the poetry of the Jian-an and Huang-chu is superior to the six Dynasties, and the six Dynasties is superior to the Tang. It is even carried to the point that critics who complain loudly about Song poetry will not only say, as might be expected, that the Tang is superior to the Song, they will also add that even the Song is superior to the Yuan. There are two or three Ming writers [the archaists] who accord themselves the highest position; of course they wouldn't dare set themselves on a par with the *Book of Songs*, but they would say that they have encompassed the full range of the Han, Wei, early and High Tang, and need not yield to their precursors in the least.

In the more than three millennia since the time of the *Book of Songs*, writers have appeared one after another, as in unbreaking circles or like the cycles of the four seasons. Decline and prospering follow one another, as things are born and bought to completion, continuously and without any intermission. This is what I was referring to when I spoke earlier of improving on what had been done previously and of mutation occurring at the proper time.

If you don't read the archaic songs like "Bright and Good" or "Stick-toss Song", you can't understand the achievement of the *Book of Songs*. In the same way, if you don't read the *Book of Songs*, you can't understand the achievement of Han and Wei poetry. If you don't read the poetry of the Han and Wei, you can't understand the achievement of Six Dynasties poetry, and if you don't read the poetry of the Six Dynasties, you can't understand the achievement of Tang Poetry. If you don't read Tang poetry, you can't understand the achievement of Song and Yuan poetry. What is written earlier opens the way, what is written later carries it on and amplifies it. What is written earlier founds something; what is written later follows and broadens it. If there is something that the earlier writers have never said, then a later writer can become like the earlier writers in being

第十一章 叶燮《原诗》

the first to say something. On the other hand, if the earlier writers have already said a certain thing, then the later writer can develop what the earlier writers said and say something else. If I may put it in general terms, if later writers lacked predecessors, they would not have any point to start out from; and if those earlier writers didn't have any successors, there would be no way to complete the processes they set in motion.

Compare it to the way in which a tree grows out of the earth. The *Book of Songs* is its roots; the poetry of Li Ling and Su Wu are its first sprouting; the poetry of the Jian-an is its growth into something an armspan in girth; the poetry of the Six Dynasties are its boughs and foliage; the poetry of the Tang is the shadow cast by its boughs and foliage; in the poetry of the Song, it is able to flower and all the capacities of the tree are complete. In the poetry after the Song, the flowers blossom and fade, fade and blossom again; and even though these sequences occur over and over again, each stage appearing out of the mutation of the preceding stage, the life always comes from the root. Had there been no root, how could the first sprout have appeared? And had it not been from the sprout, how could the trunk, an armspan in girth, have grown? And had it not been from the trunk, how could the boughs and foliage have naturally appeared, casting shade and forming flowers that blossom and fade?

传统文学思想中的那个树的隐喻居然可以引申到这个地步，这是一个令人开心的误导。在某个时刻，植物的生长居然覆盖了文学史，迫使叶燮说出各种各样他本不想说的话。唐诗被迫变成枝叶垂阴的超常状态，真正的文学史截止于宋诗，从那以后，一切都不过是重复（重复宋代所达到的高度）：这种生命在历史中不断重复的观点恰恰是他一直反对的。

* * *

若曰：审如是，则有其根斯足矣，凡根之所发，不必问也。且有由蘖及拱把成其为本，斯足矣；其枝叶与花，不必问也。则根特蟠于地而具其体耳，由蘖萌芽仅见其形质耳，拱把仅生长而上达耳；而枝叶垂阴，花开花谢，可遂以已乎？故止知有根芽者，不知木之全用者也。止知有枝叶与花者，不知木之大本者也。由是言之，诗自《三百篇》以至于今，此中终始相承相成之故，乃豁然明矣，岂可以臆画而妄断者哉？大抵近时诗人，其过有二：其一，奉老生之常谈，袭古来所云忠厚和平、浑朴典雅、陈陈皮肤之语，以为正始在是，元音复振，动以道性情、托比兴为言；其诗也，非庸则腐，非腐则俚；其人且复鼻孔撩天，摇唇振履，面目与心胸，殆无处可以位置，此真虎豹之鞟耳。其一，好为大言，遗弃一切，掇采字句，抄集韵脚，睹其成篇，句句可画，讽其一句，字字可断；其怪戾则自以为李贺，其浓抹则自以为李商隐，其涩险则自以为皮、陆，其拗拙则自以为韩、孟，土苴建安，弁髦"初""盛"；后生小子，诧为新奇，竞趋而效之，所云牛鬼蛇神，夔蚿罔两，揆之风雅之义，风者真不可以风，雅者则已丧其雅，尚可言耶？吾愿学诗者，必从先型以察其源流，识其升降，读《三百篇》而知其尽美矣，尽善矣，然非今之人所能为；即今之人能而为之，而亦无为之之理，终亦不必为之矣。续之而读汉、魏之诗，美矣善矣，今之人庶能为之，而无不可为之，然不必为之，或偶一为之，而不必似之。又继之而读六朝之诗，亦可谓美矣，亦可谓善矣，我可以择而间为之，亦可以恝而置之。又继之而读唐人之诗，尽美尽善矣，我可尽其心以为之，又将变化神明而达之。又继之而读宋之诗、元之诗，美之变而仍美，善之变而

第十一章 叶燮《原诗》

仍善矣，吾纵其所知，而无不可为之，可以进退出入而为之。此古今之诗相承之极致，而学诗者循序反复之极致也。

Someone may say, If we consider it from this point of view, then it is quite enough that we have the roots, and we need not concern ourselves with anything that develops from the roots. Or they may say, it is quite enough and the tree is complete when we have the sprout and the trunk, and we need not concern ourselves with boughs, foliage, and flowers. This would leave us with a lot of large roots coiling in the earth as complete forms (体*), or we would only see the plain shapes of sprouts, or nothing more than large trunks growing to full height. Is it all right then to stop before we have boughs, foliage, and flowers is not to understand the great roots of a tree. From this we may conclude that the processes of continuity and completion in the poetry, from the *Book of Songs* to the present, are absolutely clear; and a person may not rashly and willfully separate out some part of the process.

Generally speaking, modern poets err in two different ways. The first sort accept the ordinary opinions of their elders and try to conform closely to various shallow mottoes that have long been in circulation, such as "a steadfast warmth of manner and harmonious evenness", or "primal innocence and authoritative dignity". They take these to be the normative way to begin, and think that in this way poetry's original tones will swell up again; and all the time they make comments about the affections and a person's nature being led forth, or lodging their thoughts in comparisons and affective images (比*—兴*). But as for the poems they write, if they're not utterly ordinary, then they're pedantic; and if not pedantic, then provincial. The men themselves provoke Heaven with their nostrils, flapping their lips and shaking their sandals;

yet in the way they present themselves in poetry; as in their hearts, they have hardly any place they can stand securely: it's just as in the old saying that the furless hides of tigers and leopards are no different from those of dogs and sheep.

The second sort love to write in a grandiose manner and abandon any sense of wholeness; writers of this sort gather words and lines and get together their rhyme words. Whenever you look over and entire piece, every line can be divided from every other; and when you recite a line, every word can be split off. They take their harsh and bizarre moments to be like Li He, their murky moments to be like Li Shang-yin, their rough and obscure moments to be like Pi Ri-xiu and Lu Gui-meng, and their dissonantly clumsy moments to be like Han Yu and Meng Jiao. In their opinion, the poetry of Jian-an is trash, and the poetry of the early Tang and High Tang, worthless. Young people and the later-born are beguiled by poems like this, finding them full of fresh wonder, and are all eager to imitate them. If we weigh this "demonic" [demons with ox-heads, spirits with snake bodies, goblins, and spooks] poetry according to the moral values (义 *) of the "Airs" (风 *) and "Odes" (雅 *), may it not be observed that the aspect of *feng* * cannot sway (风 *) others, and the aspect of *ya* * loses all dignity (雅 *)?

I wish that those who study poetry would always start with the prior models in order to investigate both poetry's source and the streams that flow from that source, and to be able to judge what is in an improvement and what is a falling away. Read the *Book of Songs* and understand that the poems there are indeed both perfectly beautiful and perfectly good, but at the same time that they are not something a modern poet can write. And even if modern poets were

第十一章 叶燮《原诗》

able to write them, the natural principle (理*) behind the writing of such poetry is absent, and ultimately we need not try to write it. Next I should read the poetry of the Han and Wei, which is beautiful and good; a modern poet may hope to write such poetry and is in no way prevented from writing it, but he does not have to try to write such poetry. And if someone should chance to write that sort of poetry, his work does not have to closely resemble it.

Next read the poetry of the Six Dynasties, which may indeed be spoken of as beautiful and good; here I can pick and choose and occasionally write this sort of poetry, but I can also ignore it. Next read the poems of the Tang writers, which are perfectly beautiful and perfectly good; here I can write such poetry by thoroughly knowing their minds, or I can reach it by a spiritual intuition in transformation (变*—化*神*—明). Then again read the poetry of the Song and Yuan, where beauty has undergone a mutation but is still beautiful, and goodness has undergone a mutation yet is still good. Here I can do as I please, either trying to write all the different kinds of this poetry or being selective in my judgments in writing it. This is the full extent of the historical tradition of poetry and the full extent of what a student of poetry should follow in sequence and reflect on.

我们注意到诗的教育范围被缩减到宋元以前。

* * *

原夫创始作者之人，其兴会所至，每无意而出之，即为可法可则。如《三百篇》中，里巷歌谣，思妇劳人之吟咏居其半。彼其人非素所诵读讲肄推求而为此也，又非有所研精极思腐毫辍翰而始得也；情偶至而感，有所感而鸣，斯以为风人之旨，遂适合于圣人之旨，而删之为经以垂教。非必谓后之君子，虽诵读讲习，研精极思，求一言之几于此而不能也。乃后之人，颂美训释《三百篇》者，每有附会，而于汉、魏、初盛唐亦然，以为后人必不能及。乃其弊之流，且有逆而反之；推崇宋、元者，菲薄唐人；节取"中""晚"者，遗置汉、魏。则执其源而遗其流者，固已非矣；得其流而弃其源者，又非之非者乎？然则学诗者，使竟从事于宋、元、近代，而置汉、魏、唐人之诗而不问，不亦大乖于诗之旨哉？

  Originally, the people who first founded the writing of poetry expressed whatever came to their mind in the circumstance (兴 *—会), and always without prior intent (意 *): this can be taken as a rule (法 *) and as a model. For example, about half the *Book of Songs* is made up of folk lyrics from the villages, the songs of women filled with longing, and toiling men. These were not written by people who constantly recited, read, studied, explained, and racked their brains; and they were not completed only after polishing and brooding, with brushes worn out by draft after draft. The mood (情 *) happened to come to them, and they were stirred (感 *); when they were stirred by something, they sang out: this was the aim of the writers of the "Airs", which subsequently fit in perfectly with the aim of the Sage, Confucius, who edited them as a Classic to transmit his teaching to later ages. I should point out that I am not saying by this that superior people of later times are incapable of coming up with a single phrase that approaches the *Book of Songs*, no matter how much they recite, read, explicate, and practice, polish and give the task their most intense thought. But people of later times always give distorted explanations in their praises and exegeses of the *Book of Songs*; and they treat the Han, Wei, early and High Tang in exactly the same way, thinking that people of later times can never match this earlier poetry. Then there are the very worst sort, who simply take the antithetical position: some, paying the highest honors to the Song and Yuan, while belittling the Tang; others, taking the mid Tang and late Tang as their standard while ignoring the Han and Wei. To hold fast to the source while ignoring the streams that flow from it is completely wrong, but to take the streams and reject the source is wrong in the highest degree. So in studying poetry, don't you think it runs quite against the aims of poetry to end up spending your time on the Song, Yuan, and More recent periods, while ignoring the poetry of Han, Wei, and Tang writers?

《外篇》选

陈熟、生新，二者于义为对待。对待之义，自太极生两仪以后，无事无物不然。日月、寒暑、昼夜，以及人事之万有，生死贵贱，贫富高卑，上下短长，远近新旧，大小香臭，深浅明暗，种种两端，不可枚举。大约对待之两端，各有美有恶，非美恶有所偏于一者也。其间惟生死贵贱、贫富香臭，人皆美生而恶死，美香而恶臭，美富贵而恶贫贱。然逢、比之尽忠，死何尝不美？江总之白首，生何尝不恶？幽兰得粪而肥，臭以成美。海木生香则萎，香反为恶。富贵有时而可恶，贫贱有时而见美，尤易以明。即庄生所云"其成也毁，其毁也成"之义。对待之美恶，果有常主乎？生熟、新旧二义，以凡事物参之，器用以商、周为宝，是旧胜新；美人以新知为佳，是新胜旧；肉食以熟为美者，果食以生为美者也；反是则两恶。推之诗独不然乎？舒写胸襟，发挥景物，境皆独得，意自天成，能令人永言三叹，寻味不穷，妄其为熟，转益见新，无适而不可也。若五内空如，毫无寄托，以剿袭浮辞为熟，搜寻险怪为生，均风雅所摈。论文亦有顺逆二义，并可与此参观发明矣。

Conventionality and novelty constitute an antithetical pair of principles (义 *). Even since the Primal Unity (太一极) and the Primal Duality (两一仪), this has been the way of all things (物 *) and events (事 *): sun and moon, heat and cold, day and night, and everything in human affairs, life and death, nobility and baseness, poverty and wealth, lofty and low, superior and inferior, long and short, far away and close at hand, new and old, large and small, sweet-smelling and foul-smelling, deep and shallow, clear and obscure—there are so many dualities I can't name them all.

Generally speaking, every antithetical pair contains both positive and negative elements, but the positive is not concentrated on one side nor the negative on the other. In the case of some of these antithetical pairs, we know that everyone finds life, sweet fragrance, wealth and nobility to be the positive terms, while their opposites are negative. But Feng Chou-fu [*Zuo Zhuan*, Zheng 2] and Bi Gan represented an utter steadfastness in which death became positive, while for someone like Jiang Zong, who survived to old age by serving one dynasty after another, staying alive should be considered negative. If you put manure around an orchid, it grows lushly: something foul-smelling becomes a positive element. There are ocean trees that give off a sweet scent when they are decaying: sweet fragrance here is negative. And it is exceedingly easy to show that there are times when wealth and nobility are negative, while poverty and low station are positive. This is the principle behind those words of Zhang-zi: "Its fulfillment is its destruction; its destruction, fulfillment." Finally I doubt if any one term in an antithetical pair has a monopoly on the positive or the negative.

The opposed principles of freshness and conventionality, or new and old, may be applied to almost anything; but in antique vessels, it is the Shang and Zhou vessels that are most precious, a case where the old is superior to the new; in beautiful women, new acquaintance is best, a case in which new is superior to old. Meat is best when it is aged; fruit is best when it is fresh; in both cases the opposites are negative elements. If we extend this to the case of poetry, we find that it is no different. When a person fully expresses what is in his heart, bringing in everything in the scene before him so that the worlds (境 *) of his poems are his alone and his thoughts (意 *) are naturally formed, a poetry capable of making others recite it with sighs of admiration and savor its flavor inexhaustibly, then any conventional aspects will be forgotten, and will always seem fresher and newer, apt in every way. In contrast, if there is nothing inside a person and nothing he cares about transmitted through his writing brush, then such conventionality will be nothing more than empty phrases plagiarized from someone else, and this freshness will be nothing more than a strained search for obscurity and striking effects: both are rejected by the art of poetry (风 *—雅 *). The concepts of forward and retrograde motion in prose theory can be brought in here to clarity this.

作诗者在抒写性情，此语夫人能知之，夫人能言之，而未尽夫人能然之者矣。作诗有性情，必有面目，此不但未尽夫人能然之，并未尽夫人能知之而言之者也。如杜甫之诗，随举其一篇与其一句，无处不可见其忧国爱君，悯时伤乱，遭颠沛而不苟，处穷约而不滥，崎岖兵戈盗贼之地，而以山川景物、友朋杯酒，抒愤陶情，此杜甫之真面目也。我一读之，甫之面目，跃然于前；读其诗一日，一日与之对，读其诗终身，日日与之对也，故可慕可乐而可敬也。举韩愈之一篇一句，无处不可见其骨相棱嶒，俯视一切，进则不能容于朝，退又不肯独善于野，疾恶甚严，爱才若渴，此韩愈之面目也。举苏轼之一篇一句，无处不可见其凌空如天马，游戏如飞仙，风流儒雅，无入不得，好善而乐与，嬉笑怒骂，四时之气皆备，此苏轼之面目也。此外诸大家，虽所就各有差别，而面目无不于诗见之。其中有全见者，有半见者。如陶潜、李白之诗，皆全见面目；王维五言则面目见，七言则面目不见。此外面目可见不可见，分数多寡，各各不同，然未有全不可见者。读古人诗，以此推之，无不得也。余尝于近代一二闻人，展其诗卷，自始至终，亦未尝不工，乃读之数过，卒未能睹其面目何若？窃不敢谓作者如是也。

People can comprehend the truth of the statement that writing poetry resides in describing one's affections and nature (性 *—情 *); people know how to say it, but are not entirely capable of going along with it. If one's nature and affections are in the writing of poetry, then the poem must also have a "face"; in this case, not only are people incapable of going along with it, they can't entirely comprehend the truth of it and articulate it.

Take the poetry of Du Fu as an example: if you pick a poem or line at random from his work, you will always be able to see his worries about the country, his love for his ruler, and his distress about the times and the civil wars. When he was knocked flat on his face, he did not act rashly and improperly, when he found himself in straitened circumstances, he didn't go to excess; on perilous paths through warring rebel factions, he described his indignation and

第十一章 叶燮《原诗》

shaped his nature, writing about the landscape with its seasonal creatures or about friends and a cup of wine. This is Du Fu's true face. As soon as I read such poems, Du Fu's true face leaps out before me. If I spend the whole day reading his poems, then I sit face to face with him for the whole day; and if I spend a lifetime reading his poems, I spend every day face to face with him; I can look up to him, take delight in him, and respect him.

If I take up any poem or line by Han Yu, I can see his craggy physiognomy throughout, looking down on everything. When given office, he cannot accommodate himself to the court; out of office, he is not satisfied to practice private virtues in the wilderness. He is fierce in his hatred of evil and loves talent in men as if he were thirsty for them. This is the true face of Han Yu.

If I take up any poem of line by Su Shi, everywhere in it I can see him flying through the sky like one of the horses of Heaven, playing around like one of the immortal beings, a fusion of passionate stylishness (风*一流) and Confucian dignity (雅*) that is involved with everything. He loves goodness and has an easy delight in it; and with cheer, laugher, rage, and sharp words of disapproval, he encompasses the full range of moods (气*) of the four seasons. This is Su Shi's true face.

After these three, although each of the great poets goes in his own direction, every one of them shows his true face in his poetry. There are those who show their true face completely, and there are those who show only half of it. In the poetry of Tao Qian and Li Bai we always see the face completely. Wang Wei's face can be seen in his poetry in five-character lines, but not in his poetry in seven-character lines. Besides these poets, everyone differs in how much or little his true face can be seen; but in no one is it true that the face cannot be seen at all. If you read the poetry of the older writers along these lines, then you will grasp everything in them. I have read the poetry collections of several well-know writers of recent times from beginning to end, and always found the poems to be good work; but reading them over several times, I never could make out what their faces looked like. I don't think that this is how a real author should be. [20]

诗是心声，不可违心而出，亦不能违心而出。功名之士，决不能为泉石淡泊之音；轻浮之子，必不能为敦庞大雅之响。故陶潜多素心之语，李白有遗世之句，杜甫兴广厦万间之愿，苏轼师四海弟昆之言。凡如此类，皆应声而出，其心如日月，其诗如日月之光，随其光之所至，即日月见焉。故每诗以人见，人又以诗见。使其人其心不然，勉强造作，而为欺人欺世之语，能欺一人一时，决不能欺天下后世。究之，阅其全帙，其陋必呈；其人既陋，其气必苶，安能振其辞乎？故不取诸中心而浮慕著作，必无是理也。

Poetry is the voice of mind (心 *): it should not come out at odds with mind, and indeed it cannot come out at odds with mind. Men famous for their public accomplishments are utterly incapable of the clear and limpid tones of streams running over stones; those who live a life of carefree sensuality are always incapable of sounds with the honest grandeur of the "Great Odes". In Tao Qian's words about "many simple-hearted people", in Li Bai's lines about leaving the world behind, in Du Fu's excitement in his desire to build a great mansion of ten thousand rooms [for all the poor scholars of the world], and in Su Shi's statement that all in the world are brothers—in case like the these, the voice always comes out as a response. Their minds are like the sun and moon, and their poems are like the light of sun and moon: wherever the light reaches, the sun and moon can be seen. Thus every poem is seen through the person, and, in turn, every person is seen through the poem. Even if the person and his mind are otherwise and they strain to construct words that will fool others and fool the whole world, though they fool one person or one period, they still cannot hope to fool the whole world ever thereafter. If you think about it, that kind of person's ignoble qualities will be evident if you go over the whole corpus of his writings. And since the person is ignoble, his *qi** will always give out. And when the *qi** gives out, how can his lines stay vital and compelling? Not to find in one's own mind but still to aspire, without real grounds, to be an author—there has never been any such natural principle (理 *).[21]

诗道之不能长振也，由于古今人之诗评，杂而无章，纷而不一。六朝之诗，大约沿袭字句，无特立大家之才。其时评诗而著为文者，如钟嵘，如刘勰，其言不过吞吐抑扬，不能持论。然嵘之言曰："迩来作者，竞须新事，牵挛补衲，蠹文已甚。"斯言为能中当时后世好新之弊。勰之言曰："沉吟铺辞，莫先于骨，故辞之待骨，如体之树骸。"斯言为能探得本原。此二语外，两人亦无所能为论也。他如汤惠休"初日芙蓉"，沈约"弹丸脱手"之言，差可引申，然俱属一斑之见，终非大家体段。其余皆影响附和，沉沦习气，不足道也。唐、宋以来，诸评诗者，或概论风气，或指论一人；一篇一语，单辞复句，不可弹数。其间有合有离，有得有失。如皎然曰："作者须知复变。若惟复不变，则陷于相似，置古集中，视之眩目，何异宋人以燕石为璞。"刘禹锡曰："工生于才，达生于识，二者相为用，而诗道备。"李德裕曰："譬如日月，终古常见，而光景常新。"皮日休曰："才犹天地之气，分为四时，景色各异，人之才变，岂异于是？"以上数则语，足以启蒙砭俗，异于诸家悠悠之论，而合于诗人之旨为得之。其余非庚则腐，如聋如聩不少。而最厌于听闻，锢蔽学者耳目心思者，则严羽、高棅、刘辰翁、李攀龙诸人是也。羽之言曰："学诗者以识为主，入门须正，立意须高，以汉、魏、晋、盛唐为师，不作开元、天宝以下人物，若自退屈，即有下劣诗魔，入其肺腑。"夫羽言学诗须识是矣，既有识，则当以汉、魏、六朝、全唐及宋之诗，悉陈于前，彼必自能知所抉择，知所依归，所谓信手拈来，无不是道。若云汉、魏、盛唐，则五尺童子三家村塾师之学诗者，亦熟于听闻得诗授受久矣。此如康庄之路，众所群趋，即瞽者亦能相随而行，何待有识而方知乎？吾以为若无识，则一一步趋汉、魏、盛唐，而无处不是诗魔；苟有识，即不步趋汉、魏、盛唐，而诗魔悉是智慧，仍不害于汉、魏、盛唐也。羽之言，何其谬戾而意且矛盾也？彼棅与辰翁之言，大率类是，而辰翁益觉惝恍无切实处。诗道之不振，此三人与有过焉。至于明之论诗者无虑百十家，而李梦阳、何景明之徒，自以为得其正而实偏，得其中而实不及；大约不能远出于前三人之巢臼，而李攀龙益又甚焉。王世贞诗评甚多，虽祖述前人之口吻，而掇拾其皮毛，然间有大合处。如云："剽窃模拟，诗之大病，割缀古语，痕迹宛然，斯丑已极。"是病也，莫甚于李攀龙。世贞生平推重服膺攀龙，可谓极至；而此语切中攀龙之隐，昌言不讳。乃知当日之互为推重者，徒以虚声倡和，藉相倚以压倒众人；而此心之明，自不可掩耳。夫自汤惠休以"初日芙蓉"拟谢诗，后世评诗者，祖其语意，动以某人之诗如某某，或人，或神仙，或事，或动植物，造为工丽之辞，而以某某人之诗，一一分而如之。泛而不附，缛而不切，未尝会于心，格于物，徒取以为谈资，与某某之诗何与？明人递习成风，其流愈盛，自以为兼总诸家，而以要言评次之，不亦可哂乎？我故曰：历来之评诗者，杂而无章，纷而不一，诗道之不能常振于古今者，其以是故欤！

The reason poetry has been unable to rouse itself to some lasting vitality is that the criticism of poetry, for its entire history, has been disorganized and lacking in unity. The poetry of the Six Dynasties was largely caught up in the close imitation of words and lines, and there was no talent who stood out as a major poet. The books written on the criticism of poetry during that time, such as the works of Zhong Rong and Liu Xie, do not go beyond making a few evaluative points and are incapable of sustaining an argument. Zhong Rong, however, did say one thing that hit dead center, concerning the love of novelty that has been such a weakness both in that period and in later ages: "Writers of recent times try to outdo one another in making novel references; there is a sense of constant restriction and pieces patched together; this is a great canker on literature."[22] And Liu Xie has some lines that enable a person to find the real source: "Nothing has priority over bone in disposing the words (辞*), as one intones them thoughtfully: the way in which the words depend upon bone is like the way in which the skeleton is set in the human form (体*)."[23] But beyond these two passages, neither critic offers anything worth considering. Of other critics, there are a few phrases worth quoting, such as Tang Hui-xiu's "lotus in the first frost"[24] or Shen Yue's "a shot [with a sling] leaving the hand"; both, however, are ordinary points of view, and not the formulations of major figures. Other than these the rest of the critics of the period all say the same thing and completely swallowed up by conventional practice; they are not worth mentioning.

The various critics of poetry from the Tang and Song on have either given general overviews of the question of manner (风*—气*), or they have directed their discussion to a single poet. We can't go into every work and statement, or every comment (given either as single or parallel predicates). Among these some are apt, and some err; some get it just right, while others miss the mark. The following examples are statements that set standards, with the capacity to dispel confusion and heal uncouthness. They get it just right by setting themselves apart from the vague remoteness of most critics and saying what is apt for the aims of the poets. Take for example Jiao-ran: "An author must understand recurrence and mutation; if there is recurrence without mutation, then the writer falls into the trap of being just like his precursor. But if this happens in the collected works of one of the older writers, it can dazzle the eye—a situation just like the story of the man of Song who thought that an ordinary rock from the state of Yan was a fine piece of uncut jade." There is Liu Yu-xi: "Skill is born from talent, while attaining your ends comes from judgement. If the two are used to complement one another, then the way of poetry is complete." Another example from Li De-yu: "It is like the sun and moon that have always appeared since the beginning of time, but whose light is always new." Yet another example comes from Pi Ri-xiu: "Talent is like the way in which the *qi** of Heaven and Earth is divided into four seasons, each of whose scenes and colors is distinct; the mutations of human talent are no different from this." As for the rest, if they're not strident, then they offer academic commonplaces, and not a few seem deaf and dim-sighted. But the ones with the worst influence are those who try to block up the ears, eyes, and thoughts of a person trying to learn about poetry: here we have Yan Yu, Gao Bing, Liu Chen-weng, Li Pan-long, and their like. Yan Yu writes, "Judgement is the dominant factor in the study of poetry. The beginning must be correct, and your mind must be set on the highest goals. Take for your teacher the poetry of the Han, Wei, and High Tang; don't act the part of those after the Kai-yuan and Tian-bao reigns. If you retreat from this in the least, the vilest poetry demon will enter your breast". Now Yan Yu is quite correct when he says that judgment is an essential requisite in the study of poetry; but when someone has the capacity for judgement, all the poetry from the Han, Wei, Six Dynasties, Tang, and Song should be set before him, and he will always know what to choose from them and what to be drawn to: "trusting the hand to pick up the right thing" is always the best way. But this refrain of the "Han, Wei, and High Tang" is already all too familiar to students of poetry like five-foot adolescents and schoolmasters from small villages, and it has been taught for far too long. This is like a highway thronged with crowds—even a blind man can travel on it simply by following others. There is no need to rely on independent judgment to understand it. It is my feeling that without independent judgment you will meet Yan Yu's "poetry demon" at every step of the way, even following the path of the Han, Wei, and High Tang. However, if a person does have judgment and does not follow the path of the Han, Wei, and High Tang, no matter how clever all the poetry demons that he meets on those paths, no harm will be done to the values of the Han, Wei, and High Tang. Yan Yu's words are strident and misleading; and on top of that, his ideas (意 *) are fraught with problems. The writings of Gao Bing and Liu Chen-weng are pretty much the same, except we realize that Liu Chen-weng has parts that are even more vague and correspond even less to the facts. The excesses of these three critics have made their contribution to the present lifelessness of poetry.

By the Ming, there were well over a hundred theorists of poetry. The group around Li Meng-yang and He Jing-ming felt that they had really achieved the norm (正 *), while in fact their work was skewed; they thought they had found a central position, but they had not. For the most part they did not escape far from the pitfalls into which the three critics previously discussed had fallen. Li Pan-long was even worse. Wang Shi-zhen wrote a great deal of criticism on poetry; and even though he placed himself in the lineage of the other Ming archaist critics and made use of the external aspects of their work, we still find moments of supreme reasonableness here and there throughout his work. For example, Wang writes, "Plagiarism and imitation are major faults in poetry, and the ugliest thing of all is for a writer to patch together phrases from the older poets, leaving obvious traces". No one is more guilty of this than Li Pan-long. All his life Wang Shi-zhen paid the greatest deference and honor to Li Pan-long; but in the lines above, he cuts right to the heart of Li Pan-long's failings: these are clear words that don't flinch from the truth. This makes it clear that the statements of mutual admiration made in those days were only empty sounds sung in harmony; they let them overwhelm ordinary people through their mutual association. Even so Wang Shi-zhen could not hide his clear understanding.

Ever since Tang Hui-xiu tried to catch the quality of Xie Ling-yun's poetry with the phrase "a lotus in first sunlight", critics of poetry in later generations have modeled their comments on the intent (意 *) of his phrase and often describe the poetry of a given writer through some comparison; they take something human or something pertaining to the gods and immortals or some event, animal, or plant, and then fashion it into an elegant phrase, apportioning each one as a metaphor for the work of a particular poet. These are quite arbitrary and never really match the poet nor do they give the true form (格*) of their object; their only purpose is to provide material for literary chitchat and have nothing to do with any given poem.

The habits and practice of the Ming critics became the general custom (风*), and that tradition becomes increasingly widespread; their belief that they have covered all the major writers and that they have given an essential characterization and ranking for each merits only our contempt. It is for these reason that I have said that the criticism of poetry, for its entire history, has been disorganized and lacking in unity; and that for this reason the way of poetry has been unable to rouse itself to some lasting vitality.

注 释

所用底本见丁福保《清诗话》。

〔1〕 虽然通俗诗学有时也比较系统，但它们往往只是把一些标准论题的多少已成定论的"纲要"再引申一下而已。相反，叶燮《原诗》的内篇提供了一个相对紧凑的论述，对假想中的对话者所提出的问题作出了回应。吴宏一从李沂《秋星阁诗话》的例子中看出，"诗话"的条目有扩展为短文的趋势，叶燮的系统论述与这种趋势有密切关系。吴宏一注意到《秋星阁诗话》是为初学者作的，而《原诗》里的叶燮则摆出一副盛气凌人的架势；叶燮的对话者（代表有待提升的那个读者群阶层）虽然有时不免愚蠢，但不是初学者。见吴宏一《清代诗学初探》，第 158 页。

〔2〕 读者不会忘记刘勰对他的前辈大师陆机提出了同样的批评。为了对刘勰更公平一些，我们应当注意到，自刘勰的时代以来，中国的论辩发生了实质性变化。刘勰从修辞上"划分"论题的做法（十分类似于西方的布道艺术［art of sermon, ars predicandi］里的常规性划分）与充分相信修辞秩序与自然秩序的一致有关系，参考宇文所安 Traditional Chinese Poetry（《中国传统诗歌》），pp. 78-86。到了 17 世纪，这种老的修辞学主要存活于僵化的八股文里，以满足应试的需要；这种以划分和引申为基础的写作，跟叶燮所实践的更"现代"的论辩形式相比，显得十分玄虚、矫饰、支离破碎。"现代"论辩要求作者有条不紊地逐层阐述"个人"观点，每个层面或阶段都要以上一个层面或阶段为依据。

〔3〕 严羽相信伟大的诗或妙诗究竟妙在何处是不可言说的，面对最好的诗，你应当能够"识"其妙处；但这种妙处高于对诗学原则的理性认识。一句话，严羽声称，在你不能判断一首诗"何以"是好诗的情况下，在你不知道其判断依据的情况下，你也可以判断出一首诗"是"好诗。对此，叶燮持激烈反对的态度。

〔4〕 在这个时期，诗学理论内部争吵得很厉害，这使人们很容易忽视它们的共性，看不到它们共同的理论根基与前人的关注点差距甚大，前人关注的是诗歌对一个时代的特性或人的个性的显现。

〔5〕 我这里采用丁福保《清诗话》的文本。郭绍虞《中国历代文论选》作："可学晚唐与宋、元所以然之故，彼又终不能知也。"

〔6〕 叶燮提出最后一个问题的一个原因在于人们喜欢把"才"与创作天资联系起来。

〔7〕 James Harry Smith and Edd Winfield Parks, eds., *The Great Critics: An Anthology of Literary Criticism*（《大批评家：文学批评选》），pp. 411-412。

〔8〕 关于前代和后代诗人之间的关系，这样一种其乐融融的非历史的（ahistorical）观点与叶燮对文学史的看法无法欣然调和在一起。他关于文学史的看法见本章的补充部分，在那里，他说，后来的诗人必须不同于前人，以完成和补充前人之作。

〔9〕 康德《判断力批判》，第 49 卷。

〔10〕 它的对句"金茎一气旁"比这一句还怪，把两个句子联系起来考虑，这样翻译更有道理一些。可是，这一句似乎鼓励读者把它理解为"在碧瓦的初寒之外"。

〔11〕 这个疑问可以作两解：第一，可以按上个注释的翻译来理解，即"在碧瓦的初寒之外"；第二，可以想象出一个院子，把"内"理解为围在这些瓦之内的封闭空间，而

第十一章　叶燮《原诗》

不是这些瓦本身的内。

〔12〕 希望读者原谅我把"多"十分蹩脚地译为"much"。"多"是表示数量的一个最简单的词，它是对月亮及其亮度的一种突然的、直接的印象，他一反诗人对月亮的通常描述，却使用了这个如此简单的字，但是，它不同于浅显的字如"大"月或"明"月。

〔13〕《左传》中有一句老话说，松柏不生于小冢。

〔14〕 这里的字面意思是"樾木和楠木"。

〔15〕 这里的"秘本"指含有秘密教导的书籍，其内容不为世人所知。

〔16〕 心理意义上的"清虚"指清除感受区域的杂质，让自己保持虚空状态，以接纳古人的精神。参考《文赋》和《文心雕龙·神思》所提倡的"虚内"。

〔17〕 这里指帝国晚期建筑无处不用的一种红泥料。

〔18〕 此时读者一定已经意识到，中国人的高级住宅根据相对固定的设计，由固定数量的组成部分构成。美国人的房子似乎不大一样，那不过是因为我们把自己房子的结构视为当然。对于中国人的房屋结构，你得发挥一下想象：一个前门通向主卧室，你必须从主卧室经过卫生间来到厨房，起居室在房屋的另一侧。

〔19〕 "成一家之言"是一个标准比喻，比喻作家有鲜明的个性。

〔20〕 参见《文心雕龙》"知音"篇，尤其是前半部分。

〔21〕 这里的假定是对孟子"知言"的最直白的文学解说。

〔22〕 叶燮的引文不精确。原文是这样的："近任昉、王元长等，辞不贵奇，竞须新事。尔来作者，浸以成俗。遂乃句无虚语，语无虚字，拘挛补衲，蠹文已甚。"钟嵘所谓拘泥之病指诗里用词太密集，缺少虚字如小品词的稀释。

〔23〕 见《文心雕龙》"风骨"篇。

〔24〕 有时，叶燮的学识被虚荣心战胜了。汤惠休一段见钟嵘《诗品》中的"颜延之"条目，本来用它来描述谢灵运诗歌的特点。叶燮所说的"初日芙蓉"其实是"芙蓉出水"。

APPENDIX

附 录

术语集解

这个术语集解实在是挂一漏万。被精选到这里的术语主要是一些单字词，它们或者很重要，或者一再出现在本书所选译的文本之中。这些术语出现在译文或解说文字中时皆加注汉语拼音并加 * 号。在文学理论的技术语汇中，复合词往往更重要，它们出现在文本或解说中有时加注拼音，有时在解说中加以解释。复合词的意思不仅仅是其构成单字的语义价值的总和，随着复合词逐渐取代单字词的地位，为理解其后来的意思，有必要分别了解它们的组成成分的语义价值。以下解释主要针对这些原始的单字词。读者应当时刻记住，这里描述的只是这些术语的一个大致情况，它们总是随时变化，只是到了具体语境之中，它们的语义价值才得以相对确定。❶

章 复合词"文章"的第二个字，"literary work"（文学作品）或"*belles lettres*"（纯文学）的总称。"章"有两层基本语义：1）让某物明显起来或显现某物；2）一个单位，如节、段落或部分。章的词源学解释喜欢提到它的前一个语义层面；其实，在具体的文学语境中，后一个语义层面往往更为重要。在有诗节的诗歌里，章指一节，散文里的章指一个段落。另外，章与句构成一对，章是一个整体单位，而句只是其中的组成部分。因此在后世诗学中，"句法"指书写和排列句子或对偶句的方法；"章法"是把各个部分组合到一起共同构成一首诗或一篇散文的方式。参考《文心雕龙》"原道"篇和"章句"篇。

---

❶ 中文翻译将保留每个术语的英文对译（一个术语经常被译为不同的词），在后面的括号里附加一个与之大致相符的中文词。

正 "proper"（恰当的或本原的）、"upright"（合乎正道）、"correct"（正确）、"orthodox"（正统）、"normative"（规范性、规范的）、"the norm"（规范、标准）。"正"的反义词是"邪"，即"离轨的""歪曲的""不道德的"。"正"在文学里的通常用法有时无法摆脱它所包含的那个基本的道德意味，"变"就是针对这个原始标准或体制而言的。因此，在《诗经》里有所谓"正风"，即"风的原始形态""伦理社会之风"。按照《诗大序》的说法，后来的文学阶段是"变风"，它经常携带强烈的衰退之意。"正"和"变"成了理解文学历史变化的一对最常用的词。久而久之，在有些语境里，这两个词也被用以指同一时期的作品，其中，"正"代表不以历史为转移的标准，而"变"则是对该标准的背离。叶燮《原诗》（见补充部分）对"正"和"变"二词讨论甚详，而且很有个性。

机 弓箭的"扳机"或发动装置，引申之后，指各种发动装置。"机"的语义范围十分广泛。它有时指"时机"，类似古希腊的"*kairos*"，即恰当的时刻。基于那个发动装置的词源，它经常指人的行为所表现出的"动机"，即预先的谋划；因此，"忘机"就是没有自我意识、没有隐秘动机的行为。"机"用于文学理论通常指一个自然过程或步骤的那个最微妙的、刚刚萌动的阶段，在这种情况下，最好把它译为"impulses"（冲动或推动力），对"机"的感知则译为"intimation"（洞悉、预兆、暗示）。"机"的蛛丝马迹虽然不易洞悉，但有了"机"，你就可以体察到自然的此刻和即将的运作。从那个机械装置的词源还生发出另一个用法略微不同的意思即"织机"，诗歌经常被比作纺织，在这个常见的纺织隐喻里自然少不了"织机"。

气 "breath"（气息）、"air"（空气）、"steam"（蒸汽）、"vapor"（水汽）、"humor"（体气）、"pneuma"（元气）、"vitality"（生命力），有时也被译作"material force"（物质力量）或"psychophysical stuff"（精神物理材料）。就其最粗糙的经验层面而言，文学和诗歌中的气指吟诵发声时所发出的气息，这种气的流通关系到气在中国生理学的主要功能；它既是外在世界的也是身体里的力量（在经脉里流转）。气有其物质的（或假物质的）层面，但它总是同时意味着"能量""活力"或"推动力"。在朱熹哲学里，"气"指物质中的那种纯化的动力的元素，它出现在那个由"理"构成的世界里。每个人都有气，但气的功能不直接受制于意志，它只能被"养"、被"积累"。在批评作品中，"气"有时被说成一个整体性范畴（比如"有气"），虽然它的意思通常指一个作品有强大的生机勃勃的"气"。有时，"气"被划分为两种完全对立的性质，最常见的对比是"清气"和"浊气"。另外一些时候，"气"也可以介于两个极端倾向之间，比如介于"舒缓之气"或"火暴之气"之间，类似于气质风范。请特别参考曹丕的《典论·论文》。相关的讨论见 David Pollard,"*Qi* in Chinese Literary Theory"（《中国文学理论中的"气"》），pp. 43-66。

质 一篇作品的"content"（内容）、"substance"（实质、要义），与"文"构成一对。"质"也用以指某种简单直接的风格，也就是以最少的铺张和修饰直接指向事物的核心。"质"是存在的，但它通常不是作家的意图或概念意义上的"内容"。作家的意图是对"质"的个人理解或设计；而"质"是"事实"。

志 "to be intent upon"（专注于或决心于）、"what is intently on the mind"（内心专注之物或怀抱）。传统词源学对"志"的解释是"心之所之"。它经常让人联想到政治上的"雄心"，或"价值""目的""目标"等的道德意义。可是，"志"在诗歌中的使用更为宽泛，内心中那些强烈的、自发的东西皆为"志"。"志"既是心的内容也是主体与该内容的关系。在《诗大序》中，"志"是表达之前的、与诗有关的东西，外化为语言，则为诗。详见《诗大序》一章的讨论。

知音 字面意思是"一个知音乐的人"，他知道一首诗或一段音乐的创作者是怎么想的，并通过其想法知道该诗或音乐的真正意味。"知音"一词出自一个著名的逸事（见《列子》，又见《吕氏春秋》），该词很快被引申为"懂得朋友"，也就是能通过各种外在迹象捕捉到朋友的真实本性。《文心雕龙》用"知音"一词来描述文学作品的"批评家"或"理想读者"。

景 "scene"（景象、景色、场景），外在世界的一个特定的景。它经常指在某个特定时间从某个特定地点见到的景，因此它暗示主观视点；但是，它也经常从一个较宽泛的意义被使用，大体相当于英语"scene"一词的情况。一个"景"暗示出观者所在之点，但"景"这个词特指独立于主观态度的外在世界的层面；在后一种情况下，"景"是"情"的对立和补充。不管怎样，每一个景都意味着针对该景的某种特定的情。特别参考《夕堂永日绪论》。有关讨论见 Wong Sui-kit《王夫之文论中的"情"和"景"》一文，第 121—150 页。

境 "world"（世界、领域、界），一个经常跟"景"互用的词。"境"强调连贯的整体，而"景"强调该世界的特定外形（configuration）。在古典批评的后期，出现了复合词"境界"，该词指由一首诗或一组诗所唤起的对某个世界的连贯性、整体性印象。

情 "affections"（感情）、"emotions"（情感、情绪）、"subjective disposition"（主体的或主观的性情、倾向）、"circumstance"（情况）。这是一个极其宽泛的词，由它构成的复合词的意思要相对严格一些。有些时候，"情"指那种强烈的情感，相当于"passion"（激情、热情）。"无情"既可以指浪漫情境中的"冷漠"，也可以指"冷静"，即感知不受主观色彩的干扰。"情绪"指特定对象或体验所激发的感受。一般而言，"情"比"emotions"（情感、情绪）和"passion"（激情、热情）更为宽泛。诗的一行、一个对句或整首诗的"情"指一个陈述或描述的主观色彩；或者指一种内心（或暗示内心的一种活动）是被谈论的对象。其他时候，"情"指一个主体的主观性或主体的本性，在这个意义上，"情"与"性"十分接近，二者在词源上有关系。因此，"情"既指特定情况下的"主观状态"，也指某个人的主观性情，除此之外，它也是一般意义上的"主观性"或人的"情感"的一般范畴。"情"通常与"景"构成一对。叶燮的《原诗》引出了该词的另一个用法，即"情况"或外在事物依情况而定的特性。详细讨论见 Wong Sui-kit《中国文学批评中的"情"》一文。

趣 "interest"（兴趣）、"excitement"（兴奋），诗歌的某种难以捉摸

的魅力，或直接的感染力。有时译作"flair"（天分、天资）。

法 "rule"（法则）、"regulation"（规则）、"method"（方法），中文里的"law"（法律）也用这个词。在宋及宋以后的文学批评中，作诗之"法"，也就是可以在作品中观察到的"法则"，变得特别重要。有一般性的"法"，每个诗人、每一首诗作（凡是有"体"的事物）都有自己的"法"。例如人们认为杜甫有自己的"法"，甚至从一个更严格的意义上说，他作七言律诗也有自己的"法"。虽然对"法"的重视在某种程度上只是出于解释的方便，为了让一个学生明白杜甫为什么要这么写，但是，"法"最终主要被理解为生产意义上的"法"，它向学诗的后生许诺，抓住杜甫的"法"，就可以写出杜甫那样的诗。"法"成了诗歌教学中的一个习语，批评家不假思索地使用它。可是，叶燮在《原诗》里对它做了重新解释，按照他的说法，"法"是"有机法则"，它取决于一首特定诗作的特定性，只能在特定情况下的特定操作之中观察得到；换句话说，虽然我们从一首诗中可以观察到"法"，而且我们可以认为"法"是必要的，但是，"法"不能作为创作方法来使用。

风 这是一个棘手的词，许多语义层面在这里交集。就其类属概念而言，"风"是《诗经》"国风"的简称，因此，"风"指"国风"类诗作。在后世批评术语中，与"国风"有些相似的诗作（例如在样式上或所谓的作诗意图上与之相似）经常被称作"风"。"风雅"一词泛指一般意义上的诗歌传统。"风"有时也被理解为"讽"，即"讽刺"：使用"风"这个词经常意味着使用该词的人认为该诗存在某种社会或政治批评意图。草因风而倒是一个常用隐喻，由于这个隐喻（加之"风"具有引发社会变化的力量），"风"经常带有"影响"或"感染力"之意。作家所谓"古诗人之余风"既指古诗的存活，也指古诗的文学或文化影响。"气"可以鼓动起一首诗，可是，向外发动并引发外物的"气"则成了"风"。"风"用作描述词，例如在《文心雕龙》"风骨"篇，指文本的鼓动力，也就是文本"感发"或"动人"的力量。相关讨论见 Donald Gibbs, "Notes on the Wind: The Term 'Feng' in Chinese Literary Criticism"

(《释风：中国文学批评中的"风"》), pp. 285-293。

象 一个事物的常规的视觉图式（schematization）或这种图式化过程中的一个观念（例如《易》中的一个变化阶段或卦象）的体现。按照新道家王弼在《易》"明象"章的说法，"象"是概念（"意"）和语言之间的必要中介。"象"既非特定事物（虽然可以感觉到它就在特定事物之中），亦非事物的观念，它是对常规的事物的一种感官图式。南宋以来，文学中的"象"越来越强烈地与"外貌"联系起来，因此该词有时被不准确地用来指现象世界，例如"象外"暗示感官世界之外，"万象"指感官世界的一切现象。

心 意识的场所，既是情感能力也是推理能力的场所。人们经常说"心"只有一寸，如"方寸"之心。

兴 "stir"（兴发）。"兴"的用法跨越从"感"到"应"的整个范围：外物"兴"发人，受到兴发之后，发生在人身上的东西也是"兴"。"兴"可以指对一首诗的反应，一首诗也可以用来"兴"，也就是激发读者的反应。在围绕着《诗经》发展起来的解释传统中，"兴"指能激发读者特定反应的"有感发力的意象"。在这种兴发作用中往往可以发现某种潜在的隐喻关系，但是，传统批评家所理解的"兴"不同于隐喻，"兴"与"隐喻"或"比"的不同在于，"兴"与它的感发之间的关系是隐秘的。"兴"是意象和被兴发的情感之间的相互作用的关系，而不是一种指涉性的"符号"。因此，"兴"可以恰当地跟艾略特（T. S. Eliot）的"客观对应物"（objective correlative）概念联系起来。"兴"还代表《诗经》中的一个类型，它把那些以"兴"法为主的诗歌归为一类。特别参考《文心雕龙》"比兴"篇。关于"兴"在《诗经》中被使用的情况，参考Paulin Yu（余宝琳）*The Reading of Imagery in the Chinese Tradition*（《中国传统意象读法》）一书，pp. 57-65。

性 "individuating nature"（个性化的天性），使一个个体或一类个体区别于他者的内在特征。你可以用"性"指一般性概念，也可以谈论"人性"；你可以说某种特定的"性"属于某种性格类型；一个人也可以说他自己的"性"是完全个性化的（虽然其说法仍参照某种标准类型）。"性"可以始终以"nature"对译，虽然英文中的"nature"一词更为宽泛，它包含若干迥然有别的语义层面，其中只有一种是"性"。特别参考《文心雕龙》"体性"篇。

虚 "empty"（空的）、"plastic"（可塑的）。"虚"的反义词是"实"。它相当于英文"empty"一词的通常意思，除此之外，它还有"可塑的"之意，也就是说，随所遇"实"物或容器的形状而改变自己的形状。在诗学中，"虚"是"情"的属性（把自己投身于外物，像水入容器一样，外物是什么形状，它就是什么形状）。有些带有主观印记的句子或段落被称为"虚的"。这些所谓"虚"句往往包含"虚字"，也就是起语法作用的小品词，在一个陈述中，它们标示出人的意识在某种状态中的调停，因此给句子赋予一种主观色彩。例如"已"（already）字的使用暗示某种时间上的比较和期待的意味，这样一来，就造就了一个标准的"虚"句。特别参考周弼的《三体诗》序。不可思议的是，在一些复合词如"清虚"中，"虚"可能指冷静以及艺术的距离感。

化 表示"change"（变化）的众多词语中的一个。"化"经常作及物动词用，或带有及物之意；它有时被用在政治和伦理语境里，指圣人或一国之君对百姓（甚至自然界）的教化。

感 "stir"（感发），它既是及物的即"感发某物"，也是被动的即"被感发"。在诗学里主要使用其被动意思。"感"是一种相遇作用，它经常是某种自然联合的结果，或主体与所遇物之间的同情式共鸣。必须注意"感"和"应"的区别，前者指相遇中的接受性，后者指对感发的"回应"，先感而后应。复合词"感应"描述了诗歌发生的基本过程——对世界体验的一种反应。相关讨论见 Munakata Kiyohiko, "Concepts of *Lei* and *Kan-lei* in Early Chinese Art Theory"（《早期中国艺术理论中的"类"和"感类"概念》），pp. 105-131。

格 "格"有两个主要意思，一个与方式风范（manner）有关，一个与结构体式（structure）有关。风格意义上的"格"兼具"特点"和

"manner"的一般意义，它是总体特征，是一个人或诗歌类型的标志，在这个意义上它接近英文"style"（风格）的一个语义。你可以说一个诗人或一首诗具有某种风格（它是一个常见类型）；你也可以从一般意义上来使用"格"（事物可以有"格"）。"格"的第二个意思即"正式结构的一个样式"或一种"固定格式"，用于技术诗学，指符合标准格式和诗体。

骨 你可以说一个文本有某种独特的"骨"；或一个文本不具备或缺少"骨"。"骨"可以指结构上的一部分，相当于英文中所谓"argument"（论据）部分。但是，必须注意，它与那种固定的严格结构概念不同，因为"骨"允许文本中的活跃因素和变化，就像身体中的骨骼活动一样。"有骨"指文风硬朗、节俭，论据精确、有力。"乏骨"指文风虚浮、臃肿，缺乏目的、力量和方向。特别参考《文心雕龙》"风骨"篇。

类 "category"（类型）、"categorical analogy"（类比）。中文中的"类"指同属一类或天然共有某些属性的一系列事物。这种情况在英文里经常被视为"analogy"（类比）；换句话说，在西方传统里，如果两个术语不被视为属于同一类，即使它们具有相同的属性，它们的关系也只是类比关系。在考虑"类"的用法时，应当时刻记住这一点，也就是说，一种在英文里似乎只是类比的、反思性的或文学的关系，但在中文里却被毫不含糊地确认为自然关系。有关讨论见 Munakata Kiyohiko 的 "Concepts of *Lei* and *Kan-lei* in Early Chinese Art Theory"（《早期中国艺术理论中的"类"和"感类"概念》），pp. 105-131。

理 "principle"（原则）或"natural principle"（自然原则）。"理"是中国哲学的一个核心概念，它在不同时期的确切内涵一直是争论的焦点。为方便起见，概括地说，"理"既是世界的历时结构也是其共时结构之下所潜藏的原则；换句话说，"理"既是"事物为何如此"之"理"也是"事物如何演进"之"理"。有统一的"理"，统一的"理"无所不包，一切事物尽在"理"中。也有个别之"理"，每一个事物或一类事物都有自己的"理"。"理"就在现象世界之中，它在经验中被体察，诗也来自经验，所以也可以在诗中被体察。因此，在诗歌中，它有时是英文"meaning"（意义）一词的对应物，它是写作中的动机（传达"理"），也是阅读中的认识目标。不过，应当强调的是，中国阅读理论不像西方阅读理论那么看重"reading for meaning"（为意义而阅读）。

丽 "beautiful"（美丽），与"俪"（"成对的"或"偶对"）关系密切。在西方美学传统中，"beauty"（美）的历史十分复杂，英语读者一定要当心，不能把自己对"beauty"的认识带到这里，中文里也谈论文学的"丽"和"美"，但它们根本不是重要概念。人们经常把"丽"视为诗和赋的主要特征，但是，"丽"是一种感官之美，而非美学意义上的形式之美。

妙 "fine"（美妙）、"subtle"（微妙）、"fine points"（妙处）。在词源上有若干与"妙"发音相仿的词，包括"眇"，以观察不易察觉的事物（由于距离或大小的缘故）。作为美学上的概念，"妙"指优秀，善于捕捉细节，后来引申为自然运作或人的情绪之中的精妙之处。跟英文中"fine"一词的情况差不多，"妙"在后期古典批评中成为表示嘉许的常用词，虽然由它构成的复合词经常保留着它的一些更精确的意思。

比 "comparison"（对比）、"simile"（明喻），字面意思是"apposition"（并置）。我们喜欢把"比"视为"metaphor"（隐喻），但是"比"在适用范围上比"隐喻"的现代用法要严格得多，而且它在中国传统中的重要性远远比不上"隐喻"在西方传统（包括古代和现代）中的重要性。"比"主要用于明喻，通常见于名词之间的比较。"比"与其同源词"喻"合用，以描述"喻旨过程"（allegorical reference）或"题旨过程"（topical reference）；也就是间接指涉政治的或个人的情境。在《文心雕龙》里，刘勰把"兴"从"比"里区别出来，按照他的说法，"兴"的运作是隐秘的，它的根基是"情"；而"比"的运作是明显的，它的根基是"理"。

变 "mutation"（变异），是众多表示"change"（变化）的词语中的一个。"变"经常暗示某种规范或原初状态正在经历变化。"variation"（"变体"或"差异"）一词暗示围绕某一标准发生的多种变化，与此不同，"变"暗示那种逐渐远离规范或原初状态的阶段性变化。像英文"mutation"一词一样，"变"所说的变化过程参照的是规范或原初状态。尽管用"mutation"一词译"变"比较笨拙，有时甚至愚蠢可笑，但我仍采用了这个词来翻译，希望读者时刻记住，该词指的是那种特殊变化，尤其当它在文学理论里作为一个技术概念出现的时候。"变"有时还带有否定意味即"衰变"。见"正"。

神 "spirit"（精神）或"divinity"（神圣）。该词起初用于"神"或"上帝"，但很快就被转用于人的精神层面。想象活动通常被理解为"神"的运作；一个丰富的或不可思议的想象与"神"（跨越遥远的距离）的情形大致相仿。后世诗学经常用"神"来描述美学体验中的那种躲避理性分析的神奇境界，如"入神"一词，它最早出现于《易·系辞传》，后来在严羽的《沧浪诗话》中被奉为诗的最高价值。参考《文心雕龙》"神思"篇。

实 "solid"（实的）、"actual"（实在的）。有时与"虚"构成对立，指确定的形式的那种固定性（与之形成对照的是"虚"的"可塑性"）和"景"的外在实在性（"景"中的情感色彩则是"虚"的）。说一个句子是"实的"，也就是说，它描述了外在世界，其中没有使用虚字，因此它的描述也就不会屈从于主体对它的感受或解释。"实"的早期用法可以用《文心雕龙》中的一个例子来说明，刘勰说"才力居中，肇自血气；气以实志"。也就是说，"志"本来是虚的，它不过是自我和某个计划或目标之间的紧张关系；这个虚的关系贯注了"物质力量"即"气"，才变实了；必须通过这样一个过程，"志"才变得确定、有力和实在。特别参考周弼的《三体诗》序。

势 "inertial form"（惯性状态）、"momentum"（势头）、"force"（力量）、"vector"（矢量）、"natural bent"（自然倾向）。"势"有时指基于一种胁迫性的而非伦理性力量的政治力量。它的基本意思"力量"逐渐被引申到各个领域。"势"是军事理论中的一个重要概念，用来描述战争形势的变化。"势"也可以指潜藏能量或"力道"的某物的形状或姿态。例如，你可以说一座山有"势"，飞天之势或压河之势。我们可能经过思考确认这种特性最终取决于观景人怎么解释这个景，可是，跟这个反思出来的真理相比，更为重要的是这样一个事实——事物的"势"直接展现给观者，好像"势"就在事物或"景"之中。在进入文学力量之前，"势"是书法理论的一个重要概念，书法中的每一笔似乎都内含一种"惯性状态"或"力道"。"势"也可能是"自然倾向"，因为它的"力量"是事物与其环境之间相互作用的内在特征。"势"也可能是一个完整运动的方向性（好比飞在中途的箭）。因此，在文学文本中，"势"有时指运动"样态"，即特定的"体"自然展开的方式。其他时候，"势"指运行在文本之内的运动的特点，可以用英文"structure"（结构）一词来描述（虽然读者必须牢记，"势"指一种运动的特性，而非一套实体化的关系）。特别参考《文心雕龙》"定势"篇。

事 "event"（事件）、"occurrence"（事件的发生、出现）、"matter"（事物）。技术诗学中所谓"用事"不过指提到某故事、某历史事件，或以前的某作家所采取的某个立场（不同于引文）。可是，在以叶燮《原诗》为代表的理论探讨中，"事"的意思更为普泛也更带哲学意味。在叶燮看来，"事"是外在世界的某物的特定"发生"（与一般意义上的"理"形成对照），它有助于确定一首诗的"法"即必要的"法则"。

数 字面意思即"number"（数字），它在《文心雕龙》里的用法近似于"秩序"或"理"，也就是说，"数"是一定的，既已划分成一定的"数"（划分、陈列出各种类型），就不能再进一步划分了。

色 "color"（颜色）或"visage"（面貌）。"色"指事物的视觉层面，它不受制于形式，虽然事物的形状也可以被描述为"色"。例如刘勰说"绘事图色"，也就是说"色"（而不是可见的形式）是绘画的媒介，这有点像印象画派的作品是界限不明的色块的集合体。"色"也是万事万物的迷人外表，它让人强烈联想到感官诱惑甚至性的诱惑，因此，"好色"成了纵欲、淫荡的经典代称。在那个描述诗歌的纺织隐喻里，"色"扮演了一个多少有些不同的角色。"本色"指事物的本真面貌，每一种文体、时代、诗人都有"本色",也就是内在于它/他/她和与之相符的特性。"本色"允许发展,但是,过度发展或加入不恰当的"色"会破坏"本色"。染色自然成了最常用的隐喻,红加蓝得紫尚可,黄、绿、褐和灰加在一起就浑浊不清,丧失本色了。同理,一个文体、时代或人的本来特性也可以改变或改善,但有限度。特别参考《文心雕龙》"物色"篇。

思 "thought"(思想)或更确切地说是"thinking"(想),经常带有"longing"(渴求)或"desire"(欲求)之意。"思"不同于推理;它是一般意义上的心的能力或活动,绝不能与情感脱节。它很少被实体化为"有思想"意义上的"思想"。

道 "way"。"道"的概念无处不在,且难以捉摸,它在中国思想中的角色实在太大,三言两语说不清楚。有所谓儒家之道、道家之道、佛道、诗道,几乎每一种人类活动皆有自己的道。应当强调,"道"不是一堆思想、信条或法则,它是需要遵循的道路或事物自行其道。如果说"道"是存在的,那么,它的存在是潜在的,或被实践的。

德 "inner power"(内在力量)、"virtue"(美德)。"德"是一个棘手的概念。按传统说法,"德"与"得"同源。"德"是一种力量,经常是一种道德力量,它内在于一个人或一个实体之中,有了"德"的力量,一个人或一个实体就能够自然而然地感染或影响他人或外在世界。刘勰谈论"文德":它是"文"的内在力量,借助"文","德"就显现在世界之中。

体 "normative form"(标准或规范形式)、"embodiment"(体现)、"body"(身体)。你可以用"体"这个词来谈论"人体",但谈论特定的某个人的身体,人们通常不说"体"(除非谈论某种标准的"体")。一种特定的"性"即"个性"在一种相应的"体"中显现出来。在中国文学思想里,"体"是一个常用概念,在"体"的内部有若干区分,有些区分在西方文学思想里也是必须区分的,可还有一些区分则不见于西方文学思想。例如在文体里,诗歌、耒、书信等都被称为不同的"体"。根据主题或场合来划分的"亚文体"也是"体",例如离别诗、宴饮诗、秋思诗。"体"也可以指一个大类之下的特殊诗体，这个大类囊括了许多亚文体，表现为各个层面，如律诗及其子类如五言诗、七言诗都是"体"。既然用法如此宽泛，英文中那个比较含糊的词"genre"（文类）庶几可以对译；但是，"体"兼有英文"style"（风格）一词的一个方面。"体"带有标准风格之意，例如古代风格也可称作"古体"。这首诗或那首诗的风格不称"体"（虽然体现在一首具体诗作的某一类标准风格也可以识别出来）。作为一种标准性的而非特定风格的代名词，"体"可以描述一个作家的整体风格或一个时代的风格。最后，"体"也可以描述人的行为和性格特征，即典型做派或举止风范（manner）。总之，"体"是"标准形式"，人们重视这个概念，这说明人们对识别寓于个别之中的标准感兴趣。"体"究竟指文类、亚文类，还是风格，可以根据语境和由"体"构成的复合词来判断，但"体"字单独出现，则无法辨别它的具体所指。特别参考《文心雕龙》"体性"篇。

　　采　"coloration"（色彩），明快、多色彩的图案，它是一个文本的感染力的组成部分，类似"rhetorical flourish"（修辞的华丽），只不过它不带有"修辞"一词的现代用法通常所携带的那种贬义或操纵之意。放到内外特征的标准对比之中来考虑，"采"绝对属于外在特征，它是一种感官魅力和感染力。跟"风"的感染力相比，"采"不具有前者那种伦理意图或情感交流。特别参考《文心雕龙》"情采"篇。

　　才　"talent"（天才），一种天赋，与它的另一个写法"材"（"木材""材料"）大体一致。多数情况下，"才"是有数量的，每个人皆有固定的才量。可是，叶燮在《原诗》里提出了反常情况："才"是可以增加的。特别参考《沧浪诗话》中有关"才"的讨论。

　　造化　"creation"（创造），有时拟人化为"Creator"（造物主）。考虑到"creation"一词在西方传统中演化出来的意义，以它来译"造化"或许不太合适。"造化"不是一种有预先打算的纯自觉的创造，而是指让世界的结构变化得以发起并持续进行。虽然谈论"造化"的时候常常离不开起源，但"造化"是持续的、正在进行之中的，而西方意义上的

"creation"是已经完成的。如果"造化"停止了（中国传统中没有这方面的末世论），那么，世界也就停止了。把诗人或诗歌比作"造化"有点像西方把作家创造文学比作上帝创造宇宙，虽然后者如今已成了死喻。可是，西方的宇宙观与中国的宇宙观不一样，因此，把"造化"运用到文学之中在中国语境中的意味是大不相同的。应当补充的是，尽管诗歌与造化的联系逐渐成了诗学里的老套，但它始终没有变成"creation"那样的死喻。

通 "continuous passage through to some point"（朝向某个定点的持续不断的通道）、"continuity"（连续性）、"communicate"（沟通）、"comprehend"（领悟，既是"容纳"意义上的也是"理解"意义上的）、"to make understood"（使某物被理解）。"通"指从一个阶段、立场或时间通向另一个阶段、立场或时间。它经常与"塞"构成一对。此外，按照刘勰的说法，"通"有时与"变"形成对照，指"连续不断"，它描述的是文学长期保持不变的那些因素。特别参考《文心雕龙》"通变"篇。

自然 被译作"nature"的若干词语中的一个。"自然"的直译应当是"so-of-itself"，也就是说事物该是什么样就是什么样，事件该怎么发生就怎么发生，因为它们刚好就是这样的。注意它跟"性"的区别，后者是一个实体的天然特性。一种特定的"性"会遵循一定的发展过程，并根据"自然"即更大的原则，表现出一定的特点。

辞 表示"language"（语言）的若干词语中的一个。多数表示"语言"的中文词使用得都不够准确，而且意思多有重合之处，虽然每个词的侧重点略有不同。"辞"强调表达的外在层面，即确定的形式。针对不同的语境，该词被译为"diction"（用词）、"phrasing"（措辞）或干脆译作"utterance"（表达）。"辞"有时带有"修辞性"的意思，也就是一种有助于或者妨碍了基本内容交流（"通"）的华丽。

味 "flavor"（味道），描述文本的美学体验的一个占主导地位的隐喻。围绕着"味"有一系列表示味觉的词汇。理论家喜欢"味"这个词的主要原因是：它可以把大量有共同点的范畴（如"咸"或"酸"）囊括进来，也可以容纳每一种味道的精细而具体的特性。"味"的另一个魅力在于品尝之后仍不消散，正如阅读之后，文本的味道尚存，而后发生变化，渐渐淡化。中国理论家所谈论的"味"不是那种针对文本"意义"的独立出来的反思活动，而是阅读结束之后文本在头脑中的那种"持续性"，文本的意味逐渐敞开。特别参考司空图《与李生论诗书》，见第六章。

文 "pattern"（花纹、样式）、"literature"（文学）、"the written word"（书面文字）。"文"起初指一块玉石上的"花纹"，很快就引申为一般意义上的"花纹或样式"。"文"指一个国家的文化、修养、学识、政务等方面，它的对立面是"武"。天之"文"指天文学上的天文或星象；地之"文"指地形、地貌；与之相应的人文是文学或更宽泛意义上的文化。"文"有时就是书面语。在5世纪，"文"区别于非文学散文（当然是中文意义上的"非文学"而不是西文所谓"non-literary"）；有时"文"就是"散文"的代名词，与诗歌相区别。在那个一再出现的树的隐喻里，"文"是树叶的可见的外在形貌，如果仔细观察，从中可以看出藏在下面的树干和树枝的样子，也就是说，"文"是"质"或"理"的有机的外在显现。特别参考陆机《文赋》和《文心雕龙》"原道"篇。

物 "thing"（事物）、"phenomenon"（现象），后来又指"other"（他物）。"物"的指涉范围囊括了从"动物"到"物体"到一切"意识的对象"。英文"object"（事物、东西、物体；对象、客体）一词在语义范围上与"物"最为接近（但"东西"意义上的object不包括"动物"）。

雅 "dignity"（尊贵）、"elegant"（优雅）、"gracious"（端庄）。"雅"是《诗经》诗歌中的一个大类，庞德（Ezra Pound）当年把它译为"elegentiae"。"雅"作为风格范畴指高贵、节制以及古雅（后者保证了文学不受时间限制和超越时尚的能力）。"雅"的反义词是"俗"——"mundane"（世俗）、"uncouth"（粗笨）、"commonplace"（平常、陈腐）、"vulgar"（粗俗）、"popular"（流行）、"low"（低级）。

意 "concept"（概念）、"idea"（想法）、"meaning"（意义）。"意"是诗学中最难翻译的一个技术概念，因为它不可思议地囊括了若干截然不同的英文概念。"意"的语义范围非常之广："意"是对材料的巧妙解释（很像文艺复兴后期的"concetto"这个概念），也是"一般情况"（来自某种特殊观察的推论或特殊观察的基点），甚至还是"重要"和"意义重大"。"意"通常被说成是发生在意念而非世界之中。它经常是给意识数据赋予关系的一种活动。例如，诗人看见开放的花朵并感到微风吹过，根据这两个感官事实，他得出了暮春时节花会衰落及其同类情况的暗示，这就是"意"，即感官事实的解释性关系。表达出来的"意"就是从个别之中推演出的一般范畴，如"暮春"。该诗只提到花和微风，读者从中读出诗人之"意"。"意"有时是"意图"或"意愿"，它用于文学通常总是携带某种意图性。另外一些时候，"意"泛指"某人思考事物的方式"。与后一用法有关的复合词如"古意""古题"（诗歌中的一个亚文类）。

义 "a truth"（一个真理）、"duty"（义务）、"righteousness"（正义）、"principles"（理）、"significance"（意味），有时还是"meaning"（意义）。"义"与"意"经常可以互换，二词在宋代成了同音词。"义"是"一个真理"意义上的"真理"，它适用于人类和广大的宇宙而非物事，你可以说树有"理"，可是，水随物赋形的事实既有"理"也有"义"。"意"主要发生在内心；而"义"虽然可以被心发现，但它外在于心。你可以说一个诗人有"奇意"（奇特的概念），但你绝不能说一个诗人说出了"奇义"（奇特的真理）。以"a truth"译"义"有时不合适，于是我选择了不同的词，其中包括"significance"（意味）。

应 "response"（反应）。见"感"。

游 "roam"（漫游）、"wander freely"（自由闲逛）。虽然"游"不是一个重要的技术词汇，但它经常出现在文学讨论中。它是动词，表示漫无目的地闲游。

参考书目类编[1]

I. 中文和日文资料

以下参考书目收录了本书提到的中国文学思想的通论性著作和部分学者的研究性著作。在所有的参考书目中都有一些不言自明的知识,那些想查阅并有能力查阅这些资料的读者自然心知肚明,无需提醒。

中国文学思想(I.A.1)

蔡英俊《比兴物色与情景交融》,台北:大安出版社,1986年。
郭绍虞《中国文学批评史》,上海:上海古籍出版社,1956年;1979年重印。
黄保真、蔡钟翔、成复旺《中国文学理论史》(5卷),北京:北京出版社,1987年。
李泽厚、刘纲纪《中国美学史》(2册),北京:中国社会科学出版社,1986—1987年。这两册包括从古代到六朝的中国美学史。
林田慎之助《中国中世文学批评史》,东京:创文社,1979年。
铃木虎雄《支那诗论史》,1927年;重印:东京:弘文堂书房,1967年。
罗根泽《中国文学批评史》,上海,1958—1962年;重印:上海古籍出版社,1983年。只写到宋代。
敏　泽《中国文学理论批评史》,北京:人民文学出版社,1981年。
青木正儿《支那文学思想史》,东京:岩波书店,1943年。
松下忠《明清的三种诗学说》,东京:明治书院,1978年。
赵则诚等编《中国古代文学理论辞典》,吉林:吉林文史出版社,1985年。

---

[1] 原书在每一类下通常按字母顺序排列,所提中文人名、书名基本使用韦氏拼音。这里,中文部分按现代汉语拼音重新编排顺序;英文部分所提中文人名及书名仍沿用原书的拼音格式,如 Lu Ji 作 Lu Chi, Liu Xie 作 Liu Hsieh 等。

周振甫《诗词例话》，北京：中国青年出版社，1962年；1985年重印。

《中国文学批评史》，复旦大学中文系编，上海：上海古籍出版社，第一卷，1964年；第二卷，1981年；第三卷，1985年。

叶　朗《中国美学史大纲》，台北：沧浪出版社，1986年。

郁　沉《中国古典美学初编》，湖北：长江文艺出版社，1986年。

文选（Ⅰ.A.2）

宋元部分（Ⅰ.A.2.a）

蔡正孙《诗林广记》，二集，每集10卷，后集，1289年（元）。排印版，北京：中华书局，1982年。全名《精选古今名贤丛话诗林广记》，见 Yves Hervouet, *A Sung Bibliography*（《宋代文献书目》），香港：香港中文大学出版社，1978年，第455页。

胡　仔《苕溪渔隐丛话》，前集48卷，1148年；后集40卷，1167年。排印版，北京：人民文学出版社，1962年。见 Hervouet, *A Sung Bibliography*，第450页。

阮　阅《增修诗话总龟》，前集，48卷，1123年；后集（不是阮阅作），50卷，1167年。现存惟一的本子是有问题的明本（四库丛刊影印本，前集）。见 Hervouet, *A Sung Bibliography*，第449页。

王　构《修辞鉴衡》，元代作品。北京：中华书局，1958年。

魏庆之《诗人玉屑》，1244年首次刊行。排印版，上海：古典文学出版社，1958年；新版，上海：中华书局，1959年。见 Hervouet, *A Sung Bibliography*，第455页。此书有德文译本：Volker Klöpsch, *Die Jadesplitter der Dichter*（见Ⅱ.H.）。

技法诗学类（Ⅰ.A.2.b）

《格致丛书》，1608年。

《诗学指南》，序言，1759年；影印本，台北：广文书局，1970年。

诗话（Ⅰ.A.2.c）

丁福保《续历代诗话》，1915年；排印版，北京：中华书局，1983年，书名《历代诗话续编》，有作者索引。

丁福保《清诗话》，1916年；排印版，上海：中华书局，1963年。丁福保的本子不一定总是最好的。

郭绍虞《清诗话续编》(四册),上海:上海古籍出版社,1983年。

何文焕《历代诗话》,序言,1770年;排印版,上海:中华书局,1958年。Helmut Martin 为该书编了索引:*Index to the Ho Collection of Twenty-Eight Shih-hua*(《何辑诗话二十八种索引》),台北:中国资料和研究服务中心,1973年。该索引包括一个木刻本的校点重印本,并附有作者索引和词汇索引。中华书局版有作者索引。

唐圭璋《词话丛编》,南京,1935年;排印版,北京:中华书局,1986年。

现代辑录本(Ⅰ.A.2.d)

《古今诗话丛编》,台北广文书局刊行。早期版本的影印本,虽然有不少严重的文本问题,而且经常不清楚,但该书的优点在于重印了许多难得一见的本子,包括一些手抄本。

《历代诗史长编》,总编杨家骆,台北鼎文。

《中国古典文学理论批评专著选辑》,总编郭绍虞,人民文学出版社,自1960年到现在。收录了重要中国古代文论著作,全部是排印版,有时是批评本,有时是点校本。

现代选本(Ⅰ.A.2.e)

常振国等编《历代诗话论作家》(二册),长沙:湖南文艺,1986年。第一册选自宋和宋以前,第二册选自宋以后。

龚兆吉《历代词论新编》,北京:北京师范大学出版社,1984年。

《古典文学研究资料汇编》,于1961—1964年由北京中华书局出版,一度中断,近些年又继续。该书收录了对历代诸多作家的传统评注:曹氏父子、陶潜(二册,一泛论,一论诗歌)、杜甫(截止于宋)、白居易、韩愈、柳宗元、杜牧、黄庭坚和江西诗派(二册)、陆游、杨万里、范成大,以及《红楼梦》。

郭绍虞《中国历代文论选》,北京:中华书局,1962—1963年,后经常重印。

《历代诗话词话选》,武汉大学中文系编,武汉:武汉大学出版社,1984年。

《宋金元文论选》,人民文学出版社,北京:人民文学出版社,1984年。

谭令仰《古代文论萃编》(二册),北京:书目文献出版社,1986年。

王达津、陈 洪《中国古典文论选》,沈阳:辽宁教育出版社,1988年。

吴世常《论诗绝句二十四种辑注》,西安:陕西人民出版社,1984年。

郑 奠、麦梅翘《古汉语语法学资料汇编》,北京:中华书局,1972年。

郑 奠、谭全基《古汉语修辞学资料汇编》,北京:商务印书馆,1980年。

周维德《诗问四种》，济南：齐鲁书社，1985年。

《中国古代文艺理论资料目录汇编》，山东大学中文系编，济南：齐鲁书社，1983年。

《中国历代诗话选》（二册），中国社会科学研究委员会艺术理论研究组编，长沙：岳麓书社，1983年。从古代到元代。

《中国文学批评资料汇编》（二册），台北：成文出版社，1978—1979年。排印版，选自诗歌和古文（序跋、书信等）中的批评资料概览；不收录独立著作如《文心雕龙》、诗话、技法著作等，注明资料的出处。包括以下卷本：柯庆明、曾永义编《两汉魏晋南北朝文学批评资料汇编》；罗联添《隋唐五代文学批评资料汇编》；黄启方编《北宋文学批评资料汇编》；张健编《南宋文学批评资料汇编》；林明德编《金代文学批评资料汇编》；曾永义编《元代文学批评资料汇编》（二册）；叶庆炳、绍红编《明代文学批评资料汇编》（二册）；吴宏一、叶庆炳编《清代文学批评资料汇编》（二册）。

羊春秋等编《历代论诗绝句选》，长沙：湖南人民出版社，1981年。

叶光大等编《历代名著序跋选注》，兰州：甘肃人民出版社，1986年。

于忠善《历代文人论文学》，北京：文化艺术出版社，1985年。

论文集（Ⅰ.A.3）

《古代文学理论研究》，中国古代文学理论研究会的不定期刊物，总部在上海，始于1979年。

郭绍虞《照隅室古典文学论集》（二册），上海：上海古籍出版社，1983年。

陆侃如《陆侃如古典文学论文集》，上海：上海古籍出版社，1987年。

牟世金《雕龙集》，北京：中国科学出版社，1983年。

王达津《古代文学理论研究论文集》，天津：南开大学出版社，1985年。

王梦鸥《古典文学论探索》，台北：正中书局，1984年。

吴调公《古代文论今探》，西安：陕西人民出版社，1982年。

杨明照《学不已斋杂著》，上海：上海古籍出版社，1985年。

杨松年《中国文学批评论集》，香港：三联书店，1987年。

张　健《中国文学批评论集》，台北：天华出版事业公司，1979年。

张文勋《中国古代文学理论论稿》，上海：上海古籍出版社，1984年。

赵盛德编《中国古代文学理论名著探索》，桂林：广西师范大学出版社，1989年。

朱东润《中国文学论集》，北京：中华书局，1983年。

早期思想（Ⅰ.B.）

早期文学理论（Ⅰ.B.1）

郭绍虞《先秦儒家之文学观》，见《照隅室古典文学论集》，第一册（见Ⅰ.A.3）。
郭绍虞《兴观群怨说剖析》，见《照隅室古典文学论集》，第二册（见Ⅰ.A.3）。
郭绍虞《儒道二家论神与文学批评之关系》，见《照隅室古典文学论集》，第一册（见
　　Ⅰ.A.3）。
吕　艺《孔子兴观群怨本义再探》，见《文学遗产》1985年第4期。
阮国华《孟子诗说复议》，见《古代文学理论研究》9（1984年，见Ⅰ.A.3）。
萧华荣《春秋称诗与孔子论诗》，见《古代文学理论研究》5（1981年，见Ⅰ.A.3）
张　亨《论语论诗》，见《文学评论》6（1980年）。
张少康《论庄子的文艺思想及其影响》，见《古典文学论丛》3（济南，1982年）。
张文勋《孔子文学观及其影响的再评价》，见《古代文学理论研究》1（1979年，见Ⅰ.
　　A.3）。后收入张文勋《中国古代文学理论论稿》（见Ⅰ.A.3）
张文勋《老庄的美学思想及其影响》，见《中国古代文学理论论稿》（见Ⅰ.A.3）。
张文勋《乐记论中和之美》，见《中国古代文学理论论稿》（见Ⅰ.A.3）。
朱自清《诗言志辨》，收入《朱自清古典文学论文集》第一册，上海：上海古籍出版
　　社，1980年。该文是关于中国文学的一个最基本的概念的最重要的论文之一。

从汉到隋，包括《文赋》《文心雕龙》等（Ⅰ.B.2）

曹顺庆《两汉文论译注》，北京：北京出版社，1988年。
郭绍虞《文笔说考辨》，见《照隅室古典文学论集》，第二册（见Ⅰ.A.3）。
廖栋樑《六朝诗评中的形象批评》，见《文学评论》8（1984年）。
廖蔚卿《六朝文论》，台北：联经出版事业公司，1978年。
林田慎之助《裴子野〈雕虫论〉考证——六朝复古派研究》，见《日本中国学会报》
　　20（1968年）。❶

---

❶ 该文本为林田慎之助《中世文学评论史》第四章第二节；有中译本：陈曦仲译，周一良校，见《古
　　代文学理论研究》第六辑。据王运熙、杨明《魏晋南北朝文学批评史》，上海古籍出版社，1989年，
　　第266页，脚注（二）。

刘文忠《世说新语中的文论概述》，见《古代文学理论研究》3（1981年，见Ⅰ.A.3）。
逯钦立《说文笔》，见逯钦立《汉魏六朝文学论集》，西安：陕西人民出版社，1984年。
台静农《魏晋文学思想史论》，见《静农论文集》，台北：联经出版事业公司，1989年。
王梦鸥《贵游文学与六朝文体的演变》，见《古典文学论探索》（见Ⅰ.A.3）。
王运熙、杨　明《魏晋南北朝文学批评史》，上海：上海古籍出版社，1990年（见Ⅰ.A.3）。
杨明照《葛洪的文学主张》，见《学不已斋杂著》（见Ⅰ.A.3）。
袁行霈《魏晋玄学中的语言之辨与中国古代文艺理论》，见《古典文学理论研究》1
　　（1979年，见Ⅰ.A.3）。
张静二《王充的文学理论：从气的观念说起》，见《中外文学》70—71（1978年）。
张仁青《魏晋南北朝文学思想史》，台北：文史哲出版社，1978年。
张文勋《论六朝文学理论发达的原因》，见《中国古代文学理论论稿》（见Ⅰ.A.3）。
赵昌平《文章且须放荡辨》，见《古代文学理论研究》9（1984年，见Ⅰ.A.3）。论梁
　　简文帝。
周勋初《梁代文论三派述要》，见周勋初《文史探微》，上海，1987年。
周勋初《王充与两汉文风》，见上条。
朱荣智《两汉文学理论之研究》，台北：联经出版事业公司，1982年。
褚玉龙《裴子野文学思想论析》，见《古典文学论丛》3（济南：齐鲁书社，1982年）。

《典论·论文》（Ⅰ.C.）

　　《论文》的注释始于《文选》李善注和五臣注。在后来的《文选》学传统中可以见到一些重要的《论文》研究资料（见 David Knechtges 为他的《文选》英译本 *Wen Xuan, or, Selections of Refined Literature* 所作的序言，见Ⅱ.F.4）。现代评注本见于各种集子，其中最有用的如《魏晋南北朝文学史参考资料》（北京：中华书局，1962年）。《论文》的一个评注本又见，张怀瑾《文赋译注》（见Ⅰ.D.1）。

炳　宸《曹丕的文学理论》，见《文学遗产》232（1958年10月26日）。
陈植锷《曹丕文气说刍议》，见《文学遗产》1981年第4期。
王梦鸥《试论曹丕怎样发现文气》，见《古典文学论探索》（见Ⅰ.A.3）。
王梦鸥《曹丕典论论文索隐》，见《古典文学论探索》（见Ⅰ.A.3）。
秀　川《论曹丕的文学批评标准及有关问题》，见《古代文学理论研究》5（1981年，
　　见Ⅰ.A.3）。

志　洋《释齐气》，见《文学遗产》339（1960年11月20日）。

《文赋》（Ⅰ.D.）

注释（Ⅰ.D.1）

　　《文赋》的注释始于《文选》李善注和五臣注。在后来的《文选》学传统中可以见到一些重要的《文赋》研究资料（见 David Knechtges［康达维］为他的《文选》英译本所作的序言，见Ⅱ.F.4）。现代评注既有单行本，也见于大书，比如有一个很不错的评注本见《魏晋南北朝文学史参考资料》。

钱锺书《管锥编》（第三册），中华书局，1979年，第1176—1209页。
王靖献《陆机文赋校释》，见《文史哲》32（1983年）。该文以陈世骧的英译和徐复
　　观的注释为基础。
徐复观《陆机文赋疏释初稿》，见《中外文学》97（1980年）。
张怀瑾《文赋译注》，北京：北京出版社，1984年。
张少康《文赋集释》，上海：上海古籍出版社，1984年。

研究（Ⅰ.D.2）

郭绍虞《关于文赋的评价》，见《照隅室古典文学论集》，第二册（见Ⅰ.A.3）。
郭绍虞"论陆机《文赋》中所谓'意'"，见《照隅室古典文学论集》，第二册（见Ⅰ.A.3）。
逯钦立《文赋撰著年代考》，见《汉魏六朝文学论集》（见Ⅰ.B.1）。
牟世金《文赋的主要贡献何在》，见《雕龙集》（见Ⅰ.A.3）。
王梦鸥《陆机文赋所代表的文学观念》，见《古典文学论探索》（见Ⅰ.A.3）。
吴调公《文赋的艺术构思论》，见吴调公《古代文论今探》（见Ⅰ.A.3）。
张　亨《陆机论文学的创作过程》，见《中外文学》8（1973年）。
周勋初《文赋写作年代新探》，见《文学遗产增刊》14（北京，1982年）。

《文心雕龙》（Ⅰ.E.）

　　近年来《文心雕龙》的研究汗牛充栋。以下参考书目完全称不上全面，它们不过是标准研究著述的一部分和近期研究的一个取样。

注释和词汇索引（按年代顺序排列）（Ⅰ.E.1）

黄叔琳（以各种名字刊行）。这是现代之前的一个标准注本，1738年，1833年重刊，增加了纪昀的评注。该注本经常重印。黄注和纪评刊于《四部备要》，后以《文心雕龙集注》为名重印（北京：中华书局，1957年）。标准排印版《文心雕龙校注》（上海：古典文学出版社，1958年）。该本包括黄注以及清代学者李祥和现代学者杨明照的补注。

范文澜《文心雕龙注》，北京：人民文学出版社，1958年。第一次刊行于1925年，书名为《文心雕龙讲疏》，1929年、1936年以现在的书名重印。1958年的版本做了多处修订，有以下三种补正：斯波六郎《文心雕龙范注补正》，广岛：广岛大学出版社，1952年；❶ 王更生《文心雕龙范注驳正》，台北：华正书局，1970年；杨明照《文心雕龙范文澜注举正》，见《文学年报》1937年3月。

王利器《文心雕龙新书》，北京：巴黎大学汉学研究所，1951年。这是一个批评本，没有注释，书后附有王利器作的索引《文心雕龙通检》。另有《文心雕龙新书跋尾》一文，见《古典文学论丛》1（济南，1980年）。

刘永济《文心雕龙校释》，上海：中华书局，1962年。

李曰刚《文心雕龙斠诠》，台北：编译馆出版社，1982年。

杨明照《文心雕龙校注拾遗》，上海：上海古籍出版社，1982年。

姜书阁《文心雕龙绎旨》，济南：齐鲁社，1984年。

朱迎平《文心雕龙索引》，上海：上海古籍出版社，1987年。该书不是真正的词汇索引，它包括三部分：句子索引，书目索引，文学理论"重要"术语索引。索引对应书后所标篇名。

詹锳《文心雕龙义证》（三册），上海：上海古籍出版社，1989年。

白话注释本和翻译（Ⅰ.E.2）

白话注释本和翻译非常多，而且良莠不齐，以下仅举最重要的。

陆侃如、牟世金《文心雕龙译注》，济南：齐鲁书社，1981年，该书补充了此前的《文心雕龙选译》（济南：山东人民出版社，1962—1963年）；以及《刘勰论创

---

❶ 该文中译本（黄锦鋐编译）见《文心雕龙论文集》，学海出版社，1979年。据詹锳《文心雕龙义证》（下），上海古籍出版社，1989年，第1955页。

作》(合肥：安徽人民出版社，1963年)。

周振甫《文心雕龙注释》北京：人民文学出版社，1981年。该书有一篇很好的书评，陈新撰，见《文学遗产》，1982年第2期，第145—150页。

周振甫《文心雕龙选译》，北京：中华书局，1980年。该书与上书有些不同，大概是普及本。包括35篇最重要的篇章、一个简短的导论、白话翻译及注解。

祖保泉《文心雕龙选析》，合肥：安徽教育出版社，1985年。

日文翻译和注释（Ⅰ.E.3）

兴膳宏译《文心雕龙》，见《世界古典文学全集》(第25卷)，东京：筑摩书房，1968年。没有原文和注释。

目加田诚译《文心雕龙》，见《中国古典文学大系》(第54卷)，东京：平凡社，1974年。

户田浩晓译《文心雕龙》，见《新译汉文大成》，二册，东京：明治书院，1976年。

研究（Ⅰ.E.4）

《文心雕龙》的研究著述数不胜数。仅1981—1982两年的中华人民共和国的论著编目就需要10多页。以下不收论文，只收一部分著作。这里应该提到一份不定期出版物《文心雕龙学刊》，济南：齐鲁书社出版。

陈思苓《文心雕龙臆论》，成都：巴蜀书社，1986年。

杜黎均《文心雕龙文学理论研究和译释》，北京：北京出版社，1981年。

黄春贵《文心雕龙之创作论》，台北：文史哲出版社，1978年。

黄　侃《文心雕龙札记》，上海，1962年；重印，台北：文史哲出版社，1973年。该书历史复杂，对《文心雕龙》研究影响很大。

蒋祖怡《文心雕龙论丛》，上海：上海古籍出版社，1985年。

陆侃如、牟世金《刘勰和文心雕龙》，上海：上海古籍出版社，1978年。

马宏山《文心雕龙散论》，乌鲁木齐：新疆人民出版社，1982年。

王金凌《文心雕龙文论术语析论》，台北：华正书局，1981年。

王元化《文心雕龙创作论》，上海：上海古籍出版社，1979年。

王运熙《文心雕龙探索》，上海：上海古籍出版社，1986年。

兴膳宏《文心雕龙论文集》，济南：齐鲁书社，1984年。兴膳宏既是这个时段也是《文心雕龙》的大学者，他的文章见于日本各种期刊和纪念文集。上书是译成中文的兴膳宏的文集，由彭恩华翻译，还包括译者为兴膳宏的重要著作所作的书目。

徐复观《文心雕龙的文体论》，见徐复观《中国文学论集》（第三版），台北：学生书局，1976年。这是中国当代一位重要的美学家的一篇重要的长篇论文，第385—444页包含一系列关于《文心雕龙》的各种短论，名为《文心雕龙笺论》。

杨明照《学不已斋杂著》，见 A.3。

易中天《文心雕龙美学思想论稿》，上海：上海文艺出版社，1988年。

禹克昆《文心雕龙与诗品》，北京：人民出版社，1989年。

詹　锳《刘勰与〈文心雕龙〉》，北京：中华书局，1980年。

詹　锳《〈文心雕龙〉的风格学》，北京：人民文学出版社，1982年。

《二十四诗品》（Ⅰ.F.）

注释（Ⅰ.F.1）

杜黎均《二十四诗品译注评析》，北京：北京出版社，1988年。

郭绍虞《诗品集解》（还包括《续诗品注》等），北京：人民文学出版社，1963年。

罗仲鼎等编《诗品今析》，南京：江苏人民出版社，1983年。

吕兴昌《司空图诗品研究》，台北：宏大出版社，1980年。

乔　力《二十四诗品探微》，济南：齐鲁书社，1983年。

孙昌熙等编《司空图诗品解说二种》，济南：山东人民出版社，1962年；新版，济南：山东人民出版社，1980年。该书包括完整的孙联奎的《诗品臆说》和杨廷芝的《二十四诗品浅解》。

孙联奎《诗品臆说》，见上条。

王济亨、高仲章《司空图选集注》，太原：山西人民出版社，1989年。

杨廷芝《二十四诗品浅解》，见孙昌熙条。

赵福坛《诗品新释》，广州：花城出版社，1986年。

祖保泉《司空图诗品解说》，合肥：安徽人民出版社，1964年；修订版，1980年。以前的版本只有白话注释和翻译，修订版增加了对每一品的解说。

研究（Ⅰ.F.2）

江国贞《司空表圣研究》，台北：文津出版社，1978年。

吴调公《古代文论今探》,西安:陕西人民出版社,1982年。
祖保泉《司空图的诗歌理论》,上海:上海古籍出版社,1984年。

宋诗话(Ⅰ.G.)

郭绍虞《北宋诗话考》,香港:中文书店,1971年。重印了1937年和1939年发表于《燕京学报》上的论文,并附有关于南宋诗话的讨论。
郭绍虞《宋诗话辑佚》,北京:中华书局,1980年。
钱仲联《宋代诗话鸟瞰》,见《古代文学理论研究》3(1981年,见Ⅰ.A.3)
张葆全《诗话和词话》,上海:上海古籍出版社,1983年。

《沧浪诗话》(Ⅰ.H.)

注释(Ⅰ.H.1)
胡才甫《沧浪诗话注》,北京,1937年;影印本,台北:广文书局,1972年。
郭绍虞《沧浪诗话校释》,北京:人民文学出版社,1961年。

日文翻译(Ⅰ.H.2)
荒井健译《沧浪诗话》,见《文学论集》,载《中国文明选》,No.13,东京:朝日新闻社,1972年。
市野泽寅雄译《沧浪诗话》,东京:明德出版社,1976年。

论著和论文(Ⅰ.H.3)
陈国球《论诗论史上一个常见的象喻:镜花水月》,见《古代文学理论研究》9(1984年,见Ⅰ.A.3)。
郭绍虞《试测沧浪诗话的本来面貌》,见《照隅室古典文学论集》,第二册(见Ⅰ.A.3)。
郭绍虞《沧浪诗话以前之诗禅说》,见《照隅室古典文学论集》,第一册(见Ⅰ.A.3)。这是篇重要论文,比较了严羽之前的禅与诗。
王梦鸥《严羽以禅喻诗试解》,见《古典文学论探索》(见Ⅰ.A.3)。
吴调公《别才和别趣:沧浪诗话的创作论和鉴赏论》,见《古代文论今探》(见Ⅰ.

A.3）。

《严羽学术研究论文集》，福建师范大学中文系编，厦门：鹭江出版社，1987年。

张　健《沧浪诗话研究》，台北：台湾大学文史丛刊，1966年。

《三体诗》（Ⅰ.Ⅰ.）

村上哲见《三体诗》，二册，东京：朝日新闻社，1966年。

王夫之（Ⅰ.J.）

蔡英俊《比兴物色与情景交融》（见Ⅰ.A.1）。

戴鸿森《姜斋诗话笺注》，北京：人民文学出版社，1981年。

郭鹤鸣《王船山诗论探微》，见《台湾师范大学国文研究所辑刊》23（1979年）。

蓝华增《古典抒情诗的美学》，见《古代文学理论研究》10（1985年）。

刘　畅《王船山诗歌美学三题》，见《文学遗产》1985年第3期。

柳亨奎《王夫之诗评初探》，见《文学评论》8（1984年）。

钱仲联《王船山诗论后案》，见钱仲联《梦苕庵清代文学论集》，济南：齐鲁书社，1983年。

郁　沅《王夫之的诗歌艺术论概观》，见《古代文学理论研究》3（1981年，见Ⅰ.A.3）。

叶燮（Ⅰ.K.）

陈惠丰《叶燮诗论研究》，硕士论文，台湾师范大学，1976年。

成复旺《对叶燮诗歌创作论的思考》，见《文学遗产》1986年第5期。

霍松林《原诗》，北京：人民文学出版社，1979年。只有少量基本注释。

蒋　凡《叶燮和原诗》，上海：上海古籍出版社，1985年。

蒋　凡《叶燮原诗的理论特点及贡献》，见《文学遗产》1984年第2期。

蓝华增《言志派和缘情派的理论基础》，见《古典文学论丛》2（济南，1981年）。

张文勋《叶燮的诗歌理论》，见《古代文学理论研究》3（1981年，见Ⅰ.A.3）。

II. 英文书目选

通论（II. A.）

著作（II. A. 1）

Bush, Susan, and Christian Murck, eds. *Theories of the Arts in China*（《中国艺术理论》），Princeton: Princeton University Press, 1983. 论文集，其中一些文章将单列在下面。

Liu, James（刘若愚）. *Chinese Theories of Literature*（《中国文学理论》），Chicago: University of Chicago Press, 1975. 该书尝试超越单独处理一部作品的局限，把传统理论分成以下大类：玄学论、决定论或表现论、技法论、美学论和实用论。

Rickett, Adele, ed. *Chinese Approaches to Literature from Confucius to Liang Qi-chao*（《中国文学方法，从孔子到梁启超》），Princeton: Princeton University Press, 1978. 论文集，其中一些文章将单列在下面。

Tökei, Ferenc. *Genre Theory in China in the 3rd-6th Centuries (Liu Xie's Theory on Poetic Genres)*（《中国3到6世纪的文类理论（刘勰的诗歌类型论）》），Budapest: Akademiei Kiado, 1971.

Wong Sui-kit（黄兆杰）. "Ch'ing in Chinese Literary Criticism"（《中国文学批评中的"情"》），博士论文，Oxford University, 1969 年。

——. *Early Chinese Literary Criticism*（《早期中国文学批评》），Hong Kong: Joint Publishing Company, 1983. 翻译了从古代到六朝的一系列文论作品：《诗大序》、王逸《离骚序》、曹丕《论文》、曹植《与杨德祖书》、《文赋》、《文章流别论》选、李充的序言、沈约《谢灵运传》、《诗品序》、《文心雕龙》选段、萧纲《与湘东王书》、《文选序》。

Yu, Pauline（余宝琳）. *The Reading of Imagery in the Chinese Tradition*（《中国传统意象读法》），Princeton: Princeton University Press, 1987. 关于阅读传统的一个重要研究，包含许多译文。

论文（II. A. 2）

DeWoskin, Kenneth. "Early Chinese Music and the Origins of Aesthetic Terminology"（《中国古代音乐和美学术语的起源》），in Bush and Murck, eds. *Theories of the Arts in China*（见 II. A. 1）.

Munakata Kiyohiko. "Concepts of *Lei* and *Kan-lei* in Early Chinese Art Theory"(《中国古代艺术理论中的"类"和"感类"概念》).

Rickett, Adelé. "The Anthologist as Literary Critic in China"(《作为文学批评家的中国文选家》), *Literature East and West* 19: 146-165（1975）.

Robertson, Maureen. "Periodization in the Arts and Patterns of Change in Traditional Chinese Literary History"(《中国传统文学史上的艺术和样式变化的分期》), in Bush and Murck, eds., *Theories of the Arts in China*（见Ⅱ.A.1）.

早期文本（Ⅱ.B.）

Ch'en Shih-hsiang（陈世骧）. "In Search of the Beginnings of Chinese Literature Criticism"(《探寻中国文学批评之源》), in *Semitic and Oriental Studies: A Volume Presented to William Popper on the Occasion of His Seventy-fifth Birthday*(《闪族和东方研究：威廉·普伯七十五华诞纪念集》), University of California Publications in Semitic Philology 11. Berkeley; University of California Press, 1951.

Holzman, Donald（侯思孟）. "Confucius and Ancient Chinese Literary Criticism"(《孔子和中国古代文学批评》), in Adelé Rickett, ed., *Chinese Approaches to Literature*（见Ⅱ.A.1）.

Ma Yau-woon（马幼垣）. "Confucius and Ancient Chinese Literary Criticism: A Comparison with the Early Greeks"(《孔子和中国古代文学批评：与古希腊的比较》), in *Essays in Chinese Studies Dedicated to Professor Jao Tsung-I*.Hong Kong, 1970.

Shih, Vincent（施友忠）. "Literature and Art in 'The Analects'"(《〈论语〉中的文学和艺术》), C. Y. Hsu, tr. *Renditions* 8: 5-38（autumn, 1977）.

《诗大序》（Ⅱ.C.）

Wong Sui-kit, 见 *Early Chinese Literature Criticism* 中的译文（见Ⅱ.A.1）。

Levy, Dore J. "Constructing Sequences: Another Look at the Principle of Fu 'Enumeration'"(《建构次序：从另一个角度看"赋"的"铺陈"原则》), *Harvard Journal of Asiatic Studies* 46. 2: 471-494（1986）.

Van Zoeren, Steven. *Poetry and Personality: Reading, Exegesis, and Hermeneutics in Traditional China*(《诗歌和个性：传统中国的阅读、注疏和解释学》), Stanford: Stanford

University Press, 1991.

Wixted, John Timothy（魏世德）."The Kokinshū Prefaces: Another Perspective", *Harvard Journal of Asiatic Studies* 43. 1: 215-238（1983）. 除了详细讨论《诗大序》以外，论文还包括它向日本的传播，脚注 4 包括一个《诗大序》的翻译目录。

《典论·论文》（Ⅱ. D.）

全文翻译：E. R. Hughes. *The Art of Letters: Lu Chi's "Wen fu" A. D. 302*（《文的艺术：陆机的〈文赋〉》）（New York: Pantheon Books, 1951）, pp. 231-234; Ronald C. Miao. "Literary Criticism at the End of the Eastern Han"（《东汉末期的文学批评》）, *Literature East and West* 16: 1016-1026（1972）; 以及 Donald Holzman. "Literary Criticism in China in the Early Third Century A. D."（《三世纪初期中国的文学批评》, 见下条）Wong Sui-kit, *Early Chinese Literature Criticism*（见Ⅱ. A. 1）。

Holzman, Donald. "Literary Criticism in China in the Early Third Century A. D." *Asiatische Studien/études asiatiques* 18. 2: 113-149（1974）.

Miao, Ronald C. "Literary Criticism in China at the end of the Eastern Han", *Literature East and West* 16（1972）.

Pollard, David. *"Ch'i* in Chinese Literary Theory"（《中国文学理论中的"气"》）, in Adelé Rickett, ed., *Chinese Approaches to Literature*（见Ⅱ. A. 1）。

《文赋》（Ⅱ. E.）

《文赋》有两个最重要的英文译本：一、陈世骧，"Essays on Literature"（Portland, Maine, 1953）, 后重印于 Cyril Birch, ed., *Anthology of Chinese Literature, From Earliest Times to the Fourteenth Century*（《中国文学作品选：从古代到十四世纪》）（New York: Grove Press, 1965）, pp. 222-232; 二、Achilles Fang（方志彤）. "Rhymeprose on Literature: The *Wen-fu* of Lu Chi," *Harvard Journal of Asiatic Studies* 14（1951）, 重印于 John L. Bishop, ed., *Studies in Chinese Literature*（《中国文学研究》）（Cambridge: Harvard University Press, 1965）。后书还有一些有价值的文本注释。英文译本还有 E. R. Hughes, *The Art of Letters: Lu Chi's "Wen Fu" A. D. 302*（New York: Pantheon Books 1951）; 以及 Wong Sui-kit. *Early Chinese Literature Criticism*（见Ⅱ. A. 1）。《文

赋》有一个法译本，见 Georges Margouliès. *Anthologie Raisonnée de la littérature chinoise* (Paris: Payot, 1948), pp. 419-425。

Chou Ju-Ch'ang. "An Introduction to Lu Chi's *Wen fu*"(《陆机〈文赋〉导论》), *Studia Sinica* 9 (1950).

Dewoskin, Kenneth. "Early Chinese Music and the Origins of Aesthetic Terminology, " in Bush and Murck, eds. , *Theories of the Arts in China*, pp. 198-204 (见 Ⅱ. A. 1)。内有对《文赋》的一个重要段落的讨论。

Jao Tsung-yi（饶宗颐）. "The Relation between Principles of Literary Criticism of the Wei and Tsin Dynasties and Music. "提交给《第十一届青年汉学家会议》的论文，Pudua, 1958。中文标题为《陆机文赋理论与音乐之关系》，见 *Chugoku bungaku ho* 14: 22-37 (1961)。

Knoerle, Sister Mary Gregory. "The Poetic Theories of Lu Chi with a Brief Comparison with Horace's 'Ars Poetica'"(《陆机的诗学理论以及与贺拉斯〈诗艺〉的比较》), *Journal of Aesthetics and Art Criticism* 25. 2: 137-143 (1966).

《文心雕龙》与六朝文学批评（Ⅱ. F.）

《文心雕龙》的翻译（Ⅱ. F. 1）

Shih, Vincent Y. C. *The Literary Mind and the Carving of Dragons*. New York: Columbia University Press, 1959. 双语版，台北：台湾中华书局，1970 年。

Yang Hsien-yi（杨宪益）和 Gladys Yang. "Carving a Dragon at the Core of Literature," *Chinese Literature* 1962. 8: 58-71. 共翻译五章。

《文心雕龙》的翻译也见于 Wong Sui-kit. *Early Chinese Literature Criticism*, 第 26 章和第 50 章（见Ⅱ. A. 1）；Tökei, Ferenc. *Genre Theory in China in the 3rd-6th Centuries* (*Liu Xie's Theory on Poetic Genres*)；以及 Donald Gibbs. "Literary Theory in the Wen-hsin Tiao-lung"（见Ⅱ. F. 2）。

论文（Ⅱ. F. 2）

Chi Ch'iu-lang. "Liu Hsieh as a Classicist and His Concepts of Tradition and Change"（《作为古典派的刘勰以及他的传统和变化观念》), *Tamkang Review* 4. 1: 89-108 (1973).

Donald Gibbs. "Literary Theory in the *Wen-hsin Tiao-lung*, Sixth Century Chinese Treatise on the Genesis of Literature and Conscious Artistry"(《〈文心雕龙〉的文学理论,中国 6 世纪一部关于文学发生论和自觉艺术的著作》),博士论文,University of Washington, 1970.

——. "Liu Hsieh, Author of the *Wen-hsin Tiao-lung*"(《〈文心雕龙〉的作者刘勰》), *Monumenta Serica* 29: 117-141(1970-1971).

——. "Notes on the Wind: The Term '*Feng*' in Chinese Literary Criticism"(《释风:中国文学批评中的"风"》), in David C. Buxbaum and Frederick W. Mote, eds., *Transition and Permanence: A Festschrift in Honor of Dr. Hsiao Kung-Ch'üan*. Hong Kong: Cathay Press, 1972.

Liu Shou-sung. "Liu Hsieh on Writing"(《刘勰论创作》), *Chinese Literature*(1962).

Shih, Vincent Y. C. "Classicism in Liu Hsieh's Wen-hsin Tiao-lung"(《〈文心雕龙〉中的古典主义》), *Asiatische Studien/études asiatiques* 7(1953).

——. "Liu Hsieh's Conception of Organic Unity"(《刘勰的有机统一观念》), in *Tamkang Review* 4. 2: 1-10(1973).

Yu, Pauline. "Formal Distinctions in Chinese Literary Theory"(《中国文学理论中的文体划分》), in Bush and Murck, eds., *Theories of the Arts in China*, pp. 27-53(见Ⅱ. A. 1). 论"文"和"笔"。

钟嵘的《诗品》(Ⅱ. F. 3)

序言和前二品的译文见 John Timothy Wixted. "The Literary Criticism of Yuan Hao-wen"(博士论文,Oxford, 1976),Appendix A;序言的译文又见 Wong Sui-kit. *Early Chinese Literature Criticism*(见Ⅱ. A. 1)。

Books, E. Bruce. "A Geometry of the *Shi Pin*"(《〈诗品〉的几何学》) in Chow Tse-tsung(周策纵), ed. , *Wen-lin: Studies in the Chinese Humanities*(《文林:中国人文研究》),Madison: University of Wisconsin Press, 1968.

Cha Chu Whan. "On Enquiries for Ideal Poetry: An Instance of Chung Rung"(《追寻理想的诗歌:以钟嵘为例》), *Tamkang Review* 6. 2-7. 1: 43-54(October 1975-April 1976).

Wilhelm, Hellmut(卫德明), "A Note on Chung Rung and his Shih-P'in, " in Chow Tse-tsung ed., *Wen-lin: Studies in the Chinese Humanities*. Madison: University of Wisconsin Press, 1968.

Wixted, John Timothy. "The Nature of Evaluation in the Shih-P'in（Gradings of Poets）by Chung Rung（A. D. 469-518）"(《钟嵘〈诗品〉的评价性质》), in Bush and Murck, eds., *Theories of the Arts in China*（见Ⅱ.A.1）.

Yeh Chia-ying（叶嘉莹）和 Jan Walls, "Theory, Standards, and Practice of Criticizing Poetry in Chung Rung's Shih-p'in"(《钟嵘〈诗品〉的诗歌理论、标准与诗歌批评实践》), in Ronald C. Miao, ed., *Studies in Chinese Poetry and Poetics*(《中国诗歌和诗学研究》), vol. 1. San Francisco: Chinese Material Center, 1978。中文版见《中外文学》4.4: 4-24（1975）。

其他六朝文学批评（Ⅱ.F.4）

Allen, Joseph. "Chih Yu's Discussions of Different Types of Literature"(《挚虞的〈文章流别论〉》), *Parerga* 3: 3-36（1976）. 选译。

Chang, Kang-i Sun（孙康宜）. "Chinese 'Lyric Criticism' in the Six Dynasties"(《中国六朝的"词论"》), in Bush and Murck, eds., *Theories of the Arts in China*（见Ⅱ.A.1）.

Fish, William Craig. "Formal Themes in Medieval Chinese and Modern Western Literary Theory: Mimesis, Intertextuality, Figurativeness, and Foregrounding"(《中国中古的主题与西方文学理论：模仿、互文、比喻和突显》), 博士论文, University of Wisconsin, 1976。

Hightower, James Robert. "Some Characteristics of Parallel Prose"(《骈文的特征》), in John L. Bishop, ed., *Studies in Chinese Literature*(《中国文学研究》), Cambridge: Harvard University Press, 1965.《玉台新咏序》的翻译。

——. "The *Wen Hsüan* and Genre Theory," (《〈文选〉和文类理论》) *Harvard Journal of Asiatic Studies* 20. 3-4: 512-533（December 1957）. 重印于 John L. Bishop, eds., *Studies in Chinese Literature*. Cambridge: Harvard University Press, 1965。翻译了序言。

Knechtges, David. *Wen Xuan, or, Selection of Refined Literature*(《文选》), vol. 1: *Rhapsodies on Metropolises and Capital*(《京都赋》), Princeton: Princeton University Press, 1982. 翻译了序言并加以讨论。

Marney, John. "Pei Tzu-yeh: A Minor Literary Critic of the Liang Dynasty"(《裴子野：梁朝的一位小批评家》), in *Selected Papers in Asian Studies*, vol. 1 Western Conference for the Association for Asian Studies, Boulder, Colorado, October, 1975. Albuquerque, 1976.

Mather, Richard B. *The Poet Shen Yüeh*（441-513）: *The Reticent Marquis*（《诗人沈约：一个沉默寡言的侯爵》）, Princeton: Princeton University Press, 1988. 其中，"永明体的繁盛"一章准确翻译和讨论了沈约的《谢灵运传论》，以及他与陆厥的书信。

Yu, Pauline. *The Reading of Imagery in the Chinese Tradition*（见Ⅱ.A.1）.

Wong Sui-kit. *Early Chinese Literary Criticism*（见Ⅱ.A.1）.

《二十四诗品》（Ⅱ.G.）

《二十四诗品》的译文见于以下几种书目：Herbert Allen Giles. *A History of Chinese Literature*（《中国文学史》），由 Liu Wu-chi（柳无忌）补充了现代部分（New York: F. Ungar, 1967）; L. Cranmer-Byng. *A Lute of Jade: Being Selections from the Classical Poets of China*（《玉笛：选自中国古代诗人》），2nd ed., New York: E. P. Dutton, 1911; 以及 Yu 和 Robertson 的以下论文。

Bodman, Richard W. "Poetics and Prosody in Early Medieval China: A Study and Translation of Kūkai's Bunkyō Hifuron"（《中国中世纪的诗学和诗体论：空海〈文镜秘府论〉的研究和翻译》），博士论文，Cornell, 1978. 该翻译虽然不全，但很有用。它讨论的主要不是司空图，而是唐代技法诗学的许多背景。

Robertson, Maureen. "…To Convey What is Precious: Si-kong-tu's Poetics and the Er-shi-si-shi-pin"（《……传达珍贵的东西：司空图的诗学与〈二十四诗品〉》），in Buxbaum and Mote ed., *Transition and Permanence: A Festschrift in Honor of Dr. Hsiao Kung-Ch'uan*. Hong Kong: Cathay Press, 1972.

Yu, Pauline. "Ssu-k'ung t'u's Shih P'in: Poetic Theory in Poetic Form"（《司空图的〈诗品〉：诗体的诗论》），in Ronald C. Miao ed., *Studies in Chinese Poetry and Poetics*, vol. 1. San Francisco: Chinese Materials Center, 1978.

欧阳修及其他宋代诗话（Ⅱ.H.）

Chaves, Jonathan. "Ko Li-fang's Subtle Critiques on Poetry"（《葛立方对诗歌的精妙批评》），in *Bulletin of Sung-yüan Studies* 14: 39-49（1979）.

Ch'en Yu-shih. "The Literary Theory and Practice of Ou-yang Hsiu"（《欧阳修的文学理论和实践》），in Adelé Rickett, ed., *Chinese Approaches to Literature*（见Ⅱ.A.1）.

Egan, Ronald（艾朗诺）. *The Literary Works of Ou-yang Hsiu*（《欧阳修的文学著作》）, Cambridge University Press, 1983.

Klöpsch, Volker. *Die Jadesplitter der Dichter: Die Welt der Dichtung in der Sichteines Klassikers der Chinesischen Literaturkritik*. Bochum, 1983.

Rickett, Adèle. "Method and Intuition: The Poetic Theories of Huang T'ing-chien"（《方法和直觉：黄庭坚的诗学理论》）, in Adelé Richett, ed., *Chinese Approaches to Literature*（见 II. A. 1）.

Wong, Wai-leung. "Chinese Impressionistic Criticism: A Study of the Poetry Talk (*Shih-hua Tz'u-hua*) Tradition"（《中国的印象主义批评：诗话和词话传统研究》）, 博士论文, Ohio State University, 1976.

——. "Selection of Lines in Chinese Poetry Talk Criticism—With a Comparison between the Selected Couplets and Matthew Arnold's 'Touchstones'"（《中国诗话批评对诗句的摘选，并比较对句与马修·阿诺德的"试金石"》）, in William Tay, Ying-hsiung Chou, and Heh-hsiang Yuan, eds., *China and West: Comparative Literature Studies*（《中西比较文学研究》）, Hong Kong: Chinese University Press, 1980.

《沧浪诗话》（II. I.）

英文翻译见下面列举的 Lynn 和 Yip 的著作。Debon 的著作是德文全译本。

Debon, Gunther. *Ts'ang-langs Gespräche über die dichtung: ein Beitrag zur chinesischen Poetik*. Wiesbaten: Franz Steiner Berlag, 1962.

Lynn, Richard John（林理彰）. "Orthodoxy and Enlightenment—Wang shih-chen's Theory of Poetry and its Antecedents"（《正统与启蒙——王世贞的诗学理论及其前驱》）, in Wm. Theodore de Bary, ed., *The Unfolding of Neo-Confucianism*（《新儒家的演进》）, New York: Columbia University Press, 1975.

Yip, Wai-lim（叶维廉）. "Yen Yü and Poetic Theories in the Sung Dynasty"（《严羽和宋代的诗歌理论》）, *Tamkang Review* 1. 2: 183-200（1970）.

王夫之（II. J.）

Wong Sui-kit. "Ch'ing and Ching in the Critical Writings of Wang Fu-chih"（《王夫之批评

文论中的"情"和"景"》), in Adelé Rickett, ed., *Chinese Approaches to Literature*（见Ⅱ.A.1）. 包括译文。

后期中国文学批评的补充资料（Ⅱ.K.）

Chaves, Jonathan（齐皎瀚）. "Not the Way of Poetry: The Poetics of Experience in the Sung Dynasty"（《非诗之道：宋代的体验诗学》）, *Chinese Literature: Essays, Articles, and Reviews* 4.2: 199-212（1982）.

——. "The Panoply of Images: A Reconsideration of Literary Theory of the Kung-an School"（《意象的盛装：重审公安派的文学理论》）, in Bush and Murck, eds., *Theories of the Arts in China*（见Ⅱ.A.1）.

Lin Shuen-fu（林顺夫）. "Chiang K'uei's Treatises on Poetry and Calligraphy"（《姜夔论诗歌和书法》）, in Bush and Murck, eds., *Theories of the Arts in China*（见Ⅱ.A.1）.

Lynn, Richard John. "Alternate Routes to Self-Realization in Ming Theories of Poetry"（《明代诗学理论之自我实现的他种途径》）, in Bush and Murck, eds., *Theories of the Arts in China*（见Ⅱ.A.1）.

——. "Tradition and Individual: Ming and Ch'ing Views of Yuan Poetry"（《传统和个人：明清对元诗的看法》）, in Ronald C. Miao, ed., *Chinese Poetry and Poetics*. San Francisco: Chinese Materials Center, 1978.

——. "Tradition and Synthesis: Wang Shih-chen as Poet and Critic"（《传统与整合：作为诗人和批评家的王世贞》）, 博士论文, Stanford, 1961.

Stuart Sargent. "Can Latecomers Get There First? Sung Poets and T'ang Poetry"（《后来者能居上吗？宋代诗人与唐诗》）, *Chinese Literature: Essays Articles, and Reviews*. 4.2: 165-198（1982）.

Wixted, John Timothy. "The Literary Criticism of Yuan Hao-wen," 博士论文, Oxford, 1976. 一部庞大而小心翼翼的研究著作，附带论及中国文学和文学思想的许多方面。

——. *Poems on Poetry: Literary Criticism by Yuan Hao-wen*（1190-1257）（《论诗诗：元好问的文学批评》）, Wiesbaden: Franz Steiner Verlag, 1982. 博士论文的出版本，有些补充资料被删掉了。

引用书目
（按字母顺序排列）[1]

在参考书目类编里已出现过的著作，后面标明它所属的部分（如Ⅱ.A），此外，还有一些其他资料。

中文和日文部分（按拼音排序）

陈国球《论诗论史上一个常见的象喻：镜花水月》（Ⅰ.H.3）
程亚森《五石六鹢句探微》，见《古代文学理论研究》6（1982年），关于《古代文学理论研究》见Ⅰ.A.3。
村上哲见《三体诗》（Ⅰ.I.）
戴鸿森《姜斋诗话笺注》（Ⅰ.J.）
丁福保《历代诗话续编》（Ⅰ.A.2.c）
方廷珪《昭明文选大成》，见张少康《文赋集释》（Ⅰ.D.1）。
郭绍虞《论陆机文赋中所谓意》（Ⅰ.D.2）
郭绍虞《诗品集解》（Ⅰ.F.1）
郭绍虞《试测沧浪诗话的本来面貌》（Ⅰ.H.3）
郭绍虞《沧浪诗话校释》（Ⅰ.H.1）
郭绍虞《沧浪诗话以前之诗禅说》（Ⅰ.H.3）
《汉书》，香港：中华书局，1964年。
何　汶《竹庄诗话》，常振国、绛云编，北京：中华书局，1984年。
胡　仔《苕溪渔隐丛话》（Ⅰ.A.2.a）
户田浩晓译《文心雕龙》（Ⅰ.E.3）
黄　侃《文选评点》，见张少康《文赋集释》（Ⅰ.D.1）。

---

[1] 原书中英日文资料均按字母顺序排列，这里把它们分开，中文和日文部分按拼音排序。

江国贞《司空表圣研究》（Ⅰ.F.2）

柯庆明、曾永义编《两汉魏晋南北朝文学批评资料汇编》，见《中国文学批评资料汇编》（Ⅰ.A.2.e）。

李全佳《文赋义证》，见张少康《文赋集释》（Ⅰ.D.1）。

《李文饶文集》，见《四部丛刊》。

李曰刚《文心雕龙斠诠》（Ⅰ.E.1）

林田慎之助《中国中世文学批评史》（Ⅰ.A.1）

林其锬、陈凤全编《刘子集校》，上海：上海古籍出版社，1985年。

《六一诗话》，郑文编，北京：人民文学出版社，1983年。

陆侃如、牟世金《文心雕龙译注》（Ⅰ.E.2）

吕必昌《司空图诗品研究》（Ⅰ.F.1）

马宏山《文心雕龙散论》（Ⅰ.E.4）

钱锺书《管锥编》（Ⅰ.D.1）

钱锺书《谈艺录》，修订本，北京：中华书局，1984年。

乔　力《二十四诗品探微》（Ⅰ.F.1）

《三国志》，北京：中华书局，1959年。

《史记》，北京：中华书局，1964年。

斯波六郎《文心雕龙范注补正》（Ⅰ.E.1）

《四部丛刊》，早期版本的现代影印本，有多种本子。

唐大圆《文赋注》，见张少康《文赋集释》（Ⅰ.D.1）。

王　充《论衡集解》，刘盼遂编，北京：中华书局，1959年。

王大鹏等编《中国历代诗话选》，长沙：岳麓书社，1985年。

王靖献《陆机文赋校释》（Ⅰ.D.1）

王闿运《湘绮楼论文章体法》，见张少康《文赋集释》（Ⅰ.D.1）。

王梦鸥《试论曹丕怎样发现文气》（Ⅰ.C.）

王梦鸥《曹丕典论论文索隐》（Ⅰ.C.）

王梦鸥《严羽以禅喻诗试解》（Ⅰ.H.3）

吴宏一《清代诗学初探》，台北：学生书局，1986年。

兴膳宏《文心雕龙论文集》（Ⅰ.E.4）

徐复观《陆机文赋疏释初稿》（Ⅰ.D.1）

杨明照《学不已斋杂著》（Ⅰ.A.3）

杨明照《文心雕龙校注拾遗》（Ⅰ.E.1）

杨廷芝《二十四诗品浅解》（Ⅰ.F.1）

庾　信《哀江南赋》

袁宏道《袁宏道集笺校》，钱伯城编，上海：上海古籍出版社，1981年。

詹　锳《〈文心雕龙〉的风格学》（Ⅰ.E.4）

张凤翼《文选纂注》，见张少康《文赋集释》（Ⅰ.D.1）。

张怀瑾《文赋译注》（Ⅰ.D.1）

张　戒《岁寒堂诗话》，见丁福保辑《历代诗话续编》，北京：中华书局，1983年。

张少康《文赋集释》（Ⅰ.D.1）

张文勋《中国古代文学理论论稿》（Ⅰ.A.3）

赵福坛《诗品新释》（Ⅰ.F.1）

赵执信《谈龙录注释》，赵蔚芝、刘聿鑫注，济南：齐鲁书社，1987年。

郑　奠、麦梅翘《古汉语语法学资料汇编》（Ⅰ.A.2.e）

周振甫《文心雕龙注释》（Ⅰ.E.2）

朱　绂《名家诗法汇编》，序言，1577年；重印，台北：广文书局，1973年。

朱迎平《文心雕龙索引》（Ⅰ.E.1）

《朱文公校昌黎先生集》，见《四部丛刊》。

祖保泉《司空图诗品解说》（Ⅰ.F.1）

英文部分（按字母顺序）

Bodman, Richard W. "Poetics and Prosody in Early Medieval China: A Study and Translation of Kūkai's Bunkyō Hifuron."（Ⅱ.G.）

Bush, Susan, and Christian Murck, eds. *Theories of the Arts in China*. (Ⅱ.A.1)

Chang, Kang-I Sun. "Description of Landscape in Early Six Dynasties Poetry," in Lin and Owen, eds., *The Vitality of the Lyric Voice*.

Chaves, Jonathan. "Ko Li-fang's Subtle Critiques on Poetry."（Ⅱ.H.）

——. *Mei Yao-chen and the Development of Early Sung Poetry*. New York: Columbia University Press, 1971.

——. "Not the Way of Poetry: The Poetics of Experience in the Sung Dynasty."（Ⅱ.K.）

——. "The Panoply of Images: A Reconsideration of Literary Theory of the Kung-an School."（Ⅱ.K.）

Ch'en Yu-shih. "The Literary Theory and Practice of Ou-yang Hsiu."(Ⅱ.H.)

Ch'en Shih-hsiang. "In Search of the Beginnings of Chinese Literature Criticism."(Ⅱ.B.)

Clark, David Lee. *Shelley's Prose: or, The Trumpet of a Prophecy*. Albuquerque: University of New Mexico Press, 1954.

DeWoskin, Kenneth. "Early Chinese Music and the Origins of Aesthetic Terminology."(Ⅱ.A.2)

Egan, Ronald. *The Literary Works of Ou-yang Hsiu*. (Ⅱ.H.)

Fichte, Johann Gottlieb. "On the Spirit and the Letter in Philosophy" in David Simpson, tr., *German Aesthetic and Literary Criticism: Kant, Fichte, Schelling, Schopenhauer, Hegel*. Cambridge: Cambridge University Press, 1984.

Gadamer, Hans-Georg. *Philosophical Hermeneutics*, David E. Linge, tr. Berkeley: University of California Press, 1976.

Gibbs, Donald. "Literary Theory in the Wen-hsin Tiao-lung, Sixth Century Chinese Treatise on the Genesis of Literature and Conscious Artistry."(Ⅱ.F.2)

———. "Notes on the Wind: The Term 'Feng' in Chinese Literary Criticism." (Ⅱ.F.2)

Hartley, David. *Observations on Man, His Fame, His Duty, and His Expectation*. London: Printed by S. Richardson, 1749.

Yves Hervouet. *A Sung Bibliography*. Hong Kong: The Chinese University Press, 1978.

Hightower, James Robert. "The *Wen Hsüan* and Genre Theory."(Ⅱ.F.4)

Volker Klöpsch. *Die Jadesplitter der Dichter*. (Ⅱ.H.)

David Knechtges. *Wen Xuan, or, Selections of Refined Literature*. (Ⅱ.F.4)

Levy, Dore J. "Constructing Sequences: Another Look at the Principle of Fu 'Enumeration'." (Ⅱ.C.)

Lin Shuen-fu and Stephen Owen, eds. *The Vitality of the Lyric Voice: Shih Poetry from the late Han to T'ang*. Princeton: Princeton University Press, 1986.

Lin Wen-yüeh. "The Decline and Revival of Feng-ku(Wind and Bone): On the Changing Poetic Styles from the Chien-an Era through the High T'ang Period" in Lin and Owen, eds. *The Vitality of the Lyric Voice*.

Liu I-ching. *A New Account of Tales of the World* (《世说新语》). Richard B. Mather, tr. Mineapolis: University of Minnesota Press, 1976.

Liu, James J. Y. "The Paradox of Poetics and the Poetics of Paradox" in Lin and Owen, eds., *The Vitality of the Lyric Voice*.

Lynn, Richard John. "Alternate Routes to Self-Realization in Ming Theories of Poetry"in Bush and Murck, eds., *Theories of the Arts in China*. (Ⅱ. A. 1)

——. "Orthodoxy and Enlightenment—Wang Shih-chen's Theory of Poetry and its Antecedents" in Wm. Theodore de Bary, ed., *The Unfolding of Neo-Confucianism*.(Ⅱ. I.)

Munakata Kiyohiko. "Concepts of *Lei* and *Kan-lei* in Early Chinese Art Theory."(Ⅱ. A. 1)

Owen, Stephen. *Traditional Chinese Poetry and Poetics: Omen of the World*. Madison: University of Wisconsin Press, 1985.

Perterson, Willard J. "Making Connections: 'Commentary on the Attached Verbalizations' of the *Book of Change*", *Harvard Journal of Asiatic Studies* 42. 1: 67-116(1982).

Pollard, David. "*Ch'i* in Chinese Literary Theory."(Ⅱ. D.)

Rickett, Adelé, ed. *Chinese Approaches to Literature from Confucius to Liang Qi-chao*. (Ⅱ. A. 1)

Robertson, Maureen. "...To Convey What is Precious: Si-kong-tu's Poetics and the *Er-shi-si-shi-pin*."(Ⅱ. G.)

——. "Periodization in the Arts and Patterns of Change in Traditional Chinese Literary History" in Bush and Murck. (Ⅱ. A. 1)

Stuart Sargent. "Can Latecomers Get There First? Sung Poets and T'ang Poetry."(Ⅱ. K.)

Schiller, Friedrich von. *über naive und sentimentalische Dichtung*. Johannes Beer, ed. 1795; Stuttgart: Reclam, 1975.

Schmidt, J. D. *Yang Wan-li*. Boston: Twayne, 1976.

Tökei, Ferenc. *Genre Theory in China in the 3rd-6th Centuries(Liu Xie's Theory on Poetic Genres)*. (Ⅱ. A. 1)

Van Zoeren, Steven. *Poetry and Personality: Reading, Exegesis, and Hermeneutics in Tradition China*. (Ⅱ. C.)

——. *Poetry and Personality: A Study of the Hermeneutics of the Classic of Odes(Shijing)*. Ph. D. dissertation, Harvard, 1986.

Watson, Burton. *Chinese Rhyme-Prose: Poems in the Fu from the Han and Six Dynasties Period*. New York: Columbia University Press, 1971.

Wild, Oscar. *The Artist as Critic: Critical Writings of Oscar Wilde*. Richard Ellman, ed. New York: Random House, 1969.

Wilhelm, Hellmut. "A Note on Chung Rung and his Shih-P' in."(Ⅱ. F. 3)

Wixted, John Timothy. "The Kokinshū Prefaces: Another Perspective."(Ⅱ. C.)

——. "The Literary Criticism of Yuan Hao-wen."（Ⅱ. K.）

——. "The Nature of Evaluation in the *Shih-P'in* (Gradings of Poets) by Chung Rung (A. D. 469-518)."（Ⅱ. F. 3）

——. *Poems on Poetry: Literary Criticism by Yuan Hao-wen (1190-1257)*.（Ⅱ. K.）

Wong, Sui-kit. "*Ch'ing* and *Ching* in the Critical Writings of Wang Fu-chih" in Adelé Rickett, ed., *Chinese Approaches to Literature*.（Ⅱ. A. 1）

——. "*Ch'ing* in Chinese Literary Criticism."（Ⅱ. A. 1）

Wong, Wai-leung. "Selection of Lines in Chinese Poetry Talk Criticism—With a Comparison between the Selected Couplets and Matthew Arnold's 'Touchstones'."（Ⅱ. H.）

Yeh Chia-ying and Jan Walls. "Theory, Standards, and Practice of Criticizing Poetry in Chung Rung's Shih-P'in."（Ⅱ. F. 3）

Yu, Pauline. "Formal Distinctions in Chinese Literary Theory" in Bush and Murck, eds., *Theories of the Arts in China*, pp. 27-53.（Ⅱ. A. 1）

——. *The Reading of Imagery in the Chinese Tradition*.（Ⅱ. A. 1）

——. "Ssu-k'ung t'u's Shih P'in: Poetic Theory in Poetic Form."（Ⅱ. G.）

译后记

王柏华

20世纪70年代末,在耶鲁大学比较文学系,宇文所安教授为研究生开设了一门课程,介绍中国文学思想,他们是学习欧洲古典文学理论的研究生,不懂中文,而且很可能从未接触过任何中国文学,更遑论中国文学思想。这就是本书的缘起,而这些学生就是本书最初的目标读者。

向美国学生介绍中国古代文学思想,一种最简便最讨巧的方法是概论,主讲人可以按照大致的历史脉络,抽取观念,撷其要点,分类描述。但所安教授想"通过文本来讲述文学思想"(见"中译本序言")。当时,相关的英文资料和著述极为有限,可谓刚刚起步,主讲人必须白手起家,集编选者、译者和导读者于一身,在流传了两千多年的各类中文一手材料中精挑细选,然后逐字逐句翻译。这样的工作很难偷懒,也马虎不得。更重要的是,他还要对每一个材料进行精当的点评,让陌生的读者注意到这些古老的文学思想的原创性、特异性和生命力。选择哪些材料,如何翻译,怎么讲解,才能尽可能保持历史原貌,同时让熟识西方文学的读者易于接受、并引发兴趣呢?这些都是所安教授不能不面对的挑战。也是我们今天(时隔四十年之后)阅读和评判此书不能忽略的一个学术背景。

此书编写历时十几年,待正式付印出版(1992年),所安教授早已调入哈佛大学任教多年,指导着一批又一批专攻中国文学的研究生,这部《中国文学思想读本》自然成为哈佛以及美国大学东亚系学生的一本实用教材。

这部《读本》的最初书名是 Readings in Chinese Literary Thoughts，其字面意义相当于"中国文学思想阅读材料"。值得注意的是，其中的"阅读材料"（readings）和"思想"（thoughts）二词，皆为复数；而"reading"本义为"阅读"，因而"readings"亦暗含"多种阅读"之意。

从编排体例来看，它首先是一部入门级的"中国古代文学思想读本"。跟一般的文论选本不同的是，本书对所选一手材料采用了中英双语对照的形式，作者把全部古汉语文本译成现代英文，然后逐段加以介绍、点评、解读，解读部分通常包括对文本要素和文脉运思的分析和阐发。因此，中译本书名所提示的"原典·英译·解读"，颇为恰当。

中译本保留了对原典的英文翻译，因为译文本身就是一种解读，这为有良好英语基础的读者提供了另外一条进入古汉语原典的路径，而对于非英语读者来说，他们自可略去英文翻译，集中阅读原典，同时参考所安教授的导读和文本解析。虽然篇幅过大，但我们希望这部双语读物，能为国内读者最大限度地保留实用之处和参考价值。

本书最初的中译本曾以《中国文论：英译与评论》为书名，于2003年在中国出版（上海社会科学院出版社）。自面世之后，反响良多，相关论文和评述层出不穷。最近几年，常有新老朋友和陌生的读者向我寻觅此书，盼望加印或再版的机会，也有不少出版界的朋友积极联络出版事宜。正如所安教授在给译者的电邮中所言：

> 对一本书而言，本书的生命可谓相当漫长。自20世纪70年代末期，我就开始动笔了，其付印出版的过程俨然一个噩梦，难以尽述。依靠你的翻译，它的影响力远远超出了美国读者的狭小圈子。这几乎是我学术生涯的一个寓言。本来是为耶鲁大学比较文学系研究生准备的，继而被美国汉学家阅读，然后在中国找到了更大的读者群。

译后记

如今，所安教授的全部英文著作几乎都有中译本，并大多重印、再版，逐渐在三联书店汇聚为一套"宇文所安作品系列"（9种），可谓洋洋大观。作为中国读者的老朋友，早在十几年前，在自选集《他山的石头记》中译本初版序言里，所安教授就已把"他山"的标签或担子轻轻放下了。他说：

> 多年来，石头搬来搬去，早已分不清"他山"还是"此山"。令人期盼的是，它们切磋着、琢磨着中国传统文学这块宝玉，让它焕发光彩，保持活力，并以生机勃勃的方式参与世界文学的对话，而不仅仅是供国人收藏或瞻仰的古董。

或许，对于"他山"还是"此山"，本书的读者亦无须在意。然而，在众多中国文论选本和大量同类著作之中，这似乎是一块奇形怪状的"石头"，未免让人心生好奇。

或许有读者，特别是中国文论的专家学者，将它拿起来，匆匆瞧上一眼，并未发现什么可取之处，于是随手丢开，甚至可能摇头叹息：费力搬来这样一块大石头，未免多此一举。所幸，时不时有一些如饥似渴的初学者，还有一些更有耐心也更为细心的专家学者，从这块奇怪而笨重的石头中，发现了一些特别的光亮，或找到了某些特别的用处。

我的导师乐黛云先生就是最早用心于此书的读者。上个世纪80年代以来，乐老师率先在国内倡导和推进中西文论的"双向阐释"或"互动"研究，希望从中探寻"新的因素和建构"。她曾认真研读过刘若愚先生的《中国文学理论》，却发现以西方文论体系来"截取"中国文论材料的方法，很可能恰好忽略了那些无法"融入"体系的最为独特最有活力的因素。所安教授的《读本》自然引发了她的极大兴趣。此书英文本刚刚出版不久，乐老师就在北京大学中文系的比较文学课堂上跟学生一起阅读，并以其中的一些问题为触发点，展开了中西比较诗学的研讨。我当时虽然尚未进入北大比较文学研究所师从乐先生，但已从其他师友那里听闻此事，遂复印了一部分内容，开始认真研读起来，并在阅读笔记中随手翻译了若干选段。2003年，在此书中译本出版之际，乐老师以十分欣喜的心情撰写了前言，总结了她多年来阅读此书的心得体会，值得一读再读。

另一位迅速从此书中有所发现的读者是复旦大学陈引驰教授，《读本》中译本出版之后不久，他在一篇书评里写道：所安教授敏锐地意识到思想文本正如文学作品，"也是处在时刻变动的时间中的事件，是正在形成的过程，内部发生着意义的延伸、扩展、转折，而不是可以轻易把握的预先确定了的观念"。因此，《读本》对思想文本"展开的读解和诠释，超乎想象地细致"，并时不时"从文本的句与句之间小小的缝隙"之间，"挖掘出不小的值得考虑的问题"。不仅如此，正是因为"通过文本来讲述文学思想"，所安教授常常可以把他的观察和思考进一步导向"文化史的广阔视界"，让文学理论"与社会史和物质文化遇合"，提出引人深思的话题。（见陈引驰、赵颖之《与"观念史"对峙："思想文本的本来面目"》，《社会科学》2003年第4期）

当然，每一种路径在凸显自身优势的同时都会暴露相应的缺欠和不足。所安教授本人曾在1993年的"序言"里以遗憾的语气提到了《读本》的两大弱点：第一，尽管篇幅不小，仍遗漏了若干重要文本，因此他让书名保持开放状态；第二，有些文本的解读尚不够细致深入，未能达到预期的效果。另外，在"导言"里，他还提到了一个可能令读者感到失望的问题：他的译文有时显得笨拙，或者说，在笨拙和文雅之间，他有意选择了前者，"以便能让英文读者看出一点中文原文的模样"，因为他的首要目标是"给英文读者一双探索中国思想的慧眼，而非优雅的英文"。

或许，这些都是"通过文本来讲述文学思想"所付出的代价。事实上，读者可能已经发现，由于作者的解读和论述大多依附于文本，因此，有许多话题只是点到即止，尚未展开。或许正是由于若干思考在这部《读本》中未及深入，让作者感到意犹未尽，所以，在为中译本所写

译后记

的序言中,所安教授禁不住为未来的学者也为他本人提出了一些方向性建议:"把批评立场放到文化史的大语境中加以考察",换句话说,就是把若干文学观念和立场"跟某个具体地点和时刻的文学和文化史整合起来",比如考察"批评文本的功能","看它们在具体条件下是如何被使用和重新被使用的",包括一本论著、诗话或一本技法手册的出版缘由、契机、预期读者等等。如今,十五年过去了,我想,所安教授开启的研究路径和建议仍有很大的拓展空间。相信《读本》的再版,能进一步引发读者的积极思考和有益尝试。

利用再版之机,修订译稿,是一个不可推卸的责任,也是对作者和读者的尊重,对此,我们默契于心。惭愧的是,起初的修订工作只限于利用零碎时间小修小补,直到2018年年底,收到编辑部返回的校样,在最后的审校中,我愕然发现,大大小小的差错、疏漏、不甚流畅的语句,仍散布于全书各处,这促使我终于下定决心,对译稿进行新一轮全面细致的修订。修订旧稿是一个时不时令人脸红、流汗的尴尬差事。对于初版中的各种差错和疏忽,我深感惭愧,并向曾经的读者致以深挚的歉意!

自2003年以来,我曾多次在首都师范大学和复旦大学的"比较文学概论""比较诗学专题研究""中外文学关系""专业英语"等课堂上,与同学们阅读和讨论本书的若干章节,在教学过程中,同学们所提出的各种问题(包括对所安教授的英译文和解读的商榷意见),都为再版修订工作提供了不可多得的参考。在此,向各位参与讨论的同学表示感谢。特别的感谢献给复旦大学中文系比较文学博士生易霞同学,她曾于2016年对全部书稿提供了一份初步校对意见,其中大部分已被采纳。

在2003年的译后记中,我曾说过,"本书的翻译和出版始终离不开乐黛云先生的鼓励和关心";本书最初的翻译和资料查对工作还得到过田晓菲教授(尤其是前三章)、王宇根教授、陈引驰教授、首都师范大学周以量教授的帮助或指点。此外,在日本城西大学田原教授的帮助下,初版中遗留的一个日文难题终于解决了。再一次向乐老师和各位朋友、同事表示谢意!十几年过去了,重读乐老师的中译本前言,仍给我很多感动和启发。而陈引驰教授的书评，在我看来，是目前最有洞见的一篇。在《读本》的众多读者中，亦不乏批评者和指谬者，包括对中文翻译的指正，限于篇幅，请原谅我无法在这里一一引述，谨向各位致以诚挚的谢意。

在上一版的译后记中，我曾提到"中国社会科学院陶庆梅博士翻译了本书第 6—9 章的初稿，由我完成了二稿、修改和校对工作"；这一次的再版修订工作，陶庆梅女士亦未参与，因此，这几章译文（包括译者注）新版中的任何错误，仍由我个人承担。期盼广大读者继续批评指正。

最后，感谢所安教授百忙之中为新版中译本撰写序言，他欣喜地告诉我们，作为一个日复一日用心研究中国文学的"外国人"，他一直身处"一个关系重叠的网络之中"，那是"一个很不错的栖息地"。其实，"我们都住在那里"。我想，这正是"宇文所安作品系列"深受读者喜爱的真正原因吧。

王柏华

2019 年 3 月

复旦大学光华楼